在寫著好路上有「咪们」，真好！

妹妹

apple in your eye

原創劇本

徐譽庭————**編劇**

第一集
009

「妹妹」原來是一個形容詞，形容著一種「被保護的幸福」。

第二集
040

因為，這是「他的城市」，所以它就是「我們的城市」……

什麼都沒有的時候還有我！

我也在等自己不喜歡他的那一天啊……

第五集
125

我只是覺得……
如果要摔一跤我的女兒才會得到幸福，
那我甘願痛啦！

第六集
154

我必須讓一切都……「真的過去」！

什麼都沒有「一定」，所以「現在」最重要！

記住，一定要記住……
要跟你愛的人說「再見」。

第九集
242

如果你沒有辦法好好愛他，
請你把他還給我！

第十集
270

我……好像終於重新愛上了一個女孩……
本來我還以為我不可能愛上她……

第十一集
298

親愛的小男孩，「妹妹」其實有很多種意思……

第十二集
326

幸福得讓我願意接受所有的嫉妒……

第十三集

355

可惜……世界太大了，
所以並不是我們説得到的，
就能做得到……

攝影　Ivy Chen

妹妹　第一集

🎬	1	時間	日	場景	無特定

　△　淡入……

特寫：國語字典上，關於「永恆」的註解 ——
　　　　超越時間而無變化。

老師OS：永恆，是超越時間的。
　△　淡出……

🎬	2	時間	日&夜	場景	天空雜景

　△　淡入……
　△　夕陽、星空……等美麗的天空景……流星畫過天際……

老師OS：所以，日月星辰，叫做永恆。貝多芬的音樂，梵谷的畫、唐詩宋詞……那些很久很久很久以後，我們都還覺得好美的東西，也會成為永恆。
　△　淡出……

🎬	3	時間	日	場景	城市擁擠的人們

　△　淡入……
　△　城市裡的繁忙人們……

老師OS：那麼「永遠」是什麼呢？……永遠到底有多遠呢？……我永遠不會忘記你，你永遠都恨我……我的永遠，你的永遠、他的永遠……
　△　淡出……

🎬	4	時間	日	場景	動畫
人物	女人、男人				

　△　播放影片前的倒數畫面：5、4、3、2、1——

老師OS：所以，「永遠」，是用「一個人的生命」來測量的囉？
　△　動畫畫面出現，一個女人的背影，漸漸清晰，頭髮飛揚，女人側臉看去……

老師OS：在南斯拉夫有個「行為」藝術家，叫「瑪莉娜」，以下簡稱「女人」，她終於遇到了生命中的靈魂伴侶「尤雷」，以下簡稱「男人」……
　△　一個男人，正對著她笑著……

老師OS：相愛的女人和男人約好了，要一起完成一個叫做《情人——長城》的「行為藝術」作品。
　△　黃昏的逆光下，長城綿延……
　△　一個渺小的人形剪影，出現在長城的一端，接著，另一端也出現了一個人形……

老師OS：他們一個從山海關向西出發，另一個從嘉峪關往東走。三個月後，女人和男人終於在「二郎山」會合了……
　△　隨著旁白，兩個逆光的黑色人形，往長城的中央緩緩行來……終於，他們在中央交會……

老師OS：他們緊緊的擁抱了好久，因為接著，在彼此互道珍重後，他們將以最優雅的方式，分手……從此各自生活，再不聯絡、也不再相見，把愛情「最美的樣子」，留在「二郎山」。

△ 他們擁抱、然後錯身，再次分道揚鑣……

老師OS：為了創造一個永恆的作品，他們犧牲了「永遠在一起」。因為「永遠」只不過是「巨大永恆」裡的一秒鐘而已……

△ 日光刺目……

老師OS：你呢？……你會為了「永恆」，犧牲「永遠」嗎？

△ 鏡頭緩緩的往下移……

繼薇OS：我們老師曾經這樣問過我，我想不會。畢竟我是那麼的平凡、渺小而不重要，我和他的故事也不夠美麗、當然也沒有壯闊的長城當背景……喔，倒是剛剛好有一些和長城沒得比的破牆！

△ 長城不見了，現在是在一片荒蕪的草地上，突兀豎立著一截破舊、斑駁、冒出雜草的牆。
△ 女孩（繼薇，2013），爬上了破牆，站得高高的看去……

繼薇OS：你可以小心的爬上那個破牆，站在牆頭，然後把眼光放遠……看到了嗎？我家，就在那裡……

△ 遠遠的，有個村子……
△ 鏡頭快速的朝村子zoomin……停在某戶……
△ 是周家，大門外掛著一個招牌，寫著：
家庭推拿（女師傅）－國術師阿慶仔唯一嫡傳推拿手
△ 周家外觀，漸漸由動畫轉為下一場實景……

🎬	5	時間	日	場景	周家外觀

△ 日空景。

🎬	6	時間	日	場景	周家
人物	周媽、周爸、小嬰兒、繼萱（5歲）、繼茹（4歲）				

△ 還在坐月子的周媽，蓬頭垢面、心灰意冷的抱著個嬰兒，盤腿坐在沙發上……

繼薇OS：三天前，我剛出生。

△ 鏡頭緩緩拉開，繼萱、繼茹天真、好奇的趴在沙發上問著──

繼萱：馬麻，你不是說是弟弟嗎？為什麼又是妹妹？

繼茹：為什麼？為什麼？

△ 周爸拿著奶瓶進來，趕緊圓場……

周爸：不要吵媽媽，乖！帶繼茹出去玩！

繼萱：乖乖的繼萱想要吃乖乖！

△ 周爸趕緊掏錢，撐著……

周爸：好好好，出去出去……

△ 繼萱、繼茹出去了……
△ 周爸坐到床邊，搖著奶瓶，努力想些話要安慰周媽……

周爸：雞湯馬上就好……

周媽：……

周爸：戴奶奶還特地送來一隻老母雞……

周媽：……

　　　△　周爸見周媽一臉憂鬱、忿忿，繼續嘻嘻哈哈的逗著周媽……

周爸：怎麼樣？想好幫阿妹仔取什麼名字了嗎？

　　　△　周媽卻突然放聲的哭喊出來……

周媽：（閩）悲哀啊～～～

　　　△　周媽顧不得耳朵差點聾了，趕緊含笑安撫著周媽……

周爸：有什麼好悲哀的?!……女兒多好?! 我就是愛女兒！最好生七個，剛好七仙女！

　　　△　周爸陪笑著，周媽卻突然忿忿打著周爸出氣——

周媽：都是你！說什麼算命仙講第三胎保證是男的！攏你啦！

周爸：好好好！攏我！攏我！那我現在慎重給你賠不是可以嗎?! 別哭了別哭了，人家不是
　　　說月子裡會哭傷眼睛嗎?!

　　　△　周媽不顧周爸的安撫，依舊嚎啕……

周媽：有影悲哀啦～～～

🎬	7	時間	日	場景	村子
人物	繼萱（5歲）、繼茹（4歲）				

　　　△　繼萱拿著乖乖吃著，邊興奮奔跑，繼茹跟在後面……

　　　△　繼萱一路興奮嚷著……

繼萱：悲哀啦、悲哀啦、悲哀啦……

🎬	8	時間	日	場景	戴家
人物	戴奶、戴母、繼萱（5歲）、繼茹（4歲）、耀起（3歲）				

　　　△　戴奶、戴母正在摘菜……耀起在一旁玩玩具……

　　　△　紗門被碰的一聲推開，繼萱站在門邊嚷著……

繼萱：戴奶奶，我們阿妹仔的名字取好囉，叫「悲哀」啦！

　　　△　繼萱說完又興奮的跑開了……

　　　△　戴奶、戴母怔看著紗門……接著戴奶不解的看向戴母……

戴奶：（聽不懂）什麼「逼唉拉」？

　　　△　台語稍好的戴母，推論著……

戴母：周……悲哀？……（困惑）哪有給孩子取這種名字的?!

戴奶：（懂了，笑出）那還不是一時氣話！……周太她公公重男輕女，早說了哪個媳婦生
　　　了兒子就有地可以分！她要不是為了出這口氣，怎麼可能再生個老三？又要幫人推
　　　拿賺錢、又要照顧繼萱繼茹，還不夠累嗎？

　　　△　戴母也懂了，笑著感嘆……

戴母：唉，偏偏我這個想生女兒的卻生不出來，老天爺真是愛捉弄人。

　　　△　戴母突然想到什麼，興奮的說道——

戴母：媽！不如叫周太太把「悲哀」過繼給我們怎麼樣？

戴奶：那要看我們耀起答不答應啊！

△ 戴奶含笑轉身逗弄著耀起……

戴奶：耀起啊……我們把周家老三接過來做你妹妹好不好啊？

△ 玩玩具的耀起，頭也沒抬的說──

耀起：不好！

△ 戴奶戴母都笑了……

繼薇OS：其實我的名字是周繼薇。

△ 淡出……

🎬	9	時間	日	場景	周家
人物	繼薇（1歲）、周媽、繼萱（沿用5歲）、繼茹（沿用4歲）				

△ 淡入……

△ 正準備用餐……周媽忙碌的端上煎好的魚……

繼薇OS：來自我爸我媽早就取好了的「周繼偉」。

繼萱：我要吃魚眼睛！

繼茹：我也要！

繼萱：是我先說的！

繼茹：我先！

周媽：（斥）一人就剛好一隻麥夠吵啊啦！

△ 繼萱繼茹邊吵鬧邊吃著飯……

△ 而繼薇坐在學步車裡，兀自滑向屋外……

繼薇OS：「兩個恰恰好」真的是很有道理的事，因為一隻魚只有兩隻眼睛，一隻雞只有兩隻腿，連促銷拍賣也只有「買一送一」、「第二杯半價」的活動……所以「第三個」的意思就是──多出來的那個！

🎬	10	時間	日	場景	周家院子連大門外
人物	繼薇（1歲）、戴奶、周媽、繼萱（5歲）、繼茹（4歲）				

△ 繼薇坐著學步車，出了周家，來到院子，往大門而去……

△ 此刻周家屋內傳來繼萱、繼茹的鬼哭神號……

周媽（畫外音）：打妹妹還敢哭?!閉嘴！聽到沒有！不然給你抓去給警察喔！

繼萱（畫外音）：警察只抓壞人，他會先把你抓走！

周媽（畫外音）：還頂嘴?!給你送去孤兒院！

繼萱（畫外音）：（更是哭）壞人！壞人！

繼薇OS：「我是多餘的」──這個訊息在我很小很小的時候就接收到了，所以當我擁有了行動的能力之後，立刻就學會了「離家出走」。

△ 買完菜的戴奶奶提著菜籃走來，瞧見，又驚又喜的說道──

戴奶：繼薇啊，你怎麼一個人在這呢？媽媽呢？

△ 屋裡傳來周媽的吼聲──

周媽（畫外音）：（吼）閉嘴！

△ 戴奶奶聞聲往屋內看去……懂了，笑著嘆口氣……抱起繼薇……

戴奶：你看看，衣服都髒了，手也髒了……走，到奶奶家去，奶奶給你洗洗。

🎬	11	時間	日	場景	戴家
人物	戴奶、繼薇（1歲）、耀起（沿用3歲）、戴母、戴父				

　　△　床上坐著洗乾淨的繼薇，和正在玩玩具的耀起……戴奶奶正給繼薇穿上耀起的衣服……

戴奶：（慈祥的笑）這不是剛剛好?! 以後你就撿耀起穿不下的衣服吧！

　　△　戴母走來……

戴母：媽，人家繼薇是女孩！

戴奶：小孩子分什麼男孩女孩?! 要不她老穿大姊穿舊了二姊又穿破了的衣服，成天破破爛爛！你看，不是挺可愛的！

　　△　屋外有開門的動靜……

　　△　戴奶和戴母看去……

　　△　窗外，戴父穿過院子歸來。

戴母：（納悶）立晨怎麼這個時間回來了？

　　△　戴母納悶的迎了出去，招呼的聲音傳進屋子……

戴母：下午不上班啊？……怎麼啦你？

　　△　戴父始終不發一語……

　　△　戴母的聲音隨著戴父戴母房的房門關上，淹沒了……

　　△　戴奶奶邊逗著兩小邊豎起耳朵聽著以上的動靜。這時，她已經猜出答案，兒子又辭職了，戴奶暗暗嘆了一口氣，擠出笑容對著完全不知人間疾苦的兩個小孩安慰著自己……

戴奶：沒事，工作得不順心就再找嘛，是不是？

🎬	12	時間	夜	場景	周家女兒房
人物	周媽、繼萱（沿用5歲）、繼茹（沿用4歲）				

　　△　周媽把睡著的繼茹放上床，扭著疲憊的手臂，去拉繼萱起床……

周媽：周繼萱，起來洗完澡再睡！周繼萱！

　　△　繼萱發出抗議的聲音，踹了周媽一腳，繼續睡去……

　　△　周媽無奈，也捨不得吵孩子好夢，拿著衣角幫繼萱骯髒的小腳擦了一擦，正準備起身……看向繼萱、繼茹——

周媽：（閩）那ㄟ減一個？

🎬	13	時間	夜	場景	戴家大門外
人物	戴奶、繼薇（1歲）、周媽				

　　△　周媽接過戴奶懷裡已經睡著的繼薇，儘管繼薇已經睡著了，兩隻手卻死命的抱住戴奶的脖子……

　　△　周媽見狀不好意思的斥著……

周媽：趕快回家啦，給戴奶奶累了一天了！

戴奶：沒事！你要照顧三個孩子還得幫人家推拿，周先生在郵局要忙到大半夜的也幫不上你的忙，我反正家裡閒著，繼薇又乖，跟耀起作伴剛剛好！以後你忙不過來，就儘管把繼薇往我家送！

周媽：（感動得不知該說什麼）謝謝啦戴奶奶，我跟老周吵架也是你來給我勸，我生繼薇也是你來幫我照顧繼萱繼茹，你真的比我親生媽媽還要疼我說（淡出）……

　　△　以上周媽的台詞，搭上以下繼薇的OS……

繼薇OS：我好喜歡戴奶奶……

🎬	14	時間	日	場景	戴家
人物	繼薇（1歲）、耀起（3歲）				

△ 數個繼薇穿著耀起的男裝，在戴家玩，被耀起欺侮的畫面……

繼薇OS：好喜歡他們家……也好喜歡穿戴耀起那些有痱子粉味道的舊衣服……

△ 時光冉冉……

🎬	15	時間	日	場景	戴家
人物	繼薇（小學）、耀起（小學）、戴奶、戴母				

△ 戴家牆上，多了耀起的獎狀，學業成績優異……

△ 餐桌前，穿著耀起舊衣服的繼薇和耀起坐在一起吃飯，像一對小兄弟……

繼薇OS：更喜歡吃他們家的飯，因為，我終於吃到了傳說中的人間美味——魚眼睛！

△ 戴奶分了魚眼睛到耀起碗裡……

戴奶：來，耀起最愛的魚眼睛！

△ 繼薇嘴饞的看著戴奶的動作，終於忍不住說道……

繼薇：戴奶奶，啾悲哀也愛吃魚眼睛。

戴奶：喔？繼薇也愛啊?!……那剛好，這裡還有一隻。

△ 戴奶把另一隻魚眼睛給了繼薇……

△ 耀起有點不高興……

耀起：奶，為什麼周悲哀每天都跑來我們家？

△ 戴奶聞言笑了……

戴奶：這樣才熱鬧啊！

耀起：可是那我就少了一個魚眼睛啦！

△ 這時戴母端了湯出來，邊笑應著……

戴母：怎麼那麼小氣?! 做哥哥的讓一隻魚眼睛給妹妹有什麼關係?!

耀起：她又不是我妹妹！

△ 戴母入座，逗著耀起說道————

戴母：媽媽跟你說個祕密。

△ 耀起等著戴母的祕密……

戴母：其實啊，繼薇真的是你妹妹，是送子鳥搞錯了，才把繼薇送到周媽媽家了。

耀起：騙人！

△ 戴母忍著笑……

戴母：不信你問奶奶！

耀起：爸爸說「謠言止於智者」，世界上根本沒有送子鳥！

戴母：（笑斥）怎麼跟你爸一樣不浪漫?!

△ 眾人繼續吃飯……

△ 可在一旁聽的怔怔然的繼薇，卻食不下嚥了，說道……

繼薇：戴奶奶？

戴奶：嗯？想吃什麼奶奶幫你？

△　繼薇搖搖頭，一臉不安的說道……

繼薇：送子鳥眞的送錯了嗎？

　　△　戴奶憐惜的笑看著繼薇逗著她說……

戴奶：應該是吧，要不奶奶跟繼薇怎麼這麼有緣呢？

　　△　繼薇聽著，哭了……

繼薇：那怎麼辦？啾悲哀好想做你們家的女兒喔……

　　△　戴母和戴奶見狀，都又憐惜又好笑的笑了……

繼薇OS：爲了魚眼睛、爲了被寵愛得像一個公主，我眞的好想做戴耀起的妹妹。雖然我明明知道他一點都不需要、也不喜歡我這個妹妹！

🎬	16	時間	日	場景	我們的牆
人物	繼薇（小學）、耀起（小學）、另四五個小孩				

　　△　「我們的牆」第一次出現……鏡頭帶著我們認識它的美麗及神祕……

小男孩（畫外音）：我爸說那裡有一個宇宙大黑洞……所以旁邊東西才會通通都消失了，只剩下這些破破爛爛……

　　△　隔著一大段距離，一排小孩站在「我們的牆」前面，有點畏懼的看著它……耀起也在其中……

　　△　這時耀起一臉不屑的對剛才說話的小男孩說道……

耀起：你爸騙人！我爸說「謠言止於智者」！

小男孩：我爸是科學家才不會騙人！你爸才是什麼都不懂，所以才會一天到晚失業！

耀起：我爸是「懷才不遇」！

小男孩：騙人騙人！

耀起：你才騙人！

小男孩：不然你走過去啊！就知道到底誰在騙人了！

　　△　耀起被激得很憤怒，卻又很恐懼，他轉過頭盯著牆，努力的克服著恐懼……

　　△　眾小朋友紛紛起鬨著「走過去啊」、「走過去啊」、「走過去啊」……

　　△　有人推了耀起一把，耀起緊張的孤立在那裡——

小男孩：怕了吧？

　　△　其他小朋友也起鬨著「騙人騙人」……

繼薇（畫外音）：我哥才沒有騙人！

　　△　眾人住了嘴，看去——

　　△　是繼薇，她不知何時，躲在角落看著一切。

小男孩：（對繼薇）那你證明啊！

　　△　眾小朋友起鬨著「證明啊！證明啊！」……

繼薇：（氣惱）證明就證明！

　　△　繼薇一臉賭氣，跑向了耀起，掩飾害怕的緊緊抓住耀起的衣角……

耀起：走開啦你！

　　△　耀起甩開了繼薇的手……

耀起：我又不是你哥！

繼薇：（擔憂，小聲）要是你一個人掉進黑洞要怎麼辦？

　　△　耀起愣住了，有道理……

　　△　繼薇再次的拉住了耀起的衣服……這次，耀起沒有拒絕……

　　△　眾小朋友又起鬨著「走過去啊！走過去啊！」

繼薇：（小聲）不要怕！我陪你！
　　△　耀起終於接受了繼薇的陪伴……他再次看著牆，接著一步一步的和繼薇走向牆……
　　△　突然，一陣風揚起……
　　△　耀起和繼薇驚恐的停下腳步——
　　△　這時有人驚恐大喊——
小男孩：黑洞出現了！快跑！
　　△　眾小朋友一哄而散……
　　△　繼薇、耀起驚嚇的駐足，看著無人的四下，又看著彼此……突然一陣害怕，耀起也拉著繼薇拔腿跑了……
　　△　「我們的牆」兀自豎立，淡出……

🎬	17	時間	日	場景	電影院外
人物	周爸、周媽、繼萱（小學）、繼茹（小學）				

　　△　淡入……
　　△　周媽騎著摩托車載著繼萱；周爸騎著腳踏車載著繼茹，紛紛喜悅的來到電影院外，停下車……
　　△　周爸在售票口對售票員說……
周爸：兩張全票三張兒童票。
繼萱：（糾正）兒童票兩張啦！
　　△　周爸周媽一怔，看著四下……
周爸：阿「啾悲哀」咧？
　　△　周媽頓了一下才想通般的釋然說道……
周媽：戴奶奶家啦！
　　△　於是周爸也釋然了……
周爸：（對票口）不好意思小姐，那兩張全票加兩張兒童票就好。
　　△　下一場繼薇委屈的哭聲傳來……

🎬	18	時間	日	場景	我們的牆
人物	繼薇（小學）、耀起（小學）				

　　△　牆的後方，往黑洞處，繼薇站在那裡，正一陣心酸、委屈的哭著……
　　△　繼薇的身後，耀起故做無事狀的走來，有點尷尬的伴裝不在意的拉著樹幹玩、伴裝隨口的問著……
耀起：你不怕掉到黑洞喔？
　　△　繼薇一怔，看到了耀起，收起哭泣，說道……
繼薇：（委屈）我就是想要掉進去……
　　△　繼薇說著，開始懷著忐忑的繼續緩緩往前走……
耀起：為什麼？
　　△　繼薇繼續緩緩的往前走去……
繼薇：這樣他們才會「很難過」！
耀起：難過什麼？
繼薇：誰叫他們每次都把我忘記……
耀起：忘記什麼？
　　△　繼薇駐足了，委屈的說道……

繼薇：（委屈）他們說要全家一起去看《美女與野獸》，結果我換好衣服以後（放聲哭道）他們就不見了……

耀起：愛哭鬼。

繼薇：（委屈反駁）等你被忘記你也會哭！

　　△　繼薇繼續往前走去……

耀起：笨蛋！他們都已經忘記你了，怎麼會記得你不見了？

　　△　繼薇一頓……此話有理。她掙扎一會兒以後說道……

繼薇：那你幫我一個忙好不好？

耀起：什麼忙？

繼薇：等我掉下去以後，你去幫我告訴他們，我已經掉進黑洞了……

　　△　耀起想了一下，說道……

耀起：好吧。

繼薇：那……我要去囉。

耀起：掉下去要說喔。

繼薇：嗯。

　　△　繼薇抹去眼淚，依依不捨的繼續往前走去……

　　△　耀起繞著安全地帶不在意的晃蕩著、玩著，哼了一小段小步舞曲的旋律，打住……

耀起：（揚聲問）掉下去了沒？

繼薇：還沒。

耀起：（唱）周悲哀，是老三，腿很長，跑不快 ──（問）掉、下、去、了、沒？

繼薇：還沒。

耀起：（唱）頭很大，可是呆，真是悲哀……到底掉下去了沒？

繼薇：……

　　△　耀起等不到回應有點緊張了，他趕緊爬上了「我們的牆」，站上牆頭張望著……

耀起：（喚）周悲哀?!

　　△　只見，繼薇沮喪的走了回來……仰頭看著牆上的耀起……

　　△　耀起看著腳下的她……

繼薇：好像……沒有黑洞耶！

耀起：看吧?! 謠言止於智者。

繼薇OS：就這樣，我和戴耀起戰勝了「黑洞」的謠言。而那些破牆，就變成了「我們的牆」。

　　編按：耀起瞎歌的旋律為〈巴哈小步舞曲〉，歌詞為：周悲哀，是老三，腿很長，跑不快……頭很大，可是呆，真是悲哀……請參考http://www.youtube.com/watch?v=ccWCqBfYseY

🎬	19	時間	日	場景	戴家外
人物	周媽、繼薇（小學）、耀起（小學）、戴父				

　　△　周媽按著戴家門鈴，不一會兒，有人來開門，是繼薇……

　　△　繼薇一見周媽，不等周媽開口，竟鞠躬說道……

繼薇：周媽媽好，請問有什麼事？

　　△　周媽一怔……

周媽：啊你是發什麼神經，什麼周媽媽？回家了啦！

繼薇：這裡就是我的家，我奶奶要帶我去看《美女與野獸》。

    △ 周媽正要說什麼，這時耀起推開了紗窗說……

耀起：周媽媽，周悲哀說她以後要做我們家的人，因為你們忘記帶她去看電影！

    △ 周媽有點歉然，卻逞強的拉著繼薇……

周媽：小心眼捏！明明是你自己跑沒有人，趕快回家了啦！

    △. 繼薇反抗著……

繼薇：我才不要！不要！

周媽：小心我揍你喔！

    △ 拉扯之間，撞上一個來人——

    △ 是提著公事包、剛回家的戴父……

周媽：啊戴先生拍謝拍謝，今天這麼早下班喔？

    △ 戴父不語，擠出一個笑容，匆匆走到屋內……

    △ 耀起的眼神跟著戴父……

    △ 周媽有點好奇的也目送著戴父……

周媽：（喃喃擔憂）不會是又給人家辭頭路吧……

    △ 周媽完全沒料到，繼薇竟揚起聲音說道……

繼薇：戴爸爸，沒事，工作得不順心就再找嘛！（編按：學戴奶奶）

    △ 周媽嚇得立刻摀住繼薇的嘴——

周媽：（斥）周繼薇你在胡說八道什麼?!回家你就知道跟你講！

    △ 周媽死命的把哭鬧「不要」的繼薇，強抱回家，繼薇沿路掙扎著——

繼薇OS：戴爸爸很喜歡換工作，有時候是工作不要他，但大部分的時候是「他不要工作」。他說：「要我為五斗米折腰，辦不到！」

🎬	20	時間	夜	場景	郵政總局內
人物	周爸、環境人物				

    △ 郵局的工作人員幾乎都帶著護腰，正辛苦的在下籠車、推著籠車上的郵件、各種吃力的工作……

繼薇OS：我親生的爸爸和戴爸爸很不一樣，他在郵局工作了快二十年，每天中午上班要一直忙到半夜一兩點，常常累得連腰都直不起來，他卻還是很得意的說……

    △ 郵政總局內，輸送帶正在輸送郵件，周爸正熟悉的在分發郵件，這時看向鏡頭，像對繼薇說話的說道……

周爸：把一個人的心意平安的送到另一個人的手裡，那種成就感啊，只有自己知道！

🎬	21	時間	夜	場景	郵政總局外
人物	繼薇（小學）、周媽、戴母、耀起（小學）				

    △ 周媽騎著摩托車，繼薇站在前面腳踏板，抵達郵局門口……

    △ 周媽把便當交給繼薇，繼薇熟練的提著便當進入郵局。

    △ 下一場同事的聲音先in……

同事甲（畫外音）：繼薇又來給爸爸送便當囉？

🎬	22	時間	夜	場景	郵政總局內
人物	周爸、繼薇（小學）、環境人物				

△ 繼薇提著便當站在那裡，乖巧的跟大家鞠著躬……

繼薇：孫杯杯好，陳杯杯好、趙杯杯好。

同事乙：你也好！

同事甲：啊繼薇這次月考考第幾名啊？

△ 一旁的周爸笑著嘆息道……

周爸：那要看他們班上有幾個人啊！

△ 同事們笑了……

同事乙：考不好沒關係啦，歌唱得好，將來做歌星賺更多錢喔！啊那繼薇今天要唱什麼給
杯杯聽？

🎬	23	時間	夜	場景	郵政總局外
人物	繼薇（小學）、周媽、戴母、耀起（小學）				

△ 隨即郵局傳來繼薇唱〈小蜜蜂〉的歌聲……
△ 周媽繼續在摩托車上等著，抱怨著……

周媽：又在給我唱歌……恁母家裡還有一堆事！

△ 周媽抱怨著，下了車支起摩托車，正要往郵局走去，忽然瞥見……
△ 對街———戴母提著行李、牽著耀起的身影往鎮外走去……
△ 周媽有點不確定的仔細看去——
△ 對街，果然是耀起和戴母——
△ 周媽正開心的準備扯開喉嚨喚，卻發現 ——
△ 耀起突然甩開了戴母的手……
△ 戴母驚愕的回首看著耀起……
△ 畫面跳耀起那頭……
△ 耀起倔強的往後退了幾步……
△ 眼睛紅腫的戴母看著耀起……

戴母：媽媽知道你捨不得奶奶……可是這種日子媽媽真的過不下去了……

△ 戴母朝耀起伸出手……

戴母：（溫柔）耀起……乖……你跟著戴立晨會一輩子沒出息的！

△ 耀起低著頭，把手縮到背後，退著步……

戴母：你不愛媽媽了嗎？

△ 耀起仍舊低著頭……

戴母：（難過）你不怕再也見不到媽媽？

△ 耀起仍低頭不語……

戴母：（傷心、激動）他毀了我的一輩子！難道你也要這樣對我？

△ 低著頭的耀起，頓了一頓，忽然轉身拔腿就跑……

戴母：（激動、痛苦）戴耀起～～！

△ 畫面跳周媽那頭……
△ 周媽驚愕，看著失控的戴母，又看向奔跑的耀起，完全不知道該怎麼辦……

周媽：這聲是要安怎？

△ 周媽沒留意，在她身後，繼薇已經走出郵局，也看到這一幕……

戴母：不要這樣對媽媽……耀起～～

🎬	24	時間	夜	場景	鄉鎮道路
人物	繼薇（小學）、耀起（小學）				

△ 耀起拚命跑著，沒有駐足……
△ 然後，在耀起身後，有腳步跟上來……
△ 耀起聽見了，滿懷期待，停下腳步，猛的回首……
△ 只見追來的竟是繼薇……繼薇隔著距離，也停下腳步，喘息著、看著耀起……
△ 耀起喘息著，倔強的問著……

耀起：我媽呢？
繼薇：……

△ 喘息的耀起，失望了……

繼薇OS：那天晚上，戴媽媽走了。

🎬	25	時間	夜	場景	無特定

△ 字典上，「走了」的註解……
△ 丟掉那些她想放棄的。

繼薇OS：「走了」有很多意思，在這裡代表了「丟掉那些她想放棄的」。

🎬	26	時間	夜	場景	我們的牆
人物	繼薇（小學）、耀起（小學）				

△ 月色下，「我們的牆」詭異而可怖，四下傳來莫名的聲音……
△ 耀起紅著眼睛、噙著淚水，低著頭、倔強的、執拗的貼牆坐著……
△ 隔著一段距離，繼薇也貼牆坐著，害怕的張望四下、縮著身子、抱緊自己……

繼薇OS：我一直以為總有那麼一天，多餘的我會被徹底丟掉。可我卻從來沒想到，真正被丟掉的，竟然會是戴耀起。

△ 繼薇緩緩看向耀起，喏喏的開口……

繼薇：我……可不可以……坐到你旁邊……？
耀起：（忿忿）不可以。
繼薇：可是……我會怕……
耀起：（忿忿）那你回家啊！
繼薇：可是我怕……「你會怕」。
耀起：……
繼薇：可以嗎？
耀起：……

△ 繼薇等不到耀起的回應，不敢擅做主張，只好繼續害怕……
△ 這時一陣夜鶯之類的奇怪聲音響起，繼薇嚇得驚呼跳起，奔到耀起旁邊坐下，緊緊貼著耀起……
△ 耀起沒有反抗，卻也不理繼薇……
△ 四下漸漸平靜……
△ 繼薇笑笑的對耀起說……

繼薇：現在我不害怕了。

耀起：……

繼薇：你也不要害怕喔，因為我會保護你。

耀起：……

繼薇：我還會一直陪著你，這樣我就不會害怕，你也不會害怕了……

耀起：……

繼薇：還是我做你妹妹好不好？那我們就可以一直在一起啦————（被打斷）

耀起：（很煩）不要！

繼薇OS：他還是不要我這個「假」妹妹，卻「真的」開始做我的哥哥。

🎬	27	時間	日	場景	國小教室
人物	耀起（小學）、耀起同學兩名、繼薇（小學）、同學們				

　　△　下課時間，繼薇和同學們嬉鬧著……

　　△　耀起和兩個混混般的同學，大搖大擺的走進教室，站在講台上……

　　△　同學安靜了下來……

　　△　繼薇也一臉驚訝的看著耀起……

耀起：（仰著臉，屌屌的）昨天是誰掀周繼薇的裙子？

　　△　沒人敢舉手……

　　△　繼薇指著一個小胖子……

繼薇：是他！

　　△　小胖子怔怔不敢作聲……

　　△　耀起看著小胖子……

耀起：這次原諒你……下次敢欺負周繼薇，就給我小心一點，知不知道？

小胖子：知道。

　　△　耀起酷酷的離去……

　　△　全班怔怔目送……

　　△　繼薇一臉被保護的驕傲……一個小女生問著周繼薇……

小女生：他是誰啊？

繼薇：（驕傲的）我哥！

繼薇OS：我好喜歡做他的妹妹。

🎬	28	時間	日	場景	周家
人物	周媽、繼薇（小學）、繼萱、繼茹、耀起（小學）				

　　△　周媽和繼萱、繼茹都驚慌的站在沙發上，抱成一團的指著同一個方向驚慌的嚷著——

周媽：那裡！那裡！周繼薇快點、快點把牠踩死！

　　△　周媽、繼萱、繼茹，與站在門邊的繼薇之間，有一隻蟑螂……

　　△　而剛歸來的繼薇，揹著書包、貼著牆、蒼白著臉看著那隻蟑螂，儘管害怕卻不願辜負母親的期待……

繼薇：要……踩死……嗎？……

周媽：（又急又怕）踩死、踩死，快點！

繼薇：（害怕）可是……牠在動……

周媽、繼萱、繼茹：（驚呼）牠在動！牠在動！

周媽：（催促）周繼薇！

繼薇：好……踩死……

　　△　繼薇只好膽顫的朝蟑螂小心翼翼的靠近……

　　△　蟑螂似乎蠢蠢欲動……

　　△　繼薇正害怕，這時 ──

　　△　耀起的人、聲同時推開紗門出現──

耀起：周悲哀咧？

　　△　耀起衝入、邁進的腳，不偏不倚的從蟑螂身上踩了上去 ──

　　△　周媽、繼萱、繼茹，彷彿停格的看著耀起──

　　△　繼薇得到即時的救援，也景仰、含笑的看著耀起……

繼薇OS：我發現了，「妹妹」原來是一個形容詞，形容著一種「被保護的幸福」。

　　△　耀起不解的看著眾人……

繼薇OS：不過，「我哥」，卻漸漸變成了大家口中的「壞孩子」！

　　△　下一場伴奏的風琴前奏聲揚起……

🎬	29	時間	日	場景	國小教室
人物	老師、耀起（小學）、同學				

　　△　音樂老師正彈著風琴，合唱團正在練唱。耀起和同學們正唱著〈世上只有媽媽好〉……

　　△　在整齊的歌聲裡，卻老是有人突出的把「媽媽」唱成「奶奶」……

耀起（唱）：世上只有「奶奶」好，有「奶奶」的孩子像個寶……

　　△　音樂老師的琴聲戛然而止，看著同學──

老師：誰？

　　△　大家都指著戴耀起……

老師：戴耀起。

　　△　耀起一臉無所謂……

耀起：有。

老師：你自己唱一次！

耀起：（唱）世上只有「奶奶」好 ──（被打斷）

老師：是「媽媽」！……再一次！

耀起：（唱）世上只有「奶奶」好，有奶奶的 ──（被打斷）

老師：（斥）你根本就是故意唱錯！

耀起：沒有啊，我是發自內心唱的！

　　△　老師生氣的站起身，拿起鞭子走到合唱團前……

老師：出列！

　　△　耀起一副無所謂的走向老師……

老師：再唱錯就要挨棍子！……唱！

耀起：（唱）世上只有「奶奶」好 ──（被打斷）

老師：（氣）手伸出來！

　　△　老師狠狠的抽了一鞭……

老師：再唱！

耀起：（唱）世上只有「奶奶」好 ──

　　△　老師又揮下一鞭……

△ 重複唱、唱錯、挨鞭……鏡頭緩緩Zoomout……
△ 下一場訓導主任的話先in——

訓導主任（畫外音）：（斥）動作快點！

🎬	30	時間	日	場景	國小學校雜景
人物	耀起、另兩個同學（一胖一矮）、訓導主任				

△ 升旗台。訓導主任正怒氣衝天的斥著三個小男生——
△ 是耀起和兩個同學，全都一副吊兒郎當的模樣，正走向升旗台……

訓導主任：站好！那什麼樣子！

△ 台中央的耀起和另兩個男孩，稍稍立正……

訓導主任：站到我說可以離開為止！

△ 主任說完，轉身離去，耀起卻揚聲說道——

耀起：報告主任，那如果想上廁所怎麼辦？

△ 主任氣結，回頭斥著——

訓導主任：（沒好氣）憋住！

耀起：那如果憋不住怎麼辦？

訓導主任：（氣，吼）你們看著辦！

△ 畫面疊上……
△ 訓導主任走來，顯然氣有些消了，但還僵著臉，看向台上罰站的耀起和另兩個同學……

訓導主任：下次再給我搞破壞，我就叫你們爸爸媽媽來學校看你們受罰的蠢樣！……走了！

耀起和同學：謝謝主任。

△ 接著三人忍著笑、趕緊跳下升旗台，拔腿就一溜煙的跑了……
△ 訓導主任正要離去，卻一頓，他回首看著升旗台——
△ 在台中央，竟然有一坨屎?!
△ 訓導主任氣得快爆炸，怒吼著——

訓導主任：是誰～～??!!

△ 跑遠的耀起回首扯著喉嚨說道……

耀起：是你說要我們「看著辦」的啊！

訓導主任：（憤怒）戴耀起～～

△ 訓導主任轉身追著耀起……
△ 耀起趕緊拔腿跑去……
△ 他們在校園裡追逐著……
△ 耀起拚命、奮力的跑著……

繼薇OS：不管他變成什麼，我永遠記得，在我七歲的時候就下定了決心，

△ 我要快點長大，我要做那個可以保護他的人！……於是，我真的「很用力」的「長大了」……
△ 疊上下一場……

🎬	31	時間	日	場景	高中學校走廊
人物	耀起（高中）、繼薇（高中）、教官、同學們				

△ 跑給人追的耀起，已經19歲了……

△ 隨著教官的哨子聲，衣衫不整的耀起飛毛腿般的奔馳於學校走廊、精準的閃過人、障礙……快要經過繼薇教室前，開始放聲嚷著──

耀起：周悲哀！

△ 繼薇立馬出現在窗前──
△ 耀起非常有默契的把一包東西丟給繼薇──

耀起：藏好！

△ 繼薇立刻很有默契的接住，然後縮回窗戶下……
△ 耀起一溜煙的不見了。教官跑來，喘著氣……
△ 四下學生趕緊閃回教室……
△ 藏在窗下的繼薇正看著手中的東西──一包紅色Marlboro！！！──驚慌之下，她趕緊試圖把煙藏起之際──

教官：周繼薇！

△ 繼薇一怔，緩緩的、忐忑的抬起頭看著窗邊探進頭的教官──

繼薇：教……官……好……

△ 下一場教官的聲音先in……

教官（畫外音）：到底是誰的？

🎬	32	時間	日	場景	教官室
人物	耀起、繼薇、教官				

△ 那包紅色Marlboro煙在教官的桌上……
△ 低著頭的繼薇喏喏的站在教官面前，兩隻手緊張絞著彼此，卻堅決不能說出實話……

教官：不說？……那就現行犯，兩支小過囉?!

△ 繼薇驚慌的看向教官……
△ 教官等著答案……
△ 繼薇還是一咬牙，放棄說出實情──

繼薇：教官，我……我下次不敢了。

△ 教官氣結，在桌前填著懲處公文，這時傳來了熟悉的聲音──

耀起（畫外音）：是我的啦！

△ 繼薇一怔，和教官同時看去……
△ 耀起滿不在乎的走來……

耀起：跑給你追的時候扔給她的。

教官：戴耀起，高一唸兩年，高二又唸兩年，現在是打算再兩支小過，乾脆不用唸了是不是?!

△ 繼薇聞言一陣緊張，趕緊說道──

繼薇：是我的！教官，真的是我的啦！

耀起：（看教官）她演技這麼爛，白癡才會信喔！

繼薇：（放聲，急得快哭了）真的是我的～～

繼薇OS：還好……戴耀起並沒有被退學……

△ 下一場戴奶聲音先in……

戴奶（畫外音）：幾十年了，想戒又戒不掉……

🎬	33	時間	日	場景	教官室
人物	耀起、戴奶、教官				

△ 耀起在教官室外罰著站……

△ 教官室裡暗暗幽幽的，看得出戴奶坐在教官前面的背影，繼續說著……

戴奶： 我兒子不准我抽，說抽煙對身體不好，可不抽我渾身都不對勁，所以我就把煙藏在我孫子那！……都怪我，這個壞習慣就是改不掉……（見教官不信，加強演出）你看，這會兒我又想抽了……

△ 奶奶的背影點起一支煙，根本不會抽煙的奶奶，立刻被嗆到咳著……

△ 門外罰站的耀起心裡慚愧、自責，紅了眼睛，努力不讓眼淚掉下來……

🎬	34	時間	日	場景	我們的牆
人物	繼薇、耀起				

△ 繼薇慌張的跑來，卻四下找不到耀起……

△ 她正要離去，卻聽見隔著牆有一些動靜……

△ 牆的另一頭，耀起貼牆坐著，正拿後腦袋自責的撞著牆……

△ 繼薇不用看，也知道是耀起在另一頭，於是她也貼著牆坐下……

△ 俯視看去——繼薇和耀起，隔著牆而坐……

△ 耀起一聲一聲的敲著腦袋……一臉倔強，眼淚卻緩緩流下……

△ 繼薇心疼，於是開始一拳一拳的搥著心臟……

△ 同樣的拍子，一個敲腦袋、一個搥心臟……

△ 當耀起止住了，繼薇仍搥著……於是，那聲響引起了耀起的注意……耀起不用看也知道是誰……

耀起： 周、悲、哀。

△ 繼薇這才發現自己的聲音穿幫了，不敢出聲，靜止在當下……

耀起： 走開。

繼薇： 不要。

耀起： 我叫你走開。

繼薇： 憑什麼你叫我走開我就走開？

耀起： 憑你是我妹妹！

繼薇： 那我不做你妹妹可以了吧！

耀起： 不可以！

繼薇： （固執）你很奇怪耶，人家不要做你妹妹你想怎樣?! 我本來就不是你妹妹啊！我姓周，又不姓戴，所以我說什麼都不會走！

耀起： 我再說一次，走開。

繼薇： （哀求）……拜託啦……我真的什麼都不會說啦……我不會說你哭了……不會說你在生自己的氣……我也不會說你每次都只是想要讓你爸你媽後悔，結果卻害到奶奶……我真的什麼都不會說……所以讓我陪你好不好？

△ 耀起的眼眶紅了……

△ 他們隔著牆，繼續坐著……

耀起： 跟屁蟲。

繼薇： 對啊！我就是！不管你走到哪，我都要跟到底！

繼薇OS：我是真的下定了決心要跟著戴耀起到底！
　　△　下一場的背景音樂〈志明與春嬌〉的副歌揚起……

🎬	35	時間	日	場景	雜景
人物	耀起、耀起同伴數人、繼薇、紹敏				

　　△　撞球店裡洋溢著五月天〈志明與春嬌〉的歌聲……
　　△　耀起正要抽桿，後頭卻傳來——
繼薇：（吃痛）喔……
　　△　耀起動作一頓——
　　△　是繼薇被竿子戳到——她傻笑著……
繼薇：對不起。
　　△　耀起咬牙切齒，冷冷的說道……
耀起：閃、開。
　　△　繼薇讓開，耀起再次抽桿、推出……
　　△　繼薇興奮——
繼薇：好球！
　　△　繼薇伸手要跟耀起「給我五」，耀起懶得理，逕自走開……
　　△　繼薇一點也不介意，用失落的手，彈著手指、跟著五月天唱著〈志明與春嬌〉、又趕緊跟到耀起身邊……
　　△　某巷道……
　　△　〈志明與春嬌〉的歌聲繼續穿場……
　　△　耀起跟同伴，一副要去尋仇的樣子，一臉殺氣、手中拿著棒棍，浩浩蕩蕩的走來……
　　△　突然，傳來……
繼薇（畫外音）：（揚聲）戴耀起！
　　△　耀起一頓——音樂同時戛然而止！
　　△　只見耀起身旁，繼薇騎著耀起的腳踏車追來，停在耀起身旁，燦爛含笑……
繼薇：你要去哪？我載你！
　　△　被黏得快瘋了的耀起，面無表情、根本懶得看繼薇——
繼薇OS：不管他的臉多臭！我都要跟著他！
　　△　下一段落，男孩們扯著喉嚨唱著〈志明與春嬌〉的歌聲先in（副歌）……
　　△　操場一角
　　△　耀起的一票不務正業的兄弟，正鬼吼鬼叫的唱著〈志明與春嬌〉，同時正輪流傳著望遠鏡，興奮的看著「什麼」……
望遠鏡的畫面：穿著運動服彈跳的胸部、健美的大腿……
繼薇OS：當然，還是有我「跟不到」的世界……
　　△　正在看望遠鏡的男同學A說道——
男同學A：喔喔喔，這個正！這個正！
　　△　唱歌的人皆停下歌聲，關注著「這個正」——
男同學B：該我了啦！
　　△　男同學B正要拿過望遠鏡，卻被耀起一把搶下，男同學B不敢作聲——
男同學A：欸欸欸，方紹敏啦！開始了開始了……預備預備——
　　△　隨著望遠鏡中，紹敏起跑的動作，整齊劃一的畫外音傳來——
男同學們（畫外音）：ㄅㄨㄞ……ㄅㄨㄞ……ㄅㄨㄞ……ㄅㄨㄞ、ㄅㄨㄞ、ㄅㄨㄞ……哇～～
　　△　那聲「哇」，正配合著紹敏跳起……

△ 望遠鏡看去的畫面，卻突然，出現恐怖的一雙眼睛——

△ 耀起驚嚇得起緊拿下望遠鏡——

△ 是拿著鐵罐「津津蘆筍汁」喝著的繼薇，笑嘻嘻的問著耀起——

繼薇：（興奮、好奇）你們在「哇」什麼啊？

△ 耀起一把搶下繼薇手中的鐵罐說道——

耀起：你不懂啦！

△ 接著，耀起一把把擋住視線的繼薇推開，繼續看著望遠鏡——

繼薇OS：那時候的我們，單純的好快樂、好快樂……

🎬	36	時間	日	場景	教室
人物	繼薇、小芸、某男同學、同學們				

△ 繼薇和小芸擦著窗戶，學著韓劇《藍色生死戀》，一內一外的在玻璃上呵氣，擦著同一個區塊……

繼薇OS：可惜我們終究要長大，終究要面對……愛情的複雜。

△ 相視大笑……

小芸：明天去看電影好不好？

繼薇：明天我跟戴耀起說好要去鳳梨他們家PK「PS2」，星期天好不好？

△ 這時站在走廊這方的繼薇，身後傳來了——

男同學（畫外音）：周繼薇！

△ 繼薇一怔，回首看去……

△ 是一個看起來很呆的男同學，低著頭，十分尷尬……

繼薇：（尷尬、意外）有……什麼事嗎？

△ 男同學漲紅了臉……

△ 小芸八卦的忍著竊笑，等著看好戲……

男同學：（艱難的）我……有話跟你說……

△ 繼薇有點懂了，尷尬又拒人千里的說道——

繼薇：有什麼話……你就……說……啊……

△ 男同學的臉更紅了，突然扔了一句——

男同學：我在校門口等你！

△ 繼薇還沒來得及反應，男同學已經拔腿就跑走了……

小芸：（興奮）一定是要告白！

△ 繼薇尷尬的紅了臉，回身繼續更賣力的擦著窗戶……

小芸：（興奮）快去啊！

繼薇：不要。

小芸：幹嘛害羞啊?!

繼薇：才不是害羞……我又不喜歡他。

△ 小芸湊近繼薇，曖昧笑著說道……

小芸：那你喜歡誰？

△ 繼薇不敢抬頭，故作賣力……

繼薇：誰也不喜歡。

△ 小芸一臉「早已了然」的說道……

小芸：戴、耀、起呴？

△ 繼薇下意識的反彈——

繼薇：怎麼可能？

小芸：爲什麼不可能？一天到晚黏在一起，早就覺得你們很曖昧了！

繼薇：（激動反駁）我們是「哥哥妹妹」！

小芸：（謔）「哥哥妹妹」這種才最曖昧啦！

繼薇：才沒有！

小芸：（鬼臉）曖昧曖昧曖昧！

繼薇：（激動）沒有！

小芸：（鬼臉）說謊說謊說謊！

　　△　繼薇氣急敗壞——

繼薇：我要生氣囉！

　　△　小芸還是一臉嘻皮笑臉——

小芸：周繼薇惱羞成怒了！

繼薇：我眞的生氣了！

　　△　繼薇氣到不知該怎麼辦，一摔抹布，就走人了——

🎬	37	時間	日	場景	校門口附近
人物	耀起、繼薇、某男同學、環境人物				

　　△　因爲跟小芸吵架，紅著眼睛的繼薇孤單的往校門口走來，卻被突然衝到她面前的身影嚇了一跳——

　　△　繼薇驚愕的看著「某男同學」……

　　△　「某男同學」緊張的看著繼薇……

繼薇：你……到底要幹嘛？

男同學：我……有話跟你說！

繼薇：我……不想聽。

男同學：你……（堅決）一定要聽！……其實我——（被打斷）

繼薇：我不要聽啦！

　　△　繼薇趕緊搗住耳朵……

　　△　男同學見狀，焦慮無措，最後只好鼓起勇氣、大聲的說道——

男同學：你可以做我的女朋友嗎?!

　　△　突然，一旁傳來捧腹大笑的聲音……

　　△　繼薇和男同學都驚訝的看去——

　　△　是耀起，邊忍著笑邊騎著腳踏車經過兩人……

　　△　繼薇忿忿的瞪著耀起……

　　△　耀起騎遠了，終於忍不住放聲的大笑……

🎬	38	時間	日	場景	我們的牆
人物	耀起、繼薇				

　　△　繼薇臭著臉坐在「我們的牆」上……

繼薇：笑笑笑，笑屁啊?! 也不來救人家，什麼爛哥哥?!

　　△　耀起突然從牆後一躍而上——

耀起：「有人看上你」值得放鞭炮耶！幹嘛救你？

繼薇：（氣）很多人喜歡我好不好？
　　△　耀起不屑笑出——
　　△　繼薇瞪——
耀起：（改口）那就更應該歡欣鼓舞啦！
繼薇：可是我……我就不喜歡他啊。
耀起：那就坦白跟人家說不就好了。
繼薇：可是我就不想傷害他啊！
耀起：那就……跟他說你有男朋友了嘛！
繼薇：如果他問我是誰呢？
耀起：隨便說一個啊。
繼薇：阿華？
耀起：（別鬧了）全世界都知道阿華喜歡的是校花方紹敏。
繼薇：那……「鳳梨」？
耀起：他也是方紹敏掛的！
繼薇：（氣）難道要說「你」喔？
耀起：（警告）少破壞我的行情喔！
繼薇：（氣惱）我也並不想玷污自己的名聲！
耀起：謝天謝地、謝主龍恩！
繼薇：（氣惱）那怎麼辦嘛?!
　　△　耀起搖晃著腿、動著腦筋，突然做了一個「太讚了」的表情說道——
耀起：跟他說你喜歡的是小芸！
　　△　繼薇一怔……
繼薇：我喜歡小芸的意思是（頓住，傻眼）……
耀起：一勞永逸我跟你講，各種麻煩都沒了！……這下解決啦，一碗綠豆湯！
　　△　耀起得意的跳下牆……
耀起：走啊！
　　△　繼薇傻眼的看著耀起……
　　△　下一場，大會舞的音樂起，有一種破喇叭的效果，配合著老師的拍子……
老師（畫外音）：一二、一二（繼續）……

🎬	39	時間	日	場景	學校操場
人物	指導老師、耀起、紹敏、繼薇、小芸、其他大會舞同學				

　　△　學校正在排練運動會的大會舞（聲勢浩大）……
　　△　隊伍中的繼薇還在跟小芸鬧彆扭，緊鄰的兩人互不看對方，偶爾還扭頭不屑彼此……
　　△　司令台上，指導老師正在指揮隊形變化……
　　　　此刻的狀況是：前半部的隊伍，正以中央線為基準，往左右兩邊橫跨步，騰出中間的空位，而後半部的隊伍正往前方空位移動……
　　△　我們看到了隊伍中的耀起，剛好就是緊鄰中央線的一員。
　　△　在老師口令之下，耀起手插著口袋，很不情願的往旁邊移動，和其他認真的同學，很不一樣。畢竟，大會舞這種活動豈是他這類的酷帥哥可以屈就的？
　　△　老師透過麥克風的指揮聲音繼續傳來……

老師（畫外音）：預備動作，左腳起步，一二三四五六七八……二二三四五六七八……往旁移動，一二三四五六七八……轉向中間……一二三四五六七八……往前移動。

　△　耀起很不情願，動作始終慢半拍又很含糊……
　　　漸漸的後半部隊伍已經就定位，在耀起身旁的剛好是紹敏（編按：留意髮夾在頭上）……
　△　在認真練習的紹敏不遠處的後方，是認真的繼薇，左右有點不分，老是掉拍子……
　△　老師指令繼續……

老師（畫外音）：單數向左，雙數向右，轉身擊掌，轉回正面……

　△　耀起應付的做著老師的指令……
　△　方紹敏卻很認真，伸出手要與耀起擊掌，卻得不到回應，來回幾次後，方紹敏火了，瞪著很混的耀起，當耀起不情願的在指令下轉向紹敏時，紹敏開口了——

老師（畫外音）：搖搖屁股，開始動作……

紹敏：你以為大家都很高興在大太陽底下練大會舞嗎？

　△　耀起一怔，還不太能確定紹敏在跟自己說話，看看四下……
　△　紹敏繼續朝著耀起說道——

紹敏：可是為什麼所有的人都那麼認真？因為我們有榮譽感！因為大會舞代表了學校的團結、榮譽！你知不知道什麼叫榮譽？我猜你應該不知道，但是你應該知道什麼是老鼠屎吧！因為你就是一顆破壞整體榮譽的老鼠屎！

　△　耀起整個愣住了，盯著紹敏——
　△　紹敏也不甘示弱的看著耀起……
　△　紹敏身後的繼薇擔心看著眼前僵住的場面……
　△　耀起竟然——抬起手，乖乖的擺動了……
　△　紹敏忍著笑，髮夾在陽光下，閃閃發亮……

🎬	40	時間	日	場景	學校操場（第五集15場，有另一角度情節）
人物	繼薇、紹敏、小芸、老師（同大會舞）、其他同學、耀起				

　△　體育課，繼薇在收拾滿地的羽毛球……
　△　一隻手出現在她的眼前，拿著一顆羽毛球……
　△　繼薇抬頭看去——
　△　是小芸。

小芸：（冷冷的）你到底還要氣多久？

　△　繼薇立刻軟化了，委屈的說道……

繼薇：早就不氣了啦……

　△　小芸也軟化了，紅著眼睛……

小芸：害人家這幾天好難過……

　△　繼薇感動笑了……

繼薇：我還不是……

　△　這時旁邊傳來了老師的喊聲……

老師：來兩個大個子的，送方紹敏去保健室。

　△　繼薇聞言看去——
　△　小芸接手繼薇的羽毛球……

小芸：叫你啦！

△ 繼薇趕緊跑去……
△ 繼薇和另一個高大的同學，架起了紹敏，往保健室走去……
△ 練跳高扭到腳的紹敏，痛苦呻吟著……
　 繼薇因此專注著，怕傷到紹敏，沒留意另一個方向，含著棒棒糖的耀起，正拿著一個鞋盒站在不遠處……（編按：請留意，第五集將出現，不同面向的情節）
△ 繼薇三人的身影，越過了耀起……
△ 耀起這才緩緩走來，撿起了一個掉在地上的東西……
△ 是方紹敏的髮夾……

🎬	41	時間	黃昏	場景	我們的牆
人物	耀起、繼薇				

△ 閃閃發亮的髮夾，被拿在手裡……
△ 拿著紹敏髮夾的，是耀起。
△ 耀起坐在「我們的牆」上，看著手上的髮夾，若有所思，好似帶著些許懷春的惆悵……
△ 有腳步聲傳來，耀起收起了髮夾……
△ 來者當然是繼薇，丟下書包後邊爬上牆邊奮說道……

繼薇：欸，我們班那個罵你的方紹敏啊，她今天被報應了耶……
△ 耀起，一臉無精打采的說道……
耀起：幹嘛？
△ 繼薇帶著興奮說道……
繼薇：她就很愛逞強啊，結果今天她練跳高的時候，就一直要挑戰極限，大家都勸她不要，老師也說要量力而為，她還是不聽，結果就真的扭到了，現在好了吧，不只跳高比賽、還有大隊接力什麼的，全都不能參加了，所以她就哭——（被打斷）
耀起：人家受傷了你那麼高興幹什麼？
繼薇：我是說——（被打斷）
耀起：你知不知道什麼叫榮譽感？
繼薇：我只是——（被打斷）
耀起：人家認真練習，是為了要替你們班爭取榮譽！你呢？你做了什麼？
繼薇：（喏喏）……我有在旁邊加油啊……還有送她去保健室啊……
耀起：以及幸災樂禍？
△ 繼薇百口莫辯……
耀起：一個運動選手不能參加比賽，是一件多難過的事情你懂不懂?! 還在那邊幸災樂禍，你有沒有同情心啊?!
△ 耀起說完，氣呼呼的跳下牆，拿起書包掉頭就走……
△ 繼薇委屈的目送，好一會兒才氣極敗壞的嘆著……
繼薇：還不是因為上次她罵你啊，所以我還以為（委屈）……我哪知道……（氣嘆）我超有同情心的好不好?! 我幸災樂禍那還不是因為你！……忘恩負義！
△ 繼薇委屈的氣哭了……

🎬	42	時間	夜	場景	周家餐桌
人物	繼薇				

特寫：日記（以筆記本充當），繼薇正寫下……
　△　也不想想我對你有多好?!
　△　竟然那麼多天不理我。
　△　繼薇，寫不下去了……
　△　鏡頭拉開，繼薇哭著說道……
繼薇：今天是人家生日耶～～
　△　繼薇邊哭，邊翻開一旁的字典，找到了「同情」……
　△　特寫「同情」的註解……
　△　感受別人不幸的遭遇，並予以協助。
繼薇OS：為了證明周繼薇超有同情心……

🎬	43	時間	日	場景	學校操場
人物	繼薇、耀起、環境人物				

　△　繼薇握緊棒子，奮力的跑著，臉色慘白、幾乎快要昏厥……
繼薇OS：所以我自告奮勇的代替了方紹敏參加大隊接力。
　△　繼薇的身旁，不斷有人超越，已經快不行的她更是想加緊腳步跑著……
　△　漸漸的，眼前一陣花白……
　△　繼薇的腿，明顯呈現腳軟的跡象……
　△　繼薇慘白的臉，感覺呼吸困難……就在繼薇要昏倒的那個刹那，一隻手臂接住了她……
　△　繼薇看著手臂的主人……
　△　是耀起──在繼薇仰視的角度下，說道──
耀起：（罵）豬啊你！一點運動細胞都沒有你跑屁啊?!
　△　逆光的耀起，特別的帥……
　△　繼薇看著他，虛弱的笑了……
繼薇OS：我真的好喜歡當「戴耀起的妹妹」，好喜歡那種「天塌下來，他一定會在」的感覺！

🎬	44	時間	黃昏	場景	我們的牆
人物	耀起、繼薇				

　　　繼薇坐在牆上，開心的敘述著……（編按：本場於第五集出現完整版）
　△　隔著一段距離，耀起坐在一旁……
繼薇：我那天就很興奮的穿了我媽送的 501 跟小芸去看電影，結果差點被笑到鑽地洞！
　△　耀起兀自思索著，沒回應……
繼薇：你要問我「為什麼」啊！
耀起：……
繼薇：好啦好啦，我自己答案揭曉啦！
繼薇：因為標牌寫的不是 Levi's，是 Lavis！……難怪我還想說我媽今年怎麼這麼好？送我這麼貴的生日禮物！原來是菜市場裡仿的 ──
　△　耀起越聽越煩，打斷繼薇──
耀起：紙跟筆。
　△　耀起朝繼薇伸出手……
　△　繼薇趕緊從書包拿出筆記本撕下一張紙，又拿出筆遞給耀起……

繼薇：幹嘛？
　　△　耀起接過紙跟筆，然後故意把髮夾放在他與繼薇之間的空處……
　　△　繼薇這才看到髮夾，怔怔的盯著它……
　　△　耀起已經在紙上寫好字（交個朋友吧）、摺著……
繼薇：這個……好像是方紹 ——（被打斷）
　　△　耀起把摺好的紙和髮夾伸給繼薇……
耀起：（故意）昨天揹你到保健室去掉半條命耶，該換你報答我了吧?!
　　△　繼薇一怔，看著耀起……
耀起：幫我拿給她。
　　△　繼薇一怔，看著耀起……
繼薇：……方紹敏？
耀起：（故意強調）一定要拿給她喔！不然你會很慘！
　　△　繼薇接過，怔在那兒，看著手上握著的紙條和髮夾，說不出話……
繼薇OS：為什麼……我心痛了？

🎬	45	時間	日	場景	教室
人物	繼薇、紹敏、其他同學				

主觀視線：下課時間，方紹敏正開心的跟同學聊天……
　　△　主觀視線來自繼薇，她收回視線，看著手中那摺起的字條……繼薇一臉不甘心，但終於下定決心，手再次握緊，走向紹敏……
繼薇：方紹敏，這是不是你的？
　　△　紹敏接過，有點疑惑的打開摺起的紙的一層，裡面是一個髮夾……
　　△　紹敏開心大喜……
紹敏：你在哪裡找到的？我找了好久！謝啦！
　　△　紹敏說著拿起髮夾，隨手把包髮夾的字條放在桌上，隨即開心的把髮夾夾上頭髮……
　　△　桌上的紙條因為紹敏的手肘動作，掉落地上……
　　△　繼薇盯著地上的字條，又看向紹敏……
　　△　紹敏始終沒察覺字條……
　　△　終於，繼薇撿起紙條快速離去……
　　△　回到座位上的繼薇，像做了虧心事，一臉緊張……然後偷偷的一層又一層的打開字條，紙的中央寫著：
　　△　交個朋友吧！戴耀起。
　　△　繼薇一臉的難過……她忍不住看向方紹敏，忿忿的用力的擰著手上的字條……
　　△　方紹敏和同學繼續有說有笑……
繼薇OS：為什麼，我做了虧心事？

🎬	46	時間	日	場景	我們的牆
人物	繼薇、耀起				

　　△　字條特寫：
　　　　我比較喜歡做筆友！女同學。
　　△　耀起正看著字條……
耀起：方紹敏的字怎麼這麼醜？

△　一旁吃著綠豆湯的繼薇，心虛的不敢看耀起，說道……

繼薇： 是喔……

　　△　耀起不以為意的收起字條，朝繼薇伸出手……
　　△　繼薇更心虛……

繼薇： 幹嘛？

耀起： 紙跟筆啦。

　　△　繼薇放下綠豆冰，邊抱怨邊說……

繼薇： 奇怪耶！你寫情書幹嘛用我的紙跟筆？你自己沒有紙跟筆喔？

　　△　耀起拍拍自己鬆鬆的書包……

耀起： 沒有。

　　△　繼薇把紙筆交給耀起，伸長脖子看著耀起寫字……
　　△　耀起回首看看她，說道——

耀起： 轉過去。

繼薇： 為什麼？

耀起： 轉過去！

　　△　繼薇轉了過去……
　　△　耀起用她的背當桌子，寫下了……
　　△　好啊！你家地址？戴耀起。
　　△　因為癢，繼薇邊笑著邊抗議著……

繼薇： 很癢耶！

耀起： 不要動啦！

繼薇OS： 為什麼，我要欺騙戴耀起？

🎬	47	時間	日	場景	教室
人物	繼薇、耀起				

　　△　空曠的教室裡，繼薇趴在桌上回著耀起的信……正寫著：
　　△　我爸我媽會查信，
　　△　所以還是讓周繼薇當我們的綠衣天使吧！
　　△　繼薇筆下的信紙突然被抽起——
　　△　繼薇驚慌的看去，只見耀起站在她的背後拿信唸著……

耀起： 我爸我媽會查信，所以還是讓周繼薇當我們的綠衣天使吧……

　　△　耀起放下信，不敢置信的看著繼薇……

耀起： 沒想到你這麼不守信用、這麼沒有義氣……你怎麼可以這麼卑鄙?!

　　△　耀起說完掉頭就走——
　　△　繼薇趕緊起身要追——

繼薇： 因為我喜歡你！

　　△　快接下一場——

🎬	48	時間	夜	場景	周家女兒房
人物	繼薇、繼萱、繼茹				

△ 睡在上床的繼薇猛的坐起身，驚嚇喘息著——

△ 原來是一場夢……

繼薇OS：我終於發現了那個答案……

△ 客廳裡傳來的聲音，讓繼薇看向了房門——

🎬	49	時間	夜	場景	周家客廳
人物	周媽、周爸				

△ 周媽正陪著周爸吃宵夜，邊說著……

周媽：不賣房子怎麼辦？整個家早就被戴先生敗光了！

周爸：問題是……賣了是要住哪裡？

周媽：戴奶奶託老朋友幫戴先生在台北找了一個工作……說要全家一起去台北租房子……

周爸：台北房子那麼貴?!

周媽：啊不然怎麼辦？……所以孩子就是不能慣，你看戴奶奶，就是太慣孩子了！慣完戴先生，現在又慣耀起……唉！

△ 鏡頭攀去……

繼薇OS：原來我一直喜歡著戴耀起……可是，我卻即將失去他……

△ 不知何時，繼薇站在房門前，已經聽到一切，一臉的不敢置信與哀傷……

🎬	50	時間	日	場景	我們的牆
人物	耀起、繼薇				

△ 剛放學的繼薇穿著高中校服、揹著書包，氣喘吁吁的跑到「我們的牆」前，好像跟人有約，焦急、興奮、撐著膝蓋喘著氣，張望著……

△ 但四下無人……

△ 繼薇正納悶，後腦杓卻被人推了一把——她不用回頭也知道是誰，立刻氣起一張臉……

耀起：哪那麼慢啊你?!

△ 繼薇回過身瞪著從牆後探出半截身子的耀起——

繼薇：我今天值日生耶、然後我們班導又說英文小考不及格的要 ——（被打斷）

△ 耀起已經從牆後，翻上牆坐著，打斷了繼薇……

耀起：信呢？

△ 繼薇一頓，有點不爽的瞪著耀起——

繼薇：就知道「你的信」，自私鬼！

△ 繼薇說著就把口袋裡的信用力摔給耀起，扭頭就要走——

耀起：綠豆湯不要啦？

△ 繼薇聞言駐足，四下找著，終於看到掛在樹枝上的綠豆湯，開心的走去……

△ 樹下繼薇仰著臉、正伸高手要拿下綠豆湯，她的身後，已跳下牆、走來要幫忙的耀起也伸出了手，兩隻手同時抵達綠豆湯……

△ 繼薇一陣怦然……她感覺到耀起就站在她的身後，貼得很近……

△ 停格——

繼薇OS：時間啊，請你就在這裡停下來吧！

△ 綠豆湯融化的水滴，滴在繼薇的臉上，她回了神……

△ 耀起收起了手……

耀起：繼續再這樣長個子下去，我看你只能嫁給巨人了！

繼薇：屁啦，比我高的多的是，籃球國手、美國人、還有藍色大門的張士豪！

　　△ 繼薇說著取下綠豆湯……

　　△ 同時耀起展開著信，邊回嘴……

耀起：那就不要只長個子，多長點姿色或腦子，還美國人呢，英文才考 28 分！

繼薇：你怎麼知道我考 28 ？

耀起：60 減 28，（算著）所以罰站了 32 分鐘。

繼薇：好險只是罰站，本來我們班導要罰青蛙跳耶！

　　△ 耀起已經撐著身子翻坐上了牆……

　　△ 繼薇把綠豆湯放在牆上，把手交給耀起，耀起伸手握住繼薇的手……

　　△ 停格——

繼薇OS：黑洞的傳說，快實現吧！

　　△ 繼薇借力使力的也坐上了牆……然後繼薇吃著綠豆湯，一旁的耀起看著信……

耀起：欸，什麼是「丟水球」啊？

繼薇：就 BBS 啊。

耀起：方紹敏說她爸媽會查信，要我丟什麼水球……不然最好還是把信寄給你，你再交給她……

繼薇：……

耀起：你會交給她吧？

繼薇：不相信那就不要寄啊！

耀起：相信。

繼薇：什麼時候搬啊？

耀起：下個星期天。

繼薇：……你會想我吧？

耀起：（笑笑）好好用功，等你到台北唸大學，我天天帶你去吃好的！

繼薇：（開心）我要吃士林夜市的大腸包小腸、青蛙下蛋、西門町的阿宗麵線、還有那個鴨肉大王、淡水的阿給……

　　△ 繼薇繼續說著台北有名的小吃，說著說著，難過了起來，帶著哭腔仍繼續說著……

繼薇：老天祿的滷味、寧夏夜市的蚵仔煎……

　　△ 繼薇難過得說不下去了、也吃不下了……

繼薇OS：我想起了在「二郎山」緊緊擁抱的男人和女人……

　　△ insert《情人 長城》動畫，緊緊擁抱的男人和女人……

　　△ 回現實——

　　△ 繼薇一番掙扎——終於轉過身想要一把抱住耀起——

　　△ 耀起卻同時跳下了牆，繼薇一個重心不穩，隨著驚呼、朝後翻下了牆——

　　△ 牆後的繼薇，四腳朝天的摔在草地上，怔怔直視前方……

　　△ 她的主觀畫面：是永恆的宇宙……

繼薇OS：永恆啊，可不可以請你賜我這「不夠美麗的故事」一秒鐘就好呢？只要你的一秒，我就可以……永遠，跟他，在、一、起。

　　△ 耀起（撐在牆上）出現在繼薇的主觀裡……他大聲的笑了起來

　　△ 下一場，周爸的聲音先in……

周爸（畫外音）：（閩）妥當了！

🎬	51	時間	日	場景	村子口
人物	繼薇、耀起、戴奶、周媽、周爸、卡車司機、村子鄰居一群				

　　△　周爸和司機把卡車後方的繩索捆緊……

周爸：（閩）運將，交給你囉，飼大人怕快，拜託駛卡慢咧啊！

　　△　同時，戴奶奶坐在卡車前頭，朝大夥揮著手……

戴奶：再見再見，有空來台北玩啊！

周媽：（含淚）啊戴奶奶你要照顧身體捏！

　　△　繼薇後腦包著紗布、顏狼狽，含淚揮著手……

繼薇：（含淚）奶奶再見……

　　△　卡車已經往前滑動……

　　△　耀起不知從哪冒出，身上揹著一個大背包竄到繼薇面前，塞了一封信給她……

耀起：地址在上面。

　　△　耀起說完，轉身跳上卡車……

　　△　繼薇看著他，一陣心痛，喊著……

繼薇：戴耀起！

　　△　耀起看向繼薇——

繼薇：（哭嚷）你要……你要等我去台北喔！

耀起：（笑嚷）知道啦！大腸包小腸！

　　△　耀起酷酷的揮著手……

繼薇OS：他「走了」。

　　△　繼薇目送著，心臟越來越痛，她開始用那隻拿著信的手，一拳又一拳的搥著心臟……

繼薇OS：「走了」有很多種意思……

🎬	52	時間	日	場景	無特定

　　△　淡入……

特寫：國語字典上，關於「走了」的註解——

　　△　相隔著一段時間和空間。

繼薇OS：在這裡代表了「相隔著一段時間和空間」……

🎬	53	時間	日	場景	我們的牆
人物	繼薇				

　　△　繼薇一個人坐在牆上，孤獨的、哽咽的說道……

繼薇：戴耀起同學，收信好。最近學校突然變得很安靜，應該是你不在的原因吧！請你一定要用功讀書，不要被上一代的問題，耽誤了自己的前途。我也一定會非常非常努力的考取大學，早日和你重逢的！

　　△　繼薇說不下去了，哀傷的搥著自己的心臟……

繼薇OS：我要努力的追上時間和空間……

🎬	54	時間	夜	場景	周家客廳
人物	繼薇、周媽				

△ 鏡頭拉開，客廳只亮著一盞小燈……
△ 繼薇在燈下給耀起寫著信，寫得淚流滿面，又不敢哭出聲，只有鼻子不斷吸著鼻涕的聲音……

繼薇OS：關於你信中問到的「你的缺點」……我想了很久，真的想不到你有什麼缺點，除了你「老是跛跛的、喜歡用鼻孔看人、常常說錯話」這些小毛病……可是我知道，你的跛，其實是自卑；你用鼻孔看人，是害羞和人家眼睛對眼睛；老是說錯話是因為你省掉太多字，所以在我的眼睛裡，你是一個很真、很善良、很——（被打斷）

△ 突然背後傳來周媽的聲音……

周媽：周悲哀，人家搬個家你是要哭幾天？

△ 周媽蓬頭垢面的站在房門邊……

周媽：恁母一整天推了十個客人，想好好睡個覺你給我在那邊哭么，跟你講你再在那裡窸窸窣窣的不睡覺我就去揍你！

△ 周媽話沒說完，繼薇已經在三秒內機警的拿起紙筆、關上燈衝回房間了——

繼薇OS：我要追上他……

🎬	55	時間	夜	場景	周家女兒房
人物	繼薇、繼萱、繼茹				

△ 一張單人床上睡著頭上捲滿髮捲的繼萱……
△ 隔著凌亂的書桌，放著一張上下床，下床的繼茹也睡熟了，上床的繼薇也睡著了……
△ 忽然屋外傳來……

耀起（畫外音）：周悲哀！出來一下！

△ 繼薇猛的坐起身，怔了三秒就衝下床、摔了個狗吃屎——

繼薇OS：因為我有一個祕密要告訴他……

🎬	56	時間	夜	場景	周家大門外
人物	繼薇				

△ 繼薇衝出大門，但大門外什麼也沒有……
△ 繼薇難過的，尋找著、失望著……

繼薇：時間啊……快點跳過去吧……快點跳到「我考取大學」的那一天吧！

🎬	57	時間		場景	空景

△ 時光飛逝，物換星移 ——

🎬	58	時間	日	場景	周家大門外
人物	周爸、周媽				

△　周爸騎著腳踏車急切的歸來，剛在門口停下，周媽剛好提著空菜籃出來，嚇了一跳……

周爸：（閩）安怎？ㄅㄧㄡ了冇？

周媽：（閩）現在大學這麼多，沒ㄅㄧㄡ才有鬼咧！

周爸：（閩）哪一間？

△　這時，屋裡傳來繼薇驚天動地的哭聲……
△　周爸、周媽被那驚天動地的哭嚎引著看向屋內……

周爸：（閩）啊她是在哭啥？

周媽：（閩）鬼才知啦！生了一個肖仔，有影悲哀啦！

△　周媽接過周爸的腳踏車，去市場了……

🎬	59	時間	日	場景	周家女兒房
人物	繼薇				

△　繼薇坐在電腦螢幕前放聲大哭著……

繼薇：為什麼？為什麼？為什麼偏偏是「高雄縣」～～

繼薇OS：我以為，要追上二百一十五公里之外，只需要八個月……

🎬	60	時間	日	場景	火車站
人物	繼薇、環境人物				

△　一列南下的火車上，準備去上大學的繼薇坐在窗前，委屈的哭著……
△　火車開始移動……轉為下一場「動畫」——

繼薇OS：命運卻讓我和他的距離……

🎬	61	時間	日	場景	動畫

△　insert動畫……
△　長城上的男人和女人錯身後，漸行漸遠……

繼薇OS：正向三百五十三公里之外延長著……

△　（動畫「新」）男人突然回過頭來說道——

男人（耀起）：欸！走錯方向了啦！

△　畫面漸白……
△　上字幕
　　第一種悲哀：
　　人生，充滿了逆向行駛！

△　待續……
　　編按：繼薇老家地址/南投縣里來鄉美樹鎮大仁路7號（虛擬）
△　里來火車站（虛擬）。從台北搭火車至台中或彰化（約兩小時十分鐘），換集集線至目的地（約一小時十分鐘）

妹妹 第二集

🎬	1	時間	日	場景	火車站

△ 一列飛駛的火車……

繼薇OS：逆向行駛的我，來到了三百五十三公里之外。

△ 淡出……

🎬	2	時間	夜	場景	某大學教室
人物	繼薇、同學們、老師				

△ 淡入……

△ 繼薇正在作自我介紹……

繼薇：我媽發現自己又生了一個女兒就哭著說「有影啾逼唉」，所以，後來大家就叫我「周悲哀」。還好有個戴奶奶很喜歡我，算起來，我是被戴奶奶養大的，跟她的孫子一起長大的……只是後來他們全家搬到台北了，於是我的人生又變得很悲哀……本來我還以為等我上大學就可以和他們重逢，沒想到（難過）……

△ 以上繼薇的自我介紹，搭上以下的os……

繼薇OS：三百五十三公里之外的我，依舊只有一個信念——我要回到戴耀起的身邊！

△ 繼薇打起精神，信心滿滿的笑著說道……

繼薇：可是我知道，我們一定會重逢的！

🎬	3	時間	夜	場景	某大學宿舍外觀
人物	繼薇				

△ 整排宿舍都暗燈了，只有一個窗戶亮著燈……

△ 窗戶裡頭，繼薇臨窗坐著的剪影，正在伏案……

繼薇OS：結果只差一票，我們的畢業旅行，就從台北變成了小琉球……都怪小芸，說什麼去小琉球才有出國的感覺！

🎬	4	時間	夜	場景	宿舍內
人物	繼薇、環境人物				

△ 繼薇專注的伏案寫信……

繼薇OS：台北好嗎？學校生活好嗎？你好嗎？……很期待收到你的信，很期待知道你的消息，隨便什麼都好。快點寫信給我吧！

特寫：繼薇寫信的紙張……豆大的水滴，滴在紙上，非常感人……

△ 鏡頭拉開，滿頭大汗的繼薇起緊拿衛生紙擦去紙張的水滴，接著自己擦去汗水、用力搧著風——原來那感人的水滴只是汗水！

繼薇OS：PS這封信，還是請周繼薇幫我轉的。不能去台北唸大學的她，很難過。

編按：設定繼薇有近視。平常時候可戴著近視眼鏡。

🎬	5	時間	夜	場景	KTV某包廂外
人物	繼薇				

△ 繼薇穿著KTV的制服，端著飲料，正敲著某間包廂的門……

繼薇OS：聽說她正在努力打工賺車費，要去台北看你（繼續）……

△ 繼薇推門進去……

繼薇：幫您送飲料。

△ 包廂的歌聲溢出……

歌聲：春嬌已經早就無在聽　講這多　其實攏總攏無卡抓……

繼薇OS：別忘了你答應她的……大腸包小腸、青蛙下蛋、阿宗麵線、鴨肉大王、阿給、滷味、蚵仔煎（淡出）……

🎬	6	時間	夜	場景	KTV某包廂
人物	繼薇、環境人物				

△ 繼薇蹲在桌子前，幫客人上著飲料……

歌聲：走到淡水的海岸兩個人的愛情已經無人看　已經無人聽啊……

△ 繼薇邊聽著歌、邊服務著，暗自興起一陣感觸……

歌聲：我跟你最好就到這　你對我已經沒感覺到這凍止你也免愛我……

△ 客人的歌聲漸漸淡出……「五月天」的演唱疊了上來……
我跟你最好就到這　你對我已經沒感覺　麥閣傷心麥閣我這愛你　你不愛我

△ 繼薇停下了服務的動作，忍不住看向螢幕……

△ 螢幕裡出現了，下一場的動畫（正下火車的旅客）……

△ 鏡頭朝螢幕zoom in……漸漸融爲動畫……

🎬	7	時間	日	場景	動畫
人物	男人、女人				

△ 男人騎著腳踏車，女人站在後面……

△ 志明心情真正有影寒　風這大　你也真正攏沒心肝

△ 春嬌你哪無要和我播　這場電影　咱就走到這位準嘟煞

△ 男人和女人玩電動玩具……

△ 走到淡水的海岸　兩個人的愛情已經無人看　已經無人聽　啊

△ 女人和男人在我們的牆……

△ 我跟你最好就到這　你對我已經沒感覺

△ 到這凍止　你也免愛我

繼薇OS：有時候你會不會也覺得，有些歌就像黑洞一樣？

🎬	8	時間	日	場景	KTV某包廂
人物	繼薇、環境人物				

△ 畫面跳回現實，特寫：繼薇正忘情的拿著麥克風續唱著……

繼薇：（唱）我跟你最好就到這　你對我已經沒感覺　麥閣傷心麥閣我這愛你　你不愛
　　　　我～～～
繼薇OS：會帶著你掉進了當年、當時、當下……
　　　△　繼薇唱完，仍陷在歌詞的意境裡……
　　　△　鏡頭緩緩拉開，包廂裡的客人皆傻看著繼薇……
　　　△　繼薇回神了，趕緊尷尬的放下麥克風，低頭連連致歉，完全抬不起頭的尷尬、倉皇的逃出了包廂……
繼薇OS：我們老師說，那叫「情緒記憶」！

🎬	9	時間	日	場景	校園
人物	繼薇、環境人物				

　　　△　繼薇奔跑在校園，儼然上課要遲到的樣子……
　　　△　繼薇停下腳步喘息著……
繼薇OS：那麼，當你再次聽到五月天的「志明與春嬌」，你想起的，會是什麼呢？
　　　△　繼薇再次起跑……

🎬	10	時間	日	場景	宿舍舍監辦公室
人物	繼薇、舍監				

　　　△　繼薇氣喘吁吁的衝進舍監辦公室……
　　　△　舍監抬起頭看著她……
　　　△　繼薇好一會兒才開得了口急切的說——
繼薇：請問有沒有周繼薇的信？
　　　△　舍監聞言，慢慢的轉身，拿起一疊信件，一封一封的查看著……
　　　△　繼薇一臉期待……
　　　△　舍監查看了一會兒，手中拿著一封信說道……
舍監：周繼薇？
　　　△　繼薇更興奮了，用力點著頭……
繼薇：嗯！
　　　△　繼薇朝舍監期待的伸出手……
舍監：沒有。
　　　△　繼薇大失望，伸出的手僵在半空中……
繼薇OS：他沒再寫信給方紹敏。我不知道自己是該難過？還是該開心？

🎬	11	時間	日	場景	宿舍
人物	繼薇				

　　　△　繼薇正興奮的收拾著要去台北的行李……
繼薇OS：因為在他忘了方紹敏的同時，我也失去了他的音訊……
　　　△　正確認「往台北的火車票」已經在皮夾裡……
　　　△　外面卻傳來……
舍監（畫外音）：周繼薇訪客！

△ 繼薇一怔……隨即想到會不會是耀起？

△ 繼薇興奮的、感動的轉身……衝了出去——

🎬	12	時間	日	場景	宿舍外
人物	繼薇、周爸、周媽				

△ 繼薇一臉興奮的衝了出來，臉色卻僵住了……

繼薇：你們……怎麼會來？
　　△ 只見提著大包小包的周爸周媽……

周媽：還不是你爸！一聽到你補課不能回家，就吵著要來給你看！
　　△ 周爸一臉開心的笑容，掩飾說道——

周爸：只是「順便」來看看，主要的目的當然是「帶你媽來南部郊遊」！
　　△ 繼薇一臉快哭了……

繼薇：可是人家（有苦難言）……

周媽：可是什麼？……那個什麼臉啦？坐幾個小時的車、千里迢迢來給你看，還不高興喔?!

繼薇：（為難）怎麼可能不高興……當然是……（快哭）很高興啊……高興得都快要哭了……
　　△ 繼薇說著就要哭了……
　　△ 周爸開心的跟周媽說……

周爸：看到沒?! 我就說繼薇一定會感動得哭出來！

🎬	13	時間	日	場景	大學教室
人物	老師、同學們				

△ 老師點名中……

老師：陳麗芬、張至恩……
　　△ 紛紛有人舉手喊「有」……

老師：周繼薇……
　　△ 沒有回應……
　　△ 老師看去，再次喊著……

老師：周繼薇。
　　△ 老師確定沒人，在點名簿上寫下……
　　△ 死當

🎬	14	時間	日	場景	台北火車站
人物	繼薇、環境人物				

特寫：繼薇的笑臉……

繼薇OS：你感覺到了嗎？
　　△ 鏡頭緩緩拉開……
　　△ 繼薇非同以往，打扮得非常甜美，刻意學方紹敏戴了一個髮夾……此刻，揹著行李駐足在台北火車站，興奮的

笑著……

繼薇OS：我「終於」抵達了「你的城市」！

🎬	15	時間	日	場景	某公寓前
人物	繼薇、老爺爺、老奶奶				

△ 繼薇興奮的看著筆記本上的地址，看著面前的公寓鐵門，興奮又近鄉情怯的伸出手按了門鈴……

△ 有人來開門……

△ 繼薇聽見開門聲，滿臉的欣喜，卻一頓……

△ 只見門邊出現了一個戴著毛帽的慈祥老爺爺……

△ 繼薇驚訝的看著眼前的老爺爺，不敢置信的問著……

繼薇：戴？……奶奶？

老爺爺：（笑了）是爺爺，而且不姓戴。

繼薇：（鬆口氣）喔對不起對不起……

老爺爺：你找哪位啊？

繼薇：戴耀起。

老爺爺：（思索著）戴耀起？……（想到）喔～他已經搬走囉。

繼薇：（錯愕）啊？搬……搬（急）那爺爺你知不知道他搬去哪了？

老爺爺：（歉然）對不起啊，這個爺爺不太清楚。

繼薇：（遺憾）……那我……我……我……

△ 繼薇遺憾的傻在原地，就在這時，一張有摺痕的信紙朝著繼薇這頭飄來，在老爺爺身旁落地……

△ 繼薇先一步幫老爺爺撿了起來，正要還給老爺爺，卻一頓，仔細看著，驚訝——

繼薇：我的信 ?!

老爺爺：（恍然大悟）喔……原來你就是一直往這兒寫信的人啊？

△ 這時屋裡傳來了……

老奶奶（畫外音）：亂七八糟，胡寫一通！

△ 繼薇看去……

△ 又一張信紙被扔了過來……

△ 老爺爺彎身撿起……

△ 繼薇看著老爺爺手上的，還是自己的信……

繼薇：這也是我的……信……

老爺爺：（歉然）非常不好意思，我太太一直當這些是她學生的作文……

△ 繼薇沒聽懂……

△ 老爺爺往屋裡看去……

△ 順著老爺爺的視線，繼薇看見屋裡坐著一個蒼老的奶奶，正專注的看著繼薇的信，還拿著筆，眉批著……

老爺爺：她得了失智症……只記得以前當老師的事，所以……多虧你的信……

△ 繼薇一臉不知該哭該笑……

△ 音樂起……

🎬	16	時間	日	場景	街頭
人物	繼薇、耀起 / 繼薇				

特寫：手中的信……

△ 鏡頭緩緩拉開：繼薇落寞的走在街頭，行屍走肉一般……

△ 迎面，一個男人和她錯身而過，是耀起，繼薇毫無察覺……

△ 然後耀起感覺到什麼，駐足，回身看著……

△ 繼薇落寞的背影往前走去……

△ 耀起試探的叫著……

耀起：周悲哀？

△ 繼薇愣住，駐足，回首看去，興奮的大叫……

繼薇：戴耀起？!

△ 耀起一臉「酷酷的」笑……

△ 繼薇感動得快哭了……

繼薇：我剛剛還以為……然後我……可是你……

△ 繼薇「哇」的一聲哭出……

耀起：欸，大馬路上哭成這樣能看嗎？到底會不會當女生啊你？

△ 繼薇又笑了，又哭又笑的看著戴耀起……

△ 耀起一臉「諂笑」，終於朝繼薇張開了手……

△ 慢動作：繼薇開心的朝耀起飛奔而來……

△ 慢動作：耀起朝繼薇笑著……

△ 慢動作：繼薇竟然在快抵達耀起之際，跟蹌撲街……

△ 停格——

繼薇OS：就算這樣也好！

△ 「停格的畫面」只是幻想，這時鏡頭旋轉，我們看到了一旁坐在路邊的「真實的繼薇」……她抱著包包，含淚、沮喪的坐在路邊……

繼薇OS：真的！……我認真的想過十七種可笑的重逢方式，可是我從來沒有想過，這個最壞的答案——

△ 繼薇用拿著信的手，一拳一拳的搥著心臟……

繼薇OS：我徹底失去了戴耀起。

△ 音樂起……

🎬	17	時間	夜	場景	夜市
人物	繼薇、耀起、環境人物				

△ 繼薇一個人寂寞的、有點害怕的走在夜市，捍衛著自己的包包，怕遇到扒手……

△ 忽然，什麼東西吸引到了繼薇的目光……

△ 遠遠的有個招牌寫著「大腸包小腸」……

△ 繼薇駐足了……

△ 畫面疊上……

△ 繼薇拿著一杯青蛙下蛋，正專注的看著老闆燒烤著「大腸包小腸」……

△ 繼薇看著看著，出神的幻想起了什麼……

△ 鏡頭緩緩拉開，繼薇身後站著耀起……酷酷的插著口袋，從繼薇的頭後面探出頭觀看著碳烤的狀態……

△ 繼薇想著、眼眶紅了、感傷的笑了……

△ 老闆把烤好的「大腸包小腸」拿給繼薇……

△ 繼薇回神，接過（幻想的耀起已經不在）……繼薇咬了一大口，順勢抹去眼角的淚水……

🎬	18	時間	日	場景	西門町阿宗麵線
人物	繼薇、耀起、環境人物				

　　△　次日……

特寫：老闆的手把麵線交給繼薇……

　　△　繼薇接過，正要吃，一隻手（耀起）入鏡，替她加著辣椒……
　　△　繼薇回首看去……
　　△　是耀起……正調皮的一匙一匙的幫繼薇加辣椒……
　　△　耀起一臉惡整繼薇的樣子……
　　△　鏡頭再跳到繼薇時……
　　△　其實只是繼薇自己無意識的一匙一匙的加著辣椒……

🎬	19	時間	日	場景	淡水
人物	繼薇				

　　△　淡海，被陽光曬得晶瑩……
　　△　繼薇朝著淡海，終於，忍不住喊著……

繼薇：戴耀起～～你說話不算話～～

　　△　望著淡海的繼薇好難過……

繼薇OS：不過我始終相信，他一定在這個城市，的，某一個角落。而我，一定會和他重逢……

　　△　畫面漸黑……

繼薇OS：時間啊！快跳過去吧……

🎬	20	時間	日	場景	台北城市

　　△　淡入……
　　△　象徵台北的空鏡……
　　△　上字幕：
　　△　2013

🎬	21	時間	日	場景	辦公室（也許是某網購公司）
人物	繼薇（27歲）、環境人物				

　　　繼薇在辦公桌前，孔武有力的打包著產品包裹，非常認真又俐落的工作著（編按：譬如箱子很大，她卻可以一個人、一鼓作氣的封好箱；或是敏捷的把封箱膠帶整齊貼好）……
　　△　繼薇仔細的在產品包裹上貼上「宅配單」……
　　△　特寫宅配「託運單」……

🎬	22	時間	日	場景	宅配營業所
人物	繼薇、美姊（宅配營業所的女事務員）				

△　畫面從「託運單」拉開……
　　△　宅配營業所的女事務員「美姊」，以蓮花指數著手上的「託運單」複寫本……

美姊： 28、29、30、31……（抬起嫵媚的眼睛看向繼薇）一共 31 件？

繼薇： 對！

　　△　美姊僵化的臉，努力上揚著禮貌的嘴角……

美姊： 桃園以北的今天送到，其他的要明天早上喔。

　　△　繼薇拍拍手上的灰塵，抹去額上的汗，笑了笑……

繼薇： 我知道。

　　△　美姊拿出「易碎」的貼紙，準備分別貼上繼薇待寄的箱子……

繼薇： 我來。

美姊： 謝謝啦。

　　△　繼薇接手貼著，美姊開始 Key 貨，邊感慨的說道……

美姊： 世界真的很奇怪吼？

繼薇： （不解）嗯？

美姊： 我是在說，像你這麼可愛的小姐怎麼會沒有男朋友？

　　△　繼薇感到意外的笑笑……

繼薇： 你怎麼知道我沒有男朋友？

美姊： 聽你們家 Mickey 說的啊。

　　△　繼薇一臉「Mickey 真八卦」的尷尬笑容……
　　△　美姊繼續 Key 貨……

美姊： 啊 Mickey 要搬去跟男朋友住，你一個要負擔兩個人的房租，很辛苦吼?!

繼薇： 她連這個都跟你說喔？

　　△　美姊更八卦了……

美姊： 要不要我幫你介紹男朋友？

繼薇： 蛤？

　　△　Key 完貨的「郵碼貼紙」輸出，美姊把貼紙貼在繼薇要寄的箱子上……

美姊： 我們那些 SD—— 就是我們司機啦，體格都很讚喔，（兀自感慨）只可惜不該結婚的都結婚了……（又回神，補充著）不然來這裡寄東西的帥哥也很多喔，像十一樓那個建築師事務所就有好幾個弟弟，好可愛說，不過我是覺得年齡不是問題……你覺得咧？

繼薇： 對啊！只要相愛，什麼都不是問題。

美姊： 所以啊，趕快交個男朋友，這樣就可以省房租啦！

　　△　繼薇只能回以傻笑……
　　△　營業所的電話響了，美姊嫵媚的接起……

美姊： 宅急便您好……所長喔……OK 我來幫你查一下「哈啦」，你等一下喔……今天跑「南四」的 SD 是林品漢，他的電話是 0952（淡出）……

編按：「哈拉」是 SD 電話的術語。「南四」是某路徑的代稱。「SD」是司機的代稱。
營業員收取貨品後，會按照客戶填寫的「託運單」的資料「Key」進電腦系統，電腦隨即印出「郵碼貼紙」，需貼在物品上，以方便追蹤、配送。

🎬	23	時間	日	場景	辦公室茶水間
人物	繼薇、Mickey（櫃檯小妹）				

△　茶水間裡，繼薇正喝著水……看見Mickey端著托盤進來，繼薇正要抗議她的八卦……

繼薇：你真的很愛到處亂八——（被打斷）

△　只見Mickey鬼祟的關上茶水間的門……

繼薇：（不解）幹嘛？

Mickey：（低聲而機靈的）我剛去會議室送茶水，聽到大人物們說要「裁員」。

繼薇：（驚）蛤？……（緊張）那我要趕快回去認真工作，萬一裁到我就完了！

Mickey：哪有那麼嚴重?!

△　繼薇正要走，又回頭連珠砲的解釋道——

繼薇：當然嚴重！（連珠砲）我每個月要寄一萬塊的感恩金回家奉養我爸我媽，雖然我爸都會偷偷把五千塊退給我，可是還要繳房租、還要一天三餐坐公車，最重要的是，要是我失業我媽一定會逼我搬回家，可是說什麼我都絕對不能離開台北！

Mickey：哼，放心啦～～你們Boss給你打的考績很高，保證裁不到你。

繼薇：（欣喜）你怎麼知道？

△　Mickey一臉得意的說道……

Mickey：影印資料的時候偷把的。

△　繼薇一陣欣喜……

繼薇：真的嗎？……（趕緊收斂）那我更要立刻回去認真工作，絕對不能辜負 MyBoss ！

△　繼薇說著，端著水杯、堅決走出茶水間……
△　Mickey目送，不以為然的說道……

Mickey：周繼薇真的很不會過人生，一點都不懂得享受摸魚的快樂……

△　Mickey邊說著，邊開始替自己泡飲料，慢慢的打開茶包、慢慢的沖著熱水……一切都慢慢的……

🎬	24	時間	日	場景	辦公室
人物	繼薇、組長（MyBoss）、男同事（張志勳）、環境人物				

△　繼薇端著水往自己辦公桌走去，就聽見組長在叨唸另一個同事……

組長：從昨天下午到現在「一個表格」你弄不出來？

男同事：我只是想把事情做好，而不是做完。

組長：把事情做好的第一要件就是掌握時效，你們研究所沒教你嗎？

男同事：組長，你這樣說話有侮辱毀謗的嫌疑，我其實可以告你！

組長：歡迎！但是請先把表格完成以後交到我手上，再去法院按鈴！

△　組長說完氣憤離去……
△　男同事忿忿的摔著桌上的東西……
△　繼薇趕緊走到男同事旁邊……

繼薇：要不要我幫你？

△　男同事看向繼薇，神情竟不是「感激」，反而像是繼薇羞辱了他……

繼薇：（趕緊解釋）我沒有惡意……只是那個表格好像 Boss 下午跟經理開會就要用到……其實 Boss 也沒有惡意啦！他那個人本來就講話直了一點，可是人真的很好，慢慢你就會瞭解了。

△　男同事面無表情的看著繼薇，等繼薇說完後，冷冷的說道……

男同事：我想我們公司需要的不是「好人」，而是有開創性的菁英分子！

△　繼薇一怔，只能熱臉貼冷屁股的擠出一個笑容，回到自己的座位……

△ 繼薇暗暗嘆息，電話響起內部分機鈴聲，繼薇接起……

繼薇：您好，我是周繼薇……

△ 繼薇聽著電話，神情志忑的望向會議室……
△ 下一場某主管的聲音先in……

某主管（畫外音）：如果你們部門非要裁掉一位同事……（繼續）

🎬	25	時間	日	場景	會議室
人物	繼薇、某主管、一群高階主管				

△ 鏡頭先帶到一列高階主管們……大多低頭翻著手中的資料……
△ 只有其中一位正看著前方的繼薇，問著問題……

某主管：你覺得應該是誰？

△ 繼薇一臉為難……

繼薇：（為難）一定要……選一個嗎？

某主管：（笑笑）不用緊張，我們只是想多聽一下你們對工作夥伴的建議。

繼薇：喔……其實我覺得大家都很認真，相處得也很好……不過……張志勳……

△ 眾主管們，紛紛、緩緩的抬起頭……

某主管：請直說，不用有壓力。

繼薇：其實我也不會說耶……可能是他的工作經驗不是很豐富，所以對我們組長分配的工作，常常有很多意見，也常常達不到我們組長的要求……（補強）可是我不是說他應該被裁掉，我只是……有看到一些狀況。

某主管：我們瞭解了。謝謝。你可以回去工作了。

△ 繼薇起身、恭敬的鞠躬……
△ 淡出……

繼薇OS：那個月底……

🎬	26	時間	日	場景	辦公室
人物	繼薇、組長、環境人物				

△ 淡入……
△ 特寫電腦螢幕：是一封「資遣」mail……

繼薇OS：公司人事部寄出了資遣mail。

△ 繼薇怔怔的坐在電腦前……

繼薇OS：並且非常不人道的要求在兩小時內收好東西、離開辦公室。

△ 繼薇旁邊走道有動靜，繼薇看去……
△ 只見組長臭著一張臉，抱著裝滿東西的紙箱，經過繼薇、往外走去……
△ 繼薇驚訝的目送……

繼薇OS：根據Mickey最新的馬路消息顯示……

🎬	27	時間	日	場景	辦公室
人物	繼薇、Mickey				

△ 電梯外，Mickey抹著眼淚，正揮著手告別……

繼薇OS：張志勳的爸爸是總經理的太太的表弟。

△ 電梯裡的繼薇，拎著一個裝滿公司用品的塑膠袋，對Mickey努力的擠出笑容，揮著手……

繼薇OS：所以被裁掉的「非菁英分子」，是我，以及MyBoss。

△ 電梯門緩緩關上……

🎬	28	時間	黃昏	場景	公車站連公車上
人物	繼薇、袁方、其他乘客/耀起				

△ 公車站的候車椅子上，放著一本攤開字典……
△ 鏡頭特寫字典……
△ 菁英分子——
△ 有背景、有靠山、有關係的人物。
△ 抱著塑膠袋站在那兒的繼薇，一臉沮喪……
△ 公車來了……
△ 繼薇紅著眼睛朝公車招手……

繼薇OS：這個社會充滿了陰險！

△ 上了車的繼薇從口袋掏出皮夾，對準了讀卡機，卻傳來「嘟嘟」兩聲……
△ 繼薇一怔，看著讀卡機的顯示「無法扣款」……
△ 繼薇歉然對司機說……

繼薇：對不起，我忘記加值了！

△ 繼薇說著，又想到，趕緊從皮夾掏零錢，只有14塊，繼薇傻眼……

繼薇：對不起，我只有十 ——（被打斷）

△ 一隻手從後方伸出來幫繼薇「嗶」了。繼薇趕緊看去——
△ 一個看起來很有氣質的男人（袁方），幫繼薇嗶了悠遊卡以後，對著司機說……

袁方：這次算她的。

△ 繼薇聞言驚訝的看去——
袁方不以為意的再次嗶了自己的車資……（編按：連扣兩次款需司機設定，拍攝時請留意讓司機做動作）

繼薇：謝謝！謝謝！真的太謝謝了！

袁方：你要不要趕快往前，後面還有人要上車。

繼薇：喔喔，對不起。

△ 繼薇往內走去，找到位子，留意著袁方……
△ 車子啟動……
△ 袁方戴著耳機，挺拔的拉著拉環，望著車窗外……

繼薇OS：這個世界也充滿了善意。

△ 繼薇鼓起勇氣走到袁方身旁……

繼薇：可不可以給我你的手機號碼，我再把錢還給你。

△ 袁方佯裝沒聽見，只是繼續聽著耳機看著車窗外……
△ 繼薇看著他，欣慰的笑了笑……

繼薇OS：謝謝你，陌生人，你讓我對這個世界又有了信心！

△ 就在繼薇看著袁方的時候——
△ 公車窗外的腳踏車道上，出現了飛速騎著腳踏車的耀起！！
△ 而隨著公車的速度，耀起被超越了……
△ 當繼薇回過頭看向窗外時，已經錯過了重逢的剎那……

🎬	29	時間	黃昏	場景	繼薇租屋處外
人物	繼薇				

△ 繼薇提著塑膠袋，沮喪的上樓……

△ 下一場繼薇的台詞先in……

繼薇（畫外音）：所以這麼陰險的公司，根本不值得我待下去啊對不對？

🎬	30	時間	夜	場景	繼薇租屋處
人物	繼薇、周媽				

△ 繼薇的租屋處，很狹小、很侷促……繼薇正坐在床上，面前一張矮桌，她在矮桌上像扮家家酒一樣的以小刀、小砧板切著菜，放進電磁爐上的小鍋裡，煮著雜菜粥……

△ 繼薇邊煮著晚餐邊練習該怎麼跟家裡報告失業的消息……

繼薇：而且上帝關上一扇門，就會另外開一扇窗的嘛！我一定會很快就找到更好的工作！

△ 繼薇練習完自己的台詞，拿起了一旁的手機，正要撥出，卻不禁想到，學著周媽的語氣回應——

繼薇：悲哀啦，生出一個不長腦子的笨蛋，快三十歲了連一個月三萬塊的工作都保不住?!現在工作這麼好找嗎？你有專長嗎？有比人家能幹嗎？趕快給我滾回家啦！乖乖跟我學推拿，賺的比你現在多，還可以吃家裡住家裡，那個破台北有什麼好待——（被打斷）

△ 門鈴聲響！

△ 繼薇一頓，很意外這時候有人找，走到門邊試問著……

繼薇：找誰？

周媽（畫外音）：找你啦！

△ 繼薇大驚——

繼薇：媽？

△ 繼薇趕緊開門……

△ 門外果然是揹著行囊的周媽……

繼薇：你怎麼來了？

△ 周媽一把推開繼薇走了進來，把行李摔在地上，一屁股坐下……

周媽：我要跟那個敗類離婚！

△ 繼薇關了門跟了過來……

繼薇：不要鬧了啦！都幾歲了離什麼婚啊?!

周媽：人生七十才開始，為什麼我現在不能離婚？

繼薇：可是——（被打斷）

周媽：廢話不要說啦，你要跟誰？

繼薇：啊？……我……

繼薇OS：聰明一點，周繼薇。

繼薇：跟你啊。

△ 周媽一陣感動，握住繼薇的手……

周媽：乖……所以從這個月開始，你每個月就不用給那個敗類五千塊了……

△ 繼薇正欣慰的要說實情，周媽繼續說道……

周媽：一萬塊通通都給我。

△　繼薇立刻面對到現實的殘酷……

繼薇：蛤？……喔。

周媽：拿來啊。

繼薇：現在才月底，五號才發薪水啦。

周媽：對呴。……啊那你工作還好嗎？……存了多少錢？……要三十了捏！

繼薇OS：明明是二十七。

周媽：還學不會「打算」以後是要怎麼辦？

繼薇OS：我也想「打算」啊，可是這個社會真的讓我們很難打算嘛！

周媽：每天加班加到那麼晚也沒有給你加薪喔？你要跟主管談啊，三年不加薪是怎樣？

繼薇：有啦，有加啦！

周媽：加多少？

繼薇：一千。

周媽：一千?!……那麼大的公司還那麼摳?! 台北人就是壞！

　　△　周媽說著從行李拿出衣服，往洗手間準備去洗澡……

　　△　繼薇擔心的目送，試著想說出實情……

繼薇：對啊，我們公司薪水摳、福利也爛……所以……我是有在想……

　　△　周媽在廁所裡開了水……

繼薇：乾脆換個工作好了……

　　△　周媽沒聽清楚……

周媽（畫外音）：（揚聲）什麼「好了」？

繼薇：我是說乾脆 ──（頓住）

繼薇OS：周繼薇，想留在台北就絕對不可以說實話！

繼薇：（轉折）我是說你要在這裡住多久啊？

　　△　周媽探頭出來說道──

周媽：一輩子啦！

　　△　繼薇一臉的「叫苦」……

🎬	31	時間	日	場景	繼薇租屋處外觀

　　△　清晨空鏡……

周媽（畫外音）：周繼薇！六點半囉……

🎬	32	時間	日	場景	繼薇租屋處
人物	繼薇、周媽				

　　△　廁所裡，繼薇無精打采的在小鏡子前擦保養品……

繼薇OS：你也跟我一樣嗎？每天六點半起床……

　　△　房間裡，周媽弄好早餐，佈置在小桌上……

周媽：動作快一點！你現在的薪水要養我們兩個人捏！萬一給人家辭頭路就慘慘啊跟你講！

　　△　繼薇走出浴室，有苦難言的看著周媽……

🎬	33	時間	日	場景	公車站
人物	繼薇、周媽				

　　△　周媽一邊做運動、一邊目送著繼薇上公車、揮手……
　　△　繼薇無處可逃，一臉尷尬的上了公車，跟周媽揮手……

繼薇OS：拚命趕上七點十五的那班公車……

🎬	34	時間	日	場景	辦公大樓外
人物	繼薇、袁方、環境人物				

　　△　繼薇的背影佇立在辦公大樓前，身旁有陸續上班的人潮……

繼薇OS：才能來得及在八點鐘打卡。

　　△　繼薇一臉的難過……

繼薇OS：一整天很努力的在表格上填好各種數據、很努力的影印、很努力打包產品、很努力的愛我的工作、愛我的公司……

　　△　繼薇忍不住忿忿的說道——

繼薇：結果他們竟然這樣對我?!

繼薇OS：但是我們又能怎樣呢？畢竟我們只是一顆「小螺絲釘」……

　　△　繼薇嘆口氣，無奈的轉身欲走——卻差點撞到身旁正要走進大樓的人，繼薇趕緊致歉——

繼薇：對不——

　　△　那人是袁方，他與繼薇錯身而過——
　　△　繼薇眼神追著他，認出，大喜，趕緊跟上去——

繼薇：欸，先生！

　　△　繼薇拉住袁方，袁方意外的看向繼薇，有點不明所以……
　　△　繼薇邊掏錢包邊興奮的說明……

繼薇：我是昨天公車上那個餘額不足，謝謝你幫我嗶悠遊卡，還好今天遇到你，不然我以後都不會來這裡了，那就要一輩子欠你十五塊，搞不好利息加起來到下輩子，那我就根本還不起了（頓）……

　　△　繼薇看著皮包的零錢，還是只有十四元……

繼薇：（尷尬）那我先還你十四塊好不好？另外那一塊我 ——（被打斷）

　　△　袁方已經認出繼薇，接過十四塊……

袁方：這樣就行了。忘記那一塊吧。

　　△　袁方笑笑離去……
　　△　繼薇目送他……

繼薇OS：謝謝你，陌生人，在我最沮喪的時候，這一塊錢的意義真的非常非常巨大！

　　△　繼薇笑了，然後看了大樓一眼……

繼薇：上帝一定會幫我開一扇窗的！

　　△　繼薇轉身大步離去……

🎬	35	時間	黃昏	場景	城市

　　△　城市的黃昏……

🎬	36	時間	黃昏	場景	繼薇租屋處
人物	繼薇、周媽、周爸、繼萱、繼茹				

△ 繼薇歸來，正掏出鑰匙開門，卻聽見裡面傳來眾人的哄堂大笑……

△ 繼薇納悶，頓了頓後，迅速打開門，只見周媽、周爸、大姊、二姊，一家子全擠在繼薇的小房間裡，邊吃著便當邊看著電視……

周爸：回來囉？趕快過來吃便當！你們台北便當有夠貴捏！

△ 繼薇看著眾人，一臉難以負荷……

繼薇：你們該不會今天全都要住在這裡吧？

周爸：（討好的看著周媽）那要看你媽要不要跟爸爸回去啊？

△ 周爸拉拉周媽，周媽扭開……

繼茹：（淡然）八點二十的車應該趕得上。

周媽：（沒好氣）所以你們趕快吃一吃趕快走啦！

繼萱：馬麻不走那我也要在台北玩兩天。

△ 繼薇無奈的嘆口氣，放下包包，艱難的繞過眾人、走進廁所……

△ 繼薇包包裡的手機響了……周媽尋找聲音……

周媽：誰的？

繼萱：不是我的。

△ 繼茹也搖搖頭……

△ 周爸拿起繼薇的包包……

周爸：周繼薇的啦。

△ 周媽接過包包拿出手機接了……

周媽：你好……是，我是周繼薇的媽媽……什麼「面試」？

△ 周媽正要追問，卻已經被衝出來的繼薇一把搶去手機……

△ 全家都盯著講手機的繼薇……

繼薇：我是周繼薇……是……是……明天早上九點？可以可以……好……好……謝謝喔。

△ 繼薇切掉電話，尷尬的看著等自己說明的眾人……

繼薇：（指手機）它是……因為我……唉喲，因為我們公司薪水很摳、福利也爛，所以我就想另外找工作看看啊。（舉手機）這間公司聽說還不錯，我朋友介紹的，他們叫我明天去面試……

周媽：那你明天不用上班嗎？

繼薇：（直覺）不用啊──

繼萱、周媽：星期五為什麼不用上班？

△ 繼薇愣住，這才發現自己說溜嘴……

繼薇：因為……我……我們公司很陰險、我又沒有靠山……所以我被 Fire 了……

🎬	37	時間	黃昏	場景	繼薇租屋處公寓外
人物	繼薇、周媽、繼萱、繼茹、周爸				

△ 繼萱、周爸、繼茹抱著繼薇的各式行囊（匆促凌亂打包的）走下樓梯……

△ 接著繼薇被周媽拖了出來……繼薇奮力抵抗，終於脫離周媽的手……

繼薇：我不要回去！我要在台北！

周媽：你是拿什麼在台北?! 蛤？

繼薇：（固執嘟囔）我就是要在台北……

周媽：悲哀啦，生出一個不長腦子的笨蛋，三十歲了，連一個月三萬塊的工作都保不住，你說你拿什麼在台北?!

繼薇：我很快就會找到工作！

周媽：現在工作這麼好找嗎？你有專長嗎？有比人家能幹嗎？趕快給我滾回家啦！乖乖跟我學推拿，賺的比你現在多，還可以吃家裡住家裡，這個破台北到底有什麼好待的?!

　　△　繼薇一臉固執……

周媽：是怎樣？我們家不夠溫暖嗎？我給你刻薄、苦毒嗎？

繼薇：（固執）……

周媽：今天不跟我回家，以後就不要回去我跟你講！

周爸：周繼薇，跟爸爸媽媽回去啦！

繼薇：（固執）我要在台北。

周媽：（氣、傷心）所以你是打算在這裡餓死都不回去呀?!

繼薇：……（固執）嗯。

周媽：（痛心）有影是悲哀啦！

　　△　周媽憤怒，掉頭離去……

周爸：（語重心長）繼薇啊！

　　△　繼薇有苦難言，卻仍然一臉的堅持……

　　△　繼萱率先打破僵持，把手中的行李（繼薇的）放在繼薇面前……

繼萱：也好啦，這樣我來台北玩才有地方住。（對繼薇）看大姊多幫你！

　　△　繼萱說完轉身離去……

　　△　繼茹接著也把她手中的行李（繼薇的）放下……

繼茹：照顧自己。

　　△　繼茹離去……

　　△　周爸嘆口氣，把行李放下，盯著繼薇……

　　△　繼薇看著周爸，有點慚愧，卻仍一臉的堅決……

　　△　周爸從口袋掏出錢，數了幾千塊放在繼薇手上……

周爸：有什麼事一定要打電話給爸爸！

　　△　繼薇一陣感動，紅了眼睛……

周爸：要是下個月還找不到工作，那就無論如何都 ——（被打斷）

繼薇：我一定會找到的！

　　△　周爸嘆口氣，轉身離去……

　　△　繼薇目送著，好自責、好難過……

繼薇：爸～～

　　△　周爸回頭看來……

繼薇：對不起……

繼薇OS：對不起，我必須留在這裡……

　　△　周爸苦笑，揮揮手（意思是「沒事啦」），轉身離去……

　　△　繼薇難過目送……

繼薇OS：因為，這是「他的城市」，所以它就是「我們的城市」……

　　△　淡出……

🎬	38	時間	日	場景	某辦公大樓區
人物	繼薇				

  △ 淡入……
  △ 趕著筆試的繼薇匆匆的講著手機，往前小跑——

繼薇： 你好，我是要去參加筆試的周繼薇，編號038……我知道筆試開始了，可是對不起，因為我們那班公車拋錨，然後計程車司機的導航又報錯路……所以我應該再五分鐘就會到，可不可以拜託你們（頓）——

  △ 繼薇的腳步與聲音，同時頓住……
  △ 繼薇看著腳下，傻眼……
  △ 繼薇竟踩到了狗屎——

繼薇：（對手機，平靜的）沒關係，不用麻煩了……我想……我應該是趕不上考試了……

  △ 繼薇沮喪的放下手機……
  △ 繼薇沮喪的看著自己踩到狗屎的腳……
  △ 繼薇整個欲哭無淚……

繼薇OS： 聽說人在倒楣的時候，什麼都會遇到……

🎬	39	時間	日	場景	某辦公大樓區一角
人物	繼薇、大樓警衛、環境人物				

  △ 大樓警衛伯伯的眼神睥睨的看著一個方向……
  △ 是繼薇，正坐在某大樓的一個角落，正用廢紙清理著自己的鞋子……
  △ 警衛故意晃到繼薇走來的一排屎腳印前……順著腳印慢慢的走來走去……
  △ 繼薇看見了，又惱又必須的說道……

繼薇： 我等下會清乾淨啦！

  △ 繼薇手上的廢紙不夠用了，抬起頭看向警衛……

繼薇： 你有沒有廢紙啊？

  △ 畫面疊上……
  △ 繼薇左手握著一疊信箱中取出的各式廢紙，蹲在地上用右手清著地上的屎腳印……
  △ 偶有進出大樓的人經過，繼薇還會提醒「小心有狗屎」……

繼薇OS： 其實我早已經習慣了倒楣，畢竟我叫周悲哀。

  △ 繼薇清著，突然發現右手已經清了大便要扔進一旁塑膠袋的那張被摺過的廣告紙上，有幾個字：
  △ 企業徵才中
  △ 繼薇一陣驚喜——
  △ 繼薇小心翼翼的打開了那張沾了屎的廣告單，努力認出了上面的文案……

繼薇： 來自紐西蘭的美好希望，Ａ＆Ｚ生技公司……

繼薇OS： 但是我始終相信，上帝總會在某一天，想起我！

  △ 下一場，莫里哀的聲音先in……

莫里哀OS：（英）相信，是一件美好的事。

🎬	40	時間	日	場景	Ａ＆Ｚ生技公司
人物	繼薇、耀起（29歲）、戴奶、查克博士、另四位助理、環境人物 、（莫里哀博士）				

　　　△　中譯音：相信，是一件美好的事。

　　　△　鏡頭先帶到，莫里哀博士的影片……莫里哀博士正在畫面裡，以英文敘述，配合著中文音譯……

莫里哀： 相信美好即將到來，是生命最重要的一件事！Ａ＆Ｚ生技公司是一個要和熱愛生命的您一起開創美好生活的純淨企業。

　　　△　鏡頭拉開，繼薇和數個穿著筆挺制服的同事，正分送著飲料、餅乾，發給與會的消費者試吃……

繼薇： 歡迎試飲多莓綜合飲品……

　　　△　莫里哀影片的台詞繼續……

莫里哀： 現在您喝到的「多莓綜合飲品」、吃到的「所有好養分餅乾」，都是我們誓言要消滅污染、打造永續地球的良心產品……

　　　△　繼薇正跟一名消費者解釋著……

繼薇： 多莓綜合飲品，是十二種莓果濃縮後的精華液，我們都知道，莓果是預防氧化、消除膽固醇最好的養分，所以這一小杯，就足以 ——（被打斷）

　　　△　一個熟悉的聲音傳來……

耀起（畫外音）： 奶，拜託一下好不好?!

　　　△　繼薇一頓，忘了面前的顧客還在等待她的說明……

　　　△　那熟悉的聲音繼續從繼薇背後傳來……

耀起（畫外音）： 什麼東西都搞不清楚你就亂吃?!

戴奶（畫外音）： 人家不是都說了是好東西嗎?!而且還免費！

　　　△　繼薇忍不住緩緩朝著聲音看去……

　　　△　只見耀起的背影，和正對著繼薇的戴奶奶繼續說道……

耀起： 最有問題的就是這兩個字「免費」！

戴奶： 人家只是現在免費，等你走出去這一箱要六千九啊！你沒聽公園的齊奶奶說啊，這些東西我們自己吃了養生，賣給人家還可以賺錢，一箱賺五百啊！

　　　△　繼薇認出了戴奶奶，簡直就要喜極而泣，她扯著喉嚨嚷著……

繼薇： 戴奶奶?!

　　　△　戴奶一頓，歪頭閃開耀起的身子看去……

戴奶： 欸？……（認出）你是……

　　　△　這時，耀起轉過了身，看向繼薇，瞇起眼睛……

耀起： 周悲哀?!

　　　△　繼薇欣喜莫名，開心的奔來，真想一把緊緊抱住耀起——但，還是先轉身握住了戴奶奶的手……

繼薇： 太好了太好了……

戴奶：（開心）真的是繼薇啊！你怎麼會這裡？

　　　△　繼薇急切的語無倫次的朝著戴奶和耀起解釋著……

繼薇： 你都不知道我……

繼薇OS： 我找你們找得有多辛苦。

繼薇： 那時候我……

繼薇OS： 沒考取台北的大學……

繼薇： 後來我就去打工……

繼薇OS： 好不容易存到了來台北的旅費……

繼薇： 我一到台北就……

繼薇OS： 就照著地址跑去找你們……

繼薇： 可是……

繼薇OS：可是你們已經搬走了……

繼薇：畢業以後我就來台北工作，我媽一直叫我回家……

繼薇OS：我說什麼都不要……

繼薇：太好了太好了……

繼薇OS：感謝上帝終於想到了我！

　　△ 戴奶聽得一頭霧水，但看著繼薇那麼開心，也就跟著笑著……

戴奶：是啊！真是太好了太好了……

　　△ 一直打量著繼薇的耀起說道……

耀起：所以你就是在這間老鼠會上班？

　　△ 下一場繼薇的聲音先in……

繼薇（畫外音）：直銷事業不等於老鼠會！

🎬	41	時間	黃昏	場景	台北巷弄
人物	繼薇、耀起				

　　△ 耀起騎著腳踏車，繼薇站在後面踏腳，撐著耀起的肩膀繼續辯解著……

繼薇：我們公司是追求美好人生、世界大同的純淨企業！

耀起：（不屑）放屁！

繼薇：你才是不吃我們公司的產品所以才會到處亂放屁！

耀起：一箱餅乾六千九？根本就是殺人不眨眼還世界大同咧?!

繼薇：（氣辯）要讓一片餅乾包含生命需要的所有養分跟能量，是多偉大的發明你知不知
　　　道？

　　△ 微風吹來，他們遠去……

繼薇：更何況我們公司在紐西蘭打造的世界最大的有機農場，每一顆植物都是在愛的呵護
　　　下發芽成長！

耀起：唬爛啦！

🎬	42	時間	黃昏	場景	串燒店
人物	繼薇、耀起、紹敏				

　　△ 耀起拉開串燒店的鐵門走了進去……

　　△ 繼薇跟了進去，繼續辯解……

繼薇：全世界我們有25個據點，全都由我們創始人莫里哀博士的25個義子義女來經
　　　營……

　　△ 耀起丟下背包，走進料理台……繼薇繼續滔滔不絕的辯解著……

繼薇：我們台灣的代表人查克莫里哀博士是華裔紐西蘭人，他本身是醫師和中國武術的雙
　　　博士，還會用氣卦幫人家看病，所以 ——（被打斷）

耀起：（制止）欸！

　　△ 繼薇一頓，看著耀起……

耀起：十年後才重逢，一定要講這麼倒胃口的話題嗎？

　　△ 繼薇盯著耀起，一陣感動，好一會兒說道……

繼薇：……你好不好？

耀起：（笑笑）沒死。

　　△ 繼薇瞪著滿口沒好話的耀起一眼……

　　△ 耀起開始在料理台裡忙了起來（烤大腸包小腸）……

　　△ 繼薇打量著串燒店……

繼薇：你在這裡上班喔？

耀起：開玩笑！本人可是老闆 ——

繼薇：（緊接）真的假的？

耀起：之一。

繼薇：之一的意思是……我以後可以天天來吃免費的嗎？

耀起：任何時候，盡管大搖大擺的走進來說，我是「起哥」的妹妹！

　　△ 繼薇一頓，笑容有點僵，但還是欣慰著……

繼薇：我才不是你妹咧！哪有人會跟自己妹妹十年不聯絡?!

耀起：我不是打電話跟周媽說我搬家了嗎？

繼薇：（驚）我媽？

耀起：是啊。

　　△ 繼薇不敢置信——簡直要氣瘋了，自己這十年的千辛萬苦，原來只是個繞圈子的傻瓜？

繼薇：（快氣瘋了）我找你找個半死，她竟然什麼都沒說?!……實在太……太……太陰險了！

　　△ 耀起很輕鬆的說道……

耀起：有啦，周媽有跟我說你到高雄唸大學，給了我你的手機，結果我一轉身就弄丟了。

　　△ 耀起走出料理台，又去搬著一箱飲料到冰櫃前，準備冰鎮……

　　△ 繼薇聞言驚愕不已——

繼薇：那你就不會再打去跟我媽要啊?!

　　△ 繼薇邊氣邊也跟著搬了一箱啤酒……

耀起：有事要打給你當然會去要啊！

　　△ 繼薇聞言又失望又氣……

繼薇：意思就是你「從來沒想要打電話給我」囉？

　　△ 耀起一回頭看著繼薇搬著那箱啤酒，唸著……

耀起：力氣再大也假裝一下好不好？力大無窮的，誰敢娶你？

　　△ 耀起接過繼薇懷裡的啤酒……

　　△ 繼薇還在生耀起不想打電話給自己的氣，賭氣說道——

繼薇：相撲選手就敢啊！

　　△ 耀起聞言爽朗大笑……

　　△ 生氣的繼薇終於也跟著笑了……笑聲漸歇……

耀起：有男朋友了吧？

繼薇：（謊言）……上一個……三年前分手了。

耀起：為什麼？

繼薇：（謊言）因為他……劈腿啊……

耀起：眼光怎麼那麼遜?!……交新男朋友的時候，記得帶給我把一把，我說可以才能嫁！

　　△ 繼薇正要問耀起有沒有女朋友，才剛說了「那你——」就被耀起打斷……

耀起：桌子擦一擦。

　　△ 耀起丟了一條抹布給繼薇……

繼薇：喔。
　　△　繼薇擦著桌子……
耀起：男人看男人才看得「準」！千萬不要像我媽，嫁給我爸那種自以為懷才不遇，其實根本是好逸惡勞的男人，最後還得背上拋夫棄子不守婦道的惡名！
繼薇：你……跟戴媽媽有聯絡嗎？
耀起：（不以為意）幹嘛聯絡？
　　△　繼薇看著耀起不以為意的樣子，有點心疼……
繼薇：……你爸呢？
耀起：在北京。
繼薇：他好嗎？
耀起：但願他好。因為他好奶奶就好，奶奶好我就好。
　　△　耀起走進料理台……
　　△　繼薇知道耀起只是假裝滿不在乎，於是想重新啟動歡樂的情緒……
繼薇：什麼東西這麼香啊？
　　△　耀起端出一盤食物，放在桌上……
耀起：那！
　　△　繼薇回首看去——
　　△　是大腸包小腸……
　　△　繼薇一陣感動……
繼薇：你……你怎麼知道今天會遇到我？竟然連大腸包小腸都準備好了？
繼薇OS：還是你和我一樣，一直在等著今天？
　　△　耀起指指牆上貼的菜單……
耀起：本店招牌。
　　△　繼薇看向牆上的菜單，一陣失望……
　　△　耀起轉身走進料理台繼續忙著……
　　△　繼薇拿起大腸包小腸，兀自又想著讓自己開心的理由……
繼薇OS：我知道，你一定是為了我，才加了這個菜單，對吧？
　　△　繼薇笑了，拿起吃著，很幸福、很感動，正要開口說「好好吃」，耀起卻抬起頭燦爛對著門口笑著，揚聲說道——
耀起：來得正好，看看這是誰？
　　△　繼薇順著耀起的視線看去……
　　△　門外，一個女孩正脫下安全帽，走了進來……女孩逆光，繼薇有點看不清楚……
　　△　倒是女孩認出了繼薇……
紹敏：周繼薇？
　　△　咬了一嘴大腸包小腸的繼薇，笑容僵住了，她不敢置信的認出了女孩……
繼薇：（愣）方……紹……敏？
耀起：（糾正）叫嫂子！
　　△　繼薇更是愣住了……她看著耀起、紹敏……以滿嘴大腸包小腸的聲音問著……
繼薇：你們結婚了？
耀起：差不多意思。
　　△　紹敏聞言，拿起剛才繼薇擦桌子的抹布摔向耀起……
紹敏：「差多了」好不好？
　　△　耀起抓著抹布，笑著說……「這麼早收工？餓不餓？」紹敏熟門熟路，儼然老闆娘的樣子，繞到工作台後面洗

手、自己拿著飲料，問著「你們怎會遇到？」耀起說明著……

繼薇OS： 我真的想過了一百七十種重逢的方式，卻漏掉了第「一百七十一」種……

　　△　在賢伉儷的嬉鬧裡，繼薇始終怔在那裡，滿嘴忘了咀嚼的大腸包小腸……

🎬	43	時間	．夜	場景	周家（按摩區）
人物	周媽、按摩的客人				

　　△　特寫，家用無線電話響，周媽的手接起，鏡頭跟著拉開……

周媽： （對電話）喂伊。

繼薇（彼端）： （委屈的）媽……

周媽： 你打錯囉。我兩個女兒都在家，這裡沒有你媽媽喔。

　　△　周媽說著就切斷了電話，繼續幫客人按摩……

客人： 兩個女兒？啊你們繼薇不是你女兒喔？

周媽： 就是她打來的啦。

客人： ㄏㄧㄡ？……在跟繼薇生氣喔？

周媽： 嘿呀，也不回來給我看。

客人： 工作太忙了啦。

周媽： 嘿啦……他們老闆就好喜歡她說，什麼事情都只放心給她做，所以忙到連吃飯都沒在好好吃。

客人： 啊你們繼薇不是憨憨？實在看不出來會那麼能幹捏?!

　　△　周媽聞言有點不爽了，手勁用力，客人吃痛……

周媽： 這裡痛就是眼睛不好啦！所以很多東西才會「看不出來」！

🎬	44	時間	夜	場景	繼薇租屋處
人物	繼薇				

　　△　繼薇抱著膝蓋坐在床上，她仍聽著被掛斷的手機，滿腹委屈的對空氣，說道……

繼薇： 馬麻，我現在終於懂了，有些東西應該把它留在最美的那個樣子就好……所以我好後悔留在台北……真的好後悔……

　　△　繼薇說著，開始一拳一拳的搥著自己的心臟……

繼薇： （難過）我費盡千辛萬苦的跑來台北……差點就餓死在台北……結果他……竟然……（哭）難怪他再也不寫信了，原來是因為他跟方紹敏早就（頓、驚）——

　　△　繼薇搥心臟的手停在半空中——

繼薇： （驚）信?!……（慌）所以寫信的事早就被拆穿了？

　　△　insert前場，耀起、紹敏開心的神情……

繼薇： 那戴耀起為什麼沒有罵我？方紹敏看起來也很開心啊？

　　△　繼薇想著，有點放心了……

繼薇： 所以……應該是……沒有拆穿？……可是為什麼沒有拆穿呢？

　　△　繼薇越想越不解，拿起手機，正要撥給「17」，卻突然做罷——

繼薇： 算了，反正已經不重要了……

　　△　繼薇的心痛又襲來，她繼續以拿著手機的手搥著心臟……

繼薇： 我真的真的好後悔，馬麻，我好想回家喔……

△ 畫面漸黑……

🎬	45	時間	夜	場景	繼薇租屋處
人物	繼薇				

△ 黑暗裡，繼薇已經睡著……
△ 手機響了，繼薇眼睛也沒睜開，昏沉的接起……

耀起（彼端）：周悲哀，出來一下。
繼薇：……喔。

△ 繼薇昏沉的放下手機，繼續睡著……

繼薇：（喃喃）不要再作這個夢了……不要再作（頓）……

△ 繼薇猛的坐起……發了一秒呆後拿起手機看著……
△ 通話紀錄顯示……是「17」……剛才真的是「他」打來的！
△ 繼薇頓了頓，立刻起身衝了出去——

🎬	46	時間	夜	場景	繼薇租屋處公寓外
人物	繼薇、耀起				

△ 繼薇衝下了樓梯，頓住……
△ 階梯下，耀起果然坐在腳踏車上，仰頭打量著繼薇……

耀起：穿著睡衣就出門？到底是不是女生啊你？

△ 一臉驚喜的繼薇，這才發現自己穿著大T恤睡衣，所以兩條大腿驚險的裸露在外，她尷尬的左腿夾右腿，解釋著……

繼薇：我就還以為是在作夢……突然跑來幹嘛啊？

△ 耀起嘆口氣，是種「真受不了你」的意思，拿起掛在把手的塑膠袋……

耀起：給你送消夜。
繼薇：（開心）這麼好?!

△ 繼薇跑來接過，欣喜打開塑膠袋看著內容……

耀起：反正食材過期了也是扔進垃圾桶，還不如進你肚子。

△ 繼薇一頓，抬起眼瞪著耀起……

繼薇：你講話真的很賤耶！
耀起：這是為人老實所以實話實說！

△ 繼薇嗤著耀起……

🎬	47	時間	夜	場景	公園（或繼薇家露台）
人物	繼薇、耀起				

△ 繼薇腿上蓋著耀起的襯衫，吃著魷魚……

繼薇：生意不好喔？

△ 耀起一邊說話，一邊盪著鞦韆……

耀起：幹嘛要好？開店又不是用來發財的，兄弟們有個地方可以開心的聚在一起吃吃喝喝才是重點。而且我能跟大家聚在一起的日子也不多了……

△　繼薇不解的看向耀起……

繼薇：什麼意思啊？

　　△　耀起盪著鞦韆，朝後傾著頭、拉扯著喉嚨說……

耀起：謝謝你出現了……

　　△　繼薇沒聽清楚，站起身，又問……

繼薇：「啊啊啊」的說什麼啦？

　　△　耀起突然煞住鞦韆——認眞的看著繼薇說道……

耀起：謝謝你，出現了。

　　△　繼薇有些感動……

耀起：在我有生之年。

　　△　繼薇愣住，不解，卻有點不安……

繼薇：我看你還是繼續賤嘴好了，至少比滿口的胡言亂語好聽 ——（被打斷）

耀起：（淡淡笑笑）要不然我眞的放心不下奶奶。

　　△　繼薇聽得一頭霧水，但卻因爲耀起話裡的含意，有點著急的斥著……

繼薇：你到底在胡扯什麼啦?!

　　△　耀起起身，走向繼薇……好一會兒，帶著苦笑說……

耀起：（輕鬆）我生病了。

　　△　繼薇一怔……

繼薇：（怔然）生什麼 ——（病）

耀起：只剩下三個月的生命。

　　△　繼薇一動也不能動了，微張著沾了烤肉醬的嘴，怔看著耀起……

耀起：（輕鬆）我不能跟奶奶說……也不敢跟紹敏說……

　　△　繼薇手上的魷魚掉在地上……

耀起：（笑笑）所以現在你看到的我，是「最後的我」……

　　△　繼薇盯著耀起，突然站起身一拳搥向耀起的肚子——

繼薇：騙鬼啦你！

　　△　沒想到，耀起竟然承受不了這一拳，痛苦的縮著，窩在地上……

　　△　繼薇大驚，簡直快哭了，趕緊去查看耀起……

繼薇：戴耀起你不要鬧喔……你眞的不要鬧喔……

　　△　耀起笑笑……

耀起：（故作輕鬆）沒事……眞的沒事……

　　△　繼薇急得快哭了……

繼薇：你不要這樣，你跟我說「你剛剛全都是在胡說八道」……快點跟我說！

耀起：（笑著哄著）好好好……我在胡說八道，我沒事，沒生病，我一切都很好……

　　△　繼薇看著勉強逞強的耀起，突然放聲大哭……

繼薇：你騙人，你騙人……

　　△　耀起一臉哭笑不得的看著繼薇說道……

耀起：那你到底要我怎麼說？

繼薇：（哭著）你跟我說實話，你快點說「實話」！

　　△　耀起看著繼薇，好久，才一字一字的說道……

耀起：（輕鬆的）我……只剩下……三個月……

　　△　繼薇一怔後，放聲哭了起來……

耀起：（輕鬆）至少還有三個月啊！

△　繼薇更是哭……

耀起：不要哭啦！

　　△　繼薇還是哭著……

　　△　耀起含笑哄著繼薇……

耀起：我只剩下你可以幫我了，所以你一定要堅強啊……幫幫我好不好？

　　△　繼薇忍住哭聲，仍抽噎著……

繼薇：幫……你……什麼？

耀起：（笑笑）三件事。

　　△　繼薇抹去眼淚，專注聆聽……

耀起：第一，幫我照顧奶奶。

　　△　繼薇聞言更是想哭，她努力咬著嘴唇忍住，用力點頭……

　　△　耀起欣慰的笑笑，繼續說道……

耀起：第二，過幾天我就會消失，只有你會知道我在哪……所以不管紹敏怎麼問你，你都不可以說，直到我「走了」……

　　△　繼薇不捨的看著耀起……

繼薇OS：走了，有很多意思，在這裡，是永遠不見。

耀起：可是就算我走了，也什麼都不要跟她說……讓她恨我，這樣她才能忘記我。

　　△　繼薇難過的看著耀起，巨大的遺憾在心裡響起……

繼薇OS：那我該怎麼忘記你呢？

耀起：我知道你會做得很好！因為你是最瞭解我的人！對吧？

　　△　繼薇哭著，說道……

繼薇：那第三呢？

耀起：第三……要不要陪我一起去完成一個心願……

繼薇：（哭應）要……！

　　△　耀起欣慰的笑笑……

耀起：我想回去，看看「我們的牆」……

　　△　繼薇好感動……

繼薇OS：謝謝你，戴耀起……在你最後的三個心願裡……我存在著。

　　編按：請留意，本場耀起的表演，需呈現一種滿不在乎的堅強，以輕鬆態度呈現。

　　△　本場場景，可置換成繼薇家露台。請導演斟酌。

🎬	48	時間	黎明	場景	繼薇租屋處門口
人物	繼薇、耀起				

　　△　耀起騎車遠去的背影……

　　△　繼薇目送著……

　　△　耀起回首，蒼涼的笑了笑……

　　△　繼薇摀著自己的心臟……

　　△　畫面跳耀起那頭，耀起加快速度的朝前騎去……

繼薇OS：我會堅強的親眼目睹，那個屬於我們、不夠美麗的故事，走向完結篇……

🎬	49	時間	夜	場景	公車上
人物	繼薇、環境人物				

△　下班的繼薇坐在靠窗的座位，手上拿著手機……
△　窗外是逝去的繁華城市……
△　繼薇的手機傳來訊息聲，她看著……
△　發訊人是「17」，寫著：
△　明天一早，出發吧！
△　繼薇一陣難過，回了「好」——
△　接著繼薇選擇了手機裡的音樂〈志明與春嬌〉，戴上耳機聆聽著……

繼薇OS：當主題曲的音樂響起……
△　〈志明與春嬌〉音樂揚起……
△　繼薇頭倚著窗戶……
△　畫面漸黑……

繼薇OS：畫面漸黑……
△　溶接下一場——

🎬	50	時間	日	場景	無
人物	繼薇				

△　後製效果：電影片尾字幕……
　　老天爺出品
　　編劇：上帝
　　導演：人生
　　演出：戴耀起、周繼薇
　　主題曲/志明與春嬌
　　　　　演唱：五月天
　　　　　　詞：阿信
　　　　　　曲：阿信
　　　　　　編曲：五月天
△　一段空白畫面之後……

繼薇OS：在一切都滑出畫面後，這個故事將只剩下我一個人，和一個祕密……
△　畫面裡，出現了繼薇獨自一人……

🎬	51	時間	日	場景	繼薇租屋處
人物	繼薇				

△　〈志明與春嬌〉的歌聲繼續……

繼薇OS：不！我不喜歡這個結局！
△　音樂戛然而止——
△　繼薇眼睛哭得紅腫，正對著鏡子戴隱形眼鏡，卻戴不上……

繼薇OS：所以我決定要在「我們的牆」下，勇敢的親口告訴你……
△　繼薇決定放棄隱形眼鏡，對著鏡子感性的說道……

繼薇：戴耀起，你知道嗎？其實我好慶幸自己不是你的妹妹，因為 ——（被打斷）
△　此時，手機傳來訊息的聲音！
△　繼薇戴上四眼田雞的眼鏡，查看，是「17」傳來的語音訊息……
△　繼薇打開了語音訊息聽著……

耀起OS：對不起，狀況非常不好，醫生要我務必留在醫院，我好怕沒機會完成這個心願了……可以幫我去完成它嗎？

　　△　繼薇眼睛紅了，她搗著心臟……

繼薇OS：於是，我再次改變了結局……我要帶著「我們的牆」的照片，來到你的病床前，告訴你……

　　△　〈志明與春嬌〉音樂繼續揚起……

🎬	52	時間	日	場景	我們的牆四下
人物	繼薇				

　　△　繼薇近鄉情怯的走來……
　　△　遠遠的，「我們的牆」、「我們的樹」依舊佇立在陽光下，閃閃發亮……
　　△　繼薇欣慰的笑了，停下腳步，看著那如畫一般的景色……

繼薇OS：戴耀起，宇宙的黑洞並不會讓任何東西都消失，譬如「愛」、譬如「我們的曾經」……

　　△　那如畫的景色，此刻竟出現了——
　　△　insert當年，高中時代的繼薇和耀起，曾經，他們開心的坐在牆上……
　　△　現在的繼薇，看著那些曾經，感動著……卻突然察覺一些異樣，她瞇起眼睛仔細看著……
　　△　「我們的牆」好像多了什麼……
　　△　音樂戛然而止——
　　△　繼薇加緊腳步走去……
　　△　主觀鏡頭：「我們的牆」越來越清晰，似乎、好像牆上寫了些字……字越來越清晰……竟是——周悲哀，你竟然敢騙我！
　　△　已經來到牆下的繼薇還怔在那裡、搞不清楚狀況之際，後腦袋又被狠狠推了一記！
　　△　繼薇搗著後腦袋、回首看去……
　　△　耀起一臉得意的站在眼前……
　　△　繼薇仍搞不清楚狀況，不解的問著……

繼薇：你不是在醫院？
耀起：對！現在在你面前的是我的鬼魂！
繼薇：所以你的病……？
耀起：我生的病的正確學名是 —— 有仇必報！

　　△　停格。

繼薇OS：我早就說過了，我們的故事，有夠不美麗。

　　△　音樂揚起……
　　△　畫面漸白……
　　△　上字幕
　　第二種悲哀：
　　事情和我想的永遠不一樣！

待續……

066

編按：
繼薇前公司，目前設定為像是「自然美」之類的台製護膚產品。名稱訂為「美的玄機」。
繼薇每次打包寄出的大多為試用品（瓶瓶罐罐）或贈品（包包、脫鞋、毛巾），對象為全台護膚店。

本集新登場人物簡介：

美姊
年近四十了，還小姑獨處，讓她很哀怨，也有點氣社會變得太快，愛情突然變得很廉價，女人突然變得很隨便，突顯了當初她的堅持與寧缺勿濫，有點愚蠢。但她並沒有放棄愛情，總是把自己準備在「愛情快來吧！」的狀態裡，因此她格外注重外表不只是彩繪指甲、波浪的鬈髮這些天天例行的保養，肉毒桿菌、玻尿酸等等，也是每半年就去醫美診所報到⋯⋯於是，換來了一張「不太能動」、老是驚訝狀的臉。

她討厭年輕又愚蠢的女孩兒，所以當繼薇是「人客」的時候，她當然必須客套；可是當繼薇變成自己的後輩時，她既嚴厲又苛刻。

還有一點讓她不服氣的是，她暗戀阿斌，雖然阿斌已婚，但她喜歡自己沉浸於那得不到的愛情苦楚，結果阿斌特別照顧繼薇；她接著又喜歡上袁方，誰知道袁方也喜歡繼薇！她發現自己人生裡的絆腳石，好像就是繼薇！

可是漸漸的，她發現自己對周繼薇的討厭一點殺傷力也沒有，就只能把周繼薇當成自己的幸福化身。

🎬	1	時間	日	場景	動畫
人物	男人、女人				

　　△　動畫畫面漸入……

　　△　男人和女人緊緊相依背影，漸漸的我們看出，他們身處在戰火漫天……

繼薇OS：我們老師說，那個善於低頭的女人叫白流蘇，那個玩世不恭的男人叫范柳原，香港的淪陷成全了他們的愛情。

　　△　女人看向男人，男人把女人擁得更緊了……

繼薇OS：1941年，日軍轟炸香港淺水灣，在那生死交關的當下……

　　△　畫面漸黑

繼薇OS：會不會張愛玲的〈傾城之戀〉，其實不只是一篇小說？

🎬	2	時間	夜	場景	動畫
人物	耀起（15歲）、繼薇（13歲）				

　　△　畫面閃入，是一陣天搖地動，東西倒的倒、碎的碎……

繼薇OS：1999年9月21號的凌晨，媽媽跟二姊在醫院照顧生病的外公，

　　△　老爸還沒下班，大姊夜唱未歸，世界卻突然震動了。

　　△　畫面黑……

　　△　黑暗裡漸漸浮現東倒西歪的坍塌景物，隱約裡傳來繼薇的啜泣……

繼薇：（哭）你們一定又把我忘記了……

　　△　突然，耀起的聲音從遠處傳來——

耀起：（喊）周繼薇？

　　△　繼薇獲救般的嚷著——

繼薇：戴耀起……？我在這裡！

耀起：（急）哪裡？

繼薇：（看著四下）這裡！

耀起：這裡是哪裡？

繼薇：（快哭了）我不知道，我不知道，好黑喔，我什麼都看不見……

耀起：沒關係不要怕，你一直說話我就會找到你。

繼薇：（哭）說什麼？

耀起：那你唱歌好了，只要讓我聽到你的聲音……

繼薇：（哭著唱著）……周悲哀，是老三，腿很長，跑不快，頭很大，可是呆，真是悲——（被打斷）

耀起：（欣慰）我找到你了。

　　△　繼薇聞言，猛抬起頭——

　　△　黑暗裡，喘息的耀起眼睛裡面閃爍的光芒，就在眼前……

繼薇OS：我再也沒叫過他「哥哥」。因為，我那一個人的〈傾城之戀〉，在那一天、那一個剎那，開始了。

　　△　淡出……

🎬	3	時間	日	場景	我們的牆
人物	繼薇、耀起				

　△　畫面漸入……

　△　樹枝上高高的掛著裝著綠豆湯的塑膠袋……一隻手隨著跳躍，接近又遠離，卻始終搆不到。

　△　鏡頭拉開，是樹下的繼薇，努力跳著想快搆到綠豆湯、邊罵著……

繼薇：還絕症咧?!你知不知道我哭了多少天？都快脫水了你知道嗎？死這種事是可以拿來開玩笑的嗎？是可以拿來整人的嗎？想不到你那麼陰險！

　△　旁邊，坐在牆上的耀起，一隻腳流氓似的彎起、踩著，是一種大哥在教訓小弟的姿勢，邊吃著綠豆湯，邊幸災樂禍般的笑著……

耀起：我也不知道原來我可以這麼陰險?!多虧奶奶的韓劇！

　△　耀起得意笑著，看向繼薇，故意說道……

耀起：（風涼話）怎麼還沒拿到？……樹長高了？還是你變矮啦？

　△　繼薇聞言忿忿……

繼薇：明明就是你故意掛那麼高！

　△　繼薇繼續跳著……

　△　耀起得意笑著……

耀起：口很渴喔？

　△　繼薇不搭理……

耀起：幫你？

　△　繼薇不跳了，看向耀起，巴結的求救著……

耀起：（斥）那就趕快把你的犯罪動機交代清楚啊！

繼薇：（撒嬌）……你先幫人家把綠豆湯拿下來。

耀起：先交代犯罪動機。

繼薇：你先。

耀起：你、先。

　△　繼薇放棄了，瞪了耀起一眼繼續回身跳著……在繼薇跳著同時，耀起繼續看著好戲、邊數落著……

耀起：還有膽子跟我討價還價?!沒義氣沒人性的騙了我三十碗綠豆湯有了吧？怎樣？把我的嘔心瀝血當笑話全集喔？還是你根本就是在暗戀 ——（被打斷）

　△　是繼薇終於搆到綠豆湯，但用力一扯的情況下，綠豆湯整個的被扯下、翻轉、灑出，淋了繼薇一身……

　△　一切靜止了兩秒——

　△　接著，耀起放聲大笑起來……

　△　繼薇氣到不行，頂著一頭的綠豆湯回身瞪著耀起……

　△　耀起笑不可抑……

耀起：老天爺我欣賞你的正義感！

　△　繼薇氣惱的瞪著耀起……

耀起：好啦好啦，還有半碗讓你啦。

　△　繼薇氣呼呼的走向耀起，耀起還是忍不住笑著繼薇狼狽的樣子……

　△　繼薇氣結，突然一個箭步衝上去，冷不防拔起耀起掛在牆上晃盪的那隻腳上的球鞋，掉頭就跑——

　△　耀起錯愕——

耀起：幹嘛你?!

　△　繼薇隔著一段距離回頭說道——

繼薇：你可以報仇，難道我就不能報仇嗎？

耀起：（要脅）數到三給我拿回來喔！不然你就完了！
繼薇：誰怕誰啊？你不是很會報仇嗎？那就報啊！
　　△　繼薇說完做個鬼臉轉身就跑！
繼薇OS：你聽過一個說法嗎？
耀起：（斥）一～二——周繼薇你給我回來喔！
　　△　繼薇聞聲不理，只是開心的笑著跑著，身後傳來耀起的氣嚷……
耀起：（氣嚷）周悲哀～！
繼薇OS：一雙好鞋，可以帶我們到任何想去的地方……

🎬	4	時間	日	場景	村子美麗街道
人物	繼薇、鄰居們				

　　△　繼薇在夕陽下，拿著耀起的鞋一路跑著……
繼薇OS：灰姑娘就是靠著她的玻璃鞋，走進了幸福……
　　△　繼薇經過村子裡的幾個鄰居，彼此打著招呼「繼薇回來囉」「陳媽媽好」……
繼薇OS：那麼，失去了這隻鞋的戴耀起，是不是就等於哪裡都去不了了呢？
　　△　繼薇想到這兒，突然停下腳步——
　　△　她看著手上的鞋，大口喘著氣……
繼薇OS：好想把他留在原地、好想把我們留在原地，不要長大、也不要改變……

🎬	5	時間	日	場景	周家
人物	周媽、繼薇、客人				

　　△　布簾子隔起來的小空間裡，周媽正在幫客人推拿，已至尾聲……
周媽：感覺一下，肩膀是不是輕鬆多了？
客人：有捏，有影輕鬆多了。
周媽：（驕傲而老神在在）稍等咧，去給你拿熱毛巾敷一下。
　　△　周媽一轉身掀開簾子，卻看見——
　　△　繼薇已經端了一盆熱毛巾站在那裡，對周媽巴結的笑著……
　　△　周媽還在生繼薇的氣，沒好氣的接過盆子……
　　△　下一場繼薇興奮、討好的聲音先in……
繼薇（畫外音）：是真的很超級盛大的那種開幕喔……結果你猜我遇到誰了？

🎬	6	時間	日	場景	周家院子
人物	繼薇、周媽				

　　△　院子裡，周媽正坐在小板凳上，洗客人用過的毛巾，搓過之後，扭成一團……
　　△　繼薇蹲在一旁，一個一個接過周媽手中的毛巾（放進小盆），邊興奮的說著……
繼薇：戴奶奶跟耀起！
　　△　周媽還是一張「面無表情」……
繼薇：戴奶奶都沒有變，只是頭髮變白了……她要我跟你問好。

繼薇：啊！我都忘了講重點，重點是————我們月薪保證五萬起跳耶！
　　　△　周媽還是很冷淡……
繼薇：所以說以後啊……我每個月應該都可以給你「一萬塊」的感恩金！
　　　△　周媽動作一頓，終於有了反應，淡淡的說道……
周媽：一萬五。
繼薇：蛤？
周媽：蛤什麼蛤？一萬塊房租，兩萬塊吃飯坐車買衣服，你還有五千塊可以存起來捏！
繼薇：那……把拔咧？
周媽：他什麼時候跟你拿過錢了？你們以為我「青暝」喔？
　　　△　繼薇只好閉嘴……
　　　△　周媽把最後一條毛巾交給繼薇，看了她一眼……
周媽：啊你身上黏黏的是什麼啦？
繼薇：喔……剛剛跟耀起吃綠豆湯不小心弄到的。
周媽：耀起也回來了？
繼薇：喔……對啊，他說想回來看看。
周媽：啊人咧？
繼薇：啊知。
周媽：打電話叫他來家裡吃餃子啦。
繼薇：喔。
　　　△　周媽說著，起身走出房……
　　　△　繼薇目送，隨即一臉痛苦狀……
繼薇：一萬五？實在有夠狠……

🎬	7	時間	日	場景	我們的牆/周家（女兒房）
人物	耀起/繼薇				

　　　△　手機聲響起，接起手機的聲音……
特寫：耀起赤著的那隻腳，正輕鬆的打著拍子……
耀起（畫外音）：怎樣？
　　　△　畫面跳繼薇……
　　　△　繼薇邊找地方藏耀起的鞋、邊說著手機……
繼薇：周媽媽叫你來吃餃子。
耀起（彼端）：我已經上火車了。
　　　△　她決定把鞋藏到床底下，趴在地上，頭伸進床下——
繼薇：去哪？
耀起：回台北啊。
　　　△　繼薇聞言剛好驚訝的抬起頭，腦袋卻撞到床，邊痛得揉頭邊說——
繼薇：（怎麼會這樣）那你的鞋呢？
　　　△　畫面跳耀起……
特寫：耀起閉著眼睛小寐，聽著手機……
耀起：那麼喜歡就送你啊。台北見囉。

△ 耀起說完，拿開耳邊的手機，笑了笑，鏡頭漸漸拉開……

△ 原來耀起還在原地，悠哉的坐在「我們的牆」的窗洞裡……這時，他得意的哼起一首歌……

耀起： 周悲哀，是老三，腿很長，跑不快……

△ 畫面跳繼薇……

△ 繼薇坐在地上，還抱著雙膝，看著面前的那隻鞋，也同時失落的唱起了……

繼薇： 頭很大，可是呆，真是悲哀……

△ 歌聲結束，繼薇苦笑著，然後把自己的腳伸進耀起的鞋子裡……

繼薇OS： 我果然還是留不住戴耀起、留不住時間、留不住當年……

🎬	8	時間	黃昏	場景	周家廚房
人物	周媽、繼薇、繼茹				

△ 繼薇、繼茹幫著周媽媽包水餃……桌上有兩碗餡料，一碗韭菜的、一碗高麗菜的……

周媽： 每天起一個價，貴到我都不會買菜了……唉，好家在啦，有好心人「自動幫我加薪」。

△ 繼薇聞言只能勉強傻笑，邊在盤子上放著包好的餃子，周媽提醒……

周媽： 不要弄亂啦……這些是周繼萱的啦！她不要吃韭菜，啊你爸偏偏就愛吃韭菜，有夠麻煩！

△ 周媽調整好餃子置放的位子，又說道……

周媽： 我看喔，等你爸明年退休乾脆我們就全家通通搬到台北去算了。反正周繼薇不是說你們公司什麼都好嗎，那就把你大姊跟二姊都介紹進去嘛！

繼茹： 要搬你們搬，不用算我的份。

△ 周媽一頓，看著繼茹……

周媽： 每次就是你最不團結。

繼茹： 團結不需要用在這種地方。

周媽： 當然要在這種地方團結！不然我把這裡賣了你要去住哪？

繼茹： 我有房子。

周媽： 什麼房子？

繼茹： 買的房子。

△ 周媽一怔……

繼薇： （讚嘆）二姊你好屌 ——（被打斷）

周媽： （不滿）連買房子這種大事你都不用跟恁母商量的嗎？

繼茹： （淡定）是預售屋，兩房一廳，20坪，預計明年完工。

△ 周媽惱火，一摔手上的東西，就起身回房了……

△ 繼薇緊張看著周媽，又看向繼茹……

△ 繼茹還是一臉淡定的繼續包著水餃……

繼薇： （低聲）現在怎麼辦？

繼茹： 繼續包水餃啊。

繼薇： （為難）……喔。

🎬	9	時間	夜	場景	郵政總局
人物	繼薇、周爸、周爸同事				

△ 郵局正忙著作業……

△ 周爸戴著老花眼鏡正在分郵件……突然傳來同事的聲音……

同事甲（畫外音）：唉喲，這是哪一家的水姑娘？

繼薇（畫外音）：孫杯杯好。陳杯杯好。

　　△ 周爸聞聲，抬起眼睛看去……

　　△ 只見繼薇提著便當正跟周爸同事們打招呼……

同事乙：吶～～是我們繼薇捏！

同事甲：女大果然十八變喔！

　　△ 下一場周爸的聲音先in……

周爸（畫外音）：所以你就要學學你二姊！

🎬	10	時間	夜	場景	郵局一角
人物	繼薇、周爸				

　　△ 繼薇趴在桌上，滿臉委屈……

　　△ 吃餃子的周爸看著繼薇，說道……

周爸：永遠不讓你媽知道她賺多少錢！

繼薇：奇怪耶，馬麻為什麼那麼愛錢啊？

周爸：你們拿錢給她她才能確定你們過得很好，然後才可以四處跟人家炫耀，雖然她生了三個女兒，但是女兒又孝順又能幹！

繼薇：（振奮）這次我一定會很能幹！

　　△ 周爸欣慰的笑笑……

周爸：爸爸是不需要你們太能幹啦，快樂最重要！

　　△ 繼薇幸福的笑笑……

繼薇：馬麻說你明年要退休喔？

周爸：本來想退了。前陣子搬籠車閃到腰。老了。可是退休以後要幹嘛？天天陪你媽看她那個韓國男朋友演戲？老三八，看一齣愛一個！

繼薇：（笑）吃醋喔？

周爸：（悶）袂願啦。

　　△ 周爸笑著大口吃水餃，又感慨的說……

周爸：退休金放在那裡只會越來越少，萬一把你們的嫁妝都花光了怎麼辦？再說啦，你看周繼萱，都三十幾了還嫁不出去，整天幫人家賣衣服，賺的永遠不夠花。所以再拚幾年啦，幫她開個自己的店，萬一真的嫁不掉還可以自己養自己。

繼薇：偏心……馬麻永遠記得大姊不愛吃什麼，你連退休都還要為大姊打算……

　　△ 周爸看著繼薇，苦笑……

周爸：難道你們不偏心嗎？

　　△ 繼薇不解的看著周爸……

周爸：一會兒「媽，我的那個什麼在哪裡」、一會兒又「媽，我想要吃什麼什麼」，可是對我永遠都是「爸，馬麻咧」。

　　△ 繼薇聞言笑了……

　　△ 周爸也笑了……

　　△ 下一場繼萱的聲音先in……

繼萱（畫外音）：麻～～人家好餓喔……

🎬	11	時間	夜	場景	周家
人物	繼薇、周媽、繼萱				

△ 周媽板著一張臉在看韓劇……

△ 下班的繼萱歸來，邊嚷嚷、邊倒在沙發上、踢掉高跟鞋……

繼萱：痛死了……你幫人家留了什麼菜？

△ 不發一語的周媽，起身，進廚房……

△ 繼萱察覺異狀的目送著……

△ 這時繼薇拿著空便當歸來……

繼薇：大姊下班囉？

△ 繼萱看到繼薇，然後「很瞭」的說道……

繼萱：難怪。

繼薇：難怪什麼？

繼萱：（指廚房）她還在跟你生氣喔？

△ 繼薇走向繼萱，低聲的指著女孩房說……

繼薇：換二姊了。

△ 繼萱一怔……

繼萱：周繼茹怎麼了？

△ 廚房裡發出鍋碗鏗鏗鏘鏘的不滿的聲音……

△ 繼薇、繼萱看向廚房……

△ 畫面跳廚房……

△ 周媽正在煮水餃……

△ 繼萱從身後抱住周媽……

繼萱：哎喲，麻～～買房子是好事啊，幹嘛生氣啦?!

周媽：對啊！人家有好事都不會跟我講一聲，因為大漢啦、翅膀硬了啊，父母反正就被利用完了，就隨便自生自滅啦！

繼萱：放心啦，我一輩子都會利用你的！

周媽：走開啦！

△ 繼薇在廚房門邊看著這一幕，因雨過天青而感嘆的笑了……

　　（編按：後續的對白參考——繼萱：吃水餃喔？韭菜的嗎？周媽：另外給你包的高麗菜啦！繼萱：（唱）世上只有媽媽好～～）

🎬	12	時間	夜	場景	周家客廳/女兒房
人物	周媽、周爸/繼薇、繼茹、繼萱				

特寫：水餃沾著醬油……

△ 鏡頭拉開，吃水餃的是周爸，他坐在餐桌邊吃著餃子消夜邊說……

周爸：她還不是怕繼萱跟她借錢，所以才偷偷的買。

△ 周媽坐在一旁，臉色稍好，卻仍不肯輕易善罷干休……

周爸：講起來我們應該要得意，你看我們厝邊，哪一家的孩子靠自己買得起房子？

　　△　吃飽的周爸，放下筷子拿手肘親暱的撞著周媽……

周爸：好了啦，早點去睡，明天才可以早點起床去跟人家炫耀，我們周繼茹多敖，自己買了一棟房子！

　　△　周媽終於緩解了……

周媽：（斥）我哪有那麼厚話?!

　　△　周媽邊收拾著邊說……

周媽：唉，也好啦，反正周繼茹是最不用擔心的。所以明年你退休，我們就跟周繼萱一起搬去台北，這樣周繼薇就有人做飯給她吃了。

　　△　周爸尷尬笑笑……

周爸：我是在想喔……還是晚兩年再退好了……

　　△　周媽一頓，看向周爸——

周媽：所以你沒有申請退休？

周爸：我是擔心 ——（被打斷）

周媽：你以為你那把老骨頭還可以「動」多久蛤？

周爸：放心啦，我有跟上面說以後 ——（被打斷）

　　△　周媽一摔手上的碗盤，扭頭就進房間……
　　△　周爸暗暗叫苦，搔搔頭，只好也跟進了房間……
　　△　畫面跳，女兒房……
　　△　睡在上舖的繼薇還沒睡，在夜燈下，聽著一切，有點擔憂……
　　△　黑暗裡傳來繼萱的聲音……

繼萱：唉，現在換爸爸了。

繼薇：（苦笑）對啊，二姊的落幕了。

🎬	13	時間	日	場景	周家
人物	繼薇、周媽				

　　△　院子裡，準備回台北的繼薇在鞋櫃裡翻啊找的，四下找著自己的鞋，揚聲問著……

繼薇：馬麻，我從台北穿回來的那雙鞋呢？

　　△　周媽的聲音傳來……

周媽（畫外音）：當然在鞋櫃啊，難道我要把你的鞋子供在桌上嗎？

繼薇：可是就沒有（頓）——

　　△　繼薇忽然想到什麼，想了一想，接著趕緊奔回房間 ——
　　△　畫面跳女兒房……
　　△　繼薇趴在床底下，床底下果然已經沒有耀起的鞋。
　　△　繼薇懷疑的問著……

繼薇：（揚聲）馬麻，戴耀起是不是有來我們家？

　　△　周媽邊打包著要讓繼薇帶回台北的滷味邊來到房門口說……

周媽：（理所當然）啊昨天你不是有叫他過來吃餃子。

繼薇：（驚）他什麼時候來的？

周媽：（怔）……（想了想）啊！你去幫你爸送便當了啦！

繼薇：（抱怨）那你怎麼都不跟人家講?!

周媽：（斥）你又沒有問，難道我什麼事都要跟你報告嗎?!（沒好氣的伸出打包的東西）

給你滷的菜帶到台北吃啦。

🎬	14	時間	日	場景	火車站
人物	繼薇、周爸				

　△　鏡頭特寫：繼薇穿著藍白拖……
　△　鏡頭緩緩拉開，周爸坐在摩托車上，跟提著大包下包已下車的繼薇話別……
　△　周爸掏出口袋的一萬塊……

周爸：這裡一萬。
　△　繼薇一怔……
周爸：拿去啦！就照媽媽說的每個月寄一萬五給她，不夠的爸爸會想辦法。
　△　繼薇感動……
繼薇：你的錢不是都給媽媽了嗎？
周爸：我哪有你那麼笨？
　△　周爸把錢塞在繼薇手裡……
周爸：自己多賺一點就要好好的存起來，租一個好一點的房子，把自己照顧好，一個人在台北，要吃好一點。
繼薇：（感動）……我知道。
周爸：好啦好啦，我回家了，快進去，車要來了。
繼薇：小心騎車喔。
周爸：好啦好啦。
　△　繼薇朝周爸揮了手，轉身進車站，周爸一路目送……
　△　繼薇走進車站，回首看去……
　△　周爸還留在原地……
　△　繼薇一陣感動……
繼薇OS：原來留在「原地」的，一直都是那些我以為理所當然的人。
　△　繼薇身後傳來票務員嚷著「往台中的車要進站囉」的聲音……繼薇於是轉身要剪票，卻不經意的發現一行字寫在旅客留言的黑板上——
　△　周悲哀，報仇這種事，是聰明人的權利！
　△　繼薇氣結——
繼薇：可惡的戴耀起，我就要讓你看看我有多聰明！

🎬	15	時間	日	場景	戴家
人物	耀起、宅配員				

　△　床上，耀起沉沉的睡著，門鈴卻不斷的響著……
　△　耀起沒搭理，可沒一會兒，手機響了，他惺忪的接起……
耀起：喂……（迷迷糊糊）什麼在門口？
　△　畫面跳……
　△　耀起一臉惺忪，面無表情的看著面前的宅配員……
宅配員：戴耀起先生訂的「音波滅鼠器」，請簽收。
　△　耀起瞭然這是誰幹的，只能面無表情的接過單子簽了，收下滅鼠器

耀起：謝謝。
　　△　耀起正要關門，宅配員卻說……
宅配員：貨到付款。所以要跟您收六千一百五十元。
　　△　耀起愣住——隨即低聲詛咒著……
耀起：媽的個周繼薇。

🎬	16	時間	日	場景	市場
人物	耀起、歐巴桑菜販、豬肉攤老闆、環境人物				

　　△　菜攤前，耀起坐在腳踏車上（編按：留意後座放著紹敏交代要還的包裝盒）、他彎著身子，拿起攤子上一棵青椒，看著……
耀起：今天的青椒跟我們淑美一樣水捏！
歐巴桑菜販：（笑）三八啦！
耀起：青椒多兩斤！
歐巴桑菜販：其他同款？
耀起：明天再來看你。
　　△　耀起騎著車離去……
　　△　畫面疊上……
　　△　耀起騎著腳踏車抵達一個豬肉攤，對著忙碌的老闆說道……
耀起：老闆，今天一樣。
老闆：OK，五點送到。
耀起：謝啦。
　　△　耀起正要離去，卻突然又煞住車，回首看著肉攤，想了想，賊笑了……
　　△　下一場繼薇的聲音先in……
繼薇（畫外音）：（胸有成竹的猜測）貨到付款我不收喔？

🎬	17	時間	日	場景	A&Z生技公司門口
人物	繼薇、宅配人員				

　　　繼薇看著櫃檯上放著的那個「綁著浪漫緞帶的精品禮盒」（編按：還給三米的盒子），一臉「我才不會上當」的表情……
宅配員：對方已經付清囉。
繼薇：（一怔）……（恢復防衛）「對方」是誰？
　　△　宅配員看著單據……
宅配員：上面寫……（忍笑）愛慕者。
　　△　繼薇一臉「我才不會上當」的表情說道……
繼薇：其實我知道我不應該收，可是如果我不收的話，就不會知道他到底「搞了什麼鬼」對不對？
宅配員：（問我？）所以小姐你到底是要收還是不收？我還有好多東西要送捏。
　　△　繼薇想了一下，只好，簽收——
　　△　宅配員處理單據完畢後，繼薇迫不及待的打開了緞帶，當她滿懷期待的打開盒蓋，看到內容，果然「頓」住了——

△　旁邊傳來宅配員的笑聲……繼薇看向湊過來一探究竟的他——

繼薇：你不是有很多東西要送嗎？

宅配員：沒有啦……就忍不住……好奇……（忍笑）要不要退回去？

繼薇：（氣）謝謝！不用！我自己會處理！

宅配員：（忍笑）那，就，掰掰囉。

△　宅配員笑著離去……
△　繼薇再次忿忿的看向禮盒——拿起放在一旁的卡片，打開，裡面寫著……
△　不用謝，因為太適合你，所以就買了。

耀起OS：不用謝，因為太適合你，所以就買了。

特寫：盒子裡是用一串豬大腸圍成的項鍊狀……

△　下一場小字輩把酒言歡的聲音先in……

小爽（畫外音）：我想說生日嘛！（繼續）……

🎬	18	時間	夜	場景	串燒店
人物	耀起、立正、阿光、小色、小風、小爽				

△　已經打烊的串燒店，耀起、立正、阿光都忙著收拾打烊。
△　小字輩還賴著一桌吃喝，聊得起勁，也不管立正其實故意收拾著他們桌上的東西，小爽繼續閃開立正，對著小風、小色扯著……

小爽：送個三四萬塊的包OK的啊是不是?!誰知道接著就情人節，她又要一個包，然後農曆生日還要……現在是怎樣？有包才有愛是不是？

△　小風聽著，事不關己的笑著……

小風：看來爽媽很有遠見，幫你買的那些房子，應該夠你裝女朋友的包了！

小爽：我就在擔心我老媽看到這個月信用卡帳單，又要演八點檔了！

小色：活該啦！……不是早跟你說了？「肉包子打狗」跟「送包把妹」是同一種結果！把妹怎麼能靠錢包呢？當然要靠男人的「美色」！

△　小風又笑著，拍拍小色……

小風：真的！學學小色，吃妹的、住妹的、睡妹的……而且每一個都愛他愛得要死要活。

△　這時，不遠處的耀起在阿光的示意下，尷尬拿著三根雞翅外加帳單走來……

小色：那種妹依戀個屁啦?!趁早分一分！

小爽：可是已經送了三個包耶！這樣分手太不划算了吧？

△　耀起放下雞翅，不好意思的把帳單，扔在桌上……

耀起：雞翅招待，要打烊了，買單吧。

△　但小字輩沒一個人拿起帳單，卻紛紛拿起吃起雞翅，兀自「顧左右而言他」……

小爽：（看手錶）靠，兩點啦。

小風：（含笑推推耀起）欸，辣粉。

△　耀起拿了隔桌的辣椒粉放在桌上，就是尷尬的不好意思催促小字輩買單……
△　小色伸手環著耀起的腰……

小色：哥，還有沒有飯糰？

耀起：（斥）爐子已經熄火了啦！

△　這時，阿光實在看不下去，走來拿起帳單……

阿光：今天是哪位「小開」買單？

△　小字輩這才開始邊緩緩動作邊說話……

小爽：多少？

阿光：打完友情折，兩千七百五十。

耀起：（尷尬）兩千就好，其他算我的。

小風：（笑笑）忘了帶錢包耶?!

小色：好像不收卡喔？

小爽：好啦好啦，從房租裡扣啦！閃囉。

△　小字輩紛紛拿著雞翅閃人……

小色：走囉，哥。

△　耀起完全沒轍，回首看到阿光瞪著自己的表情，解釋著……

耀起：小爽不是說從房租裡扣嗎？

阿光：房租是他媽在收，什麼時候少過一塊錢了？

耀起：朋友嘛，偶爾聚一下幹嘛那麼計較?!

阿光：一個禮拜至少三天叫偶爾？

△　阿光說完，不滿的掉頭離去……

△　耀起自責又逞強，於是揚聲說道……

耀起：那算我的可以了吧？

立正：（笑笑的）我已經算好了。這個月的薪水。

△　立正走來，拿著一個信封伸給耀起……

△　耀起打開來看著……只有六千多元……

耀起：就這些？

立正：（笑笑的）其他都到你那些「不跟你計較」的朋友肚子裡囉。

耀起：媽的，下次絕對不讓他們賴帳。

🎬	19	時間	日	場景	戴家

△　戴家日空景。

紹敏（畫外音）：那你要不要關掉串燒店去他們公司上班？

🎬	20	時間	日	場景	戴家，耀起房、浴室
人物	耀起、紹敏				

耀起：幹嘛？

紹敏：第一，免得你那些小字輩的酒肉朋友吃你的喝你的。第二，你每天晚出早歸的，我
　　　們兩個連說話的時間都沒有了。

耀起：我現在不是在跟你說話嗎？

△　紹敏漱了口，吐掉水，擦著嘴看著耀起──

紹敏：三分鐘的刷牙時間？

耀起：……

△　紹敏看耀起無言以對，瞪了耀起一眼走出浴室……

△　畫面疊上……

△　房間裡，紹敏換著衣服，耀起坐在床上把手機左手丟右手的聽著紹敏抱怨……

紹敏：我起床，你睡覺，你打烊，我睡著了，兩個人這樣在一起有什麼意思？……你知不知道我昨天有多慘？

耀起：（擔心）怎麼啦？

紹敏：午後雷陣雨啊，所以臨時換室內場，高富帥的男主角帶著灰姑娘去血拚出氣，又要聯繫場地、又要搞道具……算了。

　　△　紹敏拿起背包準備出門上工，她忽然轉身面對著耀起……

耀起：幹嘛？

紹敏：……你愛我嗎？

耀起：（笑）傻瓜。

紹敏：那就為我找一份正常上下班的工作。

　　△　耀起起身在紹敏的額頭上親了一下……

耀起：不要逼我做自己不喜歡的事好不好？

紹敏：所以就逼我去過自己不喜歡的生活？

耀起：……

　　△　紹敏見耀起不語，嘆口氣，轉身出房……

　　△　耀起頓了頓，才跟了出去……

🎬	21	時間	日	場景	戴家客廳
人物	耀起、紹敏、戴奶				

　　△　戴奶在忙著早餐……

　　△　紹敏走了出來，往鞋櫃去穿鞋……

紹敏：奶，我走囉。

戴奶：等等、等等，把早餐帶去。

紹敏：劇組有早餐。

戴奶：奶奶做的有營養！

紹敏：可是 ——（被打斷）

　　△　耀起一把接過奶奶手中的早餐，就大口咬了三明治……

戴奶：你的在桌上！

耀起：今天超餓，兩份剛好！（對紹敏）小心騎車。

紹敏：奶再見。

戴奶：再見。

　　△　紹敏離去……

　　△　戴奶擔憂的說道……

戴奶：是不是我做的早餐不合小敏的口味啊？

耀起：哪有可能。

　　△　耀起坐下，陪著戴奶吃早餐……

耀起：劇組每天都算好了早餐的數量，如果不吃一定要提前一天講。

戴奶：不是就好。

　　△　戴奶安心的坐下吃早餐……

戴奶：榮市場那家生意很好的麵店，他們洗碗的歐巴桑不幹了。

　　△　耀起很瞭戴奶，隨即看著她問著……

耀起：你不會是想要去洗碗吧？

戴奶：（笑著遊說）一個月一萬八，就洗幾個碗。

耀起：老太太，你今年多大啦？你以爲你真的可以蹲在那裡彎著腰洗一整天的碗？

戴奶：有小板凳坐又不累。

　　△　耀起盯著戴奶，心裡有數的問著……

耀起：他又沒寄生活費給你是不是？

戴奶：一定是忙得忘了。

　　△　耀起掏出昨天領的六千元，塞在戴奶的手裡……

耀起：他不養你還有你孫子在！所以你給我乖乖的在家裡享清福！

　　△　戴奶推讓……

戴奶：我有錢，你自己留著用。

耀起：是我的女人就乖乖讓我養！

　　△　戴奶笑得打了耀起……

戴奶：一張嘴，沒大沒小的。

耀起：所以才能老少通吃啊！

　　△　耀起伸個懶腰，起身往房間走去，戴奶在身後追問……

戴奶：不吃了？

耀起：睏了。

戴奶：那奶奶去公園運動了。

耀起（畫外音）：不要亂跟老公公們拋媚眼。

　　△　耀起關上房門……

戴奶：（笑斥）成天胡說八道的！

　　△　戴奶斥著，感動得看看手上的錢，深深的嘆口氣……

　　△　下一場繼薇的聲音先in……

繼薇（畫外音）：我真的很努力（繼續）……

🎬	22	時間	日	場景	A&Z生技公司
人物	繼薇、查克博士、露薏莎、其他助理				

　　△　繼薇和另外四個助理，正圍著查克博士開週會，此刻正是繼薇在報告自己的心路歷程……

繼薇：考績也很好……就只是因爲我說了實話、我沒有背景，結果就被 Fire 了……我不懂，世界怎麼可以這麼不講理?!

露薏莎：世界本來就不公平。我去跑客戶的時候出了車禍，傷到脊椎要在醫院躺六個月，我們老闆竟然要同事來勸我，說要是有職業道德就最好主動辭職。

　　△　繼薇和同事議論著「好壞喔」……

同事A：我在我死黨老公的公司上班，她規定我要叫她老闆娘，開同學會的時候，她還要我幫她提包包！……我一氣之下就辭職了，總有一天我一定要讓她幫我提包包！

　　△　眾人都笑了……

　　△　一直仔細聆聽做筆記的查克博士，此時慈愛的笑著說道……

查克：謝謝大家精彩的分享。其實我也有一個驚喜要分享給大家。

　　△　查克博士說著放下筆記，在他的示意下，露薏莎打開了投影機……

　　△　投影幕上面是「營業額」的數字（第一週7,450,000第二週9,980,000）……

查克：這是開幕兩週以來的總營業額。

　　△　繼薇和眾人暗暗驚呼……

查克：很漂亮的數字，但是在這些數字底下，我看到的不是利潤，而是 —— 你們的努力……我以你們爲榮，而你們更要以自己爲榮！

　　△　繼薇和大家一樣，聞言都感動了……

查克：永遠要記住我們的經營理念 —— 你們有多愛Ａ＆Ｚ，Ａ＆Ｚ就會多愛你們！所以，Ａ＆Ｚ決定把百分之八十的盈餘回饋給你們！

　　△　繼薇簡直不敢置信，張大了激動的嘴……隨著四周響起的興奮掌聲，繼薇紅著眼眶，感動得拍著手……

🎬	23	時間	日	場景	Ａ＆Ｚ生技公司，查克博士辦公室
人物	繼薇、查克博士				

　　△　一張「獎金明細單」總金額是「43,566元」。

　　△　鏡頭拉開，繼薇不敢置信的看著那張明細，接著感動得抬起頭看著迎面的查克博士——

查克：（慈愛的笑）這是你應得的獎金。

繼薇：（激動得不知道該說什麼了）我……我感動得都不知道要說什麼了……

查克：沒錯，我們本來就該爲自己感動，因爲只有我們自己最知道我們有多努力。

　　△　查克博士接著敲著計算機，然後把計算機推向繼薇，繼續說道……

查克：雖然扣掉制服的製作費用，你只能領到這些現金……

　　△　繼薇看著計算機，顯示著「66」，頓時有點失落……

查克：但是以我們業績的成長估算起來，到這個「月底」，除了你的底薪之外，你額外可以領到的獎金將會超過它 ——

　　△　計算機再次推到繼薇面前，上面顯示「150000」……

繼薇：（喃喃）個十百千……（驚）十五萬？

　　△　繼薇驚訝抬頭看著查克博士……

查克：不要害怕，不要不敢相信。不要因爲那些曾經看輕你的人，而忘了一件最重要的事 —— 你的努力，絕對值得被這樣對待！

　　△　繼薇感動得笑了……

查克：甚至比這些更好的對待！

　　△　查克博士把平板電腦推到繼薇面前，螢幕上是「員購五折」的海報……

查克：這是莫里哀博士，我的義父，對Ａ＆Ｚ員工的特別恩惠，你們將可以以員購五折的優惠購買公司產品，不管是拿回去孝敬長輩，還是轉售給客戶，中間的利潤，都是你們的。

　　△　繼薇一怔……

查克：（笑）剛才露薏莎一聽到這個好消息立刻訂了一百箱「所有好養分餅乾」。

繼薇：哇，露薏莎好有錢喔……

查克：你也很有錢啊，別忘了你馬上就可以擁有十五萬的獎金了。相信我，以後你會有更多更意想不到的財富！

繼薇：可是……

查克：雖然這個「恩惠」活動只到本週截止，但是不要有壓力，只要記住 —— 你有多愛Ａ＆Ｚ，Ａ＆Ｚ就會多愛你。

　　△　查克博士緊盯著繼薇……

△ 繼薇緊張的看著查克，又看著計算機上的150000、員購五折傳單，查克博士桌上的薰香，彷彿不斷的在催眠，她握緊了拳頭，再次看向查克博士，彷彿就要下定決心———卻說道——

繼薇：可不可以讓我考慮一下？

🎬	24	時間	日	場景	外景拍片現場
人物	耀起、紹敏、劇組				

特寫：一個耳光！

女人：你太過分了。

男人：沒錯，我是過分，那是因為我愛你！
△ 鏡頭在女人和男人的台詞裡緩緩拉開，是拍戲現場……
△ 紹敏的手機在口袋震動著，她趕緊躲到一旁，接起，匆促的低聲說……

紹敏：正在拍——（被打斷）

耀起（彼端）：我在對面。
△ 紹敏抬頭看去……
△ 坐在腳踏車上的耀起，在不遠處，正朝她笑著……
△ 畫面跳……
△ 耀起和紹敏坐在角落，身後是劇組人員正在準備換場……

紹敏：幹嘛突然跑來？

耀起：陪妳說話啊。

紹敏：五分鐘可以說什麼？

耀起：人生不就是各種三分鐘和五分鐘組合起來的？

紹敏：那就把它們組合起來啊！每天至少給我完整的三小時。
△ 耀起摸摸紹敏的頭……

耀起：好啦，幹嘛用寶貴的五分鐘拿來討論這種無解的事？
△ 耀起拿出口袋裡的紅豆餅……

耀起：下午茶。
△ 紹敏接過紅豆餅，心情好些了……

紹敏：等我殺青，陪我去度假！
△ 耀起聳聳肩，表示「無不可」……

耀起：去哪？

紹敏：去……（思索）一個可以——（被打斷）
△ 是耀起的手機響了，他接起……

耀起：哪位？……（不解）讓什麼讓？……（聽著對方的話，想通了，暗暗罵髒話）不好意思喔，那應該是人家搞錯了，我們店開得好好的，沒有要讓！
△ 耀起掛斷電話，邊急著起身要走邊嘟囔罵著……

耀起：媽的周繼薇。

紹敏：她怎麼了？

耀起：她——沒事，我去處理一下，你先去忙吧。

紹敏：五分鐘還沒到耶。
△ 正要騎上腳踏車的耀起，一頓，歉然笑笑……

紹敏：你跟周繼薇到底是什麼關係？

耀起：從小一起長大的、沒有血緣的、兄妹。
　　　△　紹敏盯著耀起……
紹敏：男女之間根本沒有純友誼。
耀起：是喔？可是有親情啊！
　　　△　耀起笑了笑……
　　　△　紹敏仍盯著耀起，好一會兒才釋然說道……
紹敏：京都五日遊。
耀起：（笑）等你殺青！
紹敏：走吧你，我去忙了。
　　　△　紹敏轉身離去……
　　　△　耀起也騎著車離去……
　　　△　紹敏駐足，回首，目送著耀起，似乎有所思……

🎬	25	時間	日	場景	串燒店門外、內
人物	耀起、戴奶				

　　　△　拉下的鐵門上貼著紅紙，上面寫著——
　　　　　讓　洽戴先生09XXXXXXXX（編按：留意台哥大是否有門號提供）
　　　△　耀起站在鐵門前，扠著腰看著那張紅紙，氣結的用力撕下，卻聽到————
戴奶（畫外音）：耀起？
　　　△　耀起看去……
　　　△　只見戴奶開心的走來，邊說道……
戴奶：我還擔心我來太早了呢。
耀起：（不解）你跑來幹嘛？
戴奶：（笑）白拿孫子的錢那是「老的沒有用」的人才幹的事，所以以後奶奶來給你們幫
　　　忙。
耀起：（沒轍的）奶奶～～！
　　　△　下一場串燒店忙碌的聲音先in……
耀起（畫外音）：三桌加點翅二、心一、大小腸二。

🎬	26	時間	夜	場景	串燒店
人物	耀起、戴奶、立正、阿光、客人眾多				

　　　△　料理台前，立正正盛起一盤完成的烤物放在台上交給報完單的耀起。耀起端著離去。接著立正就轉身要去冰箱
　　　　　備料，可是一轉身，就遇到障礙——戴奶在洗碗……
立正：奶奶給我過去一下。
戴奶：對不起對不起。
　　　△　戴奶趕緊讓到一邊，還沒站穩，阿光又端著湯物走來，戴奶又形成障礙……
阿光：奶奶借我過一下。
戴奶：對不起對不起。
阿光：奶奶，碗先不要洗啦，裡面位子太擠了。
戴奶：好好好，那……我幫你們做什麼好呢？

△　阿光把手上的湯物交給戴奶⋯⋯

阿光：你幫我送去外一。

戴奶：好，外一是⋯⋯哪桌啊？

△　戴奶話還沒問完，耀起伸長的手已經接過，並順手丟了一條抹布給戴奶⋯⋯

耀起：你擦桌子就好。

戴奶：我剛擦過 ——

△　沒人有時間理戴奶，各又去忙各自的。

△　戴奶只好拿起抹布，又去擦著那唯一空的一桌⋯⋯

△　下一場繼薇的聲音先in⋯⋯

繼薇（畫外音）：意思就是說我每賣出一箱就可以賺三千五。

🎬	27	時間	夜	場景	繼薇租屋處/雜景
人物	繼薇/周媽、周爸、繼萱、繼茹				

△　繼薇正連珠砲似的講著手機⋯⋯

繼薇：而且這等於是沒有成本的生意⋯⋯

△　insert周媽，一邊幫客人按摩一邊聽著電話⋯⋯

繼薇（彼端）：因為成本就是額外的獎金⋯⋯

△　insert周爸，一邊分信一邊聽著手機⋯⋯

繼薇（彼端）：重點是我們公司的產品那麼好，賣給消費者等於是在幫助大家⋯⋯

△　insert繼萱，正在整理服飾店的衣服⋯⋯

繼薇（彼端）：可以讓大家生活得更健康更美好⋯⋯

△　insert繼茹，正在書桌對發票、記帳⋯⋯

繼薇：所以你覺得我到底要不要買啊？

△　以上的彼端，變成了分割畫面——

（同時）周媽：當然要買來賺啊！**繼茹：**千萬不要買！**繼萱：**我應該⋯⋯會買吧⋯⋯

周爸：你們公司怎麼聽起來⋯⋯怪怪的？

△　畫面跳繼薇，她一臉無解的煩惱狀⋯⋯

繼薇：好吧⋯⋯。那沒事了，我掛電話了，掰。

△　繼薇掛上電話，更煩惱了⋯⋯

繼薇：兩票對兩票⋯⋯怎麼辦？

△　繼薇突然想到什麼，迅速爬起、拿起包包就出門了 ——

🎬	28	時間	夜	場景	串燒店
人物	耀起、繼薇、戴奶、立正、阿光、客人眾多				

△　繼薇匆匆走入串燒店，剛好遇見立正送食物給客人，看到繼薇，笑道⋯⋯

立正：欸，妹妹來囉？

繼薇：嗨，光光。

立正：（笑著糾正）是「立正」。

繼薇：喔對不起，（叮嚀自己記住）立正、立正、立正。

△　繼薇急忙走向料理台，看見正在燒烤的阿光喚著⋯⋯

繼薇：嗨，光光。

　　△　阿光冷冷的看了繼薇一眼，隨即低下頭低聲嘟嚷糾正……

阿光：（喃喃）是阿光。

　　△　這時耀起關上冰箱門後現身，說道……

耀起：幹嘛？來談停戰協議啊？

繼薇：沒空跟你玩了啦，我是來問你 ———（被打斷）

耀起：剛好，幫我把她送回去！

繼薇：（怔）誰？

　　△　耀起指著櫃檯內的地上……

　　△　繼薇趴在櫃檯上看去——

　　△　戴奶正蹲在那兒不知忙什麼……

繼薇：奶奶？

戴奶：繼薇啊 ———（腰痛）

🎬	29	時間	夜	場景	戴家樓梯
人物	繼薇、戴奶				

　　△　戴奶上著樓梯，可忙了一晚上腿痛得受不了，撐著扶手、表情痛苦……後頭的繼薇趕緊問著……

繼薇：奶怎麼了？

戴奶：腿使不上力。

繼薇：那我揹你好不好？

戴奶：（欣慰笑）你哪揹得動奶奶？沒事，休息一下就好。

　　△　戴奶說著，就地坐在階梯上，搥著腿一陣感慨……

戴奶：（苦笑）……老了，以為自己可以給耀起幫點忙，結果卻是給他添麻煩……

繼薇：你亂講，才不是麻煩呢！奶奶是耀起這輩子最重要的財富！

戴奶：（苦笑）哄我。

繼薇：真的！是耀起自己講的！

　　△　繼薇蹲下，幫戴奶奶按摩著腿……

繼薇：我媽說腿痠要按這個穴道，奶你每天都記得按一按。改天我再拿一箱公司的「所有好養分餅乾」給你吃，聽說有一個車禍以後雙腳無力的病人，吃了一年以後，不只可以站還可以跑喔！

　　（編按：腰痠背痛穴道，請詳http://cm.39.net/089/22/651091.html）

戴奶：那東西那麼貴，我哪吃得起。

　　△　戴奶感慨的嘆息……

戴奶：他爸爸好幾個月沒寄錢回來。我擔心是不是出了什麼事，打了電話過去，他說在跟人家投資什麼普洱茶，手頭緊，還問我有沒有錢？耀起有沒有錢？

　　△　戴奶苦笑……

　　△　繼薇坐到戴奶奶旁握著奶奶的手聆聽著……

戴奶：你可千萬別跟耀起說。……每天看著耀起那麼忙，賺那麼點錢，搞得日夜不正常的，你說我能伸手再跟孩子要錢嗎？……（難過）我真氣我自己啊，老得連錢都賺不動了！

　　△　繼薇更心疼了……

繼薇：奶，你不要擔心啦，上帝幫我們關了一扇門，就一定會幫我們開一扇窗，像我那時候啊，我──（靈光乍現）奶！

戴奶：怎麼啦？

繼薇：我想到一個賺錢的好方法了‼（編按：本場後續詳36場）

🎬	30	時間	日	場景	城市

△ 城市日空景。

🎬	31	時間	日	場景	戴奶房
人物	戴奶、耀起				

△ 睡在床上的戴奶翻個身，渾身痠痛，她甦醒，一怔……
△ 只見耀起坐在戴奶床旁的椅子上，正盯著戴奶……

耀起：腰痠背痛吧？

△ 戴奶苦笑……

耀起：以後絕對不准去店裡了。

戴奶：放心吧，奶不會去給你惹麻煩了。

耀起：老太太，你不是麻煩，你是我的唯一。

△ 戴奶欣慰的笑笑，握著耀起的手，一怔……

戴奶：怎麼一個大水泡？

耀起：不小心燙到的。沒事。

△ 戴奶難過的嘆口氣……

戴奶：孩子，對不起，沒給你生個好爸爸。讓你從小就得自己靠自己。

△ 耀起一陣心疼，卻滿不在乎的說道……

耀起：這樣不是很好嗎？他不欠我，我不欠他。所以我這輩子只要專心的伺候你這位大債主！

△ 戴奶笑了……

耀起：別賴床了，給你做好早餐了。

🎬	32	時間	日	場景	查克博士辦公室
人物	繼薇、環境人物				

特寫：信用卡滑過刷卡機……接著機器慢慢的吐出簽帳單……

△ 繼薇忐忑的盯著機器……
△ 查克博士含笑的撕下簽帳單，遞到繼薇面前……
△ 繼薇伸出手、拿起筆，準備簽名，手卻不由自主的顫抖著……

繼薇：從來沒有一口氣花掉十五萬，好緊張喔……

查克：相信我，以後你會習慣這種緊張的。

△ 繼薇笑笑，努力克服顫抖，正要簽下……可整個桌子竟然都在顫抖……

繼薇：（尷尬笑）我怎麼抖成這樣？

查克：是地震。

　　△　繼薇一怔，抬頭看著查克博士——
　　△　畫面黑——
　　△　黑暗裡，傳來當年921時繼薇的歌聲————
繼薇OS：周悲哀，是老三，腿很長，跑不快……(貫穿下一場)

🎬	33	時間	日	場景	戴家
人物	耀起、戴奶				

　　△　黑暗裡，傳來當年921時繼薇的歌聲——
繼薇OS：頭很大，可是呆，真是悲——
　　△　睡在床上的耀起，張開了眼睛……
　　△　眼前的東西震動著……
耀起：（揚聲）奶～～？
　　△　耀起沒聽到回應，趕緊起身，打開房門 ——
　　△　客廳裡，戴奶正扶著桌子，這時地震已經停下……
戴奶：震得我頭都暈了，看起來不小啊……

🎬	34	時間	日	場景	A&Z生技公司/耀起房
人物	繼薇、環境人物/耀起				

　　△　一箱又一箱的「所有好養分餅乾」，圍著繼薇的辦公桌，堆成一個城堡狀……從城堡裡面傳來繼薇的聲音……
繼薇：說有六點一級耶，家裡還好吧？……那爸爸咧？……大姊咧？……二姊咧？……好啦好啦，沒事就好……
　　△　鏡頭慢慢推進，繼薇被圍在紙箱裡，正打著電話……
繼薇：那掰掰囉。
　　△　繼薇掛上電話，看著身旁的紙箱，正要從縫隙鑽出去，手機響了，她接起……
耀起（彼端）：嚇哭了吧？
繼薇：拜託，都幾歲了才不會那麼糗咧。
　　△　畫面跳耀起，以下對跳……
耀起：記住，地震來的時候，如果可以就去空曠的地方。萬一不行，就 ——（被打斷）
繼薇：就地找掩護！這樣天塌下來的時候才有東西幫我頂著！……都背起來了啦。
耀起：不是光背起來就好，要有確實的應變能力。
繼薇：好啦。
耀起：那沒事了。
　　△　耀起正要掛電話，繼薇喚著……
繼薇：欸！
耀起：怎樣？
繼薇：（感激）你……是唯一一個打電話關心我的人耶。
耀起：不必有多餘感動，我只是在試電話線路有沒有問題。
繼薇：再、見。
　　△　繼薇掛上電話……

△　畫面跳耀起……
　　△　他看著手機，笑笑，正要收起，手機又響了……
　　△　是繼薇……

耀起：（接起）幹嘛？

繼薇（彼端）：奶奶在家嗎？

耀起：在啊，怎樣？

繼薇（彼端）：那你跟奶奶說，我等下拿東西過去給她。

耀起：什麼東西？

繼薇：不干你的事。
　　△　繼薇掛上電話……
　　△　耀起有些納悶著……

🎬	35	時間	日	場景	辦公大樓外
人物	繼薇、查克博士、露薏莎				

　　△　繼薇吃力搬著兩大箱「所有好養分餅乾」走出大樓……
　　△　查克博士正好站在大樓外講著接手機，等待著接他的車……

查克：差不多半小時內到，見面再研究吧。
　　△　查克博士掛斷手機，剛好看到吃力的繼薇——

繼薇：（笑）博士。

查克：這麼快就賣出去兩箱？

繼薇：沒有啦，這是要給一個從小把我帶大的奶奶吃的。
　　△　查克見繼薇很吃力……

查克：我幫你吧。

繼薇：不用啦，不好意思啦。

查克：沒關係。
　　△　博士接過一箱，順手把自己的手機放在箱子上……
　　△　畫面疊上……
　　△　兩箱餅乾已經在計程車後座，繼薇也坐上計程車，回首對車外說著……

繼薇：謝謝博士。

博士：我們是自己人，幹嘛那麼客氣?!
　　△　一旁，露薏莎開了車過來，按了喇叭……

博士：露薏莎來了，那我們去開會了。

繼薇：博士再見。
　　△　博士幫著她把車門關上……
　　△　繼薇對司機交代著……

繼薇：麻煩請到（頓）——
　　△　繼薇這時瞥見身旁箱子上博士的手機，她趕緊看向擋風玻璃外——

繼薇：博士——
　　△　露薏莎的車剛好啟動、開走了……
　　△　繼薇思索了一下，對司機說道……

繼薇：麻煩幫我追一下前面那輛車。
　　△　下一場耀起的聲音先in……

耀起（畫外音）：她要拿什麼東西給你？

🎬	36	時間	日	場景	戴家，戴奶房/戴家樓梯（29場後續）
人物	耀起、戴奶/繼薇				

戴奶：（暗喜）你別管。

耀起：（嚴厲）你們兩個到底在搞什麼鬼？
　　△　戴奶看著耀起一臉「追根究柢」的樣子，只好說道……

戴奶：就是他們公司……那個什麼養分很多的餅乾……
　　△　戴奶說著拉開抽屜拿出一疊「所有好養分餅乾」的DM……

戴奶：繼薇說她可以拿到員工的優惠價，然後我們賣一箱就可以賺三千五！
　　△　耀起看著DM……

耀起：所以她跟公司買了幾箱？

戴奶：幾箱我也搞不清楚……反正她說月底可以領到一筆獎金，拿獎金去買等於是沒有成本。

耀起：「一筆獎金」是多少？

戴奶：十五萬。
　　△　耀起傻了……

耀起：十（頓）── 我早就說他們公司有問題！周繼薇那個笨蛋！

戴奶：你別一天到晚罵繼薇，人家哪笨啦?! 她是為了幫我的忙！而且他們公司對她挺好的，繼薇說啊……
　　△　insert本集第29場，後續……

繼薇：我一點本事都沒有，才華就更不用說了，所以只要老闆喝了我泡的咖啡覺得很好喝，只要準備的資料讓老闆覺得很清楚、看起來很方便……我就可以很滿足很滿足。可是現在卻有一個公司、一個老闆，他說我應該為自己感動，因為公司的成就，全都是來自我的付出、我的努力……奶你知道嗎，那時候我就下定決心，我要為這間公司做牛做馬一輩子……
　　△　繼薇滿懷希望的笑著……

🎬	37	時間	日	場景	偏遠的鐵皮屋工廠外、內
人物	繼薇、查克博士、露薏莎、莫里哀博士、環境人物				

　　△　有點郊區的荒涼地帶，散落著數間鐵皮屋工廠……
　　△　繼薇走來，邊四下張望邊對手機說道……

繼薇：露薏莎嗎？我是繼薇……我好笨喔，剛剛才想到可以打電話給你……是這樣的，因為博士的手機掉在我的計程車上，所以我就坐車子追過來，可是好像跟丟 ── 啊！我看到你的車了！
　　△　繼薇說著就往停在一個鐵皮屋前的露薏莎的車子跑去……

繼薇：我走過來了……（對方有阻止之意）沒關係啦我拿進去！
　　△　畫面跳工廠內……
　　△　繼薇奔來，站在工廠拉起的鐵門邊，看到裡面的狀況，頓住了──
　　△　裡面的輸送帶正在輸送著一片片的餅乾……另一頭有人正在包裝「所有好養分餅乾」……

△ 這時露薏莎和查克博士急忙奔來──
△ 繼薇整個有點搞不清楚眼前的狀況，茫然的尷尬的笑笑，看向查克博士……
△ 露薏莎擔心的看向查克博士……
△ 查克博士鎮定的對繼薇笑笑……

查克：沒錯，我們對消費者撒了一點小謊，「所有好養分餅乾」並不是從紐西蘭原裝進口的，這是為了響應節能減碳，所以我們決定就近取材、製作。

繼薇：……喔……但是它……還是很健康的東西？

查克：當然。在台灣製作不只環保，還可以製造就業機會，最重要的是，公司可以把更多的利潤回饋到你們的身上。

△ 繼薇雖然還是有些疑問，但仍然選擇相信的勉強笑笑……

繼薇：喔，我懂了。……（想到）博士的手機。

查克：謝謝你專程跑一趟。

繼薇：不會。那，我先走了。

△ 繼薇轉身離去之際，卻發現了另一個「驚訝」──她再次回首看去──
△ 在查克博士和露薏莎身後的那群包裝工人裡，有一個外國工人──不就是莫里哀博士嗎？
△ insert第二集，投影幕上莫里哀博士──

莫里哀：（英）相信，是一件美好的事。相信美好即將到來，是生命最重要的一件事！

△ 回現實，此刻的莫里哀博士正說著流利的中文──

莫里哀：阿桑，你膠水塗太多了，都跑出來了。

△ 繼薇有點反應不過來……

繼薇：好像……

查克：沒關係，有什麼疑問你都可以問。

繼薇：我是說……好像有地震是不是？

△ 查克博士拍拍繼薇……

查克：繼薇，不要緊張，一切都會沒事的，想想那些對你不公平的人和事，想想你的獎金和未來……其他的什麼都不用想。

繼薇：……對……獎金和未來……好，我想想。

△ 繼薇茫然的轉身、離去……
△ 查克博士和露薏莎目送著……

露薏莎：怎麼辦？

查克：沒事。別忘了她已經押了十五萬的寶，如果她放著自己的利益不顧，做出什麼輕舉妄動的事，那麼她就是個徹底的笨蛋！

🎬	38	時間	夜	場景	書店外、內
人物	繼薇、袁方、環境人物				

特寫：「聰明人不該做的事」八個大字……

△ 鏡頭緩緩拉開，是本翻譯小說的封面，腰帶上的印刷顯示，是被紐約時報等具影響力的記者、作家推薦……
△ 繼薇正怔怔站在書店的櫥窗前，盯著那本書……好一會兒，繼薇緩緩抬起頭，卻發現在櫥窗內的書店裡，有一個人手上正翻閱著同一本書……
△ 繼薇想看看是什麼樣的人，會對這本書有興趣，看去，認出──
△ 竟是袁方！
△ 繼薇怔怔的看著袁方……

△ 袁方似乎感覺到「被注視」，抬起頭，看見了繼薇……
△ 繼薇怔了好久——竟然這麼巧？……好一會兒才忽然想起，趕緊翻著皮包，拿出了一塊錢，走進了書店……
△ 畫面跳書店內……
△ 繼薇走向袁方……

繼薇：喔……我是那個 ——（被打斷）
袁方：我知道。
　　△ 繼薇把一塊錢伸給袁方……
繼薇：謝謝你。
　　△ 袁方笑笑，放回書，收下一塊錢，轉身離去，繼薇卻喚住了他——
繼薇：為什麼你不買這本書？
　　△ 袁方駐足，有點意外繼薇的問題，然後說笑道……
袁方：你是出版社的市調？
繼薇：……我沒有，我只是……好奇。
袁方：（禮貌的笑笑）有些書翻一翻，看到重點就差不多了。
繼薇：那……它的重點是什麼？
　　△ 袁方看著繼薇，忖度著「好吧，告訴你這個笨蛋也無妨」，說道——
袁方：第一，活在世界上的每一個人都有義務不要替自己惹麻煩。第二，「壞蛋」不可饒
　　　恕，「笨蛋」也一樣。
　　△ 繼薇一怔……
　　△ 袁方笑笑，轉身離去……
　　△ 繼薇怔然目送，突然揚聲對遠去的袁方說道……
繼薇：所以「如果替自己惹麻煩，就是不可饒恕的笨蛋」嗎？
　　△ 袁方沒有駐足，他已經戴上耳機，走出書店……
　　△ 繼薇茫然著……
　　△ 下一場串燒店的聲音先in……

小色（畫外音）：誰知道我老爸哪根筋不對勁，突然要我去美國唸什麼書……

🎬	39	時間	夜	場景	串燒店
人物	耀起、小色、小風、小爽、立正、阿光				

　　△ 小字輩又是圍坐一桌，喝酒扯淡……
小爽：去美國不錯啊！紅橙黃綠藍靛紫，各種顏色的妹都有！
小色：欸，美國那麼愛拯救世界的，萬一他們送我去賓拉登怎麼辦？
小爽：（有點受不了）美國是募兵制，所以他們不會送你去打仗。
小色：……是喔。
小風：而且，賓拉登死了。（笑開）
小色：（怔）怎麼都沒人跟我講？
小爽：不然去英國啦！找妙麗啊！
小色：「台北妹」每個都比妙麗正好不好?!
小風：（含笑舉杯）支持你！留在台北繼續擺爛！
小色：（開心，舉杯）是不是？
小爽：（揚聲）起哥，再來一點什麼下酒的啦！

△ 不遠處的耀起盯著三人，慢慢的晃過來，扔了帳單在桌上……

耀起： 先把前帳清了再說。

　　△ 三人一怔……

小色：（撒嬌）我跟我爸吵架，這個月超慘。

小爽： 唉呦，我現金也不夠。

小風： 你們真的應該弄個刷卡機啦！

　　△ 耀起笑笑，抬起一隻腿踩在椅子上……

耀起：（咬牙）吃我的、喝我的……沒關係。

　　△ 耀起從後口袋拿出一張繼薇公司產品的傳單拍在桌上——

耀起： 一人給我訂兩箱！

　　△ 三人看去——

小色： 所有好養分餅乾？

小爽： 我今天剛好 ——（被打斷）

耀起： 可以刷卡。

🎬	40	時間	夜/黎明	場景	繼薇家露台/串燒店
人物	繼薇/耀起				

　　△ 繼薇兀自坐在露台，發著呆……
　　△ 手機響了，繼薇回神，接起……

耀起（彼端）： 起床尿尿了。

繼薇：（苦笑）不是不玩了嗎？

　　△ 畫面跳耀起，正在善後、洗碗……以下對跳……

耀起： 聽起來還沒睡？

繼薇： 失眠。

耀起： 幹嘛？怕十五萬的餅乾血本無歸啊？

繼薇：（苦笑）對啊，買那麼多爛餅乾幹嘛……？

耀起： 買了就積極的賣不就好了?! 剛才幫你賣了六箱，明天來送貨。

繼薇：（苦笑）這麼好？

耀起： 所以安心的睡覺吧。

　　△ 彼端耀起切斷了電話……
　　△ 繼薇放下手機，看著手機苦笑，有點悲傷的喃喃哼唱起……

繼薇： 周悲哀，是老三，腿很長，跑不快，頭很大，可是呆，真是悲哀……

　　△ 淡出……
　　△ 下一場記者的現場報導聲音先in——

記者（畫外音）： 檢警繼昨夜查扣工廠後（繼續）……

🎬	41	時間	日	場景	A&Z生技公司
人物	繼薇、同事們、檢警們、記者們				

　　△ 鏡頭帶到：員警們搬走了一箱箱的產品……
　　△ 鏡頭又帶到：記者在一旁連線報導……

記者：今天早上又再來到Ａ＆Ｚ的辦公室進行蒐證工作，據傳，稍早潛逃的負責人已經在
　　　桃園機場的海關遭到逮捕……
　　△　鏡頭帶到一旁的員工們：皆面色驚慌、茫然的看著一切……繼薇也在其中……
　　△　突然，在繼薇身旁的女同事說話了……
同事女：不是原裝進口的又怎樣？
　　△　繼薇看向女同事……
同事女：台灣生產的又怎樣？它又沒有三聚氰胺、又不是塑化劑、毒澱粉，它又不會要人
　　　命！
　　△　女同事氣惱的繼續說道——
同事女：我才剛信貸了三十萬都投資進去了，我才跟自己發誓這次一定要成功！
同事男：到底是誰報的警?!
　　△　繼薇自責……終於——
繼薇：……對不起……
　　△　同事們吃驚的看著繼薇……
　　△　繼薇自責的紅了眼睛……
繼薇：我真的很愛Ａ＆Ｚ，因為Ａ＆Ｚ愛我們……所以我真的想了很久，可是我還是覺
　　　得，我們不能賺這種不心安的錢 ——（被打斷）
同事女：你以為那些有錢人賺的都是心安的錢嗎？
　　△　繼薇一怔……
同事男：可惡的笨蛋！
　　△　繼薇紅著眼睛，百口莫辯……

🎬	42	時間	日	場景	我們的牆	
人物	繼薇、耀起					

　　△　遠眺而去……家，就在眼前。只要穿過山路，轉進巷子，家就到了……
　　△　在「回家的路」的畫面裡，傳來手機留言訊息的聲音……
周媽（留言）：幹嘛不接電話？你是要急死恁母ㄏㄧㄡˇ？趕快回我電話！
戴奶（留言）：繼薇啊，對不起，都是奶奶害了你……給奶奶一個電話好不好？奶奶真的
　　　　　　　好擔心啊……唉……
繼萱（留言）：我知道你現在一定很煩，可是他們一直要我打給你，你趕快打一個電話給
　　　　　　　他們啦，不然我也被弄得很煩捏！
　　△　繼薇穿著Ａ＆Ｚ的漂亮制服，貼牆坐在「我們的牆」的後方，紅著眼眶聽著手機上「Ｍ＋」系統的語音留言……
周爸（留言）：繼薇？……有聽到嗎？……奇怪！這個到底怎麼弄啊？
繼茹（留言）：周繼薇，需要錢就跟二姊說，但是不要讓爸爸媽媽跟周繼萱知道。
　　△　繼薇哭著笑了……
　　△　繼薇流著眼淚，按著下一個留言訊息……
耀起（留言）：地震來的時候要怎麼辦？
　　△　繼薇一怔……
耀起（留言）：不是說過了嗎？第一，跑到空曠的地方；第二，找掩護，這樣天塌下來的
　　　　　　　時候，才有東西替你頂著；第三，什麼都沒有的時候還有我！
　　△　繼薇摀著快哭出聲的嘴……

耀起（留言）：怎樣？是我不夠高？……還是長大了不需要我了？……唉，原來「吾家有女初長成」就是這麼ㄘㄟˋ心的感覺……喔，還是你已經找到一個相撲選手了？……那……我就不雞婆囉?!

△ 繼薇感動得哭著……突然，在牆的另一面傳來了……

耀起（畫外音）：很生氣晌？

△ 繼薇一怔……

△ 畫面跳到牆的另一面……

△ 耀起也貼牆坐著……

耀起：以爲眞愛無敵，結果卻發現是一場騙局……所以氣自己怎麼那麼好騙 ?! 討厭自己怎麼天眞到那麼笨 ?!

△ 繼薇默默的用力點著頭……

耀起：我也超討厭自己。最討厭的一次，就是我媽走的那一晚。

△ 繼薇一頓，聆聽著……

耀起：我氣我自己怎麼會以爲我不走我媽就不會走 ?! 怎麼會以爲我不走，我爸就會振作起來 ?!

繼薇：幹嘛討厭自己？那又不是你的錯！

耀起：是嗎？……那現在的狀況也不是你的錯啊！

△ 繼薇一怔……

耀起：所以就等於 —— 你跟我都不應該討厭自己。

繼薇：不能等於。

耀起：爲什麼？

繼薇：因爲……是我去報警的。

△ 耀起一怔……

繼薇：是我給自己找了麻煩、給同事找了麻煩……是我！……我是個不可饒恕的笨蛋！

△ 繼薇難過自責著……

△ 耀起已經繞到這頭來了，他悠哉的靠著牆……

耀起：關於你是不是一個笨蛋，這基本上是個可以推論的邏輯問題……

△ 繼薇抬起頭看向耀起……

△ 畫面疊上……

△ 繼薇專注看著耀起……

△ 耀起在牆上寫下……

△ 薇×笨蛋×聰明×壞×騙了＝警察×逮捕×壞×薇×正義

△ 耀起轉身說明著……

耀起：周繼薇是笨蛋，於是被聰明的壞蛋騙了……於是呢，警察能夠逮捕壞蛋，是因爲周繼薇的正義感。

△ 耀起非常快速的開始邊解說邊刪除……

耀起：所以我們名詞刪名詞……

△ 薇×笨蛋×聰明×壞×騙了＝警察×逮捕×壞×薇×正義

耀起：形容詞刪形容詞……

△ 薇×笨蛋×聰明×壞×騙了＝警察×逮捕×壞×薇×正義

耀起：形容詞，沒有了，所以名詞刪名詞……

△ 薇×笨蛋×聰明×壞×騙了＝警察×逮捕×壞×薇×正義

耀起：動詞刪動詞。

△　薇×笨蛋×聰明×壞×騙了＝警察×逮捕×壞×薇×正義

耀起：現在剩下什麼？

△　耀起看著繼薇……
△　已經看得眼花繚亂的繼薇，努力的看著、唸著……

繼薇：聰明……等於……薇……

△　繼薇唸到最後，感動得一動不動，好一會兒說道……

繼薇：可是……「笨蛋」可以是形容詞，也可以是名詞啊……

△　耀起一怔，看著牆上的字，檢查著……

耀起：是嗎？……那，重來……

△　耀起又另寫著……

耀起：周繼薇很笨，於是被聰明的壞蛋騙了 ──（被打斷）

繼薇：又是你。

耀起：我怎麼了？

△　繼薇看著耀起……

繼薇：把我從地震裡，救了出來……

繼薇OS：所以啊，我那一個人的〈傾城之戀〉，還在連載中……

△　鏡頭拉開……他們在「我們的牆」下……
△　上字幕：
第三種悲哀：
長大以後，
可以幫自己頂住天的人，實在不多了。

待續……

🎬	1	時間	日	場景	空中紀錄片（洽：齊柏林）

　△　白畫面中，影像漸漸出現……

繼薇OS：我們老師說，換一個角度去看事情，就會看到海闊天空。

　△　空拍的台灣，美麗壯闊……

繼薇OS：有一個叫齊柏林的導演，他就是用空中攝影的方式，用很高很高的角度帶我們去看台灣……你知道我看到了什麼嗎？……我看到了無與倫比的美……不可置信的美……我終於看到了我身在其中，卻從來都不知道的美……

　△　俯視下，白花花的海浪，一波波拍打著台灣沿岸……漸漸暈開，化為色塊……

　△　而色塊又漸漸轉為下一場動畫……

🎬	2	時間	日	場景	動畫
人物	繼薇、耀起（兩人國小時期）				

　△　主觀的世界是顛倒的：一雙腿走了過來，主觀鏡頭可以很清楚的看到那雙腿上的紅豆冰……

繼薇（畫外音）：你在幹嘛？

　△　我們這才看到現實的全貌——耀起正貼著「我們的牆」倒立著……剛下課的繼薇揹著書包，站在耀起面前……

耀起：抵抗地心引力。

繼薇：為什麼要抵抗地心引力？

耀起：這樣才可以當太空人。

繼薇：為什麼要當太空人？

耀起：我要去找悟空的故鄉貝吉塔星球！

繼薇：為什麼要去貝——（被打斷）

耀起：你很煩耶！

繼薇：……那你去了貝吉塔星球，還會回來嗎？

耀起：不知道。

　△　繼薇想了一下，突然放下書包，走到耀起身旁，也試著想倒立，但是屢次失敗……

　△　耀起也逐漸歪斜，終於倒下，恢復正常……

繼薇：幫我！

　△　耀起看去……

　△　繼薇的腿往上翻著，學生裙翻開，露出了小褲褲——

　△　耀起趕緊撇過頭、避開眼神——

繼薇：幫我啦！我也要去貝吉塔星球！

耀起：不要！

繼薇：為什麼？

　△　只見耀起面紅耳赤的拿起書包，扔了一句——

耀起：誰要看你的內褲啊！

　△　耀起離去——

　△　畫面緩緩的拉高，變成俯視——

　△　繼薇看看自己，傻笑嚷著……

繼薇：我忘記今天穿的不是你的褲子了！

繼薇OS：你覺不覺得，從「現在」看向「當初」，就是一個很特別，又很美麗的角度？……

　　△　鏡頭從牆的這一頭，緩緩移動攀到牆的那一頭，牆的那一頭，爲「實景」，接下一場……

繼薇（畫外音）：你現在還相信世界上有貝吉塔星球嗎？

🎬	3	時間	日	場景	我們的牆
人物	繼薇、耀起				

　　△　繼薇和耀起，以牆爲支撐，正吊著腳……他們並肩、枕著手，躺在地上，看著天空……

耀起：相信啊。

繼薇：好幼稚喔？

耀起：是「純眞」！

繼薇：屁啦！

　　△　耀起笑笑，看著天空……

耀起：沒有貝吉塔星球的世界，多無聊啊?!

　　△　繼薇看著耀起……

繼薇：如果有人眞的找到貝吉塔星球，你眞的會上去嗎？

耀起：但願貝吉塔永遠不會被找到。

繼薇：爲什麼？

耀起：人類是破壞美好的最大細菌！

　　△　鏡頭漸漸仰起，變成主觀的仰視……

繼薇：哇！你好哲學家喔！

耀起：憑我的聰明，可以做任何「家」好不好?!看我想不想而已。

繼薇：我覺得你最適合「釋迦」啦！

　　△　耀起笑了，繼薇也笑了……

耀起（畫外音）：沒什麼大不了的對吧？

繼薇（畫外音）：嗯。

耀起（畫外音）：那……該面對的，還是去面對一下吧！

　　△　天空浮雲緩緩……

🎬	4	時間	日	場景	周家
人物	繼薇、耀起、周媽、周爸				

　　△　四人正在吃飯，氣氛不是很好。

　　△　繼薇還是很自責，周媽也沉著一張臉，只有耀起兀自大快朵頤……

　　△　這時周爸心疼打量著繼薇，給她夾菜……

周爸：你媽做那麼多菜要吃啊！

繼薇：我有吃啦……

周媽：（沒好氣）啊他們薪水有發給你嗎？

繼薇：（爲難）就……還沒滿一個月……

周媽：（急）所以你一共就只拿到這蘇難看的制服？

繼薇：……

△ 周媽見狀，大大嘆一口氣繼續吃著飯……
△ 周爸安撫著……

周爸：吃飯吃飯，過去就過去了，一直想也沒有用。詐騙集團從古代就一堆，每個人一生總要被騙一次。

周媽：聽你在騙肖，我就沒被騙過！

周爸：（逗）開玩笑，周媽媽那麼冰雪聰明的！

△ 周媽得意的橫了周爸一眼……

周爸：不過我也不差喔！所以那天繼薇打電話問我買產品的事我就覺得怪怪的，人家一般公司怕員工拿產品出去賣，員購的限制都特別嚴，哪有公司要員工多買自己的產品去推銷的?!這種一定就是 ——（想到，驚看繼薇）你有聽爸爸話沒有買吼？

△ 繼薇自責的抬起頭看著周爸……

周爸：（恐）買了多少？

△ 繼薇正為難的要開口，周媽打斷她——

周媽：是我叫她買的啦！

△ 周爸又氣又愕的看向周媽……

周爸：你不是冰雪聰明嗎？

周媽：（見笑轉生氣）還不是想說可以多賺一點錢！

周爸：你是要賺那麼多錢幹嘛？

周媽：讓你早點退休啊！

周爸：我就「活龍一尾」，那麼早退休是要幹嘛？

周媽：你這身老骨頭 ——（被打斷）

繼薇：（趕緊阻止）是我自己笨啦！

△ 周爸、周媽安靜下來卻怒視著彼此 ——

繼薇：（自責）就已經笨了還要貪心，所以是我自己活該啦……（趕緊安撫）不過因為是刷卡，所以銀行那邊已經止付了。

△ 始終在大快朵頤的耀起，這時說道……

耀起：周太太的酸菜牛肉還是那麼好吃耶！

△ 周爸、周媽、繼薇，都看向耀起，神情是「現在該說這個嗎？」……
△ 耀起發現三人的眼神，勸著說道……

耀起：破財消災、花錢買教訓嘛，現在又沒破財、又沒花錢就已經災也消了、教訓也得到了，幹嘛還那麼不開心?!……來啦活龍，多吃點酸菜牛肉。

△ 耀起說著，往周爸碗裡夾菜……

周媽：沒錯啦！這次的教訓就是在說，周繼薇這種空空ㄟ，一點都不適合待在台北！

△ 繼薇沉默著……

周媽：趕快給我搬回來！

△ 耀起故意巴結著周媽，斥著繼薇……

耀起：聽周太太的話就對了！

△ 繼薇聽到耀起這麼說，更是一陣委屈，於是說道……

繼薇：好啦……回去跟房東講好我就……搬回來。

🎬	5	時間	日	場景	空鏡

△ 火車穿越的畫面……

△ 下一場電玩的聲音傳來……

🎬	6	時間	日	場景	火車上	
人物	耀起、繼薇、當年繼薇					

△ 特寫手機螢幕，是遊戲……

繼薇（畫外音）：所以你也覺得我不適合待在台北嗎？

△ 鏡頭拉開，他們並排坐在火車上……

△ 耀起專注玩著手機上的遊戲，沒有答腔……

△ 繼薇有點氣惱，因為耀起的沉默彷彿在承認「他不希望繼薇留在台北」……

繼薇：可是你還欠我淡水阿給、西門町鴨肉大王、老天祿滷味、寧夏夜市蚵仔煎 ——（被打斷）

耀起：我只有一個感覺……你最好乖乖的聽周太太的話，不然你的人生會很吵。

△ 耀起說著，謹慎的把手機交給繼薇……

耀起：接一下，尿尿。

△ 繼薇不滿的接過手機……

△ 耀起邊起身往廁所邊交代繼薇……

耀起：不要給我弄死喔！

繼薇：我高手耶！

△ 耀起離去……

△ 繼薇專注玩著……因為專注，神情忽然用力左，又忽然用力右……

△ 手機畫面裡，繼薇一路過關斬將……

繼薇：唉，如果在真實生活裡面也這麼高手就好（頓）——

△ 手機傳來「GAMEOVER」的聲音……

△ 這時耀起奔回 ——

耀起：給我給我。

△ 繼薇心虛的把手機伸給耀起——

△ 耀起看著繼薇，懂了……

耀起：不是說 ——（被打斷）

△ 耀起手機響了……

繼薇：（刻意的提醒）有人打電話給你……

△ 耀起瞪著繼薇接起了手機，邊說邊入座……

耀起：（對手機）……沒在幹嘛啊……你在幹嘛？……那幹嘛打電話？……（笑）什麼什麼幹嘛？……幹嘛就是幹嘛啊？

△ 繼薇聽著，翻了個不屑白眼……

耀起：（對手機）知道～～……好～～……乖喔。

△ 那句「乖喔」，讓繼薇很不是滋味……

△ 耀起收起了手機，調整坐姿，一副要小寐狀……

△ 繼薇忍不住說道……

繼薇：方紹敏喔？

△ 耀起仍閉著眼睛……

耀起：不然呢。

繼薇：你們講話都這麼無聊又噁心喔？

耀起：跟大便一樣，別人覺得很臭，自己覺得很爽。

　　△　繼薇不屑，想想又忍不住問道……

繼薇：你會跟方紹敏結婚喔？

耀起：干你什麼事？

　　△　繼薇遲疑一下，又問道……

繼薇：你喜歡方紹敏的什麼？

耀起：憑什麼告訴你？

　　△　繼薇不甘心，於是說道——

繼薇：不然來「真心話大冒險」？

　　△　耀起緩緩的睜開眼睛，緩緩的直起身子、四下張望一番，才悠悠的說道……

耀起：從前面「匍匐前進」回來？

　　△　耀起挑釁的看著繼薇……

　　△　繼薇一臉「這麼狠」，卻不甘示弱的說道……

繼薇：誰怕誰啊？

耀起：「糊弄」視同「大冒險」。

繼薇：廢話！

　　△　耀起舉起手做猜拳狀——

　　△　繼薇也舉起——

繼薇：剪刀石頭布！

　　△　耀起贏了，得意賊笑著……

　　△　繼薇氣結，卻逞強的準備迎戰……

繼薇：笑什麼？放馬過——（被打斷）

耀起：為什麼要假裝方紹敏寫信？

　　△　繼薇一怔，隨即一咬牙，勇敢的說——

繼薇：因為我喜歡你！

　　△　耀起一怔，隨即大笑，突然收住笑斥著繼薇 ——

耀起：糊弄視同大冒險！

繼薇：我（頓）——

　　△　繼薇看著耀起，卻再也說不出「我喜歡你」了……

耀起：兩條路，說實話，不然就「敢玩就要敢當」。

　　△　繼薇握緊了拳頭，再次一鼓作氣的咬牙開了口，卻說出——

繼薇：敢當就敢當！

　　△　繼薇猛的起身，走到車廂最前面……

　　△　耀起笑等著看好戲……

　　△　繼薇忿忿的瞪了耀起一眼，正準備趴下，卻看到前方，一怔……

　　△　前方：當年坐著火車要去台北的繼薇，正搬著大箱小箱的行李走來，找到座位，興奮的放著行李……

繼薇OS：最近我經常看著當初的自己……

耀起（畫外音）：（低聲的嘆）快點啊！

　　△　繼薇回神，委屈、忿忿的看向耀起，眼眶微微泛紅……

繼薇OS：那個發誓一定要找到你的自己……

　　△　耀起含笑趴在椅子把手上，等著看好戲……

　　△　繼薇收起委屈，一鼓作氣，真的趴下，準備開始匍匐前進……

繼薇OS：其實，我還是一點都不後悔，那天的我，搭上了那列重逢的列車……
　　△　耀起噗哧笑出……
　　△　旅客們紛紛投以驚訝的眼神，甚至有人拿起手機拍攝，還有人要借過，繼薇尷尬、狼狽不已……
繼薇OS：只是不知道從多年之後看今天，我會不會後悔，我的勇敢，總是放錯了位子？
　　△　大笑著的耀起，漸漸收起了笑，神情似乎，有一抹感傷……
　　△　音樂起……
　　△

　　編按：手機遊戲已經取得版權。

🎬	7	時間	夜	場景	繼薇租屋處
人物	繼薇、當年繼薇				

　　△　音樂中……
　　△　當年拿上火車的那些行李箱攤了一屋子……是繼薇正在打包，準備搬回老家……
　　△　此刻的繼薇正要打開櫃子拿東西，突然，另一隻手入鏡，很俐落的先行打開櫃子，繼薇驚訝看向手的主人——
　　△　是當年的自己，正把一落衣服放進櫃子……
　　△　此刻的繼薇看著那落衣服，難過，緩緩拿出當初放進去的那落衣服，感傷的走回箱子前，卻又看見……
　　△　當年的自己，正興奮的從箱子裡拿出另一落東西，開心的經過現在的繼薇……
　　△　鏡頭漸漸拉開，屋子裡滿是當年初到台北時的快樂的繼薇，穿梭包圍著此刻的繼薇……
　　△　繼薇突然哭著說道……

繼薇：對不起……我還是不夠勇敢！
　　△　當年的繼薇們，全都一臉責備的看向現在的繼薇——
　　△　繼薇哭了起來……

🎬	8	時間	黎明	場景	耀起房
人物	耀起、紹敏				

特寫：耀起沉睡的臉，但鼻子被一隻手給捏住，突然，他猛張開嘴和眼睛，大大吐了一口氣——
　　△　手的主人紹敏，笑了。已經換好衣服準備去上工的她，趴在耀起的身旁……
　　△　耀起盯著天花開了口，因為鼻子被捏著，所以帶著鼻音……
耀起：請問本人做錯了什麼需要你這麼殘忍的置我於死地？
　　△　紹敏鬆開了手……
紹敏：那要問你啊！昨天去幹了什麼？竟然睡得這麼熟，連早安也沒起來跟我說！
　　△　耀起側翻過身看著紹敏……
耀起：早安。掰掰。晚上見。
　　△　紹敏笑了笑，突然湊上臉，咬著耀起的嘴唇……
　　△　耀起故作吃痛狀……
紹敏：（笑著）我恨你。
耀起：感覺到了。
紹敏：（笑笑）走囉。
　　△　耀起攬過紹敏的頭，親吻著紹敏的頭……
耀起：剛剛夢裡都是這個味道。

紹敏：好聞嗎？廠商置入的產品，我偷了一罐回家用。

耀起：奸詐的副導。

紹敏：（不服）怎樣？

耀起：特別可愛。

　　△　耀起要吻紹敏，紹敏靈巧閃躲、起身……

紹敏：要遲到了啦。

　　△　耀起閉上眼睛，蜷起身子繼續睡著……

耀起：（喃喃）小心騎車。

　　△　紹敏拿起背包，邊說道……

紹敏：欸，趕快跟立正阿光請假喔，沒意外的話，今晚就殺青了。

　　△　紹敏開心的出房了……

　　△　耀起緩緩睜開了眼睛，若有所思……

🎬	9	時間	日	場景	戴家
人物	戴奶、耀起				

　　△　戴奶邊弄著早餐，眼睛邊盯著電視機上的韓劇……

　　△　耀起惺忪的走出房，戴奶聞聲看去……

戴奶：不是才剛睡？

耀起：被小敏吵醒了。

戴奶：喔……繼薇怎麼樣？

耀起：沒事了。

戴奶：真沒事？

耀起：她那個人頭腦簡單的，煩惱來得快也去得快。

戴奶：也是。繼薇這方面真好，什麼情緒從不過夜。喔對了，我沒跟小敏提你陪繼薇回家的事。

耀起：幹嘛？

戴奶：怕小敏不高興啊。女孩子對這方面都比較小心眼。（想到）你跟她說了？

耀起：沒啊。

戴奶：對，別提，雖然你跟繼薇就是兄妹一樣，可外人不會懂的。

　　△　戴奶說著，又專注看著電視……

　　△　耀起隨手抓起桌上的食物吃著、咀嚼著、玩味著……

　　編按：拍攝時，請務必避開韓劇畫面，涉版權問題。

🎬	10	時間	黃昏	場景	串燒店
人物	耀起、繼薇				

　　△　耀起正在把飲料放進冰櫃……

　　△　繼薇走了進來……

繼薇：叫我來幹嘛？

耀起：週末超忙，反正你閒著沒事！

繼薇：我是你奴婢喔？

耀起：奴婢追求的是靈巧，誰像你人大笨狗大呆的？

　　△　耀起朝繼薇伸出手……
　　△　繼薇瞭然，邊跟耀起拌嘴邊拿著耀起腳邊的紙箱裡的飲料給耀起……

繼薇：奇怪耶你！是誰推了半天，推出周繼薇很聰明的？

耀起：安慰你也當眞 ?!

繼薇：你說的我都當眞啊！

耀起：都打包好了？

繼薇：很多耶。

耀起：跟房東講了沒？

繼薇：（遲疑）房東……（藉口）我正要聯絡他你就打電話叫我過來啦。

耀起：打算什麼時候搬？

繼薇：當然要等跟房東拿回押金啊。

耀起：動作快點，做事不要老是「散散」。

繼薇：（氣）你就那麼急著把我趕出你的世界喔？

耀起：我比較怕的是周太太也要擠進我的世界了。

　　△　耀起用力關上冰箱，走進料理台……

耀起：來串肉啦！

　　△　繼薇做了個不滿的鬼臉，但還是進去幫忙了……
　　△　下一場高朋滿座的聲音先in……

立正（畫外音）：四桌的烤米、烤翅。

🎬	11	時間	夜	場景	串燒店	
人物	耀起、繼薇、立正、阿光、環境人物					

　　△　耀起接過立正遞出的烤玉米、烤雞翅，送去四桌……
　　△　繼薇正在找零給客人，致謝，送客，收拾了餐具，往料理台……
　　△　沉默的阿光忙著顧燒烤爐……
　　△　立正笑吟吟的對繼薇說……

立正：妹妹很能幹喔。

繼薇：謝謝光光。

立正：（含笑糾正）是立正。

繼薇：對喔！光光是（正指向阿光）──（被打斷）

阿光：三桌烤腸。

　　△　阿光把烤大腸放在台上，繼薇趕緊端起，去送……

繼薇：OK。

阿光：（嘟囔）明明是阿光。

　　△　耀起走來送單，報著……

耀起：一桌加點青椒、花枝、小啤兩杯。

　　△　耀起點完餐，回首稍事休息，卻看見……
　　△　繼薇正歡迎著新來的一桌客人，招呼點餐……
　　△　耀起看著忙得很開心的繼薇，忖度了一下，對立正、阿光說道……

104

耀起：我想休兩天假。

立正：知道了，今天下午紹敏有打電話給我，要出國玩呴？

　　△　耀起不置可否……

阿光：兩天可以去哪？

立正：對捏！（轉向耀起）兩天可以去——（被打斷）

　　△　只見耀起朝著新進的客人嚷著……

耀起：歡迎光臨！

　　△　耀起說著，去迎客了……

🎬	12	時間	夜	場景	繼薇租屋處外
人物	繼薇、周媽				

　　△　繼薇一路跑來……才要上樓就愣住了——
　　△　一個身影坐在繼薇家的階梯，好像是周媽……

繼薇：（試探）媽？

　　△　周媽看向繼薇——

周媽：都幾點了才回家？所以你才這麼喜歡在台北鬼混是不是？

🎬	13	時間	夜	場景	耀起房
人物	耀起、紹敏				

　　△　耀起進了房間——
　　△　黑暗裡，只見舉向他的iPad螢幕裡，有一個插了一根蠟燭的蛋糕影像——
　　△　是紹敏，拿著iPad——

紹敏：快祝我殺青快樂！

耀起：（笑笑）殺青快樂。

紹敏：（笑嗔）沒誠意，蛋糕還要我自備！

　　△　紹敏開心的對著螢幕吹蠟燭，同時按下iPad電源，頓時一片黑暗！
　　△　紹敏因自己的巧思，開心的笑了……
　　△　耀起笑笑，開了燈……

紹敏：其實今天差點殺不了，好險導演把落（ㄌㄚˋ）掉的日戲改成夜戲，拍到剛剛才殺！

　　△　耀起走來，摸摸紹敏的頭頂……

耀起：恭喜。

　　△　耀起倒在床上，紹敏佯裝用食指抹著iPad上的蛋糕，送進耀起嘴裡……

紹敏：好吃嗎？

耀起：（配合）太甜。

紹敏：是嗎？

　　△　紹敏也佯裝嚐著……

紹敏：（反駁）很好吃啊！……（開心，興奮）那我們什麼時候出發？

　　△　耀起一頓……
　　△　下一場繼薇的聲音先in……

繼薇（畫外音）：然後我就想到……

🎬	14	時間	夜	場景	繼薇房/耀起房
人物	繼薇、周媽/耀起、紹敏				

　　△　繼薇唔唔的跟忙著幫繼薇打包的周媽解釋著……

繼薇：租約就還沒有到啊……現在退租兩個月的押金不是就拿不回來了……這樣很不划算
　　　吧……

　　△　周媽手上繼續忙著應道……

周媽：我去跟你房東講！

　　△　繼薇一臉的為難，找著藉口……

繼薇：可是……臨時說不租就不租，人家一定會很生氣吧……

周媽：啊你房租都繳到月底了，放在那裡給他白賺，哪裡臨時了？

繼薇：那萬一他還是堅持要扣押金咧？

　　△　周媽收拾的動作一頓，看向繼薇 ——

周媽：你現在就是在說「不想搬回去」對不對？

　　△　繼薇默認，忐忑的看著周媽……

周媽：（氣）台北到底有什麼好啦？

　　△　跳耀起房……

　　△　耀起在浴室裡洗著臉，對門邊的紹敏說道……

耀起：聽起來就是一個穿著和服一直鞠躬的地方，應該很無聊吧？

紹敏：那北海道？

耀起：不是應該冬天去滑雪嗎？

紹敏：不然泰國？

　　△　耀起扔下毛巾走向浴室門對著紹敏嘻皮笑臉的說道……

耀起：好熱。

紹敏：那你到底想去哪？

　　△　跳繼薇家……

　　△　繼薇細數著台北的好……

繼薇：還有很多演講、還有很多表演、還有四四南村到了放假日有很多有趣的設計、還有
　　　24 小時的誠品、還有跨年煙火、還有 ——（被打斷）

周媽：（忿忿）那些東西有比媽媽給你做的飯、爸爸給你的惜惜還好嗎？

繼薇：……

　　△　跳耀起房……

　　△　耀起、紹敏已經睡下……

耀起：其實只要人對了，去哪玩都開心。

紹敏：所以呢？

　　△　耀起邊說邊關掉了床頭燈……

耀起：所以為什麼一定要飄洋過海？台灣有多少我們生在這裡卻不知道它有多美的地方？
　　　我們可以去淡水晃晃啊，看看太陽落下啊，吃吃阿給啊……

　　△　跳繼薇家……

周媽：（嚴肅）不要在那裡五四三了啦，你跟我說實話……

繼薇：……

周媽：你要留在台北，是不是因為耀起？

　　△　繼薇驚愕的看著周媽……

　　△　周媽盯著繼薇……

周媽：你喜歡耀起對不對？

繼薇：……

周媽：（氣）人家就已經有女朋友了、只是把你當妹妹，你還在那裡喜歡什麼?!

　　△　繼薇難過的說道……

繼薇：我知道啊，可是我又控制不了自己的喜歡……我也在等自己不喜歡他的那一天啊……可是那一天就還沒來啊！

　　△　周媽又氣又心疼的罵著……

周媽：（斥）你喔！有影悲哀啦！

繼薇：這個我也知道……

　　△　繼薇委屈的抬頭看著周媽……

繼薇：誰叫你要叫我周悲哀……

📽	15	時間	日	場景	空景

　　△　城市的清晨……

📽	16	時間	日	場景	繼薇租屋處
人物	繼薇				

　　△　隱約的一聲關門聲……

　　△　床上的繼薇迷迷糊糊的翻了個身坐起，怔怔看著身旁……沒有人，她又看向屋子，試探喚著……

繼薇：媽？

　　△　沒有回應……

　　△　繼薇看到小矮桌上放著電磁爐、鍋子、一盤菜色……爬去看著……

　　△　盤子裡有荷包蛋、肉鬆、豆腐乳、青菜……

　　△　電磁爐上的小鍋子裡，裝著煮好的粥……

　　△　繼薇看著那一切，自責又難過，猛的衝下床 ——

📽	17	時間	日	場景	繼薇租屋處外
人物	繼薇				

　　△　只見穿著大T恤的繼薇打著赤腳衝下了樓梯、衝到了巷子中央，她拚命往前追著，腳上踩到石子痛了，她跳著腳繼續追著，實在追不上了，繼薇只好朝著空寂的巷子放聲喊著……

繼薇：媽～～

📽	18	時間	日	場景	繼薇租屋處
人物	繼薇				

△ 桌上的飯菜都沒動……

△ 繼薇依舊穿著睡衣，一邊抹著眼淚、一邊瘸著踩了石頭受傷的腳，積極的、匆忙的打包……

△ 她一鼓作氣的用力貼紙箱的膠帶、用力拉上皮箱，一切終於就緒了，她的手機響了——

△ 繼薇看了看手機，有點遲疑的接起，彼端立刻傳來……

戴奶（彼端）： 繼薇啊？

繼薇：（擔心）奶奶？怎麼了？

戴奶（彼端）：（開心）沒事，中午來家裡吃飯吧？

△ 繼薇遲疑的看著自己的行囊……

🎬	19	時間	日	場景	戴家
人物	戴奶、繼薇、紹敏				

△ 餐桌前，戴奶幫繼薇夾著菜，邊說道……

戴奶：以後你就跟小時候一樣，天天來家裡吃飯。耀起他啊，日夜顛倒、三餐不正常的，小敏拍戲在外頭吃，奶奶就一個人吃飯，一個人吃什麼都不好吃。

△ 戴奶開心著繼續說道……

戴奶：你來陪奶吃，這樣你還可以省點錢。要不是家裡房間不夠住，乾脆搬來一起住多好 ?!

△ 繼薇知道奶奶是在擔心自己沒了工作，生活有問題……

繼薇：奶，你不用擔心我啦，其實我今天是來跟你說，我要搬回家了。

戴奶：搬回家？為什麼 ——（被打斷）

△ 是耀起房間開門的聲音——

△ 戴奶和繼薇看去——

△ 是紹敏。

戴奶：（意外）小敏你沒去拍戲啊？

紹敏：嗯，昨天晚上殺青了。

△ 繼薇靦腆對紹敏笑笑，帶著些尷尬……

繼薇：……嗨。

紹敏：嗨。

繼薇：（尷尬解釋）奶奶叫我過來吃飯。

△ 戴奶新添了碗筷，對紹敏說道……

戴奶：耀起也起來了嗎？

紹敏：早上接了一個電話就出去了。

戴奶：咦？我怎麼沒見到他出門？……喔，大概我去市場了。來來來，吃飯吃飯。

🎬	20	時間	日	場景	某日本料理/戴家
人物	周媽、耀起、環境人物/繼薇、紹敏、戴奶				

△ 周媽笑笑的說道……

周媽：剛剛經過，覺得好像很好吃，就進來了……到底日本料理是什麼，我也弄不懂……（低聲）看起來好像很貴！

△ 這時，我們才看到，與周媽並排坐在吧台的，是耀起……

耀起：盡量點啦，我請客。

周媽：哪有給你請客的？我是長輩捏！而且明明是周媽媽找你出來的。

　　△　這時師傅上了第一道菜……

周媽：吃啦吃啦，邊吃邊聊。

　　△　周媽吃著……

　　△　耀起吃了握壽司，邊咀嚼邊笑笑的望著前方說道……

耀起：其實我知道你要跟我說什麼。

　　△　周媽一頓，不自在的笑笑，但，卻不敢看向耀起……

　　△　畫面跳戴家……

　　△　繼薇和紹敏正收拾著餐桌……

　　△　紹敏端起一盤菜說道……

紹敏：奶奶最近老是忘東忘西，所以一定是又忘了已經加過鹽又加了一次……

　　△　繼薇聞言，有些心疼的望向正在客廳看韓劇的戴奶，想到，對紹敏說……

繼薇：那我把它吃掉好了，奶奶吃太鹹不好。

紹敏：倒掉就好啦。

繼薇：蛤？太浪費了吧？

紹敏：總比吃了對身體不好好吧？

　　△　紹敏說著就端著菜往廚房走去，突然一頓，對繼薇說道——

紹敏：問你一件事喔……

繼薇：什麼事？

紹敏：你認識耀起的前女友嗎？

繼薇：前女友？……你是說耀起跟你在一起之前還有一個女朋友喔？

紹敏：你不知道？

　　△　繼薇歉然笑笑……

繼薇：他失蹤了十年都沒跟我聯絡……

　　△　下一場周媽的聲音先in……

周媽（畫外音）：那個算命的就說她的命裡面有衝到菩薩（繼續）……

　　（編按：拍攝時，請務必避開韓劇畫面，涉版權問題。）

　　△　畫面跳餐廳……

　　△　周媽繼續說道……

周媽：要給她叫一個歹名避過去……所以才會「啾悲哀」「啾悲哀」的給她叫……

　　△　周媽說著笑了起來……

　　△　耀起傾聽著，也跟著笑了笑……

周媽：你們都不知道媽媽真的很難當……給她惜，怕慣壞了；給她罵又心疼……看到電視
　　　上每天發生那麼多的事，就會胡思亂想，萬一出事的是我女兒怎麼辦？……說什麼
　　　希望她們大富大貴，都是騙人的，我只要她們跟大家一樣，普普通通就好，然後嫁
　　　一個普普通通的老公，每天上班下班，生孩子，孩子也普普通通就好，真的……

　　△　周媽說著紅了眼睛……

　　△　耀起笑笑，哄著周媽說道……

耀起：周太太，放下你的心吧，我就已經有女朋友啦。

　　△　周媽看著耀起，很歉然，不知該怎麼啟口……

周媽：耀起……周媽媽不是不喜歡你，我只是（說不下去）……

耀起：（笑笑）知～道。

△　下一場紹敏的聲音先in……

紹敏（畫外音）：好像是那個女的的媽媽反對吧！（繼續）

　　　　△　畫面跳戴家……

　　　　△　紹敏和繼薇在廚房裡洗著碗，繼薇很意外的看著紹敏……

繼薇：反對什麼？

　　　　△　紹敏看著繼薇，理所當然的說道……

紹敏：不好好唸書、跟朋友鬼混、惹是生非、亂講義氣、耍太保……之類的吧。我也是聽
　　　阿光說的，戴耀起那種「不想說的事絕對不說」的個性你應該很清楚吧？

　　　　△　下一場周媽聲音先in……

周媽（畫外音）：那時候周媽媽開那麼多條件給你，其實是怕你變壞……

　　　　△　畫面跳餐廳……

　　　　△　周媽繼續說道……

周媽：我是真心希望你好好的把大學唸畢業，好好找一個規規矩矩的工作，再來講感情的
　　　事，我其實不是在反對你跟周繼薇……。

　　　　△　耀起笑笑……

耀起：只可惜我沒有那麼喜歡周繼薇，所以浪費了你的苦心……戴耀起哪可能為了誰去改
　　　變自己？……你也知道，我天生就這樣散散，大學唸不下去、搞一個小店每天混來
　　　混去也不知道在幹什麼。

周媽：開店很好啊，生意要慢慢來啦，而且聽說你跟女朋友感情很好，周媽媽也很替你高
　　　興。所以周繼薇有一個哥哥，啊你有一個妹妹，這樣不是很好嗎？

　　　　△　耀起對周媽笑笑……

耀起：安啦！給我兩天時間，我會讓周繼薇平平安安的回家跟你報到的。

　　　　△　周媽歉然的看著耀起……

周媽：耀起……謝謝啦。

耀起：謝什麼啦?!……哥哥保護妹妹，是理所當然的啊……站在繼薇哥哥的立場，我也不
　　　希望她喜歡上一個「不知道自己在幹什麼的人」……真的。

　　　　△　周媽歉然的看看耀起……

　　　　△　耀起苦笑，喝乾了面前的啤酒……

🎬	21	時間	日	場景	戴家
人物	耀起、繼薇、紹敏				

　　　　△　耀起才開了門，就發現正要離去的繼薇站在門口……

耀起：你怎麼跑來了？

繼薇：奶奶叫我來吃飯。

耀起：吃飽拍拍屁股就走囉？

繼薇：我要回去弄行李去寄。

　　　　△　紹敏出現在繼薇身後，對耀起說道……

紹敏：你回來囉？

耀起：（對繼薇）我跟小敏要去淡水，要不要去當電燈泡？

🎬	22	時間	黃昏	場景	淡水景色
人物	耀起、繼薇、紹敏、環境人物				

    △ 三人朝著淡海的景色走去……
    △ 紹敏拉著走在前頭的耀起，隔著一段不小的距離是繼薇，她看親暱的兩人，很不是滋味……

紹敏：（甜蜜的抱怨）有什麼好看的？我們拍戲三天兩頭就到這裡取景，我都會背了。

耀起：難道你沒發現今天的男主角特別帥嗎？

紹敏：少無恥了你！

    △ 紹敏開心笑著，嬉鬧跳到耀起的背上，讓耀起揹著……

紹敏：揹我游到對面！

耀起：不要後悔喔！

    △ 耀起說著作勢要把紹敏摔進淡海……
    △ 紹敏尖叫笑著……
    △ 繼薇愈發失落，終於開了口……

繼薇：欸！

    △ 紹敏回過頭看著繼薇……

繼薇：你們玩吧，我想先回去了。

    △ 耀起頭也沒回的說道……

耀起：來了淡水不吃一下阿給，說不過去吧？

    △ 繼薇遲疑，卻沒再拒絕……
    △ 耀起望著淡海的笑容裡，有些失落……
    △ 落日餘暉緩緩降落……

繼薇OS：於是，我以六十燭光的亮度……

🎬	23	時間	黃昏	場景	淡水阿給店
人物	耀起、繼薇、紹敏、環境人物				

    △ 三人吃著阿給……

繼薇OS：和他們去吃了淡水阿給……士林夜市的大腸包小腸……

🎬	24	時間	夜	場景	夜空鏡

    △ 夜市、街景等雜景交織、跳躍……

繼薇OS：青蛙下蛋……西門町的鴨肉大王、阿宗麵線、老天祿、寧夏夜市的蚵仔煎……

🎬	25	時間	夜	場景	寧夏夜市
人物	耀起、繼薇、紹敏、環境人物				

    △ 三人在夜市裡吃著蚵仔煎……
    △ 紹敏和耀起並排坐著，合吃一盤……
    △ 繼薇單獨坐在另一頭，不想看著對面親暱的兩人，埋頭吃著……

繼薇OS：我覺得好難受、好難受……也許是胃太擁擠了、也許是三個人太彆扭了（繼續）……

　　△　紹敏放下筷子……

紹敏：再吃我就要爆炸了。

耀起：這麼沒用！你看人家周繼薇的胃多有實力？

　　△　埋頭吃著的繼薇，緩緩抬起頭，眼裡有些晶瑩淚光……

繼薇OS：也許是因為……原來他一直沒有忘記那些約定……

　　△　繼薇忍住感傷，迸出——

繼薇：我是怕浪費！

　　△　耀起笑了笑，看著繼薇……

耀起：怎麼樣？滿足了吧？

　　△　繼薇看著耀起，掩飾著心裡的感動……

繼薇：哪有這樣一口氣趕趕趕、塞塞塞，本來好吃的都不好吃了……根本就是敷衍、賴皮！

　　△　繼薇說完，繼續埋頭苦幹……

　　△　紹敏卻發現了語病，打量著繼薇和耀起，說道……

紹敏：所以，我們今天趕著吃這麼多東西……都是你們早就約好的？

　　△　紹敏看向耀起……

　　△　耀起沉默著……

　　△　紹敏又看向繼薇……

　　△　繼薇有些自責的看著紹敏……

　　△　下一場紹敏的聲音先in……

紹敏（畫外音）：（追根究柢）我才是真正的電燈泡對不對？

🎬	26	時間	夜	場景	耀起房
人物	耀起、紹敏				

　　△　紹敏剛進房，繼續質詢著耀起……

　　△　耀起把自己摔撲在床上，掩飾著自己不想談論的情緒……

耀起：（喃喃）什麼啦？

紹敏：因為周繼薇要離開台北了，所以你才找了一堆藉口搪塞我；因為你跟她的約定，所以才犧牲了你跟我的約定，對、不、對？

耀起：……

紹敏：周繼薇比我重要對不對？

耀起：……

紹敏：回答我！

耀起：這麼無聊的問題，你要我怎麼回答？

紹敏：是這個問題無聊嗎？還是你找不到藉口了？

耀起：你覺得奶奶跟你，誰比較重要？

　　△　紹敏不敢置信的一笑……

紹敏：原來周繼薇對你來說跟奶奶一樣重要？

　　△　耀起翻身坐起，看著紹敏說……

耀起：我只是在舉例！很多事情是不需要比較的，所以不要再討論這麼無聊的問題了，我們來想想明天去哪？墾丁好不好？

紹敏：不好！我不要把問題留到發爛！
　　△　耀起嘆口氣，拿出手機來玩遊戲……
　　△　耀起的沉默惹火了紹敏，她衝到耀起面前，一把搶下耀起的手機……

紹敏：不要躲，面對我的問題！
　　△　耀起撒嬌般的拉起紹敏的手……

耀起：（笑笑）鹿港好不好？
　　△　紹敏氣呼呼的甩開了耀起的手——

紹敏：到底為什麼周繼薇對你那麼重要？
　　△　耀起沉默著，看著自己被紹敏甩開的手……
　　△　回憶快速閃過——insert第一集，「我們的牆」前，小繼薇拉住耀起的衣服剎那——

紹敏：戴耀起！
　　△　耀起抬起頭看著紹敏，努力笑了笑……

耀起：不是跟你說過了嗎？就手足之情啊……你把她當成我的親妹妹想一想，真的有那麼不可理解嗎？

紹敏：對！因為她畢竟不是你的親妹妹！你可以把奶奶排在第一，但是我一定要在第二！憑什麼你可以為了一個沒有血緣的女人犧牲我?!
　　△　耀起終於不悅的說道……

耀起：我不想出國有很多原因，跟什麼屁排行根本沒關係，更何況我放在心裡面的東西也沒有什麼媽的排行！今天不過就是剛好，小時候跟她說好來台北要帶她去吃吃喝喝，所以就剛好一起去！因為她明天就離開台北了，可是我們還有好多個明天！

紹敏：你怎麼確定我們還有好多個明天？
　　△　耀起盯著紹敏……

耀起：除非你不想。
　　△　紹敏盯著耀起，嚴肅的說道……

紹敏：那麼就幫我解開一個我藏了好久的疙瘩……
　　△　紹敏扔開耀起的手機，走到櫃子前，打開，翻箱倒櫃一番，拿出了一個破舊的牛皮紙袋，用力的拿出裡面用橡皮筋捆著的一綑有紙條、有信件的泛黃凌亂的信件——
　　△　耀起盯著紹敏的動作，隱忍著被偷窺的不爽……
　　△　紹敏抽出一封，取出，舉在耀起面前——

紹敏：這個「女同學」……是周繼薇吧？
　　△　耀起沉默了一會兒，看著紹敏，隱忍的說道……

耀起：我不想說。

紹敏：那我們就分手。
　　△　耀起咬了咬牙，嚴肅的說道……

耀起：我真的不喜歡這樣。

紹敏：那就跟我說清楚！
　　△　耀起再次隱忍的勸著……

耀起：不要這樣好不好？……小敏真的……不要這樣……
　　△　紹敏知道耀起什麼都不肯說，她心寒的拿著那些信件，拾起包包，掉頭就出房了……
　　△　耀起怔怔坐著……
　　△　insert第一集，戴母要離去……

△　戴母朝耀起伸出手……

戴母：（溫柔）耀起……乖……

　　　△　耀起低著頭，把手縮到背後，退著步……

戴母：你不愛媽媽了嗎？

　　　△　耀起仍舊低著頭……

戴母：（難過）你不怕再也見不到媽媽？

　　　△　耀起想到這兒……紅了眼睛，他難過的笑著……

耀起：（喃喃）拜託……不要這樣……

　　　△　耀起怔怔坐著，突然抓起床上的手機，繼續玩著遊戲（遊戲同第6場）……

　　　△　他要轉移情緒，因此專注的玩著……

　　　△　鏡頭帶到遊戲畫面，一路roomin，過關斬將的過程，直到GAMEOVER……

　　　△　鏡頭再拉開時，窗外天色已經大亮……

　　　△　耀起已然胡亂的躺睡在床上，手機兀自躺在手上……

🎬	27	時間	日	場景	繼薇租屋處
人物	繼薇				

　　　△　繼薇猛的驚醒坐起——

　　　△　手機不斷響著……

　　　△　繼薇茫然看著四下……

　　　△　四下是，打包好的行李，繼薇好一會兒才回神，尋找著手機，繼薇接起……

紹敏（彼端）：我是方紹敏。

　　　△　繼薇一怔……

🎬	28	時間	日	場景	繼薇租屋處露台
人物	繼薇、紹敏				

特寫：那些泛舊的信件……

　　　△　鏡頭漸漸拉開，信件躺在平台（桌）上……

　　　△　繼薇忐忑的看著那些信，終於緩緩抬起頭，不安、自責的說道……

繼薇：對不起。

　　　△　對面的紹敏，誤會了繼薇的「對不起」是默認……她雖然深深懷疑過，但此刻的印證，還是讓她的心一陣抽痛——

　　　△　繼薇低下頭，深深的致歉……

繼薇：對不起……對不起……對不起……

　　　△　紹敏心寒的笑了笑……

紹敏：你們果然 ——（被打斷）

繼薇：這些都是我冒充你寫給戴耀起的信。

　　　△　紹敏這下愣住了 ——

紹敏：什麼意思？

繼薇：他真的很喜歡你，從那時候我們一起練習大會舞，他被你罵的那天開始，他就一直很喜歡你……

　　　△　紹敏愕然的看著繼薇……

△ 下一場三米的聲音先in……

三米（畫外音）：很美吧？

🎬	29	時間	日	場景	精品店
人物	紹敏、三米				

特寫：一串美麗的鑽石項鍊……
　　　　△ 鏡頭緩緩拉開，三米穿著筆挺的西裝制服，戴著手套邊仔細的把鑽石項鍊放進櫥窗，邊說道……

三米：有一個女客人，隔一段時間就帶著不同的男人來看這條項鍊，她說只要其中一個男人願意為她買下這條項鍊，她就嫁給他。
　　　　△ 三米放好項鍊，含笑回身看著身後的紹敏……

紹敏：這種愛情也太物化了吧？
　　　　△ 三米一臉「下文更精采」的表情，說道……

三米：這條是剛到貨的，上一條上個月剛賣掉。

紹敏：真的有男人幫她買啦？

三米：其中看起來最窮的那個。

紹敏：那男的也太笨了吧?!

三米：是買給他妹妹的結婚禮物。
　　　　△ 紹敏驚訝……

三米：所以我告訴你，如果戴耀起跟那個假妹妹是愛情過去式，你反而不用擔心，因為就算是愛情死而復生，那也只是臨終彌留，遲早還是會死。但是「妹妹」……那是全世界最可怕的生物。
　　　　△ 紹敏盯著三米，突然說道……

紹敏：我要走了，聽多了你這種負面情緒，我以後都不用愛了。
　　　　△ 三米笑開……

三米：昨天哭得跟什麼一樣，現在就這麼急著回去抱戴耀起啊？

紹敏：不然呢？是我誤會他了耶。

三米：看起來戴耀起的確是被誤會了，但是那位「假妹妹」……（語帶玄機）究竟是為什麼要冒充你寫信給戴耀起呢？

紹敏：（笑笑）暗戀。

三米：哇喔……暗戀哥哥的妹妹，是全世界最可怕的生物的、翹楚！
　　　　△ 三米一臉的恐嚇狀……
　　　　△ 紹敏完全不中招的笑著回道……

紹敏：但是戴耀起愛的是我。

繼薇OS：戴耀起同學，收信好。

🎬	30	時間	黃昏	場景	繼薇租屋處
人物	繼薇				

　　　　△ 已打包完成的住處，繼薇正趴在小桌上寫著信……

繼薇OS：我決定搬回老家了……這幾天打包行李的時候我才發現，要搬回老家的東西足足

多了當初的一倍……

🎬	31	時間	夜	場景	串燒店	
人物	耀起、紹敏、阿光、立正、環境人物					

　　△　耀起正在料理台後面燒烤著……

繼薇OS：好多買了根本還沒機會用的東西，還有更多壞了、舊了，卻捨不得丟掉的東西……

　　△　耀起突然感覺料理台前面有人，抬頭看去……
　　△　是一臉歉然的紹敏……她無辜的看著耀起，好一會兒說道……

紹敏：你妹都跟我說了啦……對不起嘛。

　　△　耀起看了她一眼，又繼續燒烤……

紹敏：人家一整天都沒有吃東西耶……

　　△　耀起嘆口氣，把剛烤好的肉串，伸給了紹敏……
　　△　紹敏笑了，接過……

繼薇OS：所以我歸納了一個心得 ——一個人如果太懷舊，就會讓生命的包袱變得很沉重。

🎬	32	時間	夜	場景	繼薇租屋處外	
人物	繼薇、宅配員					

　　△　宅配專車旁，放著大箱小箱要寄回家的行囊……
　　△　宅配員正在幫繼薇刷出「郵碼貼紙」……

繼薇OS：我們應該要學會放下，學會重新開始。……於是我丟掉了那些你寫的信、你和我間接接吻的那罐蘆筍汁、發霉的半包煙、打斷的牙齒、摔斷腿的X光片……

🎬	33	時間	清晨	場景	巷弄	
人物	回收阿婆					

　　△　回收阿婆的籃車停在路邊，阿婆正在撿拾路邊的回收品……
　　△　zoom in籃車，上面掛著一個紙袋，裡面都是泛黃的信件……
　　△　裝著瓶瓶罐罐的袋子裡，有一個瓶身綁著緞帶的津津蘆筍汁的鐵罐……

繼薇OS：但是關於「我們的牆」、我們的祕密、我們那些大腸包小腸、蚵仔煎的故事……我會一直放在心裡，等我好老好老的時候，再拿出來重新回憶……

🎬	34	時間	日	場景	某公寓（同第二集第15場）	
人物	繼薇、老爺爺、老奶奶、袁方					

特寫：繼薇正唸著信……

繼薇：（繼續）到那時候，從另一個角度看著「所有已經過去的過去」，我想我的心，一定就不會那麼痛了，對吧……女同學。

　　△　繼薇忍著感傷，笑笑，看向一旁……

繼薇：唸完了。
　　△　一旁的老奶奶像少女一樣羞怯的笑嘻嘻的說道……
老奶奶：羞羞羞，才多大年紀就給男人寫情書！
繼薇：（趕緊解釋）不是情書啦，這是學生交給你的作文作業啊……你改作業的紅筆呢？
　　△　繼薇把信交給奶奶，找著紅筆，奶奶一臉不解的看著她……
　　△　繼薇身後傳來老爺爺的聲音……
老爺爺：她沒有學生。
　　△　繼薇看向爺爺……
　　△　爺爺放下給繼薇的水，含笑低聲解釋著……
老爺爺：她現在只有十四歲……
　　△　繼薇懂了，奶奶又退化了，心疼的看看奶奶，又看向爺爺……
　　△　爺爺釋然的笑笑……
老爺爺：我正要跟你說，以後別辛苦的往這兒寫信了。
　　△　爺爺說完，又對奶奶說……
老爺爺：小蒨，要不要吃點葡萄？
　　△　奶奶扭頭不看爺爺……
　　△　爺爺不以為意，對繼薇說道……
老爺：你陪她聊，我去洗點水果。
　　△　繼薇目送著爺爺，心疼著爺爺……
　　△　一旁的奶奶推推繼薇說道……
老奶奶：欸，你幫幫我吧？
　　△　繼薇趕緊含笑回應……
繼薇：幫什麼？
　　△　奶奶偷偷指著爺爺，低聲說道……
老奶奶：那個男的，說要娶我，可我不喜歡他，你叫他以後別來我們家了好不好？
繼薇：可是他是……
　　△　繼薇頓了頓、想了想，後說道……
繼薇：你為什麼不喜歡他，他人很好耶，很疼老婆喔。
老奶奶：他太老了。而且我有喜歡的人了。
繼薇：你喜歡誰？
　　△　婆婆甜孜孜的笑著，然後從口袋拿出一張泛黃的相片給繼薇看……
老奶奶：他。
　　△　繼薇看去，那是爺爺和奶奶年輕時的合照，照片裡，他們笑得好幸福……
　　△　繼薇拿著相片看著……又看著含笑的奶奶……繼薇好感動……
老奶奶：他很帥吧？
繼薇：嗯，好帥。
　　△　繼薇點著頭，看向老邁的、正在洗水果的爺爺……一陣心疼、一陣欣慰和難過交雜的情緒……
繼薇OS：親愛的戴耀起同學，你知道嗎？婆婆沒有忘記爺爺……始終沒有。而你，會忘記我嗎？
　　△　門鈴響了……
　　△　爺爺看向大門方向……
老爺爺：又有客人？今天真熱鬧。
繼薇：我來開。

△ 繼薇起身去開了門……一怔……
△ 門外，竟是袁方——
△ 袁方也驚訝著……
△ 爺爺走來笑著說道……

老爺：喔，他是我孫子，袁方。

△ 下一場繼薇的聲音先in……

繼薇（畫外音）：我想說反正婆婆喜歡改作文……

🎬	35	時間	日	場景	街道
人物	繼薇、袁方				

△ 繼薇和袁方走來，繼薇揹著一袋超緊繃的行李，邊解釋著自己與爺爺他們的關係……

繼薇：那我就乾脆繼續寫信給婆婆改好了，反正那些信也寄不出去……然後後來我上台北來工作以後，偶爾就去看看他們，所以雖然沒找到我朋友，可是卻跟爺爺、婆婆變成了好朋友。

△ 一旁的袁方很有禮貌的聽著繼薇的滔滔不絕……

繼薇：不過我真的怎麼想也沒想到世界會這麼小耶，你竟然是爺爺他們的孫子?!……怎麼會那麼巧呴?!從公車到 ——（想到）啊！我應該沒欠你錢了吧？
袁方：如果我記得沒錯，最後一塊錢，你好像是在書店還給我的。
繼薇：是喔，那就好。不然我離開台北以後，就麻煩了。
袁方：你要去哪？
繼薇：回南投老家……我差不多該去火車站了。
袁方：那麼我該怎麼替我爺爺奶奶謝謝你呢？
繼薇：不用謝啦，真的不用。
袁方：你不是說欠到下輩子加上利息就麻煩了嗎？

△ 繼薇聞言笑了……

繼薇：那是我亂說的啦，而且你又沒欠我東西，是我自己喜歡跟爺爺婆婆做朋友的啊。
袁方：還是……你把手機留給我好了。

△ 袁方說著拿出手機給繼薇……
△ 繼薇遲疑一下，接過手機輸入了號碼把手機還給袁方……
△ 袁方回撥，繼薇手機響……

袁方：這是我的手機，等你回台北傳個訊息給我，我們再約。
繼薇：可是……我不會回台北了耶。

△ 袁方微微一怔，但沒多說什麼……
△ 繼薇苦澀的笑笑……

繼薇：不過有空我應該還是會來台北玩的啦，到時候再約吧……那，掰掰。

△ 繼薇轉身離去，走了幾步，肩上的行李的揹帶卻斷了——行李掉落地上——
△ 繼薇趕緊蹲下救援……
△ 袁方走來，伸出了援手……
△ 繼薇不好意思的笑笑……

繼薇：斷了……
袁方：（淡淡笑笑）看得出來。

🎬	36	時間	日	場景	火車站大廳
人物	繼薇、袁方				

△ 一身穿著很有氣質的袁方，不搭調的抱著繼薇斷了袋子的破舊行李，站在火車站大廳……
△ 繼薇從票口買了票，奔向袁方，歡然的笑著說道……

繼薇： 買好了。謝謝。

△ 繼薇說著，接抱過袁方懷裡的行李，可是行李太滿，又經過剛剛的一摔，拉鍊竟繃開了，於是裡面的東西滑了出來……
△ 繼薇狼狽的趕緊蹲下身收拾……
△ 滑出來的東西裡，竟然有散落的信件、蘆筍汁瓶、半包煙，裝著一顆牙的玻璃小罐子、X光片……
△ 繼薇狼狽的收拾著，但是那些東西卻怎麼也無法再好好的容納於行李袋裡了……
△ 袁方也幫著忙……
△ 繼薇尷尬又無脈絡的解釋著……

繼薇： 本來已經丟掉了，可是又覺得應該留下來紀念一些事，好不容易撿回來以後，袋子就塞爆了……

△ 行李袋呈現裝了這個掉出那個的窘境……

繼薇： （感傷）好像真的裝不下了响？……有些該丟掉的東西還是要丟掉才對……（編按：雙關語）

△ 袁方見狀，看看手錶，說道……

袁方： 等我十分鐘。

△ 袁方說著，起身大步離去……
△ 繼薇目送著……
△ 偌大的大廳裡，繼薇兀自守著自己裝不下的行囊……

🎬	37	時間	日	場景	火車站美食街某店
人物	繼薇、袁方				

△ 硬式的行李箱子裡，整齊的放著繼薇的行囊……蓋子蓋上，拉上拉鍊……
△ 收拾妥善的袁方抬起頭對繼薇說道……

袁方： 好了。

△ 繼薇好感動……

繼薇： 謝謝。箱子很貴吧？

袁方： （禮貌的笑笑）這樣我就不欠你了。

△ 繼薇笑出……

袁方： 下班車什麼時候？

△ 繼薇看看時間……

繼薇： 一小時又十分鐘。

袁方： 那我們就……安心喝咖啡吧。

繼薇： 嗯。

△ 他們沉默的喝著咖啡……有點尷尬……突然袁方開了口……

袁方： 我猜應該是爺爺他們搬回台灣，我們把房子收回來，所以你才跟你朋友錯過的。

繼薇： 喔……從哪裡搬回來啊？

袁方：我爸媽把他們接到溫哥華去照顧，可是奶奶住不慣。

繼薇：喔……那你怎麼沒跟爺爺他們住？

袁方：換我住不慣。我不喜歡不被我控制的聲音。

繼薇：（似懂非懂）喔……。

袁方：後來你找到你朋友了嗎？

繼薇：（笑笑）……找到了。

袁方：恭喜。

繼薇：（勉強笑笑）……謝謝。

　　△　一陣沉默……

繼薇：（想到）你叫……？

　　△　袁方拿出插在口袋的黑色細芯仿針筆，在餐巾紙上寫下「袁方」，然後把紙跟筆都伸給繼薇……

袁方：你呢？

　　△　繼薇在餐巾紙上寫下名字……

　　△　袁方把餐巾紙拿過來看著，然後笑了笑……

繼薇：（不解）我的名字很好笑嗎？

袁方：沒事。

　　△　袁方放下餐巾紙……

特寫：餐巾紙上，大刺刺的寫著「周繼薇」，一旁謹慎而工整的寫著「袁方」，兩個人的名字，彰顯了兩種迥然的個性……

🎬	38	時間	日	場景	火車飛逝

　　△　火車飛逝的空鏡……

🎬	39	時間	日	場景	回繼薇老家的路上
人物	繼薇				

　　△　主觀看去：村子裡的家家戶戶……

　　△　繼薇欣慰的笑笑……

繼薇：其實回家也很好啊對不對?!……我猜周媽媽今天煮的是……（想，賭）番茄排骨湯！

🎬	40	時間	日	場景	周家廚房
人物	周媽、繼薇				

　　△　滾刀切過的番茄被放進湯鍋裡……

　　△　周媽蓋上鍋蓋，瓦斯爐關成小火，一回頭，嚇了一跳——

周媽：你要驚死人喔?! 也不出個聲音！

　　△　繼薇笑笑說道……

繼薇：我果然猜對了！

周媽：猜對什麼？

繼薇：番茄排骨湯！
周媽：是牛肉啦！排骨跟牛肉的味道都分不出來，有影悲哀捏！
　　△　繼薇傻笑了……
　　△　周媽也橫了她一眼，笑了……

🎬	41	時間	日	場景	周家女兒房
人物	繼薇、周媽				

　　△　周媽幫繼薇鋪著床鋪……
　　△　繼薇把隨身的行李拿出放好……
周媽：啊你其他行李咧？
繼薇：寄給宅急便，我叫他們明天早上送到。
　　△　繼薇看著周媽鋪上的床單，是新的……
繼薇：新床單喔？
　　△　周媽掩飾自己對繼薇歸來的歡喜，沒好氣的說道……
周媽：祝你展開新生活啊！
繼薇：（開心）這麼好?!
　　△　繼薇的手機傳來M＋訊息的聲音……她拿出來看著……
　　△　手機螢幕顯示：
　　△　你老家的地址？我爺爺有東西要給你。
　　△　繼薇專注回著M＋，一個象徵「驚喜」的貼圖……
　　△　周媽見狀，試探的問著……
周媽：耀起喔？
繼薇：不是啦，是一個我老是「好巧」會遇到的人。
周媽：男的喔？
繼薇：嗯。
周媽：做什麼的？
繼薇：好像是建築師。
周媽：那不錯啊！
　　△　繼薇放下手機看著周媽……
繼薇：不錯什麼？
周媽：這種男生就是值得交往的男生啦！
繼薇：媽，你想好多喔！
周媽：你才是要多想一點咧！……知道自己笨，就要什麼東西都仔細想一想！哪種男人值
　　　得愛？哪種男人「愛到卡慘死」就要想清楚！
繼薇：知道啦，我不會做人家小三的！
周媽：不只是小不小三的問題捏！那種唸書的時候不好好唸、只知道跟朋友鬼混、耍太保
　　　的，就是個性裡面有缺點，以後萬一他跟人家打打殺殺，你怎麼辦？
　　△　繼薇一怔……
繼薇OS：反對什麼？
　　△　繼薇不禁想到紹敏的話——
　　△　insert本集——

紹敏：不好好唸書、跟朋友鬼混、惹是生非、亂講義氣、耍太保……
  △ 繼薇回神……
  △ 周媽繼續說道……
周媽：啊那種亂跟朋友講什麼義氣就更可怕！
  △ 繼薇更是驚訝的緩緩回頭看著周媽……
  △ 周媽兀自整理著床舖，沒察覺繼薇的神色，繼續說道……
周媽：對朋友好也要好到有ㄕㄢˇㄕㄚˊ，一天到晚我給你挺、你給我挺的惹是生非，愛上就準備每天替他掉眼淚啦！
  △ insert本集紹敏的話——
紹敏OS：好像是那個女的的媽媽反對吧！……好像是那個女的的媽媽反對吧！……好像是那個女的的媽媽反對吧！
  △ 周媽收拾好，一回頭就發現……
  △ 繼薇一直怔怔的看著她……
周媽：看什麼看啦？
  △ 繼薇腦子一片混亂的說道……
繼薇：為什麼你……跟那個媽媽講的話……一模一樣？
周媽：（不解）哪個媽媽？
  △ 繼薇試探的問著……
繼薇：反對耀起的那個……「前女友」的媽媽……？
  △ 周媽愣住！
  △ 繼薇見狀，試探的追問著……
繼薇：你該不會……就是那個媽媽吧？
周媽：（辯）什麼前女友、什麼媽媽，聽不懂啦！
  △ 周媽說著閃躲的出房了……
  △ 繼薇還怔在那兒……
繼薇：所以我……我可能就是……戴耀起的那個「前女友」？
  △ 繼薇頓了頓，猛的轉身追了出去 ——

🎬	42	時間	黃昏	場景	周家廚房
人物	周媽、繼薇、繼茹				

  △ 繼薇追進廚房——
繼薇：我就是戴耀起的那個「前女友」對不對？
  △ 周媽佯裝專注收拾著廚房……
  △ 繼薇急切的追問著——
繼薇：到底「對不對」？
  △ 周媽佯裝不耐煩的說道——
周媽：莫名其妙耶你！如果人家的前女友是你，啊你自己為什麼會不知道?!
  △ 繼薇一怔——有道理。
繼薇：那為什麼你講的話跟戴耀起前女友媽媽講的話一模一樣?!
周媽：（強辯）你問我，啊我是要去擲筊喔？……跟你講，全天下的媽媽都是一樣的啦！看到自己女兒要往火坑跳當然要阻止！
繼薇：戴耀起不是火坑！

周媽：對啦！他不是火坑，是火山，都要爆發了你還要爬上去！
　　△　下班歸來的繼茹，走到廚房口，似乎已經聽到一切……
　　△　同時，繼薇好氣又好急的對周媽說道——
繼薇：所以就是你！一定就是你！
周媽：青菜啦！你愛說是我就是我啦！
繼薇：所以他喜歡過我對不對？
周媽：……
繼薇：拜託你告訴我！
　　△　周媽一摔抹布說道——
周媽：實在有夠盧ㄟ你！人家就已經有女朋友了你現在要知道什麼「是不是」「對不對」
　　　的有什麼用?!
　　△　繼薇氣憤的說——
繼薇：我就是要知道！
周媽：（斥）知道了人家也已經不喜歡你了啦！
　　△　繼薇哭著氣吼——
繼薇：那不一樣！……不一樣！……知道自己曾經被「喜歡過的人」喜歡過就是不一樣！
　　△　繼薇轉身衝了出去，差點撞到繼茹——

🎬	43	時間	黃昏	場景	周家客廳
人物	繼薇				

　　△　繼薇從廚房一路哭著衝出，衝到紗門，猛的推開——
繼薇OS：我們老師說，要換個角度看事情……

🎬	44	時間	黃昏	場景	周家院子連外頭巷道
人物	繼薇（高中）				

　　△　俯視的鏡頭：衝出紗門的繼薇，卻已經變成高中時期的繼薇……
　　△　俯視的鏡頭下，繼薇一路跑著，跑出院子、大門，衝向外頭的巷道……
繼薇OS：於是，我終於發現了……

🎬	45	時間	黃昏	場景	戴家院子
人物	繼薇（高中）				

　　△　俯視下：繼薇跑進戴家院子……
繼薇：戴耀起？不是說要去鳳梨家 PK 嗎？
　　△　繼薇衝進戴家……
繼薇OS：那個我身在其中，卻從來都不知道的美麗故事……
　　△　不一會兒繼薇又出來了……
繼薇：腳踏車也不見了？……奇怪？跑哪去了？
　　△　站在院子的繼薇，漸漸融為下一場的動畫……

🎬	46	時間	黃昏	場景	動畫	
人物	耀起（高中）、男同學（詳第一集36場，跟繼薇表白的男同學）					

△ 俯視的鏡頭從戴家院子的繼薇，緩緩移向村子口……
△ 依舊是俯視下：村子口，某男同學正在等著繼薇……
△ 一旁，耀起坐在腳踏車上，很流氓的正對某男同學說道……

耀起：幹嘛？在這裡等我妹啊？

男同學：（有點怕）……嗯。

耀起：你追我妹有經過我同意嗎？

男同學：（怕）好像……沒……有。

耀起：所以呢？

男同學：（怕）請問我……可以……追周繼薇嗎？

耀起：（立刻）不可以！

男同學：（怕）喔……謝謝。

△ 淡出……

耀起：還不滾？

男同學：（怕）是……再見。

△ 畫面泛白，上字幕……

第四種悲哀：

我們的眼睛，只有一種角度。

待續……

妹妹　第五集

| 🎬 | 1 | 時間 | 無 | 場景 | 動畫 |

△　黑暗中，撥接連線的聲音響起……

繼薇OS：我們老師說，網際網路的發明，帶領著我們進入了一個嚮往「取而代之」的新世紀。

△　MSN的「登登登」音效響起，接著是華爾滋的音樂……

△　畫面淡入……

△　一藍一綠優雅且開心的跳著舞的小人（旋轉的舞步象徵MSN），突然音樂戛然而止，取而代之的是手機的訊息提示音——

小綠：（歉然）抱歉，我的手機。

△　小綠離開了小藍，舉了舉自己的手機……

△　小藍不依，伸出雙手，誘惑的說道……

小藍：（誘惑的）不管是什麼掃興的東西，都別理他！繼續和我跳舞。

△　小綠遲疑……

小綠：也對，實在太掃興了。來，我們跳舞！

△　華爾滋的音樂再次悠揚響起……

△　小綠繼續與小藍跳著舞，不一會兒音樂再次戛然而止，又是手機的提示音……

△　小綠的舞步停下……

小綠：（焦急）可能有甚麼急事……我還是先 check 一下好了……

△　小綠急忙的check手機，看著手機大笑了起來……

小藍：（難過又嚴厲）我對你很失望！

小綠：（歉然）抱歉……（笑道）但是這個貼圖實在太可愛了！

小藍：（忿忿）我要跟你分手！

△　小綠的笑聲停住了，他遺憾的看著小藍……這時，手機提示響鈴又傳來……

小綠：那麼……一路好走。

△　小綠又趕緊check手機，並大笑著……

△　小藍嚎啕淚崩，飛奔離去……

△　提示響鈴不斷，小綠繼續看著開心笑著……

繼薇OS：取而代之，到底是一件可喜的事？還是哀傷事呢？

編按：MSN的「登登登」音效已取得版權，建議華爾滋的音樂，可以登登登做為組合元素。

| 🎬 | 2 | 時間 | 日 | 場景 | 動畫 |
| 人物 | 耀起、繼薇（國小時代、國中時代） | | | | |

△　國小時代的耀起，以陽春的方式做七龍珠中悟空的裝扮，一躍而下——

耀起：看我們賽亞人的厲害！

△　一個重心不穩，耀起撲摔在石頭上……

△　好一會兒，耀起鎮定的抬起頭，在石頭上撿起了一顆牙齒——

△　特寫耀起，門牙斷了——

繼薇OS：牙齒斷了，別擔心，因為假牙會取而代之。

△　畫面一跳……

△　國中的耀起一臉殺氣，英勇灌籃——

耀起：看我櫻木花道的厲害！

　　△　鏡頭拉開，耀起的腳底下墊著一堆輔助物，終於不穩的摔下——

繼薇OS：偶像崇拜，也可以一再的被取代。

　　△　從耀起摔在地上的姿勢、他不合理的腿部角度，都顯示了——腿應該是斷了——

耀起：（痛苦）我的腿，好像……斷了……

　　△　畫面跳……

　　△　醫院裡耀起摔斷的腿打了石膏掛在病床上……

　　△　一隻手小心翼翼的碰碰他從石膏模露出的腳指——是繼薇，她驚訝的說道……

繼薇：這個假腿，長得好像真的喔！

　　△　耀起大笑著……

耀起：周悲哀你真的很白癡耶！

繼薇OS：就連夢想也一樣，新的不斷取代舊的……

　　△　淡出……

　　△　下一場繼薇的話先in……

繼薇（畫外音）：小學的時候是「中國小姐」……

🎬	3	時間	日	場景	我們的牆（新建回憶）	
人物	耀起、繼薇					

　　△　淡入……

　　△　繼薇貼牆坐在牆下，正敘述著……

繼薇：上了國中以後，就變成了「空中小姐」，現在的我比較想當「總機小姐」……

　　△　繼薇說著，傻笑著……

繼薇：人真的好善變喔！……像我前年的生日願望是 LEVI'S 的 501，去年的生日願望是粉紅色 Baby-G，今年的生日……欸！你有沒有看到我們班方紹敏穿的那雙公雞牌球鞋！超好看的說！

　　△　繼薇仰起臉看去……

　　△　只見耀起悠哉的躺在牆頂，閉眼小寐……

繼薇：戴耀起？

　　△　耀起沒有回應……

繼薇：又睡著了！每次跟你講心事都白講了！

　　△　繼薇嘆息，少年不識愁滋味的喃喃說道……

繼薇：到底在人生裡面，有什麼東西是「不可取代」的啊？

　　△　淡出……

繼薇OS：後來我才知道，那些當年，對我來說，是無可取代的……你呢？

　　　　編按：公雞牌lecoqsportif球鞋，已取得道具贊助。

🎬	4	時間	黃昏	場景	火車站	

　　△　火車飛駛而過……

🎬	5	時間	黃昏	場景	野外
人物	耀起、紹敏				

△ 帳篷外，有一堆營火，耀起正在料理一鍋雜菜粥……

△ 紹敏在帳篷裡吊起照明，邊使用著iPad的Facetime系統跟三米「視訊」……

紹敏：（不服輸的）因為露營比峇里島還浪漫，比京都還美、比泰國還經濟實惠啊！

△ 螢幕裡的三米，說道……

三米：（幽幽）你高興就好。不過啊，不要說我沒提醒你，這麼沒原則、這麼好搞定，是很危險的！

紹敏：什麼東西危險？

三米：你不知道男人的「最強項」就是「犯賤」嗎？

△ 紹敏聽著，偷偷的鑽出帳篷，笑著示意耀起聽著三米的話……

三米：難應付的女人才會激起他的戰鬥力，才會讓他們更努力、更費盡心思的去闖關達陣！……相反的，當你是一塊送到他嘴邊的肉，就算是頂級日本和牛，他也懶得張嘴了！

△ 耀起笑了笑，揚聲說道……

耀起：三米先生！不要花時間在那裡「見不得人好」了好不好?!快點去找你的真愛，不然就去掛號看醫生。

△ 螢幕裡的三米一臉緊張……

三米：方紹敏你很賤耶！

△ 紹敏大笑著，把iPad伸向耀起……

△ 耀起對著螢幕說道——

耀起：怎麼樣？對我很有意見？

三米：（諂媚）親愛的起哥～～難道你還看不出來我對你的愛如洶湧潮水嗎？人家哪敢有甚麼意見啊?!我不過就是寂寞難耐所以見不得人好的矯情小賤人一枚！於是忍不住就想挖苦一下那種辜負起哥、不識好歹、又哭又笑黃狗撒尿的笨女人，因此——方紹敏你這個見色忘友的傢伙，去吃屎吧！

△ 紹敏大笑，揚聲說道……

紹敏：可惜這裡沒有屎，不過我要去吃浪漫的火把晚餐了！ SeeU ～～

三米：Hate you ！

△ 三米切斷了訊號，耀起笑著把iPad交給紹敏……

耀起：你確定跟三米是穿同一條褲子長大的朋友？

紹敏：（笑）他只有跟自己人說話才會這麼沒口德，對客戶才虛偽呢！……其實有時候三天沒聽到他耍賤，我就會渾身不舒服！……而且你不覺得他的話很有道理嗎？

△ 耀起盛了粥給紹敏……

耀起：譬如？

紹敏：譬如他說（想）……（想到）你超級懶！

耀起：喔？

紹敏：最懶的一件事叫做「解釋」！

耀起：是嗎？

紹敏：是！……他還說，你最氣「被誤會」。

耀起：有嗎？

紹敏：有！……我覺得三米分析你眞的分析的很精闢。

耀起：他幹嘛分析我？

紹敏：因爲我跟他說「我吃周繼薇跟你的醋」啊。

　　△　耀起一頓，才說道……

耀起：吃個屁醋啦。

紹敏：很好吃好不好?!……妹妹是全世界最可怕的動物，知道你所有的一切、瞭解你所有的一切，而且你們永遠不會分手！

耀起：一起生活了十幾年，她當然什麼都知道。「知道」又不等於「瞭解」。而且什麼是「瞭解」？

紹敏：就是「懂」啊！

耀起：（不以爲然的笑）我連自己都弄不懂自己了。

紹敏：你不懂什麼？

耀起：多咧……譬如三米說的那些我，連你也說「那就是我」的我……怎麼聽起來那麼陌生？

　　△　紹敏盯著耀起，忽然想到……

紹敏：喔～～三米說，因爲你愛逃避。

　　△　耀起一臉不以爲然的「有嗎」……

紹敏：所以你在逃避你自己

　　△　耀起一頓，隨即掩飾的笑笑……

耀起：幫我打給三米。

紹敏：幹嘛？

耀起：我覺得我快愛上他了。

　　△　紹敏笑打著耀起……

紹敏：你敢！

　　△　下一場周爸的聲音先in……

周爸（畫外音）：周繼薇?!

📋	6	時間	夜	場景	繼薇老家雜景
人物	周爸				

　　△　鄉鎭昏暗的巷道，一輛摩托車緩緩的駛著……

　　△　是周爸，一臉焦急的四下張望著……

周爸：周～繼～薇～？

　　△　畫面跳，火車站……

　　△　周爸戴著安全帽，衝進火車站，看著四下……

　　△　火車站空蕩蕩的……

　　△　畫面跳，公路局站牌……

　　△　周爸車子停下，看著無人的車站，喊著……

周爸：周繼薇？

　　△　沒有回應……

　　△　周爸一臉的擔心……

🎬	7	時間	夜	場景	周家客廳
人物	周媽、周爸				

△ 周媽面無表情的正在看電視……
△ 周爸沮喪的進門，沮喪的放下安全帽、鑰匙，倒了水喝著、心裡不滿……
△ 周媽眼睛盯著電視，淡淡的說道……

周媽：不用找了啦，什麼都沒帶，遲早會回來啦。

△ 周爸喝著水，氣惱的回應著……

周爸：免假啦。自己還不是也擔心得要命。

△ 周媽仍盯著電視，倔強說道……

周媽：鬼才擔心。

△ 周爸用力的放下杯子，也不看周媽，兀自氣惱的說道……

周爸：（悶）父母也是人、也有做錯的時候，我們不是都跟孩子說做錯事就要講「對不起」嗎？結果自己卻不認錯的死鴨子嘴硬！

△ 周媽瞪向周爸——

周媽：我哪有嘴硬？我哪裡做錯了？希望她們好是做錯事嗎？要她們走對的路是做錯事嗎？每一個都自私的要過自己的人生，難道我沒有人生嗎？（忍著委屈欲哭的情緒）現在開始我不會再被她們繼續糟蹋了啦，以後個人顧個人的人生，青菜她們要好要壞！

△ 周爸看向周媽……

周爸：你怎麼那麼有自信我們想的都一定是對的？都一定是好的？……時代早就不同了！當初一封信從美國寄到這裡要兩個禮拜，現在人家只要在電腦上按一下，三秒鐘就從美國到台灣了！……如果是以前的我們聽到這種事，一定會說「騙肖仔」嘛！可是現在才知道原來「肖仔」就是我們！……連世界都變成這樣了，所以我們想的——（被打斷）

△ 周媽仍看著電視，打斷周爸忿忿說道——

周媽：（斥）不管世界變成怎樣，媽媽疼女兒也不會變啦！因為她們是我身上的肉！要是她們吃什麼苦，你不會痛我會痛啦！

△ 周爸看向周媽……

周爸：我要是不會痛會累得跟牛一樣回到家連水都沒喝一口就出去找女兒嗎?!

周媽：……

△ 周爸紅著眼眶、語重心長的說道……

周爸：我只是覺得……如果要摔一跤我的女兒才會得到幸福，那我甘願痛啦！

△ 周爸紅著眼眶，不語……

🎬	8	時間	夜	場景	周家女兒房
人物	繼萱、繼茹				

△ 繼萱對著鏡子拍著保養品……

繼萱：其實我早就看出來周繼薇很喜歡耀起……（整理回憶）耀起對周繼薇也真的是很好，所以……應該真的是馬麻給他們破壞的吼？

△ 繼茹淡定的坐在床上看著書，懶得應聲……

繼萱：我還以為馬麻很喜歡耀起，沒想到她那麼「兩面人」？呴？
　　△　繼茹依舊沒應聲……
繼萱：（嘆息）唉，好可惜喔，青梅竹馬很感人耶！……（突然想到，看向繼茹）欸，周繼薇跟戴耀起好像有個祕密基地對不對？
　　△　繼茹繼續看著書
繼萱：（隨口）你知道在哪嗎？
　　△　繼茹這才放下書……
繼茹：幹嘛？
　　△　繼萱沒想到繼茹竟然知道，驚訝的看向繼茹——
繼萱：那你怎麼不早說？周繼薇一定藏在那裡啊！你很自私耶！
繼茹：我有我的計畫。
　　△　繼茹再次拿起書看著……
　　△　繼萱一怔，懂了，笑了……
繼萱：所以你也支持他們「在一起」？
繼茹：人家有女朋友了。
繼萱：那你到底支持什麼？
繼茹：什麼都不支持，我只是反對周媽媽出奧步！
繼萱：嗯！馬麻這樣真的很不 OK……（下指導棋）好！那我們現在就……第一，先幫周繼薇去台北，第二……好像也沒有第二了呴？!……反正啦，我們只能想盡辦法護航周繼薇回台北去，其他的就看她自己的命囉。……希望不要太悲哀。
　　△　繼萱想了想，起身……
繼萱：周繼薇的包包呢？先幫她把東西收一收啦……（想到）你那裡有沒有錢？
　　△　繼茹看著繼萱，一臉「又想跟我借錢」……
繼萱：（沒好氣）是借給周繼薇啦！

🎬	9	時間	夜	場景	周家客廳
人物	繼萱、繼茹、周媽				

　　△　客廳暗著……
　　△　繼萱、繼茹拿著繼薇帶回來的包包和行李（袁方買的箱子）悄悄的走出房，悄悄的走到客廳，正要出門……客廳的燈亮了——
　　△　繼萱、繼茹一怔，看去——
　　△　周媽站在電燈開關前，面無表情的看著兩人……

🎬	10	時間	夜	場景	我們的牆
人物	繼薇、周媽				

　　△　鏡頭緩緩的攀著……
　　△　繼薇坐在「我們的牆」的內側……她貼牆坐著，已經盹著了，腦袋前後點仰……
　　△　突然，有奇怪的聲傳來（拉行李的聲音）……繼薇驚醒！隨即一陣害怕，抱緊手腳，喃喃唸著……
繼薇：南無阿彌陀佛……南無阿彌陀佛……
　　△　怪聲越來越接近……

△　繼薇害怕的把頭埋在膝蓋上……

△　突然，怪聲在她身旁停下……

周媽：（冷）東西都給你拿來了。

　　　△　繼薇一怔，緩緩的抬起頭，卻不看向周媽……

周媽：（冷）去過你想過的人生啦！從今天開始，我都不會再給你管。

　　　△　周媽放下繼薇的行李、包包，掉頭就要走……繼薇忍不住說道——

繼薇：媽媽……

　　　△　周媽駐足——

繼薇：拜託，把「我的故事」還給我好不好？

　　　△　周媽動也沒動，一陣鼻酸……

繼薇：拜託你告訴我那些跟我有關我卻不知道的故事好不好？

周媽：我根本不知道什麼你的鬼故事啦！

　　　△　周媽又要走——

繼薇：媽媽我求你……

　　　△　周媽駐足——

繼薇：我求求你！……求求你！

　　　△　周媽吐了口「下定決心」的氣，這才緩緩的開了口……

周媽：我是有一次罵過耀起……好像是你生日前幾天吧……

🎬	11	時間	日	場景	周家（新建回憶）
人物	周媽、客人				

　　　△　周媽拿了兩張膏藥給剛按摩完的客人……

周媽：人不舒服就要趕快來調整啦，肩膀都快變石頭了，現在好多了吧？

客人：什麼好很多？是好非常非常多！

　　　△　周媽得意笑笑……

周媽：記住捏！回去要多喝水多尿尿，才可以排毒啦！

客人：知啦知啦。謝謝捏。

　　　△　客人離去……

　　　△　周媽開始收拾著按摩床，卻忽然聽到女兒房傳來一個東西落地的聲音，一頓，她不安的看向女兒房——

🎬	12	時間	日	場景	周家女兒房（新建回憶）
人物	周媽、耀起				

　　　△　耀起正扶起自己不小心碰倒的電扇……身後半掩的門，被緩緩推開……

　　　△　周媽拿著一支掃把，出現在門縫，正要朝耀起打上，耀起一回頭，周媽大驚，隨即鬆口氣——

周媽：你是要嚇死我喔！

　　　△　耀起也嚇了一大跳……

耀起：你才要嚇死我咧！

周媽：（氣斥）在幹嘛啦你？

耀起：沒有啊……就……拿東西給周繼薇……

周媽：（懷疑）什麼東西？

耀起：你不要管啦！

周媽：（懷疑）為什麼「我不要管」？

耀起：去忙你的啦！

△ 周媽瞪著耀起，一臉懷疑，走進了女兒房，四下看著有無異狀、尋覓著……

△ 沒有。於是周媽踩著下床，看向繼薇的上床——

△ 耀起一陣要被抓包的無奈嘆息……

△ 周媽在繼薇的床上發現了一個鞋盒，回首瞪著耀起……

△ 耀起一臉「無奈」，尷尬解釋著……

耀起：我是想說……哎喲反正她快過生日了嘛！

△ 周媽取下了鞋盒，打開，是公雞牌球鞋……

耀起：既然被你發現了，那你就跟她說是你送的啦。

△ 耀起正要離去……

△ 周媽說道……

周媽：這雙不便宜吧？你哪裡來的錢？

△ 耀起回首看著周媽……

耀起：我就有錢啊。

周媽：（追問）哪裡來的錢？

耀起：就……反正就我的錢嘛！

周媽：哪裡來的啊？

耀起：……我不想說。

△ 周媽嚴肅的把鞋盒塞到耀起懷裡……

周媽：那就退回去！

耀起：周繼薇她 ——（被打斷）

周媽：你在喜歡周繼薇對不對？

△ 耀起一怔，隨即掩飾的笑笑……

耀起：你想太多 ——（被打斷）

周媽：為了送周繼薇生日禮物跑去偷錢，你覺得她會高興嗎？

△ 耀起訝異，有些不敢置信的看著周媽……

周媽：周媽媽告訴你，如果她會高興，那我一定會打斷她的腿！

△ 耀起還愣著，一時說不出話……

△ 周媽見耀起默認，痛心的說道……

周媽：耀起，你這樣要奶奶以後怎麼辦？

耀起：……

周媽：你爸爸把「爺爺留給奶奶的老本」都花光了你知不知道？奶奶為了你們都要賣房子了你知不知道？你每天不好好唸書的耍太保、鬼混、惹是生非周媽媽就已經看不下去了，現在還跑去給人家偷 ——（舉著鞋盒）這就是你講的那種什麼爛義氣嗎？（勸）違法的事情不能做你不知道嗎？你有沒有想過奶奶知道以後會有多難過?!愛你的人會多難過？

△ 周媽的話讓耀起驚訝於別人眼中的自己，同時也刺痛了耀起……

周媽：我不會讓自己女兒跟一個「會讓她難過」的人在一起！

△ 耀起一凜——

周媽：但是浪子回頭金不換！從今天開始不要再耍太保、不要鬼混、好好唸書、好好把大學唸畢業、然後找一個正正當當的工作、把自己照顧好、把奶奶照顧好……等到那

一天，你才有資格喜歡周繼薇！

　　△　耀起紅著眼睛，正要說什麼，周媽卻又再次開口——

周媽：你一定不會希望……周繼薇變成你媽媽……對吧？

　　△　周媽盯著耀起……

　　△　耀起如遭當頭棒喝——

　　△　下一場耀起的聲音先in……

耀起（畫外音）：其實我去了，只是她不知道。

🎬	13	時間	夜	場景	野外
人物	耀起、紹敏				

　　△　帳篷裡，兩人已經躺下、聊著天……

　　△　耀起枕著自己的手，紹敏側身面向耀起、趴在耀起身旁……

耀起：我躲在角落，看著坐在餐廳裡的她，點了很多我喜歡吃的菜……還是很漂亮，穿著白色的洋裝……回家以後我就病了，德國麻疹，昏睡了一個禮拜。

　　△　耀起苦笑，繼續說道……

耀起：麻疹好了以後，周繼薇就急著跑來告訴我，說我病倒的那天她看到一個很像我媽的人，穿著藍色的洋裝……（笑）我明明記得是白色的啊?!……所以我根本搞不清楚，那天我是真的去了？然後病了？還是病了？然後在夢裡去了？

　　△　耀起苦笑玩味著……

　　△　紹敏有些心疼……

紹敏：後來她就沒再來看你嗎？

耀起：應該是去日本了。從她每年寄給我的生日禮物上的郵戳上看起來。

紹敏：什麼禮物？

耀起：我看都沒看。……一直到高中的時候，有一次我需要用錢，才想起那些禮物……整套七龍珠原版漫畫……第一刷的灌籃高手動畫寫真書……彩色 GameBoy 遊戲機……

　　△　耀起說著，紅了眼睛，媽媽就是媽媽，還是那麼瞭解他會喜歡什麼……

紹敏：超讚的！

耀起：（同意的笑笑）真後悔沒有早一點打開那些禮物。

　　△　耀起頓了一頓……然後滿不在乎的說道……

耀起：但是我全都拿去賣了！

紹敏：好可惜喔！

耀起：我去買了一雙公雞牌的球鞋！

紹敏：（興奮）你那時候也在迷公雞牌喔?!我也有一雙耶！

　　△　耀起想起什麼的苦笑著，陷入回憶……

🎬	14	時間	日	場景	校園，某班前，走廊連教室（新建回憶）
人物	耀起、女同學				

　　△　耀起含著一根棒棒糖，單手拿著一個鞋盒，痞子般的走來，駐足在一間教室前，一怔……

　　△　教室裡空蕩蕩的……只有一個女同學趴在窗下的桌上睡著……

　　△　耀起見狀，手支在窗子上說道……

耀起：欸？睡覺的？
　　△ 女同學抬起頭，一臉蒼白、痛苦（生理痛）的看著耀起……
耀起：你們班人呢？
女同學：體育課。
耀起：是喔。
　　△ 耀起正要離去，又駐足，舉起鞋盒——
耀起：這個（頓）——
　　△ 耀起本想請同學把鞋子交給繼薇，想想不妥，改拿出胸前口袋的另一根棒棒糖，沒表情的說道……
耀起：生理痛吃這個聽說會好一點。
　　△ 耀起把棒棒糖放在窗台上，離去……
　　△ 女同學看著棒棒糖，不好意思的笑了……

🎬	15	時間	日	場景	新建回憶，操場（第一集40場之另一角度）
人物	耀起、繼薇、紹敏、環境人物				

　　△ 耀起還是維持上一場的樣子，晃到操場，尋覓著繼薇，他的視線一頓，找到了繼薇——
　　△ 繼薇和同學們正圍著一圈，擔心的看著什麼……（是紹敏練跳時腳受傷），老師正蹲在紹敏旁詢問傷勢，繼薇和同學們都在旁邊關心著……
　　△ 耀起笑笑，正走向繼薇……
　　△ 這時，繼薇和另一個同學經老師指示，扶起了紹敏，把紹敏的手臂架在肩上，走向保健室……
　　△ 繼薇接近耀起，耀起正要喚——
　　△ 但繼薇被紹敏和同學遮住視線沒看到耀起——
　　△ 耀起目送，想想、舉起鞋盒看看，決定先別打擾繼薇，正要離去，卻發現剛才繼薇她們經過的地方，有東西閃閃發亮，他走去……
　　△ 耀起撿起，是紹敏的髮夾……

🎬	16	時間	日	場景	繼薇家外（新建回憶）
人物	耀起				

　　△ 耀起單手騎著腳踏車，單手拿著鞋盒，雀躍的停在周家外……

🎬	17	時間	日	場景	周家（本集11場，另一個角度）
人物	耀起、周媽				

　　△ 耀起進了屋子，聽見周媽的聲音，從按摩室的簾子後方傳來……
周媽（畫外音）：等一下我拿兩張膏藥給你回去貼。
　　△ 耀起想了想，正好，神不知鬼不覺，於是拿了鞋盒進了女兒房……

🎬	18	時間	日	場景	周家女兒房（本集12場的另一個角度）
人物	耀起、周媽				

△ 耀起正把鞋盒放在上層床上，一轉身，就踢倒地上的電扇……

△ 耀起罵著自己，趕緊扶起電扇，一回頭，看見門邊拿著掃把的周媽，嚇了一跳——

周媽：你是要嚇死我喔！

耀起：你才要嚇死我咧！

△ 紹敏的聲音，打斷了耀起的回憶 ——

紹敏（畫外音）：所以後來我們班幾乎每個人都有一雙公雞牌！

🎬	19	時間	黎明	場景	野外（續13場）
人物	耀起、紹敏				

△ 耀起閉著眼睛，有如沉睡，一旁紹敏開心回憶往事的聲音繼續傳來……

紹敏：（興奮敘述）八折耶，真的差很多！……這樣想起來，「團購」這件事，說不定是我發明的喔！

△ 耀起沒有回應……

△ 紹敏見狀，更湊近耀起……

紹敏：睡著啦？

耀起：……

紹敏：戴……耀……起？

△ 耀起仍閉著眼睛，但回憶中那刺傷他的話語，在腦子裡盤旋不已……

△ insert本集，周媽的話……

周媽OS： 你一定不會希望……周繼薇變成你媽媽，對吧？

🎬	20	時間	日	場景	周家女兒房（續本集12場）
人物	耀起、周媽				

△ 周媽盯著耀起……

△ 耀起如遭當頭棒喝——

周媽：所以，如果你不能改變自己，那麼周媽媽拜託你，離我們周繼薇，遠一點。

△ 耀起整個人，被深深刺傷，但他若無其事的笑了一笑……

耀起：周太太你會不會想太多啦？……放心啦，周繼薇永遠都會是……我妹妹。

🎬	21	時間	黎明	場景	我們的牆（續本集10場）
人物	繼薇、周媽				

△ 周媽坐在「我們的牆」的正面……她頓了一頓，繼續說道……

周媽：說完了……你愛信不信。

△ 鏡頭緩緩攀移，帶到牆的另一頭的繼薇，身旁放著周媽帶來的行李……她含著眼淚，堅決說道……

繼薇：他才不會偷錢！

周媽：（氣）那你就當作我在騙你好了！

△ 周媽起身，要走，繼薇的話又傳來……

繼薇（畫外音）：你那樣說他好殘忍！

△　周媽駐足……

周媽：如果他是一個跟我一點關係都沒有、一個我根本不喜歡的小孩，恁母半個字都不會多說！

　　　△　周媽大步離去……
　　　△　繼薇聽著周媽遠去的聲音，難過著……趴在膝蓋上哭著喃喃「你好殘忍……好殘忍……他一定好受傷……你們為什麼要這樣對他……」

繼薇OS：於是，我重新擁有了那個屬於我的故事，可惜，它只是一個關於「妹妹」的故事。

🎬	22	時間	日	場景	周家
人物	周媽、周爸、繼萱、繼茹、繼薇				

　　　△　沉悶的團圓早餐……
　　　△　只有碗筷和吃東西的聲音……
　　　△　周媽大口吃著，一副真的自己要過自己的人生，不再被女兒左右快樂的狀態……
　　　△　周爸見狀，看看繼萱，求助著……
　　　△　繼萱暗暗嘆氣，開了口……

繼萱：媽媽我支持你！

　　　△　周爸和繼茹，感到意外的看著繼萱——

繼萱：（看周爸）本來就應該把周繼薇撞出去啊！讓她去台北跟耀起問個清楚，這樣她才可以徹底死心！（看周媽）不然周繼——（驚訝）薇？

　　　△　繼萱瞪著不敢置信的大眼看著門口——
　　　△　周爸、繼茹也隨著繼萱的視線看去，驚訝——
　　　△　只見繼薇拉著行李、尷尬的停在門邊……
　　　△　周爸鬆了口氣，說道……

周爸：趕快來吃早餐啦！

　　　△　繼薇垂著眼睛，避免與周媽正視，沮喪的說……

繼薇：……我不餓。

周爸：不餓也要吃！一起吃團圓早餐，是我們家「唯一要聽話」的事！

　　　△　繼薇頓了頓，聽話的放下行李，走去廚房拿自己的碗筷……
　　　△　周媽繼續「不關我的事」的吃著……
　　　△　繼萱看看繼茹，一臉「周繼薇怎麼那麼笨」……
　　　△　繼茹沒反應，繼續吃著早餐……
　　　△　繼薇拿了碗筷入座……
　　　△　周爸欣慰又感慨的說……

周爸：人家都是一起團圓吃晚餐，因為爸爸的工作只能一起吃團圓早餐……其實晚餐、午餐、早餐都好，所謂的一家人就是不管發生什麼事，都要團圓在一起吃飯，這樣什麼難題都會解決、怎麼吵也吵不散啊！對吧？

　　　△　周爸說的感性，卻只換來繼萱一聲嫌棄的長音……

繼萱：�～～馬麻，你是不是放了兩次鹽啊？蛋好鹹喔。

周爸：（兀自欣慰的圓場）鹹好！才下飯嘛！都給我都給我！

　　　△　周爸伸筷子要夾，周媽卻斥道——

周媽：高血壓還吃什麼鹹?!

△ 周媽說著自己去夾，繼薇的筷子卻先了一步抵達……

△ 繼薇、周媽的筷子一前一後的停在炒蛋上，兩人尷尬沒互看，卻知道彼此的心意……

繼薇：（尷尬的）我最喜歡吃炒蛋了……

△ 周媽不搭理，兀自收起筷子……

△ 繼薇把炒蛋都裝進自己碗裡……

△ 周爸欣慰含笑的看著繼薇……

△ 周媽吃著飯，佯裝無感，其實也感動著……

△ 下一場繼萱的聲音先in……

繼萱（畫外音）：戴耀起偷錢（繼續）……

📋	23	時間	日	場景	周家女兒房
人物	繼薇、繼萱				

△ 繼萱邊化妝邊追問……

繼萱：就為了幫你買生日禮物？

△ 正開啟行李箱的繼薇，回首對繼萱強調──

繼薇：他才不會偷錢！

繼萱：那不是重點！

繼薇：那就是重點！

△ 繼萱受不了的翻個白眼……

繼萱：重點是「如果有一個男人費盡心機的送生日禮物給我」，那就代表他喜歡我啊！

△ 繼薇一怔，好久後才試探問著……

繼薇：所以你覺得……他真的喜歡過我？

繼萱：（超肯定）百分之九十九點九！

△ 繼薇喜悅著，但接著又收起喜悅，自卑的解釋道……

繼薇：那也是對「妹妹」的那種喜歡吧！

△ 繼萱盯著繼薇說道……

繼萱：你覺得我會為了送你禮物去偷錢嗎？

繼薇：他沒有偷錢！

繼萱：（受不了的）OK！他沒有！……重點是我並不會為了「自己妹妹」的生日禮物那麼「費工（閩）」！

△ 繼薇怔著、茫然想著 ──

繼薇：可是……他明明喜歡的是我們班的方紹敏，還一直寫情書給她……

△ 繼萱一頓，因為想不通而氣惱……

繼萱：所以我真的不懂你耶，幹嘛不回台北問個清楚啊？

繼薇：……我怕。

繼萱：怕什麼？

繼薇：怕……（懦弱的看著繼萱）萬一他真的喜歡過我，可是那個喜歡已經被取代了……我該怎麼辦……？

繼萱：搶回來啊！

繼薇：不行啦！

繼萱：為什麼不行？

繼薇：因爲……（找藉口）我行李都已經寄回來了……
繼萱：蛤？你眞的把全部家當都寄回來囉？
　　△　繼薇拿起手機看著……
　　　　特寫手機APP，貨態表格……

目前狀態	資料登入時間	負責營業所	配送人員
配送中	2013/11/06 07:07	北台中營業所	10201555
轉運中	2013/11/05 02:20	中區轉運站	60111008
已集貨	2013/11/04 19:30	南港所	20217777

　　△　繼薇看了APP說道……
繼薇：應該快要到了……（看繼萱）姊，哪個抽屜可以給我放東西啊？
繼萱：（抱怨）我自己東西都放不下了！
　　△　繼萱氣呼呼的走到衣櫥，去挪位子……
　　△　繼萱開了皮箱，看著那些捨不得丟的牙齒、X光片、泛舊的筆記本，繼薇拿出了陳舊的筆記本，隨手翻著……
　　△　那是一本「日記」，記錄了當年……有時有圖畫、貼紙、配合簡短的文字……
　　△　繼薇憂傷的笑著、看著，突然停在某一頁，因爲看到了蛛絲馬跡——
繼薇：他送我的生日禮物，該不會是公雞牌球鞋吧？
　　△　繼萱聞言，抱著自己的衣服，湊到繼薇身後，看著繼薇手上的日記，唸著……
繼萱：（唸）人的善變、世界的改變，到底有什麼會不變？……戴耀起說，隨便！……
　　　　PS.方紹敏的公雞牌球鞋眞的好好看喔！可惜我的生日願望從來都不會實現。
繼薇：我記得那天我有跟戴耀起說，我好想有一雙公雞牌球鞋……（期待的懷疑）難道他
　　　　被媽媽罵，就是這一年的生日發生的事？
　　△　繼薇急切繼續「往後」翻了5頁，指著某頁看著……
　　△　繼萱也一直好奇看著……
　　　　日記顯示——（編按：第一集42場曾出現）
　　△　也不想想我對你有多好?!
　　△　竟然那麼多天不理我！
　　△　連生日快樂都沒跟我說！可惡！
　　△　繼薇失望了……
繼薇：不是這一年……這年生日，我跟他吵架，他連生日快樂都沒跟我說……
繼萱：爲什麼事吵架？
　　△　繼薇「往前」翻了2頁，指著日記……
繼薇：因爲方紹敏受傷，他罵我沒有同情心……
　　△　繼薇又「往後」翻了6頁後說道……
繼薇：所以我一氣之下，就去幫方紹敏跑馬拉松，結果昏倒了……戴耀起揹我去保健
　　　　室……害我超感動一把的！
　　△　繼薇又「往後」翻了1頁，看著，遺憾了……
繼薇：沒錯……他喜歡的一直是方紹敏。因爲第二天，戴耀起就叫我報答他揹我去保健室
　　　　的事，要我幫他拿情書給方紹敏。……（苦笑）所以，並不是公雞牌球鞋……他的
　　　　前女友也不是我。
　　△　繼薇悵然苦笑，正要收起日記……

繼萱：你很悲觀耶！
　　　△　繼薇不解的看著繼萱……
繼萱：怎麼我看到的答案跟你完全不一樣？!
　　　△　繼萱把手中的衣服塞到繼薇懷裡，然後搶過日記翻著，指著說著……
繼萱：首先，戴耀起聽說你喜歡公雞牌球鞋，於是就跑去偷錢——（被打斷）
繼薇：就說他沒有偷錢！
繼萱：（喝）那不是重點！
　　　△　繼薇閉嘴了——
　　　△　繼萱「往後」翻了2頁……
繼萱：這兩天之間的某一天，戴耀起來家裡送公雞牌球鞋，卻被媽媽罵，於是……
　　　△　繼萱又往後翻了1頁……
繼萱：很受傷的戴耀起，就故意跟你吵架……
　　　△　繼薇如遭當頭棒喝——
　　　△　繼萱又往後翻了2頁，覺得自己分析的太有道理的指著日記說道……
繼萱：所以嘛！……為了送你生日禮物卻被媽媽羞辱，你生日這天他怎麼可能「祝你生日快
　　　樂」？!
　　　△　繼薇聽的頭頭是道……
　　　△　繼萱又急切的往後翻了4頁——
繼萱：然後你就去跑馬拉松……（抬起頭看著繼薇，抓到把柄般的）可是那麼大的操場，他
　　　為什麼會看到你昏倒？
繼薇：……
繼萱：（感動的）因為他一路跟著你！……那不是愛是什麼？
　　　△　繼薇被說服了，又期待又慌張……
　　　△　繼萱繼續又往後翻了1頁……
繼萱：哟哟哟，你看你看……他發現自己不能壓抑對你的愛，可是又很氣媽媽對他的羞辱，
　　　於是，他只好——（大結論）跑去跟別人談戀愛！
　　　△　繼薇震驚……
繼薇：……是……這樣嗎？
繼萱：當然！
繼薇：所以……如果他送我的……是公雞牌球鞋……
繼萱：那就表示——你，周繼薇，就是戴耀起的前女友！
　　　△　繼薇不敢置信的笑了笑，很僵……
繼薇：但是我要怎麼知道，他送的禮物不是公雞牌球鞋呢？
　　　△　繼萱翻了個白眼……接著拿起繼薇的手機，佯裝說道……
繼萱：（溫柔的）喂？……耀起哟，請問一下，有一年你送了一個生日禮物給我，是不是公
　　　雞牌球鞋啊？
　　　△　繼萱看著繼薇，斥道——
繼萱：這樣不是就知道了！
　　　△　繼萱說完，正要放下繼薇的手機，發現了手機上的時間——
繼萱：（驚）十點半了！都你啦，人家要遲到了啦！
　　　△　繼萱把手機塞給繼薇，趕緊拿起包包離去……
　　　△　繼薇茫然目送……她放下繼萱的衣服，拿起手機，掙扎著要撥給耀起，當她下定決心滑開手機，看到剛才停留
　　　　　的宅急便APP頁面……

△ 繼薇遺憾的苦笑著……

繼薇：知道了又能怎樣……行李已經運回來了……前女友也已經被方紹敏取代了……

編按：美術組請留意，所謂日記，請用筆記本充當，其先後次序附註於本集最後。

🎬	24	時間	日	場景	巷子	
人物	繼萱					

△ 繼萱騎著機車去上班……
△ 一輛宅配車與她擦身而過……
△ 繼萱煞住了車，回身望著宅配車，想到了一個鬼念頭，笑了……
△ 下一場紹敏的聲音先in……

紹敏（畫外音）：為什麼不能再多玩一天？

🎬	25	時間	日	場景	野外	
人物	耀起、紹敏					

△ 耀起正在拆帳篷，邊應道……

耀起：已經跟阿光說好今天會去店裡啦。
△ 看起來剛睡醒的紹敏，一邊吃著泡麵，一邊賴皮央求著……
紹敏：那我打給立正。
耀起：沒水、沒食物，你要在這裡打獵啊？
紹敏：（開心）好啊！我從來沒打過獵！
耀起：不要鬧了啦，我不放心奶奶。
紹敏：奶奶又不是小孩子！
耀起：她比小孩更讓我不放心！
△ 這時紹敏手機傳來「提醒沒電」的聲響，紹敏拿起手機check，嘆息……
紹敏：（遺憾）必須回台北了……
耀起：甘願啦？
紹敏：手機沒電了啦！

🎬	26	時間	日	場景	周家院子	
人物	繼薇、周爸					

△ 繼薇坐在院子的板凳上，發著呆……
△ 周爸的聲音傳來……

周爸：坐在這裡幹什麼？
△ 繼薇抬起頭看看周爸，擠出笑容……
繼薇：喔……行李說早上會到。
△ 周爸笑笑，也拉了一個小板凳坐在繼薇的身旁……
周爸：你媽一個晚上都沒睡，現在心終於放下了，睡到在打雷。
△ 繼薇擠出笑容回應……

周爸：笑得這麼難看，爸爸會心疼喔。
　　　△　繼薇歉然的看看周爸……
繼薇：對不起。
周爸：爸爸希望你像以前一樣快樂。
繼薇：（苦笑）我會啦！……生命裡面又不是只有愛情……而且根本是我自己在那邊莫名
　　　其妙的暗戀，還怪東怪西……就算十年前就知道那些事，結果也不會改變啊……
　　　（越說越難過）人家只是把你當妹妹才會對你好，結果自己就在那邊花癡起來……
　　　還一花就花了十年……好瞎喔……
　　　△　周爸心疼的看著，苦笑著……
周爸：其實我們這些爸爸媽媽也很瞎……希望你們趕快長大，我們就輕鬆了……可是看到
　　　你們漸漸長大、開始有了喜歡的人，有了喜歡的人就會開始有煩惱，又會希望你們
　　　乾脆不要長大，一直無憂無慮的就好……
　　　△　繼薇一陣感動……
繼薇：對不起……我長大了……
周爸：爸爸也對不起……因為「長大」這件事喔，爸爸一點也幫不上忙……
　　　△　繼薇紅著眼睛笑出……
繼薇：你放心啦，我馬上就會好的！人家轟轟烈烈愛了十年、二十年的都會好，我只是暗
　　　戀而已，而且已經治療十年了，差不多要好了啦！說不定明天就會好！
　　　△　繼薇安慰著周爸，努力的笑著……
　　　△　周爸懂得繼薇的安慰，欣慰的摸著繼薇的頭……
周爸：慢慢好也沒關係，爸爸都在。
　　　△　繼薇笑著，抹去眼角的淚光，拿起手機查看……卻一怔……
　　　　　螢幕的宅配APP顯示：

目前狀態	資料登入時間	負責營業所	配送人員
拒收（調查處理中）	2013/11/06 10:30	北台中營業所	10201555
配送中	2013/11/06 07:07	北台中營業所	10201555
轉運中	2013/11/05 02:20	中區轉運站	60111008
已集貨	2013/11/04 19:30	南港所	20217777

繼薇：為什麼會「拒收」？
周爸：怎麼啦？
繼薇：我的行李……不知道怎麼搞的被拒收……我打電話問一下？
　　　△　繼薇撥著手機……聽著，通了……
繼薇：你好，我要查一下我的行李……「託運單」單號啊，你等一下喔……
　　　△　繼薇聽著手機走了進去……

🎬	27	時間	日	場景	周家女兒房	
人物	繼薇					

    △ 繼薇拿著「託運單」，聽著電話，意外又困惑的說道……

繼薇： 寄回台北？……確定是「我本人」說要寄回台北的嗎？……喔，那我想一下喔，因為我睡眠不足所以有可能（頓，想到）—— 大姊！……（對手機）對不起，我等下再打給你！

    △ 繼薇急忙切斷電話，又急忙撥出……

🎬	28	時間	日	場景	服飾店	
人物	繼萱					

    △ 繼萱邊整理著吊杆上的衣服，邊得意的聽著電話……

繼萱： 沒錯！就是我！而且我跟他們特別交代了，一定要「周繼薇」本人去處理那些行李，所以你現在就有了充分又正當的理由可以回台北去啦！不用謝我，因為不管站在時間的立場、空間的立場、理性的立場、感性的立場，我都認為 —— 快去跟戴耀起問清楚那個答案！……有客人來幫我開市了，掰。

    △ 繼萱切斷了電話，迎出鏡——

繼萱： 李小姐，好久都沒來了耶～～

🎬	29	時間	日	場景	周家女兒房	
人物	繼薇、周爸					

    △ 繼薇茫然而不知所措的放下手機……
    △ 周爸探頭進來問道——

周爸： 查到了嗎？

    △ 繼薇回首看著周爸……為難的開了口……

繼薇： ……我現在真的一點也不想回台北……可是……我好像必須回台北一趟……

🎬	30	時間	日	場景	戴家	
人物	耀起、紹敏、戴奶					

    △ 戴家門開，耀起邊進門邊嚷著……

耀起： 戴奶奶在家嗎？

    △ 正在洗碗的戴奶聞聲，掛著兩隻還沾著泡沫的手就從廚房探頭出來，喜孜孜的問道……

戴奶： 怎麼這麼早就回來啦你們？

紹敏： 奶奶。

    △ 紹敏簡短跟戴奶招呼，就趕緊回房間幫手機充電……

耀起： 怕你想我啊。

    △ 戴奶歡喜，邊笑斥著耀起邊回廚房……

戴奶： 誰想你！

△ 耀起也跟進廚房，從戴奶身後抱著她……

耀起：中午吃了什麼啊？

戴奶：麵疙瘩。

耀起：早上呢？

戴奶：麵條。

耀起：昨天晚上呢？

戴奶：（笑）你是在考試啊?!

耀起：誰叫有些老人家不好好聽話老讓人擔心。

戴奶：（笑斥）你才不聽話！叫你好好休息兩天，帶紹敏好好玩玩，急急忙忙就回來了。

耀起：怎麼休息啊？眼睛看不到你，我的心超忙的好不好?!所以還不都怪你！

戴奶：（笑）又在那裡油嘴滑舌！

耀起：看來你是真的老囉，連肺腑之言都聽成油嘴滑舌了。

△ 戴奶被逗著笑著……

🎬	31	時間	日	場景	耀起房
人物	紹敏、耀起				

△ 特寫iPad剪輯後的影片……

△ 紹敏坐在床上，正欣賞自己的傑作……

△ 耀起洗了澡、換了衣服從浴室擦著頭走了出來對紹敏說道……

耀起：我去店裡了。

紹敏：半夜見。

△ 耀起走到紹敏面前，刻意交代的說道……

耀起：有空幫奶奶把衣服洗一洗，陪她做做飯，不要老讓她一個人忙。

△ 紹敏抬起頭看著耀起，感覺耀起是在嫌自己「不幫忙」……

紹敏：這是一句「抱怨」嗎？

耀起：（笑笑）提醒「而已」。

紹敏：我每次問奶奶要幫她做什麼她都說不用，所以我是怕幫了倒忙啊！

△ 耀起蹲在紹敏面前說道……

耀起：不要問，直接做……就算是「倒忙」她也會很開心。

紹敏：那是因為你不認識我媽，她最討厭擅自破壞她的遊戲規則的人！

△ 耀起摸摸紹敏的頭頂……

耀起：可是你認識奶奶啊，她是個既逞強、不挑剔、又怕給別人惹麻煩的老太太。

△ 耀起說完，笑笑起身……

耀起：走囉。

△ 耀起離去……

△ 紹敏微微有被指責的不愉快，但嘆口氣，決定改進，放下手機，起身出房……

🎬	32	時間	日	場景	戴家客廳
人物	紹敏、戴奶				

△ 從客廳的窗子看向陽台……

△　紹敏和戴奶正一起在曬衣服……戴奶顯得心情很好……

戴奶：晚上想吃飯還是麵？

紹敏：都可以啊。

戴奶：那吃飯好了……我早上買了條魚，燒豆腐吧？

紹敏：好啊。

戴奶：耀起小時候最喜歡吃魚眼睛，每次繼薇來我們家吃飯，分走他的魚眼睛，你都不知道他氣的。

　　△　戴奶陷入回憶笑著……想到自己多嘴說了繼薇，又趕緊解釋……

戴奶：「兄妹」難免也會吵架。

　　△　紹敏也陪著笑笑……想到什麼，問著……

紹敏：奶奶，你……見過耀起之前的女朋友嗎？

戴奶：沒聽過他之前有什麼女朋友啊？

紹敏：阿光說他在認識我之前，還有一個女朋友。

戴奶：是嗎？

　　△　戴奶擔心紹敏嫌耀起花心，努力解釋著……

戴奶：別聽人家胡說八道，耀起從來沒帶女孩子回家過，你是唯一一個。他啊，看起來花，其實死腦筋又念舊，絕對不會在外面亂來的。

　　△　紹敏對戴奶笑笑，卻又覺得「有些什麼不對勁」……

🎬	33	時間	日	場景	周家客廳
人物	周媽、周爸				

　　△　剛睡醒的周媽從房裡走了出來，看見——
　　△　周爸在餐桌上摘著菜……

周媽：你怎麼還沒去上班？

　　△　周爸有點賠笑的說道……

周爸：我跟老陳說了晚點去。

周媽：幹嘛要晚點去？你又在變什麼目？

周爸：（賠笑）哪有甚麼目……就是那個……那個繼薇……她那個行李……出了點問題，一定要本人去處理……所以她……回台北了……

　　△　周爸忐忑的看著周媽……
　　△　周媽不發一語的瞪著周爸……

周爸：（趕緊補充）她說一處理好行李立刻就回來！

周媽：（冷）你以為每次我幫周繼薇寄東西是寄假的喔？（氣）為什麼一定要本人？打一通電話人家宅急便就給你處理好了！

周爸：不是……她是因為那個……是繼萱不知道為什麼把繼薇的東西給退回去了，說什麼一定要本人去處理！

　　△　周媽委屈的瞪著周爸……

周媽：現在是怎樣？你們周家全家一起聯合起來對付我一個是不是？

周爸：什麼跟什麼啊？你不也是周家的人嗎？

　　△　周媽氣著，埋怨著——

周媽：人家就已經有女朋友了，你是要你女兒去破壞人家？還是要你女兒去給人家欺負？

周爸：……

周媽：要是我女兒出什麼事，看你怎麼賠給我?!

　　△　周媽正轉身離去，周爸說道——

周爸：所以耀起……是真的喜歡我們繼薇？

　　△　周媽一頓……

🎬	34	時間	黃昏	場景	串燒店
人物	耀起、阿光				

　　△　耀起已經在店裡準備著……
　　△　騎著腳踏車來店裡的阿光，停妥腳踏車走了進來，邊脫著背包邊問……

阿光：這麼早就回來啦？

　　△　耀起忙著，沒刻意回應……
　　△　阿光加入耀起的工作……

阿光：好玩嗎？

　　△　耀起沒啥表情，一副「不就那樣」……
　　△　阿光見耀起沒回應，隨口追問……

阿光：吵架囉？

　　△　耀起看向阿光……

耀起：今天是世界拷問日啊？

阿光：（笑笑）幹嘛？被紹敏拷問喔？

　　△　耀起懶得回答，把備好的料送進冰櫃……

阿光：紹敏真的是很會問耶，她上次不知道問我什麼，整個「延伸題」簡直看不到盡頭，所以我就都說了。

耀起：（隨口）說什麼？

阿光：說你前女友媽媽超機車啊，嫌你一堆……

　　△　耀起動作一頓，看著阿光……
　　△　阿光好一會兒才發現耀起在看自己，也看向耀起……

阿光：幹嘛？

耀起：（氣結）你 ——（想到）你怎麼知道的？

阿光：你說的啊！

耀起：我？

阿光：你被二一那天，我陪你去喝掛，你跟我說的啊。

　　△　耀起想了想之後，嘟囔罵著……

耀起：媽的……朋友跟酒都不可靠，今天開始戒酒。

　　△　阿光笑了……

阿光：說出來才不會生病啦！幹嘛那麼死堅強啊?!

　　△　耀起笑笑，兩人繼續忙著……

🎬	35	時間	夜	場景	城市

　　△　夜空鏡。

🎬	36	時間	夜	場景	宅配營業所（同第二集22場）
人物	繼薇、袁方、美姊（女事務員）				

△ 美姊正講著電話⋯⋯

美姊：好好好，那我知道了，謝謝喔。

△ 美姊掛斷電話以後對著面前說道——

美姊：剛剛到林口轉運站。

△ 美姊面前的繼薇聞言說道⋯⋯

繼薇：謝謝喔。

美姊：所以咧？你是要寄來這裡？還是寄回南投？

繼薇：我要（爲難思索）⋯⋯寄回南投！

美姊：確定喔？

繼薇：⋯⋯（虛弱的）確⋯⋯定。

美姊：可是聽起來好像不是「很確定」喔⋯⋯

△ 繼薇苦笑⋯⋯

繼薇：不好意思，改來改去的。

美姊：沒關係啦。我只是貼貼轉寄單而已，可是我們 SD 喔，真的很辛苦，有時候明明是客人的問題，還要被客訴！

繼薇：是喔⋯⋯？

美姊：啊我不是聽 Mickey 說你找到一個很好的工作，怎麼又要回南投？

繼薇：因爲⋯⋯公司出了點問題。

美姊：所以找工作還是要找牢靠一點的公司！像我們公司雖然是服務業很忙很忙，但是良心事業就代表了，不只對客戶很良心，對員工也很良心！

繼薇：感覺得到⋯⋯。

美姊：剛好我們最近在徵女事務員說⋯⋯不過你應該不適合啦！

繼薇：爲什麼？

美姊：我們這種粗重的工作，美女都不喜歡做啦！所以，決定要寄哪裡了嗎？

繼薇：我⋯⋯決定⋯⋯（下定決心）寄回 ——（被打斷）

美姊：黑貓宅急便你好！

△ 美姊親切的朝著電梯出口嚷著⋯⋯

△ 背對電梯的繼薇也回首看去——

△ 走出電梯的竟是袁方！手上拿著一個紙袋，看見繼薇也一怔——

美姊：（格外親切的）要寄東西嗎？

△ 袁方笑了笑⋯⋯

袁方：現在不用寄了。

△ 美姊不解⋯⋯看著袁方⋯⋯

△ 袁方走向繼薇⋯⋯

袁方：不是不回台北了嗎？

繼薇：怎麼又這麼巧？你還沒下班喔？

△ 美姊仍掛著笑容，但卻有點失落⋯⋯

美姊：你們認識喔？

繼薇：我們那個⋯⋯就⋯⋯很巧，老是會遇到⋯⋯

美姊： （更遺憾的勉強笑笑）是喔……
　　　△ 繼薇跟袁方當然都沒察覺美姊的情緒起伏，繼薇對袁方解釋著……
繼薇： 我行李出了一點狀況，回來處理一下，馬上就回去。
袁方： 剛好，省下了寄件費。
　　　袁方舉起手中的紙袋伸給繼薇（編按：袋口被膠帶緊緊封住了）……
　　　△ 繼薇看著紙袋有點不解……
袁方： 我爺爺說每次你去他都忘了。好像是你朋友搬家的時候沒拿走的東西。
繼薇： 喔……
　　　△ 繼薇這才接過，盯著袋子，又抬起頭尷尬苦笑……
繼薇： 可是……我應該不會……再跟我朋友碰面了耶……
袁方： （開玩笑）絕交了？
繼薇： 不是啦……是我想忘（解釋不清楚）……對啦，算起來也可以說是絕交了。
袁方： 那怎麼辦？（看著紙袋）扔掉？
繼薇： （也不用這麼絕吧）蛤……？（想到）啊！（笑）寄給他好了！我打電話問一下地址。
　　　△ 繼薇把袋子放在櫃檯，拿出手機……

🎬	37	時間	夜	場景	戴家/宅配營業所
人物	戴奶、紹敏/繼薇、袁方、美姊				

　　　△ 家裡電話響著……
　　　△ 廚房裡忙著的戴奶，拿著鍋鏟急忙走了出來接電話……
戴奶： 喂？……（欣喜）繼薇啊？你在哪啊？
　　　△ 以下畫面對跳……
繼薇： 喔我在（遲疑，沒說）……奶奶我那個……有一個東西要寄給你 ——（被打斷）
戴奶： （勸）不要寄東西給奶奶，奶奶什麼都不缺！
繼薇： 不是啦……是那個（很難解釋）……你們有東西忘在之前租的那個房子裡，所以我要把它寄過去給你，你跟我講一下家裡的正確地址好不好？
戴奶： （納悶）什麼之前租的房子？……（想到）喔……（又納悶）那裡的東西怎麼會跑去你那兒呢？
繼薇： 喔（為難，說來話長）……就……很巧……所以就在我這裡了。
戴奶： （更是納悶）……是什麼東西啊？
繼薇： 是……
　　　△ 繼薇邊回應邊拿過紙袋，發現被封口了……
　　　△ 袁方即時說道……
袁方： 一雙鞋。
繼薇： （對手機）喔，奶奶，是一雙鞋。
戴奶： 什麼鞋啊？
繼薇： （對袁方）什麼鞋啊？
袁方： 一雙沒穿過，可是看起來放了很久的，女人的球鞋。
繼薇： （對手機）奶奶，是一雙沒穿過，可是放了很久的女人的球（怔）——
　　　△ 繼薇說到這，愣住了，動彈不得，也說不出話……

147

△ 戴奶的聲音從彼端傳來……

戴奶（彼端）：（以為自己沒聽清楚）蛤？誰穿過的鞋？……繼薇？……繼薇啊？

△ 繼薇像是遭到當頭棒喝，完全沒辦法回應電話那頭，她驚愕的看著自己捧在手裡的紙袋……心臟快要跳出來了……

△ 畫面跳戴家……

△ 戴奶聽不到繼薇的聲音，想換個耳朵聽清楚，手欲交換電話，這才發現另一隻手上的鍋鏟、想到鍋裡的魚，驚呼……

戴奶：哎呀我的魚還在爐子上！繼薇啊，奶奶讓紹敏跟你說喔，我的魚要糊了！

△ 戴奶把話筒擱在桌上，揚聲嚷著……

戴奶：紹敏啊，紹敏！

△ 紹敏睡眼惺忪的從房裡出來……

紹敏：怎麼了？

戴奶：接一下繼薇的電話，我的魚要糊了！

△ 紹敏惺忪的走去接起電話……

紹敏：喂？……喂？

△ 彼端的電話已經掛斷了，傳來嘟嘟聲……

△ 紹敏納悶的看著電話……

🎬	38	時間	黃昏	場景	宅配營業所
人物	繼薇、袁方、美姊				

特寫：紙袋被繼薇的雙手急切的撕開──

△ 一個鞋盒露了出來……

△ 繼薇蹲在地上，紅著眼睛看著鞋盒……

△ 好一會兒，繼薇顫抖的雙手，緩緩的打開了鞋盒……

△ 裡面：是一雙新的，卻已經久放後、長了斑點的「公雞牌球鞋」……眼淚滴在鞋子上……

△ 是繼薇，眼淚不停的掉下……

🎬	39	時間	夜	場景	串燒店
人物	耀起、阿光、立正、小風、小爽、小色、其他顧客				

特寫：耀起的手被烤爐燙了一下……

耀起：靠！

△ 鏡頭拉開，料理台烤爐前的耀起，用力甩著痛手……

△ 阿光收了盤子從外場走進料理台……

阿光：沖一下水啦！

耀起：沒事啦。

阿光：去啦！

△ 阿光硬是擠開耀起，接手燒烤……

△ 耀起走到水龍頭那裡沖著水……

阿光：（揚聲對外面的立正）五桌烤翅！

△ 立正正忙著在某桌點菜……

△ 耀起聞聲關了水龍頭，走去端了雞翅往五桌送去……

阿光：（揚聲）起水泡我跟你講！
　　△　耀起沒搭理，逕自去忙……
　　△　店裡十分忙碌……
　　△　小字輩來了，看著沒位子，小色問著耀起……
小色：哥，沒位子耶，我中餐都還沒吃。
　　△　耀起還沒來得及回話，立正在一旁說道……
立正：有現金的話，可以加桌！
　　△　小爽不爽的抽出皮夾，打開秀給立正瞄了一下———
小爽：今天我買！
立正：（日文）歡迎光臨！（對耀起）二桌差不多要買單了。
　　△　耀起嘆口氣，對小色說著……
耀起：不要在這裡人擠人。
　　△　耀起把小字輩推到門外……

▲	40	時間	夜	場景	串燒店外連內
人物	耀起、繼薇、阿光、立正、小風、小爽、小色、其他顧客				

　　△　耀起把小字輩推到門外———
耀起：在這裡等著，收好桌子再叫你們！
　　△　耀起正要進去，小爽趕緊說道———
小爽：那點菜先啦！
小色：大腸包小腸，啤酒！雞心！
小風：雞翅和花枝！
小爽：我要甜不辣、雞肉串豬肉串牛肉串 ———（被打斷）
耀起：先這樣啦，等下再點。
　　△　耀起正要轉身往內，突然有人拉住了他的手臂，耀起下意識回頭看去——
　　△　是繼薇——
　　△　耀起一怔——
耀起：不是回去了嗎？
　　△　繼薇隱忍的盯著耀起，緩緩的伸出鞋盒……
繼薇：這是我的生日禮物對不對？
　　△　耀起看著鞋盒，愣住，接著不動聲色的說道……
耀起：嗑藥啦你？沒頭沒尾的聽不懂！
　　△　耀起說著就要往內，繼薇緊緊拉住他，鞋盒掉在地上，公雞牌球鞋掉了出來——
　　△　繼薇紅著眼睛，固執的說道……
繼薇：是你送我的公雞牌球鞋對不對？
　　△　耀起故意對繼薇說道……
耀起：今天超忙你趕快回家啦！
繼薇：（快哭了）到底對不對？
　　△　一旁的小字輩撿起鞋子，怔怔的看著耀起和繼薇……
　　△　耀起不知道該怎麼辦……
　　△　繼薇哀求的說道……
繼薇：對不對？對不對？你跟我說「對不對」好不好?!

△　耀起沒轍，於是伸手到褲子口袋拿出手機塞給繼薇……

耀起：煩耶！要不要問 Siri 啊你？

　　△　耀起離去──
　　△　繼薇看著手中耀起的手機……抬起頭囁問著……

繼薇：Siri 是誰？

　　△　耀起沒有回頭，繼續往內走去……

繼薇：他全都知道嗎？

　　△　一隻手拿起繼薇手中的手機，繼薇看去……
　　△　是繼薇身旁的小爽……
　　△　小爽操作著手機，然後將手機伸給繼薇……

小爽：按一下就可以問問題，然後 Siri 就會回答你。

　　△　繼薇聞言，怔怔的看著小爽手中的手機……
　　△　小色見繼薇沒有接過手機，於是抽起小爽手中的手機，示範了一次……

小色：今天星期幾？
Siri：今天星期三。

　　△　小色示範成功，對繼薇笑笑，把手機交給繼薇……
　　△　繼薇怔怔接過手機……照著小色的說法操作著……

繼薇：你可以回答我任何問題嗎？
Siri：如果我知道的話。

　　△　繼薇含著眼淚，抬起頭看著店內忙碌的耀起……
　　△　耀起刻意的忙碌著……
　　△　繼薇對手機說道……

繼薇：是那一年對不對？
Siri：今年是 2013 年。
繼薇：這是戴耀起送給我的生日禮物對不對？
Siri：很抱歉，我不太瞭解你的意思，不過我可以幫您上網查詢「生日」。

　　△　耀起隱忍著，故意不看向繼薇的方向……

繼薇：是因爲我媽，所以戴耀起才故意跟我吵架的對不對？
Siri：很抱歉，我不太瞭解你的意思。

　　△　耀起忙碌穿梭在歡樂的食客之間……

繼薇：他是故意寫信給方紹敏的對不對？
Siri：很抱歉，我不太瞭解「方小明」。

　　△　繼薇哭著說道……

繼薇：是我對不對？
Siri：很抱歉，我不太瞭解你的意思。

　　△　繼薇痛哭著……

繼薇：我就是那個前女友對不對？
Siri：很抱歉，我不太瞭解你的意思，不過我可以幫您上網查詢「前女友」。

　　△　繼薇大哭……

繼薇：他喜歡過我對不對？我被取代了對不對？爲什麼？爲什麼？爲什麼十年後我才知道這一切？誰把我的十年還給我？還給我！……請你還給我！
Siri：那我也無能爲力了。

　　△　繼薇放聲哭著……

△ 淡出……

繼薇OS：我們老師說得對……科技再進步，卻始終不能取代人性。

🎬	41	時間	夜	場景	串燒店
人物	耀起、阿光、立正、小風、小爽、小色				

△ 淡入……
△ 耀起正在收拾桌子、準備打烊……
△ 店裡客人已散去，只剩小字輩那桌，他們不語，看著忙碌的耀起，又彼此互看，難得正經，也難得有點「無所適從」……
△ 耀起收完某桌的餐盤，回首對小字輩沒好氣的扔了一句——

耀起：打烊了啦。

△ 耀起說完，把餐盤送進料理台後……
△ 耀起在料理台後，處理著餐盤的廚餘……身後傳來小爽的聲音……

小爽：連上次的一起算。

△ 耀起一頓，回身看看小爽，一臉「好難得」的表情，接著走去看了看櫃檯上的單據，敲著計算機……

耀起：打完折四千九。

△ 小爽抽出五千塊放在櫃檯……
△ 耀起拉開抽屜，拿出一百找錢，正要放在桌上，看見小爽把耀起的手機輕輕的放在櫃檯上，輕輕的推向耀起——
△ 耀起一頓，盯著自己的手機……

小爽：……她……後來就走了。

△ 小爽說完，拿起耀起找的一百塊，拍拍耀起……

小爽：做人不需要那麼ㄍㄧㄣ啦，劈腿是所有帥氣男子都會犯的錯啊……放心啦，兄弟挺你。

△ 小爽在嘴邊做了一個，拉上拉鍊的動作，表示自己絕對不會揭穿，然後轉身走人……
△ 離去前的小色回頭對耀起說道……

小色：哥，我第一次發現，女孩子哭起來……好美。

△ 小色笑笑，離去……
△ 耀起苦笑……
△ 阿光、立正，在他身旁忙碌、穿梭……
△ 耀起咬著牙根隱忍著……把手機塞回口袋，繼續去洗碗——
△ 猛的，耀起又抽出了手機，掙扎一會兒，終於撥出……
△ 手機響了很久卻沒人接，耀起有點擔心，最後終於被接起，耀起正要開口……

袁方（彼端）：（沒情緒卻快速）我不是周繼薇。請你明天再打。

△ 彼端立刻把電話切斷了……
△ 聽著手機的耀起，一怔……

🎬	42	時間	夜	場景	袁方家/串燒店
人物	袁方/耀起				

△ 被電話吵醒的袁方，不爽的把手機放回餐桌上……

袁方：Shit。

△ 袁方超不爽的嘟囔著，又回床去睡了……

△ 鏡頭留在餐桌，餐桌上，放著繼薇的皮包和手機……

△ 這時，手機又再次響起……

△ 床上的袁方忿忿坐起身，瞪著手機……

△ 手機看起來是決心要響到有人接……

△ 袁方只好忿忿的起身，剛接起手機，彼端就傳來……

耀起（彼端）：什麼叫明天再打，把話說清楚！

△ 袁方壓抑著怒火，仍維持著禮貌的聲調……

袁方：請問我憑什麼要跟你「把話說清楚」？

△ 以下兩邊對跳……

耀起：（狠）憑我是周繼薇她哥！你是誰？她是不是在你那?!

袁方：（禮貌諷刺）大半夜找陌生男人要你妹？原來你妹這麼隨便？

耀起：（火）媽的，你到底是誰？

袁方：（不屑的笑）抱歉，你恐怕沒有那個榮幸認識我，不過我倒是可以提醒你，我不是一個隨便帶女人回家的人，而你那位做事看起來「確實很隨便」的妹妹，把皮包跟手機丟在宅急便就跑掉了，宅急便的人堅持要我替她保管，於是倒楣的我，在半夜三點接到你一點禮貌也沒有的電話，僅此而已。

△ 耀起一怔……

耀起：所以她身上沒有手機也沒有錢，你就讓她跑掉了？

袁方：我 ——（被打斷）

耀起：你是不是男人啊？

袁方：你 ——（被打斷）

耀起：媽的。

△ 耀起切斷了電話……

△ 袁方氣結，狠狠的要摔繼薇的手機，卻還是忍住，把手機扔回餐桌，扠著腰在屋子裡忿忿的走了兩圈，才倒回床上，忿忿怒吼——

袁方：Shit！

🎬	43	時間	夜	場景	街道
人物	耀起				

△ 耀起匆匆的騎著腳踏車……又急、又氣……

🎬	44	時間	夜	場景	宅急便所屬辦公大樓外（繼薇第一個公司）
人物	繼薇、袁方				

△ 繼薇孤零零的坐在辦公大樓外的階梯上……下巴枕著膝蓋，看著面前的公雞牌球鞋，繼薇打開鞋盒，拿出，開始換上一隻球鞋……

特寫：繼薇正綁著鞋帶 —— 突然，有一雙腳入鏡……

△ 繼薇一怔，期待……遲疑片刻，猛的抬頭看去——

△ 不是耀起，是袁方。

△ 上字幕……

△　第五種悲哀：

△　「希望」，總是被「失望」，取而代之。

繼薇日記次序表：

其他內容……數頁
人的善變、世界的改變，到底有什麼會不變？……戴耀起說，隨便！……PS.方紹敏的公雞牌球鞋真的好好看喔！可惜我的生日願望從來都不會實現。
其他內容
其他內容
耀起因紹敏事件，罵繼薇沒同情心
其他內容
也不想想我對你有多好?!竟然那麼多天不理我！連生日快樂都沒跟我說！可惡！
其他內容
其他內容
其他內容
繼薇代替紹敏跑馬拉松，昏倒，耀起揹繼薇去保健室。
耀起要繼薇幫自己送情書、髮夾給紹敏。

🎬	1	時間	夜	場景	辦公大樓外
人物	繼薇、袁方				

△　續前集……

△　突然，有一雙腳入鏡……

△　繼薇一怔，期待……遲疑片刻、猛的抬頭看去——

△　不是耀起，是袁方。

△　繼薇還來不及失落，已經備感意外的對著袁方說……

繼薇： 這次……應該不會……又是「好巧」吧？

　　　△　袁方不想賣關子，簡潔的回答……

袁方： 我猜你應該會在這裡等營業所開門。

　　　△　袁方說著，把繼薇的皮包、手機伸向繼薇……

　　　△　繼薇意外又感激的看著自己的東西……趕緊起身，接過東西……

繼薇： 原來在你那裡……不好意思……

　　　△　袁方隱忍著一夜被叨擾的不悅，面無表情而盡責的說道……

袁方： 你爸在九點左右打過電話給你。一個小時前你哥也打來過。

繼薇： （不解重複）我ㄍ（頓）——

　　　△　繼薇知道是誰了，急切問著……

繼薇： 那他有沒有（頓）——

　　　△　繼薇忍住疑問，趕緊跟袁方致謝……

繼薇： 謝謝，害你半夜還幫我接電話、送東西，真的非常非常不好意思，非常謝謝，不然我真的要流落街頭了……

　　　△　袁方懶得贅言，擠出禮貌的笑容、略點頭示意，轉身就要走——

繼薇： （趕緊）剛才我哥——

　　　△　袁方回首看著繼薇……

　　　△　繼薇本想問耀起來電的事，但又忍住，覺得自己太打擾人家了，靦腆的笑笑……

繼薇： 沒事了……（深深的鞠躬）謝謝，晚安。

　　　△　繼薇目送袁方遠去，才低下頭盯著手上的手機……操作著……

　　　△　剛才打來的果然是「17」……

🎬	2	時間	夜	場景	繼薇租屋處樓梯連露台
人物	耀起				

△　耀起三腳併兩腳的匆匆爬上繼薇租屋處的樓梯……

△　耀起拍著繼薇處的門，無人應門……

△　耀起焦急了，在露台上煩躁著……這時，他的手機傳來M+的訊息聲——

△　耀起拿出手機看著，是來自「周悲哀」的語音訊息……耀起以為是「袁方」，不爽嘟嚷……

耀起： 媽的，男人還那麼小心眼。

　　　△　耀起嘟嚷的同時打開了語音訊息，卻傳來……

繼薇（彼端）： Siri只會上網……

　　　△　耀起一怔——又傳來下一則……

繼薇（彼端）：她以為所有的答案都在網路上……
△ 耀起面無表情的聽著……又傳來下一則……

繼薇（彼端）：收集一百CC的汗水？還是「真心話」？
△ 一會兒又傳來下一則……

繼薇（彼端）：對不對？
△ 耀起仍一動不動的盯著手機……一會兒又傳來下一則……

繼薇（彼端）：是不是？
△ 下一則又傳來……

繼薇（彼端）：請十年前的戴耀起，回答我。
△ 耀起看著手機，好一會兒，苦笑了……

耀起：十年前的戴耀起？……我也不知道他去哪了……？
△ 耀起苦澀的笑著……
△ 音樂起……

🎬	3	時間	夜	場景	辦公大樓外/街道
人物	繼薇/耀起				

△ 繼薇坐在大樓外，死盯著手機，等待回應……
△ 對跳……
△ 耀起，瘋狂、奮力的騎著腳踏車、汗水在他的臉上……
△ 對跳……

特寫：手機被操作，再次亮起，按下剛最後送出的語音訊息……

繼薇（彼端）：請十年前的戴耀起，回答我。
△ 是不甘心的繼薇，她紅著眼睛，繼續操作手機……

繼薇（彼端）：請十年前的戴耀起，回答我。（串下一段）
△ 對跳……

繼薇（彼端）：請十年前的戴耀起，回答我。請十年前的戴耀起，回答我。請十年前的戴耀起，回答我。
△ 腳踏車上緊急煞車，大口喘息的耀起，垂著頭，汗水紛紛、不斷的往下滴，似乎還和著淚水……
△ 耀起笑了起來……
△ 對跳……
△ 繼薇失望的、難過的笑著……

繼薇：你還是選了大冒險。

編按：因Apple提供道具之故，繼薇的手機非該品牌，特寫時請留意避開商標

🎬	4	時間	夜	場景	便利商店
人物	繼薇、袁方				

△ 深夜的街道，繼薇抱著鞋盒，落寞的走來，經過了便利商店……
△ 繼薇經過了便利商店的落地窗前的便餐台，袁方正坐在那裡喝著牛奶、看雜誌……
△ 繼薇走過，又重新返回入鏡，看著落地窗裡的袁方……
△ 袁方看到了繼薇……

🎬	5	時間	夜	場景	耀起房	
人物	耀起、紹敏					

△　滿身大汗的耀起疲憊的倒在床上……

△　背對耀起的紹敏，閉著眼睛喃喃的說道……

紹敏：為什麼這麼晚？

耀起：……

△　沒聽到耀起的回答，紹敏緩緩睜開眼睛，緩緩轉頭看著耀起……

紹敏：為什麼流這麼多汗？

耀起：……

紹敏：為什麼周繼薇掛我電話？

耀起：……

△　沒等到耀起的回答，紹敏嘆口氣，轉回身，閉上眼睛，釋然說道……

紹敏：算了，不用給我答案了，我知道你懶得解釋。

△　耀起欣慰的笑了、一陣感動，翻過身緊緊摟著紹敏……

耀起：……謝謝。

紹敏：趕快去洗澡啦，好髒喔……

△　耀起仍抱著紹敏，像抱著浮木……

耀起：謝謝。

🎬	6	時間	夜	場景	便利商店內	
人物	繼薇、袁方					

△　繼薇和袁方，並排坐在便利商店的落地窗前的便餐台，中間隔著一個空位的桌上，放著公雞牌球鞋。

△　繼薇喝著冰咖啡……

△　袁方喝著牛奶（玻璃瓶裝）、翻著雜誌……沉默之際，袁方翻頁時，碰到了公雞牌球鞋，他看看桌上的公雞牌球鞋……

袁方：好像不應該把這雙鞋拿給你？

繼薇：（趕緊）不會啊！……其實剛好相反，非常謝謝你把它拿給我……（尷尬笑笑）因為這雙鞋很重要……是我等了十年的答案。

△　袁方不感興趣的應了一聲……

袁方：（隨口）那就好。

△　袁方又去翻雜誌……

△　繼薇兀自望著眼前方，努力笑笑打起精神說道……

繼薇：不過人真的好固執，都已經「看到」答案了，卻還是貪心的想要一個「親口告訴我」……

△　袁方沒搭理，繼續看著雜誌……

△　繼薇兀自繼續說著……

繼薇：其實就算他「親口說了」又怎樣？……什麼都已經來不及了……整整晚了「十年」……「十年」耶……

△　袁方雖沉默看雜誌，但其實都聽在耳裡，此刻不動聲色的說道……

袁方：你知道「十分鐘」等於什麼嗎？

△ 繼薇一怔，轉頭看著袁方……

△ 袁方的視線這才離開雜誌，緩緩抬起頭，移開自己的牛奶，露出桌上的水漬……

袁方： 我的是這攤水。

　　△ 袁方又指指繼薇的杯子下的水漬……

袁方： 你的是那攤水。

　　△ 繼薇看著自己冰咖啡四周的那攤水漬……

袁方： 那麼你知道十天等於什麼嗎？

　　△ 繼薇茫然的看著袁方……

　　△ 袁方把正看著的雜誌推給繼薇……

袁方： 這個馬岩松是個很有名的建築師，曾經做了一個「裝置藝術」作品，叫「墨冰」。

　　△ 繼薇看向雜誌那頁，是「馬岩松」的專訪，「墨冰」的照片很顯著……

　　△ 同時袁方開始解釋……

袁方： 把一個將近「300公分立方」的黑色大冰塊，放在大廣場上讓它自然融化。

　　△ 繼薇看向袁方……

繼薇： 然後呢？

袁方： 黑色冰塊融化的各種面貌，呈現了完全不可預測的美。但是……沒有任何一種「美麗的面貌」可以被留住……於是三天後，所有發生的美好，全都變成骯髒四散的黑水……五天後，可能只剩下地上一些隱約可見的黑色痕跡……

　　△ 袁方看著繼薇——

袁方： 那麼十天後，你覺得還剩下什麼？

　　△ 繼薇若有所悟的試探問道……

繼薇： ……什麼都沒有？

　　△ 袁方笑笑 ——還可以忍受的笨……

袁方： 所以不管「早知道」、「晚知道」，其實都只有一個的答案 —— 什麼也留不住。

　　△ 繼薇如遭當頭棒喝……

袁方： 「十年」早就過去了，「人」還過不去……（笑笑）真是一種不可饒恕的浪費。

　　△ 袁方拿著空牛奶罐，起身，欲離去……

　　△ 繼薇怔然目送……趕緊喚住——

繼薇： 可是要怎樣才能「過得去」？

　　△ 袁方一頓……回首看著繼薇，笑笑……

袁方： 首先，要先告訴自己……我一定會「過去」。

　　△ 繼薇愣住……

　　△ 袁方逕自走了出去……

　　△ 繼薇怔然，接著再次看向手中的雜誌……

　　　主觀特寫：Zoom in雜誌上了墨冰照片……融入下一場動畫……

繼薇OS： 我記得，我們老師曾經出了一個好難的作文題目……時間是什麼？

　　編按：墨冰作品參考http://kan.weibo.com/con/3504422441232874

▶	7	時間	日	場景	動畫
人物	繼薇、耀起、小芸、老師、小小（狗兒）				

△ 動畫……

△　融化中的墨冰，漸漸疊上下一個片段……
　　△　國小時代……
　　△　躺在耀起手掌裡的，是一隻剛出生的幼犬……

繼薇：好可愛喔。

耀起：警衛伯伯要我們幫牠取一個名字。

繼薇：……那……叫「小小」？好不好？

耀起：（對著狗兒笑著）小小，乖喔，以後我們負責保護你！

繼薇OS：我說……時間是「陰謀」！

　　△　畫面一跳……
　　△　繼薇氣極敗壞、死命的扯著自己書包的帶子 ——

繼薇：還給我！小小！快點！快點小小～～！

　　△　畫面帶到「小小」，已經是一隻巨犬了，正頑皮的咬著繼薇的書包不放……

繼薇OS：它讓「小小」變得一點也不小。

　　△　畫面跳，高中時代……
　　△　教室裡，繼薇前面的同學（小芸）緊張的說……

小芸：怎麼辦我沒看完?! 你看完了嗎？

繼薇：我看到三點。

小芸：蛤？我十二點就去睡了，完蛋了啦我。

繼薇OS：時間也是證明。

　　△　畫面跳……
　　△　老師已經在唱名發考卷……

老師：黎小芸，74 分。

　　△　小芸開心的去領考卷，繼薇緊張著……

老師：周繼薇，（不悅）47 分。

　　△　繼薇愣然……

繼薇OS：它證明了我的笨。

　　△　畫面跳，高中時代……
　　△　繼薇拿著自製海報一路興奮的跑著……

繼薇OS：有時候，時間是躲貓貓。

　　△　繼薇終於抵達表演廳外的廣場，停下腳步，興奮的神色漸漸的有點不安起來，她張望著四下……
　　△　四下，拆台工人正在收拾著海報、旗幟……
　　△　繼薇納悶，走到一位工人面前問著……

繼薇：請問，今天不是五月天的演唱會嗎？怎麼都沒有人？

　　△　工人：昨天已經唱完了啦！
　　△　繼薇傻了……

繼薇OS：當我發現了它的黑影，事實上，它早就已經逃走了……

　　△　繼薇看著手上的海報，寫著「五月天，我愛你！」

繼薇OS：（苦笑，感慨）那篇作文，讓我得到了有史以來的最高分……

　　△　淡出……

繼薇OS：但是十年，還是過去了……

　　△　下一場電話鈴聲先in……

　　　　編按：五月天演唱會，2003年11月22日　台中巨蛋預定地　恆星的恆心萬人免費演唱會

🎬	8	時間	清晨	場景	街頭
人物	繼薇				

△　繼薇聽著手機，彼端終於有人接起了……

周媽（彼端）：喂？

繼薇：（忐忑）馬麻……是我。

周媽（彼端）：（斥）一整個晚上沒有一通電話，你是太久沒挨棍子了是不是?!

△　繼薇忐忑卻堅決的說道……

繼薇：對不起……真的真的對不起……因為十年已經過去了，所以我也要趕快「過去」……（串下一場）

🎬	9	時間	日	場景	串燒店內
人物	繼薇、耀起				

△　繼薇走進串燒店，配合著以下OS（她在電話裡跟周媽說的後續）……

△　忙碌的耀起抬起頭來，正要說「還沒開始營業」，看到繼薇，一怔……

繼薇OS：（堅定）既然要「過去」，所以我當然不可以逃避啊！

△　繼薇終於鼓足勇氣說道……

繼薇：現在有沒有大腸包小腸可以吃啊？

△　繼薇努力的笑笑……

繼薇OS：我應該要跟他面對面！

繼薇：「你妹」肚子好餓喔說！

△　耀起聞言，盯著繼薇，懂了那句「你妹」……釋然的也對繼薇笑了……

耀起：幾分熟？

繼薇OS：我必須要讓一切都……「真的過去」！

繼薇：（笑開）廢話！大腸包小腸當然要全熟啦！

耀起：原來還不算太笨嘛！

△　繼薇笑著……

繼薇：看不出來我在「假笨」的才是真的笨蛋！

耀起：（笑，一種熟悉的沒好氣的）等著。

△　繼薇勇敢的笑了，走向耀起……

🎬	10	時間	日	場景	辦公大樓廁所
人物	繼薇				

繼薇特寫：從臉部的微笑拉開……

△　鏡子裡反射著，繼薇已經穿上了宅急便女事務員的制服，此刻正站在鏡子前的繼薇，認真練習的說道……

繼薇：您好，我是來新來的女事務員周繼薇……

△　串下一場……

🎬	11	時間	日	場景	營業所
人物	繼薇、美姊				

△ 營業所辦公桌內的美姊，抬著眼看著前方，不再有對待顧客的笑容，不以爲然的說道……

美姊： 不是跟你說「你不適合」了嗎？

△ 美姊的前方，繼薇已經站在哪裡，笑說道……

繼薇： 你是說不適合美女，剛好我就不是美女啊！

△ 美姊聽了這話，相當「不受用」……你的意思是我也不是美女？

美姊： （笑酸）連客套話都聽不出來，你確定這種慧根可以侍候得了各種客戶？

繼薇： 我們老師說「勤能補拙」，我會認眞學習的。

△ 美姊沒轍了……

美姊： 教育訓練過了吼？

繼薇： 嗯！

美姊： （意興闌珊）好啊……那假裝現在有客人來了。

△ 繼薇聞言，靈巧的趕緊走進辦公桌，朝著電梯、對著空氣喊著……

繼薇： 黑貓宅急便你好……請問要寄件還是取件？

美姊： （邊忙著整理作業）先試「寄件」。

△ 繼薇於是繼續對著空氣演練著……

繼薇： 請問運費是「您要付」還是「收件者要付」？是常溫包裹還是低溫？

△ 繼薇接著轉向美姊補充說明……

繼薇： 如果是「現在付款的常溫包裹」，託運單是紅色；「低溫包裹」的託運單是藍色；如果是「貨到付款」的託運單就是紫色！

△ 美姊打量著繼薇，暗暗想著「還不錯」……

繼薇： 那我先假裝是「現在付款的常溫包裹」……

△ 繼薇尋找到了託運單表格，繼續對空氣演練……

繼薇： 可以請問一下內容物是什麼嗎？（看美姊）然後再判斷需不需要幫客戶貼「易碎」、「此面朝上」、「精密儀器」、「水果」」、「生鮮」等等的「注意貼紙」。

美姊： （淡淡的）繼續。

繼薇： 然後就開始量包裹的尺寸，圈選託運單上的「規格」，並告知消費者運費是多少。

△ 美姊抓不到把柄，只好故意挑剔的說……

美姊： 最重要的是動作要敏捷，不要慢吞吞的讓客戶等太久！所以「客戶一上門，心中就要有口訣」……（放下工作）好啦！撒米司把我用五年的經驗匯整出來的口訣傳授給你吧，聽好囉 ——「一問二拿三等單，四貼五量六拿錢，七給八印九 keyin，最後分類上籠車」！

△ 美姊看向繼薇，考試著——

美姊： 說說看什麼叫七給八印？

繼薇： 就是 ——（被打斷）

△ 是營業所電話鈴聲，美姊立刻說道——

美姊： 記住，絕對不要讓電話響到第二聲！（迅速接起，親切的）黑貓宅急便你好！……是的……OK！馬上處理，謝謝你的來電喔！

△ 美姊切斷電話後，正要重撥電話，心裡卻動了刁難的念頭，故意爲難的說道……

美姊：現在這個時候，SD 應該都在忙著上籠車……（佯裝想到，看繼薇）反正客戶就在樓上，不然，還是你去幫忙收一下貨？

繼薇：沒問題！

△　繼薇四下看了看，看到了一旁的推車，走去推出，問道——

繼薇：去哪裡收？

美姊：（忍著得意）把你 Fire 掉的前公司。

△　繼薇一怔……

繼薇OS：馬麻，這次我要很勇敢……所以我必須，在哪裡跌倒，就在哪裡站、起、來！

🎬	12	時間	日	場景	繼薇的前公司（第一集）
人物	繼薇、櫃檯小妹（Mickey）、張志勳				

△　把繼薇開除的公司玻璃大門，門內，Mickey正忙著在接電話……

△　繼薇隔著點距離，站在大門前，有點忐忑，隨即精神抖擻的深吸一口氣，推開玻璃門，拉著空推車走了進去……

△　Mickey抬起頭，看見是繼薇，驚訝不已——心不在焉的對電話說道……

Mickey：我再請他回電給你。掰掰。

△　Mickey趕緊掛斷電話，興奮又驚訝的對繼薇說……

Mickey：周繼薇？你怎麼會來？

△　繼薇含笑指著自己的推車……

繼薇：來收件啊！

△　Mickey打量著繼薇……

Mickey：所以你現在是……？

△　繼薇含笑道……

繼薇：我在你們樓下上班。

Mickey：好棒喔！！那以後又可以一起去午餐了說！

△　畫面跳……

△　櫃檯旁，繼薇正幫著張志勳整理十數件要宅配的樣品……

△　張志勳非常不耐煩的貼著膠帶，抱怨的說道……

志勳：自從你走了以後這些瑣碎的事就變成了我的工作。

△　繼薇在志勳貼好膠帶的箱子上，貼上託運單……

繼薇：是喔?!我以前超喜歡寄試用品的。

△　志勳不敢置信的看著繼薇，然後有點不屑的笑笑，繼續匆促的貼著膠帶，邊說道……

志勳：那是因為你不懂的追求「成就感」這種東西吧！……本來人就應該放對位子，否則就是在「浪費人力資源」。

△　繼薇聽得出來志勳在暗示自己和他是不一樣等級的人，她隱忍著被嘲諷的不愉快，鼓起勇氣含笑反擊著……

繼薇：那麼像你這種書唸得多、能力又比我好的人，卻連這種瑣碎小事都做不好，好像就太不應該了吼?!

△　志勳對繼薇的反擊一怔……

△　繼薇不以為意，走去撕開志勳剛貼上的膠帶（膠帶貼歪了），接著繼薇打開箱子，因為箱內的東西沒裝滿，以至於裡面的內容呈現東倒西歪狀，繼薇跟Mickey問著……

繼薇：可不可以給我一點碎紙機的碎紙？

Mickey：Noproblem！

△　Mickey抽出了碎紙箱，交給繼薇……

△　繼薇接過致謝，蹲下來仔細的用碎紙填滿箱子，固定內容物，邊說道……

繼薇：每一件瑣碎的事，都有「做得好」跟「做不好」的差別。

△　志勳看著繼薇細心的處理，有點小尷尬……

△　繼薇塞好後，把箱子蓋上，很仔細的把膠帶對準中央縫隙，完美的貼好……再仔細的貼上託運單，方方正正、工工整整……

繼薇：如果每天都仔細的把一百件瑣碎的事做好，不是就會有一百份成就感了嗎?!

△　志勳一怔——

🎬	13	時間	日	場景	辦公大樓電梯內
人物	繼薇、袁方、袁方的老闆				

△　繼薇的推車裝滿了要宅配的東西，在電梯裡……

△　電梯在某樓層停下，門開了，袁方站在門外 ——

△　袁方、繼薇都看到彼此，皆微微一怔——

△　繼薇笑了正要打招呼，發現袁方的老闆在他身旁，於是忍住，往電梯角落縮了縮，騰出空位給袁方和老闆……

△　袁方與老闆進入，袁方按了地下室、關門。老闆隨口說著……

老闆：盡量建議他們用 RC 的構造達到 Freeform 的效果。

袁方：我知道。

老闆：Casestudy 帶了嗎？

袁方：帶了。

△　沉默。繼薇暗暗觀察著袁方……

老闆：度假村帷幕牆的斷面細部，記得要調整一下阿縮比。

袁方：是，待會回來就調整。

△　繼薇聽著，暗暗讚嘆好專業喔，偷偷看著袁方的背影，有些崇拜……

🎬	14	時間	日	場景	宅配停車場
人物	繼薇、司機阿斌、司機川仔、其他司機們、所長、美姊				

△　在所長的帶領下，阿斌等司機們，正在出車前的精神喊話……

司機們：（齊聲）統一速達致力於構築配送至全國各家庭的運輸網，提供全國一致的優質服務，為消費者創造更便利、舒適的生活，以成為社會公共事業為目標貢獻心力。

△　鏡頭跳到倉庫的分類區…………

△　繼薇正在把把剛收來的紙箱，一一按照目的地，放進專屬籠車……這時她吃力的正搬起一個紙箱，身後突然傳來一個聲音……

阿斌：雖然大隻也要假裝一下說！

△　繼薇一怔，這人說話的方式跟耀起好像，繼薇好奇的看去……

△　只見司機阿斌從繼薇懷中接過紙箱……

阿斌：啊男人才會給你心疼啊！

△　阿斌說著，逕自把紙箱按地址放進籠車……

△　繼薇感謝笑著……

繼薇：其實很輕啦！

162

阿斌：所以才說要「假裝」！女生要假一點才可愛！

繼薇：（笑）是喔？

　　△　阿斌邊說邊繼續幫繼薇把箱子放進各自籠車……

阿斌：你沒看到那些假睫毛、假鼻子、假下巴、假胸（頓）——

繼薇：你喜歡那樣的女生喔？

　　△　阿斌看看繼薇……

阿斌：我是真男人，怎麼會喜歡假的東西！

　　△　繼薇覺得阿斌說話很好笑，笑了起來……

阿斌：新來的喔？

繼薇：（笑笑）對啊。

阿斌：大家都叫我阿斌哥！

繼薇：就是「阿兵哥」的那個「阿兵哥」嗎？

阿斌：是文武雙全的「斌」啦！

繼薇：喔，阿斌哥你好，我叫周繼薇。

阿斌：記名字太累了，叫「周妹妹」可不可以？

繼薇：當然可以。

　　△　這時美姊拿著紙筆走來，很體貼的問著……

美姊：阿斌哥，今天中午想吃什麼便當？

阿斌：一樣，三寶。

　　△　美姊以一種「特別待遇」的曖昧，擅自作主的說道……

美姊：幫你加個滷蛋！

阿斌：謝謝我們宅急便的「便花」！

　　△　美姊開心，卻佯裝不領情的橫阿斌一眼……

阿斌：周妹妹要吃什麼？

繼薇：我自己有帶便當。

　　△　美姊看了繼薇一眼（在男人堆裡慢吞吞，想幹嘛），正要責備——

　　△　此時SD川仔進入，邊走去倉庫內裡邊說道……

川仔：美姊我今天要油雞！

　　△　美姊邊追著川仔邊斥著……

美姊：你油頭啦你！昨天洗衣粉怎麼會都給人家漏出來，害我們被客訴說?!

川仔：（抗議）哟美姊！天地良心啦！我真的都有給它們「輕輕舉起、慢慢放下」好不
　　　好?!那萬一客戶自己就沒有包好你叫我怎麼辦?!

　　△　川仔的解釋漸成背景，阿斌繼續跟繼薇說道……

阿斌：你很好命喔，還有人幫你做便當？

繼薇：對啊，我奶奶做的。

阿斌：哇……（唱）世上只有奶奶好，有奶奶的美女像個寶……

繼薇：（覺得阿斌很可愛的笑著）其實是「假的奶奶」啦。

阿斌：（怔）假……奶奶？

　　△　阿斌驚訝的盯著繼薇的胸部……

繼薇：（尷尬、面紅耳赤）不是啦！我不是說……我是說——（被打斷）

阿斌：笑話一個啦！那麼緊張?!

　　△　阿斌笑了，繼薇也笑了……

△ 美姊又走回來，看著兩人笑著，有些吃醋，故意說道——

美姊：上班時間不是拿來說笑話的喔！

　　△ 美姊說著看了繼薇一眼走出了倉庫……
　　△ 下一場紹敏的話先in……

紹敏（畫外音）：只是去認識一下……（繼續）

🎬	15	時間	日	場景	戴家
人物	耀起、紹敏、戴奶				

　　△ 戴奶在廚房裡忙著……
　　△ 陽台上，耀起和紹敏邊對話，邊晾衣服……

紹敏：可是我應該不會接吧。

耀起：不是一直很想拍紀錄片？

紹敏：是想啊。

耀起：那幹嘛不接？

　　△ 紹敏隱忍著沒說……

耀起：幹嘛有話不說？

　　△ 紹敏看著耀起……

紹敏：「大膽島」耶！一去一兩個月耶！

耀起：所以呢？

紹敏：所以我怎麼放 ——（被打斷）

　　△ 是戴奶，邊端著餃子出廚房，邊嚷著 ——

戴奶：吃餃子囉！

耀起：喔，來囉。

　　△ 耀起把衣服掛上桿子，拍拍紹敏的頭，邊說……

耀起：想清楚！不要後來又後悔。

　　△ 耀起說完兀自走進了客廳……
　　△ 紹敏悶悶的目送著他……
　　△ 只見耀起不知情的逗著戴奶……

耀起：哇噻，做戴奶奶的孫子也太幸福了吧?!

戴奶：欸欸欸，別用手抓！

　　△ 下一場紹敏的聲音先in……

紹敏（畫外音）：因為不放心！……（繼續）

🎬	16	時間	日	場景	精品店
人物	紹敏、三米				

　　△ 紹敏氣呼呼的抱怨著……

紹敏：不放心他跟周繼薇住在同一個屋簷下 —— 這麼明顯的理由還需要我說嗎？他自己都不會想嗎？

　　△ 三米似笑非笑的盯著紹敏……

三米：當初是誰在那裡噁心的演「假大方」？

紹敏：那又不是「我家」我能說什麼？而且耀起他奶奶一直說什麼「自己對周繼薇很虧欠」，難道我可以說「但是我很小心眼，所以很抱歉」嗎 ?! 哪知道周繼薇會真的搬進來啊 ?! 她自己應該知道要避嫌的啊！

　　△ 三米一邊忙碌，一邊說道……

三米：方紹敏同學，沒有人必須「應該知道」，沒有人必須聰明又體貼的順著你的心、照著你的意、過著讓你滿意的生活，因為你不是公主，除非你「穿越」一下！

紹敏：不是「我」滿不滿意的問題，是大家都應該「知情達理」吧！

三米：But，每個人、每件事都有很多選項！……省錢？還是避嫌？更或者是——（聳動的）「鳩佔鵲巢」？

　　△ 紹敏心驚，瞪著三米……

三米：（安撫）我是說「或者」。

　　△ 紹敏擔憂又委屈的看著三米……

　　△ 三米嘆口氣，放下手邊的工作，開始認真提點紹敏……

三米：總之你現在有四個選項！……繼續假大方？說出自己的小心眼？放棄夢想？還是你想試試看戴耀起到底有多忠貞 ?!

紹敏：我——（被打斷）

三米：不過先容我提醒你，再不出發，你的面試就要遲到囉。但是遲到或許也不錯，那麼你就只剩下兩個選項了。

　　△ 三米不懷好意的笑盯著紹敏……

　　△ 紹敏盯著三米，意思是「叫你幫忙你卻幸災樂禍」……

　　△ 三米只好說道……

三米：不要假仙了！勇敢做自己！

🎬	17	時間	日	場景	某製作公司會議室
人物	紹敏、導演				

　　△ 紹敏坐在某會議室，正歉然笑笑對著迎面的導演為難的說道……

紹敏：其實我今天過來，是要跟導演說，真的很遺憾，因為家裡的因素我恐怕……沒辦法接這個片子。

導演：（有些遺憾）是嗎……那麼，可以花點時間聽我先說明一下這次的計畫，然後再慎重的考慮一下嗎？

　　△ 紹敏為難的笑笑，點點頭……

導演：1950 年到 1960 年之間，大膽島曾經承受了中共數萬發的砲擊，創下平均每平方公尺落彈六十發的紀錄，落彈密度之高在世界戰史上前所未見，全都是仰賴島上堅固的地下工事做為防禦。

　　△ 紹敏感興趣的聆聽著……

導演：於是，他們現在覺得，這些地下工事和當地曾經遭遇的血淚，很值得發展觀光，甚至還覺得島上的駐軍也許可以變成觀光的特色……

紹敏：（覺得荒謬）蛤？

導演：（附議的笑笑）所以我想在這支紀錄片裡（淡出）……

　　△ 下一場繼薇的聲音先in……

繼薇（畫外音）：原來是叫「豆腐捲」！（繼續）

編按：大、二膽島撤軍新聞請參考http://bbs.mmstop.net/bbs/thread-56477-1-1.html

🎬	18	時間	昏	場景	戴家
人物	繼薇、戴奶、紹敏				

△　戴奶正在餐桌上做著豆腐捲，繼薇在一旁幫忙……

繼薇： 我一直以爲是「蔥油捲」，難怪上網怎麼查都查不到。

△　戴奶開心的做著……

戴奶： 記住，豆腐捲要用燙麵，麵皮才會甘甜，才能帶出豆腐的香。

繼薇： 記住了！豆腐捲要用燙麵！

戴奶： 麵皮不要桿得太薄，差不多這個厚度，接著就鋪上炒好的豆腐餡。

繼薇： 我來！

△　繼薇和戴奶一起忙著……

戴奶： 你媽還在生你「不回去」的氣啊？

繼薇：（苦笑）對啊！接到我的電話就說打錯了，然後就掛掉！

△　戴奶笑了……

戴奶： 你媽的個性眞是好玩，跟自己孩子就像姊妹一樣要任性！

繼薇： 所以只有我媽這樣嗎？……那她還跟我說天下媽媽都是一樣的?!

△　戴奶又笑了……

繼薇： 喔對奶，我找到房子了，週末跟房東談好我就搬過去。

戴奶： 不准搬！要搬也等你把奶奶的這些手藝全學會了，再搬。

繼薇：（爲難）奶～～

戴奶： 要是你不擔心奶奶每天晚上都一個人吃晚餐、一個人看電視、老睡在椅子上，就儘管搬吧。

繼薇：（爲難）還有紹敏跟你作伴啊！

戴奶： 那是她最近戲殺青了，隔陣子又要忙。而且啊……跟你說實話（湊近、低聲）奶奶有點怕紹敏，因爲 ——（被打斷）

△　是紹敏歸來，兩人聽見開門聲都緊張的趕緊看了過去 ——

戴奶：（尷尬）回來啦？

繼薇： 嗨，紹敏。

△　戴奶演技不好，趕緊低頭指揮繼薇……

戴奶：（提醒繼薇）這裡多了，攤平均點……

繼薇： 喔。

戴奶： 鋪好餡就把它捲起來……我來，你看著。

△　紹敏看著繼薇和戴奶一起忙碌、親暱的樣子，微微不是滋味，放下皮包，走了過去。

紹敏： 這是什麼啊？

戴奶： 耀起最喜歡吃的豆腐捲。

繼薇：（得意）可惜他今天吃不到！

戴奶： 一會兒多做一個放在電鍋裡蒸著，他下班剛好吃消夜。

紹敏： 還是我幫他送過去好了。

戴奶： 欸？也好……那乾脆多做幾個，還有立正、阿光他們……來繼薇，剛好給你考試，

你去！去再炒點豆腐餡。

繼薇：好啊！我就來現學現賣！

△ 繼薇鑽進廚房……紹敏看著繼薇和戴奶相處愉快，越發有點失落……

紹敏：奶我幫你吧。

戴奶：沒事沒事，我跟繼薇弄就行了，別讓麵粉把你衣服弄髒了。

紹敏：……喔。

△ 紹敏笑笑，其實更失落了……

編按：關於豆腐捲，請參考http://mag.udn.com/mag/happylife/storypage.jsp?f_ART_ID=287257

🎬	19	時間	夜	場景	戴家外，樓梯間
人物	繼薇、紹敏				

△ 紹敏與繼薇提著戴奶打包的「豆腐捲」走出戴家……兩人前後下樓，前方的紹敏一心要利用機會跟繼薇溝通，笑笑說道……

紹敏：跟奶奶睡一個房間，很不習慣吧？

繼薇：不會啊，反而很有安全感。

紹敏：這裡離你們公司會不會太遠了？

繼薇：還好有905，不用轉車就可以到。我本來想說分期付款買輛摩托車，可是戴耀起說我技術那麼爛，千萬不要給台北的交通製造混亂。

△ 繼薇說的雖然是耀起酸自己的話，但聽在紹敏的耳朵裡，卻不怎麼是滋味，於是紹敏駐足了——

紹敏：好吧。我就直話直說好了。

△ 繼薇有點意外，停下腳步看著紹敏，等待下文……

紹敏：我朋友介紹了一個拍紀錄片的工作給我。

繼薇：你要去拍嗎？

紹敏：這是我等了好久的機會，我一直很嚮往可以一邊看世界、一邊工作、一邊記錄。

繼薇：那很棒啊。

紹敏：可是那份工作要長時間待在外地，所以我一度考慮要拒絕，因為我不放心……你。

△ 繼薇一怔……

紹敏：你應該可以理解我的心情吧？身為「某人的女朋友」對於另一個暗戀自己男友的女人，是有立場不放心的，你懂吧？

繼薇：（趕緊）我完全懂！真的！

△ 繼薇尷尬的說道……

繼薇：（自責）對不起，因為奶奶跟我說，你也很希望我住在這裡……再加上，如果我住在這裡，就可以幫忙分擔一點房租，所以都忘了替你想……

紹敏：其實跟你坦白這些我也很尷尬……但是……我覺得我們應該直話直說，免得造成更多的誤會。

繼薇：（自責）謝謝你跟我直話直說……不然我真的不知道你會擔心，我看你和耀起感情那麼好所以都沒多想……要是早知道你那麼擔心我就……其實你真的不用擔心，因為我（頓）——

△ 繼薇一頓，因為不能說出「已經得到答案」實情，於是靈光一現的扯了謊——

繼薇：我有男朋友了！

△ 紹敏一愣，回首看著繼薇……

繼薇：（急切）如果這樣你還是不放心，其實我有看好一間房子，但是（一時說不清戴奶奶的狀況）……總之你千萬不要爲了我放棄想做的工作！做一份自己喜歡的工作，眞的很重要！

△ 紹敏稍微釋然……

紹敏：你不要誤會，我不是在撞你搬家，其實……你眞的有男朋友啦？

繼薇：（心虛）……喔……嗯……剛開始。

紹敏：那你怎麼都沒出去約會？

繼薇：（心虛）……有啊……明天就要去約會。

△ 繼薇閃躲，趕緊先下樓……
△ 紹敏釋然多了，含笑追問……

紹敏：是什麼樣的男人啊……

繼薇：（心虛）就……（尷尬扯謊）一個男人……

△ 淡出……

🎬	20	時間	夜	場景	串燒店
人物	耀起、繼薇、紹敏、立正、阿光、小字輩				

△ 桌上的豆腐捲，被伸長的眾手紛紛搶著……

耀起（畫外音）：幹什麼！幹什麼！

△ 眾手止步，看向耀起……

耀起：戴奶奶的愛孫都還沒享用，你們在幹什麼？

小爽：「愛孫」拜託快點開動好不好？

△ 耀起不疾不徐的伸出手，拿了一塊 ——
△ 隨即眾手又開始搶奪，被小色制止——

小色：等一下！還有我這個「愛孫」耶！

阿光：誰理你這位冒牌貨！

△ 眾人搶著……

小爽：（吃著）好吃耶，這什麼啊？

△ 繼薇拿著一把筷子從櫃檯走來……

繼薇：是豆腐捲啦！

眾人附和「豆腐捲」、「沒吃過」、「小色：奶超強」……

△ 同時，繼薇看著眾人已經以手代筷，喃喃說道……

繼薇：看起來應該不需要筷子了。

△ 繼薇又拿著筷子返回櫃檯……
△ 小色吃著豆腐捲，走到耀起身旁，撞著耀起……

小色：哥，忙不過來的時候說一聲，我幫你。

△ 耀起看著小色，一副「沒聽懂」的樣子……
△ 小色示意著外頭正在講手機的紹敏，又示意著料理台裡忙著洗刷的繼薇，認眞分析……

小色：雖然現在風平浪靜，可是女人太敏感，而且 —— 紙也包不住火。

△ 一臉義氣的小色，說完後，認眞的看著耀起……

小色：不過我可不可以選胖的那個？有點可愛。

△ 耀起冷冷的看著小色……

耀起：你知道這世界上有一種感情叫親情嗎？

小色：（很瞭）就我們兩個之間的那種嘛！

耀起：所以，那個是嫂子，那個是妹妹……懂了嗎？

小色：（遺憾）……所以，一點機會都沒有喔？

耀起：知道就好。

　　△　耀起說著走向櫃檯……

　　△　耀起和繼薇在洗著東西，紹敏走來，甜蜜的從身後抱著耀起……

紹敏：我接囉。

　　△　耀起看看紹敏，是「接什麼」的意思……

紹敏：紀錄片！

耀起：（笑笑）想通啦？

紹敏：下個禮拜就要出發！好開心喔！

　　△　紹敏甜蜜的糾纏著耀起……

耀起：勒死了啦……沒氣了啦……

　　△　洗碗的繼薇，正面迎接著、不再閃躲……

繼薇：紹敏，恭喜喔！

紹敏：謝謝……（想到，對耀起）欸，繼薇有男朋友了耶！

　　△　耀起一怔……

　　△　繼薇也一怔……

　　△　耀起隨即笑笑說道……

耀起：我知道啊。

　　△　紹敏一怔，繼薇更是驚訝——

紹敏：你知道？

耀起：我跟那個男的還講過電話。

繼薇：那個不（頓）——

　　△　繼薇知道耀起說的是袁方，本想解釋，卻放棄，故作尷尬的說道……

繼薇：不要當著我的面說啦，我會害羞啦！

　　△　繼薇趕緊避開的走出了料理台……

　　△　耀起目送著……

紹敏：（笑）談戀愛天經地義，害羞什麼?!……（對耀起）幹嘛不早跟我說繼薇有男朋友
　　　的事?!害我擔心得要命！

耀起：擔心什麼？

紹敏：（掩飾）沒有啦！……總之，現在「皆大歡喜」啦！

　　△　耀起見紹敏開心，也笑笑，眼神再次瞟向繼薇……

　　△　繼薇混在搶食的人群裡，努力笑著，一回頭和耀起的眼神相交，繼薇趕緊迴避……

🎬	21	時間	夜	場景	戴奶房
人物	繼薇、戴奶				

　　△　昏暗裡，繼薇一頭倒在床上……望著天花板發了一會兒呆……轉頭看看另個床上的戴奶……

　　△　戴奶已經安睡……但這時好像背癢，伸手抓著……

　　△　繼薇趕緊起身，走去幫戴奶抓了抓背……

　　△　戴奶又安睡了……

△ 繼薇感觸……

繼薇：（喃喃）到底該搬出去？還是留下來呢？

🎬	22	時間	日	場景	宅配營業所
人物	繼薇、阿斌、某男客戶、志勳				

　　△ 繼薇吃力的抬著一副高爾夫球具（球具上需掛「行李」吊牌）……
　　△ 正收起單據要離去的客人回首驕傲的交代著……

男子：小心點，很貴的。

繼薇：我知道，沒問題。

　　△ 正要離去的男子一回首，差點撞到正走出電梯的阿斌……男子閃開，離去——
　　△ 阿斌看了他一眼，趕緊走來幫繼薇，阿斌一手提起高爾夫球具搬上籠車，邊說道——

阿斌：這種不懂得疼女生的男人喔，再有錢都不可以嫁！

繼薇：謝謝啦！又被你幫忙了。

阿斌：怎麼樣？要不要我做你哥哥？這樣以後你就可以跟人家說，「敢欺負我，小心我哥來找你算帳」！

繼薇：（笑）不行啦。

阿斌：為什麼？

繼薇：我已經有「哥哥」了。

阿斌：ㄏㄧㄡ？……那就「乾哥哥」啊！

　　△ 這時電梯又開了，繼薇聽見，看去並說道——

繼薇：黑貓宅急便你好！

　　△ 是志勳，拉著推車走來……

繼薇：（招呼志勳）寄樣品喔？

　　△ 志勳走來……

志勳：十五件。

　　△ 阿斌推著籠車離去……
　　△ 志勳把手上的填好的單據交給繼薇，繼薇驚喜……

繼薇：ㄟ？你都幫我貼好囉？

志勳：……

繼薇：謝謝。

　　△ 繼薇搬起一箱測試重量，感覺裡面很扎實……

繼薇：這次好像包得很好耶！

　　△ 志勳沒啥反應，僵著臉，很艱難的說道……

志勳：一直想找個機會謝謝你。

　　△ 繼薇一怔……

繼薇：為什麼要謝我？

志勳：今天晚上有空嗎？我有一間餐廳的招待券。

🎬	23	時間	黃昏	場景	往串燒店的街道
人物	繼薇、志勳				

志勳：就是那家。
　△　繼薇一張錯愕的臉……

🎬	24	時間	黃昏	場景	串燒店
人物	耀起、繼薇、志勳				

特寫：耀起一張臭臉說道……

耀起：吃什麼？
　△　鏡頭拉開……被詢問的繼薇有點尷尬的低著頭……
　△　沒察覺一切的志勳專注的看著牆上的菜單……

志勳：一份杏鮑菇、還有玉米、雞翅好了、喔還要飯糰——（被打斷）

耀起：不問小姐要吃什麼？
　△　志勳一頓，看向耀起，又看向繼薇，正要開口，耀起說道……

耀起：大腸包小腸？
　△　繼薇依舊尷尬的低著頭回答……

繼薇：嗯。

耀起：花魚？

繼薇：嗯。

耀起：蓮藕？

繼薇：嗯。

志勳：（趕緊阻止）應該夠了吧？
　△　耀起不爽的看著志勳……

志勳：我還要啤酒。

耀起：喝酒不開車，尤其是載女生。

志勳：我沒有開車。
　△　耀起默許，看向繼薇……

耀起：喝什麼？

繼薇：啤酒。

耀起：不行。可爾必斯。

繼薇：……喔。
　△　耀起掉頭就走又回馬槍——

耀起：今天沒魚，要不要蝦？

繼薇：好啊。
　△　耀起暗罵「沒魚蝦也好」，繼薇卻聽不懂，又氣又沒轍的離去——志勳感到怪異的目送，然後問道——

志勳：他怎麼都知道你要吃什麼？

繼薇：（苦笑）對啊……好巧。
　△　繼薇偷偷打量著耀起……
　△　耀起臭臉忙著裝飲料……

志勳：你跟我說的話，很受用。

△　繼薇趕緊回神看著志勳……

志勳：所以明天我就會遞辭呈。

繼薇：（怔）蛤？

志勳：沒必要把生命耗在不喜歡的工作，尤其是一個不知道人盡其才的地方！

繼薇：（有點無從判斷）……也對啦……如果真的不喜歡就不要浪費時間……你知道有一
　　　個藝術家，他做了一個冰，然後（說不清楚）……總之有一個人跟我說過「浪費時
　　　間是不可饒恕的」！

志勳：一點也沒錯！（越說越激動）把我的時間浪費在影印、包裝、做表格——（被打斷）

　　△　是耀起！他重重的放下一杯啤酒和可爾必斯，看了志勳一眼，又看了繼薇一眼離去……

　　△　志勳舉起杯子……

志勳：謝謝你。

繼薇：（承受不起的）不要這麼說啦，其實——（被打斷）

　　△　志勳已經兀自拿起酒杯，猛灌酒……

　　△　繼薇只能住嘴……

🎬	25	時間	夜	場景	串燒店外、內
人物	耀起、繼薇、志勳、阿光、立正				

　　△　串燒店外的門邊……

　　△　準備離去的志勳已經喝多了，搖晃著對繼薇說……

志勳：沒事……可以……再見。

　　△　志勳搖晃的離去……

繼薇：真的不用幫你叫計程車嗎？

　　△　志勳用背影揮揮手……

　　△　繼薇只好擔憂的對志勳搖晃的背影嚷著……

繼薇：到家打個電話給我！

　　△　繼薇目送，轉身進店內……

　　△　耀起拿著抹布走來……

耀起：（賭爛）眼光可以再爛一點！

　　△　耀起說完，把抹布重重的摔在桌上……

　　△　繼薇看向耀起，也沒好氣的說道……

繼薇：爛什麼眼光啦?!

耀起：男朋友是可以「沒魚蝦也好」的嗎？

繼薇：誰沒魚蝦也好啦?! 我的男朋友絕對是條黑鮪魚！

耀起：（指志勳離去的方向）那個叫黑鮪魚？

繼薇：他只是以前的同事，我也不知道他為什麼突然要謝謝我、請我吃飯，只是這樣而
　　　已！

　　△　耀起知道自己弄錯了，卻仍不甘示弱——

耀起：人家不知道為什麼約你吃飯你就OK?! 矜持你懂不懂啊？

繼薇：那是因為我為人隨和！哪像你啊！一天到晚臭臉、用鼻孔看客人、講話沒禮貌，難
　　　怪生意不好，立正和光光都被你害慘了！

　　△　阿光剛好經過，也沒看兩人，兀自幽幽的說道……

阿光：是「阿光」。
　　△　阿光說著離去……
　　△　耀起語結……
耀起：幾點了？趕快回家啦！
　　△　繼薇氣消了，開始幫著收拾餐具——
耀起：明天不上班嗎？
繼薇：我在練習矜持！不能人家約我我就 OK，人家叫我回家我就回家！
　　△　繼薇推開耀起，拿著碗盤往料理台走去……
　　△　耀起追上，說道……
耀起：生什麼氣啊？怕你誤上賊船懂不懂啊你？
　　△　淡出……
　　△　下一場耀起分析的聲音先in……
耀起（畫外音）：第一，小氣！

🎬	26	時間	夜	場景	街道
人物	耀起、繼薇				

　　△　夜色裡……
　　△　耀起騎著腳踏車載著繼薇，繼薇站在後面的腳踏，聽著耀起分析哪些男人不可交往……
耀起：小氣是最不可取的，尤其是對女人小氣。
繼薇：大方也不可取吧？立正說，你都快把店搞垮了。
耀起：那是義氣！搞不清楚！小色他們以前幫我的時候（頓）　　——幹嘛岔題 ?!……說到哪了？
繼薇：第二。
耀起：第二，抱怨。整個晚上都在抱怨，這種男人怎麼能信賴 ?!
繼薇：幹嘛偷聽我們講話？
耀起：本人耳朵太靈敏！想不聽都不行！
　　△　繼薇做著鬼臉……
　　△　兩人遠去，耀起的聲音還繼續傳來……
耀起：第三，跟女生出來，自己喝到醉，最不可取！

🎬	27	時間	黎明	場景	戴家
人物	耀起、繼薇、紹敏				

　　△　耀起和繼薇舒服、自在的坐在沙發上，吃著戴奶準備的消夜……
　　△　很像一對「有說不完的話的情侶」……
繼薇：至少咬爛了我三個書包吧 ?! 超可惡的！
耀起：（笑）那麼討厭牠，牠死的時候還哭成那樣 ?!
繼薇：因為牠每天都會在校門口等我上學，還會陪著我在「我們的牆」等你，會一路送我回家再自己哭著回學校，你畢業以後都是牠在陪我……
　　△　繼薇說著，就感傷了……
　　△　耀起也難過的笑笑，一陣沉默後，說道……

耀起：那天你跑來學校找我……遠遠看到你，我就知道發生什麼事了……
　　　△　感傷的沉默……
繼薇：警衛伯伯也哭了……
　　　△　感傷的沉默……
耀起：可惡的「小小」。
　　　△　一陣溫馨、感觸的沉默回憶裡，鏡頭拉開……紹敏不知何時站在房門口……
紹敏：你們還不睡啊？
　　　△　繼薇趕緊回首……
繼薇：對不起，把你吵醒了?!
　　　△　紹敏面無表情，其實心裡是不痛快的……
繼薇：（趕緊解釋）我今天跟朋友去耀起店裡吃飯，所以就跟他一起回來，然後肚子又餓了，所以在吃奶奶的消夜，然後 ──（被打斷）
耀起：睡吧。
　　　△　耀起說著，起身走向房間，攬著門邊的紹敏進房，關上了房門……
　　　△　這一切，繼薇都目睹著，有點感傷，但隨即提醒自己打起精神 ──
繼薇：晚安。（發現天亮了）……喔，是「早安」了。

🎬	28	時間	日	場景	宅配營業所
人物	繼薇、美姊、阿斌、川仔等司機				

　　　△　繼薇正在幫宅配品貼上「易碎」貼紙……
　　　△　美姊拿著現金裝進牛皮紙袋，起身對繼薇交代著……
美姊：顧好喔。我去存貨款。
繼薇：我知道。
　　　△　美姊離去……
　　　△　繼薇假忙了一會兒，觀察美姊的動靜，見美姊遠去，她趕緊放下手邊的工作，拿起電話打著……
繼薇：（對電話）出去了、出去了，你們可以進來了。
　　　△　繼薇掛上電話沒一會兒，司機們就陸續、偷偷摸摸的進來了……
繼薇：蛋糕呢？
　　　△　只見川仔從紙袋拿出一個「杯子蛋糕」……
　　　△　眾人傻眼──
阿斌：這麼小?!
川仔：你們不是一直說要「小一點」？
阿斌：（氣結）是「小一點」不是「小不點」好嗎?! 我就知道不能交代你！
繼薇：那……現在怎麼辦？
某司機：再去買一個啦！
美姊：（畫外音）：（不悅的）有了「新妹妹」大家都變得很閒哹？
　　　△　眾人一怔，看去──
　　　△　美姊出了電梯……
繼薇：你……不是去存貨款？
美姊：（沒好氣）忘了帶存摺。
　　　△　美姊走進位子，拿了存摺，不悅的正要離去……

阿斌：生日快樂！
　　△　美姊一頓……回首看去……
　　△　阿斌撞撞川仔，川仔趕緊的把杯子伸給美姊……
川仔：拍謝啦美姊，蛋糕有點小……
　　△　美姊有點感動，接過杯子蛋糕……
美姊：來這麼久，第一次有生日蛋糕，（看斌）還偷偷去調查我的生日喔你？
阿斌：是周妹妹提醒我們的啦！
　　△　美姊一頓，看向繼薇……
繼薇：（開心）生日快樂！
　　△　下一場立正的聲音先in……
立正（畫外音）：大杯啤酒哪位的？

🎬	29	時間	夜	場景	串燒店
人物	耀起、繼薇、美姊、阿斌、立正、阿光、川仔、司機們				

美姊：我的啦！
　　△　立正放下啤酒，含笑對美姊說道……
立正：生日快樂！
美姊：（開心）謝謝。
繼薇：他叫「立正」，是台日混血喔！
　　△　美姊打量著立正，邊含羞帶怯的說道……
美姊：日本弟弟好古錐捏！
　　△　這時阿光又送來烤物……
阿光：雞肉串、大腸包小腸。
繼薇：他是光光！
　　△　光光聞言暗暗嘆息，懶得糾正……
美姊：台灣弟弟也好古錐！
　　△　美姊又看向料理台裡忙碌的耀起……
美姊：連泰勞怎麼都可以那麼帥！
　　△　繼薇聞言笑出——
繼薇：那是我哥啦！
　　△　美姊這才對繼薇刮目相看……
美姊：喔？……（不動聲色的湊近繼薇）結婚沒？
　　△　畫面跳，料理台……
　　△　耀起正忙著，面前突然重重的放下一杯啤酒……
　　△　耀起抬頭看去……
　　△　是阿斌，一臉很兄弟的口氣……
阿斌：你就是周妹妹的「哥哥」？
　　△　耀起盯著阿斌，也一臉很賤，打量著阿斌，不友善的試探著……
耀起：……黑……鮪魚？
　　△　阿斌一怔，隨即很認真的說道……
阿斌：黑鮪魚用烤的太浪費了吧！撒西米可不可以？
　　△　耀起聞言笑了，扔了一句話又去忙著烤物……

耀起：應該不是你。

阿斌：誰？

耀起：沒事。

△ 阿斌不以為意，堆起笑臉說道……

阿斌：你妹妹很乖捏！

耀起：想追我妹？

阿斌：可惜我就有老婆了！

耀起：不用可惜，記得保持距離！

△ 阿斌笑了笑……

阿斌：很羨慕你捏。

耀起：哪方面？

阿斌：我也有個妹妹，出車禍死掉了。

△ 耀起一怔……好一會兒端起阿斌那杯酒，一口乾盡……

耀起：交個朋友吧。

🎬	30	時間	夜	場景	串燒店
人物	耀起、阿斌				

△ 人去樓空……

△ 耀起還陪著阿斌喝著，阿斌眼眶濕了，努力笑了笑……

阿斌：真的很羨慕你……

△ 耀起沉默的陪著阿斌，兀自情緒……

🎬	31	時間	日	場景	戴家大門外
人物	紹敏、耀起				

△ 耀起幫著紹敏把行李裝上計程車……

△ 紹敏臉色不佳，正準備要上車，耀起一把拉過她，緊緊的抱著……

耀起：客人就心情不好，我怎麼好意思趕人家走？

△ 紹敏還是氣著……

紹敏：你的管轄範圍也太廣了吧?!

耀起：對不起。

紹敏：奶奶、妹妹、朋友，現在還多了客人……

△ 耀起歉然笑笑，摸摸紹敏的頭……

耀起：到了打電話。

紹敏：再看看。

耀起：想我、心情不好，隨時打給我。

紹敏：我媽、我爸、朋友、劇組……你排在很後面。

耀起：那我只好認命排隊囉。

△ 紹敏瞪了耀起一眼，嘟著嘴上了車……

△ 耀起目送……

△ 計程車遠去……

耀起口袋的手機傳來震動，他拿出，打開看著，是紹敏的M＋訊息文字（編按：代稱為「敏」）⋯⋯

紹敏OS： 已經開始想念了。
　　△　耀起笑笑，抬起頭看著遠去的計程車⋯⋯

🎬	32	時間	日	場景	精品店
人物	耀起、三米				

　　△　耀起把一個紙袋交給三米⋯⋯

耀起： 她說是你要的東西。
　　△　三米納悶的接過，看著裡面，一些莫名的東西外，有張字條⋯⋯
　　△　三米打開字條看著⋯⋯
　　△　幫我說說他。謝謝。最愛你了。
　　△　三米瞭然，暗暗做了個「方紹敏有你的！」的表情，收起字條，露出笑容對耀起說道⋯⋯

三米： 真是麻煩起哥了。
耀起： 幹嘛那麼謙卑，我又不是你的客戶。
三米： 總有一天會是的啊！訂婚、結婚，運氣好的話還可以離婚，然後再訂婚、再結婚。
　　△　耀起笑了。好奇的看著那些閃亮的首飾⋯⋯
三米： 怎麼樣？什麼時候把我們紹敏娶進門啊？
耀起： 這麼急著衝業績啊？
三米： 業績我是不缺，我擔心的是有人「缺」安全感。
耀起： 幹嘛？她跟你說什麼了？
　　△　三米盯著耀起⋯⋯
三米： 我一直以為你很聰明的。
耀起： 聽起來是「原來我不聰明」？
三米： 把另一個女人弄回家住，這是聰明人做的事嗎？喔，還是你別有動機？
耀起： 她就是個「妹妹」而已。
三米： 也是女人。
耀起： 從小一起長大 ——（被打斷）
三米： 依然是女人。
　　△　耀起沒轍，看著三米，有點擔憂的問著⋯⋯
耀起： 小敏不高興？
　　△　三米坐了一個「那還用說」的表情⋯⋯
三米： God！⋯⋯你換個立場想想嘛，要是小敏和另一個男人相處在一個屋簷下，你不會擔心嗎？
耀起： 我們家住了四個人耶！
三米： 所以為了維持這種「安全格局」，你女朋友才差點放棄去二膽。
　　△　耀起懂得，解釋⋯⋯
耀起： 她就像自己妹妹一樣，又一個人在台北（懶得多解釋）⋯⋯（求助）我該怎麼「兩全其美」？
　　△　三米看著耀起⋯⋯
三米： 預算多少？
　　△　耀起不解⋯⋯

△　三米突然走到某個玻璃櫃前，拿出一只戒指（勇敢），放在耀起面前……

三米：承諾雖然不牢靠，但是女人偏偏很好哄。

　　△　耀起看著那個戒指，又看看三米……

三米：員購價，兩萬八。

🎬	33	時間	黃昏	場景	辦公大樓外/周家
人物	繼薇、袁方/周媽				

　　△　下班的繼薇走出大樓，手機響了，她駐足查看，驚喜 ——

繼薇：馬麻 ?!

　　△　繼薇趕緊興奮接起，還來不及開口，彼端就傳來周媽的聲音……

周媽（彼端）：（氣）翅膀硬了呴？

繼薇：（忐忑）……我又做錯什麼？

　　△　以下對跳……

周媽：（氣）戴奶奶說你交男朋友為什麼我不知道 ?!

　　△　繼薇傻眼，隨即一臉叫苦的樣子……

繼薇：沒有啦，那個是因為……（圓謊）因為你都不接我電話啊……

　　△　周媽認了，這個理由確實充分……

周媽：（沒好氣）他是做什麼的？

繼薇：誰？

周媽：（斥）你男朋友啊！

繼薇：（為難）蛤……是……（好不容易想到）建築師。

周媽：（喜）建築師 ?!……啊幾歲？

繼薇：大我兩三四歲吧。

周媽：（拷問）帥不帥？

繼薇：……帥……

　　△　繼薇一臉的苦狀，在一旁的花台上坐下……

周媽：（嚴厲）帶回來給我看一下！

繼薇：（叫苦）……還是過一陣子啦……不然……不然把人家嚇到怎麼辦？

周媽：也是呴。……可是也不能拖太久捏！趁你還沒有愛昏頭，我們先幫你判斷一下，如果不好趕快ㄅㄟˋ一ㄅㄟˋ，免得你又死腦筋！

繼薇：好啦好啦，我會看情況啦！

周媽：（試探）啊……住在戴奶奶那裡還好嗎？

繼薇：很好啊，奶奶每天都幫我帶便當。

周媽：（試探）啊……耀起咧……？

繼薇：哎喲，你放心，我不會做「小三」的啦！

周媽：還好你移情別戀，現在終於可以放心了。……啊你現在要去哪？

繼薇：……（扯謊）約會啊。

周媽：（開心）ㄏㄧㄡ？……好啦好啦，那你趕快去！……欸欸欸，只能牽手喔，我看過才可以親嘴喔！

繼薇：呴！好啦！掰掰啦！

　　△　繼薇切斷電話，懊惱的嘆息……

繼薇：（喃喃）謊話如雪球，越滾越大……死定了。
　　△　繼薇懊惱的發著呆……卻看見……
　　△　袁方正歸來……
　　△　繼薇朝袁方尷尬笑著……
繼薇：又一個好巧！
　　△　袁方邊往大門走去，邊應道……
袁方：同一棟大樓，很難不巧吧。
　　△　繼薇見袁方要進大樓，說道……
繼薇：忘記帶東西喔？
袁方：還有圖要趕。
　　△　袁方說著就逕自入內……
　　△　繼薇回首看著他，嘆著……
繼薇：我幫得上忙嗎？
　　△　袁方一頓，頭也沒回的笑笑，一種「你以為想幫忙就能幫得上嗎」，但還沒開口說「不用，謝謝」，繼薇已經
　　　　繼續在他身後自卑的說道……
繼薇：沒有啦，我只是想謝謝你……可是你們那個都很專業响，我應該只會幫倒忙……那
　　　　我還是「下次請你吃飯」好了。
　　△　繼薇正要離去，袁方卻轉過了頭……
袁方：剪貼東西你會吧？

🎬	34	時間	黃昏	場景	建築師事務所
人物	繼薇、袁方				

　　　　會議桌上攤著一疊影印出來的建築基地環境平面圖（編按：度假村。所以是有整個山水環境與基地相互關係的
　　　　基地丈量平面圖，現在狀況應該是從藍圖，以局部放大影印的A3圖，要組成一大張基地圖）……
　　△　袁方拿出其中兩張，跟繼薇示範著……
袁方：找出接點以後，裁掉多餘的部分，再用膠帶在背面貼合，要貼整齊一點。
　　△　繼薇信誓旦旦……
繼薇：貼膠帶我最會了。
袁方：要找對接點。
繼薇：沒問題，我也很會拼圖！
　　△　袁方笑笑，有點「最好是」的意思……
袁方：那我去趕圖了。
繼薇：OK。
　　△　繼薇開始認真裁切著，貼著……
　　△　袁方回到自己的座位，在電腦前畫著圖……
　　△　繼薇開始哼著歌，開心的工作……
　　△　袁方看看繼薇，無奈但不嫌棄的笑笑，戴上了耳機，繼續畫圖……
　　△　感覺兩人很愜意的在同一個空間裡……
　　△　鏡頭攀到窗外……
　　△　窗外，昏轉夜。
　　△

🎬	35	時間	夜	場景	串燒店
人物	耀起、立正、阿光、環境人物				

　　△　耀起裝了啤酒，送到客人的桌上……其中一位女客正在展示手上的戒指，耀起看著，突然想起什麼變了神色——
　　△　耀起摸索著自己的口袋……

耀起：（嘟囔）靠……

　　△　口袋沒有，耀起忐忑，焦急的彎身一路尋找著……

阿光：找什麼？

耀起：一個小盒子！

阿光：多小？

耀起：裝戒指的那種！

阿光：決定求婚囉？

耀起：趕快找啦！

　　△　阿光也幫忙找著……
　　△　立正走來……

立正：找什麼？

阿光：他求婚的戒指啦！

立正：終於要求婚囉？

耀起：媽的少廢話，趕快找啦！

　　△　立正也加入尋找……

🎬	36	時間	夜	場景	建築師事務所
人物	繼薇、袁方				

　　△　剛才的基地圖已經貼成一大張，攤在會議桌上……
　　△　此刻袁方和繼薇對坐會議桌，袁方正示範給繼薇看，他裁切著白色珍珠板，在貼好的基地圖上，一層一層的黏上基地模型……

袁方：再一層一層的往上長（ㄓㄤˇ）。

繼薇：喔～～原來這就是山坡！

　　△　袁方繼續示範……

繼薇：我覺得你好厲害喔。像老師、醫師、律師、建築師……只要有一個「師」字的，都好厲害。

袁方：我並沒有那個「師」。

繼薇：「建築師」，明明就有「師」啊?!

袁方：考取建築師執照才叫「建築師」。

繼薇：所以你沒考取喔？

　　△　袁方不想多提，連續沒考取建築師執照，是他最氣餒的事，他對繼薇禮貌笑笑，岔題說道……

袁方：就照這樣貼，沒問題吧？

繼薇：沒問題。

　　△　袁方起身，準備回去畫圖……

繼薇：可是我有一個跟這個無關的問題。

　　△　袁方看向繼薇……

△　繼薇不好意思的笑笑……

繼薇：已經快十一點了，你不餓嗎？

🎬	37	時間	夜	場景	街道
人物	耀起				

△　耀起沿路找來，越來越懊惱……

🎬	38	時間	夜	場景	街道，連便利商店
人物	耀起、繼薇、袁方				

△　耀起一路找來，經過了便利商店，落地玻璃窗內坐著正在吃泡麵的繼薇和袁方……
△　但耀起沒發現他們……
△　袁方繼薇也聊著天，沒發現耀起……
△　耀起經過了便利商店，慌張找著……手機響了……他邊找邊接起……

耀起：幹嘛？
阿光（彼端）：謝謝我。
耀起：（緊張）找到了？
阿光（彼端）：不過其實應該是要謝謝 ——（被打斷）
耀起：到底找到沒？
阿光（彼端）：在你腳踏車的口袋啦！
　　　△　耀起一怔，接著大大鬆了口氣……
耀起：媽的！老了！……謝啦！
阿光（彼端）：快點回來吧！
耀起：OK。
　　　△　耀起收起手機，正要轉身，卻發現一隻流浪的小狗，渾身髒兮兮的睡在角落……
　　　△　耀起忍不住走去，摸著小狗……
耀起：迷路囉？還是被拋棄了？

🎬	39	時間	夜	場景	便利商店
人物	繼薇、袁方、耀起				

△　兩人還坐在落地窗前的便餐台吃著泡麵、開聊著……

繼薇：因為你上次說的那個黑色冰塊的故事，所以我才決定留在台北！
　　　△　袁方笑笑……
繼薇：也不只是那個故事啦，你還幫我送手機和皮包，所以當然要好好謝謝你！……不過你那個「冰塊」，真的讓我傷了很久的腦筋耶……
　　　△　繼薇苦惱的問著袁方……
繼薇：時間真的等於「什麼都沒有」嗎？……可是我們又不是只會融化的冰塊？……我們可以用時間去做很多事，那些事真的都不會留下來嗎？
　　　△　袁方沉默的吃著東西，聽著……

181

繼薇：譬如你設計的房子！又譬如……你奶奶雖然現在什麼都忘了，可是她還是愛著照片裡的爺爺！所以「愛」就被留下來啦！……你覺得有沒有道理？

　　△　沉默的袁方，覺得有趣，笑了笑……

　　△　繼薇見狀，誤會袁方在取笑，尷尬傻笑……

繼薇：沒有道理喔？

　　△　袁方看著繼薇……

袁方：感覺……你應該是一個上課「勤做筆記」的學生。

繼薇：（驚喜）你怎麼知道？……（傻笑）可是還是考很爛！

　　△　袁方開始覺得繼薇的直白，也有可愛的一面，打量著她……

　　△　繼薇有點尷尬的趕緊低頭吃麵，頭髮險些掉到麵裡……

　　△　袁方下意識的伸手，幫繼薇撈起頭髮……

　　△　繼薇一陣心慌，靦腆笑笑……

繼薇：謝謝。

　　△　袁方不以為意的笑笑……

　　△　繼薇有點不好意思，又趕緊繼續低頭吃麵……

　　△　剛好，耀起從外頭經過，抱著那隻流浪狗……

　　△　袁方對自己的舉措也有點尷尬，吃著麵……

　　△　便利商店的叮咚聲傳來……

　　△　耀起抱著流浪狗進來，沒發現背對的繼薇和袁方，逕自走去貨架……

　　△　繼薇吃光麵，這才抬起頭……

繼薇：好像有點不滿足……要不要再來個飯糰？

袁方：……好啊。

繼薇：飯糰我請。

　　△　繼薇說著，起身去拿飯糰……

　　△　畫面跳結帳櫃檯……

　　△　耀起抱著流浪狗，拿著狗罐頭正要結帳，繼薇也拿著兩個飯糰走來結帳……

　　△　耀起看見繼薇一怔……

　　△　繼薇看見耀起也一怔……

耀起：你怎麼還沒回家？

繼薇：你怎麼會在這裡？

　　△　這時，袁方拿著繼薇的皮包走來……

袁方：沒皮包應該沒辦法結帳吧?!

　　△　耀起一頓，這聲音很熟，耀起緩緩轉身看向袁方，眼神犀利——

　　△　袁方拿著繼薇的皮包站在那裡，發覺耀起的眼神，回敬著……

　　△　繼薇愣在當下……停格。

　　△　上字幕……

　　　　第六種悲哀：

　　　　時間總是在不巧的時候，好巧。

待續……

妹妹　第七集

🎬	1	時間	日	場景	戴家餐桌
人物	繼薇				

△　繼薇在餐桌前，正攤開剛買回來，用報紙包著的水煎包，邊揚聲嚷著……

繼薇： 奶～～吃水煎包囉。

繼薇OS： 我們老師說，該讓我們自己發現了。

△　繼薇發現報紙上的一篇文章……

繼薇OS： 於是我發現了一首詩……

△　繼薇移動著皺巴巴的報紙，面向自己，看著……

繼薇OS： 我們要散步，我們要走很長很長的路。

△　報紙上的鉛字，融入繼薇的表情……

繼薇OS： 帶我出門，用老派的方式約我，在我拒絕你兩次之後，第三次我會點頭。……不要MSN敲我，不要臉書留言，禁止用What'sApp臨時問我等下是否有空。……你要打電話給我，問我在三天之後的週末是否有約，是不是可以見面。

△　繼薇微笑羨慕的表情融入下一場動畫畫面……

🎬	2	時間	日	場景	動畫
人物	男、女				

△　男人按著門鈴，女人出現在門邊……

繼薇OS： 你要像老派的紳士那樣，穿上襯衫，把鬍子刮乾淨，穿上灰色的開襟毛衣還有帆船鞋，到我家來接我。把你的鉚釘皮衣丟掉，一輩子不要穿它。

△　男人一把牽住女人，帶她跑入城市，他們笑著、跑著……

繼薇OS： 不要用麝香或柑橘或任何氣味的古龍水，我想聞到你剛洗過澡的香皂以及洗髮精。因為幾個小時之後，我要就著那味道上床入睡……（繼薇OS漸淡出）

△　現代都會城市裡，動畫中的男女，散步、走著，對話著……

女： 你的祕密都藏在哪裡？

男： 鞋盒。

女： 裡頭有什麼？

男： 棒球、兩張美鈔以及書刊。

女： 你寫日記嗎？

男： 偶爾。

女： 你喜歡的電影是什麼？

男： 諾曼第登陸。

女： 你喜歡的女明星是誰？

男： 費雯麗。

女： 你初戀什麼時候？

男： 十五。

女： 你寫情書嗎？

男： 很久沒有。

女：你字好看嗎？

男：我寫信給你。

△ 動畫中的男女，抵達一個門前……

繼薇OS：送我回家。在家門口我們不想放開對方，但我們今晚因為相愛而懂得狡猾，老派的。

△ 男女依依不捨的話別，男人湊近了女人，女人輕輕以手擋男人……

女：不，寶貝，我們今天不接吻。

△ 動畫，美麗浪漫的大結局……

△ 「男女含笑對望」的動畫特寫，淡出……

繼薇OS：我發現自己生錯了年代，好羨慕那個「老派的約會」……

編按：文章為中國時報副刊「三少四壯」單元，詩名為〈老派約會之必要〉，作者：李維菁。全文請詳http://www.leisure-box.com/weijing/index.htm

🎬	3	時間	夜	場景	便利商店
人物	耀起、繼薇、袁方				

△ 「耀起、繼薇愣住、對望」的畫面，淡入……

耀起：你怎麼還沒回家？

繼薇：你怎麼會在這裡？

△ 這時，袁方拿著繼薇的皮包走來，介入了「兩人對望」的畫面……

袁方：沒皮包應該沒辦法結帳吧?!

△ 耀起一頓，這聲音很熟，耀起緩緩轉身看向袁方，眼神犀利——

△ 袁方拿著繼薇的皮包站在那裡，發覺耀起的眼神，回敬著……

△ 繼薇趕緊對兩人介紹著……

繼薇：（對袁方）他是我……哥……（對耀起）他是那個我之前那個 ——（被打斷）

耀起：我知道。

△ 繼薇一怔——

△ 耀起出乎意料之外的，竟對袁方笑了笑，伸出手……

耀起：我們通過電話。

△ 袁方也知耀起是誰了，禮貌的笑笑，也伸出手握上……

袁方：是，周先生那天很急著找妹妹。

繼薇：（趕緊解釋）他不姓周啦！

△ 袁方不解的看向繼薇……

△ 耀起笑笑，收回手邊說道……

耀起：沒差。

△ 耀起拿起櫃檯上的狗罐頭……

耀起：不打擾你們了。

△ 耀起朝繼薇舉了舉手中的狗罐頭……

耀起：你一起付。

△ 耀起說完就要走，又回首對袁方說道……

耀起：那個……最好洗一下手，（意指狗）剛抱牠，可能有點髒。

△ 耀起大步離去……

△ 繼薇目送，又忍不住回首對袁方說……

繼薇：等我一下。

△ 繼薇衝了出去——
△ 袁方目送，喃喃……

袁方：不姓周？……也並不像同母異父……

△ 袁方沉吟著……

🎬	4	時間	夜	場景	街道
人物	耀起、繼薇、繼薇（十年前）				

△ 耀起想逃開什麼似的，抱著流浪狗大步走著……
△ 後頭傳來繼薇的呼喚——

繼薇：戴耀起！

△ 耀起佯裝沒聽到，伸手攔了一輛計程車，迅速的上了車……
△ 繼薇跑來時，耀起已經上車——繼薇嘆著……

繼薇：（嘆）等一下！我有話跟你說！

△ 計程車離去……
△ 繼薇駐足、氣結目送抱怨著……

繼薇：幹嘛不等人家?!

△ 在她的身旁出現了另一個她 ——十年前的自己，兩個繼薇，都目送著耀起離去的方向……
△ 十年前：你想跟他說什麼呢？

繼薇：我想說（頓）……

△ 十年前：他不是我的男朋友？
△ 繼薇一怔，苦笑……

繼薇：好像也不用說了喔……

🎬	5	時間	夜	場景	計程車上
人物	耀起、司機				

△ 耀起抱著流浪狗，怔怔的坐在計程車上……
△ 突然，司機緩緩在路邊停下……
△ 耀起回神，正要發問，司機卻先開了口……

司機：先生不好意思，你那隻狗實在太臭了，這樣我等下不好做生意……真的很不好意思。

△ 耀起沒啥表情，隱忍著心底的忿忿……

🎬	6	時間	夜	場景	街道
人物	耀起				

△ 耀起抱著流浪狗、一手拿著罐頭，忿忿的在路上大步的走著……
△ 忿忿的說著安慰著流浪狗的話，其實在安慰自己……

耀起：不用難過……我知道那種被嫌棄的感覺……可是難過就輸了……

△ 耀起停下腳步……

耀起：雖然已經輸了。

　　△　耀起難過的苦笑……收拾情緒，看著手中的流浪狗……

耀起：「黑鮪魚」看起來不錯對不對？……本來就應該交那樣的男朋友……對吧？

| 🎬 | 7 | 時間 | 日 | 場景 | 城市 |

　　△　城市日空景。

| 🎬 | 8 | 時間 | 日 | 場景 | 戴家浴室內、外 |
| 人物 | 繼薇、耀起、戴奶 |

　　△　浴室裡，繼薇在幫流浪狗洗澡……

繼薇：乖……馬上就香噴噴啦！……好乖喔……馬上就好可愛啦，然後大家就不會嫌你
　　　「耶～～那隻小狗好臭」啦……嗯！乖……

　　△　繼薇回身拿東西，嚇了一跳——
　　△　只見剛睡醒的耀起蓬頭垢面的站在門口……

繼薇：幹嘛不出聲啊？

　　△　耀起不語，一動不動，因為繼薇對流浪狗的話，讓他一陣感觸……

繼薇：要上廁所喔？

耀起：……

　　△　繼薇對流浪狗說……

繼薇：乖乖等一下喔，我們先讓哥哥尿尿……

　　△　繼薇舉著泡泡手，讓出浴室……
　　△　兩人在狹小的門邊，禮貌的相讓的過程，很微妙……
　　△　耀起進了浴室，關上門，盯著流浪狗，感傷的笑了笑……
　　△　外頭傳來繼薇和戴奶的聲音……

戴奶（畫外音）：不是說要回家去？

繼薇（畫外音）：不急啦！

　　△　畫面跳浴室外……
　　△　繼薇舉著泡泡手，跟戴奶繼續對話……

繼薇：明天早上之前趕回去吃「團圓早餐」就好啦。等一下順便把浴室洗一洗我再去搭
　　　車。

戴奶：別忙了！上了一個禮拜的班多累啊！

繼薇：我不累！

　　△　正說著，浴室門開了……耀起走出……

繼薇：用完囉？

　　△　耀起沒說話，逕自回房……
　　△　繼薇目送……

繼薇：幹嘛怪怪的啊你？

　　△　耀起沒應聲，關上了門……
　　△　戴奶擔心說道……

戴奶：不知道出了什麼事，今早我起床的時候，他還沒睡，坐在客廳裡發呆。

　　△　繼薇不禁看著耀起的房門，胡思亂想著……

繼薇OS：是因爲袁方嗎？因爲「吃醋」……？

繼薇：（制止自己胡思亂想、喃喃）不要再自我感覺良好了！

戴奶：（以爲在跟自己說話）什麼？

繼薇：（笑笑）沒有。

　　　△　繼薇又進浴室去忙了……

🎬	9	時間	黃昏	場景	市場
人物	耀起、豬肉攤老闆、菜攤歐巴桑、環境人物				

　　　△　豬肉攤前，耀起無精打采的停下腳踏車……

耀起：老闆，一樣。

老闆：OK。

　　　△　耀起無精打采的又把車騎走了……

　　　△　老闆覺得耀起跟平常不一樣，於是看去……

　　　△　畫面疊上………………

　　　△　耀起正無精打采的對歐巴桑菜販交代著……

耀起：還有茭白筍也多兩斤……

歐巴桑菜販：啊我今天穿新衣服，你都沒有給我誇獎一下喔?!

　　　△　耀起勉強笑笑……

耀起：漂亮。

　　　△　耀起騎車離去……

　　　△　歐巴桑開玩笑嚷著——

歐巴桑菜販：就這樣?!你今天怪怪的捏！

🎬	10	時間	日	場景	串燒店
人物	耀起				

　　　△　由外往內看，串燒店裡耀起一個人面朝外的坐在一張桌子上、無精打采的掛著兩條腿，喃喃說道……

耀起：我也覺得怪怪的……

🎬	11	時間	日	場景	火車站
人物	繼薇、周爸、環境人物				

　　　△　繼薇提著行李，才走出火車站，就聽到——

周爸（畫外音）：啾逼唉！

　　　△　繼薇看去——

　　　△　是周爸，正開心的揮著手……

　　　△　繼薇笑了……

🎬	12	時間	日	場景	街道
人物	繼薇、周爸				

△　周爸載著繼薇，開心又迫不及待的問著……

周爸：「建築師」聽起來很不錯喔！

繼薇：（沒聽懂）蛤？

周爸：你男朋友啊！

　　△　繼薇懂了——周媽又大肆宣揚了，繼薇暗暗叫苦……

周爸：是怎麼認識的？

　　△　繼薇更是一臉的哭笑不得……

　　△　下一場繼薇的聲音先in……

繼薇（畫外音）：所以一直「好巧」「好巧」的就認識啦！

🎬	13	時間	日	場景	周家客廳
人物	繼薇、周媽、周爸				

　　△　周媽緊跟著繼薇，興奮好奇的說道 ——

周媽：這種就是有緣啦！有緣就要好好把握！

　　△　繼薇一邊從行李拿出買給周媽、周爸的台北名產，一邊應付周媽的問題……

繼薇：台北超有名的起司蛋糕。

　　△　繼薇把起司蛋糕拿給周媽……

　　△　周媽接過，醉翁之意不在酒的繼續追問——

周媽：啊他是怎麼跟你說要「交往」的？

　　△　繼薇尷尬，閃躲著周媽的眼神……

繼薇：這種事用說的……很尷尬吧……

周媽：不然他是怎樣？牽你的手？還是……不是說現在還不可以「相親」（閩）嗎？

繼薇：沒有啦！……他就（思索）……（靈光乍現）打電話問我三天後有沒有空？

周媽：ㄏㄧㄡˇ？

繼薇：然後我拒絕兩次才答應。

周媽：（滿意）很好！然後呢！

　　△　周爸這時走出房間，焦急打斷兩人 ——

周爸：然後就等下班回來再「然後」！我來不及了！

周媽：趕快上班啦你！

周爸：（叮嚀）等我回來再說喔！

　　△　周爸邊交代，邊離去……

　　△　周媽見周爸離去，趕緊對繼薇說……

周媽：然後怎樣？

繼薇：爸爸不是說等他下班回來再說?!

周媽：等他下班回來「再說一遍」！快點啦！

　　△　繼薇叫苦……

繼薇：然後……我們就去散步……（繼續貫穿下一場）

🎬	14	時間	夜	場景	周家外觀

　　△　夜空鏡。

188

△　下一場繼薇的話先in……

繼薇（畫外音）：我就問他一些問題。

🎬	15	時間	夜	場景	周家客廳
人物	繼薇、周媽、繼萱、繼茹				

　　△　周媽依舊興味盎然的聽著、繼茹眼睛盯著電視、繼萱興奮好奇的問道 ——

繼萱：什麼問題？
繼薇：問他……有沒有寫日記？
繼萱：問這個幹嘛？好無聊喔！
周媽：繼續啦！
繼薇：又問他……喜歡的電影是什麼？……最喜歡的女明星是誰？
繼萱：誰？
周媽：費雯麗啦！
繼萱：費雯麗是誰？

🎬	16	時間	日	場景	周家外觀

　　△　日空鏡……
　　△　下一場周爸聲音先in……

周爸（畫外音）：（興奮）費雯麗都不知道?!一個很漂亮的外國明星啊！

🎬	17	時間	日	場景	周家
人物	繼薇、周媽、周爸、繼萱、繼茹				

　　△　全家一起吃著「團圓早餐」，繼薇已經在轉述第三遍了，被疲勞轟炸得有氣沒力的……

周爸：她有一張很有名的照片，裙子被風吹起來的那個啊！
周媽、繼萱：那是瑪麗蓮夢露！
周爸：是嗎？……沒關係啦，那個不重要！（看繼薇）然後咧？
繼薇：然後他就送我回家。
周媽：（得意強調）而且沒有親嘴！
周爸：（滿意）很好！女孩子就是要「留一點給人探聽」，不然男人都不是什麼好東西，不會懂得珍惜你！
周媽：還不是多虧我有事先交代?!不然周繼薇傻傻的，一定就被親了！
繼薇：我哪有那麼傻?!
周爸：總之記住……要慢慢來，爸爸太瞭解男人了，一定要吊男人的胃口！
繼萱：（酸）吊胃口也不見得好喔，現在的男生才沒那麼專情咧，被拒絕兩次就會改變目標！
　　△　周爸、周媽正要抗議什麼，繼萱又繼續說道……
繼萱：但是 ——「慢慢來」是一定要的！……周繼薇我先跟你講喔，談戀愛我不反對，但是結婚，一定要我結了你才可以嫁！長幼有序！
　　△　繼萱說著起身 ——

繼萱：我去店裡了。
　　△　繼茹這時開口……
繼茹：趁著大家都在，我有話要說。
　　△　周爸、周媽看向繼茹……
　　△　繼萱也留步了，看著繼茹……
繼萱：你又做了什麼「驚天動地」的事？
　　△　繼薇也緊張的看向繼茹……
繼茹：我打算年底結婚！
　　△　繼萱傻眼、愣住──
　　△　周爸周媽更是愕然──
周媽：你都還沒有男朋友結什麼婚？
繼茹：已經交往兩年了。
周媽：（驚）兩年？然後你半個屁都沒放？
繼茹：待會兒他會來家裡。
周媽：已經決定結婚了才來給我們看一下?! 若是（閩）我們反對呢？
繼茹：我對我的眼光有信心。
周媽：（氣）信心一顆尻川啦！
　　△　周爸拍拍周媽安撫著……
周爸：不要激動！
　　△　周爸接著又苦口婆心的勸著繼茹……
周爸：繼茹，這可是人生大事，怎麼能自己說要結就結？他認識我們家嗎？你又認識人家家嗎？結婚是兩家人要結成親家，不是你們兩個人的事而已！
繼茹：我現在說出來，就是希望大家能認識。
周媽：（心寒）不用認識了啦！反正這個女兒我是白生白養了！你要結就去結！
繼萱：（激動）不可以！
　　△　眾人這才發現繼萱已經快哭了……
繼萱：（對繼茹）你怎麼這麼自私啊?! 你有沒有想過你比我先結婚，人家就更要說我嫁不掉了！你要我怎麼活下去?!
　　△　繼萱說著、哭了起來……
繼萱：周繼茹你真的好自私喔！

🎬	18	時間	日	場景	周家
人物	繼萱、周爸、周媽/繼薇、繼茹				

　　△　女兒房裡……
　　△　繼萱趴在桌上哭著、周爸坐在床上安慰著、周媽煩躁的扠著腰站在繼萱身後……
周爸：（哄）你看你看，哭得臉都腫了，怎麼去上班?!
周媽：有什麼好哭的？啊不是有很多人追嗎？就趕快找一個嘛！
繼萱：都是你們害的、都是你們害的！都是你們！
周媽：（氣）請問我們到底是害了你什麼蛤？
繼萱：每次都說什麼要多看看、多看看，現在根本就沒有人要看我了啦！
　　△　畫面跳廚房……

△ 繼薇、繼茹一起清理著碗盤⋯⋯繼茹仍一臉堅決，繼薇望向繼茹⋯⋯

△ 繼茹看不出情緒⋯⋯

繼薇：二姊⋯⋯

△ 繼茹看向繼薇⋯⋯

繼薇：（誠心）恭喜你。

△ 繼茹一陣感動，終於有人「祝賀」自己，笑了笑⋯⋯

繼茹：謝謝。

△ 繼茹說著，卻紅了眼睛，努力硬撐著⋯⋯

繼茹：他是單親爸爸，我知道「他們」一定會反對，所以才一直都沒說⋯⋯

△ 繼薇懂了，心疼的看著二姊⋯⋯

繼茹：放心，他是個好人，所以我不希望他被嫌棄。

△ 繼薇懂得「不想心愛的人被嫌棄」，以笑容回應⋯⋯

△ 下一場周爸的聲音先in⋯⋯

周爸（畫外音）：人家說，換一個位置，換一個腦袋⋯⋯

🎬	19	時間	日	場景	火車站候車室
人物	繼薇、周爸				

△ 兩人坐在候車室，此刻，周爸苦笑了笑⋯⋯

周爸：真的一點都沒錯！⋯⋯像我，做了爸爸以後，就變得特別自私。

△ 繼薇傾聽著⋯⋯

周爸：你們生病了，我希望醫生放下別的病人先幫你們看病；你們被老師打了，我嘴巴說「打得好」，其實偷偷跑去找老師，要老師下次打輕一點；你們不好好唸書，我就會想，一定是別人把你們帶壞了；等你們談戀愛⋯⋯爸爸媽媽就變得更自私了⋯⋯

△ 周爸說著又一陣苦笑⋯⋯

周爸：其實你媽對耀起說了那些話以後，從當年難過到現在⋯⋯我也是。

△ 繼薇一怔，看向周爸⋯⋯

周爸：（自責）他從台北寫給你的信⋯⋯是被爸爸藏起來了。

△ 繼薇傻了⋯⋯

🎬	20	時間	夜	場景	串燒店
人物	耀起、阿光、立正、小爽、小風、小色、其他客人				

△ 耀起無精打采的在櫃檯內料理的畫面，搭上上一場周爸的話⋯⋯

周爸OS：爸爸沒有不喜歡耀起⋯⋯

△ 這時店裡有些聲音，耀起抬起頭看去——

△ 只見一個男客人不爽的推了小風的肩膀一把，小風一貫含笑的致歉「不好意思」，那客人又推了小風肩膀「不好意思是什麼意思」⋯⋯

周爸OS：可是如果，他要愛我的女兒⋯⋯

△ 小爽、小色已經起身關心，阿光也立刻起去正要拉開客人與小風，一個拳頭朝客人揮了上來——

周爸OS：爸爸真的會害怕！

△ 眾人大驚看去——

△ 是耀起。

△ 眾人怔忡之際，客人及其友人已經摸上耀起，一陣混亂……

🎬	21	時間	夜	場景	警局外
人物	小爽				

△ 小爽正焦慮的講手機，努力解釋著（彼端是小爽的父親）……

小爽：他哪有老是惹麻煩 ?! 明明是那個客人不對！……爸～～拜託啦！

🎬	22	時間	夜	場景	警局內
人物	耀起、阿光、小爽、小風、小色、環境人物				

△ 耀起、阿光、小風、小色一整排沉默坐在貼牆的椅子上……

△ 小色看看耀起……

△ 眉角一道傷痕流著血的耀起無動於衷……

△ 小爽從外走入……

小爽：搞定。

阿光：謝啦。

小爽：謝屁。

△ 耀起依舊無動於衷……

△ 小爽拍拍耀起的大腿，也坐了下來……

△ 一整排依舊沉默著……

△ 小色正常音量問著身旁的阿光，並不避諱耀起……

小色：哥最近都這麼怪嗎？

阿光：那天撿到一隻流浪狗就開始怪了。

小色：流浪狗？

阿光：嗯。

△ 小風看向耀起……

小爽：狗被虐？

△ 眾人都看向耀起，等待回應……

△ 耀起依舊無動於衷……

小色：（兀自下結論）媽的那些沒愛心的畜生！

小爽：幹嘛侮辱畜生 ?!

阿光：真的！

△ 眾人又回身面向前，沉默著……

△ 突然，耀起一拍大腿、站起來說道——

耀起：想通了！

△ 眾人一怔，都看著耀起……

耀起：好多了！戴耀起回來了！

△ 耀起說著，大步離去……

△ 眾人面面相覷……

![clapperboard]	23	時間	夜	場景	戴家奶奶房/客廳
人物	戴奶、繼薇/耀起				

　△　戴奶已經沈睡……

　△　睡在床上的繼薇，卻睜著眼……

　△　insert周爸的話……

周爸OS：可是如果，他要愛我的女兒……

　△　畫面疊上，第19場後續……………

周爸：爸爸真的會害怕！

　△　繼薇驚訝的看著周爸……

周爸：（慚愧）對不起。

　△　繼薇驚訝得幾乎說不出話，好久才問道……

繼薇：他的信呢？

　△　周爸語重心長的看著繼薇……

周爸：都已經有男朋友了，何必再自找麻煩呢？

　△　繼薇無語……

　△　畫面跳回………………

　△　越想越睡不著，繼薇坐起了身，決定下床，正伸出手要開房門，卻聽到了客廳裡傳來開門聲，繼薇要開門的手，停住了——

　△　繼薇遲疑的站在那裡……

　△　畫面跳客廳………………

　△　黑暗裡，耀起放下鑰匙……

　△　流浪狗對著耀起搖尾巴……

　△　耀起笑笑，蹲下身摸著牠……

耀起：你也好多了吧？

　△　戴奶的房門開了，繼薇站在那裡……

　△　耀起沒抬頭——

繼薇：今天那麼早打烊？

　△　耀起沒看繼薇，摸著流浪狗說道……

耀起：牠乖嗎？

　△　繼薇走來，也蹲在流浪狗的身旁……

繼薇：非常乖。

　△　他們摸著流浪狗的手，幾乎要碰到……繼薇尷尬的抽回手，故作輕鬆的說道……

繼薇：你還沒幫牠取名字耶?!

　△　繼薇一抬頭，看見耀起額傷殘留的血漬……

繼薇：怎麼流血了？

　△　繼薇伸手要碰耀起的傷，耀起一閃……繼薇的手停在半空中，才緩緩放下……

繼薇：幹嘛跟人家打架？

耀起：……

　△　就在這時候，耀起的手機傳來M＋的聲音……

　△　耀起伸手掏出手機看著……

　△　是「敏」傳來的貼圖……

　△　耀起盯著手機……

　△　「敏」又傳來……

△　想我嗎？

△　繼薇瞭解耀起不會說實情，也知道彼端是紹敏，於是說道……

繼薇：奶奶做了包子，在電鍋裡。

△　繼薇起身欲進房……

△　耀起仍盯著手機……

耀起：不要亂跟奶奶胡說。

繼薇：知、道。

△　繼薇進房了……

△　敏又傳來一則……

△　我不是很想你。

△　又一則……

△　只是失眠，所以無聊。

△　耀起笑了笑……

🎬	24	時間	日	場景	宅配營業所	
人物	繼薇、美姊、女客人、袁方					

△　繼薇正在冰櫃前忙著處理……

△　櫃檯前，美姊把貨品交給客人，再把單據、筆交給客人……

美姊：麻煩這裡簽收一下！

△　客人簽著，美姊跟客人公關的問著……

美姊：這家好吃嗎？

女客人：聽我朋友說不錯！最近網路上超紅！

美姊：厂ーヌ?!

△　客人簽完，跟美姊致謝……

女客人：謝謝喔。

美姊：不客氣啦，掰掰。……（看見袁方，分外開心）袁先生早，要寄東西喔？

△　只見袁方捧著一個箱子，與女客人錯身，走來……

袁方：（禮貌笑笑）周繼薇在嗎？

△　美姊一頓……有點失望，卻還努力對袁方掛著笑容，揚聲……

美姊：周繼薇，有人找喔～～

△　繼薇從冰櫃那頭探出頭來，發現是袁方笑了笑……

繼薇：嗨！

△　繼薇親切的打完招呼以後，突然想到——

△　insert本集——

周爸OS：「建築師」聽起來很不錯喔！

周爸OS：是怎麼認識的？

繼薇OS：一直「好巧」「好巧」的就認識啦！

△　繼薇想到這兒，一驚——

繼薇OS：原來我編的男朋友……是他……

△　繼薇想到這兒，趕緊刻意避開袁方的眼神，尷尬的迎向袁方……

△　美姊佯裝忙碌Keyin，其實豎起耳朵聽著……

繼薇：要寄東西喔？

△　繼薇掩飾不敢看袁方的情緒，趕緊藉故拿單據……

△　袁方把箱子放在櫃檯……

袁方：奶奶的學生送了一大箱自己種的水蜜桃（編按：請因應季節替換），爺爺要我拿一箱給你。

繼薇：（尷尬的）好好喔……（又覺得禮數不夠）幫我謝謝爺爺。

△　袁方笑笑……

袁方：下次你自己去謝他吧！免得他一直問我「你好不好」什麼的。

繼薇：喔……好啊！我……我這個禮拜一定找時間去看爺爺奶奶！

△　袁方笑笑，轉身離去……

繼薇：掰……掰……

美姊：（曖昧）掰掰～～！

△　美姊目送袁方，又繼續Keyin的說著試探的話……

美姊：我實在有夠笨……

繼薇：（沒聽懂，熱情）要我幫忙嗎？

美姊：我是說……那時候還擔心你怎麼沒有男朋友，原來是選擇太多，所以定不下來。

繼薇：（沒聽懂）蛤？

美姊：現在，應該差不多定了吧？

繼薇：定什麼？

美姊：都「爺爺奶奶」叫得這麼親了，還裝?!

△　繼薇終於聽懂了……

繼薇：不是啦不是啦！他爺爺跟奶奶是我那時候（一言難盡）……

△　美姊盯著電腦螢幕有含意的笑笑，是「看你怎麼掰」的意思……

繼薇：那時候我的朋友住在他爺爺奶奶家，然後……（總結）反正我早就認識他爺爺奶奶才認識他的啦！

△　美姊一頓，這才看向繼薇——

美姊：所以你跟他不是……那個？

繼薇：真的不是啦！

美姊：那他有女朋友嗎？

繼薇：……我……不清楚耶……

△　這時繼薇的手機響了……

△　繼薇接起……

繼薇：馬麻喔？

周媽（彼端）：我要去幫你二姊和二姊夫給老師合一下，所以你順便一起啦，「他」叫什麼名字？

繼薇：誰？

周媽（彼端）：（理所當然）你男朋友啊！

繼薇：（傻怔）男……朋友……？

△　美姊立刻豎起耳朵！

周媽（彼端）：快點啦！

繼薇：他……他叫……叫……

周媽（彼端）：（斥）到底叫什麼？

△　繼薇無措的看向袁方離去的方向，一臉心虛、歉然的……

繼薇：袁……方……

195

△　一直豎耳聽著的美姊，「看破」的說道……

美姊：周繼薇……你眞的很奸詐耶……

　　　　△　繼薇聽著電話、看向美姊……百口莫辯……

🎬	25	時間	黃昏	場景	大樓前	
人物	繼薇、袁方					

　　　　△　下班時間，下雨了……
　　　　△　沒帶傘的繼薇在大樓屋簷下等著雨……
　　　　△　下班的袁方走出了大樓，看見雨，也看見了屋簷下的繼薇……
　　　　△　袁方邊掏著包裡的傘、邊走向繼薇說道……

袁方：沒帶傘？

　　　　△　繼薇一驚，不敢回頭……袁方已經走到繼薇身旁……繼薇只敢朝著前方尷尬的說……

繼薇：欸。

袁方：你也到公車站吧？

　　　　△　繼薇仍不敢看袁方……

繼薇：欸。

　　　　△　袁方舉了舉傘……

袁方：要不要一起？

繼薇：（立刻、急切）不用不用眞的不用！

　　　　△　繼薇邊說著邊彈開好遠……
　　　　△　袁方因爲繼薇的急切，有些意外的笑笑……

袁方：今天好像……很緊張？

　　　　△　繼薇更尷尬了，不知道該怎麼解釋……
　　　　△　袁方卻不以爲意的撐起傘……

袁方：那我先走了。

　　　　△　袁方正要離去，繼薇卻忍不住開了口……

繼薇：眞的很對不起！

　　　　△　袁方留步，不解的看著繼薇……

袁方：也沒那麼嚴重吧?!

　　　　△　繼薇接觸到袁方的眼神，又立刻避開，痛苦掙扎後，下定決心的說道……

繼薇：其實很嚴重！因爲我……我做了一件很對不起你的事。

　　　　△　袁方盯著繼薇，一臉狐疑的笑笑，「靜待下文」……

繼薇：我眞的不是故意的，可是因爲發生很多很難解釋清楚的原因逼著我……把你編到我跟我媽亂說的故事裡去了……

　　　　△　袁方頓了一頓，然後說道……

袁方：角色是？

繼薇：我的……男朋友。

　　　　△　袁方頓了一頓，然後「瞭解」的點了點頭……

繼薇：後來又因爲一些很難解釋清楚的陰錯陽差，然後……現在我身邊所有的人……都以爲……你是我的男朋友。

　　　　△　袁方又點了點頭……

繼薇：我眞的覺得自己很卑鄙，很對不起你，可是現在不管我怎麼解釋，他們都不相

信……（擔憂的看向袁方）我想消息很快就會蔓延……

△　袁方又點了點頭……

繼薇：要是萬一，其實不是「萬一」是「非常有可能」，他們會跟你說一些不三不四、莫名其妙的話，請你……不要跟他們生氣，有氣就出在我身上就好！

△　袁方又點了點頭，沉吟一會兒終於開口說道……

袁方：在你跟你媽編的故事裡……我……帥嗎？

△　繼薇一怔……隨即認真的想了一想，應道……

繼薇：還滿帥的。

袁方：（笑笑）那就好。

△　袁方說完，竟撐著雨傘，大步邁入雨中……

△　繼薇傻眼……

🎬	26	時間	黃昏	場景	戴家廚房連客餐廳
人物	耀起、戴奶、繼薇				

△　牛排在鍋子裡吱吱作響……

△　耀起在廚房裡忙著……

△　外頭傳來戴奶的聲音……

戴奶：你周媽媽說，他跟繼薇在同一棟辦公大樓上班！

△　耀起專注的煎著牛排……

戴奶：聽說是個建築師。

△　耀起的動作一頓（這麼優秀？），隨即釋然笑笑……

耀起：這麼優秀?!看不出來周繼薇那麼有本事?!

戴奶：我們繼薇本來就長得很漂亮，只有你這個傻小子看不出來！

耀起：老太太，牛排要起鍋囉，把蠟燭點上吧！

△　客廳裡，戴奶笑著，以打火機點上拜拜用的老燭台上的紅蠟燭……

戴奶：點什麼蠟燭，愛耍寶！

△　耀起的聲音從廚房傳來……

耀起：燭光晚餐怎麼可以沒蠟燭?!

戴奶：好～～！燭光點上了！……（想到，看時間）繼薇怎麼還沒回來？……該不會去約會了吧！

△　耀起端著牛排出來，邊放在餐桌上邊說……

耀起：約會也不打個電話說一聲，欠揍！……不管她了，剛好，讓我們兩個俊男美女好好的來約會一下！

△　戴奶開心的笑著……

戴奶：是～～！跟我孫子好好約會一下！

△　耀起幫戴奶拉椅子，戴奶坐下……耀起拿起已經開啟、在醒酒的紅酒……

耀起：應該醒得差不多了。

△　耀起幫戴奶和自己斟好紅酒，入座，朝戴奶舉杯……戴奶含笑碰杯，開心笑著、喝著……

戴奶：酸！

耀起：配牛排剛好，嚐嚐看！

△　戴奶嚼著牛排……

耀起：怎麼樣？

戴奶：不錯。

耀起：（得意）是不是?!

　　△　戴奶笑笑，感慨的想起……

戴奶：上一次吃牛排，是你爸考取大學放榜那天，我跟你爺爺、爸爸一起去的西餐廳……這一晃都多少年了?!

　　△　耀起吃著、傾聽著……

戴奶：那時候我們不喝紅酒，喝香檳！我就喜歡看那些小氣泡在杯子裡，真漂亮！像夢一樣！

耀起：不早說！應該買香檳的！

戴奶：下次！

耀起：嗯！下次我們喝香檳！

　　△　戴奶舉起紅酒……

戴奶：謝謝我的孫子！

　　△　耀起也舉起杯子迎上……

戴奶：奶奶，真的過得很開心！

耀起：你孫子也是！每天看到你這張可愛的臉蛋，心花就拚命的朵朵開！

戴奶：（笑斥）老逗我！

　　△　兩人喝著，開門聲響起，他們看去……

　　△　繼薇邊進門邊說道……

繼薇：奶對不起，我躲雨所以回來晚了——（看到耀起）你怎麼沒去店裡？

耀起：不行喔。

戴奶：幹嘛老跟繼薇鬥嘴？（對繼薇）他店裡重新裝修！快快快，來吃耀起的燭光牛排！

　　△　繼薇邊走來邊問……

繼薇：店好好的幹嘛裝修？

戴奶：有客人打架鬧事……

　　△　繼薇懂了，瞪著耀起入座，她知道耀起說謊騙奶奶，沒揭穿，淡出……

🎬	27	時間	夜	場景	城市

　　△　夜空鏡。

　　△　下一場戴奶的京劇歌聲先in……

戴奶（畫外音）：（唱）蘇三離了洪桐縣，將身來在大街前……（繼續）

🎬	28	時間	夜	場景	戴家客餐廳
人物	耀起、戴奶、繼薇				

　　△　三人飽足，仍在餐桌前喝著酒……

　　△　戴奶喝醉了，開心的笑著，唱著歌……

戴奶：（唱）未曾開言心內慘，過往的君子聽我言，哪一位去往南京轉，與我那三郎把信傳，言說蘇三把命斷，來生變犬馬我當報還！

　　△　耀起吆喝著「好！」

△　繼薇也笑著拍手……

繼薇：好聽！

　　　△　戴奶笑著、感嘆著……

戴奶：開心啊！……真的開心！我們一家子要是能一直這麼開心，多好?!

耀起：那就再來一首！

繼薇：再來一首！

　　　△　戴奶開心笑著……

戴奶：不一首了！奶奶醉了！

　　　△　淡出……

　　　　編按：京劇「蘇三起解」http://www.youtube.com/watch?v=J2Gbf30PP0I

🎬	29	時間	夜	場景	戴奶房
人物	耀起、戴奶				

　　　△　戴奶睡下，耀起在一旁呵護著……

耀起：頭暈嗎？

戴奶：不暈，剛剛好，舒服！

耀起：起床上廁所一定要「叫我」，反正我睡不著，就在客廳。

戴奶：有繼薇在，你儘管睡你的！奶奶好得很！

　　　△　戴奶拍拍耀起的手……

戴奶：晚安。

　　　△　耀起摸摸戴奶的臉……

耀起：晚安。

🎬	30	時間	夜	場景	戴家
人物	繼薇、耀起、繼薇（小學）、耀起（小學）				

　　　△　繼薇洗完碗，在身上擦著手走出廚房……

　　　△　剛好，耀起從戴奶房出來……

　　　△　兩人交會，一頓……

繼薇：睡了？

耀起：嗯。

　　　△　耀起去客廳坐下，打開了電視……

　　　△　繼薇看看四下，沒事，也去客廳沙發坐下……

　　　△　兩人隔著一個位子，並排坐在沙發上，腳蹺在茶几上，看著電視……

　　　△　耀起不斷轉動著遙控器……

　　　△　繼薇看了看耀起……

繼薇：可不可以……看……剛剛那個28？

　　　△　耀起沒搭理，繼續轉著遙控器找自己的……

繼薇：（強調）今天男主角和女主角要重逢耶！

　　　△　耀起繼續轉著遙控器邊說道——

耀起：重逢以後又怎樣？

繼薇：很多誤會就會解開啊！

耀起：解開以後又怎樣？

繼薇：他們就會在一起啊！

耀起：你都知道了幹嘛還要看？

　　　△　繼薇一怔……

繼薇：看我猜的對不對啊？

耀起：猜對了又怎樣？

　　　△　繼薇火了——

繼薇：就是因為真實生活裡不能怎樣，所以看一下人家會怎樣，來彌補一下生活裡的不能
　　　怎樣！怎樣？

　　　△　耀起一頓——

耀起：兒屁啊。

　　　△　耀起把遙控器扔給了繼薇……

繼薇：（沒好氣）謝謝！

　　　△　繼薇轉台……

　　　△　耀起看向繼薇——

耀起：那要不要「怎樣」一下？

　　　△　繼薇一怔，緩緩看向耀起……

　　　△　畫面一跳……
　　　　　兩人盤著腿聚精會神的玩著電動「不要掉下去」（編按：遊戲請洽工作室品瀚）……

繼薇：戴耀起你很爛耶！

耀起：自己笨賴我！

繼薇：我要掉下去了啦～～

耀起：豬啦你！

　　　△　音樂起……

　　　△　鏡頭緩緩環繞著……

繼薇OS：不能「怎樣」，其實也很好不是嗎？

　　　△　聚精會神玩電動的兩人，竟變成了六、七歲的時候……

繼薇OS：我們跟電玩遊戲裡的角色一樣，經過了憂愁，經過了煩惱……也經過了心痛……
　　　　　一路漸漸長大、過關斬將……

　　　△　鏡頭繼續環繞……電玩裡的兩人過關，遊戲進入新的一關！

　　　△　又回到現在的兩人，專注玩著電玩，繼薇的眼眶漸漸紅了……

繼薇OS：現在的我們，終於到了「新的一關」！

　　　△　繼薇突然一扔電玩遙控器，猛的起身、衝進廁所……

　　　△　耀起「懂」，他一動不動，盯著電視螢幕，繼續玩著……

　　　△　畫面跳廁所裡……

　　　△　繼薇對著鏡子，哭了……

　　　△　畫面疊上客廳裡……

　　　△　耀起盯著電視螢幕，已經放下了控制器，靜靜的感覺廁所裡哭泣的繼薇……

　　　△　畫面再跳回廁所裡的繼薇，她已經抹乾眼淚，走出了廁所……

　　　△　但客廳裡，耀起已經不在那裡了……

　　　△　繼薇看著剛才耀起的位子，無奈的笑了笑……

繼薇OS：但願今晚，男主角和女主角，有了美麗的「重新開始」……

🎬	31	時間	日	場景	宅配營業所
人物	繼薇、美姊、阿斌、川仔、其他SD				

　△ 兩名司機們正電腦前check下午各自負責的宅配物件，其中一位司機叫苦著……

SD甲：　四十三件？挖哩咧！
　△ 鏡頭移向另一區……
　△ SD川仔正跟美姊說明……

川仔：　可是我按了十分鐘電鈴都沒人來應捏！

美姊：　他說他們家電鈴壞了！

川仔：　打電話也沒人接啊！

美姊：　寄件人留錯電話啦！

川仔：　這樣也要怪我？
　△ 鏡頭再移向繼薇和阿斌那頭……
　△ 繼薇正在輸入電腦，阿斌趴在她的對面，問著……

阿斌：　幹嘛那麼神祕啦？……他有女朋友了？還是老婆孩子都有了？……那我自己去調查囉！

繼薇：　（趕緊阻止）沒有神祕啦！
　△ 繼薇湊近阿斌哥低聲解釋道……

繼薇：　其實這整件事情是一個「誤會」。
　△ 阿斌也低聲的回應……

阿斌：　怎樣的誤會？
　△ 繼薇一臉誠懇的低聲說道……

繼薇：　是為了我媽，所以我才編了一個假的男朋友騙她。

阿斌：　為什麼要騙你媽？

繼薇：　這個故事很長ㄟ！
　△ 這時外送便當的來了，美姊刻意朝阿斌說道……

美姊：　便當來囉～～
　△ 眾SD都去領便當……
　△ 繼薇藉故催促著阿斌……

繼薇：　便當來了啦！

阿斌：　（揚聲）我的三寶！
　△ 阿斌動都沒動，繼續問著……

阿斌：　越長越好，剛好配便當！……來啦！

繼薇：　要從我一歲說起耶！

阿斌：　那今天先說到五歲，明天再繼續！

繼薇：　（叫苦）……蛤？
　△ 剛好電話響起，繼薇趕緊接電話避開阿斌的拷問……

繼薇：　黑貓宅急便你好……是……有的……可以啊……那我記一下你的地址……請說……
　△ 繼薇記錄著……
　△ 美姊把便當交給阿斌……

美姊：是不是說是「誤會」？

阿斌：嘿呀！

　　△　阿斌打開便當吃著……

美姊：說什麼故事很長？

阿斌：嘿呀！

美姊：根本是「暗扛」啦誤會！我都親耳聽到了！……還說她單純？你們男人才是蠢呆咧！

　　△　突然傳來一個SD的聲音……

SD甲：欸欸欸，是不是走來的這個？

　　△　眾人聞聲都看去……

　　△　只見袁方朝這裡走了過來……

美姊：（暗暗回應）嘿啦。（禮貌含笑，但生疏了）歡迎光臨！

　　△　袁方繼續走來，笑笑……

袁方：我 ——（被打斷）

美姊：（接話）找周繼薇。

　　△　袁方沒多解釋的朝美姊笑笑，朝櫃檯接電話的繼薇走去……

　　△　美姊示意阿斌，意思是「你自己看是不是誤會」？

　　△　阿斌邊吃著便當邊起身，邊打量著袁方……

　　△　眾SD都吃著便當，向袁方湊近，打量著……

　　△　櫃檯前的袁方，感受到眾人的「注目禮」，暗暗笑笑，不搭理……

　　△　繼薇專注聽著電話記錄著，沒察覺這一切，這時對電話說道……

繼薇：好的，沒問題。謝謝你喔。

　　△　繼薇掛下電話一抬頭，眼前的景象讓她傻了——

　　△　袁方正看著她，在袁方背後，眾人都吃著便當盯著這一幕……

繼薇：（面無表情，緊張）要……寄東西嗎？

　　△　袁方拿出口袋的單據……

袁方：取件。

繼薇：喔……請等一下。

　　△　繼薇趕緊按單據的貨號，去找物件……

　　△　眾司機和美姊，仍欣賞著兩人的發展……

　　△　袁方感覺到眾人的意圖……

　　△　繼薇找到了一個紙盒物件，拿給袁方……

繼薇：麻煩你簽收一下。

　　△　袁方邊抽出自己的筆簽名，邊故意問道……

袁方：吃過了嗎？

繼薇：（怔）……（尷尬笑笑）還沒。

　　△　袁方把簽好的單據交給繼薇……

袁方：一起吃午飯吧？

繼薇：（面無表情、立刻）不要！

　　△　繼薇立刻懊惱自己的無禮，接過單據，歉然笑笑說道……

繼薇：我……有帶便當……

袁方：（笑笑）昨天一次、剛剛一次，你已經拒絕了我兩次。所以這個星期六你應該有空吧？

繼薇：蛤？

△ 袁方笑看著繼薇……
△ 繼薇神情怔然的看著袁方……以及袁方身後的眾人……
△ 眾人都曖昧的看著繼薇……

繼薇OS：帶我出門，用老派的方式約我，在我拒絕你兩次之後，第三次我會點頭。

△ 繼薇百口莫辯……

🎬	32	時間	日	場景	戴奶房
人物	繼薇				

△ 化好妝的繼薇，怔怔的坐在小圓鏡子前……

繼薇OS：不要MSN敲我，不要臉書留言，禁止用What'sApp臨時問我等下是否有空。你要打電話給我，問我在三天之後的週末是否有約，是不是可以見面。

🎬	33	時間	日	場景	公車站
人物	繼薇、袁方				

△ 繼薇站在公車亭裡……
△ 一輛公車停下，袁方走了下來……含笑看著繼薇……
△ 繼薇怔怔的看向袁方……

繼薇OS：我鄙夷那種為愛殉身的涕淚，拒絕立即激情的衝動，我要甜甜粉粉久久的棉花糖傻氣。

🎬	34	時間	日	場景	老爺爺家
人物	繼薇、袁方、爺爺、奶奶				

△ 袁方正把「亂世佳人」的DVD取出，放進了機器……
△ 袁方回到了位子，我們才看出，爺爺奶奶和繼薇、袁方，正準備欣賞著電影……
△ 奶奶開心的吃著甜筒，爺爺細心的幫奶奶擦拭著融化的冰水……
△ 袁方開了小瓶裝可樂，遞給繼薇……
△ 繼薇接過，看著袁方……
△ 袁方只是專注的盯著電視……

繼薇OS：我們要先看電影，汽水與甜筒。我們不玩籃球遊戲機，如果真愛上了，下次你鬥牛的時候，我會坐在場邊，手支著大腿托腮，默默地看著你。

🎬	35	時間	日	場景	老舊房子的巷弄
人物	繼薇、袁方				

△ 兩人並肩走去的身影……

繼薇OS：我們去晚餐，我們不要美式餐廳的嘻哈擁擠，也不要昂貴餐廳的做作排場……

🎬	36	時間		日		場景	餐廳（「樂雅樂」台北市敦化北路199巷9號）
人物		袁方、繼薇、耀起、阿斌、環境人物（家庭組合）、服務生					

　　△　兩人對坐在餐廳裡，服務生正幫忙點菜……袁方點好菜，連著繼薇的菜單，袁方一起還給了服務生……

繼薇OS： 我們去家庭餐廳，旁邊坐著爸媽帶著小孩，我們傻傻地看著對方微笑，幻想著樸素優雅的未來。

　　△　服務生離去……
　　△　繼薇突然笑了……

袁方： 笑什麼？

繼薇： 沒有啦……因為我覺得今天很像我看過的一首詩，它是在說以前人約會的樣子 ——（被打斷）

袁方： 老派約會之必要？

繼薇： （興奮）對！你也看過那首詩喔？

　　△　袁方看著繼薇，笑笑問道……

袁方： 所以你覺得……我們是在「約會」嗎？

　　△　繼薇尷尬了……

繼薇： 不好意思，我又在亂編故事了。

　　△　袁方又笑……

袁方： 看不出你對「詩」有興趣？

繼薇： 沒有啦，吃水煎包的時候……那個報紙上剛好……所以不小心看到了。

　　△　袁方忍著笑……

袁方： 也看不出來，你會喜歡「老派的約會」。

繼薇： 大概是……我跑得不夠快，可是時間又走得太快了吧！

　　△　袁方笑笑……
　　△　繼薇也笑笑，但卻立即收住了，眼神看著袁方背後，雙眼驚訝的張得好大……

繼薇： 阿斌……哥？

　　△　只見，在袁方身後的阿斌笑著走來……

阿斌： 怎麼這麼巧說？剛好跟朋友約了要吃飯！剛好就遇到你們！

　　△　繼薇整個驚訝不已……
　　△　袁方卻老神在在的一動不動，似乎早就知道了……

阿斌： 啊我們坐你們隔壁不會打擾你們哼？

　　△　阿斌根本不等回應，逕自在隔壁入座（與繼薇並排，面向袁方）……

阿斌： 啊你們怎麼會來吃這裡？談戀愛不是應該去那種點蠟燭的餐廳嗎？

繼薇： 我們 ——（被打斷）

袁方： 我們都喜歡老派的約會。

阿斌： ㄏㄧㄡ？……啊！我朋友來了！……（揮手）這裡啦！

　　△　繼薇順勢看去，這下更傻眼了……
　　△　只見阿斌所謂的朋友，正經過落地窗，竟是耀起……
　　△　阿斌對走進來的耀起說道……

阿斌： 結果遇到他們啦！是不是很剛好說?!

　　△　耀起一怔，看著袁方和繼薇……
　　△　袁方朝耀起點點頭、笑笑……
　　△　很意外的耀起，只能裝大方，走來……

△　繼薇氣結……以口型對耀起說道「你們在搞什麼啦？」……

耀起：（理所當然）吃飯啊！

　　△　耀起說著在與袁方並排的隔壁位子坐下，繼薇因此在斜對面……

　　△　繼薇做了一個「騙鬼」的表情……

耀起：阿斌說這家很好吃啊！（對阿斌）點菜吧。

阿斌：點菜點菜！

　　△　耀起拿起手機玩著……

　　△　這時，女服務生送來了繼薇他們的沙拉，阿斌跟她交代著……

阿斌：小姐，我們跟他們一樣就好！

　　△　袁方跟服務生致謝完，禮貌的對耀起他們說道……

袁方：那我們就先開動囉。

阿斌：請動請動。

　　△　阿斌說著，撐著腦袋，開始欣賞兩人……

　　△　袁方分著沙拉，卻突然一頓，隨即故意送到繼薇的盤裡……

　　△　繼薇一怔……

袁方：試試看，我很喜歡他們的沙拉。

繼薇：（尷尬）喔……謝謝。

　　△　阿斌看了耀起一眼，註解說道……

阿斌：體貼啦。

　　△　繼薇不知道該怎麼辦，瞪著阿斌和耀起……

　　△　袁方不以為意，繼續吃著……

阿斌：（對繼薇）吃啦吃啦！不要等我們！

　　△　繼薇快昏了，嘆息，只能低頭用力吃著……

阿斌：啊也不要只記得吃，要聊天啊！這樣才能更瞭解彼此啊！

　　△　繼薇尷尬的一頓……

　　△　袁方笑笑，放下餐具……

袁方：還是……（看耀起和阿斌）兩位有什麼想多瞭解我的地方？

阿斌：很多地方捏！

袁方：請說。

　　△　阿斌這下感興趣的直起身子，看了耀起一眼……

阿斌：那我先囉！

　　△　耀起不以為意的聳聳肩……

　　△　阿斌看向袁方，收起嘻皮笑臉，嚴肅的說……

阿斌：站在哥哥的立場是覺得，按進度來說，你們兩個現在好像還不太適合在「房子裡面」約會喔！

　　△　繼薇一驚，這才瞭解已經被跟蹤多時……

繼薇：原來你們跟蹤 ——（被打斷）

袁方：請放心，剛才我們是去看我爺爺奶奶。

　　△　阿斌聞言，這才釋然……

阿斌：ㄏㄧㄡ？啊捏拍謝，差一點給你誤會。

　　△　阿斌看看耀起說道……

阿斌：有孝順。

　　△　阿斌又看向袁方……

阿斌：那，除了爺爺奶奶，妹夫家裡還有什麼人蛤？
繼薇：（阻止）什麼妹夫 ——（被打斷）
袁方：爸爸媽媽，還有一個姊姊。都在國外。
阿斌：喔……那下一個問題，是有點不禮貌啦，但是我是想問一下你的薪水，要養爸爸媽媽、爺爺奶奶……夠養老婆小孩嗎？
　　　△　繼薇快昏了，趕緊阻止 ——
繼薇：好了啦！我跟你們說實話，其實 ——（被打斷）
袁方：連加班費算起來，我一個月的薪水大概五萬多吧。
　　　△　繼薇怔看袁方，沒想到他竟如此配合演出……
袁方：不過我爸是醫生，媽媽是鋼琴老師，他們的收入都比我優渥，爺爺奶奶也不需要我的特別照顧。
　　　△　耀起表面看不出內心的反應，兀自低頭玩著手機，其實對於袁方的家世之好，微微的一頓……
　　　△　阿斌又看了耀起一眼，註解道……
阿斌：家庭很幸福捏！
　　　△　阿斌再看向袁方……
阿斌：最重要的一個問題……你為什麼喜歡我們周妹妹啊？
　　　△　耀起一頓……
　　　△　繼薇一怔……
　　　△　袁方倒是笑了笑，看著繼薇，開始說道……
袁方：她每次聽我說話的時候，總是一臉很專注的神情，就像現在……
　　　△　繼薇愣住了……
　　　△　耀起盯著手機，卻仔細聽著……
　　　△　袁方的說明繼續傳來……
袁方：你可以很明顯的感覺到，她是多麼努力的要懂得你的語言，很單純、很不避諱自己的不夠聰明，很讓人感動……
　　　△　繼薇有一種感動，聆聽著……
袁方：以及，我們總是巧遇，每一次的巧遇，她都好像發生了一些故事……
　　　△　繼薇怔然的神情……
袁方：所以，不知不覺的，我就走進了那些故事……
　　　△　音樂起……

🎬	37	時間	夜	場景	街道
人物	繼薇、袁方				

　　　△　音樂中……
　　　△　城市的霓虹中，袁方牽著繼薇，並肩一路走來……
　　　△　繼薇看著自己被牽住的手，又看著袁方……
　　　△　袁方只是看著前方，出其不意說道……
袁方：有話就直說啊。
繼薇：其實他們沒有跟來，所以……
　　　△　繼薇看了看被牽住的手……
　　　△　袁方鬆開了繼薇的手，自己繞到外側，把繼薇讓到人行道的內側……
　　　△　繼薇鬆了一口氣，感激的說道……

繼薇：我覺得你可以去當演員了耶，你剛剛真的演得好好，好到這個誤會可能再也解釋不
　　　清楚了。

袁方：（笑笑）我不是「演得好」。
　　　△　袁方再次牽起繼薇的手……
　　　△　繼薇一怔……

袁方：你的手喜歡流汗？

繼薇：（怔怔）一緊張就會流汗……

袁方：所以我們以後散步，要經常換手。
　　　△　繼薇更是不解……

繼薇：以……後……？

袁方：既然把我編到你的故事裡，那我就在那裡待待看好了。
　　　△　繼薇不敢置信、也不理解的看著袁方……
　　　△　袁方只是笑笑，也不看繼薇，繼續說道……

袁方：我爸媽都喊我「方」……我的祕密都藏在心裡……還有什麼？你要發問啊！

繼薇：喔……你寫日記嗎？

袁方：偶爾寫寫 FB。

繼薇：你養狗嗎？

袁方：養過一隻貓，走了。

繼薇：你最喜歡的電影？

袁方：青春電幻物語。

繼薇：最喜歡的明星？

袁方：周迅。

繼薇：你 ——（被打斷）

袁方：我們今天接吻嗎？
　　　△　繼薇整個愣住了……

🎬	38	時間	夜	場景	公園
人物	耀起、阿斌				

　　　△　阿斌席地而坐，把啤酒交給也席地而坐的耀起……

阿斌：你還沒有敬「我」捏！
　　　△　耀起笑笑接過啤酒……

耀起：敬你什麼？
　　　△　阿斌又開了一瓶，自己先灌下……

阿斌：敬我的「敬業」啊！欸，我覺得我比你認真在做哥哥耶！

耀起：「有病」跟「認真」差很多喔！

阿斌：好啦，就算我有病啦，可是如果我沒有去跟蹤一下，我們要怎麼瞭解那個妹夫?!

耀起：現在瞭解了嗎？

阿斌：沒有。
　　　△　耀起笑了……

阿斌：但是我是有一種「感覺」啦……（笑笑）我不怎麼喜歡那個「妹夫」。
　　　△　耀起盯著阿斌……

耀起：不喜歡什麼？

阿斌：太帥、太驕傲、太……啊我不知道怎麼講啦！

耀起：（笑笑）擺明是嫉妒。

阿斌：那你滿意嗎？

　　　△　耀起邊思索著邊說……

耀起：條件不錯、對周繼薇不錯，周爸周媽應該會很滿意吧。

　　　△　耀起正要喝酒……

阿斌：等一下等一下……周爸周媽？啊不就是你爸你媽？

耀起：（笑笑）我姓戴，跟周繼薇是從小一起長大的鄰居，所以跟你一樣，只是假哥哥！

　　　△　耀起又要喝，卻被阿斌攔下……

阿斌：不一樣不一樣！

　　　△　阿斌頓了頓，搖搖食指說道……

阿斌：我「感覺」應該不一樣！……我這樣說啦，「假哥哥」有很多種喔，有的是「真的
　　　只想做哥哥」，有的是「想做的不只是哥哥」喔！

耀起：（笑笑）哪那麼複雜？

阿斌：一點都不複雜！……答案很容易找啦！……來！閉上眼睛！（強調）閉上！

　　　△　耀起只好閉上……

　　　△　阿斌也閉上了眼睛……

阿斌：我們來想像一下……現在，妹夫把周妹妹送到家門口了，就在這個時候呢，周妹妹
　　　就跟他說……

　　　△　下一場繼薇的聲音先in……

繼薇（畫外音）：到了。

🎬	39	時間	夜	場景	戴家大門門口
人物	繼薇、袁方				

　　　△　繼薇對袁方說道……

繼薇：就是前面那個門。

　　　△　繼薇尷尬的抽出自己被袁方握著的手……

繼薇：不好意思，我又流汗了。

袁方：（笑笑）感覺到了。

繼薇：謝謝你送我回來，那我……上去了。掰掰。

　　　△　繼薇像閃躲什麼似的，趕緊奔到大門前，掏著包包找鑰匙……

　　　△　鑰匙卻越急越找不到……

　　　△　繼薇不好意思的回頭看著袁方笑笑……

繼薇：你先回家沒關係啦。

　　　△　繼薇狼狽的蹲在地上，把包包整個倒出來找著……

　　　△　這時，還是找不到鑰匙的繼薇的眼前一暗，她抬起頭……

　　　△　袁方已走來，蹲在她的面前……

　　　△　繼薇緊張的說……

繼薇：我好像忘記 ──（被打斷）

　　　△　袁方輕輕的吻上了繼薇……

🎬	40	時間	夜	場景	公園（續38場）
人物	耀起、阿斌				

特寫耀起：他面無表情的、緩緩的睜開了眼睛……旁邊傳來阿斌的聲音……

阿斌：現在……你摸著良心說，有什麼感覺？
　△　耀起回神，看向阿斌……
　△　阿斌盯著耀起……
　△　耀起掩飾的笑笑……

耀起：有什麼感覺你應該去問周繼薇吧?!
　△　耀起說著，灌下啤酒，站起身……

耀起：少無聊了！趕快回去抱老婆吧！
　△　耀起說著，把空罐扔給阿斌，轉身離去……
　△　阿斌目送……
　△　耀起的背影晃蕩的離去……

阿斌：喂！
　△　耀起回首看來……

阿斌：為什麼想做周妹妹的「哥哥」？
　△　耀起頓了一頓後，誠摯的說道……

耀起：哥哥可以做一輩子！

阿斌：誰說?!……我妹就沒有啦。
　△　耀起一怔……

阿斌：什麼都沒有「一定」，所以「現在」最重要！
　△　耀起怔然的神情，努力的擠上一抹笑容……

耀起：回家了啦你！
　△　耀起離去……
　△　阿斌目送、苦笑，灌下啤酒……

🎬	41	時間	夜	場景	戴家大門門口
人物	耀起、繼薇				

　△　耀起晃蕩的往家裡走來，正開了大門，身後傳來……

繼薇（畫外音）：你好慢喔。
　△　耀起一頓，回首看去……
　△　繼薇走向耀起……

繼薇：我忘記帶鑰匙，又怕按電鈴吵到奶奶睡覺。
　△　耀起一怔，竟跟阿斌猜測的狀態一樣……

耀起：他呢？

繼薇：回家啦。
　△　耀起盯著繼薇，似乎想從繼薇的神情，感覺出那個「吻」是真實還是想像？
　△　繼薇感覺耀起的打量，好不自在……

繼薇：害我被蚊子咬了好幾口！
　△　繼薇推開耀起逕自上樓……
　△　耀起目送……

🎬	42	時間	夜	場景	戴奶房/耀起房
人物	繼薇、戴奶/耀起				

△ 黑暗裡，繼薇已經躺上床，卻睜著眼睛思索著這場混亂……
△ 畫面跳……
△ 耀起房，耀起躺在床上，像是把自己摔上床後，就未曾移動的樣子，盯著天花板……
△ 好一會兒，耀起從口袋裡拿出手機，看著、想著……
△ 畫面跳……
△ 戴奶房，繼薇正決定什麼都不想了，閉上眼睛、翻個身努力入睡，手機卻傳來M＋的聲音，繼薇轉頭看向床頭的手機……
△ 畫面跳耀起房……
△ 手機彼端響了好一會兒，終於被接通……

耀起：睡了？……沒事，只是想聽聽你的聲音……
△ 畫面跳，戴奶房……
△ 特寫手機螢幕，是袁方發來的文字訊息：
△ 明天，散步嗎？
△ 繼薇怔然的看著那行字……
△ 畫面跳耀起房……
△ 耀起對著手機說道……

耀起：小敏……
△ 耀起頓了一頓，似有千言萬語說不出口……
△ 畫面跳戴奶房……
△ 繼薇在手機上輸入了……
△ 嗯。
△ 繼薇掙扎著要不要按下傳送……
△ 畫面跳耀起房……
△ 耀起掙扎，不管是之於之前騙了紹敏「前女友」的事，或是此刻自己的心竟被繼薇牽動，他都覺得自己該對紹敏說一句……

耀起：對不起……
△ 但，說出之後，耀起又後悔了，於是笑笑補充……

耀起：把你吵醒了。
△ 畫面跳戴奶房……
△ 繼薇按下了「傳送」……

🎬	43	時間	日	場景	戴家外觀

△ 日空景。
△ 下一場戴奶的聲音先in……

戴奶（畫外音）：（笑斥）耀起就是貪心……

🎬	44	時間	日	場景	戴家，廚房
人物	耀起、繼薇、戴奶				

△　廚房裡，三人開心的擠在爐灶前，戴奶正在烙韭菜盒子，開心的斥著耀起……

戴奶：包了這麼大的塊頭，一個抵兩個！

△　繼薇和耀起在一旁，邊幫忙邊已經端著盤子吃了起來，這時耀起辯著……

耀起：多省事！……這個我訂了！

戴奶：你都吃五個了！這個給繼薇！

繼薇：奶你讓他吃，免得他唸我一個禮拜！

耀起：少裝好人！明明自己要去約會怕打韭菜嗝！

△　繼薇瞪著耀起——

繼薇：好心沒好報！

△　繼薇，把盤子伸給戴奶……

繼薇：奶！這個給我！下一個也給我！

耀起：休想！

繼薇：看誰搶得快！

戴奶：（笑）你們兩個，多大了，還成天鬥嘴！

△　笑鬧中，鏡頭緩緩的zoomout……

🎬	45	時間	日	場景	戴家客廳
人物	耀起、繼薇、戴奶				

△　耀起陪著戴奶看電視，戴奶正說明著劇情……

戴奶：所以這個女的就使壞啊，好讓那個男的誤會那個女的！

耀起：這麼壞?!

戴奶：別擔心，她很快就會有報應的！

△　這時繼薇出房，穿著稍短的裙子……

繼薇：奶，我出門囉。

戴奶：不回來吃晚飯，打個電話回來。

繼薇：我知道。

△　繼薇正要離去——

耀起：等一下。

△　繼薇駐足……

耀起：這條裙子不行，去換一條！

△　繼薇打量著自己……戴奶也看向繼薇……

戴奶：挺好看的啊！

耀起：（嚴厲）換、一、條！

△　繼薇氣呼呼的進房……

戴奶：怎麼啦你?! 平常繼薇這樣穿你也不說話！

耀起：平常我就想說她了！

戴奶：（笑）還真是個「愛管事」的哥哥！

耀起：是「敬業」！

△　繼薇換了一條長裙氣呼呼的走了出來……

繼薇：這樣可以了吧？

耀起：勉強。

△　繼薇氣呼呼的離去……

　　　△　耀起繼續陪著戴奶看電視……

耀起：不睡午覺啊？

戴奶：剩一段，把它看完。

耀起：晚上想吃什麼？

戴奶：你說呢？

耀起：義大利麵配香檳？

戴奶：好啊。

耀起：那我去市場。

　　　△　耀起起身，邊往外走邊交代……

耀起：不可以睡沙發，到房間裡睡。

戴奶：好～～！

　　　△　耀起離去……

　　　△　戴奶看著電視，心滿意足的笑了，大大的嘆了口氣……

戴奶：唉……這日子真好。

　　　△　戴奶說著，盯著電視的眼睛，緩緩閉上……

　　　△　停格……

　　　△　上字幕：

　　　　　第七種悲哀：

　　　　　忘了說「再見」。

待續……

妹妹 第八集

🎬	1	時間		場景	動畫

△ 黑暗裡，一間透露著屋內溫暖燈光的小屋漸漸清晰……

繼薇OS：你看過這篇新聞嗎？……小女孩克萊兒的狗狗「艾比」去世了，於是，難過的克萊兒決定寫一封信給上帝……

△ 屋裡……

△ 小女孩正含淚、趴在桌上母親寫信的手邊……

小女孩OS：親愛的上帝，感謝 讓我們擁有過艾比，但是牠在昨天過世了。雖然媽媽說現在牠的病已經好了，不再痛苦了，可是我還是很擔心，可不可以請您幫我照顧牠？這是牠的相片。愛祢的克萊兒敬上PS.這封信是克萊兒口述，媽媽代筆的。

△ 小女孩見母親寫完信，遞上了信封，母親的手在信封上寫著……
　 TO：天堂上帝敬啓FROM：克萊兒

△ 小女孩抹去眼淚，把信、艾比的相片裝進信封……

△ 畫面跳……

△ 美麗的道路上，小女孩把信投入郵筒……搭繼薇OS……

繼薇OS：克萊兒寄出了那封給上帝的信之後，過了兩個禮拜的某一天，家門口竟然出現了一個金色的包裹。

△ 畫面跳……

△ 克萊兒興奮的打開了包裹，裡頭有一本書《當寵物過世時》、艾比的相片，還有一封信……

繼薇OS：包裹裡面有一封用粉紅色信紙寫的信……

△ 克萊兒的小手慢慢的打開了粉紅色的信……
　 信上有工整的文字……（編按：如以下媽媽所唸）

△ 畫面跳……

△ 克萊兒睡在床上，床頭放著艾比的相片，媽媽替她蓋好被子，她拿出枕頭下的那封粉紅色信，央求著……

克萊兒：可以再唸一遍嗎，媽咪？

△ 媽媽的手接過信，打開，開始唸著……

△ 媽媽：親愛的克萊兒，妳的艾比已經安全抵達天堂，多虧妳寄的照片讓我認出牠，妳幫了很大的忙！艾比現在沒有病痛了，牠的靈魂在我這裡，就像永遠留在妳的心裡一樣的活潑、健康。不用我說妳一定也曉得，艾比很榮幸成為妳的狗。謝謝妳美麗的信，妳有一個非常了不起的母親。
　 PS.這封信是由上帝口述，天使代筆的。

△ 克萊兒幸福的笑了……

△ 小女孩：上帝是好人。

△ 媽媽：嗯！天使也是。

🎬	2	時間	日	場景	袁方辦公室
人物	繼薇、袁方				

△ 動畫畫面漸漸轉成電腦螢幕內的畫面……

△ 繼薇看著電腦，紅了眼睛……

繼薇OS：我好羨慕克萊兒，因為她相信了天堂、相信了來自上帝的回應……以及，她真的遇到了一位「好心的天使」。

△ 這時繼薇身旁傳來了袁方的聲音……

袁方（畫外音）：等我半小時。

　　△　坐在會議桌前看電腦的繼薇，回神看去⋯⋯

　　△　是拿著兩杯咖啡的袁方，站在她身旁⋯⋯

繼薇：喔，你忙你的，沒關係啦。

　　△　袁方盯著繼薇，有點意外⋯⋯

袁方：你在⋯⋯哭？

繼薇：沒有啦，是那個（指電腦）⋯⋯新聞很感人，所以⋯⋯（笑笑）沒事啦，是我自己
　　　太愛哭了⋯⋯

　　△　袁方沒有追究，笑笑說道⋯⋯

袁方：我的工作就是這樣，常常得應付老闆的「明天就要」。

繼薇：真的不是因為這個啦⋯⋯

袁方：我知道，是新聞太感人。但是我還是有必要讓你理解，以及⋯⋯「適應」。

　　△　袁方意有所指的說著「適應」，說完，不等繼薇回應，在繼薇桌上放下一杯咖啡，已經回到自己的位子繼續以
　　　　電腦畫圖⋯⋯

　　△　繼薇目送著，看著袁方思索著兩人的關係？就這樣開始了嗎？——突然她忍不住說道⋯⋯

繼薇：你覺得我們（遲疑）⋯⋯

　　△　袁方等不到繼薇的下文，問道⋯⋯

袁方：什麼？

　　△　繼薇頓了頓，改變主意的說道⋯⋯

繼薇：如果有一個人寄了一封信到天堂，然後竟然收到了來自天堂的回信，你覺得那封信
　　　會是誰寄來的？

袁方：可以半小時以後再問我嗎？

　　△　袁方帶著禮貌性的微笑打斷了繼薇⋯⋯

　　△　繼薇一頓，隨即歉然笑笑⋯⋯

繼薇：⋯⋯對不起⋯⋯需要我幫忙嗎？

　　△　袁方同時已經戴上了耳機，繼續用電腦畫圖⋯⋯

　　△　繼薇兀自笑笑，繼續回身看著電腦網頁⋯⋯

　　△　特寫螢幕⋯⋯

　　△　螢幕又轉成「動畫」⋯⋯

　　△　一隻大手，正包紮著金色的包裹⋯⋯

繼薇OS：那個好心的天使，究竟是誰呢？⋯⋯郵差？陌生人？還是你？⋯⋯或許，我們都
　　　　可以是「上帝的天使」。

　　△　音樂起⋯⋯

🎬	3	時間	日	場景	市場
人物	耀起、老阿公、環境人物				

　　△　音樂中⋯⋯

　　△　耀起的車把上掛著已經買好的菜，正騎著腳踏車穿過市場，他忽然剎車停下，望向一旁⋯⋯

　　△　一個老阿公縮在角落，面前攤著自己種的菜，行人匆匆，卻沒有人跟老阿公買菜⋯⋯

　　△　特寫那些菜，感覺皆是些「拐瓜劣棄」⋯⋯

　　△　特寫老阿公癡癡望著經過的顧客，低聲喃喃「買菜⋯⋯自己種的」的寒酸表情⋯⋯

　　△　忽然在老阿公身旁，出現一個吆喝的聲音⋯⋯

耀起（畫外音）：來喔，買菜喔！
　　△　阿公緩緩抬頭看去……
　　△　只見耀起站在阿公身旁，正在幫忙叫賣……
耀起：阿公自己種的，沒有農藥所以長得醜，可是最生機、最養生喔！來喔，好菜要賣給
　　　好人喔！
　　△　阿公看著耀起，咧開沒牙齒的嘴，笑了……
　　△　耀起也對阿公笑笑，繼續吆喝……
耀起：買菜喔！阿公自己種的沒有農藥的菜喔！
　　△　終於，有人停下來詢問……

🎬	4	時間	日	場景	袁方辦公室
人物	袁方、繼薇				

　　△　袁方電腦螢幕上，寄出鍵被按下……鏡頭拉開……
　　△　袁方看了看錶，抬起頭對繼薇說……
袁方：比預估還提早了五分鐘。
　　△　繼薇回身對袁方……
繼薇：完成囉？
袁方：應該趕得上兩點四十五那場。
繼薇：好啊。
袁方：走吧 ——（被打斷）
　　△　是袁方的手機響了，袁方看看手機螢幕，不祥的低聲罵著——
袁方：Shit。
　　△　繼薇留意著……
　　△　袁方接起了手機……
袁方：喂……是……OK……好……不會。
　　△　袁方情緒不佳的丟開手機，抬起頭歉然的看著繼薇，不知該怎麼說……
　　△　繼薇試探的問著……
繼薇：又是「明天就要」？
袁方：……抱歉。
　　△　繼薇笑了笑……
繼薇：幹嘛抱歉啦，又不是你的問題。
　　△　袁方看著繼薇，歉然苦笑說道……
袁方：這下恐怕不只半小時了。

🎬	5	時間	日	場景	往戴家的巷弄
人物	繼薇、耀起				

　　△　騎著腳踏車轉進巷子的耀起，手把上掛著菜，還多了老阿公賣不掉的菜、以及一瓶香檳，他一眼就看到了前
　　　　方，繼薇的背影……
　　△　繼薇愜意的晃步，走在戴家的巷弄，哼著歌……
　　△　耀起悠哉的騎到繼薇身旁……
耀起：約會呢？

△　繼薇回頭看看耀起……

繼薇：泡湯啦。

耀起：……他呢？

繼薇：加班。

△　耀起故意嫌棄的說……

耀起：那你自己搞定晚餐，我只買了兩人份的菜。

△　耀起說著，加快腳踏車往前騎去……

△　繼薇氣結，喊道……

繼薇：載人家一下啦！

△　耀起邊騎，邊揚聲說道……

耀起：走走路、減減肥！不要以為有男朋友就可以「安心肥」了！

繼薇：（氣斥）我男朋友就是喜歡我肥，怎樣?!

📋	6	時間	日	場景	戴家
人物	耀起、繼薇、戴奶				

△　耀起和繼薇前後進門……

繼薇：奶我回來了！

△　耀起捧著食材往廚房走，看著沙發上的戴奶閉著眼，對戴奶哄著責備道……

耀起：你看看這位老太太，實在很不聽話！不是叫你不要在沙發睡嗎？

△　耀起進了廚房……

△　繼薇扔了皮包、收起自己的鞋和耀起的鞋進鞋櫃……

繼薇：你聽話了嗎？鞋子永遠亂踢亂踩的。

△　繼薇收拾好往沙發走去，邊說道……

繼薇：奶，去房間睡吧？

△　戴奶沒有回應，小流浪狗在戴奶身旁的沙發上搖著尾巴……

△　繼薇停在沙發前，有點怔，但心想，是戴奶睡得太熟所以沒應聲吧，於是伸手抱起小流浪狗，再次喚著 ——

繼薇：奶奶？

△　戴奶依舊沒動靜……

△　繼薇有點忐忑，去摸摸戴奶的臉，很冰涼……

△　繼薇有些愕然的收回手，不敢置信的再次輕輕喚著……

繼薇：……奶？

△　戴奶依舊沒動靜……

△　繼薇驚愣住了，站在那裡不能動的看著戴奶……

△　耀起在廚房嚷著 ——

耀起（畫外音）：周繼薇把香檳拿去冰箱冰！

△　繼薇一動不動的驚愕看著戴奶……

△　耀起等不到繼薇的回應，從廚房探出頭，斥道——

耀起：周繼（頓）——

△　耀起察覺了繼薇的驚怔的神情……耀起頓了頓，才怔怔的、緩緩走向了戴奶，駐足……

△　戴奶一如沉睡中……

△　繼薇快哭了的看著耀起……

繼薇：奶奶她 ──（被打斷）

　△　耀起一個箭步衝向戴奶，扶著戴奶讓她睡倒在沙發上，同時繼薇也幫著抬起戴奶的腳上沙發，耀起急切的開始按壓戴奶的心臟，邊不斷喚著……

耀起：奶？……奶！……奶！

　△　繼薇哭了起來……

　△　戴奶始終沒有回應……

　△　耀起急救了好久，才終於放棄了，停下按壓戴奶心臟的動作，眼眶通紅的看著戴奶，然後他緊緊的抱住戴奶，喃喃著……

耀起：怎麼睡得這麼熟……？

　△　繼薇掉著眼淚……

　△　耀起依舊抱著戴奶……

耀起：那你待會兒要起來喔……起來吃我煮的義大利麵……還有香檳……我們兩個人的香檳燭光晚餐……

　△　繼薇搗著嘴巴不敢哭出聲……

　△　耀起紅著眼睛含笑說道……

耀起：你跟我說好的啊……所以你一定會起來……我知道……因為你從來不會說話不算話的啊……你一定會「算話」的，對吧？……奶？

　△　戴奶依舊一動不動……

　△　繼薇淚流不止……

　△　耀起仍緊緊的抱著戴奶……

　△　鏡頭緩緩拉開……

繼薇OS：奶奶再也沒有起來……她在睡夢裡走了……

🎬	7	時間	日	場景	無

　△　字典躺在那裡……風徐徐的吹著它……

　△　特寫字典上「走了」的解釋：

　△　再也沒有。

繼薇OS：走了，有很多意思，在這裡代表了……再也沒有。……我們……再也沒有，奶奶了……

　△　畫面淡出……

🎬	8	時間	日	場景	街道連某戶人家前（現實轉新建回憶）
人物	戴奶、耀起（此刻）、耀起（七歲）、老鄭				

　△　淡入……

特寫：現在的耀起，開心的笑著，說道……

耀起：奶，我們要去哪？

　△　戴奶笑笑……

戴奶：去看爺爺的一個老朋友。

　△　鏡頭拉開，戴奶牽著耀起一路走著……而耀起已經變成當年的模樣……

耀起：喔……這麼遠的路我們為什麼不坐車？

　△　戴奶掩飾著沒錢的窘境對耀起笑笑……

戴奶：走路對身體好啊，所以要多走走路。
　　△　戴奶緊緊握著耀起的手……
戴奶：累啦？要不要奶奶揹？
耀起：（搖搖頭，笑笑）走路對身體好。
戴奶：（笑笑）乖，馬上就到了，
　　△　兩人一路走到某戶人家前……
　　△　戴奶駐足在門前……
耀起：到了？
戴奶：嗯。
　　△　戴奶看著那緊閉的大門，卻興起一陣遲疑、怯懦、自卑，實在拉不下臉，久久思量後，她牽著耀起轉身想走……
耀起：不是要看朋友嗎？
　　△　戴奶聞言一頓，再次尷尬的回身看著那門，下了決心，低下身給耀起整理衣服，這才按了門鈴……
　　△　屋裡傳來……
老鄭（畫外音）：誰啊？
戴奶：（有點欣慰，又尷尬的）老鄭啊，是我，戴夫人。
　　△　畫面跳……
　　△　戴奶領著耀起，走出某宅，戴奶回身跟老鄭致謝……
戴奶：老鄭謝謝，真的，真的謝謝。
老鄭：夫人你千萬別這麼說。我老鄭沒有您跟主任，哪有今天？!
　　△　戴奶欣慰的笑笑，感激的說……
戴奶：過陣子我手頭一寬裕——（被打斷）
老鄭：不急，真的不急。
　　△　戴奶一臉的感激……

🎬	9	時間	日	場景	山路客運站
人物	戴奶、耀起（七歲）、婦人、嬰兒				

　　△　山路上佇立的客運牌子下（往下山的方向），好心人放著陳舊的長板凳，讓旅人歇憩……
　　△　耀起和戴奶坐在板凳上……戴奶正拿著手帕給耀起擦汗……
　　△　耀起有點難過的看著地面，說道……
耀起：奶奶，我們現在很窮嗎？
　　△　戴奶一頓，隨即對耀起笑笑解釋著……
戴奶：你爸爸想開間貿易公司，他（頓）……
　　戴奶不知該怎麼告訴耀起才能讓孩子別擔心，只好用一貫的、哄寵的方式，撫搓著耀起的後頭頂（編按：留意特寫，後續有關鍵insert）……
戴奶：沒事。……別擔心，有奶奶在。
　　△　耀起看向戴奶，心疼又不服氣的說——
耀起：等我長大一定不會「懷才不遇」，一定不會讓奶奶走好長的路去跟老朋友借錢。
　　△　戴奶欣慰的笑著……
戴奶：還好奶奶有你。
　　△　這時一個髒兮兮的婦人、揹著一個嬰兒，提著一袋地瓜走到戴奶奶面前……
婦人：太太買地瓜吧……五十就好。

△　戴奶回首看著婦人，有些爲難……手中緊緊握著自己的錢包，顯得掙扎……

△　婦人哀求著……

婦人：我小孩生病了……這些通通五十……

△　戴奶更掙扎了，卻仍下定決心禮貌的推拒……

戴奶：我們不需要，你去賣別人吧。

△　婦人一臉失望……緩緩轉身、緩緩的離去……

△　戴奶自責的不敢看她……

△　小耀起目送著那婦人……身旁的戴奶卻忍不住心中的惻隱、突然起身了，耀起看著戴奶，戴奶朝那婦人急促的走去……

△　戴奶攔住那婦人，打開錢包，拿出了一百塊，塞進婦人手裡……

戴奶：不用找了，快帶你孩子去看病。

婦人：謝謝，謝謝。

△　婦人把地瓜放在戴奶腳邊，鞠著躬離去……

△　戴奶目送著，感慨著，提起地瓜又走了回來，在耀起身旁坐下……

耀起：奶奶，你爲什麼要多給她五十塊？我們自己都沒錢了。

△　戴奶看著耀起，笑笑……

戴奶：奶奶是覺得……窮沒關係、功課不好也沒關係，但是一定要做個善良的人，能幫人家的地方，千萬別小氣。……（傻傻笑了笑）奶奶也不知道這個觀念對不對。

耀起：一定對！

△　戴奶欣慰又訝異的朝耀起笑笑……

耀起：因爲爺爺幫過老鄭，所以老鄭今天也幫了我們。

戴奶：（欣慰）嗯！所以有一天那個賣地瓜的女人，也會去幫助其他人……

耀起：然後其他人又會去幫助其他人……

戴奶：多好！這樣世界就眞的大同了！

△　祖孫倆，開心的笑著……

△　下一場耀起乾啞的聲音先in……

耀起（畫外音）：我們笑了好久好久……

🎬	10	時間	日	場景	靈堂
人物	耀起、繼薇、周媽、戴父、小爽、小風、小色、阿光、立正、紹敏				

△　耀起一身黑衣，滿臉鬍碴，盤腿席地坐在靈堂前（感覺坐在那兒好久了），他看著戴奶的遺照，嘴唇乾裂，正兀自邊想著昔日的畫面，邊說著……

耀起：然後我們又牽著手，一路走回家，把車錢省下了……

△　耀起看著戴奶的遺照笑了笑，像是兩人祕密的默契……

耀起：因爲走路對身體好啊……

△　耀起身旁的繼薇紅著眼睛、跪坐在那裡，聽著……

△　不遠處的背景，戴父、周媽和小字輩，以及阿光、立正，都在幫戴奶摺紙蓮花、元寶，曾受過奶奶照顧的小色，哭到不行……

△　周媽拿了張面紙給小色，然後抬起頭，難過的看看耀起和繼薇這頭……

△　耀起看著戴奶的照片，突然想起什麼的喚著……

耀起：周繼薇。

繼薇：我在。

耀起：記住，一定要記住……要跟你愛的人說「再見」。

　　△　繼薇不解的看著耀起……

耀起：……那天，我忘了跟奶說「再見」……

　　△　繼薇一驚，眼淚落下……

　　△　耀起始終沒有哭，苦笑著看著戴奶的遺照……

耀起：……我怎麼會忘了呢？……我怎麼可以忘了呢？……我他媽的竟然忘了……

　　△　繼薇看了好心疼……

繼薇OS：我好想，好想，好想……緊緊的抱住他……

　　△　這時，有腳步聲……

　　△　繼薇看去——

　　△　是紹敏揹著行囊走了進來，停在不遠處……

　　△　繼薇抹去眼淚、起身走向紹敏……

　　△　紹敏看著繼薇，繼薇以眼神跟紹敏示意……

　　△　紹敏把行李交給繼薇，就往耀起身旁衝了過去——

　　△　紹敏緊緊的抱住耀起……

　　△　耀起始終一動不動，看著戴奶的遺照……

　　△　繼薇看著他們……

繼薇OS：還好，有人可以緊緊的抱住他……

🎬	11	時間	夜	場景	戴家客廳
人物	耀起、繼薇、紹敏				

　　△　暗黑的客廳裡，沒開啟的香檳放在一角……

繼薇OS：那些日子，他始終沒有哭，始終沒有好好睡一覺……

　　△　耀起正坐在奶奶那天坐的位子旁，專注的看著電視，邊平靜的喃喃說著……

耀起：換這個男的又要報復了……唉，冤冤相報何時了？對不對？奶？

　　△　鏡頭拉開，繼薇站在房門前，心疼的看著耀起……

繼薇OS：只是一直看著奶奶沒看完的那個韓劇……不管重播幾次，他一遍一遍的看著……

　　△　耀起的房門開了……

　　△　繼薇看去……

　　△　紹敏出現在門邊，她無助的看了看繼薇……

　　△　繼薇也無助的看了看紹敏……

　　△　兩人遠遠的看著耀起……

　　△　畫面中，繼薇的OS續……

繼薇OS：喪禮結束後，紹敏趕回去拍片，戴爸爸也走了，拿走了所有奠儀……戴耀起依舊
　　　　沒有上過床、沒有出過家門一步，沒有……掉過一滴眼淚……

　　（編按：因版權因素，請務必避開韓劇畫面，聲音也請留意，影音皆不得清楚露出）

🎬	12	時間	日	場景	火車站票口
人物	繼薇、袁方、周媽、環境人物				

　　△　周媽對袁方笑了笑，千言萬語的……

周媽：下次和繼薇一起來我們家吃飯。

袁方：好。

  △ 周媽突然想到什麼，趕緊從皮夾裡拿出一個「護身符」伸給袁方，很歉然的說道……

周媽：沒想到第一次見面是因為這樣，我都沒有準備見面禮……啊這個給你啦！菩薩會保佑你工作順利、保佑你們兩個……順利。

  △ 袁方接過……

袁方：謝謝周媽媽。

周媽：（欣慰笑笑）好啦，我走了。

  △ 周媽看了繼薇一眼，這才轉身入站……

繼薇：媽！

  △ 周媽回頭看向繼薇……

繼薇：再、見！

周媽：（笑笑）掰掰啦。

  △ 周媽揮著手……

  △ 繼薇用力揮著手……

  △ 下一場繼薇的OS先in……

繼薇OS：「奶奶的韓劇」完結篇那天（繼續）……

🎬	13	時間	日	場景	戴家
人物	耀起、繼薇				

  △ 繼薇走進大門，放下鑰匙、脫下鞋，搜尋著客廳……

  △ 沒有耀起蹤影……

  △ 繼薇開了耀起房門，依舊沒有耀起……

繼薇OS：我到處找不到他……

  △ 繼薇納悶的站在客廳……

  △ 突然，自己房間裡傳來流浪狗的叫聲……

  △ 繼薇看向自己（戴奶）房間……

  △ 畫面跳……

  △ 繼薇開了門，發現……

  △ 耀起側身朝內，沉沉的睡在戴奶的床上……

  △ 流浪狗在床上，對繼薇搖著尾巴……

繼薇OS：他在奶奶的床上，足足睡了二十六個小時。

  △ 特寫繼薇的神情，是心疼……

繼薇OS：我真的好想抱住他……緊緊的……

  △ 淡出……

🎬	14	時間	日	場景	戴家門外、內
人物	耀起、阿斌				

  △ 淡入……

  △ 穿著SD制服的阿斌，拿著一個便當，正按著門鈴……

  △ 憔悴的耀起開了門，站在門邊看著阿斌也不語……

△　阿斌看著他，遞上託運單……

阿斌：麻煩這裡簽收一下。

　　　△　耀起沒動……阿斌只好拿起耀起的手，幫他握著筆，簽收，撕下收執聯，然後把便當放在耀起手上……

阿斌：周妹妹今天太忙，趕不回來給你送便當。

　　　△　耀起依舊沒啥反應……

阿斌：要吃捏！

　　　△　阿斌說著，離去……

　　　△　耀起關上了門……

🎬	15	時間	夜	場景	戴家餐廳
人物	繼薇				

　　　△　昏暗裡……

　　　△　剛歸來的繼薇抱著流浪狗，看著桌上那個一動沒動的便當，擔憂的望向耀起的房間……

　　　△　耀起的房門緊閉……

　　　△　淡出……

🎬	16	時間	日	場景	宅配營業所
人物	繼薇、美姊、Mickey、袁方				

　　　△　淡入……

　　　△　繼薇和美姊正幫著Mickey把貨件放入籠車……

美姊：所以去世的那個不是你的親奶奶喔？那……那個哥哥也不是親的囉？

Mickey：周繼薇只有兩個姊姊！她就是為了找這個哥哥，才不顧一切來台北的！

美姊：（懷疑）這麼曖昧？

繼薇：（尷尬）沒有啦，不是啦，因為奶奶對我很好，所以……

Mickey：所以周繼薇一直想做他們家的小孩！

美姊：那就好……（暗示）做人不要太貪心，尤其是感情這種事，免得喔（頓）——

　　　△　美姊說著，正轉身拿貨，卻發現——

　　　△　袁方不知站在後方多久了！

　　　△　美姊的話頓住，推了推繼薇……

美姊：找你啦！

　　　△　繼薇和Mickey看去——

　　　△　Mickey好心接過繼薇手上的東西，示意繼薇去招呼袁方，繼薇走向袁方……

繼薇：幹嘛站在這裡不出聲？

袁方：（笑笑）等你忙完。

繼薇：有事喔？

袁方：還好嗎？

繼薇：還……可以。

袁方：抱歉，幫不上任何忙。

繼薇：沒事啦。

袁方：什麼時候可以出來走走？

△　繼薇一臉爲難……

繼薇：……可能……還要過一陣子……對不起。

　　△　袁方暗暗嘆口氣……

袁方：（委屈）他的傷到底還要「療」多久啊？

繼薇：（捍衛強調）奶奶對他眞的很重要！

　　△　袁方有點自責而理解的看著繼薇……

袁方：我知道。……對不起我不應該抱怨的。

　　△　袁方的致歉，又換繼薇自責了……

繼薇：是我比較對不起。

袁方：（笑笑）那等你可以的時候，再打電話給我。

　　△　袁方說完就轉身離去……

　　△　繼薇目送，一陣自責，忍不住揚聲說道——

繼薇：還是 ——

　　△　袁方駐足，回首看著繼薇……

繼薇：（尷尬笑笑）我們「一起」？

🎬	17	時間	日	場景	耀起房
人物	耀起、繼薇				

　　△　繼薇非常用力的一把拉起床上的耀起，耀起無奈的坐起身——

　　△　繼薇把耀起的外出衣服扔在耀起身上，故意嚴厲的說道——

繼薇：換好衣服去刷牙洗臉、鬍子也刮一刮！

　　△　繼薇轉身要走，在門邊再次回頭看著耀起……

　　△　耀起又倒回床上……

　　△　繼薇再次走來，更用力的拉起耀起——

🎬	18	時間	日	場景	某餐廳
人物	耀起、繼薇、袁方、環境人物				

　　△　某一桌，繼薇正看著Menu……

　　△　坐在對面的袁方，看著Menu抬起頭說道……

袁方：那就一個海鮮燉飯，一個蘿勒番茄？

　　△　繼薇抬起頭對袁方笑笑……

繼薇：好啊。

　　△　袁方又看向繼薇的身旁……

　　△　坐在繼薇身旁的耀起，無所事事的排著面前的刀叉……

　　△　袁方禮貌的問著……

袁方：還想吃點什麼嗎？

　　△　耀起沒搭理……

　　△　繼薇趕緊笑著對袁方解釋……

繼薇：他沒關係啦，你想吃什麼就點，不用理他。

　　△　袁方壓抑著（編按：繼薇口中的「他」，更顯得親暱），笑笑，繼續看Menu……

　　△　畫面疊上……

△ 在繼薇和袁方的對話裡，鏡頭以耀起為主，耀起盡本分的吃著盤子裡的沙拉，吃完後，就望著窗外發起呆……

袁方：應該這個星期四就下片了。

繼薇：是喔……對不起。

袁方：（無奈笑笑）只好等 DVD 了。

繼薇：（鬆口氣）好啊。

△ 鏡頭拉開，繼薇說完，低頭吃飯，發現耀起望著窗外發呆，趕緊幫耀起的盤子弄些燴飯，又放了兩片比薩……

繼薇：吃飯。

△ 耀起回頭看了看盤子，乖乖的拿起叉子吃著……

△ 繼薇看耀起吃著，才放心的回過頭，卻發現袁方正看著自己……

△ 繼薇歉然笑笑說道……

繼薇：……吃啊。

△ 繼薇低頭趕緊吃著……

△ 袁方看向耀起，說道……

袁方：雖然我不認識奶奶，但我想，她會希望你振作起來。

△ 耀起沒回話，繼續吃著……

△ 繼薇尷尬的看看袁方笑笑……

繼薇：他會啦……只是……需要一些時間。

袁方：那你為什麼不讓他自己去面對時間呢？

繼薇：（怔）蛤？……（為難）……因為我……真的很不放心。

袁方：（意有所指）我也是。

△ 繼薇一怔……

△ 袁方苦笑的看了繼薇一眼，低頭吃飯……

🎬	19	時間	日	場景	餐廳外街道
人物	耀起、繼薇、袁方				

△ 耀起走出餐廳大門以後，就逕自手插口袋、晃蕩的往前走去……

△ 繼薇走了出來，嚷著……

繼薇：戴耀起！

△ 耀起依舊逕自往前走去……

△ 買完單的袁方也出來了，看到逕自離去的耀起……

繼薇：戴耀起等我啦！

△ 耀起還是晃蕩的走去……

△ 繼薇只好歉然又不知所措的對袁方說道……

繼薇：他……那我……我們就先回家囉。

△ 袁方隱忍著，只能以點頭示意……

繼薇：對不起。

△ 繼薇說完，趕緊追上耀起……

△ 袁方目送，笑容漸漸隱去……

🎬	20	時間	日	場景	街道
人物	耀起、繼薇				

△ 音樂中……
△ 耀起一路手插著口袋，晃蕩的在前面走著……
△ 繼薇無奈的在後頭跟著……
△ 一個路口，耀起繼續往前走著，繼薇卻衝上去，一把拉住他的衣服，把他帶到要左轉過馬路的路口等著紅綠燈……
△ 耀起隨著繼薇，漠然的站在紅綠燈口……
△ 繼薇看看他……暗暗嘆息……
△ 畫面疊上……
△ 繼薇拉著耀起的衣服，一路走著……
△ 突然，耀起駐足——
△ 繼薇被阻力帶著，也停下腳步，她不解的看著耀起……
△ 耀起直直的看著前方——
△ 繼薇順勢看去——
△ 是一個跟戴奶奶很像的老人家正轉進了一條巷子……
△ 繼薇懂了，看著耀起，終於忍不住說道……

繼薇：你可不可以哭一下?!
耀起：……
繼薇：或者做點什麼事發洩一下好不好？
△ 耀起無動於衷的繼續邁開步子……
繼薇：你不要這樣子戴耀起！！
△ 耀起依舊漠然的走著……
△ 繼薇停在原處，目送著耀起，眼眶紅了……
△ 音樂起……

🎬	21	時間	黃昏	場景	戴家浴室
人物	繼薇				

△ 音樂中……
△ 正在擦臉的繼薇，看見戴奶的假牙放在浴室一角，惶然愣住了……她伸手拿起，把假牙用水沖了乾淨，放在戴奶習慣的老位子……還有戴奶的牙刷、毛巾，繼薇一一的整理著，一如戴奶還在的樣子……
△ 繼薇眷戀的把它們整理好在老位子……
△ 外頭手機響個不停，她匆匆出了浴室……

🎬	22	時間	黃昏	場景	戴家
人物	耀起、繼薇				

△ 耀起的手機在餐桌上響著……
△ 繼薇張望著，發現耀起在廚房裡，揚聲說道……
繼薇：手機！
△ 耀起沒有回應……
△ 繼薇幫耀起接起……
繼薇：紹敏你等一下喔。
△ 繼薇把手機拿進廚房，遞給耀起……

繼薇：是紹敏。

　　△　耀起沒應，雙手正和著麵沒接過手機……

　　△　繼薇沒轍，只好把手機按了擴音，把手機放在流理台上……

繼薇：紹敏你說吧，他在聽。

　　△　繼薇離去……

　　△　耀起繼續和著麵……

紹敏（彼端）：（很溫柔的）欸……你好不好？……在幹嘛？……

　　△　耀起把麵盆放在流理台上，走出去冰箱拿食材……

　　△　流理台上的手機繼續傳來……

紹敏（彼端）：我好想你……好擔心你……所以我跟劇組請了假，下個禮拜二就回去……
　　　　　　　你要好好的喔……

　　△　耀起兀自忙碌……

🎬	23	時間	黃昏	場景	戴奶房/袁方家
人物	繼薇/袁方				

　　△　繼薇坐在自己的床上，面對著戴奶的床，沮喪的說道……

繼薇：奶，怎麼辦？……我該怎麼幫耀起好起來？

　　△　戴奶空蕩蕩的床上，不再有奶奶睿智的回應……

　　△　繼薇感慨的紅了眼睛，手機響了，她拿起，是袁方……繼薇接了……

繼薇：嗨。

　　△　畫面跳袁方，以下對跳……

　　△　袁方正坐在落地窗前的吊椅上……感覺這通電話是整理了一會兒情緒，才撥出的……

袁方：我不喜歡把不高興壓抑起來，因為那些情緒只會累積，並不會消失，有一天會變成
　　　我們之間的大問題，這是「經驗」告訴我的，所以我必須告訴你，我不太高興。

繼薇：（自責）我懂……可是我也懂現在的他，他……只剩一個人了，他最怕被拋棄的感
　　　覺了，因為 ──（被打斷）

袁方：這些我都可以理解，甚至諒解。

繼薇：那你……不高興的是什麼？

　　△　袁方吸口氣，站起身，讓自己的語氣平和的舉例說道……

袁方：……別管「他」，「我們」先回家……那些「他」、「我們」……你使用在你跟戴
　　　耀起身上的字眼，都讓我覺得「不高興」。

　　△　繼薇一怔，思索的解釋著……

繼薇：……可是他……就是「他」啊！然後……我們……（虛弱）對啊就……先回家
　　　了……

袁方：你不覺得這些字眼，完全把「我」隔離在外嗎？

　　△　繼薇自責……

繼薇：對不起……可是……那要怎麼說才正確？

　　△　袁方一頓，笑了……

袁方：坦白說，我想過，其實並沒有比較好的說法……

　　△　繼薇也鬆口氣笑了……

袁方：可能是因為介意，所以很多話聽起來就格外刺耳吧。

繼薇：（安撫的強調）他有女朋友！……現在正在跟女朋友講電話。
袁方：可是你喜歡過他對吧？
繼薇：（怔）……（否認）他是我哥哥啦。
袁方：是嗎？你確定這是你們兩個的「定位」？
　　　△　繼薇無法欺騙袁方……
袁方：那個租我爺爺房子的「朋友」，送你球鞋的「答案」……難道不是他嗎？
　　　△　繼薇有點慌張，不知該如何回答……
袁方：嗯？
繼薇：……
　　　△　繼薇的沉默，讓袁方確定了，他隱忍著，努力平靜的壓抑自己……
袁方：告訴我「都過去了」。
　　　△　繼薇掙扎，說不出口……
袁方：（催促）告訴我。
　　　△　繼薇終於下定決心的說道……
繼薇：……都過去了。
　　　△　袁方笑了……
袁方：不要讓我失望。
　　　△　繼薇一陣忐忑……
袁方：去休息吧。
繼薇：我——
　　　△　繼薇還想說什麼，彼端的袁方已經掛上了電話……
　　　△　繼薇放下了手機，混亂而無措……她倒在床上，努力的說服自己……
繼薇：（喃喃）都過去了……都過去了……都過去了……都過去了……都過去了……都過去了……都過去了……都過去了……都過去了

　　　△　繼薇閉著眼睛喃喃的幫自己洗腦……
　　　△　好遙遠的，傳來了一聲呼喚……
　　　△　下一場戴奶的聲音先in……
戴奶OS：　乖，不哭了……

🎬	24	時間	日	場景	戴家老家
人物	戴奶、繼薇（小學）				

　　　△　畫面淡入……
特寫：戴奶拿著擰過的毛巾，慈祥笑著說道……
戴奶：把臉擦一擦，奶奶帶你去看「美女與野獸」。
　　　△　小繼薇吸著鼻子，用力點著頭……
繼薇：嗯！
戴奶：乖。
　　　△　戴奶慈愛的幫小繼薇擦著臉……
繼薇：奶奶，我不想做「揪逼唉」了，我做你們家的小孩好不好？
　　　△　戴奶笑著……
戴奶：你本來就是我們家的小孩啊！雖然你不姓戴，但是在奶奶的感覺裡，繼薇就是我們

家的孩子！

繼薇：那我以後要姓戴，我還要睡在你們家、住在你們家，可以嗎？

戴奶：儘管住、儘管睡……可是你要記住一件事，你爸你媽是愛你的，只是他們自己還沒長大就連生了三個孩子，要照顧你們，又要賺錢養家，所以難免忙中有錯，原諒他們吧，好不好？

繼薇：可是他們老是叫我認錯，自己都不認錯。

　　△　繼薇說著又哭了……

　　△　戴奶被逗笑了，忍不住抱住繼薇……

戴奶：其實他們心裡早就認了……奶奶沒騙你，你是他們的寶貝，就像耀起是奶奶的寶貝一樣……

　　△　戴奶摟著懷中的繼薇說道……

戴奶：繼薇啊……奶奶把耀起交給你了……他所有的心事只有你懂……奶奶累了、想好好休息了……所以我只能把我的寶貝交給你了……

　　△　下一場耀起的聲音先in……

耀起（畫外音）：（自外嘆）周繼薇！……周繼薇！

🎬	25	時間	夜	場景	戴奶房	
人物	繼薇					

　　△　繼薇從夢中驚醒、坐起……

　　△　已入夜的屋子，很昏暗……

🎬	26	時間	夜	場景	戴家客餐廳	
人物	耀起、繼薇					

　　△　繼薇看著餐桌上熱騰騰的蒸籠……

　　△　耀起興奮的掀開蓋在「豆腐捲」上的白紗布……

　　△　一籠白白胖胖的豆腐捲躺在蒸籠裡……

耀起：吃啊！看看一不一樣。

　　△　繼薇伸手拿起一個吃著……

　　△　耀起盯著繼薇的表情……

耀起：怎麼樣？

繼薇：一模一樣！

　　△　耀起開心，這才放心的伸手拿了一個，吃了……

　　△　耀起咀嚼，笑容漸漸收起……接著沮喪的放下手上的豆腐捲……

　　△　繼薇看著他……

繼薇：幹嘛？

耀起：……（淡淡）不對。

繼薇：哪裡不對？明明就很對。

耀起：哪裡對？

繼薇：有豆腐、有粉絲、有蝦皮、有蔥……奶奶放的你都有啊！

耀起：所以「不對」。

繼薇：不對什麼？
耀起：（笑笑）沒有奶奶。
　　　△　耀起失落的起身，往房間走去……
　　　△　繼薇心疼目送，忽然說道……
繼薇：豆腐要先用小火煎到香……
　　　△　耀起駐足了……
　　　△　音樂起……

🎬	27	時間	日	場景	戴家外觀

　　　△　音樂中……日空鏡。

🎬	28	時間	日	場景	戴家廚房
人物	耀起、繼薇				

　　　△　音樂中……
　　　△　豆腐被油煎得金黃……
　　　△　耀起和繼薇專注的看著……
　　　△　鏡頭拉開，兩人的身影在狹長的廚房裡，被日光逆過成一雙黑影……
繼薇OS：那天，我們做了好多的豆腐捲、蔥油餅、韭菜盒子……一直到天亮……耀起說得
　　　　對，我們終究失去了奶奶……所以，始終「不對」。

🎬	29	時間	日	場景	宅配營業所
人物	繼薇、美姊、川仔、司機們				

特寫：蔥油餅、韭菜盒、豆腐捲……一大落一大落……一隻隻手伸來拿著……
　　　△　鏡頭拉開，眾人幫繼薇吃著那些「不對」……
繼薇：還好有你們幫忙，不然我真的不知道該拿這些怎麼辦？
川仔：滿好吃的啊！
美姊：可以考慮改行囉。
繼薇：可是他不滿意，因為沒有奶奶的味道。
　　　△　繼薇看向停車場的方向……

🎬	30	時間	日	場景	宅配營業所停車場
人物	阿斌、耀起				

　　　△　停車場一角，阿斌和耀起並排坐著……沉默著，望著前方……
阿斌：昨天我去看我妹。然後拿了戴奶奶的相片給她看，我叫她去找戴奶奶。……戴奶奶
　　　會做豆腐捲給我妹吃吧？
　　　△　耀起望著前方，笑了笑……
耀起：你妹有口福了。

阿斌：所以放心啦，我妹很乖、很可愛，她會照顧戴奶奶的。
　　　△　耀起又感慨的笑了笑……
耀起：昨天奶奶回來看我了。
阿斌：是喔？
耀起：還刷了牙、洗了臉……早上毛巾還是濕的，有她的味道。
阿斌：你看你啦，讓她這麼不放心，還要專程回來給你看！
耀起：我故意的啊。
　　　△　耀起難過的笑笑……
耀起：故意讓她不放心。
　　　△　耀起舒了一口氣，笑笑說道……
耀起：跟你說個祕密……
　　　△　阿斌不作聲，只把耳朵往耀起伸了過去……
耀起：今天早上突然發現……我現在是孤兒了。
　　　△　阿斌感觸，卻什麼安慰也說不出口，他拍了拍耀起……

🎬	31	時間	日	場景	袁方辦公室外
人物	繼薇、袁方				

　　　△　繼薇把一個便當盒伸給袁方……
繼薇：豆腐捲。
　　　△　袁方接過……
繼薇：我學奶奶的方法做的，雖然不一樣，但是還不錯吃啦。
　　　△　袁方笑了笑……
袁方：謝謝。
繼薇：還有一件事……
袁方：說。
繼薇：他——（改口）戴耀起，的女朋友要回來了……
　　　△　袁方有點欣喜……
袁方：所以，這下你可以放心了？
　　　△　繼薇笑笑……
繼薇：你也可以放心啦。
　　　△　袁方笑了……
　　　△　繼薇也笑了……

🎬	32	時間	日	場景	戴家
人物	耀起、繼薇、紹敏				

　　　△　大門開，耀起才走了進去，屋子裡等著的紹敏就一把抱住耀起……
　　　△　耀起只是任紹敏抱著……
紹敏：我回來了……我終於回來了……
　　　△　紹敏緊緊的抱著耀起……
紹敏：對不起讓你一個人……對不起……對不起……

△ 耀起終於抬起手抱著紹敏，越抱越緊，像是抱住唯一的依靠……

△ 大門邊的繼薇看著這一幕，妒忌讓她趕緊避開自己的眼睛，好一會兒，繼薇退出門外、關上了門，把空間與時間都留給了耀起與紹敏……

△ 繼薇站在門外，眼眶漸漸泛紅，但她打起精神、努力笑笑……

繼薇： 太好了，紹敏回來了！

　　　△ 淡出……

🎬	33	時間	日	場景	周家
人物	繼薇、袁方、周媽、周爸、繼萱、繼茹、二姊夫				

　　　△ 淡入……

特寫： 袁方禮貌的說道……

袁方： 這是台北很有名的起司蛋糕。

　　　△ 鏡頭拉開，客廳裡，周媽、周爸、繼萱都圍著剛進門的袁方和繼薇……

　　　△ 周媽接過蛋糕，眾人七嘴八舌……

周媽： 唉喲謝謝啦！怎麼這麼客氣說！這個我最喜歡吃了，上次周繼薇買給我吃，一吃就一個停不下來！

繼萱： 你「真的是」周繼薇的男朋友？

周媽： 不然還煮的喔？

繼萱： 連周繼薇都可以找到這麼帥的男朋友，這樣我就更有信心了！

繼薇： （尷尬）呴大姊……

周爸： 坐車累不累？

繼薇： 哪會累啦?!

周爸： 我們這裡太鄉下……走回來很累吧？

周媽： 本來是叫你周伯伯去給你接，可是摩托車一次只能載一個。

周爸： 所以上次阿華那台二手車就應該買下來！

周媽： 現在講這個幹什麼啦?!

　　　△ 這時繼茹從廚房端了茶出來嚷著……

繼茹： 你們要不要讓人家進來坐啊？

　　　△ 周媽周爸這才想到……

周媽： 嘿啦嘿啦，來坐啦！喝茶啦！

　　　△ 眾人入座……

　　　△ 繼薇幫著繼茹倒茶……

　　　△ 這時二姊夫端了水果出來，很卑微的笑著說道……

二姊夫： 吃水果。

　　　△ 二姊夫捲起的袖子，隱約露出了一截紋身，說明了他的過去……

　　　△ 周媽看到了，沒好氣的說道……

周媽： （嫌棄）啊你芭樂要切成一條一條，這樣一半一半是要吃到累死喔?!

二姊夫： （傻笑）我想說這樣吃比較多……那我再去切一下啦。

　　　△ 二姊夫端著水果又鑽回廚房……

周媽： （嘟噥）切個水果都切不好！

　　　△ 繼茹隱忍著也去廚房幫忙……

繼薇：那是……（想到）二姊夫喔？
周媽：（沒正面回應）有夠憨慢啦。（立刻換笑對袁方）先喝茶先喝茶！
　　　△　周媽把茶推給袁方……
袁方：謝謝。
　　　△　繼薇跟進了廚房……

🎬	34	時間	日	場景	周家廚房
人物	繼薇、繼茹、二姊夫、周媽				

　　　△　二姊夫切著芭樂……
二姊夫：這個大小可以唅？
　　　△　繼茹在旁邊看著，搶著刀具……
繼茹：我來啦。
二姊夫：我來就好，你去陪他們聊天。
　　　△　繼薇站在廚房邊看著，為繼茹感到高興的笑了……
　　　△　二姊夫溫柔的催促著繼茹……
二姊夫：去啦，聽話。
　　　△　繼茹一回身就看到含笑的繼薇……
繼茹：幹嘛你？
　　　△　二姊夫也看向繼薇……
繼薇：我是繼薇。二姊夫好。
繼茹：（笑斥）什麼二姊夫啦 ?!
二姊夫：（笑笑）繼薇好。
繼茹：（笑斥二姊夫）你還唅 ?!
　　　△　二姊夫傻笑了笑……
二姊夫：你二姊說你是你們家最漂亮的，果然捏。
繼薇：二姊才是最漂亮的！
繼茹：（笑斥繼薇）被周繼萱聽到你們兩個就完了！
　　　△　繼薇和二姊夫都趕緊縮縮肩膀的笑了……
　　　△　周媽的聲音突然冒出……
周媽：笑什麼你們？
　　　△　三人都嚇了一跳，回首發現是周媽，才「好險」的釋然……
周媽：幹嘛？在說我壞話喔？
二姊夫：在說繼萱啦！
　　　△　繼茹立刻打了二姊夫一下……
　　　△　周媽懶得追問，拿起圍裙……
周媽：通通走開，恁母要來大展身手了啦！
　　　△　眾人讓周媽走到流理台前……
　　　△　周媽邊穿圍裙邊說……
周媽：要抓住女婿的心喔，就要先抓住他的胃！
繼薇：唅，媽～～
二姊夫：真的！我就是被周媽媽抓住胃了！
　　　△　周媽橫了二姊夫一眼……

周媽：芭樂趕快端出去！

二姊夫：喔喔對喔。

　　△　二姊夫趕緊端著芭樂出去了……

　　△　繼茹隱忍著也出去了……

　　△　繼薇走向周媽，幫忙摘菜……

繼薇：馬麻，你幹嘛對二姊夫那麼兇?!

　　△　周媽從冰箱拿著食材出來……

周媽：笨蛋一顆ㄟ你！這樣他才會覺得我們把他當成一家人啊！

　　△　繼薇懂了，笑了……

繼薇：呴～～你很會做人耶！

周媽：廢話，啊不是做了你們三個！

　　△　母女倆摘洗著菜……

周媽：啊耀起還好嗎？

繼薇：不好。

　　△　周媽擔憂的看向繼薇……

　　△　繼薇安慰的笑笑……

繼薇：不過他女朋友回來了，應該很快就會好。

周媽：你要跟他說啦……那真的是奶奶的福報，一點苦都沒受到。

繼薇：嗯。

周媽：好啦，出去啦！

繼薇：我幫你啊。

周媽：哪有放男朋友一個人的，啊你是會不會談戀愛啦?!

繼薇：好啦好啦。

　　△　繼薇洗了手出去了……

　　△　周媽忙著，嘆了一口氣，滿足的笑了……

🎬	35	時間	日	場景	周家女兒房
人物	袁方、周爸、繼萱、繼薇				

　　△　女孩房裡，周爸正開心的跟袁方說明著……

周爸：因為家裡小，所以她們三個只能擠一間……小時候常常為了搶地盤在吵架。

　　△　周爸兀自笑著……

　　△　袁方禮貌笑著，看著……

周爸：周繼薇是老么，所以吃虧，睡上面。好幾次半夜起來上廁所摔到狗吃屎！

　　△　周爸又笑了……

　　△　這時繼薇走來抗議著……

繼薇：拔，你很奇怪耶，怎麼這麼喜歡帶人家參觀房間啊?!

　　△　袁方暗暗笑著……

繼薇：出來吃水果啦。

周爸：對對對，吃水果吃水果。

　　△　繼薇站在門口邊等著眾人出來……

　　△　周爸領頭走出……

　　△　袁方跟著……

△　繼萱尾隨，突然促狹的問著……

繼萱：聽說你喜歡費雯麗喔？

　　△　袁方不解看著繼萱……
　　△　繼萱更曖昧的說道……

繼萱：而且有祕密都藏在心裡响？

　　△　繼薇傻眼，以壓抑的聲音、咬牙切齒的抗議說道——

繼薇：大～～姊～～

　　△　袁方懂了「是那首詩」，笑笑……

袁方：以後我的祕密，通通都會告訴繼薇的。

　　△　袁方說完深深的看了繼薇一眼，離去……
　　△　繼萱一臉羨慕，又恨恨的看向繼薇——

繼萱：周繼薇，我真的作夢都沒夢到你會有這一天！

　　△　繼萱也扭頭離去……
　　△　繼薇一臉招架不住家人的各式奇招的苦笑狀，暗暗嘆口大氣，帶上了房門，畫面隨之黑去——

🎬	36	時間	日	場景	火車上
人物	繼薇、袁方				

　　△　淡入……
　　△　兩人並排坐著……

袁方：她劈腿。

　　△　繼薇驚訝的看向袁方……
　　△　袁方笑了笑，一直望著前方……

袁方：跟她的教授……一開始她不承認……她太聰明了，所有我的懷疑，她都有冠冕堂皇的理由……可是我還是在她教授的臉書上看到了他們的合照，很親暱、很有故事……所以我就開始跟蹤她……

　　△　繼薇有點驚訝——

袁方：被我當場抓到的那天，是我的生日。

　　△　袁方又笑了笑，仍望著前方，好像那一天就在眼前……

袁方：她自以為聰明的打了電話告訴我已經訂好晚餐的餐廳，她應該是以為，那會是我最鬆懈、最不設防的時候，所以是她玩弄感情「最安全」的時間點……我在餐廳把我拍到的照片拿給她看……她很震驚，卻連一句道歉的話都沒有，開始激動的控訴我……

　　△　袁方頓了頓，強撐的笑容漸漸隱沒……

袁方：她說我的行為讓她感到噁心，驚恐……她報了警，於是我的 22 歲生日，是在警局度過的。

　　△　繼薇驚訝——
　　△　袁方咬咬牙根，憤恨依舊——

袁方：我沒有拿到學位就逃回臺灣……因為我一秒鐘也不想留在那個讓我徹底失去自尊的地方。

　　△　袁方收拾了情緒，這才轉頭看向繼薇……

袁方：我從來沒告訴任何人這個祕密。

　　△　繼薇看著袁方，不知道該怎麼安慰他……

袁方：可以答應我嗎？……有一天你可以因爲不愛我了，或者我不可愛了，於是離開我，
可是你絕對不可以 —— 不忠貞，以及欺騙我。

　　△　繼薇看著袁方，不知道該怎麼回答……

袁方：辦不到嗎？

繼薇：她好像……傷你傷得很深？

　　△　袁方笑了笑……

袁方：所以你要好好的幫我療傷。

　　△　繼薇看著袁方，好一會兒勇敢的把自己的疑惑說了出來……

繼薇：你眞的確定……你喜歡我嗎？

　　△　袁方盯著繼薇愼重的說道……

袁方：你還沒有回答我。

　　△　袁方的愼重，讓繼薇害怕……

袁方：絕對不要那樣對我。

　　△　繼薇頓了頓後，應道……

繼薇：好。

　　△　袁方看著繼薇，好一會兒才綻開笑容……

🎬	37	時間	夜	場景	戴家浴室
人物	耀起				

　　△　耀起用水沖著臉……沖了好幾下，撐著臉盆發著怔，好一會兒緩緩的抬起頭看著鏡子裡的自己……

　　△　好一會兒，打起精神的轉身去拿毛巾，動作卻突然一頓……

　　△　奶奶的毛巾不見了。

　　△　耀起又轉身察看奶奶的假牙、牙刷……

　　△　全不見了！

　　△　耀起頓了頓，猛的忿忿扭開門衝了出去——

🎬	38	時間	夜	場景	耀起房
人物	耀起、紹敏				

　　△　紹敏正在跟三米講手機……

紹敏：給他什麼他都吃，就是話少一點，常發呆……我就很努力的逗他笑啊，很努力
的——（被打斷）

　　△　砰的一聲開門聲——

　　△　紹敏驚訝的看去——

　　△　耀起憤怒的站在門邊……

耀起：奶奶的毛巾呢？

　　△　紹敏趕緊對手機說……

紹敏：等下打給你。

　　△　紹敏切斷電話（手機始終在手上）——

紹敏：我——（被打斷）

耀起：（憤怒）奶奶的牙刷、假牙、扇子、擀麵棍呢？

紹敏：（勸）耀起，奶奶走了。

耀起：你憑什麼？

紹敏：我只是希望你接受這個事實！

耀起：（吼）你憑什麼?!

紹敏：我知道你很難過，很痛苦，可是再難過、再痛苦，也必須要「讓它過去」啊！

耀起：（冷）滾出去。

△ 紹敏意外耀起竟這樣對自己，但仍隱忍的哄著……

紹敏：不要這樣，耀起，我會陪你一起「讓它過去」的 ——（被打斷）

耀起：（狠）立刻滾。

紹敏：（不敢置信）戴耀起？

耀起：（吼）滾！！

△ 紹敏受傷了……她忿忿的拿起手機，摀著要哭出來的嘴，衝了出去——

🎬	39	時間	夜	場景	戴家客廳
人物	繼薇、紹敏				

△ 紹敏衝了出來，一頓——
△ 繼薇不知何時已經歸來，正驚愕的站在大門邊……
△ 紹敏往大門衝去，繼薇焦急勸著……

繼薇：紹敏不要難過，他只是在發洩，讓他發洩出來是好的，不要跟他計較好不好？不要離開他，你現在不能離開他！紹敏拜託！

△ 繼薇努力拉著欲離去的紹敏，一聲巨響從耀起房間傳出——
△ 繼薇的手一鬆、紹敏衝了出去——
△ 繼薇驚愕的看向耀起房——

🎬	40	時間	夜	場景	耀起房
人物	耀起、繼薇				

△ 耀起正赤手搥著櫃子——
△ 流血了……他卻依舊沒有眼淚……
△ 繼薇在門邊哭著看著……
△ 耀起奮力的發洩著……
△ 繼薇忍耐著不去阻止，她知道他必須發洩……但每一聲巨響，都讓她不禁心疼的緊緊閉上眼睛 ——

🎬	41	時間	夜	場景	戴家大門外巷子
人物	紹敏				

△ 紹敏邊抹著委屈又氣憤的眼淚、邊大步走著……
△ 手機響了，她看了看接起，崩潰哭吼著……

紹敏：我只是為他好、我只是不想讓他觸景生情、我為了他把自己最想做的工作都辭掉了，他難道不懂我有多愛他嗎?!

△ 紹敏停下腳步，大哭著，聽著彼端，大哭回應著……

紹敏：我把奶奶的東西丟掉了……
　　△　突然垃圾車的聲音傳來，紹敏一怔，想到 ——
紹敏：奶奶的東西?!
　　△　紹敏回神……
紹敏：我要拿回來！一定要拿回來！
　　△　紹敏突然拔腿朝垃圾車的方向追去……

🎬	42	時間	夜	場景	袁方辦公室
人物	袁方				

　　△　趕回公司加班的袁方邊講著手機、邊拿出背包的手提電腦、邊走到位子開了燈，丟開背包……

袁方：白天有些重要的私事，所以我剛到事務所……明天早上一定讓你拿到……我知
　　道……沒問題……
　　△　袁方聽著手機，一屁股坐進椅子，已經急忙上電腦開機（請讓電腦完成開機）……

🎬	43	時間	夜	場景	耀起房
人物	耀起、繼薇				

　　△　一地凌亂的殘骸……
　　△　耀起已經靜了下來……坐在凌亂裡……雙眼通紅、憤恨，血從手臂不斷的流下，依舊沒有淚水……
　　△　繼薇緩緩張開眼睛……她看著耀起……
　　△　耀起的身影，很寂寞、很無助……
　　△　繼薇走到耀起身邊，蹲下身開始收拾著殘骸……
耀起：走開。
繼薇：不要。
耀起：走 —— 開！
繼薇：我不走！因為我知道、我通通都知道！……奶奶怎麼可以不見了？……奶奶怎麼會
　　不見了？……我知道你好痛……我知道你不想相信……我知道你好氣，你氣自己忘
　　了說再見……你氣戴伯伯怎麼可以那樣對奶奶……你替奶奶這一輩子生氣……你替
　　奶奶這一輩子委屈……
　　△　淚水終於從耀起的眼眶落下……
繼薇：我真的都知道……可是奶奶，怎麼辦？……我幫不了你的寶貝……我不能幫他痛、
　　幫他難過、幫他生氣……奶奶，我該怎麼辦？
　　△　耀起繼續掉著眼淚……
　　△　繼薇像是在幫耀起抒發一般的喊著……
繼薇：奶奶～～奶奶～～奶奶～～
　　△　耀起因之，終於淚流不已……
　　△　他們一起宣洩著……
　　△　音樂起……

🎬	44	時間	夜	場景	街道
人物	紹敏				

△ 音樂中……
△ 紹敏流著淚，奔跑著……
△ 前方，有一輛垃圾車，紹敏不斷的追趕著……

🎬	45	時間	夜	場景	袁方辦公室
人物	袁方				

△ 音樂中……
△ 袁方戴著耳機繼續的以電腦畫著圖……
△ 桌燈上，吊著周媽媽送的護身符，護身符搖晃著……
△ 袁方抬起頭，看看護身符，笑了……

🎬	46	時間	夜	場景	串燒店
人物	立正、阿光、小色				

△ 從大門緩緩zoomin……
△ 只見，立正撐著頭在櫃檯上發呆……阿光坐在櫃檯下發呆……
△ 店裡沒有生意。盡是沮喪的氛圍……
△ 突然傳來……

小色（畫外音）：靠……這麼（本要說「生意爛」，轉）……「閒」啊？
△ 立正苦笑，懶洋洋的說……

立正：重新開張以後，就差不多是這樣。
小色：是喔 ?!
立正：以前還以爲耀起是我們老是虧本的罪魁禍首。
阿光：原來他才是招財貓。
△ 眾人一陣感慨……
小色：我哥還好嗎？
阿光：你想呢？
△ 眾人一陣感慨……
立正：要不要打電話叫你那群白吃白喝的過來 ?!
阿光：吃什麼我們請客，反正材料再放下去就要壞了。
△ 小色拿起手機，正要撥，想到什麼又放棄了……
小色：幹嘛讓他們白吃白喝？來啦！動起來動起來！……我們去做點「戴耀起」會做的事
啦！
△ 立正、阿光不解互看著……

🎬	47	時間	夜	場景	龍山寺，遊民匯集處
人物	立正、阿光、小色、環境人物				

△ 碳烤的眾多食物陳列鋪在紙箱上……
△ 小風和阿光、立正，在一旁放下了自製字卡……三人，看看一切……
小色：我那時候蹺家就是窩在這裡……還好我哥把我接回去給奶奶照顧……

△ 阿光拍拍小色，小色笑笑，三人滿意的走開了……
△ 字卡上寫著：
　出外靠朋友！大家開心。不用謝。
△ 一會兒，有遊民走近了……
△ 鏡頭zoom out……
△ 音樂起……
△ 新建回憶
△ 耀起在紙箱上放下店裡剩下的食物，放上字卡「出外靠朋友！大家開心。不用謝。」
△ 耀起正騎著腳踏車要離去……聽見了呻吟聲（Man一點，「靠」之類的）……
△ 耀起停下腳踏車、尋聲繞去看著……
△ 只見牆角縮坐著一個身影，正抱著斷了的手臂……
△ 耀起靠近……

耀起：不舒服？
△ 身影抬起頭——是小色，剛打完架的樣子，他瞄了耀起一眼

小色：干你屁事？
△ 小色酷酷的撇過頭去不理耀起……
△ 耀起認出了他……

耀起：你不是前幾天那個欠扁的嗎？
△ 小色聞言，再次緩緩的看向耀起……也認出耀起……

耀起：不是很屌、開跑車嗎？現在怎麼窩在這裡？

小色：干、你、屁、事？
△ 小色想起身遠離耀起，卻因動到斷手，痛的大罵……

小色：靠！
△ 小色彎著身忍著痛……

耀起：手都斷了還不去醫院？想廢了是不是？

小色：（吼）干你屁事！

耀起：你要不要多學兩句中文啊？！
△ 耀起一掌抓住小色的後頸領子就把他拽走……
△ 小色邊痛，邊斥著，卻沒能力掙扎任由耀起帶走……

小色：（嘆）到底干你屁事啊？
△ 兩人出鏡……

🎬	48	時間	夜	場景	耀起房
人物	耀起、繼薇				

△ 音樂中……
△ 繼薇清理著耀起手臂的傷口……
△ 耀起的淚已經乾了，面無表情的盯著自己受傷的手臂……
△ 繼薇上著藥，怕耀起痛，吹著氣……又抬起頭看看耀起的反應……
△ 耀起似乎已經沒有痛覺，只是盯著自己的傷口……
△ 繼薇繼續上藥，耀起忽然用沒受傷的手，輕輕的握住繼薇上藥的手腕，像是制止……
△ 繼薇不解的看著耀起……
　耀起只是盯著自己的傷口，然後拉起繼薇的手，放在自己的後頭頂上，用以前奶奶摸自己的方式，帶動著繼薇的手，撫搓著自己的頭……（編按：同本集第9場，回憶中戴奶對小耀起的動作）

△ 繼薇懂得，很快的瞭解了耀起的需求，在耀起不用帶領的情形下，哄寵的撫搓著耀起……

△ 耀起緩緩的放下自己的手，閉著眼睛感受著繼薇的哄寵，伴裝著「奶奶的存在」……

繼薇：（哭著說道）耀起乖……我的耀起最乖了……你是奶奶的寶貝……奶奶的心願……所以你要好好的，別讓奶奶不安心……耀起最乖了……

△ insert本集第9場，奶奶摸著小耀起的頭……

△ 回現實……耀起的眼淚再次滑落……

🎬	49	時間	夜	場景	街道
人物	紹敏、環境人物				

△ 音樂中……紹敏正在垃圾車上，努力翻找著垃圾袋，清潔隊員也幫忙著……

🎬	50	時間	夜	場景	耀起房
人物	繼薇、耀起				

△ 音樂中……

△ 耀起掉下眼淚，滴在繼薇的腿上……

△ 繼薇伸手，抹去耀起臉上的眼淚……

△ 耀起緩緩的抬起頭看著繼薇，想起了當年……

△ insert第一集——

耀起：走開啦你！

耀起：我又不是你哥！

繼薇：（擔憂，小聲）要是你一個人掉進黑洞要怎麼辦？

△ 回現實——

耀起：其實那時候，我好怕，一個人掉進黑洞裡……

△ 繼薇完全知道耀起說的「那時候」……

繼薇：不要怕，我會陪你。

△ 耀起盯著繼薇，一陣感動……

△ 音樂停——

🎬	51	時間	夜	場景	袁方辦公室
人物	袁方				

△ 袁方翻找資料，弄倒了咖啡杯……

袁方：Shit！

△ 袁方搶救著鍵盤、滑鼠——

🎬	52	時間	夜	場景	街道
人物	紹敏				

△ 紹敏終於在垃圾袋裡，找到了那個裝著奶奶遺物的小紙袋……

△ 紹敏哭著、笑了，激動的打開了紙袋……：奶奶的毛巾，好好的包著假牙、牙刷、**擀麵棍**、扇子……

紹敏： （喃喃）我找到了……**耀起，我終於找到了……**

🎬	53	時間	夜	場景	耀起房	
人物	耀起、繼薇					

△ 耀起盯著繼薇……
△ 繼薇看著耀起……
△ 耀起的唇緩緩的朝繼薇的唇靠近……繼薇完全懂得，看著耀起，沒有迴避的等待著……
△ 耀起緩緩靠近，就在千鈞一髮之際，理智喚醒了耀起——他頓住了——
△ 耀起正要起身逃開，但，繼薇卻吻上了耀起——
△ 耀起不再能拒絕了，他回應著……他們溫柔的吻著……

繼薇OS：親愛的上帝，我們感恩、我們良善，我們由衷的希望自己是天使，可為什麼……

△ 繼薇的手碰倒了優碘瓶，深褐色的液體，瞬間蔓延……

繼薇OS：我們依舊犯下了，錯……？

△ 停格——
△ 上字幕：

第八種悲哀：

過去的一切，未必會過得去。

待續……

妹妹　第九集

🎬	1	時間	日	場景	郵局
人物	周爸、環境人物				

△　周爸戴著老花眼鏡，正在敏捷的分信……

繼薇OS：我爸說，他曾經在郵局發現一封信，來自剛果。

△　周爸敏捷的動作卻突然一頓，他看著手中的那封信：英文的寄信地址，來自「剛果」，收件地址也是英文寫的，但，收件人的姓名，卻是用非常拙劣的筆觸親筆寫著——

△　謝淑芬

△　以上畫面配合繼薇的OS……

繼薇OS：寄信人很努力的寫下了「謝淑芬」三個字，比小孩寫的還要醜。我爸說那三個字雖然歪七扭八，卻好像藏著千言萬語，應該是「異國之戀」吧，可是信封的角落又蓋了一個章，好像是什麼組織……

△　特寫信封空白處，蓋著一個章「WFWI」……

（編按：法律顧問特別提醒，美術組請留意WFWI，盡量要「非設計感」）

🎬	2	時間	夜	場景	周家
人物	周爸、周媽				

△　周媽躺在沙發上睡著了，微張著嘴、腳放在沙發盡頭周爸的大腿上……

△　周爸一邊幫周媽抓香港腳、一邊不耐煩的轉著遙控器，轉著轉著，忽然停下，但遙控器並未放下，是並不打算久留的意思……

繼薇OS：好久以後的有一天，我爸不小心看到了電視上《文茜的世界週報》，剛好在報導關於W、F、W、I的故事……

△　周爸專注的神情，融入下一場動畫……

🎬	3	時間	無	場景	動畫

△　WFWI的英文被幻化成：WomenforWomenInternational

繼薇OS：WFWI的全名是WomenforWomenInternational……這個「戰地婦女救援組織」，是由從伊拉克逃到美國的「然珀」女士所發起的。她們用「一個自由世界的幸福女人」配對「一個生存在地球角落的婦女」的方式，一對一的提供每個月30美元的教育基金，好讓那些被戰爭迫害的女人們學習書寫、謀生、獨立的技能，之外，還讓她們以通信的方式，展開一場友情的旅程……

△　信件被很機密的傳送著……

繼薇OS：2007年，在戰火中失去一切的盧安達女人「菲爾莉」和通信三年的美國筆友「麗茲」終於見面了……她們相擁而泣……「菲爾莉」說……

△　動畫裡的「菲爾莉」說道——

菲爾莉：我以為我被世界遺棄了，是麗茲的信讓我重新看到了希望，因為我不是「一個人」。在地球的另一端，有另一個人正關心著我、擔心著我、疼惜著我、盼望聽到我「平安」的消息……

△ 女人的手，一黑一白，十指交纏的緊緊相握……
△ 動畫疊上下一場……

編按：WomenforWomenInternational請參考http://www.youtube.com/watch?v=lFYSowrnQis

🎬	4	時間	夜	場景	耀起房
人物	耀起、繼薇				

△ 續前集……
△ 耀起正要起身逃開，但，繼薇卻吻上了耀起……
△ 耀起不再能逃避了，他回應著……他們溫柔的吻著……

繼薇OS：很奇妙的，在我犯下錯的那個剎那……我竟然想起了我爸跟我講的這個真實故事（繼續）……

🎬	5	時間	夜	場景	街道
人物	紹敏				

△ 畫面疊上……
△ 紹敏拿著裝著奶奶遺物的小紙袋，往回來的路上興奮走著……
△ 紹敏用髒手抹去自己的眼淚，露出笑容……

繼薇OS：也想起了哭泣的紹敏……

🎬	6	時間	夜	場景	耀起房
人物	耀起、繼薇				

△ 耀起與繼薇吻著彼此……

繼薇OS：女人究竟是女人的「朋友」？
△ 繼薇正要移動的手，卻碰倒了優碘瓶———她猛的、清醒般的張開眼睛———

繼薇OS：還是……「敵人」呢？
△ 優碘深褐色的液體，瞬間蔓延……
△ 繼薇驚慌的趕緊離開了耀起的吻，查看著優碘……

繼薇：對不起！
△ 繼薇慌亂的收拾著優碘，她不敢看耀起……因為想到了紹敏。
△ 耀起一動不動的怔在原位，看著慌亂的繼薇佯裝收拾而避開自己的眼神……

耀起：大失誤……
△ 繼薇的動作一頓，不敢看耀起，自責的說道———

繼薇：對不起，我把一切都搞複雜了……
△ 耀起誤會了，他以為那是繼薇的後悔……於是笑笑說道……

耀起：是我的問題……不該把事情搞得這麼複雜。抱歉。
△ 耀起起身離去……走到門邊，又駐足———

耀起：搬出去吧。
繼薇：不要！

△　耀起頓了頓，隱忍了自己的不捨說道——

耀起：砸一砸東西以後好多了，不用擔心我，而且我也不是你的責任，所以不要讓人家建築師不放心。

　　△　耀起離去——

　　△　繼薇在原地，心裡掙扎著……終於，猛的追了出去——

🎬	7	時間	夜	場景	戴家客廳	
人物	耀起、繼薇、紹敏					

　　△　耀起正開了門鎖，追到房門邊的繼薇說道——

繼薇：可是我想「陪你掉下去」啊！

　　△　耀起一陣感動，還來不及回答，但門已經開了——而紹敏就站在大門外……

　　△　紹敏看著耀起，她並沒有聽到繼薇的話。這時一臉很委屈的樣子看著耀起……

　　△　耀起怔住——

　　△　紹敏舉起手中的袋子，委屈的說道……

紹敏：奶奶的東西，一樣都沒有少。

　　△　耀起不知該怎麼回應……

　　△　紹敏緊緊的抱住耀起、環住耀起的脖子……

紹敏：以後絕對不可以對我這麼兇！絕對不可以！

　　△　繼薇在他們身後，看著這一切……

　　△　耀起把紹敏的手扯下……

耀起：讓我靜一下。

　　△　耀起離去……

　　△　紹敏錯愕……

　　△　繼薇怔怔的看著一切……

　　△　下一場紹敏的話先in……

紹敏（畫外音）：那些東西都是他砸的？

🎬	8	時間	夜	場景	戴家浴室	
人物	繼薇、紹敏					

　　△　浴室裡，繼薇正把奶奶的東西，一件件洗乾淨放回原位……

　　△　紹敏充滿期盼的站在浴室的門邊問著繼薇、等著她期待的答案……

繼薇：嗯。

紹敏：他發了很大的脾氣喔？

繼薇：嗯。

紹敏：哭了嗎？

繼薇：嗯。

紹敏：因為他罵了我？

繼薇：……

紹敏：他跟你說了什麼？

繼薇：……

紹敏：擔心我？

繼薇：……

紹敏：怕我不回來？

繼薇：……

紹敏：還是 ——（被打斷）

繼薇：（衝口而出）對不起！

　　　△ 紹敏一怔，好久才擠出笑容，試探的問道……

紹敏：什麼……「對不起」？

　　　△ 繼薇整理了一下緊張的情緒，鼓起勇氣，轉身看向紹敏……

繼薇：你記得我們班上的小芸嗎？……我一直沒有勇氣跟她說她有口臭，所以當她拿情書給暗戀的學長的時候，學長摀住了鼻子跟她說……我不會跟有口臭的人交往。

　　　△ 紹敏有些忐忑，又有些摸不著頭緒的笑笑……

紹敏：你到底要說什麼？

繼薇：我想跟你說……

　　　△ 繼薇緊張著……握緊拳頭，用力的說出……

繼薇：實話！

　　　△ 紹敏一怔，有些忐忑，卻強裝大方的說道……

紹敏：請說。

　　　△ 繼薇看著紹敏，心裡掙扎著——

繼薇OS：我們是敵人嗎？

繼薇：你對耀起的愛，好自私！

　　　△ 紹敏愣住了，收起笑容捍衛的看著繼薇，諷刺的說道……

紹敏：是嗎？因為我希望他快點走出痛苦？還是因為我為他放棄了我喜歡的工作？

　　　△ 繼薇一鼓作氣的說道——

繼薇：可是你不愛他的奶奶、他的朋友、他的難過，你只是愛你們之間的愛情！

　　　△ 紹敏如遭當頭棒喝，卻防衛的笑了笑……

紹敏：所以你就進攻他的奶奶？他的朋友？他的難過？那又怎麼樣呢？他還是不愛你。

繼薇：（受傷）……

　　　△ 紹敏知道自己說的太傷人了，收起戰鬥，整理了理智，歉然的笑了笑……

紹敏：對不起……我對實話有點過敏，但是謝謝你的建議。

　　　△ 紹敏掉頭離去……

　　　△ 繼薇受傷的思索著……

繼薇OS：我們是朋友嗎？

　　　△ 繼薇終於追出浴室門邊，忍不住對紹敏背影說出——

繼薇：如果你沒有辦法好好愛他，請你把他還給我！

　　　△ 紹敏一怔，沒料到繼薇會這麼直白，接著她狠狠的回頭，諷刺的笑了笑——

紹敏：好啊。如果戴耀起「看得上」你的話。

　　　△ 紹敏說完，驕傲的轉身離去……

　　　△ 繼薇用盡力氣，卻始終沒有勇氣說出自己和耀起的事……

繼薇OS：可惜懦弱的我，根本沒有勇氣成為你的敵人，更沒有勇氣做你的朋友……

🎬	9	時間	夜	場景	耀起房
人物	紹敏				

△　音樂中……
△　紹敏席地貼牆坐在門邊發著呆……
△　好一會兒，回神，她看著滿地的那些狼狽，開始收拾……
△　紹敏收著，發現一個滾落在地的首飾盒……是耀起跟三米買的戒指……
△　紹敏驚訝、拾起、緩緩打開了盒子……
△　特寫戒指……
△　紹敏欣慰的笑著哭了……

紹敏： 我願意……

🎬	10	時間	夜	場景	戴奶房/周家
人物	繼薇/周爸、周媽				

△　音樂中……
△　繼薇抱著流浪狗坐在床上，發著怔……手機響了，繼薇回神，拿起了手機，是周爸……繼薇接起……

繼薇： 爸喔～～
　　　△　以下對跳周爸……依舊坐在沙發上看著電視，而周媽的腳蹺在周爸的大腿上……
周爸： 在忙？
繼薇： 沒有啊，怎麼了？
周爸： 爸爸之前不是有跟你說那個從剛果寫信給謝淑芬的那個 WomenforWomen ？
繼薇： 喔……怎麼了？
周爸： （喜悅的）忘了跟你說，剛果前幾天終於又寄信來了……我還在擔心她怎麼那麼久
　　　　沒寫信來，會不會出了什麼事……
　　　△　繼薇欣慰的笑笑……
繼薇： 所以她是平安的 ?!……好棒喔。
周爸： 是啊！鬆了一口氣！……跟你媽講半天她都聽不到重點，一直問我剛果在哪？非洲
　　　　女人都很黑呴？……有夠沒知識。
　　　△　繼薇笑了……
　　　△　周爸也笑著……接著帶著喜悅的好奇說道……
周爸： 現在可以親了啦！
　　　△　繼薇以為周爸指的是耀起，嚇了一跳——
繼薇： 蛤？
周爸： 我是說你男朋友啦……（規定）可是親臉就好喔！
　　　△　繼薇一怔……
繼薇OS： 到這一刻我才發現……在那個一切都開始複雜的剎那裡，我竟然忘了——
　　　△　insert第八集——
袁方： 告訴我「都過去了」。
袁方： 所以你要好好的幫我療傷。
袁方： 絕對不可以 —— 不忠貞，以及欺騙我。
　　　△　繼薇想到這兒，一臉的愕然……
　　　△　周爸（彼端）：喂？電話斷囉？
繼薇： （回神）—— 沒有啦 ——
周爸： 好啦，沒事了。

繼薇：（喊住）把拔！

周爸：嗯？

　　△　繼薇掙扎著，想跟周爸坦白自己……

繼薇：我……我是說……你們喜歡「他」嗎？

周爸：（開心、佯稱）你媽啦！喜歡得要命！好像她要嫁一樣！

　　△　繼薇聞言志忑著……

繼薇：那如果，如果萬一……萬一我沒有那麼喜歡他呢？（加強）我是說「萬一」。

　　△　周爸一怔，有點擔憂，但隨即笑笑說道……

周爸：當然是「你喜歡」才最重要，不要管我們啦。

　　△　繼薇一陣感動……

繼薇：謝謝……

周爸：傻瓜！……沒事了呴，晚安啦。

繼薇：晚安。

　　△　周爸切斷電話，看著電話，神色有點擔憂……

　　△　這時沒睡沉的周媽，嘟囔說道……

周媽：人家跟男朋友親不親你也要管？雞婆！

　　△　周爸趕緊掩飾的說笑……

周爸：我的女兒我當然要管啊！……進房間睡啦！

🎬	11	時間	日	場景	公園
人物	耀起、晨起運動的人們（老奶奶多一點）				

　　△　運動中的老奶奶，微笑著、專注著做著運動……

　　△　耀起坐在公園的角落，看著她們，悵然的笑了……

耀起：奶，根本沒有那麼難對不對？……太陽一樣會爬起來對不對？

🎬	12	時間	日	場景	戴家
人物	耀起、繼薇、紹敏				

　　△　大門開啟聲後，耀起提著早餐進來，扔了鑰匙、脫了鞋，走向餐桌……

　　△　耀起房間的門開了，紹敏走出房看著耀起，先觀察著……

　　△　耀起邊把早餐從袋子取出，邊說道……

耀起：吃早餐。

　　△　紹敏見耀起又恢復精神，開心笑著，走向耀起，從耀起身後抱住耀起……

紹敏：Sorry。

　　△　耀起沒有拒絕，也沒有反應，繼續拿出袋子裡的早餐……

紹敏：昨天不應該掉頭就走的，我應該緊緊的抱住你。

　　△　這時，繼薇的房門開啟了，已經換好衣服的她抱著流浪狗，站在門邊，看到紹敏和耀起親暱的樣子，尷尬著正要關門進去……

　　△　耀起卻揚聲對繼薇說道……

耀起：過來吃早餐啊！早餐最重要，奶奶說的。

紹敏：嗯！我們要聽奶奶的話！

247

△　紹敏開心入座……

紹敏：耶，我最喜歡的燒餅夾蛋。

　　△　繼薇放下流浪狗，也走來入座……
　　△　紹敏幫繼薇把吸管插入豆漿，拿給繼薇……
　　△　繼薇一怔，尷尬說道……

繼薇：謝謝。

紹敏：是謝謝你。

　　△　紹敏隨即跟耀起說道……

紹敏：你都不知道，昨天繼薇爲了你唸了我一頓耶！……反省了一個晚上以後，現在豁然
　　　開朗！（向繼薇）所以要謝謝你。

　　△　繼薇尷尬著……
　　△　耀起一如往常的說道……

耀起：我不知道周繼薇還會說大道理?!

紹敏：那是因爲你老是看不到繼薇的優點！

　　△　紹敏吃著早餐，彷彿突然想到什麼——

紹敏：啊！

　　△　紹敏放下早餐，從口袋拿出了戒指盒——

紹敏：你的「祕密」被我發現了！

　　△　繼薇愣住了，看著這一幕……
　　△　紹敏甜蜜的朝耀起笑著，打開盒子，取出戒指放在耀起的手裡……然後又伸出自己的手……
　　△　耀起怔怔的看著……

紹敏：（甜蜜）快點啊！

　　△　繼薇受傷的看著這一切……
　　△　耀起遲疑一下，把戒指套上了紹敏的指頭……
　　△　紹敏慎重的說道……

紹敏：Ido！

　　△　紹敏湊上耀起，輕吻了一下——

紹敏：害人家感動得哭了好久。

　　△　紹敏幸福的笑著……
　　△　繼薇的眼睛頓時紅了，趁著眼淚還沒掉下來，她拿著早餐匆忙起身……

繼薇：我快遲到了。

　　△　繼薇狼狽又匆忙的提起背包，背包卻掉在地上，東西撒了一地……

紹敏：你看！欲速則不達！

　　△　紹敏趕緊起身幫繼薇收拾東西……
　　△　繼薇看著紹敏戴著戒指的手忙碌著，腦子一片空白……
　　△　紹敏突然撿起一個玻璃瓶，裡面裝了一顆牙齒（耀起的），伸到繼薇面前……

紹敏：這什麼啊？

　　△　耀起看到了……
　　△　繼薇驚慌回神，奪下瓶子、拿起包包，匆匆的說——

繼薇：謝謝。

　　△　繼薇匆匆的起身離去……
　　△　紹敏目送著，暗暗覺得自己佔了上風……

耀起：今天有空嗎？

紹敏：怎麼了？

耀起：我想收一下奶奶的東西。
　　　△　紹敏笑了笑（學著愛他的奶奶），握住耀起的手……
紹敏：我陪你。

🎬	13	時間	日	場景	宅配營業所
人物	繼薇、美姊、Mickey（櫃檯小妹）				

　　　△　Mickey趴在桌上邊填著寄件資料，邊興奮的說著……
Mickey：沒騙你，眞的無敵可愛的！每次他一笑，我就好想撲上去親他的嘴！
　　　△　繼薇在一旁心不在焉的Keyin，聽到親嘴，又恍神了……
Mickey：（惋惜）唉～不知道什麼時候才能存到機票去看他說?!……欸繼薇，你知不知道有什麼打工的地方啊？
　　　△　繼薇仍恍神，沒聽見……
　　　△　Mickey察覺，喚著……
Mickey：叩叩叩，請問周、繼、薇在嗎？
繼薇：（回神）蛤？
Mickey：你怎麼了啦？今天超恍神耶！
　　　△　繼薇尷尬笑笑……
繼薇：哪有 ?!
　　　△　Mickey把寄件單交給繼薇……
Mickey：哪沒?!
　　　△　繼薇默認……掙扎的坐到Mickey對面，湊近，低聲說著……
繼薇：問你一個「假如」的問題喔……
Mickey：喔。
繼薇：如果有一天，我搶了朋友的男朋友，你還會跟我作朋友嗎？
Mickey：（驚，下意識）拜託不要是我的男朋友！
　　　△　繼薇尷尬笑笑……
繼薇：不是啦……
　　　△　Mickey湊近繼薇，同情的說道……
Mickey：袁先生有女朋友囉？
繼薇：不是啦，我是 ——（被打斷）
　　　△　Mickey的手機響，她一看來電，趕緊吐吐舌頭接起……
Mickey：是……弄好了弄好了，我正要回去。
　　　△　Mickey趕緊切斷電話，一臉慌張的跟繼薇說……
Mickey：被勺一尢了啦！晚點再聊！（邊跑走邊說）一共23份，有問題再打給我。掰。
繼薇：……掰。
　　　△　Mickey離去……
　　　△　繼薇目送，發著呆……
　　　△　這時美姊拿了一個包裹，從後頭走到繼薇身旁，湊近繼薇、面無表情的淡淡說道……
美姊：跟袁先生吵架了？
　　　△　繼薇被身後的美姊嚇了一跳……回首一看是美姊，平撫了情緒說道……
繼薇：沒有啊……

249

△　美姊盯著繼薇，把手上的包裹放到繼薇面前……

美姊：那這箱「防臭襪」怎麼會出現在冰櫃裡？

　　　△　繼薇看著包裹，驚訝自責……

繼薇：對不起對不起……（擔憂）防臭襪冰一下應該不會壞喔？

美姊：我是很贊成談戀愛啦。不管幾歲，活到老就要愛到老！可是拜託，上班請專心上
　　　班，下班再專心愛！

　　　△　繼薇自責，不知該怎麼解釋……

繼薇：不是啦，我是……對不起啦……

美姊：不用跟我說，跟防臭襪說才是真的！

　　　△　美姊嘆息離去……

　　　△　繼薇看著面前那箱防臭襪，像在對所有歉然的事物一般，說出……

繼薇：……對不起……

🎬	14	時間	日	場景	戴奶房
人物	耀起、紹敏				

　　　△　特寫一件精美旗袍……

　　　△　耀起仔細的摺好……

耀起：這是奶奶最喜歡的一件衣服，布料是爺爺在香港買的。

紹敏：好美喔……

耀起：我爸大學的時候得了一個文學獎，奶奶特地大老遠的跑去西門町找了一位國寶級的
　　　師傅做的，她穿著它去看我爸領獎……奶奶說，下次穿它，是我結婚的時候。

紹敏：那等我們結婚的時候，我就穿奶奶這件旗袍，這樣奶奶的心願就完成啦！好不好？

　　　△　耀起把摺好的旗袍收進一個已經裝了好幾件衣服的旅行袋裡，然後抬起頭，看著紹敏，笑了笑……

耀起：我昨天突然想到一個很簡單卻老是被我們忘記的道理……我們根本不知道下一秒會
　　　發生什麼事……所以怎麼去計算明天、明年、十年？

　　　△　紹敏堅定說道……

紹敏：我們等下就去結！

耀起：那是下一秒的事，我們先來談談上一秒。

　　　△　紹敏覺得耀起非同以往，有點不安的笑笑……

紹敏：你好嚴肅喔。

耀起：我以為我失去了奶奶，現在我懂了，我不可能失去她的……她就在我這裡（指心
　　　臟）……我要聽她的話，好好吃早餐、好好睡覺，我可以功課不好、也可以不成
　　　材，但是我要做個善良的人……（看紹敏）所以我不能騙你。

　　　△　紹敏看著耀起，一陣緊張……

紹敏：我可以不要聽了嗎？

　　　△　紹敏要起身，卻被耀起拉住了——

耀起：我昨天做了對不起你的事。

　　　△　紹敏一驚，傻了——

　　　△　耀起誠摯的看著紹敏……

耀起：我親了周繼薇 ——

紹敏：（隱忍）夠了。

耀起：因為我愛她。

紹敏：（斥喝）夠了！

耀起：如果不是她拒絕我，我會對你更不忠！

　　△　紹敏猛的就打向耀起，一陣憤怒的亂打──

　　△　耀起沒有閃躲，任紹敏打著，直到紹敏疲憊停下，忿忿的看著耀起……

耀起：對不起，傷害了你。

　　△　紹敏忍著淚水，憤怒的笑了笑……然後看向耀起，收起笑容，隱忍著哽咽，咬牙切齒的說道……

紹敏：這個傷害確實很痛，但是我要「原諒你」。

　　△　耀起看著紹敏……

紹敏：因為你那時候太脆弱了，我知道你是為了跟我賭氣，（忿忿）我更知道是周繼薇──（被打斷）

耀起：不是。

　　△　耀起誠懇的對紹敏笑了笑……

耀起：不是脆弱、不是賭氣，更不是周繼薇……是我。我很早就愛著周繼薇，早到我幾乎沒辦法確定是什麼時候？什麼原因？

　　△　紹敏心碎了，卻依舊忿忿直視著耀起──

耀起：我早就知道那些信是她寫的，偷偷享受她對我的愛，卻不敢承認，因為周媽媽反對。

紹敏：（咬牙切齒）可惡！

耀起：我真的認真的愛過你……我還記得那個下午你突然出現的時候，我好開心，但是後來我才發現 ── 我的開心或許是因為，你來自我和周繼薇的回憶……

紹敏：（怒）爛人！

　　△　耀起歉然、誠摯的看著紹敏……

耀起：對不起……只有周繼薇可以讓我……不害怕。

　　△　紹敏氣極──

紹敏：所以呢？我就應該祝福你們那感人肺腑、與眾不同的愛情?!因為你和你美麗的回憶迸出了火花，我就活該要被一腳踢開?!

耀起：如果我再逃避面對這一切，會更爛、更可惡。

　　△　紹敏猛的再次亂打著耀起，憤怒喊著……

紹敏：無恥！卑鄙！兇手！

　　△　紹敏打到力竭，痛哭著……

　　△　耀起誠懇的繼續說道……

耀起：小敏，對不起。

　　△　紹敏忿忿瞪著耀起……

紹敏：對不起就算了嗎？我不會笨到就這樣輕易放過你們！我要在這裡等著看我們三個的結局！

　　△　耀起看著紹敏……

耀起：真的不值得為一個爛人浪費時間。

　　△　耀起收起視線，拉起袋子的拉鍊……

耀起：也不會有任何結局的……我要滾出你們的世界。

　　△　耀起再次抬起頭看著紹敏，誠懇的說道……

耀起：因為我太孬了，所以我不能愛著周繼薇卻和你在一起；我更沒勇氣變成她的絆腳石。

△ 耀起歉然的看著紹敏，苦笑了笑後，起身，走向房門……

△ 紹敏傻在原地……

△ 耀起在門邊駐足，說道……

耀起：再見。

△ 耀起大步離去……

△ 紹敏放聲大哭了起來……

🎬	15	時間	日	場景	串燒店
人物	耀起				

△ 鏡頭一一滑過：耀起的腳踏車上，綁著裝奶奶東西的袋子……他身上背的袋子裡，流浪狗冒出頭看著世界……

△ 鏡頭拉開，耀起坐在腳踏車上，正側頭看著——

△ 串燒店鐵門拉下，還沒開始準備營業……

△ 耀起一陣難過、苦笑……

耀起：再見。

△ 耀起又騎了車，遠去……

🎬	16	時間	黃昏	場景	辦公大樓大門外
人物	繼薇、袁方、環境人物				

△ 城市的天空，侷限在建築物的空隙裡……

△ 下班的繼薇怔怔的看著前方的天空發著呆……

△ 下班的袁方（還穿著前一日的衣服），從後頭含笑走到繼薇身旁，也學著繼薇看著天……

袁方：沒有彩虹啊？

△ 繼薇回神，看向袁方，尷尬笑笑——

繼薇：嚇我一跳……（打量袁方）怎麼穿得跟昨天一樣？

△ 袁方看看自己，苦笑……

袁方：我已經快四十個小時沒睡了。

△ 繼薇一驚，算著，驚訝——

繼薇：你不會是昨天從我家回來以後……又回來加班吧？

袁方：（笑笑）今天一早要給我們老闆開會資料。

繼薇：（歉然）那你幹嘛還跟我回家？

袁方：我喜歡。

△ 繼薇好自責，於是說道……

繼薇：今天先不要約了啦，你趕快回去休息。

袁方：不是「有話要跟我說」？

△ 繼薇一怔（因為她要跟袁方坦白），隨即掩飾的笑笑說道……

繼薇：沒關係啦，明天再說也可以啊。

△ 袁方笑笑，沒正面回應，很堅決的說……

袁方：想吃什麼？

🎬	17	時間	夜	場景	餐廳
人物	繼薇、袁方、環境人物				

　　△　袁方闔上Menu，交給身旁的服務生……

袁方：先這樣。

服務生：好的，請稍候。

　　△　服務生離去……

　　△　袁方對繼薇笑笑……

袁方：要跟我說什麼？

繼薇：（忐忑）不急啊……邊吃邊說嘛……

　　△　袁方歉然的笑笑……

袁方：那……我……可以先趴一下嗎？

繼薇：好啊……

袁方：不會生氣？

　　△　繼薇用力搖搖頭（當然不會）……

繼薇：東西來了我再叫你。

　　△　袁方欣慰的對繼薇笑笑……

袁方：謝謝。

　　△　袁方說著，一隻手伸長、一隻手搭著它、讓頭枕著、趴下……

　　△　繼薇看著袁方，自責著……

繼薇OS：該怎麼告訴這個「爲了我，四十個小時沒睡的男人」……我不愛你……？

🎬	18	時間	夜	場景	計程車
人物	繼薇、袁方、環境人物				

　　△　計程車後座上……袁方睡在繼薇的肩上，很香甜……

　　△　繼薇側頭看著袁方……

繼薇OS：延續著謊言、坦白一切……到底哪一個「才對得起」那些愛我們的人呢?!

　　△　計程車飛逝而過……

🎬	19	時間	夜	場景	袁方家
人物	繼薇、袁方				

　　△　昏暗裡，只有床頭燈亮著，袁方側趴睡在床上，一臉幸福……

　　△　繼薇倒了一杯水走到床前……

繼薇：水來了。

　　△　袁方卻閉著眼睛、兀自享受著被照顧的幸福，賴皮著伸出手……

袁方：錶……

　　△　繼薇放下水，替袁方摘下了手錶……

　　△　袁方幸福的笑容更濃了，又賴皮的說道……

袁方：（喃喃）還有手機……

繼薇：手機在哪？

袁方：（喃喃）忘了……
　　△　繼薇聞言，四下摸找著袁方的身體找手機？有時摸到尷尬處，尷尬著，袁方暗笑著……
　　△　終於，繼薇發現手機，在袁方壓著的那邊的褲子口袋，繼薇伸手、努力的拿著……
　　△　袁方卻趁勢，把繼薇拉向自己……
　　△　繼薇驚呼，還來不及反應，已經被袁方抱在懷裡……
　　△　繼薇掙扎要逃脫，又被袁方緊緊攬住——
　　△　袁方始終閉著眼睛，聞著繼薇，呢喃著……

袁方：今天不要走好不好？
　　△　繼薇慌張……

袁方：（呢喃）我保證不會毛手毛腳。
　　△　繼薇更慌張……

袁方：（笑笑）幹嘛不回答？
　　△　袁方這才張開了眼睛……

袁方：還是你希望我毛手毛腳？

繼薇：（抗議）才不是！
　　△　繼薇同時趕緊掙離袁方——
　　△　袁方笑了……

袁方：原來你「害羞」這麼可愛?!
　　△　繼薇脹紅了臉，趕緊逃下床……

繼薇：我該回家了。
　　△　繼薇拿起包包往大門走去……

袁方：可是你還沒跟我說「你要說什麼」啊？
　　△　繼薇一怔，隨即掩飾說道……

繼薇：改天好了，你休息吧。
　　△　繼薇趕緊走到大門邊，正要開門……

袁方：搬來和我一起住吧！
　　△　繼薇錯愕……

袁方：這樣你想說什麼，就隨時都可以跟我說啦。

繼薇：（慌張）你趕快睡啦。
　　△　繼薇匆匆逃離……
　　△　袁方笑了笑……

袁方：笨一點，也挺可愛的。
　　△　袁方伸手熄滅了床頭燈……
　　△　黑暗銜接下一場……

🎬	20	時間	夜	場景	戴家大門外
人物	繼薇				

　　△　繼薇站在門口，手裡拿著的鑰匙，懸在鑰匙孔不遠處，發著呆……
　　△　繼薇抬起頭看著大門，終於鼓起勇氣，把鑰匙插入孔內——

🎬	21	時間	夜	場景	戴家/串燒店
人物	繼薇/紹敏、立正、阿光、環境人物				

繼薇：我回（頓）——
　△　一片漆黑裡，繼薇的聲音戛然而止——
　△　燈亮了，是大門邊的繼薇開了燈，有些意外「家裡沒人在」的站在門邊……
　△　這時，繼薇的手機響了，她接起……
繼薇：喂？
　△　以下對跳串燒店……
　△　立正一臉為難的站在店門口說道——
立正：繼薇喔？我立正啦！
繼薇：喔立正，怎麼了？
立正：戴耀起跑去哪啦？
繼薇：他沒去店裡？
立正：沒啊。電話也不通。而且他女朋友現在在店裡發酒瘋……
　△　在立正身後，紹敏正拿著酒賴在一桌客人的桌上，阿光死命的要拉著她離去……
　△　紹敏卻兀自對不認識的客人說——
紹敏：所以你覺得哪一種爛男人比較爛？
阿光：好了啦！人家客人要聊天，你不要吵人家啦！
紹敏：我哪有吵?! 我在跟他們聊天啊?!
　△　跳戴家……
　△　繼薇聽著手機，怔著……

🎬	22	時間	夜	場景	串燒店
人物	繼薇、紹敏（留意紹敏的戒指還在）、立正、阿光、環境人物				

　△　特寫紹敏，醉醺醺的她，正把一張畫在餐巾紙上的圖，攤在自己臉前，遮住了自己眼睛以下，還兀自開心的配
　　　著音樂——
紹敏：　愣！
　△　餐巾紙上，拙劣的畫著一件新娘禮服……
　△　紹敏醉醺醺的笑著說……
紹敏：我十歲的時候就設計好了！
　△　坐在紹敏對面的繼薇，擔憂的看著紹敏，忐忑問著……
繼薇：發生了什麼事啊？
　△　紹敏沒回答，兀自開心的問著……
紹敏：超漂亮的結婚禮服吧?!
　△　紹敏見繼薇不語，一臉的困惑……
紹敏：不漂亮嗎？
　△　紹敏一臉困惑的檢查著自己的畫，一會兒，好像想到什麼的敲著自己腦袋，對繼薇說道……
紹敏：忘了跟你解釋了啦！……這裡！這裡是平口的……要滾一排珍珠的邊，不能太窄、
　　　也不能太寬……然後紗要從這裡垂下來……短短的就好，（認真看著繼薇）因為我
　　　的腿很漂亮，所以一定露腿！
　△　紹敏認真的看著繼薇，一臉期待……
紹敏：（興奮）你幫我想想看戴耀起要怎麼穿好不好？……他應該是打死不會穿西裝
　　　的……可是我覺得他穿西裝一定很帥啊……你幫我勸勸他好不好？
繼薇：……好。

255

△　紹敏欣喜，接著又一臉心疼的看著繼薇……

紹敏：不過……如果我跟戴耀起結婚了，你一定會很難過吧？

繼薇：……

紹敏：（傷心）繼薇，我們爲什麼要變成這種關係？

△　紹敏說著就哭了起來……

紹敏：我快不能呼吸了……我快要死了……好痛！好痛～～

△　繼薇自責著……

🎬	23	時間	夜	場景	公園（同第七集兩人談話）
人物	耀起、阿斌、流浪狗				

特寫：耀起拿出背包裡的流浪狗……

△　鏡頭拉開，耀起把流浪狗交給一旁的阿斌……

△　阿斌接過狗……

阿斌：叫什麼？

耀起：還沒取。

△　耀起摸著流浪狗的頭……

耀起：牠很乖，喜歡人家摸牠的頭……怕打雷怕閃電，那時候就抱抱牠。

阿斌：還有咧？

耀起：牠會到浴室尿尿——（被打斷）

阿斌：我是說……還有甚麼「孤」要託的？

△　耀起苦笑了笑，然後說道……

耀起：照顧好「你妹」。

🎬	24	時間	夜	場景	街道
人物	繼薇、紹敏、計程車司機				

△　繼薇辛苦的拍著蹲在路邊吐的紹敏的背，拿著衛生紙幫紹敏擦拭……

繼薇：小心頭髮……這裡不能坐……先擦一下……小心小心……

△　一旁計程車司機下了車，對繼薇說道……

司機：小姐，你朋友醉成這樣不能坐車了啦，還好我反應快，不然剛才就吐在我車上了！

△　繼薇爲難的看著司機哀求著……

繼薇：可是我們住的地方還好遠耶……

司機：你至少要等她把酒醒一下再叫車啦。

△　繼薇爲難，安頓好紹敏趕緊走向司機……

繼薇：是喔……對不起……那不耽誤你的時間，你先走好了。多少錢？

司機：沒關係不用啦……小心捏。

繼薇：謝謝。

△　司機上車離去……

△　繼薇又趕緊去照顧紹敏……

繼薇：好一點了嗎？

紹敏：我想……喝水。

△　下一場阿斌的聲音先in……

阿斌（畫外音）：到底在怕什麼？

🎬	25	時間	夜	場景	公園（同第七集兩人談話）
人物	耀起、阿斌、流浪狗				

　　　　△　兩人已經坐下「長談」狀……
　　　　△　阿斌盯著坐在身旁的耀起，緊迫盯人的等待答案……

耀起：站在她的立場，怕她錯過那麼優秀的建築師……
　　　　△　耀起苦笑……
耀起：站在自己的立場，至少我現在還有個「妹妹」，不要弄到最後什麼都沒了。
阿斌：哪有那麼嚴重？
　　　　△　阿斌把手裡的流浪狗交給耀起……
阿斌：那！（以眼神示意流浪狗）妹妹！
　　　　△　耀起一怔……
　　　　△　阿斌又指向自己——
阿斌：換帖！……還有你店裡那一群兄弟！……你哪裡有你自己說的那麼孤單?!
　　　　△　耀起笑了……
阿斌：而且你在你媽媽肚子裡一個人待了十個月都好好的，現在長這麼大是在怕什麼「孤單」啦?!
耀起：你是哪來這麼多大道理啊？
阿斌：「格物致知」有沒有，不知道哪一個「子」說的啊！
　　　　△　耀起笑了……
阿斌：我妹死了以後，我還格到一個……
　　　　△　阿斌做了一個「仔細聽好」的手勢……
阿斌：愛一下會死，那也愛一下才對得起死！……因為，我們就一定都會死！
　　　　△　耀起有如遭到當頭棒喝，盯著阿斌……
阿斌：太有道理了吼?!
　　　　△　阿斌笑笑，摸摸流浪狗的頭……
阿斌：（一語雙關）「妹妹」我可以先幫你照顧，但是有句話喔，是朋友就一定要說啦……
　　　　△　阿斌看著耀起——
阿斌：不敢做，是假好人。……不敢當，是又假又壞的人！
　　　　△　耀起看著阿斌，再次如遭當頭棒喝……

🎬	26	時間	夜	場景	街道
人物	繼薇、紹敏				

特寫：繼薇的手，緊緊牽著紹敏的手……
　　　　鏡頭拉開，繼薇照顧著紹敏，緩緩走著（編按：留意另一隻手有瓶礦泉水）……
繼薇：慢慢走沒關係……反正離天亮還早啊……
　　　　△　紹敏突然駐足……

△　繼薇趕緊關懷……

繼薇：想吐？

　　△　紹敏搖搖頭……

繼薇：喝水？

　　△　紹敏又搖搖頭……

紹敏：我走不動了……

繼薇：那我叫車……

紹敏：會吐。

繼薇：（不知該怎麼辦）那……（想到）我揹你好不好？

　　△　紹敏看著繼薇，沒有反對……
　　△　繼薇趕緊收起礦泉水，屈膝在紹敏前方，做出要揹紹敏的姿勢……
　　△　紹敏看著，上了繼薇的背……
　　△　繼薇揹起紹敏……

紹敏：……很重喔？

繼薇：不會，我力大無窮！

　　△　紹敏一陣感動……

紹敏：還好有你……

繼薇：（笑笑）還好我夠壯！

　　△　紹敏沉默一會兒，突然說道……

紹敏：繼薇……我們來說最實話的實話，好不好？

繼薇：……

紹敏：我們愛上了同一個人耶……

繼薇：……

紹敏：所以最瞭解我們的，就是我們了……

繼薇：……

🎬	27	時間	夜	場景	公園外
人物	耀起、阿斌、流浪狗				

　　△　耀起跨上了腳踏車……
　　△　阿斌抱著流浪狗站在一旁看著……
　　△　耀起整理好背包，說道——

耀起：走囉。

阿斌：你還沒說要去哪捏？

耀起：不知道。

　　△　耀起摸摸流浪狗，笑笑……

耀起：再見。

　　△　耀起騎上車離去……
　　△　阿斌目送，跟流浪狗說道……

阿斌：妹妹，你猜他會去哪？……唉，希望我的話他有聽進去。

　　△　下一場繼薇的聲音，先in……

繼薇（畫外音）：我一直告訴自己，那只是我心裡期望的答案而已……

🎬	28	時間	夜	場景	戴奶房
人物	繼薇、紹敏				

特寫「公雞牌球鞋」……（編按：連盒子）

繼薇（畫外音）：可是當我看到這雙公雞牌，我就完全確定了（繼續）……

△　繼薇抱著腿，坐在自己的床上……對著戴奶床上的紹敏述說著……

繼薇：原來我就是那個「前女友」。……那個傷了耀起的媽媽，就是我媽。

△　繼薇騰出一隻手，摸著公雞牌球鞋……

繼薇：我們整整的，錯過了十年……

△　紹敏的酒已經醒了，枕著曲在身前的膝蓋，頓了頓後問道……

紹敏：既然知道答案了，為什麼不跟他坦白、把他搶回去呢？

△　繼薇抬起頭，驚訝看著紹敏……

繼薇：我不能傷害你!!

△　紹敏一怔，一陣感動……但，只是一剎那，因為她不相信這個答案……她換了個姿勢說道……

紹敏：換我說實話了。

△　紹敏深吸了一口氣……

紹敏：戴耀起被我撞走了。

△　繼薇一怔……

紹敏：我要他在我搬走之前，絕對不可以出現在我面前！

△　紹敏笑笑，繼續說道……

紹敏：你走了以後，他跟我坦白了一切。

△　繼薇驚訝……

紹敏：（笑笑）……因為他不希望在我和他之間，有任何謊言的存在，他哭了，求我原諒……

△　紹敏的話，讓繼薇有些意外、失落……

紹敏：其實我明知道他是一時衝動，他在跟我賭氣……

△　紹敏隱忍著淚水，笑笑說道……

紹敏：我也明明知道，我一定會原諒他的……可是我卻說了相反的話……

△　紹敏盯著繼薇……

紹敏：因為我想到了你。

△　繼薇一怔……

紹敏：想到了你說的話……我太自私、我不夠愛他……我應該……把他還給你……

△　繼薇震撼而感動著……

紹敏：你說得對，他愛我愛得好辛苦……在店裡累得要命，回到家還要硬撐著不睡，只為了叫我起床；我跟他抱怨住在一個屋簷下還「聚少離多」很沒意思，於是他連覺都不睡，跑來拍戲現場給我送點心，陪我說話；那天他打電話給我，說想我……我叫他證明給我看，所以他就買了這個戒指……

△　紹敏說著，看著自己手上的戒指……

紹敏：媽媽拋棄他、爸爸不負責任、奶奶也走了，他的人生已經夠辛苦了，何必再那麼辛苦的愛一個人呢?! 應該要有一個人全心全意愛他的一切、照顧他的一切……

△　紹敏苦笑著，看向繼薇……

紹敏：所以我強迫自己告訴他……我不會原諒他，這輩子都不想再見到他……

△　紹敏刻意借用繼薇罵自己的字眼一字一字的說道……

紹敏：這就是我自私的、愛他的方式。

   △ 繼薇好自責……

紹敏：**繼薇**……現在，我把他還給你了。

   △ 繼薇滑下眼淚……

   △ 紹敏擠出艱難的笑容……

紹敏：請你忘掉我跟你說的這一切，好好愛他、疼他。不要讓他來找我，不要打聽我的消息……我很快就會變成他的曾經。

   △ 繼薇自責不已……

紹敏：放心，我會好起來的。……一開始可能要喝醉個幾天、找幾塊浮木抱一抱、療療傷……但是總會好起來的，每次失戀不都是這樣嗎？……沒問題的，我可是十項全能的方紹敏！

   △ 紹敏說著，一副打起精神的樣子，站起身，往外走去……

   △ 繼薇自責的喊道——

繼薇：紹敏，對不起！

   △ 紹敏一頓——

紹敏：我接受你的「對不起」。因為我很高興，在今天晚上，我們終於是朋友了。

   △ 紹敏笑笑離去……

   △ 畫面跳戴奶房外………………

   △ 走出房的紹敏帶上了門……同時，也收起了笑容……

   △ 紹敏站在那裡，身體微微顫抖，為了剛才的那番謊言卯足全力後，如今腎上腺素尚在高點……

   △ 畫面跳戴奶房………………

   △ 繼薇難過又自責的哭了出聲……

繼薇：我是個壞朋友……我是個壞朋友……周繼薇，你是個壞朋友！

   △ 畫面跳戴奶房外……

   △ 紹敏聽到了，也自責了起來……可她努力的隱忍，不能功敗垂成……

🎬	29	時間	夜	場景	公路
人物	耀起				

   △ 耀起揹著行囊，奮力的騎著腳踏車……想起了當年周媽的話……

   △ insert第五集，周媽的話——

周媽OS：　你一定不會希望……周繼薇變成你媽媽……對吧？

周媽OS：　所以，如果你不能改變自己，那麼周媽媽拜託你，離我們周繼薇，遠一點。

   △ insert本集——

繼薇：可是我想「陪你掉下去」啊！

   △ 耀起想到這兒，突然煞了車——喘息著，好一會兒，耀起喃喃說道……

耀起：奶，沒有那麼難對不對？……根本沒有那麼難！

🎬	30	時間	黎明	場景	繼薇老家遠處
人物	耀起、卡車司機				

   △ 天際還有些混沌……

   △ 一輛卡車停在上山的岔路……後面的耀起扛著腳踏車下了車，跟司機致謝……小卡車離去……

△　耀起騎上腳踏車，抬頭看去……

△　前方、遠處，他與繼薇的老家村子，已經在望……

△　耀起似乎下定了什麼決心，再次騎去——

🎬	31	時間	日	場景	宅配營業所
人物	繼薇、美姊、阿斌、客戶				

△　美姊打量著繼薇……

△　繼薇（戴著眼鏡）有點尷尬，笑笑……

繼薇：怎麼了？

美姊：應該是我問你「怎麼了」吧？眼睛怎麼那麼腫？

繼薇：（掩飾笑笑）……長針眼。

美姊：（不信的笑笑）看起來好像哭了一整晚。

△　繼薇掩飾的笑笑……

△　美姊又去忙了……

△　這時阿斌走來，看著繼薇……

阿斌：早餐吃了沒？

繼薇：喔……今天有點來不及，所以 ——（被打斷）

△　阿斌把一個飯糰放在繼薇桌上……

繼薇：（感動）謝謝。

阿斌：謝什麼？我你哥捏。問你喔……狗狗如果晚上一直ㄏㄞ，是代表什麼意思啊？

繼薇：以前都沒有過嗎？

阿斌：以前？不知道捏……牠就是耀 ——（扯謊）剛撿到的啦。

繼薇：那有可能是想家，或者是牠會害怕，想睡在你旁邊。像上次耀起撿到那隻，一開始也是會ㄏㄞ，後來我把牠抱上床，牠就不ㄏㄞ了，乖乖睡在我旁邊，而且還要貼著我的身體，牠才有安全感。

阿斌：（衝口）耀起也不早說害我一個晚上（頓，糟糕說溜了）——

繼薇：他有去找你對不對？

阿斌：（為難笑笑）……

繼薇：什麼時候去找你的？

阿斌：……

繼薇：他去哪了？

阿斌：這個我就真的不知道了。

繼薇：你不告訴沒關係，但是請你告訴他 —— 紹敏會原諒他的！你叫他一定要立刻回去找紹敏！不然就來不及了！

△　阿斌一怔……

阿斌：可是你 ——（被打斷）

繼薇：我很快就會搬出去！

阿斌：你要搬去哪？……建築師家喔？

繼薇：……（決定扯謊）嗯！

△　阿斌不肯相信的問道……

阿斌：你真的有喜歡那個建築師？

△ 繼薇一頓，不知道該怎麼回答 ——

△ 這時，有客人來了，繼薇趕緊招呼……

繼薇：要寄件嗎？

△ 阿斌不便打擾，只好離去……

△ 豎起耳朵聽到一切的美姊，湊到阿斌身旁……

美姊：從這個男人家搬到那個男人家，就跟你說了「不簡單」吧！

阿斌：事情是真的很複雜啦！但是不是你說的那種複雜啦！

△ 阿斌嘆口氣，離去……

美姊：（氣，抱怨）男人就是視力有問題！只看得到外表看不到真相！

△ 美姊看了繼薇一眼，嘆口氣、翻個白眼，又去忙了……

🎬	32	時間	日	場景	周家
人物	耀起、周媽、周爸、繼萱、繼茹				

△ 一家子正圍在餐桌準備吃早餐……周媽盛了粥，繼萱接過，抱怨著……

繼萱：今天粥怎麼這麼稀啊？

周媽：啊就經濟不景氣你是沒在看新聞喔?!

周爸：繼茹男朋友買的新電鍋她不會用啦！

周媽：（抱怨）叫他買大同的，就非要買什麼日本的，寫一堆日文就看無啊。

周爸：人家一番心意，那個很貴的！

周媽：（對繼茹）晚上叫他來教我用啦！順便來吃水餃。

繼茹：喔。

△ 眾人說著、吃著……

△ 突然有門的開啟聲，眾人端著碗看去……

△ 門邊，耀起站在那裡……

繼萱：戴耀起？

△ 耀起很自然的逕自端了板凳加入餐桌……

△ 周媽一路盯著他……

周媽：怎麼突然跑來？

△ 耀起接過周媽的碗就吃了起來……

△ 周媽整個動作都還是持碗的狀態……

耀起：超餓……吃完再聊吧。

△ 耀起大口的吃著……

△ 眾人也不以為意的繼續吃著……

△ 周媽斥著……

周媽：自己不會去拿碗，來搶我的！

△ 周媽去廚房拿碗……眾人繼續吃著……

△ 一切就像一家人一般的自然……

🎬	33	時間	日	場景	精品店
人物	紹敏、三米				

△ 特寫三米的手，正在用絨布擦拭著耀起送給紹敏的戒指，邊說道……

To：**大田出版有限公司**　　（編輯部）**收**

地址：台北市10445中山區中山北路二段26巷2號2樓
電話：（02）25621383　傳真：（02）25818761
E-mail：titan3@ms22.hinet.net

大田精美小禮物等著你！

只要在回函卡背面留下正確的姓名、E-mail和聯絡地址，
並寄回大田出版社，
你有機會得到大田精美的小禮物！
得獎名單每雙月10日，
將公布於大田出版「編輯病」部落格，
請密切注意！

大田編輯病部落格：http：//titan3.pixnet.net/blog/

智　慧　與　美　麗　的　許　諾　之　地

你可能是各種年齡、各種職業、各種學校、各種收入的代表，
這些社會身分雖然不重要，但是，我們希望在下一本書中也能找到你。

名字／＿＿＿＿＿＿＿＿　性別／□女 □男　　出生／＿＿＿＿年＿＿＿月＿＿＿日

教育程度／

職業：□ 學生□ 教師□ 內勤職員□ 家庭主婦□ SOHO 族□ 企業主管
　　　□ 服務業□ 製造業□ 醫藥護理□ 軍警□ 資訊業□ 銷售業務
　　　□ 其他＿＿＿＿＿＿＿＿＿＿＿＿＿＿＿＿＿＿＿＿＿＿＿＿＿＿＿＿

E-mail/＿＿＿＿＿＿＿＿＿＿＿＿＿＿＿＿　電話／＿＿＿＿＿＿＿＿＿＿＿＿＿＿

聯絡地址：

你如何發現這本書的？　　　　　　　　　　　書名：

□書店閒逛時＿＿＿＿＿＿＿書店 □不小心在網路書站看到（哪一家網路書店？）＿＿＿＿＿

□朋友的男朋友(女朋友)灑狗血推薦 □大田電子報或編輯病部落格 □大田 FB 粉絲專頁

□部落格版主推薦 ＿＿＿＿＿＿＿＿＿＿＿＿＿＿＿＿＿＿＿＿＿＿＿＿＿＿＿＿＿

□其他各種可能，是編輯沒想到的＿＿＿＿＿＿＿＿＿＿＿＿＿＿＿＿＿＿＿＿＿＿

你或許常常愛上新的咖啡廣告、新的偶像明星、新的衣服、新的香水……

但是，你怎麼愛上一本新書的？

□我覺得還滿便宜的啦！ □我被內容感動 □我對本書作者的作品有蒐集癖

□我最喜歡有贈品的書 □老實講「責出版社」的整體包裝還滿合我意的 □以上皆非

□可能還有其他說法，請告訴我們你的說法

＿＿＿＿＿＿＿＿＿＿＿＿＿＿＿＿＿＿＿＿＿＿＿＿＿＿＿＿＿＿＿＿＿＿＿＿＿＿＿

你一定有不同凡響的閱讀嗜好，請告訴我們：

□哲學 □心理學 □宗教 □自然生態 □流行趨勢 □醫療保健 □ 財經企管□ 史地□ 傳記

□ 文學□ 散文□ 原住民 □ 小說□ 親子叢書□ 休閒旅遊□ 其他 ＿＿＿＿＿＿＿＿＿＿

你對於紙本書以及電子書一起出版時，你會先選擇購買

□ 紙本書□ 電子書□ 其他＿＿＿＿＿＿＿＿＿＿＿＿＿＿＿＿＿＿＿＿＿＿＿＿＿

如果本書出版電子版，你會購買嗎？

□ 會□ 不會□ 其他＿＿＿＿＿＿＿＿＿＿＿＿＿＿＿＿＿＿＿＿＿＿＿＿＿＿＿

你認為電子書有哪些品項讓你想要購買？

□ 純文學小說□ 輕小說□ 圖文書□ 旅遊資訊□ 心理勵志□ 語言學習□ 美容保養

□ 服裝搭配□ 攝影□ 寵物□ 其他 ＿＿＿＿＿＿＿＿＿＿＿＿＿＿＿＿＿＿＿＿＿

請說出對本書的其他意見：

三米：當下女人感動得嚎啕大哭，終於在鼻涕的伴奏下說出了「我願意～～」，隨即男人吻上了女人，接著無可厚非的就是一陣舌頭與舌頭的華爾滋，所有的誤會在口水中冰釋、所有的悲傷完全不藥而癒，於是，出於本能的他們就開始……滾床……一直滾到今天才來看我……

　　△　三米把戒指套回紹敏手指……

三米：對吧？

　　△　紹敏勉強的笑了笑……

　　△　三米有些意外的看著紹敏……

三米：矮油，這表情什麼意思啊？

　　△　紹敏看著三米，似有千言萬語卻不知怎麼開口，於是換了方式，認真的說道……

紹敏：跟我說實話。

三米：別後悔喔。

　　△　紹敏認真的開始問著問題、三米幾乎不假思索的回答著——

紹敏：我自私嗎？

三米：（翻個白眼）經常。

紹敏：有口臭嗎？

　　△　三米一臉「這什麼問題啊」的說道……

三米：目前沒有。

紹敏：命運是因為個性造成的對嗎？

三米：（聳聳肩）雞生蛋、蛋生雞。

紹敏：那我的個性有什麼缺點？

三米：需要三天三夜才說得完。

紹敏：我是不是不夠愛戴耀起？

　　△　三米驚訝的看著紹敏——

三米：你拒絕他了？

紹敏：我會輸給戴耀起的那個妹妹嗎？

　　△　三米有點猜到了，嚴肅的逼問著……

三米：發生什麼事了？

　　△　紹敏笑了笑，眼眶卻同時紅了……

紹敏：他要跟我分手。

　　△　三米一怔……

三米：因為那個「妹妹」？

　　△　紹敏以苦笑作答……

　　△　三米一臉心疼，於是朝紹敏伸出了手臂……

　　△　紹敏懂得，很自然的倒在三米的懷裡……

三米：可憐的寶貝……

紹敏：我哭到喉嚨痛……

三米：（心疼而同仇敵愾）要不要我去罵那個小三妹一頓？還是K她一頓？

紹敏：我做了比這些都過分的事。

　　△　三米一驚……

三米：她還活著吧？

　　△　紹敏笑出……

三米：還會笑，那就好。

△　紹敏把三米抱得更緊了……

紹敏：我好氣。

三米：我知道。

紹敏：我好壞。

△　三米摸著紹敏的頭……

三米：放心，你的壞永遠不夠徹底，否則不會來找我告解，對吧？

△　紹敏苦笑著……

紹敏：你錯了。我這次一定要壞到底！

三米：寶貝，不管你做什麼我都會支持你，唯一不支持的是……你做了「讓自己討厭自己」的事。

△　三米懷中的紹敏，有如遭到當頭棒喝……

🎬	34	時間	日	場景	周家女兒房
人物	耀起、周爸、周媽				

△　耀起很舒服的睡在繼薇的床上……

△　周爸、周媽踮著腳尖看著沉睡的耀起，小聲說道……

周媽：睡得這麼香？

周爸：一個晚上沒睡，又騎了那麼遠的車，當然睡得香！

周媽：（哭笑不得）跑那麼遠來這裡睡覺？……（想到，驚）欸，耀起會不會因為奶奶的事，神經不正常了說？

周爸：（斥）你才不正常咧！……出去啦，讓耀起好好的睡！

△　周爸推著周媽出房，輕輕帶上了房門，耀起仍沉睡著，似乎作了美夢，嘴角上揚……

🎬	35	時間	日	場景	便利商店內/外
人物	繼薇、袁方/裝置聖誕裝飾的人				

特寫：袁方把一個便當放在繼薇面前……

△　鏡頭拉開，兩人並排坐在超商的用餐台前，袁方面前也有一個便當，他笑笑說……

袁方：昨天太早睡，今天太早起床，所以心血來潮就做了便當。

繼薇：你不只會畫房子，還會做菜喔？

袁方：我話還沒說完。……除了泡麵、烤土司、沙拉、煎蛋，我從來沒做過菜，所以……保證不會好吃。

△　繼薇笑笑……打開便當……看起來很清爽、可口，排列美麗……

繼薇：看起來很好吃啊。

袁方：美觀這點我一向很有把握。

△　繼薇吃了口……

袁方：不怎麼樣？

繼薇：其實……不會不好吃啦，只是很清淡。

袁方：是嗎？

△　袁方也興奮的打開了便當，吃了……

袁方：真的好淡。

繼薇：這裡有賣醬瓜耶……

袁方：好主意。

　　△　袁方起身，去買醬瓜……

　　△　繼薇對袁方笑笑，回過頭看著落地玻璃外，有人正在幫路樹佈置聖誕裝飾……

🎬	36	時間	日	場景	周家女兒房
人物	耀起				

　　△　耀起已經醒了，惺忪著、頭髮凌亂著，他坐在繼薇上層的床邊，懸著兩條腿……

　　△　外頭，傳來周媽準備包餃子、剁高麗菜的聲音……

　　△　一切都好像回到了小時候……

　　△　耀起笑了……

🎬	37	時間	日	場景	周家廚房
人物	耀起、周媽				

　　△　周媽剁著高麗菜……身後傳來了……

耀起：包水餃喔？

　　△　周媽嚇了一大跳，丟下刀，摀著心臟回頭看去 ——

　　△　只見耀起悠哉的靠在門框，似乎已經靠了好一會兒的樣子……

周媽：你是要嚇死我喔?!

　　△　周媽邊罵著耀起，邊回身拿起刀繼續剁——

周媽：長那麼大顆，走路怎麼沒有一點聲音?!

耀起：（笑笑）你不是說我屬貓的嗎？翻牆、逃竄、神不知鬼不覺。

　　△　周媽笑出——

周媽：中飯在鍋子裡啦，自己拿。

　　△　耀起聞言，走去炒菜鍋前，打開蓋子，一怔……

　　△　是豆腐捲。

周媽：跟奶奶學的，味道應該差不多。

　　△　耀起一陣感動……

周媽：以後想吃什麼就回來找我！周媽媽雖然沒有什麼才華，可是手藝絕對是「下港有名聲」！……前幾天有個人家介紹的客人，台北來的，右手都舉不起來了，被我喬一喬就哭了，（笑）因為他說他終於感覺到自己有右手（頓住）——

　　△　是耀起打斷了周媽，因為他跪了下來……

　　△　周媽愣住了，一股不祥的預感，讓她說不出話來……

　　△　耀起誠摯的看著周媽……好一會兒堅決的說道……

耀起：我保證，絕對不會讓周繼薇變成我媽……

　　△　周媽傻住了，面無表情……

🎬	38	時間	日	場景	辦公大樓
人物	繼薇、袁方				

△　繼薇跟袁方歸來，朝辦公大樓走去……袁方手裡拿著兩個空便當……

繼薇：謝謝你的便當和醬瓜，那我回去上班囉。

△　繼薇正要走，袁方喚住……

袁方：你還沒跟我說。

△　繼薇一怔，回首看著袁方……

繼薇：說什麼？

袁方：（笑笑）說你「昨天你本來要跟我說什麼」？

△　繼薇一頓，看著袁方，緊張著……

繼薇：昨天那件事……（笑笑）已經解決了啦。

袁方：是嗎？

繼薇：不過……

袁方：什麼？

繼薇：我是在想……

△　袁方笑笑，意思是「不要吞吞吐吐了」……

袁方：快 說！

△　繼薇看著袁方，鼓起勇氣，一鼓作氣的說道……

繼薇：我決定搬出來了，有空陪我去看一下房子！

△　袁方笑了……

袁方：晚上過去幫你搬家。

繼薇：我還沒找到房子 ——（被打斷）

袁方：不過有一點我很堅持 —— 絕對不要給我房租。

繼薇：（怔、傻）我……可是 ——（被打斷）

袁方：下班後你先回去打包，晚點過去接你。我去上班了。

△　袁方說著輕快離去……

△　繼薇目送，正想出聲叫住袁方……

△　袁方卻同時，轉回身，看著繼薇，邊倒退走邊笑了笑說道……

袁方：今天晚餐你負責喔！

△　袁方開心的離去……

△　繼薇更茫然了……

🎬	39	時間	黃昏	場景	精品店
人物	紹敏、三米、客人				

△　三米正在招呼客人……

△　一旁紹敏只好兀自瀏覽著櫥窗裡，各式各樣美麗的首飾，它象徵了什麼？證明了什麼？

△　三米正幫客人介紹一款戒指，就是耀起送給紹敏的那枚……

三米：這個系列非常經典，叫做「勇敢」。

客人：為什麼？

三米：不管是工作上、還是感情上，其實只有我們自己最知道自己每天有多辛苦、多努力、多勇敢，但是別人不見得看得見啊。所以啊，當沒有人給我們鼓勵的時候，為什麼我們不給自己鼓勵呢？「勇敢」是自己送給自己最好的禮物！……試試看……是不是超美?!……最棒的是，連價格也很適合「自己犒賞自己」！

△ 紹敏聽到這裡，不禁望向三米，有些感觸的摸著自己手上的同款戒指……

△ 三米繼續跟客人說道……

三米： 連續劇裡的又青姊不是說嗎，要用自己的錢買自己的包包，裝自己的故事嗎？……我說啊，應該要用自己的錢，買自己的獎品，因為只有我們懂得，我們自己有多棒！多值得！

△ 紹敏摸著戒指的手部特寫……

🎬	40	時間	黃昏	場景	耀起房/公車上
人物	紹敏/繼薇				

△ 鏡頭從紹敏摸著戒指的特寫拉開……

△ 紹敏抱著膝蓋，坐在耀起房間的小桌前，她的手摸著指上的戒指，下意識的轉動著它，眼睛卻看著桌上的公雞牌球鞋……繼薇的話彷彿在耳邊——

△ insert本集繼薇的話——

繼薇OS： 我們整整的，錯過了十年……

△ insert本集的情節——

耀起： 我早就知道那些信是她寫的！偷偷享受她對我的愛，卻不敢承認，因為周媽媽反對。

繼薇： 可是你不愛他的奶奶、他的朋友、他的難過，你只是愛你們之間的愛情！

耀起： 只有周繼薇可以讓我……不害怕。

繼薇： 我不能傷害你！！

△ 回現實——

△ 紹敏一把揮開了公雞牌球鞋——

紹敏： （斥）騙子！

△ 紹敏瞪著散落的公雞牌球鞋，掉下眼淚……

紹敏OS： 其實我聽過「公雞牌球鞋」的故事，而且我還聽過「你並不知道」的那個部分。

△ 畫面跳……………………

△ 繼薇在下班擁擠的公車上……茫然的看著車窗外……

紹敏OS： 那雙鞋，是戴耀起用他媽媽從日本寄給他的禮物，換來的……一如你所認定的，他絕對不會偷東西！

🎬	41	時間	黃昏	場景	戴家
人物	繼薇				

△ 門開，繼薇忐忑的走了進來，看著耀起的房門……

紹敏OS： 還有另一段我知道的故事，也一併告訴你吧。

△ 繼薇往耀起房走去，敲門……

△ 沒有回應……

紹敏OS： 昨天我說的所有實話，全是假的。

△ 繼薇對著房間，緊張又為難的說道……

繼薇： 紹敏，可以出來一下嗎？我……有話……想跟你說……

△ 房間裡沒有回應……繼薇躊躇著，最後開了耀起房間的門……

△　房間裡沒有人。

△　繼薇正要離去，卻一頓──她回首看去──

△　桌上放著公雞牌球鞋（連鞋盒），一張寫滿字的棉紙，和耀起送給紹敏的戒指……

△　繼薇忐忑的走去……

紹敏OS：爛人戴耀起跟我坦白的，其實是……他一直愛著你。

△　繼薇拿起那張紙看著……

紹敏OS：他無恥的跟我揭發了醜陋的真相……我們的愛情，原來只是架構在「我來自他與你的回憶」。

△　看著信的繼薇，她的神情漸漸驚訝……

紹敏OS：讓你哭了一整晚，是我最慈悲的報仇方式，畢竟，我們終究不是朋友！

🎬	42	時間	黃昏	場景	精品店
人物	三米、紹敏、佈置人員				

△　三米正在與佈置聖誕裝飾的人員說著話……

三米：這裡也要幫我多噴一點雪喔～～謝謝，最愛你了。

△　三米一轉身，一怔……

△　隨著三米的視線看去……

△　紹敏站在精品店入口，身上揹著大包小包……

△　三米一臉驚訝……

△　紹敏哭著說道……

紹敏：把那個真的「勇敢」賣給我！

🎬	43	時間	夜	場景	耀起房
人物	繼薇				

△　天色暗下……

△　沒開燈的房間裡，隱約可見，寫滿字的棉紙，躺在床上……

△　繼薇整個傻住了，坐在椅子上，怔怔的看著桌上那個戒指……

紹敏OS：PS.請把這個打過折的戒指還給戴耀起，因為我的愛情，不允許打折！

△　就在這個時候，繼薇的手機傳來訊息聲……

△　繼薇回神，打開了皮包，拿出手機，查看……

△　繼薇看著手機，同時笑著哭了……

△　手機螢幕顯示著，是來自「17」的M＋訊息……

△　一起，掉下去吧！

△　就在這個時候，外頭的門鈴響了（聖誕旋律）──

△　繼薇錯愕的抬起頭──

🎬	44	時間	夜	場景	我們的牆
人物	耀起				

△　耀起坐在「我們的牆」上，手中握著手機，笑了……

🎬	45	時間	夜	場景	戴家大門外	
人物	袁方					

△ 袁方笑著，等待著繼薇來開門……

🎬	46	時間	夜	場景	耀起房	
人物	繼薇					

△ 繼薇站在耀起房的門邊，拿著手機，望向大門的方向———神情是無措而驚慌……

△ 上字幕：

第九種悲哀：

遺憾，來自於，次序的錯亂。

待續……

妹妹　第十集

🎬	1	時間	日	場景	動畫
人物	繼薇				

△ 黑暗裡，高跟鞋緩緩的足音傳來……
△ 畫面漸漸淡入……似展覽會場的空間……

繼薇OS： 插畫家安哲的作品「禮物」，2013年在琉森漫畫節獲得了「新秀首獎」。

△ 主觀視線，漸漸停在一幅作品前……

繼薇OS： 在安哲的畫筆下，那些卑微而辛勤的付出者……不斷運作著齒輪……

△ 主觀視線，隨著口白，移向下一幅……

繼薇OS： 一個又一個牽動的齒輪……原來是巨大飛行器的動力……

△ 主觀視線，隨著口白，移向下一幅……

繼薇OS： 動力載著貪婪者不斷前進……而貪婪，終於抵達了目的地……

△ 主觀視線，隨著口白，移向下一幅……
△ 主觀視線朝著最後一格zoomin……
△ 貪婪的巨嬰動了起來，朝前方伸出他的手……

巨嬰： Givemethegift！

△ 鏡頭漸漸移向驚愕、害怕的聖誕老公公，祂不斷後退著……

繼薇OS： 你是不是也和我一樣，懷疑過祂？

△ 鏡頭跳到主觀人物……繼薇……

繼薇OS： 祂真的公平嗎？那些沒有禮物的襪子，究竟是因為我做得不夠好？還是——屬於我的禮物，被搶劫了？

△ 畫面漸黑……
△ 下一場，聖誕歌聲的「門鈴」響起……

（編按：安哲禮物詳圖http://www.ahnzhe.com/#i_the_gift）

🎬	2	時間	夜	場景	戴家/戴家大門外
人物	繼薇、袁方				

△ 淡入……
△ 門鈴響著……
△ 昏暗裡，繼薇站在耀起房的門邊，拿著手機，望向大門的方向——神情是無措而驚慌……
△ 畫面黑……
△ 淡入……
△ 門鈴聲繼續傳來……
△ 繼薇拿著手機的手貼在心臟上，另一隻手已經放在門鎖上忐忑著、遲疑著……
△ 最後，繼薇儼然下定了決心，開了大門——
△ 畫面黑……
△ 淡入……
△ 門外，正要撥手機給繼薇的袁方，一頓，看向繼薇，笑了……

袁方： 還沒打完包？

繼薇： 我（為難）……

△　繼薇看著袁方，開不了口……好一會兒下定了決心，堅決的說出——

繼薇：對不起，我不──（被打斷）

袁方：沒關係，是我太早到了。

△　繼薇聞言，頓時失去了剛才的堅定、忘了該拒絕的台詞，怔在那裡……

袁方：我幫你。

△　袁方笑著……

△　繼薇更無言了……

🎬	3	時間	夜	場景	我們的牆
人物	耀起				

△　在手機「手電筒」的照耀下，樹上掛著的綠豆湯很清晰，它正開始融化、滴水……

△　耀起放下手機「手電筒」，又看了看手機，check訊息……

△　特寫手機螢幕：最後一則訊息，還是耀起送出的 ──

△　一起，掉下去吧！

△　耀起忖度著「為何沒有回應」，隨即笑了笑，於是耀起再次輸入著訊息……

🎬	4	時間	夜	場景	戴奶房
人物	繼薇、袁方				

△　袁方正拿著放在衣櫥高處的行李箱，同時說道……

袁方：其實先帶幾件衣服就好啦，我家什麼都有，改天抽空我們再回來好好的打包。

△　繼薇在袁方身後，不安的看著他，掙扎著要說出真相……

△　袁方放下行李，回首看看繼薇，含笑催促著……

袁方：想先帶哪些衣服？

繼薇：……

△　袁方看著繼薇，心情很好的說道……

袁方：喂！你在嗎？

△　繼薇看著袁方，再次下定決心，說道──

繼薇：我有一些話想跟你說！

△　袁方做了一個「苦臉」……

袁方：可以一邊吃晚餐一邊說嗎？好餓喔，你答應要做晚餐給我吃的！

△　繼薇一怔，想到自己沒有拒絕的承諾，於是沒辦法繼續了……

△　這時，她手中的手機傳來訊息聲……繼薇嚇了一跳……她心虛的看著袁方，又心虛的看了手機的Ｍ＋訊息……發現是「17」傳來，繼薇更慌張了……

△　袁方留意著繼薇的慌張……

△　完全不知道該怎麼辦的繼薇，再次抬起頭看著袁方……

繼薇：我……（轉）有東西放在另一個房間，我去拿！

△　繼薇簡直是用逃的，逃了出去……

△　袁方隱隱感覺到了異狀……

🎬	5	時間	夜	場景	耀起房
人物	繼薇、袁方				

△ 繼薇慌張的走進耀起的房間，稍微撫平情緒後，再次打開手機看著……

△ 特寫著手機螢幕：

△ 我等你。

△ 繼薇頓了頓，焦慮著，終於按下回覆，輸入著 ——

△ 我必須好好的跟袁方說對不起，他——

△ 這時，繼薇身後傳來了……

袁方（畫外音）：這是誰的房間？

△ 繼薇嚇了一跳！——手機砸在地上，殼身掉了，繼薇慌張的邊撿起手機，邊不假思索的說道——

繼薇：耀起的。

△ 袁方一頓，因為繼薇的慌張、也因為繼薇擅自進入耀起房間的曖昧，讓他有點不悅——

袁方：你的東西怎麼會在他的房間？

△ 繼薇被問傻了……趕緊慌張的拿起桌上的公雞牌球鞋……

繼薇：喔……是他女朋友……昨天……她跟我借鞋子……

△ 繼薇結巴的說完，就趕緊抱著鞋，走出了耀起房……

繼薇的慌亂，讓袁方不禁更加起疑……但他努力的不去多想，正要離去，卻看到了地上繼薇剛才忘了拾起的手機電池，袁方走去撿起，剛起身一半，頓住了，他看著床上——（編按：請道具組選擇繼薇手機時，請衡量可以掉出電池的款式。HTC、三星手機是可以的。但請導演拍攝時務必不要帶到LOGO，因iPhone的商品贊助。）

△ 是被繼薇攤在床上的「紹敏的信」……

△ 袁方盯著那張寫滿字的包裝紙……

🎬	6	時間	夜	場景	周家客廳
人物	周媽				

特寫：菜刀……

△ 鏡頭拉開，周媽怔怔的坐在客廳的沙發上，手中還拿著剁高麗菜的菜刀，連菜渣都還在手上，整個人卻傻了一般，一動不動，她正失神的想著之前發生的一切……

🎬	7	時間	日	場景	周家廚房（新建回憶）
人物	耀起、周媽				

△ 本場接第九集，耀起向周媽下跪後的後續——

△ 耀起誠摯的看著周媽……好一會兒堅決的說道……

耀起：我保證，絕對不會讓周繼薇變成我媽……

△ 周媽傻住了，面無表情……突然轉身又再次拿起了菜刀——

△ 耀起略訝異的看著周媽拿菜刀的手、又看向周媽——

△ 但周媽只是冷冷的說道——

周媽：不行。

△ 周媽說完，又繼續剁著高麗菜……

△ 耀起難過的笑了笑……

耀起：我猜到你會這樣說……以前的我一定會聽你的，不管你罵我、你誤會我、你不讓我跟繼薇在一起，我都會聽你的，因為我媽走了以後，我就把你當成另一個媽！

△ 周媽聽著，紅了眼睛……

耀起：可是這次 —— 我不要聽你的。

△　周媽佯裝冷靜，頓了一頓，繼續剁著高麗菜，堅決的說道……

周媽：周繼薇會聽我的。

耀起：我跪在這裡是因為，只有媽媽才會「真的原諒」孩子做錯的任何事……

周媽：周繼薇一定會聽我的。

耀起：我知道你會原諒繼薇……

△　周媽忍不住咬牙忿忿說道——

周媽：她會聽我的！

耀起：你也會原諒我……

△　周媽氣憤的用力把刀一剁後說道——

周媽：（忿忿）明明你就有女朋友、她也有男朋友，這樣不是好好的嗎？為什麼？為什麼還要把一切都搞亂掉?!

耀起：我會找一份正當工作，做一個很平凡的人，和繼薇過很平凡的日子。

周媽：（忿忿）人家是建築師、人家很愛繼薇，你為什麼不能做繼薇的哥哥就好?!

耀起：因為我不要再自卑了。

△　周媽氣極，猛拿起刀轉向耀起——

△　耀起無懼的看著周媽——

△　周媽揚起的刀子停在半空中，當然下不了手——

△　耀起懇求的看著周媽……

耀起：我從來就沒有勇氣替自己爭取任何一件事……如果我再不爭取，就什麼也沒有了……我爸、我媽、奶奶……我不要沒有周繼薇……

△　周媽隱忍著心軟……

耀起：我不要一個人害怕的活著！……就讓我自私一次好不好？……就這一次！

△　耀起堅定的看著周媽——

耀起：拜託你……周、媽、媽……把周繼薇還給我！（編按：耀起幾乎不說「媽」這個字）

△　終於，周媽心軟了，她沒辦法拒絕的吼吼著——

周媽：要是她不幸福，我就跟你拚命～～！

△　耀起懂了，眼眶紅了、感激的笑了……

耀起：你放心，如果有那麼一天，我會自己走到你面前……給你砍。

△　耀起說著，眼淚掉下……

△　周媽一臉的不甘心，眼淚紛紛的放聲哭了……

🎬	8	時間	夜	場景	周家客廳
人物	周媽、繼茹、二姊夫				

△　周媽抹去溢出的眼淚，因此回神 ——

△　周媽深深嘆口氣，才發現手裡的刀，她收拾情緒起身，往廚房走了幾步，卻又一頓，周媽回到沙發前，放下刀子，匆匆的拿起家裡電話，才撥了一半，院子就傳來開門聲……

△　周媽期待看去——

周媽：誰？……（期待）周繼薇？

△　繼茹開了門進來，後頭跟著二姊夫……

二姊夫：（閩）伯母。

繼茹：繼薇要回來喔？

△　周媽看清楚是繼茹，怔怔的、失望了……

周媽：……沒有啦。
　　△　周媽回身要繼續撥電話，想到繼茹、二姊夫都在，又放棄了，掛回電話。
　　△　繼茹示意二姊夫……
　　△　二姊夫只好為難、靦腆的開了口……
二姊夫：（唔唔）伯母，我跟繼茹剛剛去餐廳付了訂金……
　　△　沮喪的周媽，緩緩的看向兩人……
　　△　二姊夫很卑微的笑著解釋著……
二姊夫：他們26號剛好有人突然退場地所以……（趕緊補充）我們知道是真的很趕啦，可
　　　　是我們不會請太多人，就是一些親朋好友，因為我也知道我那個……兩次……所
　　　　以不會請太多人給伯母沒面子啦……
　　△　周媽還是怔怔的看著繼茹跟二姊夫……
　　△　二姊夫有點失措，覺得周媽生氣了，於是看著繼茹求救……
　　△　繼茹卻很堅定的對周媽說道……
繼茹：我保證會很幸福。
　　△　周媽頓了頓，突然一陣感觸的放聲哭了起來……
周媽：不一樣！不一樣！為什麼三個女兒都跟我想的不一樣～～悲哀啊……
　　△　二姊夫一陣慌張的趕緊拿著面紙給周媽……
　　△　繼茹知道母親妥協了，感動得紅了眼睛……

🎬	9	時間	夜	場景	袁方家
人物	繼薇、袁方				

　　△　門開，袁方提著繼薇的行李進門，開了燈，回首含笑對繼薇說道……
袁方：進來啊。
　　△　繼薇遲疑的踏進屋子……
　　△　袁方關上門，上了鎖，換上室內鞋……
　　△　繼薇看見地上，已經為自己準備好的女用室內鞋……
　　△　袁方察覺繼薇的視線，笑笑說道……
袁方：你的。上次你來沒鞋穿，剛剛去買的。
　　△　繼薇一陣自責。
　　△　袁方繼續往屋裡走去，把手中繼薇的行李擱下，看著繼薇……
袁方：開始我們的晚餐吧！
　　△　下一場門鈴先in……

🎬	10	時間	夜	場景	戴家外
人物	阿斌				

　　△　是阿斌，按著戴家門鈴，卻一直沒人應門……
　　△　阿斌撥出手機，一派輕鬆的說道……
阿斌：按了五分鐘的門鈴都沒人喔，手機也一直打不通……

🎬	11	時間	夜	場景	火車站外
人物	耀起、環境人物				

耀起： 我也打不通……大概是上火車了……

　　　　△　耀起在火車站外停下腳步，對手機說道……

耀起： 謝啦……嗯，她到了我打給你。

　　　　△　耀起切斷手機……再次撥出手機……

　　　　△　彼端傳來「未開機」的訊息……

　　　　△　耀起切斷手機，看向火車站，滿懷著期待衝了進去……

🎬	12	時間	夜	場景	袁方家
人物	繼薇、袁方				

　　　　△　繼薇懷著心事、做著炒飯……

　　　　△　袁方很開心的把鹽罐遞給繼薇……

袁方： 原來你這麼會做菜？

　　　　△　繼薇放著鹽，尷尬笑笑說道……

繼薇： （尷尬笑笑）只是蛋炒飯而已。

　　　　△　繼薇要收起鹽罐，袁方出言制止……

袁方： 多放一點啊，你不是喜歡重口味？

繼薇： 怕你不習慣。

　　　　△　袁方笑笑，又打開鹽罐放了一點，才收起鹽罐……

　　　　△　繼薇看著袁方，更是深深的自責……

　　　　△　袁方回首，發現繼薇看著自己，含笑問道……

袁方： 怎麼了？

　　　　△　繼薇趕緊回神、關上了火，掩飾說道……

繼薇： 用什麼裝？

袁方： 忘了跟你說，碗盤都在這裡。

　　　　△　袁方打開櫃子，邊解釋邊拿出兩個盤子……

袁方： （拉開抽屜）這裡是筷子、叉子、湯匙。餐巾紙在這裡……

　　　　△　看著袁方細心的介紹，繼薇又是一陣心虛，她趕緊端起鍋子，要把炒飯裝盤，袁方體貼的說……

袁方： 這個我會，你去坐著。

　　　　△　繼薇看著袁方體貼的樣子，更心虛了，她入座，看著擺在不遠處自己的行李，忖度著該怎麼開口……

　　　　　　袁方端上炒飯，移開了餐桌中央的小盆栽（編按：以手銬為基座，套上兩個小花盆。），袁方在繼薇對面坐下……

袁方： 開動吧。

　　　　△　袁方吃了，很開心的笑了……

袁方： 好吃。

　　　　△　繼薇尷尬的回以一笑……

袁方： 吃啊！

　　　　△　繼薇拿起湯匙，懷著心事吃著……

袁方： 今天下班的時候，我們老闆的「明天就要」又來了……但是這次我很堅定的告訴他 —— 我女朋友在等我！

　　　　△　繼薇聽著、自責著……

　　　　△　袁方笑笑，繼續吃著，反常的話多……

袁方：沒想到「女朋友」還眞管用。我們老闆竟然說聖誕 Party，要我帶你一起去。
　　△　繼薇看著袁方，隱忍著巨大的自責，準備開口……
　　△　袁方卻不留空隙的，繼續「提醒自己」的說道……
袁方：對喔，要記得多幫你準備一份禮物……（看繼薇）我們每年都有一個很特別的交換
　　　禮物活動。（突然想到）去年聖誕節，你猜我抽到什麼禮物？
繼薇：（尷尬笑笑）……什麼？
　　△　袁方指著剛才移開的盆栽說道——
袁方：這個。
　　△　繼薇看去……
　　△　袁方放下筷子，邊取出兩個小花盆邊解釋……
袁方：不是盆栽，是底下的這個！
　　△　繼薇這才看出，盆栽的基座是一個手銬……
袁方：（笑）我們工作室最宅的男同事的傑作，聽說他每年的禮物都有創舉！拿到它以後
　　　我完全不知道該怎麼處理它，後來想到這個方式，不錯吧？
　　△　繼薇看著袁方的笑容，終於下定決心的說出……
繼薇：我有話跟你說！
　　△　袁方一頓，笑容漸漸的停格在臉上……
繼薇：謝謝你對我這麼好……可是我 ——（被打斷）
袁方：還是決定要說嗎？
　　△　繼薇一陣訝異，試探問著……
繼薇：你……知道……我要說什麼？
　　△　袁方看向繼薇，受傷的笑了笑……
袁方：你不能搬來跟我住，因爲你決定跟戴耀起在一起？
　　△　繼薇傻住了……
　　△　袁方看著繼薇驚訝的神情，於是伸手進口袋，拿出了紹敏的信，和繼薇手機的電池……
　　△　繼薇驚訝看著它們，又看向袁方……
袁方：爲了你，加班趕圖……爲了你，我下午請了假去幫你買脫鞋、回家打掃、買菜……
　　　我以爲你看到我爲你做的一切，至少會有一點心動、自責、或不捨……不管是什麼
　　　都好，至少不會傷害我！……沒想到你也這麼殘忍?!
　　△　繼薇愣住了……自責的解釋著……
繼薇：就是因爲不能欺騙你，所以我才必須跟你說實話 ——（被打斷）
袁方：（怒）是嗎？你確定沒有欺騙？……不是說跟戴耀起「已經過去了」？不是說你會
　　　對我忠貞？
　　△　繼薇自責又急切的說道……
繼薇：我眞的眞的下定過決心！我眞的努力要讓一切都過去！眞的！……可是當我看到戴
　　　耀起失去奶奶的難過，我才知道……我根本連一步都沒有過去……
　　△　繼薇誠懇的看著袁方……
繼薇：對不起！眞的很對不起！
　　△　袁方盯著繼薇，隱忍著憤怒與受傷……
袁方：再給你五分鐘考慮一下。
　　△　繼薇看著袁方，自責和決心交替著……還是說出了……
繼薇：……對不起。
　　△　袁方心寒，他看著繼薇……

276

袁方：連五分鐘的掙扎都不需要？
　　△　繼薇滿臉自責、不斷的朝袁方彎著上身（鞠躬狀），說道……
繼薇：對不起，對不起，對不起……
　　△　袁方冷冷的笑了笑……
袁方：從過去的經驗裡，我學習到了一個真理……懲罰「背叛」最正確的方法其實很簡單……
　　△　繼薇不解的看著袁方……
　　△　袁方冷冷的說著……
袁方：永遠、不要讓她、離開你。
　　△　繼薇驚愕的看著袁方，還來不及反應……
　　△　袁方猛的一把抓住繼薇放在桌上的手——
　　△　下一場火車鳴笛、呼嘯聲先in——

　　　編按：請道具組尋覓有顏色的手銬，有查到黃色的，請再尋覓是否有紅色的。

🎬	13	時間	夜	場景	火車站
人物	耀起、環境人物				

　　△　一陣火車呼嘯而過的聲音，讓正在踱步的耀起，莫名恐懼的看去——
　　△　耀起的手機響了，他期待的看著顯示，又失落了，接起手機——
耀起：……還沒……（堅定）放心，我一定會等到她的！
　　△　耀起切斷了手機，看向車站入口，卻隱隱的不安著……

🎬	14	時間	夜	場景	袁方家
人物	袁方				

　　△　電音音樂很大聲……
　　△　地上一片凌亂……看得出來剛剛有劇烈的掙扎……公雞牌球鞋，也被凌亂的扔在地上……
　　△　流理台的水不斷流著，一個破掉的盤子上有點血漬，在水槽裡……
　　　　以上，請不要帶到浴室（編按：繼薇被設定關在浴室）……
　　△　餐桌上倒著一個紙袋，裡面的內容滑了出來……
　　△　是繼薇寫給奶奶的「作業」……信封上皆寫著「袁奶奶敬啟」。
　　△　袁方坐在餐桌前，被破碗盤割傷的手，正拿著一封信，受傷而不屑的唸著……
袁方：那時候他老是說我不會做女生，所以那天下午，我偷穿了大姊的裙子（袁方的聲音疊上繼薇的OS）……
繼薇OS：（開心）大姊的裙子，跑去「我們的牆」，想要給他一個驚喜！

🎬	15	時間	日	場景	我們的牆
人物	耀起（現在）				

　　△　在陽光照耀下的「我們的牆」……很美。
　　△　耀起騎著腳踏車，在不遠處停下，盯著牆……

△　牆下，沒有繼薇的身影……

繼薇OS：可是我後悔了……

　　△　耀起失望之際，卻隱約傳來了牆後的腳步聲音……耀起驚喜看去——
　　△　在牆後的邊緣，出現了一截裙角……

繼薇OS：我猜他一定會笑我大象腿、笑我水桶腰、笑我走路像「移動中的桌子」……

　　△　耀起察覺了繼薇的蹤影，露出一個「嘲笑」的笑容……決定隨著繼薇的遊戲，反將一軍。於是他輕輕的下了車，緩緩的、不出聲的往牆後走去……
　　△　他緊貼著牆，慢慢的把頭伸到牆後……
　　△　鏡頭主觀：牆後的世界，一點一點的出現……
　　△　卻，什麼也沒有……

繼薇OS：所以我逃走了，因為我決定等待！等我有一雙美腿、等我有23吋的腰、等我學會做女生，再給他一個大驚喜！

　　△　耀起不可置信的整個現身——
　　△　牆後，確實，什麼也沒有！
　　△　耀起恨然又不甘心的揚聲喊著——

耀起：周繼薇?!

　　△　下一場站務人員的聲音先in——

站務人員（畫外音）：南下的車進站囉！

🎬	16	時間	日	場景	火車站
人物	耀起、袁方、環境人物				

　　△　眍著的耀起驚醒了，趕緊以佈滿紅絲的眼睛看向剪票口……
　　△　剪票口，有零星幾個旅客陸續出站……
　　△　沒有繼薇。
　　△　耀起再次拿起手機看著……
　　△　手機顯示「電力不足」……
　　△　耀起再次的撥給了繼薇……
　　△　電話終於通了！
　　△　聽到彼端的鈴聲，耀起笑了，鈴聲剛停，耀起急切的說了「喂」……
　　△　彼端卻沒有回應，耀起看著手機……
　　△　原來是手機徹底沒電了……
　　△　耀起暗暗罵著髒話，猛的起身，大步離去……
　　△　耀起離去後，鏡頭帶到剪票口……
　　△　竟出現了袁方！
　　△　袁方揹著背包，提著「起司蛋糕」，走出票口，他在大廳駐足，面無表情的看著前方……

　　　　編按：請道具陳設留意，本場起司蛋糕與繼薇、袁方帶來的，是同一品牌。

🎬	17	時間	日	場景	周家按摩室
人物	袁方、周媽、周爸				

　　△　周媽趴在按摩床上……
　　△　周爸在幫她按摩……

周爸：看看你，脖子比水泥還硬！
　　△　周媽有氣無力的聲音傳來……
周媽：奇怪，人家做媽媽，好像都做得很輕鬆……？
周爸：因爲人家「想的開」！……就叫你「麥煩惱」，兒孫自有兒孫福你是沒聽過嗎？……耀起其實是好孩子！小時候衝動一點，現在沈穩多了，重要的是，繼薇愛他、他愛繼薇 ——（被打斷）
周媽：（斥）賣狗唸啊啦！
　　△　周媽不耐煩又虛弱的說道……
周媽：膏肓那裡用力一點！人那麼大隻，力氣那麼小！
　　△　周爸聞言，幫周媽按著膏肓（肩胛骨處）……
周爸：在我看來，繼茹那個也不壞，叫他做什麼都好好好。古意啦！……其實這樣不是很好嗎，現在我們只要煩惱周繼萱嫁不嫁的掉，其他都解決了！
　　△　周媽悶悶的斥道……
周媽：解決？你生女兒是爲了用來「解決」的喔?!
　　△　周爸說笑逗著周媽……
周爸：安怎啦？你是找不了女兒的麻煩，所以就來找我的麻煩？明明知道我的意思是說 ——（被打斷）
　　△　是外頭傳來了袁方的聲音——
袁方（畫外音）：周媽媽在嗎？
　　△　周爸周媽一頓，看向簾子……
周爸：哪位 ——
　　△　周爸邊應聲，同時走出簾子外……
袁方（畫外音）：周伯伯好。
　　△　周媽嘆口氣坐了起身，自己捏著脖子……同時外面繼續傳來周爸與袁方的對話……
周爸（畫外音）：（意外）喔，你好你好。周媽媽，周繼薇的男（頓）——（轉）的朋友找你啦！
　　△　周媽聞言一怔……連忙下床穿上拖鞋走出——

🎬	18	時間	日	場景	周家客廳
人物	袁方、周媽、周爸				

　　△　周媽掀開簾子，看去——
　　△　袁方朝周媽笑了……
袁方：周媽媽。
　　△　周媽意外著……
周媽：欸欸……欸……
　　△　周媽尷尬的看著周爸，周爸也尷尬著，兩人都覺得袁方是因爲周繼薇要分手而來的，一時侷促又自責的不知該怎麼面對袁方……
　　△　沒想到袁方卻一派輕鬆的舉起了手中的蛋糕……
袁方：繼薇提醒我，什麼都可以忘，可是蛋糕一定要記得帶。
　　△　周媽聞言，更是意外了，疑惑的乾笑著，接過蛋糕說道……
周媽：周繼薇……她……？
　　△　袁方含笑應道……

袁方：她昨天晚上搬到我家，不好意思沒先跟周伯伯周媽媽溝通，因為，（故作為難狀）發生了一些事……

　　△　周媽、周爸聞言，困惑的面面相覷……

🎬	19	時間	日	場景	綠豆湯店/袁方家
人物	耀起、環境人物/繼薇				

　　△　冰店前，有人來買了綠豆湯……
　　△　冰店內，小小的空間裡，有人吃冰、還有一個背影蹲在牆角……
　　△　是耀起，他正蹲在插頭旁，等待手機充電……
　　△　手機終於能開機了，耀起立刻撥給了繼薇……
　　△　彼端的鈴聲響起，耀起一臉的期待……
　　△　畫面跳袁方家……
　　△　電音音樂很大聲……
　　　　繼薇的手機，在某插座（編按：請選擇離浴室「只差一步」的距離）充著電，此刻正因來電震動著……來電顯示是「17」……
　　△　浴室裡，繼薇的手被手銬銬在擦手毛巾鐵圈裡，正拚命的、努力的、掙扎的想要往手機靠近，她靠著拉扯著浴室外的櫃子或桌子，想要以腳、手，勾到手機……
　　△　因為努力的拉扯，手被手銬勒紅了、傷了……
　　△　畫面跳耀起……
　　△　耀起仍蹲在那裡聽著手機……期待的神色，漸漸轉為擔憂……
　　△　終於，彼端出現了……
　　△　彼端：你撥的電話，無人接聽……
　　△　耀起擔憂著……
　　△　下一場阿斌的話先in……

阿斌（畫外音）：辭職？

🎬	20	時間	日	場景	宅配營業所倉庫
人物	阿斌、川仔、環境人物				

　　△　司機們正在把籠車的貨，裝上宅配車……
　　△　川仔跟阿斌邊上貨邊說道……

川仔：美姊超氣的好不好？一直在那裡罵──（學）要辭職都不用提早說一聲嗎？丟一封辭職信給公司就可以了嗎？早就說年輕女生根本不可靠！

　　△　阿斌一臉狐疑……

阿斌：所以不是周妹妹自己來辭職的？

川仔：（搖搖頭）她男朋友。

　　△　阿斌更是納悶……

阿斌：有沒有說為什麼要辭職？

川仔：人家要結婚了啦！……唉！我終於可以徹底死心了！

　　△　川仔說著關上貨車貨門，上了駕駛座──
　　△　阿斌詫異著……

🎬	21	時間	日	場景	袁方家
人物	繼薇				

△ 電音音樂中……

△ 劇烈掙扎後，浴室外的桌子、櫃子都凌亂的移了位，繼薇筋疲力竭的任被銬住的右手拉長的掛在那裡，整個人坐在地上沮喪的望著「安靜的手機」，喘息著……

一會兒，繼薇再次打起精神，伸手拿了袁方留下的礦泉水，灌了水……她再次的奮力掙扎，掙扎中，櫃子上（編按：應該是最近在看的，所以不是書櫃中的其中一本）的一本書被撞落地上，裡面一張卡片掉了出來……

△ 繼薇掙扎一會兒，又累了，她看著四下，思索著還有什麼逃走的方法？於是她看到了那張卡片……

△ 繼薇伸出自由的那隻手，打開卡片，看著……

袁方OS：聽說了你要結婚的消息（繼續）……

🎬	22	時間	日	場景	我們的牆
人物	耀起、袁方				

△ 袁方抱著公雞牌球鞋，朝「我們的牆」走來，遠遠的駐足，看著「它」，原來這就是「他們的牆」……

袁方OS：不知道該憤怒還是欽佩自己……你一定不知道我曾經多麼努力的說服自己，你並沒有欺騙我、傷害我……是我的多心、猜忌，讓我失去了你……謝謝你的答案，我會永遠等著，那個屬於你的——懲罰！

△ 鏡頭隨著袁方的主觀，帶到牆，又緩緩移向那棵樹……

△ 樹下，耀起站在那裡……

△ 掛在樹上的那袋綠豆湯，已經滲出許多而顯得沮喪……

△ 耀起取下了那袋綠豆湯，重新在樹上掛上了新的一袋綠豆湯，把舊的那袋，放在樹下……

△ 耀起再次打起精神，一轉身，卻愣住了——

△ 袁方朝耀起笑了笑，走向耀起……

△ 意外的耀起，面無表情的等待著袁方表明意圖……

△ 袁方在耀起面前停下腳步……

袁方：不好意思，一直不知道該叫你什麼？……「大哥」可以嗎？

△ 耀起沒有回應，只是盯著袁方……

△ 袁方笑了笑……

袁方：是繼薇叫我過來的。要我把這個拿給你。

△ 袁方把公雞牌球鞋拿給了耀起……

△ 耀起愣住，始終盯著那鞋盒，並沒接過……

袁方：我問她要跟你說些什麼，她說不用，以你們的默契，當你看到這雙鞋就會知道她想說的。

△ 面無表情的耀起咬了咬牙根，這才伸出單手接過鞋盒……

袁方：那麼，大哥有什麼話要我傳給繼薇嗎？

△ 耀起仍盯著鞋盒……

耀起：她在哪？

袁方：昨天晚上搬到我那去了。

△ 耀起意外，但不動聲色……

袁方：她覺得奶奶走了以後，有些事情變得很不方便。畢竟你們不是親兄妹，除了該避的嫌之外，也應該尊重你的女朋友，以及……我。

△　耀起終於抬起眼睛盯著袁方……

耀起：她不是什麼都沒說嗎？

　　△　袁方並不迴避……好一會兒笑笑說道……

袁方：不好意思，她只是對你「無話可說」，不過現在的我們並不只是情人而已，我們也是「可以分享一切」的「最親密的朋友」。

　　△　袁方看著「我們的牆」，笑笑說道……

袁方：不然我怎麼找得到「我們的牆」？

　　△　耀起仍盯著袁方的眼睛……
　　△　袁方又指著綠豆湯……

袁方：她幫你傳情書，就可以換到一碗綠豆湯，但其實她騙了你……

　　△　袁方走向牆前，看著耀起曾經寫下的「周悲哀你竟然敢騙我」……
　　△　袁方看著那些字，笑了笑……
　　△　耀起面無表情，但心裡是意外繼薇說出了他們之間的事……

袁方：牆的那頭有個黑洞……她曾經想陪著你一起掉下去……

　　△　耀起更意外了……
　　△　袁方逛著四下，參觀著，說著……

袁方：九二一地震，你找到了她；運動會的操場上，你救了她……其實我感覺得到，你對她的重要。我也知道，她對你的重要，但是……

　　△　袁方看著牆後耀起寫下的程式……

袁方：那些都已經過去了……

　　△　耀起像似凝結住了，一動不動的聽著袁方的敘述——
　　△　袁方從牆的另一頭繞出……現在他在耀起的背後，看著耀起的背影，眼神冷冷的說道……

袁方：從現在開始，「我們」會很好。也希望大哥的一切，很好。

　　△　耀起聞言，笑笑說道……

耀起：你在沒安全感什麼？

　　△　袁方一怔……
　　△　耀起看看手上的鞋……

耀起：幹嘛急著跟我證實，你跟周繼薇的「好」？

　　△　袁方略驚訝……
　　△　耀起轉身看著袁方，還是那種吊兒郎當的態度，打量著袁方……

耀起：所以我忍不住開始懷疑 —— 你的動機，以及「你」。

　　△　袁方努力維持鎮定的笑笑，說道——

袁方：動機很簡單……請祝福我們，以及，不要打擾我們。

　　△　袁方說完，依舊禮貌的欠身，邁開大步離去……
　　△　耀起輕鬆的神色，漸漸失去……

🎬	23	時間	日	場景	周家
人物	周媽、周爸				

　　△　周媽一臉欣慰……
　　△　她正切著起司蛋糕……

周媽：我就知道周繼薇這次會聽我的。

　　△　周爸走來，把報紙扔在桌上……

周爸：你眞的不會覺得很奇怪嗎？

周媽：（開心）奇怪什麼？

周爸：周繼薇怎麼可能會聽你的?!

　　　△　周媽的動作一頓……

周媽：爲什麼「不可能」？

周爸：她那麼喜歡耀起！

　　　△　周媽辯道……

周媽：啊人家袁方就比較帥、比較優秀，「有比較」才會想通啦！

周爸：可是我們周繼薇是死腦筋一個，怎麼可能想得通？

　　　△　周媽氣了……

周媽：因爲她是我生的，所以她遺傳了我的聰明、智慧！還好沒有遺傳到你啦！

　　　△　周媽氣得把盛在盤子裡的蛋糕，扔在桌上，掉頭去廚房————

　　　△　周爸不服輸的揚聲說道————

周爸：問題就不是誰比較有智慧！問題是……袁方說的那個根本就不是我們家周繼薇嘛！

🎬	24	時間	日	場景	周家廚房
人物	周媽				

　　　△　周媽氣呼呼的在水龍頭底下洗著菜，邊嘟囔斥著……

周媽：爲什麼不是？……人長大誰不會變？……你以爲大家都跟你一樣，一輩子作憨人喔?!……老番顛！

　　　△　周媽氣呼呼的罵著，但，動作卻一頓……

　　　△　水龍頭下，周媽的手停在那兒，任水沖著自己手上的青菜……

　　　△　其實周媽內心也隱隱有一股說不出的不安……

🎬	25	時間	日	場景	某宅前
人物	阿斌、客戶				

　　　△　宅配車前，阿斌正撕下貨品上的收執聯，跟客人致謝……

　　　△　阿斌上了車，看著下一站的「排序」，正要發動車，卻忍不住想到什麼，阿斌抽出手機，撥出……

阿斌：（彼端通了）……（難以啓齒）那個……不要等了啦……

🎬	26	時間	日	場景	我們的牆
人物	耀起				

　　　△　耀起一臉失落的坐在我們的牆上，身旁放著「公雞牌」，正聽著手機……

耀起：爲什麼？

　　　△　彼端的阿斌說明了繼薇辭職要結婚的事……

　　　△　耀起怔住……好一會兒，失落的笑笑，應道……

耀起：……知道了……謝啦。

　　　△　耀起收起了手機……悵然的望著遠處……接著他開始哼起了……

耀起（唱）：周悲哀，是老三，腿很長，跑不快，頭很大，可是呆，真是悲哀……

　　△　回憶的聲音響起——

耀起OS：掉、下、去、了、沒？

　　△　insert第一集——

繼薇：還沒。

耀起：（唱）頭很大，可是呆，真是悲哀……到底掉下去了沒？

繼薇：……

　　△　耀起等不到回應有點緊張了，他趕緊爬上了「我們的牆」，站上牆頭張望著……

耀起：（喚）周悲哀?!

　　△　只見，繼薇沮喪的走了回來……仰頭看著牆上的耀起……

　　△　耀起看著腳下的她……

繼薇：好像……沒有黑洞耶！

　　△　回現實，耀起想到這裡，紅了眼睛，苦笑著……

耀起：對啊……根本沒有黑洞……所以我們要怎麼掉下去？

　　△　耀起頓了頓，猛的，跳下了牆！

🎬	27	時間	昏	場景	袁方家
人物	繼薇、袁方				

　　△　電音音樂中，黃昏，讓屋子暗了下來……

　　△　被看過的卡片，被擱在地上……

　　△　鏡頭緩緩攀去……繼薇此刻正看著剛才掉下來的那本袁方的書……

　　△　特寫繼薇正專注看著一頁，因為上面有被袁方勾勒的重點……

　　△　我要盡快的愛上那女孩。

　　△　她的活潑可以醫治我。她的單純可以救贖我。她與她的截然不同，可以移轉我。

袁方OS：我要盡快的愛上那女孩。她的活潑可以醫治我。她的單純可以救贖我。她與她的
　　　　截然不同，可以移轉我。

　　△　繼薇似乎懂了，明白了……她緩緩的抬起頭，思索著……

　　△　這時，手機再次的震動了……

　　△　繼薇再次急切的看去——

　　△　繼薇正要掙扎，一隻手入鏡，拿起了手機……

　　△　繼薇看向那人——

　　△　是袁方。

　　△　特寫手機來電顯示：家

　　△　袁方遲疑了一會兒，把手機放回原位……

　　△　繼薇看著袁方，同情、懼怕……複雜的情緒翻騰著……

　　△　手機鈴聲終於停了……
　　　　繼薇回神，警覺的把卡片和書，趕緊都藏在某處（編按：請劇組按場景安排合理地方）……

　　△　袁方關上音響，轉頭看向繼薇……

袁方：你家裡打來的。

　　△　袁方看著四下，察覺了繼薇之前求生的痕跡，笑了笑，然後走向了繼薇……

　　△　繼薇立刻避開了袁方的視線……

袁方：筋疲力竭了吧？

　　△　繼薇不看袁方，也不語……

△ 袁方蹲在繼薇面前……

袁方：餓不餓？

繼薇：……

袁方：想不想知道戴耀起說了什麼？

繼薇：……

袁方：我不喜歡我不能掌控的聲音，也很不喜歡我的問題沒有答案。

△ 繼薇喏喏的開了口……

繼薇：請你放了我……

△ 袁方笑了笑……

袁方：憑什麼？

繼薇：你現在做的事情已經犯法了，可是你這麼優秀、這麼有才華，而且你其實是個好人……

△ 繼薇抬起頭看著袁方，紅著眼睛……

繼薇：你有沒有想過，變成一個罪犯以後，你的人生就毀了！

△ 袁方不語，看著繼薇……

繼薇：（哀求）放了我吧！我保證不會告訴任何人發生了什麼事！真的不會！我不會讓你變成罪犯的，只要你放了我！

袁方：有一點點感動。可是不夠彌補你的不忠貞。

△ 袁方笑笑，走到餐桌前喝水……

△ 繼薇抹去眼淚，努力的繼續勸著……

繼薇：我們都會一時糊塗……就像小時候，我看到同學有一支五種顏色在一起的原子筆，好羨慕。有一次在文具店，我看到了一模一樣的，所以就一時糊塗的偷了一支，結果被老闆發現了……可是他沒有報警，也沒有通知老師跟我爸我媽……他只是跟我說……每個人都有一次改過自新的機會，要記住，一生只有這一次機會！

△ 繼薇看著袁方，哀求著——

繼薇：只有一次！

△ 袁方放下杯子，兀自仰著頭看向前方，做思索狀……

袁方：照這個道理聽起來，我好像應該要給你一次機會？

△ 袁方笑了笑，走去拆下手機充電器，把繼薇手機放到繼薇面前……

袁方：好啊！……打電話給戴耀起，告訴他 —— 你不能背叛我。

△ 繼薇失望的看著袁方……失望的看著手機，遲疑拿起了手機……

△ 袁方盯著繼薇……

△ 繼薇按下了來電紀錄……

△ 紀錄上顯示著未接來電有：「家」、「17」、「阿斌哥」……

△ 繼薇看著，哭了，又忍住，吸了鼻涕……

袁方：還是你想報警？

△ 繼薇不語，只是看著手機，撥出了電話……

△ 袁方有些忐忑，直到繼薇對著手機說……

繼薇：（一如往常）媽喔？

△ 袁方暗暗意外著……

🎬	28	時間	日	場景	周家/袁方家
人物	周媽/繼薇、袁方				

△　周媽聽著電話，一如往常的叨唸斥責著繼薇……

周媽：不接電話是怎樣？害我緊張半天！……啊你到底是在變什麼目啦?!……

△　畫面跳繼薇……

繼薇：什麼「什麼目」啦？

周媽（彼端）：昨天是耀起來給我跪，說以後不要聽我的話了，要跟你在一起，還說如果你不幸福就要讓我砍！

△　繼薇聽到耀起去給周媽跪，快哭了，但她隱忍著不要讓周媽聽到，所以仰著頭，忍著……

△　畫面跳周媽，以下畫面對跳……

周媽：啊結果今天建築師又來給我送蛋糕?!現在到底是怎樣啦蛤？

繼薇：（隱忍著）就沒有怎樣啊……就是……這樣啊！

周媽：（期待）所以你真的搬去跟建築師住囉？

繼薇：……

周媽：（鬆口氣欣喜）你爸還說你不可能聽我的！

△　繼薇隱忍著欲哭的衝動……

周媽：（欣慰、感動）這樣才乖啦！……至少有一個女兒，有按照我想的 ——（想到）啊對！你二姊跟那個男的，訂在26號請客啦！

繼薇：好棒喔！

周媽：棒什麼？也不知道在趕什麼趕?!……啊你要跟建築師一起回來喔！

繼薇：（怔）……

△　繼薇不知該怎麼回答，她看向正在餐桌喝水的袁方，然後說道……

繼薇：可是萬一……萬一我趕不回去，你要叫二姊不要生我的氣喔?!

△　周媽自己兀自詮釋著……

周媽：對響，26號好像不是假日，你們要請假也不方便……哎呀不回來也沒關係啦，少一點人知道，少丟一點臉啦！

繼薇：（勸）你又在講反話！……其實你根本就已經接受二姊夫了，對不對？……二姊夫之前的婚姻失敗又不是他願意的，而且有了那次失敗，二姊夫一定會更珍惜二姊的！

△　袁方，聽著，感觸著……

△　周媽明明很感動，卻故意說道……

周媽：是怎樣啦？講的話跟連續劇完結篇一樣?!

△　繼薇好想哭，彼端繼續傳來……

周媽（彼端）：好了不講了，你二姊剛剛才打電話說他們晚上要帶小孩來吃飯，我要去黃昏市場了啦！

繼薇：好好喔，我也好想回家吃飯……

周媽（彼端）：想回就回來啊！啊要記得打電話先說一聲啦，我先去市場給你訂一隻豬腳。

△　繼薇忍著哭出來的情緒……

繼薇：嗯……馬麻……再見。

△　繼薇忍不住要哭出來了，只好趕緊掛上電話……她搗著嘴哭著……

△　袁方走來，在繼薇面前停下……

袁方：無可救藥的堅持，是不可饒恕的。

△　袁方抽出繼薇手中的手機——

袁方：你已經把唯一的機會用掉了，所以，不會再有機會了。

△　繼薇看向袁方，哭著說道——

繼薇：你弄錯了……這個機會，是我讓給你的！

　　△　袁方愣住……

🎬	29	時間	昏	場景	我們的牆
人物	耀起、周媽				

　　△　耀起貼牆坐著，身旁放著鞋盒……

　　△　不遠處，周媽提著菜籃走來，遲疑一下，以以往的口吻說道……

周媽：晚上來家裡吃飯。

　　△　耀起回神看去……

　　△　周媽一派輕鬆的朝耀起走來，在耀起身旁坐下……

周媽：不要難過啦。

　　△　耀起苦笑，懂了周媽已經知道繼薇的選擇……

周媽：你還有很多人可以愛啊……周媽媽給你愛！

　　△　耀起看著周媽，欣慰的笑笑……

　　△　周媽拍拍耀起的腿……

周媽：周媽媽想要一個兒子，想了三十幾年，現在不用肚子痛就有這麼大一個！多好？

　　△　耀起低頭笑笑，不語……

周媽：而且周繼薇到底哪裡可愛了？又大隻又笨笨的！

耀起：（笑笑）而且還大象腿、水桶腰、走路像移動的桌子……

周媽：嘿呀！

　　△　耀起再次看向周媽……

耀起：可是她陪我一起哭過、笑過，自己嚇得半死，還堅持要在這裡陪我！

周媽：……

耀起：其實我不相信！

周媽：……

耀起：她說了要陪我一起掉下去！……她跟奶奶一樣，答應我的事一定會做到！

　　△　周媽聞言，信心也有些動搖，她努力說服著……

周媽：她……可能只是安慰你啦……真的，她剛剛還打電話跟我說，她要跟 ──（被打斷）

耀起：她也可能 ── 只是安慰你。

　　△　周媽頓住──

耀起：除非周繼薇親口告訴我，否則，我不會相信！

　　△　耀起說著，抓起鞋盒，起身離去……

　　△　留下陷入茫然的周媽，兀自坐在那裡……

🎬	30	時間	入夜	場景	城市

　　△　黃昏轉黑夜，街道上，整排的耶誕燈火亮起的剎那……

🎬	31	時間	夜	場景	袁方家
人物	繼薇、袁方				

△　繼薇的手關上了爐火……

△　鏡頭拉開，她面無表情、不看袁方的說道……

繼薇：可以吃飯了。

　　△　正在電腦前畫著圖的袁方，聞言，笑笑說道……

袁方：我很喜歡這個感覺……

　　△　袁方看向繼薇……

　　△　繼薇的背影站在流理台前……

袁方：你喜歡嗎？

　　△　繼薇沒回答，只是按照袁方昨日告知的位子，拿出餐具，因為另一隻手銬在流理台櫃子的把手上，因此動作有
　　　　些吃力……

　　△　袁方起身，走向流理台，打開了繼薇被銬在流理台上的那隻手銬，因此，兩人靠得很近之際 ——

　　△　繼薇發現了，還放在流理台上的那把刀子，她突然有個邪惡的念頭 ——

袁方：這樣繼續一起過日子，其實很棒啊對不對？

　　△　繼薇盯著刀子陷入慌張的掙扎……

袁方：忘了告訴你，那雙鞋，我還給戴耀起了。

　　△　繼薇一怔……

袁方：（笑笑）我什麼話也沒說，可是他好像什麼都懂了，默默的接受了一切。看吧，讓
　　　　一切都過去，其實沒有那麼難！

　　△　繼薇看著袁方……

繼薇：如果你一直覺得自己是對的，就會聽不到正確答案！

　　△　袁方一頓，看著繼薇……

繼薇：（緊張）上次那本《聰明人不該做的事》裡面說的。

　　△　袁方笑笑，又把手銬銬上餐椅……

　　△　繼薇再次看向那把刀，袁方正背對自己——這是個機會，於是繼薇緩緩的朝著刀子伸出自由的那隻手……

　　△　袁方卻轉過了身 ——

　　△　繼薇一陣緊張，只能佯裝，把刀子往裡面推了推——

　　△　袁方看著那把刀，似乎猜到了剛才繼薇的心事……

　　△　繼薇慌張，趕緊入座……

　　△　袁方看了看繼薇，然後走向瓦斯爐，看著那鍋燉肉，說道……

袁方：你真的很會做菜。

　　△　袁方把鍋子端上餐桌……

　　△　繼薇握緊拳頭，努力鼓起勇氣說道——

繼薇：她會嗎？

　　△　袁方一頓 ——

　　△　繼薇再次鼓起勇氣說道……

繼薇：你的前女友。

　　△　袁方緩緩抬起頭看向繼薇……

　　△　繼薇緊張的努力笑了笑，卻是顫抖的……

| 🎬 | 32 | 時間 | 夜 | 場景 | 火車 |

△　火車飛逝——

🎬	33	時間	夜	場景	袁方家	
人物	繼薇、袁方					

△　袁方繼薇已經面對面入座，沉默的吃著晚飯……

袁方：你跟戴耀起吃飯的時候，都這麼沉默嗎？

　　　△　袁方看向繼薇……
　　　△　繼薇吃飯的動作一頓，不敢抬頭，卻趕緊的說道……

繼薇：你相信世界上有聖誕老公公嗎？小時候。

　　　△　袁方笑笑，很滿意繼薇的反應……

袁方：你相信嗎？

繼薇：每年聖誕節我都會掛襪子，可是從來沒有得到禮物。所以我一直懷疑自己，不是個好孩子。

袁方：除了自己，你不應該相信任何人、神。因為人不公平，神更不公平。

　　　△　繼薇緩緩的抬起頭，看著袁方……

繼薇：你的答案……好悲觀喔。

袁方：（笑笑）那麼什麼樣的答案才叫樂觀呢？

繼薇：有個朋友告訴我，我沒有聖誕禮物，那是因為他把我的禮物偷偷拿走了。

　　　△　袁方一頓，看著繼薇……

袁方：戴耀起？

繼薇：……

　　　△　袁方笑了笑……

袁方：難怪你會喜歡他，因為你們根本一樣的愚蠢。

繼薇：是愚蠢嗎？……為什麼我卻覺得……很感動？

袁方：感動什麼？

繼薇：為了讓我不失望，他會願意假裝那個壞人。

袁方：……

　　　△　袁方盯著繼薇……
　　　△　繼薇再次鼓起勇氣……

繼薇：他就是這樣，所以我們才會錯過了十年。其實我們真的不想傷害──（被打斷）

袁方：我對你們的愛情故事並不感興趣！

　　　△　繼薇住嘴了，沉默著，好一會兒又說道……

繼薇：你掛過襪子嗎？

袁方：……

繼薇：早上起床有禮物嗎？

袁方：我一開始就很清楚，世界上並沒有聖誕老公公。禮物是我奶奶放的。

繼薇：你奶奶就是你的聖誕老公公啊！

　　　△　袁方一頓……

繼薇：她一定是覺得你很乖、很值得鼓勵，才會特地買禮物給你！……（說服）所以你不可以讓她失望！

袁方：（笑笑）你忘了嗎？我奶奶連我是誰都不記得了。

　　　△　繼薇功虧一簣，失望了……

🎬	34	時間	夜	場景	火車站大廳
人物	耀起、阿斌				

　　△　耀起握著公雞牌球鞋，匆匆走來……
　　△　一個聲音傳來……

阿斌（畫外音）：這裡。

　　△　耀起看去，阿斌等在不遠處。
　　△　下一場耀起的聲音先in……

耀起（畫外音）：你不是跟蹤過那個男的？（繼續）

🎬	35	時間	夜	場景	停車場，車上
人物	耀起、阿斌				

　　△　駕駛座上的阿斌看著副駕駛座的耀起……
　　△　耀起繼續說道……

耀起：知道他住哪吧？
阿斌：（思索）上次跟蹤周繼薇的時候，他們是一起去（思索）……那個誰家啊～～啊！他爺爺奶奶家！
耀起：走吧！
阿斌：幹嘛？
耀起：直覺。
阿斌：什麼直覺？
耀起：周繼薇好像出事了！

　　△　阿斌一怔！……隨即又勸著……

阿斌：我知道你現在 ──（被打斷）
耀起：相信我！

　　△　耀起堅定的看著阿斌──

🎬	36	時間	夜	場景	袁方家
人物	繼薇、袁方				

　　△　他們繼續沉默的吃著飯……
　　△　繼薇抬起頭看看袁方，努力鼓起勇氣的說道……

繼薇：你跟她吃飯的時候，也都不說話嗎？

　　△　袁方一頓，淡淡說道……

袁方：請不要在我面前提起她。
繼薇：為什麼？

　　△　袁方抬起頭看著繼薇，正發怒的要開口，繼薇卻趕緊說道──

繼薇：因為你也沒有「過去」！

　　△　袁方頓住，盯著繼薇……
　　△　繼薇握緊拳頭，壓抑害怕繼續說道──

繼薇：其實，承認，比較不可憐。

袁方：你在激怒我嗎？

△　繼薇努力的擠出了一個難看的笑容……

繼薇：我在瞭解你。

△　袁方笑了……

袁方：那麼你瞭解了什麼？

繼薇：……你喜歡故意說一些話，逼自己去相信。

△　袁方放下筷子，盤起雙臂……

袁方：譬如？

繼薇：譬如……時間才不會融化成什麼都沒有……有過就是有過……

袁方：又譬如？

繼薇：又譬如……你強迫你自己……愛我。

△　袁方一頓，盯著繼薇……

繼薇：只是因為……她要結婚了。

△　袁方的神色漸漸嚴屬起來……

△　繼薇害怕著……

🎬	37	時間	夜	場景	巷道
人物	耀起、阿斌				

△　阿斌的車停在某公寓前……

△　耀起看著車窗外的公寓，備感意外的說道……

耀起：這裡？

阿斌：嗯，不過我不知道是幾樓？

△　耀起看著放在身上的公雞牌球鞋，懂了 ——鞋子、袁方、爺爺奶奶的連帶關係，說道……

耀起：我想我應該知道！

△　阿斌不解的看著耀起……

🎬	38	時間	夜	場景	老爺爺家
人物	耀起				

△　耀起緩緩的走上樓，駐足在樓梯口，看著老爺爺家的大門，他想像著……

△　insert第二集，繼薇與老爺爺在門口的情景……

老爺：你找哪位啊？

繼薇：戴耀起。

老爺：（思索著）戴耀起？……（想到）喔～他已經搬走囉。

繼薇：（錯愕）啊？搬……搬……（急）那爺爺你知不知道他搬去哪了？

△　回現實，耀起苦笑著，懂了這一切的關連……他邁步走向老爺爺家，按下門鈴……

🎬	39	時間	夜	場景	袁方家
人物	繼薇、袁方				

袁方：沒錯，你根本沒辦法跟她相提並論，但是我要你。……因為一個笨蛋，是一張安全牌。沒想到連笨蛋都學會了欺騙。真是不可饒恕的世界！
　△　繼薇看著袁方，失望和委屈讓她豁出去的說道……
繼薇：對啊，我真的是一個不可饒恕的笨蛋……我竟然為了好好跟你說「對不起」，替自己惹了這麼大的麻煩……我應該學學那些聰明的女孩，在你生日的時候，和別的男人——
　△　袁方猛的拍了桌子！
　△　繼薇嚇了好大一跳！
　△　袁方死盯著繼薇……
　△　繼薇垂著頭，不再敢說話……
袁方：你怎麼知道她要結婚了？
　△　繼薇仍垂著頭不語……
袁方：說話！
　△　繼薇抬起了頭……
繼薇：你的卡片夾在書裡面……
　△　袁方瞪著繼薇……
繼薇：對不起。
　△　繼薇沉默著，但又忍不住再次開口——
繼薇：（一口氣的）可是我還是忍不住要跟你說，為了一個傷害你的人做傻事，才是不可饒恕的笨蛋！你應該要過得比她好、比她幸福、比她快樂，那才是最好的懲罰！但是要過得幸福快樂，必須要你「真的」愛上一個人，而不是「轉移」！
　△　袁方猛的站起身——
　△　繼薇驚呼一聲，立刻縮著身子護住自己——
　△　但袁方沒動，他看著繼薇，良久，淡淡的說道……
袁方：你應該吃飽了吧。
　△　繼薇這才稍稍鬆懈防備，還是不安著……
　△　袁方走向她，掏出鑰匙，正要打開了靠在餐椅上的手銬，門鈴卻響了，繼薇和袁方都驚訝的看向門的方向——
　△　門鈴持續響著，接著劇烈的拍門聲傳來……
　△　繼薇滿懷希望的看著大門——
　△　袁方看看繼薇，笑了笑……
袁方：看來想做傻事的不只是我！
　△　繼薇一怔。
　△　袁方抽回了鑰匙，放進口袋，拿起了流理台上的那把刀，走向大門……
　△　繼薇驚愕不已，在轉動身體時突然間察覺 ——其實手銬竟然開了，袁方並沒發現……
　△　繼薇看向門的方向——
　△　袁方在門邊，問道……
袁方：哪位？

🎬	40	時間	夜	場景	袁方家外/內
人物	耀起/袁方、繼薇				

△　耀起冷冷的說道——

耀起：戴耀起。

袁方（畫外音）：有事嗎？

耀起：我要見周繼薇。

　　△　門開了，被門鍊鍊著……
　　△　袁方出現在門縫……

袁方：不好意思，她不想見你。

　　△　耀起忿忿的咬著牙根，再次堅決說道——

耀起：現在見不到周繼薇我立刻就報警！

　　△　耀起說著立刻掏出手機……
　　△　袁方嘆口氣，笑了笑……正欲打開門鍊，裡頭卻傳來 ——

繼薇（畫外音）：我很好。

　　△　耀起意外的一頓……
　　△　袁方也一頓……
　　△　畫面跳屋內……
　　△　袁方緩緩的低頭看去，只見——
　　△　繼薇已經把手銬的另一端銬在袁方的手上（拿著刀）——限制住了袁方的自由！
　　△　袁方意外的看著繼薇……
　　△　繼薇勇敢的看著袁方，以一種「我會拼命攔阻你」的神情，接著繼續說道……

繼薇：謝謝你的關心。

　　△　以下對跳……
　　△　耀起怔在那裡……
　　△　袁方因自己的失算緊咬牙根……
　　△　耀起還是堅持不信，說道——

耀起：你出來我有話跟你說！

繼薇（畫外音）：我不想聽！

　　△　耀起意外……

繼薇（畫外音）：我只想跟你說……我想清楚了，我只是同情你……

　　△　跳屋內……
　　△　繼薇紅著眼眶繼續說道……

繼薇：因為你什麼都沒有了，所以我就心軟了……可是其實，我現在已經不喜歡你了……
　　　　因為我長大了……

　　△　耀起怔怔的聽著，眼睛漸漸泛紅……

繼薇：你也快點長大吧，不要再來打擾我。

　　△　耀起難過，卻仍不置信，再次努力笑笑說道——

耀起：你出來讓我看到你好好的，我就……不會再打擾你了。

　　△　繼薇遲疑著，然後避開自己被銬住的手，緩緩的走到門縫可見處……
　　△　耀起紅著眼睛看著繼薇……
　　△　繼薇低著的頭，緩緩抬起，看到耀起，眼看就快哭出，於是匆匆的說了 ——

繼薇：再見。

　　△　繼薇用力的關上門……
　　△　門外，耀起緊咬牙根的怔在那裡……
　　△　門內，繼薇摀住嘴，哭著……
　　△　袁方壓抑著情緒，看著繼薇……突然，袁方要再次開門——

△　繼薇死命的擋著門，壓低聲音、不讓外頭的耀起聽見、哭著哀求道——

繼薇：不要傷害你你自己……也不要傷害他……我求你……求求你！

　　△　袁方心軟了，卻故意諷刺的說道……

袁方：……幹嘛讓我感動呢？……萬一我真的愛上你怎麼辦？

🎬	41	時間	夜	場景	佈滿聖誕燈的街道
人物	耀起、阿斌				

　　△　耀起沉默的坐在阿斌車內的副駕駛座，趴在車窗上，迎著風、望著窗外……

　　△　窗外，繽紛的聖誕燈飾，隨著車速，流逝著……

　　△　好一會兒，耀起喃喃開了口——

耀起：聖誕節要來了喔？

　　△　開著車的阿斌，看看耀起，不知道該說什麼安慰他……

　　△　耀起苦笑了笑……

耀起：聖誕節要來了……

　　△　聖誕燈飾，流逝著……

🎬	42	時間	夜	場景	袁方家
人物	繼薇、袁方				

　　△　繼薇的一隻手，和袁方的一隻手仍銬在一起……

　　△　繼薇閉著眼睛，蜷著身子躺在床上掉著眼淚……

　　△　袁方席地而坐，看著他們銬在一起的手，發著怔……

　　△　繼薇被銬住的手上，都是傷痕……

　　△　袁方看著，不忍，伸手拿起一旁的藥膏想幫繼薇上藥，卻又一頓……

　　△　好一會兒，他放下了藥膏，拿出了口袋裡手銬的鑰匙，解開了自己的手銬，遲疑一會兒，又把它銬在床頭……

　　△　袁方離去……

　　△　繼薇無聲痛哭著……

🎬	43	時間	日	場景	袁方公司大樓外
人物	袁方、耀起、環境人物				

　　△　上班的袁方，朝大樓走來，忽然一怔，駐足……

　　△　是耀起，他拿著球鞋，緩緩走向袁方，在袁方面前停下腳步……

耀起：昨天晚上不好意思。

袁方：……

　　△　耀起把鞋伸給了袁方……

耀起：她的意思我都懂了，不過，這雙鞋還是留給她吧。

　　△　袁方看著鞋，緩緩伸出手接過了鞋……

耀起：小時候聖誕節，不管我怎麼取笑她，她每年都還是會很認真的在聖誕夜吊好襪子，然後一心一意的等著天亮，當然啦，從來就沒有出現過什麼禮物……

袁方：……

△　耀起對袁方笑笑……

耀起：我想，你應該是聖誕老公公「還給」她的禮物吧。……祝福你們。

　　　△　耀起說完，轉身離去……

　　　△　那句祝福，讓袁方非常震撼……祝福一個你愛過的人，到底該如何做到？

　　　△　淡出……

🎬	44	時間	夜	場景	書店前（同第三集）
人物	袁方				

　　　△　淡入……

　　　△　聖誕裝飾的書店櫥窗，充滿了平和與幸福……

　　　△　傳來越洋電話的鈴聲……接通了

女子（彼端）：Hello！

袁方OS：嗨，是我。

女子（彼端）：（意外）……嗨。好久不見。

袁方OS：是啊，好久不見。聽說你要結婚了？

　　　△　袁方站在櫥窗前，講著手機……

女子（彼端）：……

袁方：恭喜。

女子（彼端）：（欣慰的）謝謝。

袁方：……

女子：其實我一直欠你一句「對不起」。

袁方：我知道。

女子（彼端）：……你好嗎？

　　　△　袁方看著書店內，彷彿看到了當初……

　　　△　insert第三集，書店裡，繼薇還一塊錢給袁方的畫面……

袁方：（笑笑）我……好像終於重新愛上了一個女孩……本來我還以為我不可能會愛上
　　　她……失算了。

女子（彼端）：（笑）恭喜你。

袁方：但是她不愛我。

　　　△　袁方眼眶紅了……

　　　△　緩緩的聖誕旋律揚起……

🎬	45	時間	夜	場景	袁方家
人物	繼薇、袁方				

　　　△　聖誕旋律繼續……

　　　△　鏡頭一一攀過：地上有吃剩的食物……繼薇和袁方銬在一起的手……他們坐在地上，看著眼前的「小聖誕
　　　樹」……

　　　△　袁方看向繼薇……

　　　△　繼薇的神情不再有希望，茫然的看著聖誕燈閃爍著，不知在想些什麼……

　　　△　袁方有些不捨，但他壓抑著，關掉了聖誕燈……

△　繼薇回神，看向袁方……

袁方：其實我不喜歡聖誕節，因為一切的溫馨都只是假象。

　　△　繼薇訝異……

　　△　袁方拉起了繼薇，把她銬回床頭，再次回到原地收拾食物……

　　△　繼薇看著他，淡淡的、真誠的祝福著……

繼薇：聖誕快樂……

　　△　袁方一頓……

🎬	46	時間	日	場景	城市

　　△　日空鏡。

🎬	47	時間	日	場景	袁方家
人物	繼薇、袁方				

　　△　床上，他們依舊銬在一起……

　　△　繼薇緩緩的張開了眼睛……她怔怔的看著天花……看著一切……

　　△　繼薇看到了床頭，有一隻聖誕襪子……

　　△　繼薇意外的笑了笑，摸著那襪子，一頓——

　　△　繼薇察覺襪子裡有東西，她伸手進襪子裡，竟然拿出了一支鑰匙——手銬的鑰匙！

　　△　繼薇傻了……

　　△　畫面疊上……

　　△　繼薇打開了鞋櫃，尋找著自己的鞋子，卻發現了那雙公雞牌的球鞋……

　　△　繼薇感動著……看向床上的袁方……

繼薇：謝謝你，聖誕老公公……

　　△　袁方維持著，手和繼薇銬在一起的睡姿……

　　△　聽到關門聲的袁方，緩緩張開了眼睛……他看著繼薇睡的方向……

　　△　上面放著一張字條……

繼薇OS：現在，你自由了。

　　△　袁方舉起自己的手，繼薇也已經打開了他的鎖……

　　△　袁方紅著眼睛，難過的笑了……

🎬	48	時間	日	場景	街道
人物	繼薇				

　　△　陽光下的繼薇，激動的哭著、笑了，拚命往前跑著……

　　△　她穿著公雞牌球鞋，跑了好久，終於駐足，喘息，快樂的看著世界……

　　△　她拿起手機，選擇了「17」，撥出……

繼薇OS：我終於得到了聖誕老公公的禮物……

　　△　手機彼端傳來……

　　△　彼端：轉接語音信箱……

　　△　繼薇愣住——

繼薇OS：但我又再一次的失去了，戴耀起。

△ 畫面泛白，上字幕……
第十種悲哀：
禮物的盒子，並不等於禮物的內容。（不是很滿意，會再想）

待續……

妹妹　第十一集

🎬	1	時間	日	場景	街道
人物	繼薇				

△　續前集……

△　特寫，手機通訊錄，停在「17」……

繼薇OS：聽說……我們生生世世看到的月亮，其實都只是它的正面……

△　淡出……

△　下一場搖滾音樂先in……

🎬	2	時間	日	場景	動畫
人物	混混少年、七啦（女友）、睏熊霸樂團（爸爸甲、爸爸乙、爸爸丙、其他三位爸爸）、環境人物				

△　淡入……

△　烈日正炙。

△　舞台下只有三、四個人，有的在聊天、有的坐在沙灘椅上打盹、沒生意的攤販搖著扇子……

△　只有一個吃著冰棒的混混少年和他的「七啦」，坐在摩托車上，無聊的望著台上，唸著舞台上的紅布條……

少年：（唸）睏熊霸樂團……（笑嗤）阿伯，你們真的睏熊霸耶！

△　少年和「七啦」，放肆嘻笑著……

△　舞台上「睏熊霸樂團」正在賣力演唱著〈I love you〉……

△　主唱聽到少年和「七啦」越來越招搖的訕笑，終於受不了的停下歌聲，拿著麥克風走向少年，對他說道……

爸爸甲：　　　　你知道嗎……月亮自轉的速度，和繞地球公轉的速度是一樣的……

△　樂手紛紛停下演奏……

少年：是喔？啊月亮怎麼都沒跟我說？

爸爸甲：除非我們能上月球，不然我們永遠不知道月亮的背面長怎樣！

少年：什麼意思蛤？

爸爸甲：意思就是，其實我每天最多只能睡三個小時。

爸爸乙：我兩小時。

爸爸丙：我每五分鐘就要起來一次。

少年：失眠要趕快去看醫生啊說！

△　「七啦」放肆笑著……

爸爸甲：我們不是失眠，是根本沒空睡覺。因為我們這六個阿伯的孩子，都得了罕見疾病。

爸爸乙：我們要工作賺錢付醫藥費，還要照顧我們的寶貝。

少年：（嘲笑的）啊那麼忙幹嘛還要來唱歌?!

△　「七啦」放肆的笑著……

爸爸甲：你應該沒有夢想喔？

少年：夢想是三小？

爸爸甲：沒有夢想，就像汪洋中沒有方向的小船，所以就沒有繼續往前的力量。

少年：阿伯講話好像我們老師捏。

△　「七啦」放肆笑著……

爸爸甲：我們是狂風暴雨中的小船，所以就算睡不飽，也要作夢！

少年：啊那你們的夢是什麼？

　　△　爸爸甲看著少年，對著麥克風大聲嚷著──

爸爸甲：唱出我們的勇敢！

　　△　鼓聲響起──
　　△　《一首搖滾上月球》的副歌起唱──
　　△　搖滾音樂揚起……
　　△　動畫疊上，《一首搖滾上月球》的電影畫面……六個爸爸高昂的演唱著《一首搖滾上月球》主題曲……
　　△　淡出……

繼薇OS：背面，月亮不被看到的那一面，究竟藏著什麼呢？

　　　　編按：「睏熊霸樂團」請參考http://news.cts.com.tw/udn/general/201206/201206031017218.html

🎬	3	時間	日	場景	街道
人物	繼薇				

　　△　淡入……
　　△　續第一場，手機螢幕顯示「17」，撥出……
　　△　繼薇滿懷期待的聽著手機……但，手機彼端卻傳來……
　　△　彼端：轉接語音信箱……
　　△　繼薇愣住──好一會兒，不能置信的再次撥出，仍舊是──
　　△　彼端：轉接語音信箱……
　　△　繼薇又撥了一次，最終失望的對著沒有回應的手機，擔憂、不安，對著手機說道……

繼薇：你在哪？爲什麼沒有開機？難道你沒有聽懂嗎？……你一定懂的啊！（放聲）是你
　　　說要跟「我愛的人」說再見的啊……我明明就說了「再見」啊！

　　△　閃出──

🎬	4	時間	夜	場景	袁方家外/內
人物	耀起/袁方、繼薇				

　　△　閃入回憶場──（編按：這是第十集第40場的另一個面向，以耀起爲主）

耀起：你出來讓我看到你好好的，我就……不會再打擾你。

　　△　繼薇遲疑著，然後避開自己被銬住的手，緩緩的走到門縫可見處……
　　△　耀起紅著眼睛看著繼薇……
　　△　繼薇低著頭，緩緩抬起，看到耀起，眼看就快哭出，於是匆匆的說了──

繼薇：再見。

　　△　繼薇用力的關上門……
　　△　慢動作：在門快要關上的刹那，門外的耀起，眼神似乎綻放了「警覺」！
　　△　門關上了──

🎬	5	時間	日	場景	戴家
人物	繼薇、耀起				

△　戴家大門，「碰」的一聲被急促的打開了，繼薇急匆匆的進門就喊著——

繼薇：戴耀起！

　　△　四下空蕩蕩的，沒有回應……
　　△　繼薇奔進了耀起的房間……
　　△　畫面跳耀起房……
　　△　繼薇看著，沒有耀起，但繼薇突然想到什麼，回首看著那天紹敏寫信的小桌——

特寫：紹敏還給耀起的戒指放在桌上……

　　△　insert紹敏的OS——

紹敏OS：PS.請把這個打過折的戒指還給戴耀起，因為我的愛情，不允許打折！

　　△　一隻手伸來，拿起……
　　△　鏡頭拉開，是耀起，他看著手中的戒指，判斷著……耀起出鏡……
　　△　繼薇怔怔的看著桌子……緩緩走去，直到小桌前……
　　△　桌上空無一物，剛才的一切只是自己的想像……
　　△　繼薇思索著「他回來過」，不一會兒繼薇又滿懷希望的衝了出去……
　　△　畫面跳戴奶房……
　　△　房門被急切推開——
　　△　只見，耀起哀傷的坐在奶奶的床沿，手中拿著繼薇放在床頭的某個小東西，看著繼薇的空床……
　　△　耀起哀傷的笑了笑，然後把那東西放上戴奶床上，起身，出鏡——
　　△　繼薇怔怔的站在門邊，剛才的一切只是她的想像……
　　△　繼薇走去，拿起那個不該在戴奶床上的東西，繼薇難過著……

繼薇OS：我感覺得到，他曾經回來過。

🎬	6	時間	日	場景	宅配營業所
人物	繼薇、美姊、客戶（女）、阿斌				

　　△　美姊正幫客戶處理好待寄郵件，四下堆滿包裹，是假期前的旺季忙碌……

美姊：啊就「節」太多啊！聖誕節接著就跨年節，跨年完馬上又是情人節，我已經忙到翻跟斗了，偏偏剛好我們那個新來的妹妹（頓）——

　　△　剛好抬起頭的美姊看著前方，愣住！——接著氣得牙癢癢的說道——

美姊：周繼薇，我真的對你很失望！

　　△　只見，繼薇駐足在不遠處，這時自責的走來……
　　△　美姊也不顧客戶在場繼續連聲罵道——

美姊：說辭職就辭職，我現在才知道談戀愛真的會沒人性！你一點都不擔心我會忙不過來嗎？都白疼你了！（委屈含淚）連辭職信都是叫男朋友丟給我就要跑去結婚?!是怎樣?!至少我是你們的介紹人耶！

　　△　繼薇任由美姊罵著，逕自走到櫃檯幫客戶處理完後續，然後尷尬卻禮貌對客戶說

繼薇：這樣就可以了。謝謝。
美姊：（委屈含淚的對客戶）謝謝……

　　△　客戶見美姊一時收拾不了委屈含淚的情緒，尷尬笑笑，離去……
　　△　美姊一臉委屈的瞪著繼薇……

繼薇：對不起。
美姊：（氣）我不原諒你。
繼薇：（難過自責）……沒關係……我等阿斌哥來，問他一些事情就走。

美姊：（受傷）所以你不是回來看我的？

繼薇：我……

美姊：（難過）我就知道，千萬不要隨便對人家動感情，不然受傷的永遠都是我！男的女的都一樣！

　　△　美姊又氣又難過的轉身去Keyin……

　　△　繼薇知道美姊的責備是在乎，努力解釋……

繼薇：……其實我這幾天好想你，好想聽你罵我、唸我……可是我——（被打斷）

阿斌：你終於出現了。

　　△　繼薇聞聲看去——

　　△　阿斌無奈的深深的嘆了一口氣……

　　△　下一場，阿斌聲音先in……

阿斌（畫外音）：什麼話也沒說（繼續）……

🎬	7	時間	日	場景	宅配車停車場
人物	繼薇、阿斌				

　　△　宅配車停放在停車場的一角……

　　△　一旁，阿斌坐在石階上吃著便當，邊繼續敘述著……

阿斌：可是光他那張臉，鬼也猜得到答案。

　　△　繼薇坐在一旁，擔憂而急切的聆聽著……

阿斌：我就不會安慰人啊，只好跟他實話實說……

🎬	8	時間	夜	場景	佈滿聖誕燈的街道（新建回憶）
人物	耀起、阿斌				

　　△　開著車阿斌，看著身旁沉默、面無表情的耀起，為難的開了口……

阿斌：周妹妹……真的要跟建築師……結婚喔？

耀起：……

阿斌：本來我還很有把握周妹妹最後一定會選你，可是……那天她說要搬去建築師家，我就不是那麼有信心了……

　　△　耀起苦笑了笑，然後趴向車窗……迎著風、望著窗外……

阿斌：那個笑是什麼意思啦？……說出來發洩一下啦！

　　△　耀起沒回應，看著窗外……

　　△　窗外，繽紛的聖誕燈飾，隨著車速，流逝著……

　　△　好一會兒，耀起喃喃開了口——

耀起：聖誕節要來了喔？

　　△　開著車的阿斌，看看耀起，不知道該說什麼安慰他……

　　△　耀起苦笑了笑……

耀起：聖誕節要來了……

　　△　阿斌見狀，嘆口氣大聲勸道……

阿斌：不管是悶、還是不爽、還是……反正不要放在心裡內傷啦！

　　△　耀起沉默一會兒，不知想到什麼猛的回首看著阿斌……

耀起：如果現在掉頭回去、破門而入會不會太衝動？
　　△　阿斌愣看耀起──
　　△　耀起一陣反省後……
耀起：太衝動了？
　　△　阿斌勸道……
阿斌：人家都已經做了選擇，就給人家好好祝福啦！
　　△　耀起垂死掙扎的問道──
耀起：你覺得周繼薇會說出「別再打擾我」這種話嗎？
　　△　阿斌一頓，沒想到繼薇如此決絕……
阿斌：（勸）其實她一定也很為難。她有跟我講過，要你趕快回去找你女朋友，不然就來不及了，所以她一定是……卡在你女朋友啦！
耀起：（辯）她剛才跟我 ──（被打斷）
阿斌：（衝口）如果我是周妹妹也會選建築師啦！
耀起：……
阿斌：（吐實）雖然我不是很喜歡那個建築師，但是……對啦！我嫉妒啦，因為人家就真的比我們優秀嘛！
　　△　耀起沉默了……

🎬	9	時間	夜	場景	串燒店內/外（新建回憶）
人物	耀起、阿光、立正、小爽、小風、小色/阿斌、立正				

　　△　特寫桌上：用牙籤排出來的尚未完成的「再見」兩字……
　　△　順著一根牙籤放下，鏡頭緩緩拉開……只見耀起，身子貼著牆，兩腿都縮在椅子上，專注的用牙籤排字……
　　△　一旁小爽的聲音同時傳來……
小爽：（勸）長那麼正，演藝圈又比淫亂的，其實說真的，我早就在擔心紹敏會劈了！
　　△　小色一臉指責的罵著小爽……
小色：（低聲）到底會不會啊？有這樣安慰人的嗎？
小爽：（低聲）我是在探討問題的核心啊！
小色：（吐嘈）你吃核桃啦核心?!
　　△　小色擔心的看向耀起……
　　△　耀起把「再見」排好了，盯著它，沉思著……
　　△　畫面跳店外……
　　△　阿斌的車停在串燒店外，人探出車窗跟立正交代著……
阿斌：老婆真的要砍人了，交給你們囉。
立正：沒事啦。
阿斌：（強調）要看（ㄎㄢ）好！剛才還說要去破門而入！
立正：（嘆息）何必呢？
　　△　阿斌嘆息……
阿斌：看（ㄎㄢ）好就對了。明天聯絡。
　　△　阿斌離去……
　　△　立正目送，轉身進入店內……
　　△　隨著立正走入店內，經過耀起那桌……
　　△　小色正拍了拍耀起……

小色： 哥，我懂啦。可是感情就是這樣，不是我傷你，就是你傷我！所以我現在才都在別人傷害我之前先保護自己！

小爽： （吐嘈）少在那邊拿自己的濫情跟起哥比！

△ 小色橫了小爽一眼，繼續說道……

小色： 對啦！憑我哥！是不是？爆炸帥的一枚漢子，又天下無敵的專情……（轉向耀起）走一個馬上來十個！

△ 耀起仍陷在自己思緒裡……

小爽： 我懂起哥的感覺，來一百個也一樣不爽啊！……奇怪耶，「甩人」為什麼不算傷害罪？警察在幹什麼?!

△ 耀起聽到「警察」，立刻看向小爽，陷入思索——

△ 快速insert第十集——

耀起： 現在見不到周繼薇我立刻就報警！

△ 耀起說著立刻掏出手機……裡頭卻傳來——

繼薇（畫外音）： 我很好。

△ 閃回——

△ 耀起忖度著回憶……

小風： （嘲笑）還警察咧？「甩人」要是變成傷害罪，你們兩個現在還會在這裡嗎？

△ 小色斥著……

小色： 在亂什麼你？重點不是我們啦！

△ 小風依舊含笑說道……

小風： 需要我打電話給我媽嗎？看看有甚麼法律論點可以告一下紹敏？

小爽： 好喔！

阿光（畫外音）： 狀況沒搞清楚，就不要在那裡「亂拉咧」！

△ 是阿光，拿著兩杯生啤走來，受不了的對三人說……

△ 三人不解的看向阿光……

小色： 阿斌哥不是說我哥被我嫂劈了嗎？

△ 阿光嘆口氣，懶得解釋，朝三人示意「別煩耀起」……

阿光： 去買單啦！

△ 三人領旨，小色於是看向小爽……

小色： 去買單啊！

小爽： 又我?!

小風： （笑）什麼又你？上次 ——（被打斷）

阿光： 好啦好啦下次一起算，快滾啦！

△ 小風率先起身，看著小爽、小色……

小風： 搞不清楚狀況的，閃了啦……

△ 小風離去。小爽起身湊近阿光……

小爽： 所以現在到底是哪種狀況？

△ 阿光睨向小爽，一臉「快滾」……

△ 小爽只好說……

小爽： 好好好！……（對阿光示意耀起）那交給你囉。

△ 小色最後起身，拍拍耀起……

小色： 隨時找我，你弟都在！

△　三人離去……

　　△　阿光入座，把一杯生啤推給耀起……

　　△　這時又有一盤下酒菜上桌……

立正（畫外音）：打烊！

　　△　立正拿起放在椅子上的公雞牌球鞋，入座說道……

立正：今天我們三個好好的來「一醉解千愁」！

　　△　阿光鼓勵的對耀起笑笑，舉起杯子……

阿光：（鼓勵的）乾啦。

　　△　耀起看著酒杯，終於拿起了杯子乾下……

　　△　下一場立正聲音先in……

立正（畫外音）：然後我們就喝開啦……

▇	10	時間	日	場景	串燒店
人物	繼薇、阿光、立正				

　　△　立正正在幫冰櫃補貨，邊補邊說……

立正：喝到店裡的生啤酒一滴都不剩……

　　△　立正回首看向一旁焦急等候下文的繼薇——

立正：他還是沒有「解千愁」。……不過想一想，也真的是很難解吧，先是奶奶走了、他變成紹敏的負心漢、然後你又……三重打擊ㄟ！

繼薇：（心疼，急）所以你們把酒喝光了以後呢？

立正：他就……一直問我們問題，整個晚上，簡直考試來著！

繼薇：（期待）問了什麼？

　　△　立正想了一下……

立正：喔！——（看繼薇）如果，你跟老虎在同一間房間裡面（接下一場耀起的台詞）……

▇	11	時間	夜	場景	串燒店（新建回憶）
人物	耀起、阿光、立正				

　　△　特寫耀起眼神像豹一樣的盯著前方說道……

耀起：你會怎麼辦？

　　△　已醉的立正怔怔的回應道……

立正：不是在船上嗎？

　　△　阿光也帶著醉意說道……

阿光：（糾正）那是少年 Pi！

立正：喔……（思索）所以現在是在房間裡……那就拿肉給牠吃啊！牠就不會吃我啦。

耀起：肉總會吃完，然後呢？

阿光：在肉沒吃完之前想辦法出去！

耀起：如果「你沒出去」，是「為什麼」？

　　△　立正、阿光看著耀起，思索著，立正終於想到答案的開心衝口——

立正：因為老虎擋在門的前面！

304

耀起：好！這時候你有機會可以報警，但是你沒有報警，又是爲什麼？

　　△　一片沉默中，阿光突然斬釘截鐵的說道——

阿光：我不想傷害老虎！

　　△　耀起聞言，眼神炯炯的盯著阿光，這答案，跟他判斷的一樣……

耀起：所以，有甚麼方法，可以在不傷害老虎的情況下，把你救出來？

　　△　阿光、立正面對這難題，無言的望著耀起陷入思索……

　　△　下一場繼薇急切又興奮的聲音先in……

繼薇（畫外音）：然後呢？

📋	12	時間	日	場景	串燒店（續第十場）
人物	繼薇、阿光、立正				

　　△　繼薇滿臉興奮，她覺得耀起懂得了自己的暗語，也猜到了狀況……

繼薇：（再次催促）然後呢？

　　△　立正思索著……

立正：……然後……（看阿光，示意他說）呢！

　　△　繼薇也看向阿光等候答案……

　　△　正欲把寫著「聖誕特別餐」小黑板搬到店外的阿光，看了看繼薇，不是很爽的說道……

阿光：都跟人家分手了，還急著找他幹嘛？

繼薇：（爲難）我是因爲（不能說出袁方的事）……拜託啦光光……

　　△　阿光嘆口氣，口氣不佳的說道……

阿光：立正睡著了，我就繼續努力的回答那些「老虎問題」，後來我從洗手間回來戴耀起就不見了。

　　△　阿光說完，搬著黑板出去了……

　　△　繼薇遺憾的……

　　△　立正歉然的看著繼薇……

立正：沒辦法，他酒量實在太好了。……我們也一直急著在找他啊，怕他做什麼傻事。……阿光還弄了一個M＋群組，方便大家回報消息（頓，想到）———所以，他沒有回去踹你男朋友的門喔？……（鬆口氣）那就好，我還在擔心你那個「優秀建築師」會被海扁！

　　△　繼薇一怔（耀起的確有可能），正要開口，她的手機響了！她一臉期待、趕緊拿出手機察看——

　　△　螢幕顯示：
　　　　家

　　△　繼薇看著手機，有些遺憾，接起——

繼薇：媽喔？

周媽（彼端）：明天到底是要不要回來吃你二姊的喜酒？

繼薇：喔，會啊。

周媽（彼端）：啊他來不來？

繼薇：……誰？

周媽（彼端）：（廢話）建築師啊！

　　△　繼薇一怔，踟躕的不知道該怎麼解釋，她坐下……

繼薇：媽，我想跟你說一件事……其實我那個……

305

△ 繼薇爲難的搔頭、低著頭思索該怎麼跟周媽撒謊關於自己跟袁方的事，卻突然一頓——
△ 繼薇看著自己的腳下……

特寫：公雞牌球鞋——

△ 繼薇不禁想到——
△ insert第十集——

袁方：忘了告訴你，那雙鞋，我還給戴耀起了。

△ 現實，繼薇的眼神驚愕，電話彼端周媽一直喚著「周繼薇？」「電話是壞掉喔？」「那ㄟ冇聲」「喂」——
△ 繼薇又不禁想到——
△ 以閃爍的方式，快速insert第十集的袁方激動的數個畫面——
△ 袁方震怒的拍桌子——
△ 袁方猛的起身——
△ 袁方拿著刀，開啓大門——
△ 鞋櫃裡的公雞牌——
△ 閃回——
△ 繼薇想到這些，更是驚恐著……

🎬	13	時間	日	場景	建築師事務所
人物	袁方、老闆、同事們約20人（主持：小魔女）				

△ 桌上，放了許多包好的禮物……
△ 同事們或站或坐的圍在會議桌前，負責主持的同事叫小魔女，正說道……

小魔女：謝謝斑鳩的介紹，在這裡提示大家一下，斑鳩去年的禮物是「圖書禮券五百元」。好的，接下來是十一號！十一號是誰的禮物？

袁方（畫外音）：……我。

△ 鏡頭帶到同事中的袁方，他一如往常，看不出異狀，正掛著淡淡的微笑，開始邊思索邊形容自己的禮物……

袁方：（思索）它……經常很多餘的出現在我們的世界，偏偏又在你最需要的時候，成爲最大的絆腳石，所以……這是最好的懲罰！

△ 袁方越說越陷入自己的回憶……
△ 同事紛紛發出「感覺好像很恐怖」的猜測聲音，突然有個男同事揚聲說道……

某同事：保險套！

△ 眾人笑，袁方也笑了……

小魔女：次郎你腦袋到底在裝什麼啊？

某同事：你啊。

△ 眾人又笑……

小魔女：你吃屎啦！……那接下來十二號的禮物是誰的？

另同事：我我我！

△ 這時，袁方的手機響起，他看了看來電顯示……
△ 是「繼薇」
△ 袁方很意外……
△ 袁方跟旁邊的同事致歉，拿著手機往角落走去……
△ 袁方在角落，襯著背後眾人的歡樂……他給了自己一點時間，調整了情緒，接起了手機……

袁方：（平常的）……嗨。

△ 這時，一隻手突然的伸來，搶走了袁方的手機……袁方錯愕看去——
△ 是袁方的老闆（拿著雞尾酒），微醺的老闆開心的看著袁方，對著手機說道——

老闆：女朋友嗎？……你好，我是袁方的老闆！我們正在抽聖誕禮物，歡迎你一起加入！
　　　老闆都親自邀請了，你應該會給我面子吧？
　　△　老闆朝袁方笑著……
　　△　袁方尷尬著……

　　　編按：關於「禮物遊戲」在此說明。首先每個人包一份禮物，由禮物提供者說明禮物，但只能形容，不能說出
　　　答案。接著每個人開始抽號碼牌，由抽中一號的人第一個選擇禮物，拆封，答案揭曉。但，後面號碼的人皆有
　　　兩種選擇，你可以選擇其他未拆的禮物，或是搶別人已經拆開你卻喜歡的禮物。被搶走的人可以再次選擇禮
　　　物，拆封。每個禮物，只能易手三次，拍板定案。

🎬	14	時間	日	場景	街道
人物	繼薇				

　　△　繼薇緩緩的放下手機，神情緊張，卻似乎下定了決心——
　　△　特寫繼薇那「不入虎穴焉得虎子」的神情……

🎬	15	時間	日	場景	建築師事務所的接待區
人物	繼薇、袁方、數個同事				

　　△　從繼薇堅決的神情拉開……
　　△　她已經置身在袁方事務所的入口接待區，因緊張而握緊了拳頭……
　　△　從接待區看去，袁方的事務所佈滿聖誕裝飾……
　　△　兩個正在包禮物的女同事躲在櫃檯包禮物，其中一個以電話「內線廣播」幫繼薇找袁方……
　　△　因此，工作室裡迴盪著……
廣播（女）：袁方，女朋友找喔……
　　△　繼薇聽到廣播，一陣驚悚之感的看著女同事，想要解釋……
繼薇：我不是 ——
　　△　她看著兩個女同事正歡樂的在包禮物，似乎不必解釋，也解釋不清……
　　△　這時，繼薇察覺了什麼，回身看去……
　　△　遠遠的，袁方出現了，在很遠的地方停下腳步，看著繼薇，不知道該不該笑，但，他心裡的確欣慰著繼薇真的
　　　出現了……
　　△　繼薇也看著袁方，更緊張了……
　　△　下一場袁方的話先in……
袁方（畫外音）：（維持驕傲的）不好意思，我們老闆喝了酒就會變得很盧。

🎬	16	時間	日	場景	建築師事務所
人物	繼薇、袁方、老闆、同事們				

　　△　袁方拿了一杯飲料給繼薇，兩人始終保持著微妙的距離……
繼薇：沒關係……反正我……剛好有事找你。
　　△　繼薇接過飲料，卻有防範的不敢喝，暗暗放在就近的一張桌上……
　　△　袁方看到了，沒有揭穿，笑笑說道……
袁方：很意外，你還會「找我」。

△ 這時拆禮物的人們傳來一陣驚呼！大笑……

△ 袁方看去，繼薇也看去……

△ 某個拆禮物的同事，看著手中的「皮鞭」，哭笑不得的說……

某同事：去年手銬、今年皮鞭，次郎你眞的很A耶！

△ 同事們又是一陣大笑……

△ 袁方和繼薇，卻有著不一樣的情緒……

△ 繼薇有些緊張的下意識護住了自己的手腕，又暗暗的挪了自己與袁方的距離……

△ 袁方看似望著前方的歡樂，卻很在意繼薇的任何反應，笑笑說道……

袁方：「讓你必須跑來找我」的，應該是一件「很迫不得已」的事吧。

△ 繼薇尷尬沉默，緊張的不知道該怎麼開口……

△ 袁方轉向繼薇……

袁方：所以，到底是什麼迫不得已的事呢？

△ 繼薇趕緊避開袁方的眼神……看著自己的球鞋，終於鼓起勇氣開了口……

繼薇：是戴耀起把球鞋拿給你的嗎？

△ 袁方一頓……原來是爲了戴耀起，因繼薇的問題很聰明的判斷到……

袁方：找不到他？

△ 繼薇始終低著頭，避開袁方的眼睛，難過的說……

繼薇：……嗯……手機怎麼都打不通。

△ 袁方看著繼薇那很擔心的樣子……隱忍著受傷的情緒，說道……

袁方：他來找你的第二天一早，跑到事務所樓下等我。

△ 繼薇聞言猛抬頭看著袁方……

繼薇：（急）所以你見到他了？

△ 袁方默認……

繼薇：你……（懷疑而擔憂的）你們有……「發生」什麼事嗎？

△ 袁方因繼薇懷疑的口氣，有些受傷，但他隱忍著，笑笑說道……

袁方：說了幾句話，算發生什麼事嗎？

繼薇：他說了什麼？

袁方：祝福我們。

△ 繼薇更懷疑了……

繼薇：騙人……他不可能祝福我們，因爲他一定有聽懂我跟他說的「暗號」！

△ 袁方怔了一下，隨即笑了……

袁方：……沒錯。

△ 繼薇不解的看著袁方……

△ 袁方繼續說道……

袁方：他特地來找我、故意要我把鞋子拿給你、又說了些話鬆懈我的防備，接著……就跑去了我家……

△ 繼薇一驚——

△ 袁方故作歉然的笑笑……

袁方：可惜我早就交代了警衛……

△ 繼薇愕然的神情，融入下一場……

🎬	17	時間	日	場景	袁方家大樓警衛室（新建回憶）
人物	耀起、警衛甲、乙（保全系統）				

△ 花園式的入口處，鐵門深鎖……

△ 耀起站在警衛室外，解釋著……

耀起：我昨天就來過啦，我真的是袁先生的朋友……

△ 警衛甲拿出了一張從監視器截錄下來的耀起影像A4列印，比對著耀起……

警衛甲：袁先生今天早上有特別交代，說你昨天晚上跑來鬧事。

耀起：……

△ 警衛甲把列印的影像紙，亮給耀起看……

△ 耀起看著，心裡暗暗賭爛……

🎬	18	時間	日	場景	袁方家大樓花園圍牆外（新建回憶）
人物	耀起				

△ 大樓外的一個角落，耀起走來，打量四下……無人……耀起一躍，翻牆進入——

🎬	19	時間	日	場景	袁方家大樓警衛室（新建回憶）
人物	警衛甲、乙、訪客				

△ 警衛甲正在幫訪客換證，訪客離去後，守著監視系統的警衛乙喚著……

警衛乙：欸！

△ 警衛甲走去……

△ 警衛乙示意警衛甲看著其中一個螢幕……

△ 螢幕裡，耀起正在爬著袁方家那一棟的樓梯……

🎬	20	時間	日	場景	袁方家門外（新建回憶）
人物	耀起、袁方				

△ 耀起爬上樓梯，正要衝向袁方家，卻警覺的往旁邊一閃，趕緊掩身——

△ 只見袁方已經先一步抵達！

△ 袁方站在家門口，正欲開門，好像也察覺了什麼，動作頓了一頓！——屋裡溢出的音樂隱約可聞……

△ 躲在暗處的耀起，暗暗罵著，努力思索著「下一步該怎麼做」——

袁方（畫外音）：不過他的那些示好，反而讓我起了疑（續下一場）……

🎬	21	時間	日	場景	建築師事務所
人物	繼薇、袁方、同事們、老闆				

△ 續16場……袁方繼續說道……

袁方：所以我就跟事務所請了假回家。

△ 繼薇盯著袁方，激動而忿忿的說道——

繼薇：騙人！你那天根本就沒有回去！

△ 袁方看著繼薇，露出了「曖昧」的笑容，繼續說道……

袁方：因為故事還沒結束啊。

△ 繼薇忐忑著……

袁方：（沒有情緒的陳述）我趕回家，正拿了鑰匙要開門……他突然從我的背後衝了出
　　　來，勒住我的脖子，威脅我讓他進去——
　　　△　繼薇聽著更是驚恐……
袁方：還好警衛提醒了我，所以……我的瑞士刀早就準備在手上了……
　　　△　袁方說到這裡，賣起關子，看向繼薇……
　　　△　繼薇驚恐不已……
繼薇：你……什麼意思？
袁方：你沒聽到他呻吟的聲音嗎？……（兀自解答）喔，應該是音樂的關係。不過你離開
　　　我們家的時候，沒發現門口的血跡？
繼薇：（嚇傻了）……
　　　△　繼薇驚恐的看著袁方……
　　　△　袁方掛著一抹曖昧的微笑看著繼薇……
　　　△　繼薇沉默好久，略帶遲疑的喏喏說道……
繼薇：……騙……人……
　　　△　袁方漸漸收起了那抹微笑，因爲這個答案，其實讓他很欣慰……
　　　△　這時，他們身後，抽禮物的現場，開始鼓譟……是抽到皮鞭的同事，正在鼓吹著……
某同事：跟我換皮鞭啦！你小魔女耶！皮鞭最適合你了！
　　　△　此刻正輪到主持人小魔女選禮物，她笑斥——
小魔女：才不要咧！我要自己選啦！……（看著剩下禮物判斷著）我覺得……要不愧我小
　　　　　魔女封號的……應該是……
　　　△　繼薇一直盯著袁方，哀求著……
繼薇：你騙我的對不對？
　　　△　袁方看著繼薇……
小魔女：我選袁方的禮物！
　　　△　袁方於是移開視線看向抽禮物的現場，故意不理繼薇追問的揚聲回應著……
袁方：有眼光！
　　　△　小魔女找到了袁方的禮物……
小魔女：到底袁方的這個……要懲罰「經常很多餘的絆腳石」的，最好的，方式……的禮
　　　　　物，是什麼呢？
　　　△　繼薇因那些形容，又不安了，她盯著袁方……
　　　△　袁方只是帶著微笑，看著抽禮物的同事……
　　　△　小魔女拆著禮物……
　　　△　眾人鼓譟……
某同事：茅山術大全啦！
某同事：扎小人啦！
某同事：瑞士刀啦！
　　　△　繼薇聞言大驚看向拆禮物的人們——
　　　△　終於，禮物被拆開了——
小魔女：（笑斥）這什麼啦?!
　　　△　繼薇緊張——
　　　△　小魔女舉高禮物——是一個用玻璃牛奶瓶改造的自製存錢桶，裡面放著一塊錢……
小魔女：（笑斥）袁方騙人！
　　　△　袁方含笑揚聲回應道……

袁方：我沒騙人啊?!……一塊錢常常掉在地上沒人撿？偏偏你搭公車的時候就會少那一塊
　　　錢……
　　△　繼薇聽著袁方的敘述，看著那個「牛奶瓶與一塊錢」，不禁想起了……
　　△　insert第三集，書店，繼薇還給袁方一塊錢……
袁方：所以，要懲罰一塊錢對我們生活造成的干擾，就是「把它永遠的存起來」！
　　△　insert第六集，便利超商，袁方喝牛奶、繼薇喝咖啡……
　　△　繼薇想到這些，感動著……她再次看向袁方……
　　△　袁方含笑望著抽禮物的現場……
　　△　同事們紛紛抱怨「好爛喔」、「還不如皮鞭」……
　　△　繼薇對袁方，堅定而溫和的說道……
繼薇：你就是在騙人。
　　△　袁方沒看繼薇、沒有回應，只是欣慰的笑了笑……
袁方：好吧。再給你一次機會。
繼薇：（不解）……
袁方：為什麼希望我是騙你的？……是但願他沒做傻事？還是希望我不要做傻事？
　　△　繼薇看著袁方，好一會兒說道……
繼薇：百分之六十，跟百分之四十。
　　△　袁方笑了，笑繼薇的誠實……轉身離去……
　　△　繼薇焦急，以為自己失去了機會，跟了過去，揚聲彌補著……
繼薇：百分之五十跟百分之五十……
　　△　袁方又笑了，繼續往自己的辦公桌走去……
　　△　繼薇更急了……
繼薇：那百分之四十跟百分之（頓）———
　　△　袁方從背包裡拿出了一個東西，伸向繼薇……
　　△　是耀起的手機……
　　△　繼薇大驚……詫異的接過手機，抬頭正要問——
繼薇：他 ——（被打斷）
袁方：我不知道他在哪。
　　△　繼薇看著袁方，判斷著真假……
袁方：信不信隨你。
　　△　袁方笑笑……
　　△　繼薇茫然著……

🎬	22	時間	夜	場景	戴家
人物	繼薇、紹敏				

　　△　繼薇貼著大門虛弱的坐在地板上，看來是回到家就疲憊的在這裡坐下，此刻握著耀起的手機，茫然而疲憊的發
　　　　著呆……
　　△　繼薇的手機傳來訊息聲，繼薇趕緊拿起手中的手機，卻發現錯了，又急著去包包裡尋找自己手機看著……
　　△　特寫螢幕，是一個「17尋找」的M＋群組——
　　△　這時，是「阿斌哥」發來的語音訊息……
阿斌OS：小字輩，大台北地區的醫院交給你們囉，有消息立刻回報！
　　△　手機又傳來訊息……

小爽OS：在處理了。
　　△　繼薇對著手機發出訊息……
繼薇：謝謝。
　　△　手機又傳來訊息……
阿斌OS：周妹妹，你就在家裡等著，他晃累了也說不定會回家。
　　△　繼薇對著手機發出訊息……
繼薇：好，我知道。
　　△　繼薇放下手機，打起精神，起了身，往房間走去……
　　△　突然，外頭傳來了開大門的聲音，繼薇聽見了，愣住、駐足，緩緩看向大門的方向——
　　△　門開了……
　　△　繼薇驚喜衝去——
　　△　卻是紹敏！
　　△　繼薇愣住——
　　△　紹敏看著繼薇一頓，冷淡說道——
紹敏：那天來不及收一些東西，收好我馬上就走。
　　△　繼薇這才回神，說道……
繼薇：沒關係你慢慢收……真的沒關係。
　　△　紹敏走進耀起房間……
　　△　繼薇失落著……
　　△　突然房間裡傳來紹敏的聲音……
紹敏：他的傷還好嗎？
　　△　繼薇訝異，頓了頓後衝向耀起房——

🎬	23	時間	夜	場景	耀起房
人物	繼薇、紹敏				

　　△　繼薇衝了進來————
繼薇：他真的受傷了？
　　△　收拾東西的紹敏，意外的看向繼薇……
紹敏：你不知道？
繼薇：（急）所以你見過他？在哪裡？什麼時候？
　　△　紹敏見繼薇一臉焦急狀，有些納悶……
　　△　融入下一場新建回憶……

🎬	24	時間	日	場景	警局外（新建回憶）
人物	耀起、紹敏、三米				

　　△　紹敏臭著一張臉走出警局……
　　△　耀起尷尬的跟了出來……
　　△　紹敏一路走著，在警局不遠處駐足，猛回身正準備要罵耀起——
耀起：對不起。……只背的住你得電話。
　　△　紹敏一陣窩心的悲悵，但她隱忍的說道……
紹敏：請徹底的把它從你的手機和腦袋裡刪掉，因為我不希望再聽到你的聲音、接到你的

電話。

耀起：我會……眞的很 —— 對不起。

△ 紹敏轉身就要走——

耀起：照顧自己。

△ 背對著耀起的紹敏忍不住了，眼睛頓時紅了……

△ 耀起誠摯看著紹敏的背影，緩緩轉身……

△ 這時有個黑影越過紹敏，一把抓住正要轉身的耀起，就揮出一拳——

△ 有點愣住的紹敏，猛回首看去——只見——

△ 三米像漢子一般的怒視著耀起——

紹敏：三米？

△ 一頓之後，三米竟抱著自己的痛手，痛苦的跳腳不已……

三米：（痛）喔～～

🎬	25	時間	夜	場景	耀起房
人物	繼薇、紹敏				

△ 繼薇鬆了一口氣，可喜的說道……

繼薇：袁方果然在騙我……

△ 繼薇又想到什麼，擔心的問道……

繼薇：那……他……傷得很嚴重嗎？

紹敏：應該還好。但是……我朋友的手骨折了。

🎬	26	時間	日	場景	醫院急診掛號處（新建回憶）
人物	耀起、紹敏、三米、掛號小姐、環境人物				

△ 耀起嘴角還流著血，走在前方……後頭，三米的手裏著自己外套（裡面裝滿冰塊，沉重）自己左手扶著、紹敏也雙手幫忙扶著，兩人也跟了進來……

△ 耀起一路走到掛號櫃檯前……

耀起：掛號。

掛號小姐：健保卡。

△ 紹敏聽見，已經摸著三米的褲子口袋，拿出了皮夾，掏出健保卡交給耀起……

△ 耀起接過，遞給了掛號小姐……

△ 掛號小姐看著健保卡，又打量三米，哪裡不舒服……

紹敏、三米：手！

紹敏：（補充說明）應該是傷到骨頭了。

△ 掛號小姐又看向耀起……

掛號小姐：你也在流血耶，不順便掛號嗎？

耀起：沒關係。

掛號小姐：第一次來嗎？

紹敏、三米：對。

掛號小姐：填一下初診單喔。

△ 耀起接過單子，開始填寫，正想按健保卡填寫資料，但掛號小姐已經拿著健保卡操作起來……耀起只好回身問

著——
耀起：三米的全名？
紹敏、三米：周冠雄。
紹敏：（補充說明）冠軍的高雄。
　　△　耀起寫著……又問……
耀起：身分證字號？
紹敏、三米：A156（頓）——
　　△　三米看向紹敏，紹敏放開三米，衝到櫃檯……
紹敏：我來寫，你顧他。
　　△　耀起把筆交給紹敏，走向三米……
　　△　耀起想幫三米扶著冰敷的衣服，伸出手，又不知妥不妥的看向三米……
三米：（沒好氣的）快點！
　　△　耀起這才趕緊幫忙……
　　△　下一場護士的聲音先揚起……
護士小姐（畫外音）：周冠雄先生？

🎬	27	時間	日	場景	醫院急診候診區（新建回憶）
人物	耀起、紹敏、三米、護士小姐、環境人物				

　　△　三米坐在候診區，很痛的模樣，紹敏陪在一旁，耀起隔著一段距離，貼牆站在一旁……
紹敏：這裡。
　　△　護士小姐說道……
護士小姐：先來照一下X光喔。
　　△　紹敏抱著三米的西裝、陪著三米起身，三米對紹敏說……
三米：我自己去就好，你去跟他聊聊吧。
紹敏：我跟他有什麼好聊的？
三米：至少好聚好散嘛！有護士小姐，放心啦。
　　△　紹敏這才留步，目送三米和護士小姐離去……紹敏抱著三米的西裝，轉身走回耀起的方向……
　　△　紹敏隔著距離，在耀起面前駐足……
　　△　耀起看著紹敏，無語……
　　△　紹敏不情願的拿出口袋的面紙，遞給耀起，指著自己的臉，示意耀起的血漬……
耀起：謝謝。
　　△　耀起接過面紙擦著……
　　△　紹敏冷淡而不情願的說道……
紹敏：不好意思。
　　△　耀起苦笑……
耀起：幹嘛不好意思？……其實多虧三米那一拳，讓我心裡舒服多了，也放心多了……他
　　　果然是你的好朋友。
　　△　紹敏不領情、嗤之以鼻的一笑，咄咄說道……
紹敏：我並不需要你的舒不舒服、放不放心……你以為我會因此而感動嗎？我的感動沒那
　　　麼廉價！……楊力洲的《拔一條河》你看過嗎？黃嘉俊的《一首搖滾上月球》你看
　　　過嗎？那才叫真的感動！
　　△　耀起笑了……

314

耀起：我會去「真的感動」一下。

紹敏：隨便你，只要你徹底滾出我的世界。

　　△　耀起笑笑……

耀起：要繼續這麼精彩的活著，我相信有一天，你會感動很多人！

　　△　紹敏紅著眼睛倔強說道——

紹敏：還需要你來告訴我嗎？

　　△　耀起笑笑，直起貼牆的身子，轉身前，看著紹敏誠摯的說道……

耀起：對不起。

　　△　耀起離去……

　　△　紹敏含淚目送著，可她壓抑著，舉起雙手用力一抹眼淚，卻發現……

　　△　從三米西裝的口袋裡，掉出了耀起送的那個戒指……

　　△　紹敏一怔……

　　△　戒指滾動著，停下……

　　△　紹敏彎身，撿起……一陣感動，但她抗拒，猛起身要喚住耀起……

　　△　耀起已經不見了……

　　△　下一場繼薇焦急的聲音先in……

繼薇（畫外音）：所以他沒有說他要去哪？

🎬	28	時間	夜	場景	耀起房
人物	繼薇、紹敏				

　　△　紹敏諷刺一笑……

紹敏：他好像已經不需要跟我交代他的行程了吧?!

繼薇：（自責問錯話）對不起。

　　△　沉默了一會兒，紹敏提起收好的東西……

紹敏：我該走了。

　　△　紹敏離去……

繼薇：紹敏！

　　△　紹敏回首看來……

繼薇：（千言萬語）……對不——（被打斷）

紹敏：短時間之內，我不想再聽到「對不起」。

繼薇：那我……我可以再跟你講一個真心話嗎？

　　△　紹敏看著繼薇，一臉「有屁就放啊」……

繼薇：雖然你條件那麼好，一定有很多人追，但是我覺得……你那個朋友，好懂你，你也好懂他，也許你們（滿臉祝福）……

　　△　紹敏怔了一怔，突然噗哧笑出——

紹敏：謝謝你的建議。

繼薇：（誠摯的）我希望你又精彩又幸福……

　　△　紹敏頓了一頓，有些感動，於是說道……

紹敏：感覺上……好像我走了以後，你跟戴耀起也不太順利？

　　△　繼薇苦笑看看紹敏……

繼薇：因為發生了一些事，所以……現在所有的人都在找他。

　　△　紹敏一怔……

紹敏：他（頓）——算了，不干我的事。

  △ 紹敏離去……

  △ 繼薇失落……

  △ 不料，紹敏又緩緩出現在門邊，沉吟的看著繼薇……

  △ 繼薇不解的看著紹敏……

紹敏：……（略諷刺的）其實你也不是很瞭解他嘛？不然怎麼會找不到他呢？

  △ 紹敏不屑的笑笑，離去——

  △ 繼薇卻如遭當頭棒喝，她猛的想到——

  △ insert第一集，我們的牆前繼薇牽住耀起的手……

  △ insert第一集，小耀起在我們的牆哭泣……

  △ insert第一集，耀起因抽煙事件，在我們的牆……

  △ 回現實——

  △ 繼薇恍然大悟……拿起自己的手機尋找著……終於找到了——

特寫：耀起的兩則訊息……

  △ 一起，掉下去吧。

  △ 我等你。

  △ 繼薇含淚、笑了——

繼薇：我是笨蛋！我真是大笨蛋！

繼薇OS：是因為那些「背面的故事」嗎？

🎬	29	時間	夜	場景	夜空鏡

  △ 黑夜裡的月亮……

繼薇OS：再次抬頭看見的月亮，好像特別的大、也特別的亮……

🎬	30	時間	夜	場景	台北火車站
人物	繼薇				

  △ 繼薇衝到火車站……火車站裡空空蕩蕩，售票處已經打烊……

  △ 繼薇氣餒……

  △ 這時，繼薇的手機傳來訊息……

  △ 繼薇聽著語音……

小風OS：北區醫院查無戴耀起。

小色OS：南區還沒跑完喔。

小爽OS：西區也在跑。

阿斌OS：東區繼續中。

  △ 繼薇又感動又欣喜的對著手機說道……

繼薇：謝謝你們，謝謝……我知道戴耀起在哪裡了！我知道了！

🎬	31	時間	日	場景	我們的牆
人物	耀起、小男孩、繼薇				

△　雨中……「我們的牆」寂寞的豎立在那裡……
　　△　好一會兒，從牆的背後傳來了……

耀起（畫外音）：你不知道這裡有黑洞嗎？
　　△　鏡頭越過牆，我們看到了牆的另一頭，有一個帳篷，帳篷的門洞朝著「我們的牆」，耀起正盤著腿坐在門洞內，嘴上還有傷口，對著牆的方向說話……

耀起：可以讓什麼都消失的黑洞！尤其是下雨天！
小男孩（畫外音）：謠言止於智者！
　　△　耀起一怔，盯著聲音的出處……
　　△　鏡頭這才帶到耀起說話的對象，一個穿著雨衣的小男孩，貼著牆站著，盯著耀起……

耀起：你看不出來我就是智者嗎？
小男孩：……如果什麼都會消失，那你幹嘛在這裡？
耀起：……你管我。趕快回家啦！
小男孩：我也不要你管！
耀起：好啊，隨便你。等下消失你就不要哭！
小男孩：我才不怕咧！
耀起：……
　　△　兩人大眼瞪小眼……結果是耀起先妥協了……

耀起：要進來坐嗎？
　　△　小男孩遲疑一下，走了進去……
　　△　耀起挪了挪位子……
　　△　兩人盤腿坐在洞口，望著雨沉默著……
　　△　雨漸漸停了……
　　△　好一會兒，小男孩開了口……

小男孩：我爸今天要結婚。
耀起：你爸的老婆是你媽，幹嘛還要結婚？
小男孩：我媽跑了。
　　△　耀起一怔……

耀起：不想要你爸結婚？
小男孩：嗯。
耀起：有新媽媽不好嗎？
小男孩：不會不好。可是……我媽就不會回來了。
　　△　耀起看看小男孩，懂得……

耀起：想哭嗎？
小男孩：……不想。
耀起：說謊、逞強，這樣並不屌喔。
小男孩：我才沒說謊！
耀起：少來……你騙不了先知的！
　　△　耀起望著前方……

耀起：因為我媽也跑了。
　　△　小男孩看著耀起……

耀起：那時候我跟你差不多大……她會從很遠的地方寄禮物給我，可是從來沒有「回來」……我爸也沒再幫我找個新媽媽，不過他也……等於跑了……
小男孩：你……好像比我可憐喔？

△　耀起笑笑……

耀起：還好我有奶奶，但是奶奶去世了，所以現在我的全部，只剩下一個……妹妹……

小男孩：好險！

耀起：是啊，好險。

小男孩：我也有一個妹妹！

耀起：太好了。

小男孩：那你妹妹呢？

耀起：我正在等她……

△　耀起頓了頓，伸個懶腰，看看外面的雨勢漸停……

耀起：想哭就哭一下吧。

△　耀起說著戴上帽T的帽子，起身，回首看看小男孩……

△　小男孩低著頭，玩著自己的手，看來已經進入情緒……

△　耀起笑笑，晃到牆的深處去了……

△　小男孩開始哭泣……

△　牆外……

△　只見，淋成落湯雞、又醜又狼狽的繼薇，提著簡單的行李往牆奔來……

△　繼薇駐足，四下期待的張望，聽到了啜泣聲……繼薇一怔，滿懷期待、近鄉情怯的，緩緩繞到牆的後頭……

△　繼薇的期待卻變成一怔……

△　因為眼前，不是耀起，而是坐在帳篷口、趴在膝上哭泣的小男孩……

△　繼薇不敢置信，彷彿跌入時光隧道……

△　insert第一集，戴母離去後，小耀起坐在我們的牆前哭泣的樣子……

△　繼薇驚訝的試探問著……

繼薇：……戴……耀起？

△　小男孩聞聲，緩緩抬起頭看向繼薇……

△　繼薇更是驚訝，難道耀起真的跌到黑洞的時光隧道……

繼薇：你……你怎會……天哪！

△　繼薇驚訝的搗住嘴——

△　小男孩看著繼薇、抹去眼淚……

小男孩：……你是「妹妹」呴？

△　繼薇一怔……

繼薇：你是……？

小男孩：……你不認識的人。

△　繼薇這才鬆了一口氣，語無倫次的說道……

繼薇：我還以為你真的掉到黑洞裡，然後進入時光隧道就變成（我在說什麼鬼啦）—— 對不起打擾你了。

△　繼薇正轉身要走又一頓……回首看著小男孩……

繼薇：你怎麼知道我是「妹妹」？

小男孩：有一個人說，他在等妹妹……

△　繼薇激動的走到小男孩面前……

繼薇：他呢？他去哪了？

△　小男孩看著繼薇，抬起手指指自己身後……

△　繼薇猛抬頭順勢看去……

△　只見，耀起早已靠在後方牆的窗洞上，正看著繼薇……

△　繼薇緩緩站起身看著耀起……

△ 耀起一動不動的紅著眼睛說道……

耀起：回來吃繼茹的喜酒？

△ 繼薇也紅了眼睛……

繼薇：我一直找你一直找你，我還以爲……再也見不到你了！

耀起：找我幹嘛？不是說長大了？……不是說只是同情？……不是說要我別再打擾你？

繼薇：（哭嚷）可是我就有「跟我愛的人說再見」啊！

耀起：嗯，我聽到了。問題是「再見」有很多種，「我愛的人」也有很多種……你是哪一種？

繼薇：（嘆）陪你「一起掉下去」的那一種！

△ 耀起欣慰的笑了笑，盯著繼薇……

△ 繼薇盯著耀起也含淚笑了出來……

△ 好一會兒，耀起說道……

耀起：過來。

△ 繼薇聽話的走向耀起……隔著窗洞，站在耀起面前……

△ 耀起盯著繼薇……

耀起：準備好「掉下去」了嗎？

繼薇：（嘆）人家從六歲就已經準備好了啦！

△ 於是感動的耀起捧住繼薇的臉，熱烈的吻著……

△ 繼薇扔下包包，用力的擁抱著耀起……

△ 他們熱烈的吻著……

小男孩（畫外音）：親妹妹……

△ 耀起、繼薇一頓——看去……

△ 只見小男孩站在帳篷旁，說道……

小男孩：嗯心！

△ 小男孩說完，一溜煙跑走了……

△ 耀起和繼薇怔在當下……笑了，釋然又開心的笑了，看著彼此……

繼薇OS：親愛的小男孩，「妹妹」其實有很多種意思……

△ 鏡頭緩緩的攀去……

△ 在「我們的牆」的牆頭，放著一本攤開的字典……

△ 特寫字典上關於妹妹的註解……

△ 妹妹——

△ 值得你好好珍惜、並且可以接吻的女孩。

△ 葉子上的一顆雨滴，滴落在註解上……

🎬	32	時間	日	場景	周家外觀

△ 周家日空鏡，雨已漸停……

△ 下一場周媽的話先in……

周媽（畫外音）：好男人到處都是，偏偏去挑一個離婚的?!

🎬	33	時間	日	場景	周家女兒房
人物	周媽、繼萱、周爸				

△　周媽正仰著臉讓繼萱幫自己化妝，所以說話的方式，是板著臉，努力的只動嘴唇……

周媽：而且兩個小孩都已經那麼大了！

△　繼萱抱怨著……

繼萱：你不要一直動啦！

周媽：我哪有動？!……你知道做後母有多艱苦？給他管，他說你虐待；不給他管，他說你不給他關心！……你看啦這個雨，下一整天了捏，這就是代表連老天爺都覺得悲哀──（被打斷）

周爸（畫外音）：雨已經停了啦！

△　周媽的話頓住──

△　只見周爸焦急的探進腦袋來說話……

周爸：是要畫多久？!

繼萱：慢慢畫，才會美啊！

周爸：老都老了，再怎麼畫也同款啦！

△　周媽臉不能動，眼睛忿忿的橫去……

周媽：（氣）我跟你爸結婚的時候，雨下得比這個還大！那時候我就覺得「不吉利」，早知道就逃婚！

繼萱：（驚呼）啊！

△　繼萱畫眉毛出意外，驚呼著……趕緊卸責的說道……

繼萱：是你自己喔……

周媽：（氣）親荣啦！反正水人沒水命，了然啦！

△　周爸揶揄成功的笑了，這時聽到什麼，望向窗外……

周爸：回來了回來了！

△　周爸連忙往外走去……

🎬	34	時間	日	場景	周家客廳
人物	周媽、周爸、繼萱、繼茹、二姊夫、小男孩（同31場）、小女孩				

△　簡單的迎娶儀式，繼茹（穿著小洋裝禮服）和二姊夫正跪在地上叩謝父母，兩個小孩跪在後面也跟著磕頭……

△　繼萱在一旁，一開始就哭了，哭比較多的是──自己的未嫁……

△　周爸周媽坐在沙發上……

△　周媽刻意臭著一張臉，眉毛很明顯的被繼萱畫得一高一低……

△　周爸一把抹著眼睛上快溢出的淚水……

周爸：好啦好啦，不用那麼講究啦，可以了啦。

△　繼茹和二姊夫卻仍跪著……

△　繼茹拘謹而甜蜜的說道……

繼茹：我們已經公證好了……所以，從現在開始，我會好好的做一個妻子、一個媽媽……

△　周爸隱忍著，努力輕鬆的笑笑……

周爸：好啦，很好很好。……啊就一定要把這兩個當作自己生的一樣疼。

繼茹：我知道。

△　周媽始終臭著臉不說話……

周爸：可以了啦！起來了啦……

△　繼茹和二姊夫卻依舊跪著……

△　二姊夫對孩子說……

二姊夫： 弟弟妹妹，叫阿嬤阿公……

孩子：阿嬤，阿公……

周爸：乖，乖。

繼萱：（哭腔提醒）拔，紅包啦……

周爸：喔喔喔……
 △ 周爸拿出口袋的紅包，交給繼萱，繼萱把紅包交給兩個小孩……

繼萱：阿公阿嬤給的紅包啦！

繼茹：跟阿公阿嬤說謝謝。

孩子：謝謝阿公阿嬤。
 △ 二姊夫紅了眼睛……因為稱謂要改口，而慎重的……

二姊夫：爸……媽……
 △ 周媽還是面無表情……

二姊夫：謝謝你們願意把繼茹交給我……（感動，一時不知該怎麼說）我……我……他們
媽媽走掉那天開始，我一直在問自己，是哪裡做的不對、不夠、不好，才會讓我
的孩子沒有了媽媽……我反省了五年，這次我一定會做一個好丈夫，因為我已經
學會了做飯、洗衣服、掃地拖地、清馬桶、倒垃圾、幫小孩溫習功課、唸故事、
準備便當、看醫生———（被打斷）

周媽：（糾正）這些以後就要叫繼茹幫你一起做啦！
 △ 二姊夫頓住，看著周媽……
 △ 繼茹、周爸也看向周媽……

周媽：（教訓）老婆是要娶回家牽手一輩子，又不是娶回家養豬！……所以就要分工啊！
 △ 周媽刻意用一種不耐煩的語氣說道……

周媽：周繼茹喔，從來不會撒嬌啦、老是臭臉！但是那是她本來就生成這樣，不是在生
氣，你就要瞭解她。
 △ 繼茹聞言，感動得紅了眼睛……

周媽：啊她做事就是太認真啦，不管是上班還是做家事，她都會做得好好的，所以當然很
辛苦，可是她都不會說，你就要給她懂！（漸漸隱忍不住）然後一起做飯、一起照
顧小孩、一起倒垃圾……反正要「一起」啦！這樣感情才會好！
 △ 周媽說著也終於隱忍不住的哽咽起來……

周媽：周繼茹！這是你自己選的老公，選的家……你要是敢跑掉，我就打斷你的腿！……
記住啦！絕對不可以讓我的兩個外孫沒有媽媽惜！
 △ 繼茹滑下眼淚……

繼茹：人家知道啦。

周媽：好了啦起來了啦。周繼萱，去拿湯圓給他們喝啦！
 △ 繼萱邊搧著自己流淚的眼睛邊應聲往廚房去……

繼萱：弟弟、妹妹，來跟大阿姨去喝湯圓……
 △ 繼茹、二姊夫、孩子陸續起身中……
 △ 周媽佯裝抱怨……

周媽：……畫半天都花掉了。（對周爸）面紙給我啦！
 △ 周爸拿著面紙給周媽，笑逗著周媽……

周爸：那麼會說？說得我都要哭了（頓）———
 △ 周爸看著周媽的臉卻一頓……

周爸：你這眉毛是打算飛去哪？

周媽：什麼飛去哪？

　　△ 周爸於是拿著面紙，把周媽的畫好的眉毛擦掉……

周爸：這樣好看多了……

繼薇OS：這就是我認識的愛情……

　　△ 周爸又繼續擦拭著周媽的眼影，發現了假睫毛，拿掉了……

周爸：貼兩個扇子在眼睛上，歹看啦……你最漂亮的就是眼睛，就原來就好，畫這些幹什麼……

繼薇OS：我們要相愛，用我們背面的樣子，那個最真實的樣子……

🎬	35	時間	日	場景	我們的牆
人物	繼薇、耀起				

　　△ 「我們的樹」上拉了一根簡易的繩子，一直延續到帳篷的支架……

　　△ 繩子上掛著繼薇的濕衣服……

耀起（畫外音）：當然會胡思亂想啊，我想了一堆好不好?!

　　△ 帳篷外，耀起席地盤腿坐著。一旁，是繼薇的腦袋：沒穿衣服的繼薇，躲在拉上門的帳篷裡，只露出一個腦袋在外面，和耀起說著話……

耀起：什麼他要脅你啦……綁架你啦……又或者 ————（被打斷）

　　△ 繼薇趕緊掩飾的說道——

繼薇：你韓劇看太多了啦！

　　△ 耀起轉頭看向繼薇（有一種「不相信」的態度）……

耀起：那你幹嘛叫他把鞋子還給我？幹嘛說（頓）——

　　△ 耀起抬起頭看天——

耀起：媽的又下了！

　　△ 在來勢洶洶的雨中……耀起立刻彈起，匆忙拉開帳篷的門，三步併兩步的也躲了進去……

　　△ 耀起整個拉上了帳篷門後，帳篷內只剩下影子的世界——

　　△ 只見耀起的影子拉好帳篷，回身坐好，面對著繼薇的影子——接著，帳篷內呈現一陣愣住的沉默、面對面的兩個尷尬的影子……

　　△ 繼薇的影子終於回神的驚呼了一聲！緊張的拿了個帳篷內的小東西，遮蔽著自己……

　　△ 耀起的影子怔了一會兒，拿起另一個東西，尷尬的伸給繼薇……

耀起：這……這個……比較大比較……那個……

　　△ 隨著他們的對話，鏡頭漸漸zoomout……

繼薇：出去啦！

耀起：（歉然）下雨耶……

繼薇：（斥）你眼睛在看哪裡？

耀起：……

繼薇：（斥）幹嘛脫衣服?!

耀起：（氣）脫給你穿啦！

🎬	36	時間	夜	場景	飯店某廳外禮金處
人物	周媽、周爸、繼萱、繼薇、耀起、收禮金的兩人、賓客們（婦人、一對年輕夫妻、周爸同事、其他）、攝影師				

△ 收禮金處，有賓客正在送禮⋯⋯

△ 周媽、周爸在一旁跟賓客寒暄⋯⋯

賓客婦人：恭喜捏周太太！你看這下，馬上就有人叫阿嬤了說！

△ 周爸不爽，正要發話，周媽拉住他的手暗示，接著笑著回敬⋯⋯

周媽：對啊！也不用半夜起來幫女兒帶小孩，多省事說！而且我們周繼茹的身材也不會像你們阿鳳「走針」成那樣！還要拚命減肥！不過好像都越減越肥ㄏㄧㄡ？

賓客婦人：（訕訕）哎喲，隨便她啦！她老公喜歡就好啦！

周媽：（故作關心）可是還是要叫阿鳳看緊一點捏！現在好流行那個什麼「小三」的說！

賓客夫（畫外音）：周媽媽周伯伯，恭喜！

△ 這時又有一對年輕的賓客夫妻進來的招呼聲打斷了這場唇槍舌戰⋯⋯

△ 周媽不待賓客婦人回嘴，立刻熱情的迎向打招呼的客人⋯⋯

周媽：哎喲，李茂生喔！好久不見！

賓客夫：恭喜恭喜！

△ 賓客妻：恭喜！

周爸：（略陌生的）謝謝謝謝。

△ 周媽對周爸介紹⋯⋯

周媽：繼茹銀行的同事啦！

周爸：喔～～歡迎歡迎。

△ 同時，周爸的同事來了喚著「老周」。周爸趕緊迎去。

△ 另一頭，攝影師走來⋯⋯

攝影師：周媽媽要不要拍張照片留念？

周媽：好啊好啊！來來來拍張照片！

△ 周媽和賓客夫妻拍著照片⋯⋯

攝影師：周媽水喔！⋯⋯OK！

周媽：謝謝啦！

△ 負責招待的繼萱這時經過⋯⋯

周媽：繼萱！⋯⋯（介紹）繼茹的同事，帶一下位子啦！

△ 繼萱一見是男人，巧笑倩兮的迎來⋯⋯

繼萱：你好。我是繼茹的姊姊，（強調）只大一歲的姊姊。一個人嗎？

△ 知女莫若母的周媽，立刻應道⋯⋯

周媽：人家的「水某」在這裡你沒有看到喔！

△ 繼萱的笑容立刻收了一吋的說道⋯⋯

繼萱：歡迎，裡面請喔。桌上標「同事」的桌子都可以坐。

賓客夫：謝謝。周媽你們忙，我們先進去。

周媽：好好好，等下周媽去找你喝酒。

賓客夫：好。

△ 賓客離去⋯⋯

△ 周媽橫著繼萱⋯⋯

周媽：做招待嘛卡盡責一點！現在是繼茹在請客，不是在給你招駙馬。

繼萱：（抱怨的）知道啦。

周媽：啊不是叫你打電話給周繼薇？

繼萱：有啊，她說已經到了啊。

周媽：到了啊人咧？

繼薇（畫外音）：在這裡啦……
　　△　周媽、繼萱看去……
　　△　只見狼狽（被雨淋過又乾了）的繼薇從入口的轉角處，有點尷尬、閃躲的走出……
　　△　周媽驚愕的打量著繼薇……

周媽：啊你怎麼弄得跟一袋垃圾一樣啦？
　　△　繼薇因自己的狼狽，尷尬又侷促的解釋著……

繼薇：就下雨……帶回來的衣服都濕了……我就只好……

周媽：（氣）啊你就不會——（懶得罵）算了啦，也來不及了……阿你男朋友沒有來喔？

繼薇：（心虛、尷尬）……有……啊。

周媽：人咧？
　　△　繼薇心虛的盯著周媽，朝身後搖搖手，示意身後的人出來……
　　△　周媽、繼萱看去……
　　△　只見也很狼狽的耀起戴著帽T的帽子，從轉角處走了出來……
　　△　周媽有點搞不清楚狀況的仔細看去……
　　△　耀起拉下帽子……

耀起：恭喜喔！周太太……
　　△　周媽傻住……

繼萱：（不解）戴耀起？
　　△　繼薇、耀起傻笑著，耀起拍拍周媽（像拍哥們一樣的感覺）……

耀起：終於嫁掉一個了。
　　△　周媽怔怔看著耀起，然後又看向繼萱……

周媽：現在應該是在……作夢……對不對？
　　△　繼萱也怔怔的看著周媽，又看向繼薇……

繼萱：所以我也在作夢嗎？
　　△　繼薇尷尬的笑著，說道……

繼薇：不是啦……現在是……
　　△　繼薇伸手掐著繼萱的臉……繼萱痛呼一聲……

繼薇：（歉然）是真的啦……
　　△　周媽於是再次看著繼薇，不敢置信的、混亂的、茫然的指著繼薇……

周媽：所以……你……現在的男朋友……是……
　　△　耀起這時剛好打了個噴嚏（感冒）——
　　△　周媽又看向耀起、手指也移向耀起……
　　△　耀起吸著鼻涕、尷尬笑了笑……是「沒錯」的笑容……
　　△　周媽頓了半天，好一會兒終於長嘆一聲……

周媽：悲哀啊～～！
　　△　隨著「咔嚓」一聲——閃光燈起落……
　　△　周媽的長嘆，被停格——
　　△　停格畫面變成——用紙膠帶貼在牆上的一張照片……

繼薇OS：我喜歡這個結局！
　　△　畫面淡出……

🎬	37	時間	夜	場景	周家女兒房
人物	繼薇、耀起、周爸、周媽				

特寫：昏暗的小燈中，睡在床上的繼薇，額頭上放著冰毛巾……耳溫槍在耳邊量著溫
　　　度……
　　　△　隨著耳溫槍移開，鏡頭帶到，拿耳溫槍的是周爸……
　　　△　繼薇睡在上舖，階梯上的周爸下了床，把耳溫槍拿到燈下看著……
周爸：三十七度八，有退一些啦！
　　　△　周媽站在門邊問著……
周媽：樓下那個咧？
周爸：三十七度二。
繼薇OS：但它並不是結局。
　　　△　周爸邊說著邊往外走去……
　　　△　只見耀起睡在下床，額上也放著冰毛巾……因腳太長，伸出床外……
周媽：毛巾換了沒？
周爸：換過了啦……
　　　△　兩人出，帶上門……
　　　△　房間裡，兩人在昏暗裡沉睡著……表情皆漾著安心與幸福……
繼薇OS：它是另一個開始……
　　　△　繼薇猛的坐起身，是作了惡夢……驚魂甫定後，她彎下身看著下床……
　　　△　耀起好好的睡在那兒……
　　　△　繼薇這才安心的笑了……重新睡下……
　　　△　畫面泛白，上字幕……
　　　　　第十一種悲哀：
　　　　　連在夢裡，都不敢太幸福。

待續……

妹妹　第十二集

| 🎬 | 1 | 時間 | 日 | 場景 | 周家外觀 |

　　△　周家的日空鏡……

繼薇OS：這是我家……

| 🎬 | 2 | 時間 | 日 | 場景 | 雜景 |

　　△　各式「家」的外觀，公寓的、大樓的、透天的……

繼薇OS：這是你家……

　　△　淡出……

| 🎬 | 3 | 時間 | 黎明 | 場景 | 動畫 |
| 人物 | 男子們（摩托車騎士、駕駛們、小男孩） |

　　△　淡入……

　　△　隨著一輛摩托車上坡，越過坡道後……我們看到了一個平壤處，早已停著十數輛的車子，有休旅車、轎車、貨車、計程車……

　　△　摩托車駕駛停好車，脫下安全帽……

　　△　那些車輛的駕駛，紛紛下車，跟他打著招呼……

駕駛甲：喂！

摩托車：早！

　　△　下車的駕駛們紛紛伸著懶腰，他們望著山下漸漸升起的黎明太陽……

繼薇OS：你覺得蓋一個家，需要多久的時間？

　　△　畫面跳……………………

　　△　剛才那些駕駛，正蓋著一個房子的雛形，有負責水泥工的、木工的、鐵工屋頂的……

繼薇OS：答案是四天。

　　△　不遠處，一個看似窮困、打著赤腳、髒兮兮的小男孩，仰著臉看著他們施工……

繼薇OS：當有人被迫失去家園、陷入絕境的時候，你覺得，誰願意自掏腰包的替他們重建家園？

　　△　小男孩義慕的問著在屋頂上施工的摩托車騎士……

小男孩：哥哥，這是你家嗎？

摩托車：不……是你家。

　　△　小男孩不敢置信，張著嘴巴合不攏……

　　△　鏡頭緩緩拉開，施工的人高達四五十位……

繼薇OS：答案是一群好人。他們可能是老師、是業務員、是計程車司機……聚在一起之後，叫做「寶島義工團」。

　　△　鏡頭不斷退著，小男孩的聲音繼續……

小男孩：那……我們家什麼時候會蓋好啊？

摩托車：明天晚上，你就可以睡在自己的床上啦。

小男孩：（開心）真的嗎？……謝謝哥哥！

繼薇OS：他們犧牲了週末假期「幫你起厝」；他們的酬勞很簡單，只是那句「謝謝」，但

是他們很快樂……
△　鏡頭一路退成「寶島」的模樣……

繼薇OS：因為……這是「我們的家」。
△　淡出……

寶島義工團，請詳：http://goo.gl/KSrJRP

🎬	4	時間	日	場景	某宅屋頂
人物	耀起、繼薇				

△　淡入……
△　耀起正在某個屋頂上，幫忙鄰居維修屋頂……
△　繼薇在梯子上，幫忙遞著「瓦」之類的工具，同時「努力」解釋著……

繼薇：他真的沒有怎樣，是我比較囉唆啦……因為我覺得……無論如何，我都一定要好好
　　　的跟他「結束」，所以我們就一直聊，聊了很多啊，包括他之前的女朋友要結婚
　　　了……反正到最後就是「好聚好散」的那種分手啦！
△　繼薇又遞上一塊瓦給耀起……
△　耀起接過瓦，看著繼薇說道……

耀起：你沒有跟我說實話。
△　繼薇一怔，掩飾的笑笑……

繼薇：……明明就都是實話……
△　耀起深深看著繼薇……

耀起：不過，我知道你一定有不說實話的原因……
△　繼薇暗暗欣慰……
△　耀起繼續工作，邊繼續說道……

耀起：所以，就當作是這樣吧。
△　耀起拍了拍手上的灰，朝下嚷著……

耀起：（很爛的山東腔）劉爺爺，OK 啦。

🎬	5	時間	日	場景	巷子連周家大門、院子
人物	繼薇、耀起				

△　耀起拿著梯子往繼薇家走來，後頭跟著繼薇，拿著工具……
△　繼薇看著耀起，覺得很幸福的笑了，突然甜蜜的喚著……

繼薇：戴耀起。
耀起：幹嘛？
繼薇：戴耀起。
△　耀起懂得繼薇的呼喚，也覺得幸福了，他應著……

耀起：幹嘛啦！
繼薇：你力氣那麼大，一定抱得動我吧？
△　耀起駐足，回頭不解的看著繼薇……
△　繼薇不好意思的笑著問道……

327

繼薇：是公主抱的那種「抱」……？

耀起：幹嘛公主抱？

繼薇：人家結婚的時候不是新郎都會抱新娘……然後進洞房嗎？我超怕你抱不動我然後我們——（被打斷）

耀起：我有說要娶你嗎？

 △ 繼薇一怔……

 △ 耀起打量著繼薇，故意說道——

耀起：我現在完全相信那個建築師是跟你「好聚好散」！要不然他光進洞房就去掉半條命了！

 △ 耀起說完轉進了周家——

 △ 繼薇怔在那裡，好一會兒才反應過來，嚷著……

繼薇：拜託，他根本捨不得跟我分手好不好?!要不是（頓）——（低聲抱怨）要不是我不能說實話，你就會知道我「胖的」有多搶手！

 △ 繼薇氣呼呼的跟進了……

🎬	6	時間	日	場景	周家	
人物	繼薇、耀起、周媽					

 △ 耀起怔站在門邊，看著前方……

 △ 跟來的繼薇也停下腳步，隨著耀起看向沙發的方向——

 △ 只見周媽端坐在沙發上，一副在等人的樣子，盯著兩人……

 △ 耀起笑笑……

耀起：在等我們喔？

 △ 周媽不語，逕自從口袋拿出一張紙，用力放在桌上……

周媽：過來。

 △ 耀起、繼薇放下東西走去入座……

 △ 繼薇緊張的看著耀起……

 △ 耀起回應著「別擔心」的表情，看向周媽……

 △ 周媽臭著一張臉說道……

周媽：所以你們現在是決定不要做兄妹了是不是？

 △ 周媽犀利的眼神看著兩人……

 △ 緊張的耀起故意皮皮的笑著……

耀起：應該是……沒辦法做了……（把問題丟給繼薇）吼？

 △ 繼薇唔唔的看著周媽……

繼薇：（唔唔）對啊……我們都已經做了……兄妹不可以做的事了……

 △ 周媽聞言大驚，猛的用力打著繼薇……

周媽：這種沒見笑的事你還敢說?!有影沒見笑！實在沒見笑！

耀起：（制止）她是說「接吻」啦！

 △ 周媽一怔……

繼薇：（委屈）嘿……呀……

耀起：（故意指責）你看你們這些大人，哪那麼邪惡啊?!

周媽：（斥）恬恬啦你！還不都是你把周繼薇帶壞的！

 △ 周媽訕訕，整理了一下自己的情緒，才拿起放在桌上的那張紙，嚴肅的說道——

周媽：既然不做兄妹了，那我有幾個規定，如果你們做不到 ——（被打斷）

耀起：不要負面思考嘛！說出來大家研究啊！

　　△　周媽再打著耀起——

周媽：你再給我嘻皮笑臉！再給我不正經試試看！

耀起：好好好……

　　△　耀起把桌上的老花眼鏡遞給周媽，哄著……

耀起：好啦，我現在超正經的。

　　△　周媽橫了耀起一眼，戴上老花眼鏡，開始唸著紙張……

周媽：第一，爲了預防你們會後悔，所以三年內不可以結婚。

繼薇：三年？……那我不就超過三十歲了……

周媽：（斥）三十歲怎樣？周繼萱都三十幾了，男朋友連影子都沒有，還不是活得好好
　　　的?!

繼薇：（哀求）兩年啦……好不好……拜託啦……

　　△　周媽瞪著繼薇……

繼薇：反正我就一定不會後悔的啊！

　　△　周媽無言的嘆口氣……繼續唸著紙……

周媽：第二，三年之後 ———（被打斷）

繼薇：（糾正）兩年之後。

　　△　周媽頓了一頓，沒轍的唸道……

周媽：兩年之後，我要看到你們的存摺裡至少有一百萬，才會考慮讓你們結婚。第三，每
　　　個月薪水的一半要交給我存。第四 ——（被打斷）

耀起：所以是……一半給你以後還要再存一百？

周媽：辦不到嗎？

繼薇：（爲難）好……好像太難了吧……光租房子每個月就 ——（被打斷）

周媽：那就算啦！

　　△　周媽作勢要摺起那張紙……

耀起：可以啦可以啦。

　　△　耀起又幫著周媽把紙攤開……

　　△　周媽瞪著繼薇，邊接過紙、邊斥責著……

周媽：房子車子那些我都沒要求捏！還難?!成家本來就很難，你以爲光「愛」就可以喔?!

耀起：好啦好啦一百萬啦！快點「第四」啦！

　　△　周媽於是繼續唸著……

周媽：第四，你們兩個每個月至少要回來給我檢查一次。第五，做生意是很好啦，但是每
　　　天日夜顛倒的，以後有小孩怎麼辦？……雖然講小孩還太早，但是現在至少就要知
　　　道把身體顧好……

　　△　周媽抬起眼看著耀起……

周媽：周繼薇的靠山以後就是你，你的身體不好怎麼給她靠?!

耀起：我會把他照顧好的。

　　　周媽瞪向繼薇————

　　　繼薇一臉堅定……

　　　周媽「受不了」的大嘆口氣……再次看向紙張……

周媽：第六，脾氣就要改！（看耀起）做什麼事都不可以衝動，三十了捏！要是還像以前

那樣沒有智慧、只會出拳頭、講什麼爛義氣，我立刻把周繼薇帶回家！

繼薇：他有改很多了啦！

周媽：兩個像垃圾一樣就去給我吃繼茹喜酒，改個頭啦！
　　　△　繼薇耀起心虛的笑笑……

耀起：（哄）天有不測風雲嘛！
　　　△　周媽瞪向耀起……

耀起：好啦我一定改啦，沒有第七囉？
　　　△　周媽只好再次看向紙……

周媽：……最後一點……
　　　△　周媽拿下老花眼鏡，看著耀起……

周媽：雖然你不要周繼薇做你妹妹，但是以後不管你做任何事，都要把我這句話拿來做標
　　　準想一想……
　　　△　周媽把紙遞給耀起……

周媽：最後一行，你唸。
　　　△　耀起接過紙，唸著……

耀起：如果周繼薇是我的親妹妹……
　　　△　周媽一臉篤定的神情看著耀起……

周媽：不管做什麼事、下什麼決定，你都要先想到，如果周繼薇是你的親妹妹，你會希望
　　　那個愛她的人，這樣做嗎？
　　　△　繼薇有些感動於周媽的立場……
　　　△　耀起唸完，心裡完全「懂得」，緩緩放下紙，誠摯的看著周媽……好一會兒誠摯的開了口……

耀起：沒帶印章ㄟ，蓋手印可以嗎？
　　　△　繼薇感動看著耀起……
　　　△　周媽也感動了，卻故意說道……

周媽：有影悲哀啦……

🎬	7	時間	日	場景	戴家
人物	耀起、繼薇				

　　　△　門開了……
　　　△　繼薇和耀起站在門邊……繼薇開心的對著屋子說道……

繼薇：我們回來了！
　　　△　繼薇正要進入，耀起嚷著……

耀起：等一下！
　　　△　繼薇不解的看向耀起……
　　　△　耀起不語，逕自丟下行李、也幫繼薇丟下行李，接著，耀起捲起袖子，繼薇不解的看著
　　　△　耀起深吸一口氣，接著突然一把抱起繼薇————公主抱……
　　　△　繼薇驚呼——而後暸解狀況了，甜蜜又害羞的說道……

繼薇：現在又不是進洞房！可是你真的抱得動耶！
　　　△　耀起故作吃力狀，把繼薇抱進屋子……

耀起：（吃力）靠……
　　　△　大門被耀起一腳踢上……
　　　△　屋裡頓時傳來跌倒的聲音、繼薇的驚呼聲……

繼薇（畫外音）：你有沒有怎樣？

繼薇OS：我們終於在一起了！
  △ 畫面疊上……
  △ 他們拖地：繼薇正要扭拖把，正拖著客廳的耀起走來幫繼薇扭拖把，繼薇盤算著……

繼薇：兩萬八的一半就是一萬四，所以我一個月應該……可以存一萬！
  △ 耀起把拖把交給繼薇……

耀起：存錢的事你不用擔心，有我在！
  △ 耀起拿著自己那支拖把去拖地……

繼薇：爲什麼不用?!結婚是兩個人一起，存錢當然也要「一起」啊！
  △ 耀起賣力的往前拖去，但拖過之處，拖鞋的髒腳印卻留在地面上……

耀起：「分工合作」你不懂嗎？所以你只要負責把我養得白白胖胖的，其他什麼都不用
  管！
  △ 繼薇看著耀起……

繼薇：戴耀起，有人拖地是往前拖的嗎？

耀起：不然咧。

繼薇：你回頭看一下。
  △ 耀起回頭，發現地上的「遺跡」……
  △ 繼薇瞪了他一眼，朝耀起的方向，以後退的方式拖著……

繼薇：拖地當然要這樣拖啊！……所以分工合作萬一做錯了怎麼辦？「一起做」才會又快
  又好！
  △ 繼薇拖著，耀起在後頭欣賞著她晃動的屁股，笑了……
  △ 繼薇回瞪——

繼薇：笑什麼？

耀起：屁股怎麼那麼大啊？

繼薇：（氣）管我！

繼薇OS：一起建立我們的家……
  △ 畫面疊上………
  △ 他們一起晾衣服，想辦法把打結的內衣扯開來……
  △ 繼薇罵著耀起……

繼薇：到底有沒有常識啊?!內衣怎麼可以用洗衣機洗？你都沒有幫女朋友洗過內衣嗎？

耀起：（斥）才知道自己多好命啊！
  △ 繼薇一頓，這才感到自己的幸福，對耀起笑著……

耀起：（斥）還嫌?!

繼薇：（撒嬌）那下次記得幫我用手洗……

耀起：（斥）我幫你用腳洗啦！
  △ 繼薇笑著，把夾好內衣的衣架掛在竿上，剛好就在耀起的頭頂……
  △ 內衣帶子在耀起臉上晃蕩……
  △ 耀起抬眼看著內衣，正要回頭數落繼薇，卻發現眼前————
  △ 踮腳掛衣架的繼薇的胸部，剛好就在眼前……
  △ 繼薇掛好，發現耀起發怔的眼神……

繼薇：幹嘛？
  △ 耀起回神，虛應著……

耀起：胸部也很大喔……

△　繼薇趕緊摀著胸部……
　　△　耀起一副不在意的樣子，繼續給衣服穿衣架……

耀起：摀什麼摀啦？那天就看過了啦。

繼薇：（擔憂）……全部嗎？

繼薇OS：一起擁有我們的生活……

🎬	8	時間	日	場景	戴家外巷道
人物	耀起、繼薇				

　　△　繼薇氣喘如牛的追著垃圾車……

繼薇：垃圾車，等我～～

　　△　只見耀起騎著腳踏車從後面一把攔截了垃圾，邊揚聲邊騎去……

耀起：快去做飯，我餓斃了！

　　△　繼薇在原地喘息嗔著……

繼薇：鑰匙給我啊！

　　△　耀起聞言緊急煞住了車——他也沒帶鑰匙——

繼薇OS：我們學習著「一起」……

🎬	9	時間	日	場景	市場
人物	耀起、繼薇				

　　△　耀起騎著腳踏車，把手上掛著一些採購的食材，繼薇站在後面……
　　△　兩人開心的穿過市場……

繼薇OS：一起看向「我們的方向」……

🎬	10	時間	夜	場景	戴家，廚房
人物	耀起、繼薇				

　　△　音樂中……
　　△　他們一起做著菜……邊做邊吃……
　　△　畫面疊上……
　　△　鍋裡的食物已經吃得只剩下殘骸……
　　△　兩人卻不見了……
　　△　鏡頭緩緩的轉向廚房外……
　　△　兩人正熱烈的吻著，往耀起的房間移動……

🎬	11	時間	夜	場景	戴家，耀起房
人物	耀起、繼薇				

　　△　兩人一路熱烈吻著，最後倒在床上……
　　△　在進一步之前，他們互相凝視著彼此……耀起正要再次勇往直前，卻突然想到……

△　insert本集周媽的話——

周媽：如果周繼薇是你的親妹妹，你會希望那個愛她的人，這樣做嗎？

　　　△　回現實，耀起的動作突然靜止了……
　　　△　繼薇不解，等待著……
　　　△　耀起突然猛的站起身，振奮精神的說道……

耀起：晚安。

　　　△　繼薇一怔……

繼薇：蛤？

耀起：去睡覺啊！

繼薇：（不解）……喔。

耀起：快點快點！

繼薇：（不解）……好啦……晚安。

　　　△　繼薇不捨又不解的往外走……
　　　△　耀起壓抑著自己的衝動，不看繼薇的說道……

耀起：那個……

繼薇：（立刻）蛤？

耀起：記得把門鎖上。

繼薇：（失望）……喔。

　　　△　繼薇離去，耀起立刻用力關上房門，上鎖，苦惱的倒在床上……

耀起：如果我是……周繼薇的親哥哥……媽的，太狠了周太太！

🎬	12	時間	夜	場景	戴家，浴室內、外
人物	繼薇、耀起				

　　　△　繼薇對著鏡子，不解的在手上呵氣，聞著，以判斷自己沒有口臭……
　　　△　繼薇又拉起自己衣服聞著自己，確定自己沒有不好聞……
　　　△　最終，繼薇檢視著鏡子裡的自己……

繼薇：還是我長得很倒胃口？

　　　△　畫面疊上……
　　　△　門開了，繼薇濕答答的已經洗完澡，走出浴室，忿忿的看著耀起房……
　　　△　耀起緊閉的房門裡，傳來了軍歌聲……

耀起（畫外音）：（唱）飄揚的旗子，嘹亮的號角，戰鬥的行列是他快樂的家……

繼薇：（揚聲）晚安囉！

　　　△　耀起的軍歌一頓，接著唱得更大聲……

耀起（畫外音）：（唱）一心一意，熱愛著國家……

　　　△　繼薇氣呼呼的回房了，用力關上門，上了鎖……
　　　△　耀起的歌聲停了，緊閉的房門很安靜……
　　　△　繼薇緊閉的房門也很安靜……
　　　△　畫面漸黑……
　　　△　下一場美姊的聲音先in……

美姊（畫外音）：大蒜！

編按：沒有版權的軍歌「老兵」https://www.youtube.com/watch?v=jzmjMRO9Phs

🎬	13	時間	日	場景	宅配營業所	
人物	繼薇、美姊					

△ 美姊正聞著繼薇的口氣，此刻嫌棄的說……

美姊：整張嘴都是大蒜！

繼薇：（歉然）對不起……

　　△ 美姊橫了繼薇一眼……

美姊：幹嘛突然擔心自己有沒有口臭？

繼薇：……沒有啦。

　　△ 繼薇虛應著，然後趕緊佯裝忙碌……

　　△ 美姊卻起疑著……

美姊：有祕密不說，是破壞友情的行為喔！

　　△ 繼薇為難的看向美姊……

繼薇：可是很丟臉耶……

美姊：那說小聲一點嘛！

　　△ 美姊朝繼薇湊上耳朵……

　　△ 繼薇只好在美姊耳邊說了一長串……

　　△ 美姊聽得高潮迭起，朝繼薇越靠越近……

繼薇：講完了。

　　△ 美姊這才收回自己的耳朵，一臉嫌棄的說道……

美姊：真的很受不了你們現在的女生捏！……「矜持」！女人最重要的「矜持」去哪裡
　　　　了?!怎麼可以每天在想這種事?!

　　△ 繼薇急切的解釋著……

繼薇：不是想啦！我真的沒有在想我只是……所以，美姊，你……都不會「想」喔？

　　△ 美姊一臉的「受不了」……

美姊：愛吃也要假小意！而且……（想到維持形象）而且這種問題，光天化日的可以問嗎？

繼薇：（自責）對不起啦……

美姊：（勉為其難狀）晚上請我喝酒的時候再說啦。

　　△ 美姊說完，立即朝著入口親切說道……

美姊：要取件嗎？

🎬	14	時間	日	場景	串燒店	
人物	耀起、阿光、立正					

△ 阿光一臉嚴肅的說道……

阿光：你要不要有話直說？我有點聽不懂。

　　△ 鏡頭拉開，還沒開始營業的串燒店裡，三個合夥人坐在某桌討論著事情……阿光正臉色嚴肅的看著耀起……

　　△ 耀起一臉為難，不知該怎麼開口……

　　△ 立正見狀，看著阿光平靜的說道……

立正：他的意思已經很清楚了，就是不想做了。

阿光：「不想做了」的意思，是你不想？還是你那個妹妹不想？

　　△ 耀起很為難的開了口……

334

耀起：真的不是她。我想怎樣她都一定會 OK。……是……你知道的啊，她媽之前就反對……雖然現在終於答應了，但是我覺得我有義務不要讓她擔心，所以……我答應她會換一個生活正常一點的工作。

立正：（不可置信）穿得人模人樣去打卡領 22k 的那種？你適合嗎？

耀起：……如果我是周繼薇的親哥哥，我也不會希望她嫁給一個家裡不滿意的對象。

阿光：正正當當的做生意，有什麼好不滿意的？明明是她媽的價值觀有問題！

耀起：……反正我這種個性只會拖累你們。

　　△　阿光聞言更不爽……

阿光：少來。當初是誰說不管怎樣都要一起?!

立正：當初是當初，現在是現在。世界上沒有什麼事情不會變！

阿光：（瞪立正）那是你！我天生就固執怎樣？（看耀起）我就是靠著當初你的一句話，才把我所有的一切都賭在這間店！我沒想要發財、沒想要了不起，我就只是覺得大家可以一起拚，那樣就夠了！所以你講義氣、你海派，我都可以過得去……不想做了，我真的過不去！

耀起：（為難）我知道，是我沒原則！

阿光：你是！……之前不管小敏說什麼你都堅持「你就是你」，現在竟然可以為了女人連「自己」都不敢做了?!

　　△　立正笑笑安撫著阿光……

立正：這就是「愛」跟「不夠愛」的差別。

　　△　耀起為難的看著阿光……

耀起：……抱歉。

阿光：（心寒）那就ㄘㄟˋ吧！

　　△　阿光起身一踢椅子，往料理台走去……
　　△　耀起歉然的看著阿光……

立正：所以你的那百分之三十，是要繼續投資？還是退股？

　　△　耀起更是為難，咬緊牙根歉然的說道……

耀起：我需要錢，所以……抱歉。

　　△　料理台裡的阿光的動作一頓，失望不已……
　　△　立正對耀起笑笑……

立正：幹嘛抱歉?!該怎樣就怎樣，我這兩天就匯給你。

　　△　歉然的耀起，尷尬的不能久留，於是說道……

耀起：謝謝。還有個面試所以……我先走了。

　　△　阿光沒有回應，繼續不爽的忙碌著……
　　△　立正笑笑說道……

立正：有空要常來幫我們捧場喔！

　　△　耀起更失落了，他笑笑，離去……

🎬	15	時間	日	場景	串燒店外
人物	耀起				

　　△　耀起走出店外，關上了身後的拉門……
　　△　耀起難過的站在那裡，望向天際……

	16	時間	夜	場景	公園
人物	繼薇、美姊				

　　△　繼薇和美姊坐在公園的長椅上，中間放著便利商店的加熱食物……

繼薇：所以我算了一下，以後我跟戴耀起一天只能吃一百五。

美姊：早餐五十、中餐八十，所以你晚餐只吃二十喔？

繼薇：（搖搖頭）是兩個人「一起」只能吃「一百五」！

　　△　美姊一怔，隨即拿出皮夾……

美姊：剛剛這裡多少？

繼薇：一百三。

　　△　美姊掏出一百三給繼薇……

　　△　繼薇這才發現自己剛才的話，好像有點在跟美姊哭窮，趕緊說道……

繼薇：（不好意思的）我不是這個意思啦……我是……那一人一半！

美姊：算了啦！反正我孤家寡人！

　　△　繼薇尷尬笑著收下……

繼薇：謝謝美姊。

美姊：其實我最近心情很不好。

　　△　美姊說著，伸手拿了食物，吃下……

繼薇：怎麼了？

美姊：愛情再不來，我的更年期就要來了！

　　△　美姊說著，拿起酒瓶灌著酒……

繼薇：你還這麼年輕，哪會更年期啊?!

　　△　美姊放下酒瓶，看著繼薇……

美姊：周繼薇你說，我到底是哪裡不可愛？為什麼男人不愛我？

繼薇：你哪有不可愛?!

　　△　美姊不相信的看著繼薇……

繼薇：真的啦！……你人又好又可愛！尤其是你面無表情說冷笑話的時候，最可愛了！

美姊：（笑）是肉毒桿菌所以笑不動啦！

繼薇：（驚訝）是喔？

　　△　美姊苦笑……

美姊：唉，打了一堆也沒男人愛！

繼薇：如果我是男人一定愛你！

　　△　美姊感動，可是又委屈了……

美姊：啊你就不是男人啊！男人跟女人的眼光不一樣！

繼薇：哪會?!……我覺得一定有很多男人愛你，只是你眼光太高了！或者是……他們喜歡你，但是又不敢說出來，所以你都不知道！

　　△　美姊聞言笑了……

美姊：你說得真的很準！其實以前真的有很多人喜歡我！

　　△　美姊說著，又喝了酒……想到什麼的放下酒，對繼薇回憶的說道……

美姊：有一次啊，我在觀光遊輪上認識一個男生，他剛失戀所以很難過，然後我們就一起喝酒聊天，結果我們都喝醉了……第二天早上醒來才發現，我竟然走錯了房間，所以我們在同一張床上睡了一整晚……

△　繼薇驚喜────────

繼薇：有穿衣服嗎？
　　　△　美姊曖昧笑著……
美姊：還有還有！還有一個男的，是我最好的朋友，他有心事就會找我喝啤酒，我有心事
　　　他就會陪我喝啤酒，他對我好好喔，世界上最瞭解我的人就是他了，我相信如果我
　　　跟他的女朋友都掉到海裡，他一定會先來救我！但是，我們不敢相愛，因爲怕連朋
　　　友都做不成。不過我們有打賭，要是誰先結婚，就可以贏十萬塊的紅包！
　　　△　繼薇有點困惑的笑笑……
繼薇：這兩個男的……好像……不知道在哪裡聽過……
　　　△　美姊兀自喝酒，繼續說道……
美姊：但是最讓我忘不了的，是跟我青梅竹馬一起長大的哥哥！他都把我當妹妹一樣疼！
　　　也不知道從什麼時候開始，我就愛上他了，可是我不敢講，因爲他已經有喜歡的女
　　　生了！
　　　△　美姊看著繼薇……
美姊：結果有一天，我終於發現了一個祕密，其實他早就喜歡我了，是因爲我媽反對，我
　　　們才會錯過了十年！
　　　△　繼薇尷尬笑笑……
繼薇：這個……青梅竹馬……跟我的故事……好像……
　　　△　繼薇遲疑傻笑著……
　　　△　美姊看著繼薇……
美姊：現在你知道我有多可憐了吧？
　　　△　繼薇不解……
美姊：我都只能在別人的故事裡面談戀愛，假裝那些男主角都很愛我……
　　　△　繼薇一怔……懂了，心疼，她抱住美姊……
美姊：已經十五年都沒有被人家抱過了……
　　　△　繼薇心疼的更把美姊抱緊了一些……
　　　△　美姊感動，說道……
美姊：周繼薇……其實我不是好人，因爲我眞的好嫉妒你！……聽到你跟袁先生分手了、
　　　聽到你男朋友對你沒興趣，說眞的……我其實有一點高興！
繼薇：沒關係啦……
美姊：不是一點……是很多！
繼薇：眞的沒關係！
美姊：那就努力一點讓我更嫉妒啦！
　　　△　美姊離開擁抱，看著繼薇，鼓勵的說道──
美姊：讓我在你的故事裡面，假裝自己「很幸福」！
　　　△　繼薇含淚笑著點頭……
美姊：所以啊！不管用任何手段，一定要在三天之內，得到他的「人」！
　　　△　繼薇一怔，害羞的笑出……
　　　△　美姊也笑了……
　　　△　美姊舉起酒瓶……
美姊：我們的幸福靠你囉！
　　　△　繼薇感動，也拿起酒瓶，碰上美姊的酒瓶……

🎬	17	時間	夜	場景	串燒店
人物	繼薇、立正				

　　△　繼薇走進串燒店……
　　△　正在收拾的立正，感覺有人進來，頭也沒抬的逕自說道……

立正：不好意思打烊囉。

繼薇：這麼早就打烊喔？

　　△　立正聞聲，抬起頭看去，一見是繼薇，邊繼續忙著邊說道……

立正：沒生意不打烊幹嘛？

繼薇：生意不好？

立正：隔壁巷子新開了一間燒肉店，正在開幕大優惠。

　　△　繼薇走去幫立正的忙……

繼薇：是喔……那我們也來辦個什麼活動嘛！譬如……週年慶全面八折?!

立正：算了啦，反正客人多了也忙不過來，就這樣吧。

繼薇：我下班可以來幫忙啊！

立正：真要幫忙，那就「把戴耀起還給阿光」！

　　△　繼薇一怔，緊張的看著立正……

繼薇：阿光？……原來他……喜歡……戴耀起？

　　△　立正一頓，這才會意，氣結解釋道……

立正：我是說叫你勸戴耀起不要去找什麼正常工作，留在這裡大家一起打拚啦！

　　△　繼薇一臉「好險」，隨即又不解了……

繼薇：留在這裡？……什麼意思啊？找什麼正常工作啊？

　　△　立正看著繼薇，試探問著……

立正：他為了你拋棄了我們，你不知道啊？

　　△　繼薇一怔……

🎬	18	時間	夜	場景	戴家，耀起房
人物	耀起、繼薇				

　　△　耀起不解的站著（正要出房門的狀態）……
　　△　繼薇站在他的對面（剛歸來，是從大門往耀起房的方向），她沉默的盯著耀起……
　　△　不解的耀起，一派輕鬆的笑了笑……

耀起：到底幹嘛啦？

　　△　繼薇壓抑著心裡的感動、難過，沉默的看著耀起……

耀起：中邪啦你？

　　△　繼薇衝向前緊緊的抱住耀起……
　　△　耀起一怔……

繼薇：我不要你因為我改變你自己！我不要！

　　△　耀起懂了，抱住繼薇……

耀起：我要。

繼薇：不要。

耀起：要。

△　鏡頭緩緩拉開……

繼薇：你會不快樂。

耀起：我不會。

繼薇：你會。

耀起：不會。

繼薇OS：我很幸福，謝謝你們，謝謝所有的……「成全」……

　　△　繼薇稍離開耀起的身體，瞪著耀起……突然用力的要脫去耀起的外套……

耀起：（怔）幹嘛你？

　　△　繼薇看了耀起一眼，下定決心的繼續奮力的脫著耀起的外套，耀起往房間退著……

耀起：不可以喔周繼薇……

繼薇：為什麼不可以？

　　△　繼薇毫不作罷的跟著進去……

耀起（畫外音）：因為不可以……

繼薇（畫外音）：明明就可以！

耀起（畫外音）：不可以！

繼薇（畫外音）：可以！

　　△　淡出……

🎬	19	時間	日	場景	某企業總經理辦公室
人物	耀起、小色、小色父				

　　△　淡入……
　　△　特寫一份「保單」……
　　△　坐在偌大辦公桌前的小色父，面無表情的看著前方……
　　△　前方耀起穿著西裝打著領帶，謙卑的笑笑……
　　△　撐著辦公桌的小色，皮皮的指了指保單上的簽名處……

小色：簽這裡啦！

　　△　小色父沒轍的看看小色，拿起名筆，簽下名字後，不客氣的說道……

小色父：還有事嗎？

　　△　小色笑笑收起保單……

小色：謝啦老爸！

　　△　小色把保單伸給耀起……

小色：閃吧，別耽誤我老爸日理萬機了。

　　△　耀起對小色父深深鞠躬……

耀起：謝謝伯父。

　　△　小色父根本不搭理，逕自寒著臉撥打著內線……

小色父：請劉經理進來。

　　△　耀起尷尬的與小色離去……
　　△　下一場小色的聲音先in……

小色（畫外音）：哪有那麼嚴重?!

![clapperboard]	20	時間	日	場景	某咖啡廳
人物	耀起、小色				

△　桌上放著一個牛皮紙袋，是那份保單，小色正安慰著心虛而自卑的耀起……

小色：其實你根本是在幫我啊！

　　△　耀起不解的看看小色……

　　△　小色佯裝認真的跟耀起分析著……

小色：不然我老爸那些遺產我這個「外面偷生的」怎麼可能搶得到 ?! 現在至少我是個「指定受益人」啦！是不是 ?!

　　△　小色安慰耀起的輕鬆笑著……

小色：所以哥，謝啦。

　　△　耀起很自卑、很感激……

耀起：是謝謝你。

　　△　小色看著耀起促狹的笑了……

小色：很不習慣哟？

　　△　耀起不解的看著小色……

小色：以前都是我們在跟你說「謝謝」啊。

　　△　耀起苦笑……

小色：其實幹嘛那麼ㄍㄧㄣ啦！老是做哥哥很累的！偶爾讓我們頂一下又不會怎樣！

　　△　耀起恨然笑笑……

　　△　小色依舊含笑，卻略帶遺憾的說道……

小色：不過，你跟「小胖嫂」的喜酒，我大概喝不到了耶。

　　△　耀起一怔……

　　△　小色不捨的看著耀起……

小色：下個禮拜去澳洲。

　　△　耀起懂了，這份保單是小色用出國換來的……

耀起：所以才換來這份保單？

　　△　小色掩飾不捨的笑笑……

小色：反正台灣也玩膩了，每天想辦法氣那些看我不順眼的人，也沒什麼招了……小風說墨爾本是世界上最適合居住的城市，去晃一下也不錯！

　　△　耀起更加自責，突然拿起保單就想要撕掉……

　　△　小色立刻搶下——

小色：幹嘛啦！

　　△　耀起難過得不知道該說什麼，小色故意說道……

小色：至少給我留點後路嘛！

耀起：……

小色：說不定我去墨爾本以後會發憤圖強啊！而且……當初要不是你跟奶奶收留我，我應該早就去上面見我媽了吧！

　　△　小色看著耀起，鼓勵的笑笑……

小色：捨不得我喔？

　　△　耀起還是難過著，不能面對小色……

小色：那就給我一個面子，大家聚一下啦！

　　△　耀起這才抬起頭，看著小色……

△ 小色開心的笑著……
△ 音樂起……

🎬	21	時間	日	場景	銀行ATM區
人物	耀起				

△ 耀起盯著銀行「補摺機」……
△ 存摺被補摺機漸漸吐出……
△ 耀起拿起存摺看著……

特寫：存摺顯示，結餘 893420

🎬	22	時間	日	場景	辦公大樓區
人物	耀起、環境人物				

△ 耀起正聽著手機，彼端通了，耀起以業務員的口氣說道……

耀起：歐先生嗎？……您好，我是「寶綠寧保險」的戴耀起，您（頓）————

△ 彼端：我在忙。
△ 彼端電話切斷了……
△ 耀起一陣尷尬、失落，收起手機……
△ 耀起坐在某個大樓前的花圃或階梯上……
△ 面無表情的他，垂著頭，很寂寞，也很落寞……
△ 鏡頭拉開……都市叢林中，耀起只是汲汲營營的世界裡的一個棋子……

🎬	23	時間	日	場景	街道
人物	耀起、繼薇、環境人物				

△ 耀起騎著摩托車載著繼薇，興奮的說著話……

耀起：小色他爸的辦公室都可以開溜冰場了……五星級大飯店的午餐直接送進辦公室，吃到快撐死了，才上主菜，害我牛排剩一大半！

△ 緊緊抱著耀起的繼薇趨前抗議說道……

繼薇：你就不會打包給人家吃喔……?!
耀起：懂不懂啊你?! 美食打包以後就不美了，下次帶你去飯店吃！
繼薇：才不要咧，那麼貴！
耀起：拜託，我這個月業績超好的，慰勞一下天經地義啊！
繼薇：再忍一忍啦，等我們存到一百萬，變成名正言順的小夫妻，我請客……

△ 他們隨著車陣而去……

🎬	24	時間	夜	場景	戴家，耀起房
人物	耀起				

△ 滿床都是文件……
△ 耀起坐在床上，努力的研究著「保險條例」，不斷用紅筆標註著……

△ 耀起又煩又悶的丟開筆，壓抑著想要狂吼的情緒，好一會兒他看向房門……

🎬	25	時間	夜	場景	戴家，廚房
人物	耀起、繼薇				

△ 兩個便當盒，已經鋪上一模一樣的菜色……
△ 繼薇正在準備明天的便當，她一抬頭，看到——
△ 耀起靠著廚房門，正欣賞著她，耀起笑笑……
△ 繼薇笑笑……

繼薇：忙完囉？
耀起：休息一下。
△ 繼薇興奮又曖昧的說道……
繼薇：那要不要「怎樣」一下？
耀起：（斥）你真的很色耶！
繼薇：（斥）你才色咧！我是說電動啦！

🎬	26	時間	夜	場景	戴家，客廳
人物	耀起、繼薇				

△ 兩人激動的玩著電動……

繼薇：戴耀起跟你說喔 ———— 你要輸了！
△ 耀起邊玩著邊抬起一隻腳，擠著繼薇，阻止她獲勝……

繼薇：爛ㄟ你！
△ 繼薇閃躲站起，專注的要獲勝……

繼薇：出賤招也沒用！
△ 耀起看向繼薇，索性不玩了，欣慰的欣賞著繼薇的開心……

繼薇：告訴你，勝利永遠會站在正義的一方！
△ 繼薇贏了，激烈的歡呼著……

繼薇：贏了～～！贏了！贏了！
△ 繼薇誇張的跳著舞……

繼薇：正義！正義！正義！叫我第一名！叫我第一名！
△ 耀起看著，笑了……

耀起：周繼薇！
△ 還沉浸在勝利喜悅的繼薇，得意的說道……

繼薇：怎麼樣？
△ 耀起含笑盯著繼薇……

耀起：……你快樂嗎？
△ 繼薇一頓，丟開了電玩機器，接著跨坐在耀起身上，看著耀起……

繼薇：超、快、樂。
△ 繼薇親上耀起……
△ 耀起也回應著……

| 🎬 | 27 | 時間 | 日 | 場景 | 戴家外觀 |

△ 日空鏡。

| 🎬 | 28 | 時間 | 日 | 場景 | 戴家，雜景 |
| 人物 | 耀起、繼薇 |

△ 耀起側身睡著，繼薇也側著同一個方向，從耀起身後抱著耀起，腿也跨在耀起身上，兩人沉睡著……
△ 外頭，傳來繼薇的手機鈴聲……
△ 繼薇卻依舊沉睡著……
△ 耀起閉著眼睛喃喃說道……

耀起：周繼薇？
繼薇：嗯？
耀起：手機。
繼薇：喔。

△ 繼薇翻個身，卻繼續睡著……
△ 耀起嘆口氣，惺忪的起身走到外面，只穿著內褲……
△ 畫面疊上……
△ 耀起從繼薇包包裡拿出手機，接著……

耀起：（惺忪）喂？……她還在睡耶……喔。

△ 耀起收起手機，走到對講機前，按下開門鎖，又往房間走去，卻突然一頓——
△ 耀起清醒了，立刻衝進房間——
△ 畫面跳……
△ 耀起衝到房間，一把拉起繼薇——

耀起：快點起來，你媽要來了啦！
周媽：（惺忪）是喔……什麼時候？
耀起：（急斥）現在！已經在上樓梯了啦！

△ 繼薇大驚，以被子搗著自己半赤裸的身體……

耀起：快點穿衣服！

△ 耀起趕緊把繼薇脫下的衣服一把抱給繼薇……

耀起：（緊張）去你房間！
繼薇：（緊張）喔！

△ 繼薇拉著被子、抱著衣服，狼狽的往戴奶房間衝——
△ 耀起趕緊穿著衣服、褲子……
△ 畫面跳戴奶房……
△ 繼薇已經穿上衣服，但T恤卻前後穿反了，她沒時間管，趕緊把床舖弄凌亂，像是自己剛睡過的樣子……
△ 門鈴響了！

| 🎬 | 29 | 時間 | 日 | 場景 | 戴家，雜景 |
| 人物 | 耀起、繼薇、周媽 |

△ 特寫上一場被刻意弄凌亂的床……

△ 一隻手伸來，以食指和中指，夾起了被子的一小截……
△ 鏡頭攀去，是周媽……
△ 鏡頭拉開，繼薇在旁邊陪笑解釋著……

繼薇：你要上來怎麼不先講一聲啦！
△ 周媽猜疑的說道……

周媽：講一聲幹嘛？

耀起：去車站接你啊！
△ 周媽看向耀起，一臉「少來了」的曖昧笑著……

周媽：我自己有腳。
△ 周媽說著，往外走去……
△ 繼薇耀起互看一眼，耀起提醒……

耀起：（低聲）衣服穿反了。
△ 繼薇驚訝看著自己的衣服……
△ 耀起出……
△ 畫面跳浴室……
△ 是以前戴奶和繼薇用的浴室……
△ 周媽的食指，抹過洗臉台，是乾的。
△ 浴室門口的繼薇緊張的看向耀起求救……

耀起：（趕緊）她剛起來還沒有刷牙洗臉！
△ 周媽從鏡子裡看著兩人——是嗎？……接著，轉身走出浴室……
△ 繼薇耀起緊張的互看著彼此……繼薇突然發現——

繼薇：（低聲）你穿的是我的褲子啦！
△ 耀起看著，怔……

耀起：（低聲）難怪那麼短……
△ 繼薇叫苦，跟上周媽……
△ 周媽往耀起房間走去……
△ 繼薇、耀起趕緊跟上……
△ 畫面跳耀起房……
△ 耀起房間已經鋪好床、疊好被子……
△ 耀起賣乖的說道……

耀起：是不是？就說我的生活習慣比周繼薇好吧？
△ 繼薇瞪著耀起……
△ 周媽打量著，身子卻往耀起的專屬浴室走去……
△ 周媽打開了浴室的門……
△ 很明顯的，女人在這裡用過：洗臉台上放著女人的保養品、毛巾架上，還有女人的洗臉用的髮帶、一件內衣……
△ 繼薇知道，騙不過了……無力的看著耀起……
△ 耀起也沒轍了，一回神，碰上——
△ 周媽犀利的眼神——
△ 耀起只好陪笑說道……

耀起：我……我是覺得……如果，我是周繼薇的親哥哥……應該不會反對這種事……不然就……太變態了……（尷尬笑）對吧？
△ 周媽猛的就像打死小孩一樣的拍打著耀起——
△ 耀起只能承受……
△ 繼薇卻趕緊護住耀起……

△ 周媽瞪向繼薇————

周媽：是我主動勾引他的啦！我主動的啦！

△ 周媽氣結，斥道————

周媽：立刻去給我收行李！

🎬	30	時間	日	場景	戴家，戴奶房
人物	耀起、繼薇、周媽				

△ 周媽氣呼呼的把繼薇的衣服往行李箱裡塞著……

△ 繼薇又努力的搶拿出來……

繼薇：我不要回去啦！反正生米都已經煮成熟飯了！

周媽：（斥）至少現在電鍋還沒跳起來啦！

△ 繼薇被罵得縮著脖子……

△ 周媽推開繼薇繼續塞著衣服……

△ 這時一本存摺簿伸到周媽面前……

△ 周媽一頓，看著存摺簿，又看向伸手的耀起——

△ 耀起對周媽笑笑……

耀起：再給我兩三個月應該就可以存到一百了！

△ 周媽橫了耀起一眼，接過存摺簿看著……

△ 這時繼薇也趕緊拉開抽屜，拿出了自己的存摺，伸給周媽……

繼薇：差多少？我這裡還有五萬多！

△ 周媽瞪向繼薇——

耀起：跟周太太報告一下，經過八個多月，我是覺得我完全沒有後悔啦……

繼薇：（更正）正確的說法應該是……二十八年又三個月！

△ 耀起皮皮的勸著周媽……

耀起：所以嘛……一年兩年的，沒差多少啦！

△ 周媽沒轍了，無力的拿起自己的包包，看著兩人說道……

周媽：悲哀啦！

△ 周媽正要往外走去——

繼薇：你要去哪？

周媽：回去幫你們看日子啦！

△ 繼薇一陣感動，立刻張開手要衝向前抱緊周媽，但耀起卻搶先一步——

△ 繼薇愣住——

耀起：謝謝……謝謝……這八個月我說的所有謝謝，就在等這一句「謝謝」……

△ 周媽故作不耐煩的對耀起說道……

周媽：好了啦……

耀起：不要。

周媽：走開啦……

耀起：不要。

周媽：揍你喔……

耀起：打是情，罵是愛……

△ 繼薇含淚笑了……

繼薇OS：好幸福喔……幸福得讓我願意接受所有的嫉妒……

🎬	31	時間	日	場景	街道	
人物	周媽、耀起					

　　△　耀起騎著摩托車載著周媽……

　　△　周媽抱著耀起，在身後打量著耀起，嘆息而欣慰的笑了……

周媽：人家都說喔……女兒喜歡什麼樣的男人，是媽媽遺傳的。

　　△　耀起聽著……

周媽：周繼茹喜歡那個二姊夫，是遺傳到我喜歡老實啦；周繼薇也是。……我嫁給你周杯杯之前，喜歡過一個比你還讓人擔心的小流氓。

　　△　耀起聽著……

周媽：頭腦簡單，心地善良，一天到晚兄弟兄弟，結果反而被兄弟給害了……二十二歲而已，就死在馬路上……

　　△　耀起聽著……

周媽：因為周媽媽很自私啦，所以才要逼著你學會自私！……拍謝啦！

耀起：放心啦！我現在已經學會自私了。

　　△　周媽感慨的嘆息……

周媽：周繼薇的未來交給你了。

　　△　耀起笑了，誠摯的說道……

耀起：收到。

🎬	32	時間	夜	場景	串燒店外	
人物	繼薇、耀起、小爽、小風、小色					

　　△　耀起停下摩托車，和繼薇紛紛下車，不解的看著站在店外的小字輩……

耀起：站這幹嘛？

小爽：等位子啊！

🎬	33	時間	夜	場景	串燒店內	
人物	繼薇、耀起、阿光、立正、小爽、小風、小色、環境人物					

　　△　生意爆滿！

　　△　阿光、立正在料理台裡忙得焦頭爛額……

　　△　耀起、繼薇怔在門邊……

　　△　耀起尷尬的走到料理台……

耀起：（尷尬）那個……要不要 ——（被打斷）

　　△　是立正，扔了一件圍裙給耀起……

　　△　忙碌的阿光也很自然的把烤好的食物放在耀起面前——

阿光：三桌。

　　△　耀起收到，立刻加入忙碌，端著食物上桌，還交代著繼薇……

耀起：周繼薇，收一下空盤！

繼薇：（開心）喔。

　　△　耀起繼薇加入忙碌……

△ 畫面疊上……

△ 七個酒杯碰在一起——

△ 鏡頭拉開，人客已經散去，眾人或站或坐的聚在一桌，仰頭喝下酒……

小色：是不是？

小爽：是不是什麼啊？

小色：通常都是有人要離開，才能把大家再團圓起來！……偉人來著我！

小風：是狗屎來著吧？

△ 眾人笑……

小色：ㄟ立正，去澳洲開分店怎麼樣？

立正：有人投資就去啊！

小爽：我投啊！

小風：是爽媽投吧?!

小爽：一樣啦！怎麼樣？

繼薇：好喔好喔……

△ 在閒話間，一旁的耀起看著阿光，然後一把勾住阿光的脖子，玩著……

△ 阿光笑了……

阿光：好不好？

耀起：除了有點想念這裡，都不賴。

阿光：想就來啊！幹嘛ㄍㄧㄣ啊？

耀起：為了抵達周媽媽的標準，我跟周繼薇兩個人每天的伙食費只有一百五十元。

阿光：講那個什麼屁話?! 你們來當然是我請客！

△ 耀起笑了……

耀起：幹嘛學我的壞習慣？

阿光：沒辦法，近墨者難免會黑嘛！

△ 兩人笑著……

△ 繼薇湊來……

繼薇：賢伉儷和好啦？

阿光：你有情敵了！

繼薇：哇！光光會開玩笑了耶！

阿光：是阿光！

🎬	34	時間	日	場景	戴家外觀

△ 日空鏡。

△ 下一場耀起的聲音先in……

耀起（畫外音）：周繼薇快一點！

🎬	35	時間	日	場景	戴家
人物	耀起、繼薇、郵差				

△ 耀起拿著安全帽，坐在鞋櫃上，有氣無力的催促著……

繼薇（畫外音）：快好了啦。

△　對講機響，耀起納悶，起身對著對講機……

耀起：哪位？

郵差（畫外音）：戴立晨先生掛號。

　　△　耀起一頓，應道……

耀起：馬上來。

　　△　耀起掛上對講機對戴奶房的方向說道……

耀起：我先下去拿掛號。

繼薇（畫外音）：我馬上下去。

🎬	36	時間	日	場景	戴家大門外
人物				耀起、繼薇、郵差	

　　△　郵差離去……

　　△　耀起目送後，看著手中的存證信函，本要收起，卻一頓，忍不住打開，看著……

　　△　耀起臉色頓時嚴肅起來，身後繼薇抱著安全帽奔出……

繼薇：我好了……

　　△　耀起趕緊收起存證信函……

繼薇：那什麼啊？

耀起：沒事啦！快點快點要遲到了！

　　△　繼薇趕緊戴著安全帽……

🎬	37	時間	日	場景	某大樓頂樓
人物	耀起				

　　△　耀起聽著手機，彼端傳來鈴聲……最後轉語音信箱（請留意，是「大陸」當地的語音）……

　　△　耀起要掛上手機，卻又忿忿舉起，對著手機的語音信箱罵道……

耀起：你躲起來也沒用！你到底在幹什麼？為什麼會欠人家九百萬？你這輩子可不可以活得像個真男人?!

　　△　耀起憤怒的眼眶紅了……

耀起：七天之內你自己出來面對！我不會幫你收爛攤子的！

　　△　耀起忿忿的掛上手機……

　　△　他努力壓抑著憤怒到想哭的衝動……

　　△　手機再次響了，耀起拿起，看著來電顯示，激動接起——

耀起：你最好立刻 ——（被打斷）

　　△　彼端：剛才是您打電話給戴立晨先生嗎？

　　△　耀起一怔……

耀起：是。

　　△　彼端：您是他的朋友？

　　△　耀起疑惑著……

耀起：我是他兒子。你是誰？

　　△　彼端：不好意思，戴先生，我這裡是深圳公安局，您父親的遺體在今天早上被發現，目前推斷死亡原因，應該是自殺。

△ 耀起愕然——
△ 淡出……

🎬	38	時間	日	場景	戴家，耀起房浴室
人物	耀起、繼薇				

△ 淡入……
△ 穿著西裝的耀起，怔怔的站在洗臉台的鏡子前……
△ 繼薇走到他的身後……
△ 耀起回神，努力的對著鏡子裡的繼薇笑笑……

繼薇：讓我陪你去好不好？
耀起：（歉然笑笑）對不起。……我想自己面對他。
△ 繼薇懂得，從身後緊緊的抱住耀起……
△ 耀起看著鏡子裡的自己，笑容漸漸隱沒……

🎬	39	時間	日	場景	海邊
人物	耀起				

△ 耀起坐在岩上，身旁是骨灰罈……
△ 耀起面無表情的望著海，手裡拿著一封有摺痕的信……
△ 信上還沾了早已乾涸的血漬……

戴父OS：把我撒在海裡吧，反正我這一生，就跟塵埃一樣。
△ 畫面疊上……
△ 耀起把骨灰撒在海裡……

戴父OS：至於我那些債務，你可以主張放棄繼承，一切就跟你無關了……對不起，我不是個好父親。
△ 耀起撒完骨灰，紅著眼睛，咬緊牙根望著前方，突然忿忿怒吼……

耀起：你所有的一切早就跟我無關了！因為我戴耀起他媽的從你身上遺傳了最精華的部分就叫自私！
△ 耀起忿忿的流下了眼淚……

🎬	40	時間	日	場景	小風母親辦公室
人物	耀起、小風、小風母親				

△ 小風母親帶著專業而生疏的微笑說道……
小風母：你父親的建議並沒有錯，你當然應該主張放棄繼承。所以一點都不複雜，就是一些必要的程序跟手續而已。
△ 小風笑笑，拍拍耀起……
小風：我媽會幫你處理。
耀起：謝謝伯母，不過……我還是想……瞭解一下那些債主的背景。
△ 小風母看著耀起，頓了頓，才開始翻著資料說道……
小風母：據我跟債權人律師通話的結果研判起來，好像幾個債權人都跟你爺爺有點關

係。……（唸）范自強、張業昆、劉啓範、鄭玉成……你認識嗎？
　　△　耀起一頓，他想到……
　　△　insert第八集——
老鄭（畫外音）：誰啊？
戴奶：（有點欣慰，又尷尬的）老鄭啊，是我，戴夫人。
　　△　回現實——
　　△　耀起有點不知所措的笑笑……
耀起：不確定。
　　△　小風母勸著……
小風母：不管站在律師的立場還是站在伯母的立場，其實我都覺得————你不需要有壓
　　　　力。尤其我聽小風說過你父親的狀況，沒有道理父債子還。
　　△　耀起勉強的笑笑……
耀起：謝謝伯母。（看小風）謝謝。

🎬	41	時間	夜	場景	火車上
人物	耀起、環境人物				

　　△　黑暗的車廂裡，耀起怔怔的看著前方，他不禁想起當年……
　　△　下一場老鄭的聲音先in……
老鄭（畫外音）：很甜，你嚐嚐！

🎬	42	時間	日	場景	老鄭家（新建回憶）
人物	小耀起、戴奶、老鄭、老鄭女兒（少女約20歲，智障）				

　　△　續第八集第8場上半段……
　　△　老鄭滿臉笑容，拿了一顆水梨伸給耀起……
老鄭：爺爺自己種的。
　　△　耀起遲疑的看看戴奶……
　　△　戴奶笑笑……
戴奶：謝謝爺爺啊！
耀起：謝謝爺爺。
　　△　耀起正伸手要拿，另一雙手突然伸過來搶過去了……
　　△　眾人看去……
　　△　是一個看起來略智障的女孩，她不高興的翻著白眼……
　　△　老鄭慈愛的指責著……
老鄭：鈴鐺啊，你的在廚房裡！這個是給小少爺的。來，給爸爸。乖！鈴鐺最乖了！
　　△　女孩不情願的把水梨還給老鄭……不高興的扭頭進廚房了……
戴奶：鈴鐺一轉眼也這麼大了?!
老鄭：（苦笑）可惜光長個子不長智慧。
　　△　老鄭含笑把水梨伸給耀起……
老鄭：來，小少爺，快嚐嚐！
　　△　耀起接過……

耀起：謝謝。

　　△　老鄭慈愛的笑看著耀起……

老鄭：多好的孩子，跟少爺小時候一模一樣，將來一定也一樣有出息。

🎬	43	時間	日	場景	老鄭家（請尋覓與8-8類似的山坡）
人物	耀起、老鄭、鈴鐺（約四十歲）、寶島義工團				

　　△　耀起握著西裝，尋覓的遠遠走來……神情有點意外的張望著……

　　△　四下並無房屋，只有四、五個人（寶島義工團）站在前方，正拿著一張紙張在規劃、商議著……

　　△　耀起忖度一番，認定應該是還沒到，繼續往前走去……

　　△　耀起經過正在商議的人，借過著……

耀起：對不起。

　　△　耀起經過他們……

　　△　那群人對話的聲音傳來……

甲：就只有他跟女兒。

乙：老爺爺年紀很大了嗎？

　　△　耀起腳步遲疑了，聽著他們的對話……

甲：好像有八十囉，所以腿不太方便。

乙：那這裡的高差要注意一下。

　　△　耀起聞言，有點遲疑了，回首看向那些人……

甲：喔還有，老爺爺的女兒智力方面有點問題，半夜經常會偷跑出去亂，老爺爺都要滿山去找，所以希望我們設計的時候幫他想想辦法。

　　△　耀起幾乎要確定了，忍不住打斷……

耀起：不好意思打擾一下……所以這裡之前是有住戶的？

甲：是。

耀起：姓鄭？

甲：對。

耀起：他們的房子呢？

甲：太破舊了，前陣子的颱風加豪雨，所以房子垮了。

　　△　耀起怔然……

　　△　這時，有聲音傳來……

老鄭（畫外音）：英雄們……休息休息吧，來喝點地瓜粥吧！

　　△　耀起聞聲看去……

　　△　是老鄭！二十年後，蒼老的老鄭，蹣跚的端著一鍋粥，艱辛的走來……

　　△　老鄭後頭跟著鈴鐺，幫忙拿著碗……

　　△　耀起緊咬著牙根，看著老鄭……

　　△　那群人迎上老鄭，幫忙端著……

甲：杯杯你太客氣了啦！

老鄭：哪裡客氣了，我應該的……你們免費幫我蓋房子，我這點地瓜粥算什麼……

　　△　老鄭笑著，看到一旁的耀起……

老鄭：英雄！一起來吃吧！

　　△　耀起尷尬著，不敢相認……

　　△　老鄭看著耀起，笑容漸漸有點疑惑，覺得面熟……

🎬	44	時間	日	場景	客運車站（同第八集）
人物	耀起、環境人物				

　△　耀起坐在當年跟戴奶等車的椅子上……他不斷的催眠著自己……

耀起：**戴耀起，不干你的事……聽到沒有，不干你的事……**

　△　突然間，當年戴奶的聲音在耀起耳邊響起——
　△　insert第八集，戴奶的話——

戴奶OS：　奶奶是覺得……**窮沒關係、功課不好也沒關係……**

　△　回憶頓時湧現——

戴奶：但是一定要做個善良的人，能幫人家的地方，千萬別小氣……（傻傻笑了笑）奶奶也不知道這個觀念對不對。

耀起：一定對！

　△　回現實……
　△　耀起茫然了，眼睛紅了……
　△　手機響起……
　△　耀起任手機響著，閉上了眼睛，不知道該怎麼辦……

🎬	45	時間	夜	場景	戴家，耀起房
人物	耀起、繼薇				

　△　黑暗裡，耀起靠在房門框，看著床上的繼薇……
　△　繼薇睡著了，睡成一個沒心事的姿勢，手裡還握著手機……
　△　耀起看著繼薇，腦海裡卻不斷交錯著矛盾的掙扎——
　△　insert本集周媽——

周媽：因為周媽媽很自私啦，所以才要逼著你學會自私！……拍謝啦！

耀起：放心啦！我現在已經學會自私了。

周媽：周繼薇的未來交給你了。

　△　insert第八集——

戴奶：奶奶是覺得……**窮沒關係、功課不好也沒關係，但是一定要做個善良的人……**

　△　insert本集——
　△　老鄭笑著，看到一旁的耀起……

老鄭：英雄！一起來吃吧！

　△　現實中……
　△　耀起看著繼薇，哀傷著，突然出聲說道……

耀起：周繼薇……

繼薇：（夢話）……嗯？

耀起：我該怎麼辦？

繼薇：（夢話）冰箱在便當裡……

　△　耀起笑了……
　△　疲憊的他走向繼薇，想投入繼薇的懷裡，卻一頓，因為他想起了——
　△　insert本集，周媽的話——

周媽OS：　不管你做什麼事、下什麼決定，你都要先想到，如果周繼薇是你的親妹妹，你

會希望那個愛她的人，這樣做嗎？

△　耀起愣住──一動也不能動了！

🎬	46	時間	日	場景	戴家
人物	耀起、繼薇				

△　繼薇趴在沙發上專注的盯著面前……
△　是耀起，睡在沙發上……
△　耀起緩緩的張開了眼睛，看到了繼薇……
△　兩人沉默的看著彼此……

繼薇：幹嘛睡這裡？

耀起：想看看新聞，就懶得起來了。

繼薇：兩天都不接我電話，很恐怖耶。

耀起：對不起。

繼薇：（笑笑）沒關係，我知道你心情不好。

△　耀起摸摸繼薇的臉……

耀起：中午我去接你，我們去吃牛排。

繼薇：再忍兩個月嘛！

耀起：（任性）不要。

繼薇：（妥協）好啦好啦……那我請客？

耀起：（笑笑）穿漂亮一點。

繼薇：嗯！

🎬	47	時間	日	場景	高級餐廳
人物	耀起、繼薇、環境人物				

△　繼薇開心的切著牛排送入口……

繼薇：哇，也太好吃了吧！

△　耀起看著繼薇可愛的樣子，笑了……切了一半的牛排給繼薇……

繼薇：你自己吃啦！

耀起：我那天已經吃了半塊啦。

繼薇：……謝謝。

△　繼薇開心吃著，又看著沒動的耀起……

繼薇：幹嘛都不吃？

△　耀起看著繼薇，整理了情緒，說道……

耀起：想到昨天晚上看到的一個新聞……

繼薇：什麼新聞？

耀起：有個人欠了一屁股債不還……當初那些借錢給他的人，有的是拿養老金、有的是拿房子貸款借給他的……現在，有人房子垮了，有人得了癌症，有人的房子要被銀行查封了……可是那個欠債的人卻可以在豪華餐廳裡悠哉的吃牛排……

繼薇：好惡劣喔……怎麼可以有人這麼無恥又無賴?!

△　耀起看著繼薇……
　　△　繼薇激動的繼續說道……

繼薇：怎麼可以這樣？他被抓到了嗎？

耀起：他有法律漏洞可以鑽。

　　△　繼薇更激動了……

繼薇：那那些借錢給他的人該怎麼辦？法律好爛喔！……就算那個欠錢不還的人這輩子良
　　　　心被狗吃了，他難道不怕下輩子會有報應嗎?!

　　△　繼薇放下刀叉……

繼薇：我氣到吃不下了。

　　△　耀起很悲傷，看著繼薇，努力含笑說道……

耀起：浪費食物也會有報應。

繼薇：……對呴……好吧。

　　△　繼薇於是又繼續吃著……
　　△　耀起看著繼薇，忍不住說道……

耀起：周繼薇……

　　△　繼薇嚼著牛排，抬頭看著耀起……

繼薇：嗯？

耀起：我是好人嗎？

繼薇：廢話！不然我怎麼會愛你。

　　△　耀起看著繼薇，悵然的笑了……
　　△　繼薇也笑了……

🎬	48	時間	日	場景	辦公大樓前
人物	耀起、繼薇				

　　△　繼薇下了摩托車，脫下安全帽，含笑對耀起說……

繼薇：下班來接我。

　　△　耀起看著繼薇笑笑……突然伸手攬過繼薇，親了一下……
　　△　繼薇意外，尷尬的推開耀起——

繼薇：被人家看到了啦！……掰。

　　△　耀起笑笑……

耀起：走了。

　　△　耀起深深的一笑……加緊油門，離去——
　　△　繼薇含笑，目送著耀起的背影……

繼薇OS：你知道嗎？……走了，有很多種意思。

　　△　畫面泛白，上字幕……
　　　　第十二種悲哀：
　　　　愛上一個好人。

待續……

🎬	1	時間	日	場景	辦公大樓前
人物	耀起、繼薇				

　　△　續前集……

繼薇：掰。

　　△　耀起笑笑……

耀起：走了。

　　△　耀起深深的一笑……加緊油門，離去——

　　△　繼薇含笑，目送著耀起的背影……

繼薇OS：你知道嗎？

🎬	2	時間	日	場景	街道
人物	耀起				

　　△　耀起騎著車，穿過車陣……

繼薇OS：走了，有很多種意思。

　　△　耀起的神情充滿了壓抑與不捨的難過……

繼薇OS：也有很多種可能。

　　△　耀起忍不住想起種種過去——

耀起：周繼薇……

　　△　繼薇嚼著牛排，抬頭看著耀起……

繼薇：嗯？

耀起：我是好人嗎？

繼薇：廢話！不然我怎麼會愛你。

繼薇OS：可能從此不再相見；也可能，「走了的」終究會回來……

　　△　insert第一集——

繼薇：（擔憂，小聲）要是你一個人掉進黑洞要怎麼辦？

　　△　耀起愣住了，有道理……

　　△　繼薇再次的拉住了耀起的衣服……這次，耀起沒有拒絕……

　　△　insert第一集——

繼薇：那以後我們都一直在一起好不好？這樣我就不會害怕，你也不會害怕了……

　　△　insert第一集——

繼薇：憑什麼你叫我走開我就走開？

耀起：憑你是我妹妹！

繼薇：那我不做你妹妹可以了吧！

耀起：不可以！

繼薇：（固執）你很奇怪耶，人家不要做你妹妹你想怎樣?! 我本來就不是你妹妹啊！我姓周，又不姓戴，所以我說什麼都不會走！

耀起：我再說一次，走開。

繼薇：（哀求）……拜託啦……我真的什麼都不會說啦……我不會說你哭了……不會說你

355

在生自己的氣……我也不會說你每次都只是想要讓你爸你媽後悔，結果卻害到奶奶……我真的什麼都不會說……所以讓我陪你好不好？

　△　耀起的眼眶紅了……

　△　他們隔著牆，繼續坐著……

耀起： 跟屁蟲。

繼薇： 對啊！我就是！不管你走到哪，我都要跟到底！

繼薇OS： 又或者因為某一個曾經、某一個回憶……

　△　insert第八集——

　△　一個路口，耀起繼續往前走著，繼薇卻衝上去，一把拉住他的衣服，把他帶到要左轉過馬路的路口等著紅綠燈……

　△　耀起隨著繼薇，漠然的站在紅綠燈口……

　△　insert第八集——

耀起： 我好怕，一個人掉進黑洞裡……

　△　繼薇完全知道耀起說的「那時候」……

繼薇： 不要怕，我會陪你。

繼薇OS： 於是……

　△　一陣汽車的喇叭聲劃過——

　△　回到現實，耀起猛的緊急煞車——

　△　耀起神情掙扎……

繼薇OS： 前進的方向改變了。

　△　好一會兒，他終於下定決心的拿出了手機，望著前方，以M＋的語音系統說道——

耀起： 剛才忘了跟你說「掰」……（誠摯的）掰……不過今天要下南部訪客戶，不接你下班了（繼續）……

🎬	3	時間	日	場景	宅配營業所
人物	繼薇、美姊、客戶				

　△　繼薇一邊忙著把寄件放進籠車，一邊含笑聽著手機裡耀起的留言……

　△　耀起（語音）：也不知道幾點才能忙完，所以別等我，早點睡。

　△　繼薇聽完，含笑回覆留言……

繼薇： 我偏偏要等你。（低聲）不然我會睡不著……掰。

　△　繼薇開心的放下手機……

　△　美姊不知何時飄來了，在繼薇背後放冷箭的說道……

美姊： 我是有叫你讓我嫉妒啦，但是不是叫你讓老天爺嫉妒喔。

　△　繼薇幸福傻笑著……

繼薇： 哎喲我們都吃了那麼多苦了，老天爺不會再嫉妒我們了啦！

　△　美姊搖頭嘆息……

美姊： 啊周媽媽日子是看好了沒有啦？

繼薇： 不知道，我也不敢問她，不然又要被唸說「這麼急著想嫁有影悲哀」！

美姊： 總算學會要「愛吃假小意」了响！

　△　繼薇笑著……

繼薇： 也只能假兩天啦，要是她明天還不打來，我就假不下去了！

　△　一個客戶走來……

繼薇：要取件嗎？
　　△　美姊趕緊去招呼，是一個熟客……
美姊：哼！好命的莊正敏，你媽媽又幫你寄來了一大箱！真羨慕你耶！
　　△　下一場周媽的話先in……
周媽（畫外音）：偏偏他又在戴重孝……

🎬	4	時間	日夜	場景	繼萱服飾店/郵局/家庭美髮院
人物	周媽、繼萱/周爸、周媽/周媽、老闆娘				

　　△　周媽提著菜籃，坐在繼萱的服飾店的角落，繼續叨唸著……
周媽：所以人家老師批了好久，才勉強批了三個日子！而且還跟我千交代萬交代說，這時
　　　候不結，就結不了！
　　△　正在整理架上衣服的繼萱說道……
繼萱：那就叫他們趕快結啊！
周媽：你是聽不懂重點喔？
繼萱：什麼重點？
周媽：重點就是……結婚是大待誌捏，這樣趕趕趕，悲哀啦！
　　△　繼萱看向周媽……
繼萱：親愛的周媽媽，自從你幫周繼薇取了「揪悲哀」這個綽號開始，她一生的命運就注定
　　　了啦！
周媽：什麼我取的？明明就是你大街小巷跑去跟人家說「我們家妹仔的名字取好了叫周悲
　　　哀」！
繼萱：是你說要給她取一個爛名字才會好命的好不好?!還賴給我！
　　△　淡出……
　　△　下一段周爸的聲音先in……
周爸（畫外音）：一月八號……
　　△　……
　　△　夜。
　　△　周爸在郵局角落邊吃著周媽送來的便當，邊對手機說著……
周爸：還有一月二十、一月二十三……
　　△　周媽擠在一旁湊近手機聽著，還叮嚀著……
周媽：飯店啦！
周爸：（對周媽）知道知道……（對手機）對對對二十三……你媽說啊，要你去你們結婚
　　　的那個飯店問問看這三個日子還有沒有空檔……
　　△　淡出……
　　△　下一場周媽聲音先in……
周媽（畫外音）：（揚聲）香仔！
　　△　夜。
　　△　周媽坐在沒熄火的摩托車上，正停在家庭美髮院的外面……
　　△　美髮店老闆娘走了出來……
　　△　老闆娘：安怎啦？
周媽：（閩）明日下午有閒冇？我要電頭髮啦！我們家那個周悲哀要結婚了啦！
　　△　老闆娘：恭喜喔！

△ 淡出……

🎬	5	時間	夜	場景	周家院子
人物	周媽、耀起				

△ 周媽推著摩托車進了院子，一回身就嚇了一跳————

周媽：誰?!
　　　△ 暗處的耀起，坐在院子的小板凳上……
耀起：……我啦。
　　　△ 耀起起身……
周媽：（拍著胸脯，斥）你是要嚇死我喔！
周媽：（斥）有影屬貓的！
　　　△ 周媽斥著，進屋去了，開了燈……
　　　△ 耀起一臉心事，頓了頓，才跟了進去……

🎬	6	時間	夜	場景	周家
人物	周媽、耀起				

△ 耀起進來，看去……
△ 周媽正倒著水喝，一口飲乾……

周媽：講了一整天的話，都快枯萎了！……（看耀起）啊你跑回來幹嘛？
　　　△ 耀起為難著，終於正要開口————
耀起：我 ——（被打斷）
　　　△ 是家裡的電話響了……
　　　△ 周媽跑去接電話……
周媽：喂？……就忙到剛剛才進門啊！啊結果怎麼樣？……二十號？（故作嫌棄）二十三他們沒空喔？……那麼多東西要準備差三天當然差很多！……至少也要十五桌啊！你結婚沒收的紅包，這次通通不能放過啦！……啊你上次一桌是多少？
　　　△ 耀起聽著，知道是在訂結婚的餐廳，更心虛了……
周媽：……那麼貴？……好啦好啦……我再問一下他們啦！
　　　△ 周媽切斷電話，回首看著耀起，一臉「不甘妥協」的說道……
周媽：人家酒席有九千一桌的、一萬二一桌的，再來就是一萬六，你們要訂哪一種？
耀起：……
　　　△ 周媽以為耀起不語，是因為高興的說不出話，於是故作不耐的說道……
周媽：看在算命老師的面子上，一百萬給你後補，婚先結啦！……一月二十號，餐廳剛好有空！
耀起：……
　　　△ 周媽意外著「耀起仍一臉的無言」，有些納悶……
周媽：那張臉是什麼意思？
　　　△ 周媽隨即想到，驚愕說道——
周媽：周繼薇出了什麼事？
耀起：……

周媽：懷孕呴？

耀起：……

周媽：你是要給我急死喔?!

耀起：（堅決）再等我兩年好不好？

　　　△　周媽一怔……

🎬	7	時間	夜	場景	美甲店
人物	美姊、Mickey、美甲師A、B				

　　　△　Mickey坐在美甲椅上修腳，正遐想般的說道……

Mickey：穿著婚紗、光著腳……然後襯著海灘、藍色的海洋，還有夕陽……（興奮）是不
　　　　　是很衝突美?!

美姊：風都給你吹成肖婆了，還衝突美咧！

　　　△　美姊坐在另一張美甲椅上，一邊修腳、一邊選著指甲油的色卡……

美姊：我要在城堡裡拍……雍容華貴的那種！

Mickey：好適合你喔！

　　　△　兩人兀自開心著……美姊卻突然惆悵起來……

美姊：問題是新郎還不知道在哪裡！

　　　△　美姊大大嘆口氣，拿起自己的手機，撥出……

美姊：（通了）周繼薇，你們婚紗照要在哪裡拍啊？……貴什麼貴？貴也要拍啊，這是一
　　　　生一次的終身大事耶！

🎬	8	時間	夜	場景	宅配營業所
人物	繼薇、袁方				

　　　△　繼薇聽著手機，為難說道……

繼薇：可是我是覺得那些都只是做面子而已吧……裡子有幸福才最重要啦……好啦，那我
　　　　再跟戴耀起研究看看……謝謝美姊！掰掰。

　　　△　繼薇切斷電話……感覺有客人來了，繼薇趕緊抬頭說道——

繼薇：歡迎光（臨）——

　　　△　是袁方……

袁方：嗨。

繼薇：嗨。

　　　△　袁方走來……

袁方：今天你輪晚班？

繼薇：對啊。要寄件？

　　　△　袁方拿出了一個小盒子……

　　　△　繼薇打量著，說道……

繼薇：其實這個用我們的「經濟宅急便」寄比較划算耶！

　　　△　繼薇拿出一個便利盒，邊說明邊展示著三種樣式……

繼薇：這樣可以寄文件……還可以這樣……你這個大小剛好可以這樣……而且一律只要八
　　　　十八元！

袁方：那就照你說的寄。
繼薇：（歉然笑笑）可是這個是便利商店專用的，要去那裡才能寄！
袁方：是喔……好吧，謝謝！
　　　△　袁方正要離去，繼薇喚住……
繼薇：欸！
　　　△　袁方駐足……
繼薇：（笑笑）我剛好要下班了，陪你一起去吧！

🎬	9	時間	夜	場景	便利商店
人物	繼薇、袁方				

　　　△　他們坐在老位子，袁方喝著牛奶、繼薇喝著咖啡……一如當初……
　　　△　袁方似乎想起了當初，笑了笑，拿起牛奶喝了口……
繼薇：笑什麼？
　　　△　袁方搖搖頭說道……
袁方：你說得對！……時間不會融化成一無所有。
　　　△　繼薇也笑了笑……
繼薇：所以笨蛋有時候也會說出至理名言的。
　　　△　袁方感觸的笑了笑（這個笨蛋應該不知道自己曾經被她融化了），掩飾的隨口說道……
袁方：晚上喝咖啡不怕睡不著？
繼薇：（笑笑）反正我要等他。
　　　△　袁方玩味著這句話後說道……
袁方：很幸福？
　　　△　繼薇趕緊收起笑容……
繼薇：對不起。
袁方：（笑出）幹嘛對不起？我不幸福又不是你的錯。
　　　△　繼薇傻笑著……
袁方：幸福不在別人那裡！只有自己才能創造自己的幸福！……那本《聰明人不該做的
　　　事》說的。
繼薇：那你要趕快創造啊！
袁方：我會。
　　　△　一陣沉默……繼薇小心翼翼的說道……
繼薇：我……要結婚了。
　　　△　袁方一怔，隨即玩味的點了點頭，看著繼薇，笑了笑……
袁方：……那麼……恭喜。
　　　△　繼薇笑了……
繼薇：（誠摯的）……你的恭喜，很重要。
　　　△　袁方也笑了……
袁方：不客氣。
　　　△　他們笑著，釋然著……

🎬	10	時間	夜	場景	美甲店
人物	美姊、Mickey、美甲師A、B				

△　手機螢幕裡，是鏡頭對準了美姊上好指甲油的腳……快門按下……
△　美姊開心的欣賞著，Mickey也湊了過來……

Mickey：拍這個幹什麼啊？

美姊：給我以後的老公看啊！萬一他來的時候，我已經老叩叩了，總要讓他知道他錯過了什麼啊？所以我要把我的手、肚臍、膝蓋、眼睛、嘴巴……全部都拍下來，留給他看……

Mickey：好浪漫喔！

美姊：（悵然笑笑）是好悲哀吧！

△　美姊嘆口氣，又想起什麼，撥出電話……

美姊：（通了）周繼薇，我還是覺得婚紗照無論如何都一定要拍！……（淡出）

🎬	11	時間	夜	場景	戴家
人物	繼薇/耀起（電玩，動效果畫）				

△　玄關，繼薇坐在地板上，正用三秒膠補救一雙自己開口的鞋、邊聽著手機……

繼薇：好啦好啦……你不要哭啦！……我保證會聽你的好不好?!……我知道啊，這不只是我的幸福婚禮，還是你的……

△　畫面疊上……
△　浴室裡，鏡子前擦保養品（開架便宜）的繼薇，正對著手機M＋系統留話……

繼薇：（悄悄話的音量）還在忙喔？那就……加油加油加油！

△　畫面疊上……
△　客廳，繼薇一個人玩著電玩，等著耀起……
　　電玩的狀態很驚險……電玩人物，在逐漸消失的地平線上，快要無立足之地……（編按：電玩遊戲「不要掉下去」http://www.youtube.com/watch?v=rb2yf5vh6zU）
△　鏡頭zoomin遊戲中陸續崩塌的立足點……
△　電玩人物，竟變成了耀起，他在遊戲裡竄逃著……終於跌落……

繼薇（畫外音）：（驚呼）戴耀起！

🎬	12	時間	日	場景	戴家，客廳
人物	繼薇				

△　睡在沙發上的繼薇猛的坐起，手上還抓著電玩控制器……
△　四下沒有回應……
△　繼薇隱隱不安著……

繼薇OS：不知道是誰說過……

🎬	13	時間	日	場景	宅配營業所
人物	美姊、繼薇				

△　美姊正在整理桌上的寄件聯單，突然發現壓在底下的一張對摺的小字條——

繼薇OS：如果你無法成為一個詩人，那就活得像一首詩吧。

△　美姊一怔，拿起紙張，遲疑的打開……美姊正看著，這時傳來上班的繼薇的招呼……

繼薇：美姊早。

△　美姊盯著字條微微不悅的說道……

美姊：是你吼？

繼薇：我什麼？

△　美姊也不看繼薇，把字條伸給她……

△　繼薇接去看著唸著……

繼薇：美姊，我無意冒犯，但我只是想跟你說 —— 有人愛你。

△　繼薇驚喜看向美姊……

繼薇：是誰？

△　美姊不悅瞪向繼薇——

美姊：問你啊！

繼薇：（不解）我？

美姊：（氣惱）開這種玩笑很傷人你不知道嗎？

繼薇：你是說……你以為是我？……不是啦！真的不是我啦！這個就不是我的字啊！

△　繼薇趕緊找到一張自己填的寄件單給美姊看……

△　美姊看著繼薇一手拿著的字條、一手拿著的寄件單……果然不一樣……

△　美姊納悶了……

美姊：那會是誰？

繼薇OS：但是我們太平凡了，平凡得不能活成一首詩……

△　畫面疊上……

△　辦公桌放著司機的基本資料卡……美姊和繼薇看著資料卡比對著字條上的字跡……

△　突然，繼薇激動的說道——

繼薇：美姊！

△　美姊湊向繼薇……

△　繼薇指著一張資料卡……

繼薇：你看這個「愛」！

△　資料卡的戶籍地址上寫著「仁愛鄉……」。

△　那個愛跟字條上的愛有些雷同……

△　美姊看著字條，又看著資料卡，充滿希望的喃喃說道……

美姊：愛……

繼薇OS：那麼，至少也讓我們活得像詩裡面的一個字吧！

△　美姊突然又流露失望……

美姊：可是這個「美」……

△　繼薇看去，資料卡上的「緊急聯絡人」寫著「林富美」，很明顯的此「美」跟字條上的美姊的「美」非常不一樣……

△　兩人又失望了……

繼薇OS：所以，你會是哪個字呢？

🎬	14	時間	日夜	場景	動畫
人物	周爸、紹敏、袁方、阿斌、阿斌妻、男人、女人（耀起、繼薇）				

△　音樂中……
△　融入……第八集「天堂的來信」動畫，未曾出現的畫面……
△　一個郵差的手，放下了禮盒……
△　郵差原來是「周爸」，掛著欣慰的笑容……
△　融入……第十二集「寶島義工團」動畫，未曾出現的畫面……
△　在開心的小男孩身後，出現了正在鋸木頭的袁方……
△　融入……第十一集「睏熊霸」動畫，未曾出現的畫面……
△　舞台上，當他們唱起了「一首搖滾上月球」的主題曲，舞台下終於出現了一個專注的聽眾「紹敏」……
△　融入……第七集「老派約會」動畫，未曾出現的畫面……
△　在某個男人女人經過、走出的畫面，之後，走進了阿斌和妻子……
△　融入……第一集「情人長城」動畫………
　　男人緩緩回頭，融入下一場的現實……（編按：請留意動畫與下一場耀起轉頭的方向需一致）

🎬	15	時間	日	場景	我們的牆
人物	耀起、小繼薇				

△　耀起，緩緩的轉過頭……
△　鏡頭緩緩的拉開……
△　耀起坐在我們的牆上，牆的另一頭，坐著當年的小繼薇……
△　耀起怔怔看著小繼薇……
△　小繼薇笑著說道……

小繼薇：不要怕，我會一直陪著你，因為我是你妹妹！
△　耀起感動著……感傷的笑了……

耀起：謝謝……可惜……世界太大了，所以並不是我們說得到的，都能做得到……
△　耀起笑著，眼眶卻閃爍著隱隱的晶瑩淚光……

🎬	16	時間	日	場景	辦公大樓廁所
人物	繼薇				

△　廁所的洗手台前，繼薇正以手機M＋訊息留著話……

繼薇：今天會接我下班嗎？
△　繼薇等了一會兒，沒回應，又對著手機用各種耍寶的音調……

繼薇：（貓咪）戴耀起？……（低吼）戴耀起？……戴　耀　起！！！
△　依舊沒有回應……
△　繼薇覺得怪異，但也沒多想起收起手機，對著鏡子裡的自己幸福一笑……

繼薇：你真幸福耶，為了最後衝刺，戴耀起真的好拚喔！

🎬	17	時間	日	場景	宅配營業所
人物	美姊、男客、繼薇				

△　特寫正在填寫的單子……
△　鏡頭拉開，一個男客戶正在填單，美姊「一個也不錯過的」暗暗在一旁觀察著字跡與手上的字條是否相同，但顯然不同……

　　△　美姊再次失望了……

　　△　客人填好，美姊趕緊掛上專業禮貌的微笑，接過單子貼在包裹上……

美姊：跟您收一百四。（編按：請宅急便現場顧問按照道具尺寸提供正確價格）

　　△　男客一邊付錢一邊靦腆說道……

男客：不好意思，這個是那個……我要寄給一個……小姐……她那個生日……

美姊：（曖昧笑）女朋友生日喔?! 那我幫你貼那個易碎的標籤，我們 SD 就會給它小心輕放，放心啦！

男客：謝謝……可是因為我那個……還沒有跟她表白……所以那個……

　　△　男客為難不知該怎麼說，美姊耐心等著後續……

男客：我是說……萬一她拒收……

　　△　美姊懂了……

美姊：放心！我們 SD 最有愛心了，一定不會讓你「失望」！包在我身上！

男客：謝謝，謝謝。

美姊：不客氣啦。

　　△　美姊目送男客離去……

　　△　美姊感慨的看著手中的包裹……

美姊：徐小姐……有人愛你是很幸福的一件事！……就給人家愛一下嘛！

　　△　美姊又攤開那張字條，看著……

美姊：到底是誰啦？愛我又不跟我講！

　　△　繼薇走來……

繼薇：還在煩喔？

　　△　美姊笑笑……

美姊：其實還好啦……知道有人愛我……不管怎樣都覺得……我好可愛喔！

　　△　美姊自己感動著……

繼薇：你本來就很可愛！

　　△　美姊笑睨著繼薇……

美姊：跟你們戴耀起說，今天晚上把你借給我用一下！

🎬	18	時間	夜	場景	某婚紗店對街
人物	繼薇、美姊、阿斌、Mickey				

　　△　中山北路，從對街看去……

　　△　一整排婚紗店的燦爛燈光，影影綽綽……

美姊（畫外音）：我常常站在這裡看對面……

　　△　繼薇與美姊並肩站著，此時繼薇撇過頭看著美姊……

美姊：覺得好像只要過了馬路，幸福就到了。可是這條馬路，偏偏好難過。

　　△　繼薇攬著美姊……

繼薇：總有一天會過去的！

　　△　美姊笑笑……

美姊：對啊！就是今天！

　　△　繼薇不解，但美姊已經拿起手機撥出……

美姊：你們到了沒啦？

　　△　一旁傳來阿斌的聲音……

阿斌：到了啦！
　　　△　繼薇、美姊看去……
　　　△　阿斌和Mickey走來……
美姊：很慢捏！
Mickey：這裡車位就好難找說！
阿斌：走吧！走吧！
繼薇：去哪啊？
美姊：過馬路啊！
繼薇：……幹嘛？
Mickey：試婚紗！
繼薇：可是我還沒跟戴耀起 ——（被打斷）
美姊：不是說了嗎？這種事情不用跟他喬啦！
繼薇：不是喬啦！至少我要跟他商量一下預算什麼的啊……
阿斌：預算無上限！是我們三個送你的結婚禮物！
　　　△　繼薇一怔……
Mickey：所以紅包我就不包囉！
　　　△　繼薇感動……
美姊：綠燈了快走啦！不然又要等紅燈！
　　　△　美姊率先領著眾人朝對街奔去，出鏡……
　　　△　鏡位裡，婚紗店的燈光璀璨奪目……
繼薇OS：據說，幸福就在對面……

🎬	19	時間	夜	場景	戴家，客廳/婚紗店
人物	耀起（仍穿著去老家的衣服）/繼薇				

　　　△　手機螢幕裡，是繼薇穿著婚紗的影音：
　　　△　▲繼薇笑得好開心……
繼薇：戴耀起，很神奇吧？竟然有我穿得下的婚紗耶！
　　　△　會不會太露？你喜歡嗎？
　　　△　沒開燈的客廳裡，耀起看著手機裡的繼薇，笑了，卻帶著哀傷……
　　　△　手機燈滅的剎那，哀傷的耀起隱沒在黑暗裡……

🎬	20	時間	夜	場景	戴家，客廳
人物	繼薇				

　　　△　燈亮——
　　　△　是剛歸來的繼薇開的燈，她看見耀起又亂踢在地上的布鞋，知道耀起回來了，繼薇歡喜的喊著——
繼薇：你回來囉？
　　　△　繼薇說著，往耀起的房間衝去——

🎬	21	時間	夜	場景	戴家，耀起房
人物	繼薇、耀起（仍穿著去老家的衣服）				

△　繼薇開心的衝進耀起房……

　　△　只見耀起坐在床沿發著呆……繼薇奔來，蹲在耀起面前……

繼薇：我好想你喔！

　　△　耀起看著繼薇，笑了笑……

繼薇：很累响？

　　△　耀起依舊笑笑……

繼薇：那要不要「怎樣」一下？

耀起：（笑笑）……好啊。

繼薇：是要馬殺雞？還是電動？或者 ──（被打斷）

耀起：「真心話大冒險」怎麼樣？

繼薇：（意外，開心）冒什麼險？

耀起：（想了一下）……不管對方說什麼都要做到！

繼薇：我選真心話！

　　△　耀起笑笑，說道……

耀起：如果，因為跟你在一起，而讓我很不快樂，你會離開我嗎？

　　△　繼薇一怔……隨即含笑說到……

繼薇：我又是那裡得罪你了，所以你又要整我？（想到）喔～～是不是婚紗照？……我也
　　　不想浪費錢啊，可是美姊和阿斌哥他們就說一定要送我們啊！

耀起：（催促）真、心、話！

　　△　繼薇為難思考著……

繼薇：是因為我這個人讓你不快樂嗎？……還是「跟我在一起」所以你不快樂？

耀起：（笑了笑）有差別嗎？

繼薇：（整理題目）總之就是……「我讓你不快樂」？

耀起：嗯。

繼薇：（思索）……（下定決心）好吧，為了讓你快樂，雖然我會非常不快樂，但是我會
　　　努力「離開你」！

　　△　耀起玩味的點了點頭……

耀起：我也選真心話。

　　△　繼薇恢復開心，說道……

繼薇：你第一次選真心話耶！

　　△　耀起笑了笑，說道──

耀起：我最近非常不快樂。

　　△　繼薇一怔……

耀起：因為我覺得，我快變成了一個只有利益關係，沒有朋友的人了。

繼薇：（自責）……

耀起：你知道嗎？小色是他爸在外面生的，因為他那個明星媽媽自殺，於是他的身分才被
　　　八卦雜誌掀了出來，所以小色才終於有了一個富爸爸。但事實上是，那個家裡沒有
　　　一個人真的接受他，他們全都巴不得小色快點滾出他們的世界。

　　△　繼薇意外的，試探的問著……

繼薇：……所以，你說小色他爸爸……跟你相談甚歡、請你吃牛排……是騙我的？

耀起：為了我，小色用「去澳洲」交換了他們全家的保單。

　　△　繼薇愣住……

耀起：他英文超破……他一直把我當成親哥哥……他最怕孤單，因為那會讓他想到媽媽自

殺的那個晚上……
　　△　繼薇驚訝又難過……
繼薇：……那怎麼辦？
　　△　耀起笑笑……
耀起：還有小爽……媽寶一個，這間房子、串燒店的房子，他等於半買半相送的租給我，
　　　尤其這八個月，他根本沒跟我收過房租……
　　△　耀起說著，融入下一場……
　　△　下一場小爽的話先in……
小爽（畫外音）：不要什麼都錢錢錢的好不好？

🎬	22	時間	日	場景	小爽家
人物	小爽、爽媽				

　　△　小爽一臉不爽……
　　△　爽媽解釋著……
爽媽：不是媽老是錢錢錢，是——錢就是等於一切嘛！我們房子已經便宜租他了，他怎麼
　　　還有那個臉來要我們跟他買保險？
小爽：我每天去他店裡白吃白喝的，也沒付過錢啊！朋友本來就要互相的嘛！
爽媽：沒有這個道理！連親兄弟都要明算帳！
小爽：好啊那你說，如果我今天在外面被幾個流氓圍毆，是錢能解決？還是朋友能解決？
爽媽：所以馬麻才叫你晚上不要在外面玩那麼晚嘛！
小爽：沒有吃喝玩樂的人生還叫人生嗎？沒有朋友的人生還叫人生嗎？那你說我活著幹
　　　嘛？
爽媽：呸呸呸，不要說這種不吉利的話！
小爽：那就讓我有自己的人生啊！……人家起哥以前混黑道大哥的耶！有他挺著，我不是
　　　就可以放心的吃喝玩樂啦?!
　　△　爽媽聞言有點驚嚇——
爽媽：（忐忑）你說他是————是……很大的那種大哥……嗎？
小爽：超大！你去外面問問，誰不知道「起哥」啊?!
爽媽：（更忐忑）那……你不跟他買保險，他……會不會對你怎樣啊？
　　△　小爽見爽媽有點中招了，故意說道……
小爽：所以嘛！
　　△　爽媽擔憂責備道……
爽媽：就叫你不要亂交朋友……你看看現在……（為難妥協）好啦好啦……那就約碰面聊
　　　一聊……
　　△　小爽得逞了，摟著爽媽哄著……
小爽：放心啦，有起哥罩著我，以後你就不會等我等得都黑眼圈啦！
　　△　爽媽邊忐忑著、邊受用著……

🎬	23	時間	夜	場景	戴家，耀起房
人物	繼薇、耀起				

367

△ 續21場……
△ 繼薇聽了，更難過了……

繼薇：我還以爲……都是他們自願跟你買保險，原來……

△ 耀起笑笑，繼續說道……

耀起：小風呢，十九歲就動了開腦手術從死裡逃生。你看他好像每天無憂無慮的在神遊，可是他心裡一直在害怕腦瘤復發……

🎬	24	時間	日	場景	某餐廳
人物	小風、小風媽、小風姊				

△ 蠟燭被吹熄……是小風媽吹熄的……
△ 小風姊開心的遞上禮物……

小風姊：母親節快樂！

小風媽：乖女兒。

△ 小風媽伸手向小風——

小風媽：你的呢？

△ 小風笑笑說道……

小風：先提醒你喔……我這個禮物超貴重，不要激動到昏過去喔。

小風媽：（被逗笑了）法官都嚇昏不了我了，憑你？

△ 小風含笑拿出了一個牛皮紙袋，放在小風媽面前……

小風姊：你不會買了一棟房子吧？

小風：（對姊）俗氣耶你……（對媽）是一個乾兒子！

小風媽：（笑）我幹嘛要一個乾兒子？

△ 小風拿出了牛皮紙袋裡的保單……
△ 小風媽一怔……

小風：我會努力活著……但是爲了以防萬一有什麼「萬一」，至少還有乾兒子可以疼你。

△ 小風指著夾在封面的耀起名片……

小風：這個戴耀起超帥，又孝順！我觀察了超久，如果我沒生病，一定也會活得像他那麼酷！所以……我覺得他是媽媽的「最佳乾兒子」人選！

△ 小風媽臉色漸漸嚴肅……
△ 小風仍一派悠遊的笑著說道……

小風：因爲最近他很努力的在存結婚基金，於是我就借花獻佛的幫了你的乾兒子一下！只是喔……你知道的啊，「要保人」曾經罹患重大疾病，保費就一定貴，我只負責簽字，所以其他就要靠你——（被打斷）

△ 小風媽猛的起身走人——

小風姊：（急）媽！

△ 小風姊起身，又回首瞪了小風一眼……

小風姊：你這次真的太過分了！

△ 小風姊追了出去——
△ 小風頓了頓，感傷的笑了……
△ 下一場耀起的聲音先in……

耀起（畫外音）：我覺得……

🎬	25	時間	夜	場景	戴家，耀起房
人物	耀起、繼薇				

　　△　續23場……

　　△　耀起垂著頭冷笑說道……

耀起：自己非常可惡……眼睛裡只剩下業績、獎金……真的好窩囊！

　　△　繼薇心疼又難過的看著耀起……

繼薇：那就辭職好不好？……反正一百萬已經存的差不多了，剩下的我來，你可以回串燒店啊?!

耀起：（笑笑）我在店裡最辛苦的時候背叛了阿光他們，你說我要怎麼回去？

繼薇：（思索）那還是我……（想到）我晚上再去打一個工？你先好好的休息一陣子！

　　△　耀起看著繼薇，有些心疼，卻隱忍著……

耀起：那又怎樣呢？我還是失去了我喜歡的生活！……我喜歡和兄弟們一起要死不活的經營著我們的小事業，我喜歡我的朋友白吃白喝的來跟我耍賴，我喜歡當他們的起哥，而不是累贅！你懂嗎？

繼薇：我懂。

耀起：所以，你媽說得對，我應該要學會「自私」！

　　△　繼薇不解的看著耀起……

　　△　耀起盯著繼薇，想起了——

　　△　下一場新建回憶，周媽的話先in……

周媽（畫外音）：九百萬這種你根本還不起的錢還需要考慮嗎？

🎬	26	時間	夜	場景	周家客廳（新建回憶）
人物	周媽、耀起				

周媽：（嚴厲）當然是要聽律師的話放棄那個什麼繼承啊！

　　△　耀起看著周媽，努力解釋著……

耀起：法律是死的，可是心是活的……明知道欠了他們辛辛苦苦存了一輩子的錢，然後殘忍的不聞不問去過自己生活……換做是你，你做得到嗎？

周媽：所以我才要你學會自私！不是說已經學會了嗎？

　　△　耀起難過的說道……

耀起：……真的，一定要，活得這麼自私嗎？

🎬	27	時間	夜	場景	戴家，耀起房
人物	耀起、繼薇				

　　△　續25場……

　　△　耀起仍盯著繼薇……

耀起：我真的應該要自私一點！

　　△　繼薇一臉慌張而心疼……

繼薇：好啊！你想怎樣都可以！

369

△ 耀起苦笑著……

耀起：那麼，周繼薇，把我喜歡的生活還給我好不好？

△ 繼薇一怔……

繼薇：……什麼……意思？

耀起：你沒發現嗎？我所有的不快樂，都是因為你……

△ 繼薇如遭當頭棒喝——

耀起：請你不要再拖累我了好不好？

△ 繼薇愕然……

△ 耀起看著繼薇，想起——

△ 下一場新建回憶中，耀起的話先in……

耀起（畫外音）：那是他們辛苦了一輩子……

🎬	28	時間	夜	場景	周家客廳（新建回憶）
人物	周媽、耀起				

△ 耀起懇求的看著周媽……

耀起：僅剩的、養老的錢……如果我不負責任，他們該怎麼辦？……不是說不要讓周繼薇變成我媽嗎？所以我不能跟戴立晨一樣不負責任啊！……給我兩年的時間好不好?! 我會想辦法還清這些債！

周媽：怎麼還？你有什麼辦法還？兩年，二十四個月要還九百萬，一個月你賺的了三十幾萬嗎？

耀起：（怔）……

周媽：好！我給你五年！一個月十幾萬，你要去偷還是去搶？還是你要周繼薇等你十年？要周繼薇三餐陪你喝稀飯？

耀起：（無力）……

周媽：可能我真的很自私，所以我真的不懂，明明法律就給你一條路可以逃走，你為什麼不逃？你不能對那些人自私，為什麼就可以對周繼薇自私？為什麼不能為了她，去做一個沒有心的壞人！

△ 耀起有如遭到當頭棒喝——他不知道該怎麼辦的看著周媽……

耀起：難道不能讓我做一個真的好人嗎？對繼薇負責，也對他們負責！

周媽：可以啊。因為周繼薇愛你，所以你當然可以拖累周繼薇！

△ 耀起又是當頭棒喝……哽咽，苦笑……

耀起：……只是拖累嗎？不會有一點點的幸福嗎？

周媽：你是說每天為錢煩惱的那種幸福嗎？

耀起：……

周媽：你以為婚姻是你們只要在一起就叫幸福嗎？

耀起：……

周媽：我知道你是好人，可惜你只是戴耀起。

🎬	29	時間	夜	場景	戴家，耀起房
人物	耀起、繼薇				

△ 續27場……
△ 耀起苦笑看著繼薇……

耀起：對不起，我本來以爲我可以給你幸福，但是我只是戴耀起！
　　　　△ 繼薇心慌又害怕的看著耀起……

繼薇：……是不是發生了什麼事？……一定發生了什麼事！……你現在說的話都是反話對不對？
　　　　△ 耀起苦笑，搖了搖頭……

耀起：這樣的生活我眞的過不下去了……放過我吧！
　　　　△ 繼薇傻了……
　　　　△ 耀起隱忍著快要掉下的眼淚，看著繼薇……
　　　　△ 下一場新建回憶，耀起的話先in……

耀起（畫外音）：（哀求）周媽媽，我該怎麼辦？

🎬	30	時間	夜	場景	周家客廳（新建回憶）
人物	周媽、耀起				

　　　　△ 周媽冷冷的說道——

周媽：你不要問我！
　　　　△ 周媽看著耀起……

周媽：問你自己。
　　　　△ 周媽語重心長的說道……

周媽：如果你是周繼薇的親哥哥，你希望你妹妹過什麼樣的日子？
　　　　△ 耀起愕然，無語了……
　　　　△ 周媽隱忍淚水，看著耀起……

周媽：我管不動周繼薇，你也管不動周繼薇，你要上山、你要下海，她那個死腦筋都一定會跟著你！她要跟你過苦日子，那是她自己決定的命運！但是我這個做媽媽的眞的很想拜託你……
　　　　△ 周媽看著耀起，咬牙、狠心的說道——

周媽：如果你不能對別人殘忍，那爲什麼不放過周繼薇?!

🎬	31	時間	夜	場景	戴家，耀起房
人物	耀起、繼薇				

　　　　△ 續29場……
　　　　△ 耀起苦笑做拜託狀……

耀起：眞的，拜託，放過我。
　　　　△ 繼薇看著耀起滑下眼淚……

繼薇：我不要……我要和你在一起，就算掉下去也要一起！
　　　　△ 耀起隱忍著感動……

耀起：把美好一切，就停在這裡不好嗎？我不想有一天我會討厭你、埋怨你、恨你……我眞的不想！
　　　　△ 繼薇哀求的說道……

繼薇：……我會努力不讓你討厭，我會努力不讓你埋怨，我真的會努力，我可以去找更賺錢的工作，我養你！真的，我可以！

　　△ 耀起壓抑著悲傷的看著繼薇……
　　△ 下一場新建回憶，耀起的話先in——

耀起（畫外音）：周媽媽……

🎬	32	時間	夜	場景	周家客廳（新建回憶）
人物	周媽、耀起				

　　△ 耀起哀求的說道……

耀起：我是真的愛周繼薇！

　　△ 周媽流著淚，嚴厲的說道——

周媽：那就不要害她！就應該祝福她！就應該讓她徹底死心！讓她去找別的、真正的幸福！

特寫：耀起眼眶紅著，哽咽的看著周媽……

🎬	33	時間	夜	場景	戴家，耀起房
人物	耀起、繼薇				

　　△ 續31場……
　　△ 從上一場的特寫，延續本場耀起的特寫，鏡頭拉開，他此時看著繼薇，壓抑著真實情緒的說道……

耀起：我不會快樂的！更不會讓你養我、讓你犧牲自己，因為我會更不會快樂！你知道的啊！我只喜歡做老大、只喜歡逞英雄！我就是這樣一個我，這輩子都不會改變！

　　△ 繼薇流下眼淚看著耀起……

耀起：以及，愛情其實是一種「磨損」，退讓、犧牲，只會越來越消耗當初美好的一切！所以為什麼不把它最美的樣子，留在這裡就好？讓我們好好的分手吧！

　　△ 繼薇哭著搖頭……

繼薇：就算它很醜很醜，我也要和你在一起！

耀起：「雖然我會非常不快樂，但是我會努力的離開你」……我以為你剛才說的，是你的真心話。

　　△ 繼薇無言以對……
　　△ 耀起看著繼薇……

耀起：所以現在，是我該堅持我的自私？還是你該堅持你的自私呢？

　　△ 耀起盯著繼薇……
　　△ 繼薇淚眼看著耀起……

繼薇：你會記得我嗎？

　　△ 耀起一頓，隱忍的說道……

耀起：……當然，因為你是我妹妹。

　　△ 繼薇更是哭著……

繼薇：你會回到你喜歡的生活？

耀起：嗯。

繼薇：會很快樂？

耀起：當然。

　　△　繼薇看著耀起，於是一把抹去眼淚……

繼薇：我決定離開你。

　　△　耀起的心深深的痛了……

繼薇：從現在開始。

　　△　繼薇站起身，走了出去……
　　△　耀起緊咬牙根、目送著繼薇的背影……
　　△　繼薇即將消失於門邊……
　　△　耀起眼睛用力閉上，他最怕目睹離去的背影，眼淚終於奪眶而出……

🎬	34	時間	夜	場景	周家
人物	周媽、周爸				

　　△　夜深人靜，昏暗的周家……
　　△　周媽煩悶的坐在餐桌前……
　　△　眼前放著好幾本存摺……
　　△　周爸惺忪的從房間出來說道……

周爸：昨天翻了一夜沒睡，今天又不打算睡了嗎？

　　△　周媽不語，趕緊收起那些存摺……

周媽：管我?!

　　△　周爸走來，倒了水喝，接著在周媽身旁坐下……

周爸：到底又是發生什麼「大待誌」？

周媽：……

周爸：不要憋了啦，憋久會便秘！

　　△　周媽緩緩抬起頭看向周爸……

周媽：其實我真的有覺得自己很狠心，可是……不狠怎麼辦？

周爸：麻煩一下，可不可以從頭說？你這樣從中間切進去，我根本一頭霧水？

　　△　周媽抹去溢出的眼淚……

周媽：耀起又出事情了啦……

　　△　周爸一怔……

🎬	35	時間	夜	場景	戴家，戴奶房/客廳
人物	繼薇/耀起				

　　△　繼薇貼著房門坐著，哭著……
　　△　畫面跳客廳……
　　△　耀起揹著行李、紅著眼睛、站在不遠處，看著戴奶房的房門……
　　△　耀起一咬牙，轉身離去——
　　△　畫面跳戴奶房……
　　△　繼薇哭著，她聽見了關上大門的聲音，繼薇踉蹌的爬起，趕緊開了房門——
　　△　畫面跳客廳……
　　△　繼薇奔到大門前，想要開門追去，卻忍住了……
　　△　繼薇忍著追去的衝動，哭著，然後一拳又一拳的搥著自己的心臟……

🎬	36	時間	夜	場景	周家
人物	周媽、周爸				

　　△　周媽、周爸沉默著……周媽看向周爸……

周媽：說話啊！

周爸：……

周媽：啊我都從頭說完了，你連屁也不放！

周爸：要我說什麼呢？

周媽：罵我自私啊！

周爸：（淡淡的）你真是自私。

　　△　周媽哭了出來……

　　△　周爸抽了面紙給周媽……

周爸：其實你也知道耀起是好孩子。他肯對人家負責，就會對繼薇負責，是不是？

　　△　周媽仍哭著……

周爸：反正我們這一輩子是為孩子而活……所以幫孩子解決難題，本來就是我們的快樂。

周媽：下輩子我絕對不要當人家媽媽！

　　△　周爸笑笑，安慰的拍拍周媽……

周爸：我算過我的退休金了，三百多吧，留一點給繼萱做嫁妝，還好繼茹不用我們擔心，其他的，就幫幫耀起吧。

　　△　周媽擤了鼻涕，拿出存摺……

周媽：我這裡也還有兩百多。

周爸：這麼多？

周媽：你以為我跟她們三個要贍養費是要假的喔？

周爸：說得也是。

周媽：可是還是不夠啊。

周爸：耀起那麼有心，去跟人家好好的談，一定可以慢慢還嘛！

周媽：啊可是萬一我們老了沒人養怎麼辦？

　　△　周爸對周媽安慰的笑笑……

周爸：怕什麼？我會陪妳一起去街上要飯……

　　△　周媽一陣心酸委屈……

周媽：悲哀啦……

　　△　周媽又哭了……

周爸：其實你不覺得嗎？就是因為有悲哀，快樂才比較快樂！

　　△　周媽橫睨著周爸……

　　△　周爸笑笑，摸摸周媽的臉……

周爸：可以安心的睡覺了吧？

周媽：先打個電話給耀起，我才能安心啦！

🎬	37	時間	夜	場景	街道
人物	耀起				

△ 某一個路邊的垃圾桶裡，傳來手機鈴聲……

繼薇OS：我叫周悲哀……
△ 鏡頭緩緩推近，垃圾桶裡，竟有手機的光線……
△ 鏡頭攀去，有著耀起騎車遠去的背影……

🎬	38	時間	夜	場景	戴家
人物	繼薇				

△ 繼薇的眼淚已經乾了……她怔怔的坐在大門前……
△ 繼薇的手機響了……她回神，趕緊奔到房間去接手機……
△ 畫面跳戴奶房……
△ 繼薇拿出包包裡的手機，發現是「家裡」，繼薇失望了，又哭了，接起手機……

周媽（彼端）：（急）周悲哀喔？……啊耀起咧？
△ 繼薇放聲大哭了起來……

繼薇OS：我媽說，有了這個很不幸的綽號，我的人生就可以避開那些可怕的不幸了。

🎬	39	時間	日	場景	城市

△ 城市空鏡。

繼薇OS：這個世界上，不幸的故事真的很多……

🎬	40	時間	日	場景	某公寓前
人物	阿斌				

△ 阿斌拿著本集17場，男客的生日禮物包裹，對著對講機說道……

阿斌：徐小姐，又是我宅急便啦……（尷尬笑著）我已經來第四次了……如果你還是不收，我應該還會來第五次、第六次啦……因為那個陳先生真的一直給我拜託，我真的覺得他是一個好人，不管你喜不喜歡他，這畢竟是他的一番心意……啊我是覺得——（被打斷）
女子（彼端）：等我一下。
△ 阿斌欣慰鬆口氣……

阿斌：謝謝謝謝，我替陳先生謝謝你。謝謝！
△ 阿斌大大鬆了口氣的等待著……

繼薇OS：而大部分的我們，其實都在老天的爺庇佑之下……讓我們擁有家、還有愛我們的人……

🎬	41	時間	日	場景	宅配營業所
人物	美姊、男客				

△ 美姊盯著男客填寫寄件單子……
△ 男客察覺，抬起頭看看美姊……

△ 美姊尷尬笑笑……

美姊： 先生的字，很漂亮……看到都出神了……

△ 男客尷尬笑笑，繼續寫著……

繼薇OS： 至於那些小小的悲哀……

△ 下一場門鈴響起……

🎬	42	時間	日	場景	戴家
人物	繼薇、袁方				

△ 憔悴的繼薇開了門……
△ 門外站著袁方……他擔心的看著繼薇……
△ 繼薇看著袁方，努力的擠出笑容……

繼薇OS： 那些為我們的生命留下了刻痕的人、事、物……

△ 淡出……

🎬	43	時間	日	場景	我們的牆
人物	繼薇、小耀起				

△ 淡入……
△ 時光冉冉……
△ 繼薇坐在我們的牆上，掉著眼淚……

繼薇OS： 也許就是大腸麵線裡的大腸，蚵仔煎裡的蚵仔……讓一切，更有了滋味……

△ 繼薇緩緩的轉過頭……
△ 牆的另一頭，坐著小耀起……
△ 繼薇笑了……
△ 小耀起忿忿的說道……

小耀起： 說啊！到底是誰欺負你？我去揍他！

繼薇： 一個男的，喜歡留平頭、喜歡用鼻孔看人、喜歡不把話說清楚、喜歡逞強、喜歡讓我找不到他……

小耀起： 他到底怎樣欺負你？

△ 繼薇看著小耀起……

繼薇： 他不讓我愛他……

△ 繼薇放聲哭了起來……

小耀起：（急）不要哭了啦！我一定可以打贏他！你跟我說他在哪？……不要哭了啦……（氣）他到底在哪？……

△ 淡出……

繼薇OS： 有人說，他在澳洲……

🎬	44	時間	夜	場景	澳洲某公園（請尋覓類似的景）
人物	小色、耀起				

△ 淡入……

　　△　耀起瑟縮的躺在一張公園椅上……

　　△　遠遠的，一個身影走來，抱著一紙袋的法國麵包，尋覓著每張椅子上的遊民，分發著法國土司。

　　△　身影漸漸走近耀起，是小色。他把一條法國土司塞到耀起懷裡，又繼續往前走去……

　　△　公園椅子上的耀起因此惺忪醒了，看著法國土司，下意識對著小色的背影說道——

耀起：謝了。

　　△　耀起又躺下……

　　△　前進的小色聞言一頓，緩緩的回過頭……

　　△　小色不敢置信的朝耀起走近，在耀起面前停下，他仔細看著……

　　△　特寫耀起的臉：朝內、閉著眼睛睡著……

　　△　不敢置信的小色笑了，緩緩的在耀起身旁蹲下，在耀起耳邊說道……

小色：哥……

　　△　耀起的眼睛緩緩睜開……

繼薇OS：也有人說，他上了船……

🎬	45	時間	日	場景	宅配營業所
人物	美姊、Mickey				

　　△　淡入……

　　△　特寫臉書上一張拍自船上的照片……一個男人開心笑著，身後的人物裡，其中有個被遮住大半的人（不小心入鏡），非常像耀起……

Mickey（畫外音）：很像對不對？

　　△　鏡頭拉開，是Mickey拿著手機給美姊看著……

美姊：真的有點像……

Mickey：而且很合理啊！遠洋商船聽說賺超多！

美姊：對响！

Mickey：我已經請我表姊去問他老公了！

美姊：沒問清楚之前，先不要跟周繼薇講。

Mickey：當然！我哪有那麼笨?!

　　△　淡出……

繼薇OS：有人說……老鄭後來去世了……

🎬	46	時間	日	場景	安置中心
人物	鈴鐺（老鄭女兒，約40歲）、院方人員、環境人物				

　　△　淡入……

　　△　鈴鐺拿著一把自己摘的花，帶著微笑站在安置中心的門邊……

繼薇OS：有人留下一筆錢，把他的女兒送進了安置中心。

　　△　一個院方人員走來……

院方：鈴鐺，太陽這麼大，你站在這裡幹嘛？

鈴鐺：等我哥。

院方：戴先生今天不會來啦。

鈴鐺：（生氣）他會！剛才小鳥來跟我說了，他今天會帶爸爸的水梨來給我吃！

△　淡出……

繼薇OS：還有人說……

　　△　下一場攝影師的話先in……

攝影師（畫外音）：新郎呢？

🎬	47	時間	日	場景	某場景（有古堡風）
人物	美姊、攝影師、攝影隊（含助理、化妝）、某男子				

　　△　淡入……
　　△　攝影師從攝影機後，抬起臉不解的問著……

攝影師：請新郎就位喔！

　　△　畫面這才帶到要拍照的主角，是穿著美麗婚紗的美姊。
　　△　美姊笑著應道……

美姊：他在路上了啦！

攝影師：蛤？……那要多久才會到？

美姊：可能一年啦，也可能是三年、五年……反正他一定會找到我的！……我們先拍啦！

　　△　攝影師納悶，助理跟他耳語，他彷彿這才理解的說……

攝影師：OK，那……我們先拍……

　　△　攝影師測著光……
　　△　美姊整理著裙襬，一抬頭，忽然愣住……
　　△　慢動作：一個穿著SD制服的男人背影入鏡了，朝著美姊走去……
　　△　美姊整個驚訝著……

繼薇（畫外音）：（喜悅嘆息）我那時候怎麼會沒猜到啦?!

🎬	48	時間	日	場景	繼薇老家的道路
人物	繼薇、阿斌				

阿斌：（笑）誰猜得到？……差十五歲耶?!

繼薇：年齡才不是問題呢！因為他看到了美姊的可愛！

　　△　已經開朗多了的繼薇和阿斌一路走來……

繼薇：好替美姊高興喔！

　　△　阿斌看著繼薇說道……

阿斌：那你呢？……知道真相以後，原諒他了嗎？

　　△　繼薇微怔，頗有感觸的一笑……

繼薇：我媽告訴我一切的時候，我其實好氣他！氣他不讓我陪他一起掉下去……但是我也知道，那就是他！所以沒有原不原諒的問題，誰叫我本來愛的就是那樣的他！

　　△　阿斌嘆息著……

阿斌：對啊，那就是他……所以，還在等他？

　　△　繼薇悵然笑笑……

繼薇：我在等我自己。

　　△　繼薇看著前方淡淡的笑著，眼睛泛淚而晶瑩……

阿斌：忘記他？

378

繼薇：（笑了）怎麼可以忘的了……我在等自己相信那一切都已經是曾經了。
　　　△　阿斌笑笑……
阿斌：那我就放心了。
繼薇：儘管放心啦！我真的已經、慢慢的、好起來了。
阿斌：好啦！
　　　△　阿斌摸摸繼薇的頭……
阿斌：反正不管任何時間發生任何事，都可以打電話給哥！
繼薇：嗯！
　　　△　繼薇笑著……
　　　△　阿斌也欣慰的笑笑……

🎬	49	時間	日	場景	我們的牆
人物	繼薇、袁方				

　　　△　繼薇朝我們的牆慢慢走來，散著心、想著往事……忽然腳步頓住，不敢置信的看著前方……
　　　△　前方的樹上，掛著綠豆湯……
　　　△　繼薇看著，越來越激動，她四下張望著……又繞到牆的後面……
　　　△　有男人的背影站在那裡……
　　　△　繼薇不敢動了……
　　　△　男人緩緩回過頭……是袁方。
　　　△　繼薇一怔……
　　　△　袁方笑了笑……
袁方：對不起，是我。
　　　△　繼薇，再次打起精神一笑……
繼薇：幹嘛對不起？
　　　△　繼薇走向袁方……
繼薇：怎麼突然跑來了？
袁方：有個工程在中部，所以順道來看看你。
繼薇：這麼好？
袁方：這麼敷衍？
繼薇：哪有 ?!
　　　△　袁方笑笑……沉吟的說道……
袁方：還……記得那本書嗎？
繼薇：哪本書？
袁方：《聰明人不該做的事》。
繼薇：喔……怎麼了？
袁方：其中有一個章節是在說……絕對不要透露對你不利的消息。
繼薇：為什麼突然說這個？
袁方：（笑笑）以前的我，應該是絕對不會跟你說的。
繼薇：到底什麼啦？
袁方：我查過那幾個債主，還有戴耀起的匯款紀錄……他現在應該在臺灣。
　　　△　繼薇震驚……

袁方：可能是為了鄭先生的女兒吧……每個月五號，戴耀起都會去看她。

繼薇：……

袁方：下個月五號，要不要去試一試？

　　△　繼薇慌張的看著袁方……

🎬	50	時間	日	場景	安置中心詢問處
人物	繼薇、院方人員（同46場）				

　　△　繼薇忐忑的等待著……

　　△　一個院方人員朝繼薇走來……

院方：請問……是您要找鄭鈴鐺嗎？

　　△　繼薇更忐忑、更期待了……

繼薇：是。

院方：她已經離開我們這裡了。

　　△　繼薇怔然……

繼薇：是被人家接走的嗎？

院方：是，是一位戴先生。

　　△　繼薇笑了，費盡千辛萬苦的笑了，也哭了……

繼薇：那麼……戴先生好嗎？

　　△　院方人員有點不解……

院方：戴先生人很好啊。

繼薇：（哭出）對！他是好人！

　　△　院方人員更慌了，不知該怎麼辦……

🎬	51	時間	日	場景	火車上
人物	繼薇、袁方				

　　△　繼薇坐在火車上，望著車窗外，擦著眼淚……

　　△　一個身影走到她的身旁，繼薇看去……

　　△　是袁方。

　　△　繼薇驚訝……

袁方：只是順道。

　　△　繼薇笑了……

繼薇：根本一點都不順。

　　△　袁方笑笑，隔著走道，坐在另一排的位子……

　　△　他們沉默著……

　　△　好一會兒，袁方說道……

袁方：他真的很愛你，所以才能這麼決絕。

　　△　繼薇苦笑……

袁方：這樣讓我開始很擔心……

　　△　繼薇看向袁方，一臉「擔心什麼」……

袁方：我到底要多努力，才能讓你愛上我？

△　繼薇一怔……
　　△　袁方笑笑……

袁方：不過我這個人就是不服輸，所以我會繼續努力。
　　△　袁方看著繼薇，笑笑……

袁方：你等著。
　　△　繼薇也笑了……
　　△　淡出……

繼薇OS：那天開始，我試著真的跟曾經說再見。

🎬	52	時間	夜	場景	串燒店外觀

　　△　主觀鏡頭：緩緩向串燒店走去……

繼薇OS：跟戴耀起說再見。

🎬	53	時間	夜	場景	串燒店
人物	繼薇、阿光、立正、環境人物

　　△　主觀鏡頭，串燒店的門被拉開……
　　△　忙碌的阿光和立正嚷著……

阿光、立正：歡迎光臨！
　　△　阿光、立正抬起頭看著來者，笑了……
　　△　站在門邊的繼薇也笑了……

阿光：老樣子？

繼薇：嗯！

阿光：先坐。
　　△　繼薇入座……
　　△　阿光把大腸包小腸放在繼薇桌上……
　　△　繼薇驚訝——

繼薇：這麼快？

阿光：我看時間差不多早就幫你烤上啦！

繼薇：（開心）謝謝「光光」。
　　△　阿光無奈笑笑，懶得糾正了，離去……

繼薇OS：但是我偷偷留下了每個月的五號……只有那天，我可以放肆的想念戴耀起！
　　△　立正也送來了一大杯生啤……

立正：最近好不好？

繼薇：很好。

立正：看起來沒說謊。

繼薇：你們好不好？

立正：看到你特別好！

繼薇：油腔滑調！

立正：（笑笑）先去忙了！
　　△　立正又去忙了……

△ 繼薇喝了一大口生啤……然後慎重的拿起大腸包小腸……
△ 她的手，已經戴上了婚戒……
△ 繼薇很真摯的咬下……
△ 慢動作：隨著咬下的動作，繼薇閉上眼睛的同時，眼淚滴落……

繼薇OS：還記得，我跟你說過的那個「情人長城」的故事嗎？
△ 滴落桌面的眼淚，融入下一場動畫……

🎬	54	時間	日	場景	動畫（使用第一集部分）
人物	男人、女人				

△ 情人長城的動畫片段……

繼薇OS：那個錯身而過、約好不再相見的瑪莉娜和尤雷……
△ 情人長城的動畫片段……

繼薇OS：在好多年好多年之後，瑪莉娜又推出了另一個作品，叫「凝視」。
△ 動畫淡出……

（編按：凝視，請參考http://www.youtube.com/watch?v=S-GRSVFSM04）

🎬	55	時間	夜	場景	串燒店
人物	繼薇、繼薇2025年、店員				

△ 繼薇抹去眼淚，繼續吃著大腸包小腸……

繼薇OS：用每一個五分鐘，專注凝視著一個陌生人……
△ 鏡頭緩緩的攀高，推向繼薇身後的串燒店拉門……

繼薇OS：一個又一個的五分鐘，一雙又一雙陌生的眼睛，向她無言訴說著……
△ 鏡頭特寫，拉門，被拉開了——
△ 是一個約莫40歲的女子、正欲離去的背影，拉開了拉門，走了出去……
△ 她的身後傳來了——

店員（畫外音）：謝謝光臨。
△ 女子一頓，回首，是40歲的繼薇，她含笑鞠躬說道……

繼薇：謝謝招待。
△ 繼薇直起身子，拉上了拉門……
△ 上字幕：
△ 2025年……

🎬	56	時間	夜	場景	串燒店外
人物	繼薇2025年、耀起2025年				

△ 繼薇一個人，緩緩漫步，好多感觸，讓她掛著回憶的微笑……

繼薇OS：然後有一天，有一個好熟悉的身影，走向了凝視的瑪莉娜……
△ 迎面，一個滿頭白髮的男子，騎著腳踏車，與她錯身而過……
△ 繼薇走著走著，漸漸放緩步伐，笑容漸漸隱去，換上了訝異，終於停下腳步……
△ 她的身後，也傳來了煞車聲——

繼薇OS：是尤雷。她的靈魂伴侶……

　　△　騎車的男子，也停下了腳踏車，怔在那裡……

　　△　繼薇緩緩的、緩緩的回過頭……

　　△　男子也緩緩的回過頭……

　　△　是滿頭白髮的耀起……他看著遠處的繼薇……

繼薇OS：他們開始凝視著彼此，以五分鐘、以沉默、以遺憾……

　　△　耀起漸漸的露出一個滄桑、欣慰的笑容……

　　△　繼薇怔著，滑下眼淚……

　　△　快速insert過往的一切回憶（經典畫面）——

　　△　最後一個畫面停我們的牆……

　　△　畫面漸黑……

　　△　一本攤開的字典……鏡頭緩緩推近……

　　　　特寫：

　　　　重逢

　　　　我們一定要重逢……也許在2025年

繼薇OS：戴耀起，我們一定要重逢……也許在2025年……

全劇終。

國家圖書館出版品預行編目資料

妹妹 ＿ 原創劇本 / 八大電視股份有限公司・親愛
的工作室有限公司◎作者 / 徐譽庭◎編劇 . ——初
版——臺北市：大田，民 103.11
面；公分 . ——（SNG：039）

ISBN 978-986-179-369-6（平裝）

854.8　　　　　　　　　　　　　　　103018653

SNG 039

妹妹 ＿ 原創劇本

八大電視股份有限公司・親愛的工作室有限公司◎作者
徐譽庭◎編劇
劇照攝影◎姚文之 / 余佩親

出版者：大田出版有限公司
台北市 10445 中山北路二段 26 巷 2 號 2 樓
E-mail：titan3@ms22.hinet.net　http：// www.titan3.com.tw
編輯部專線：（02）25621383　傳真：（02）25818761
【如果您對本書或本出版公司有任何意見，歡迎來電】

總編輯：莊培園
副總編輯：蔡鳳儀 執行編輯：陳顯如
行銷企劃：張家綺 / 高欣妤
校對：蔡鳳儀 / 金文蕙
美術視覺：賴維明
初版：二〇一四年（民 103）十一月一日 定價：380 元
印刷：上好印刷股份有限公司 (04)23150280
國際書碼：978-986-179-369-6　CIP：854.8/103018653